BASTEI
LÜBBE

JUDE DEVERAUX

Herz aus Eis

Aus dem Amerikanischen übersetzt
von Bodo Baumann

BASTEI
LÜBBE

BASTEI-LÜBBE-TASCHENBUCH
Band 10886

1.– 2. Auflage 1987
3.– 4. Auflage 1988
5.– 6. Auflage 1989
7. Auflage 1990
8. Auflage 1992
9. Auflage 1993
10. Auflage 1995
11. Auflage 1997

Deutsche Erstveröffentlichung
Titel der Originalausgabe: TWIN OF ICE

Printed in Germany
Einbandgestaltung: Klaus Blumenberg
Titelbild: Harry Bennett
Gesamtherstellung: Ebner Ulm
ISBN 3-404-10886-8

Der Preis dieses Bandes versteht sich einschließlich
der gesetzlichen Mehrwertsteuer.

Prolog

Die dicke alte Frau mit den schwarzverfärbten Zähnen und den grauen Haarsträhnen unter dem verbeulten Hut schwang sich überraschend leichtfüßig auf den Kutschbock des schweren Fuhrwerks. Hinter ihr lag allerhand frisches Gemüse, von einer mit Wasser getränkten Plane bedeckt.

»Sadie!«

Die Frau blickte nach links. Da stand Reverend Thomas, groß, gutaussehend, eine Sorgenfalte auf der Stirn.

»Du wirst vorsichtig sein? Keine Dummheiten anstellen? Nicht auf dich aufmerksam machen?«

»Ich verspreche es«, sagte Sadie mit einer weichen jugendlich klingenden Stimme. »Ich werde mich beeilen und bald zurück sein.« Dann schnalzte sie mit der Zunge, und die Pferde trabten an.

Es war ein weiter Weg von Chandler in Colorado bis zu der Kohlenmine, die Sadie zu betreuen hatte. Einmal mußte sie auf der unebenen, holprigen Straße anhalten, um einen Zug der Colorado and Southern Railroad passieren zu lassen. Jede der siebzehn Kohlenminen in der Umgebung von Chandler hatte ihre eigene Eisenbahntrasse.

Vor der Abzweigung zur Fenton Mine überholte Sadie ein anderes Trödlerfuhrwerk, auf dessen Kutschbock ebenfalls eine alte Frau saß. Sadie hielt kurz ihr Gespann aus vier Pferden an und suchte die Gegend mit den Augen ab.

»Schwierigkeiten?« fragte sie leise, als die andere Frau neben ihr anhielt.

»Nein; aber das Gerede von einer Gewerkschaft nimmt zu. Bei dir?«

Sadie nickte kurz. »Es gab ein Schlagwetter im Stollen Nummer sechs in der vergangenen Woche. Die Männer finden nicht mehr die Zeit, die Schächte abzustützen, die sie graben. Hast du ein Pfefferminz?«

»Hab' sie alle verschenkt, Sadie«, sagte die andere und beugte sich näher. »Sei vorsichtig. Die ›Little Pamela‹ ist die schlimmste von allen. Rafe Taggert traue ich nicht über den Weg.«

»Er macht vielen Leuten Angst. Da kommt ein Wagen.« Sadies Stimme wurde tiefer, als sie mit einem lauten Hott und Hü ihr Gespann wieder antrieb. »Wir sehen uns in acht Tagen wieder, Aggie. Laß dir keinen Nickel aus Holz andrehen!«

Sadie fuhr an den Männern vorbei, die ihr auf dem Wagen entgegenkamen, und hob grüßend die Hand. Dann bog sie in die Straße ein, die durch eine Schlucht zur Mine ›Litte Pamela‹ führte.

Der Weg war steil, und sie entdeckte den Wächter erst, als er schon vor ihr stand. Ihr Herz begann laut zu klopfen, obwohl sie doch die Ruhe selbst sein wollte.

»Morgen, Sadie. Hast du Kohlrüben dabei?«

»Große, fette Kohlrüben.« Sie grinste, zeigte ihre Runzeln und verrotteten Zähne.

»Heb mir 'nen Sack von den Dingern auf, ja?« sagte er, während er das Tor aufsperrte. Von Bezahlen war nicht die Rede. Daß er das Tor aufsperrte, um einen Außenseiter in das geschlossene Lager einzulassen, war Bezahlung genug.

Die Wächter, die um das Lager verteilt waren, sollten dafür sorgen, daß kein Gewerkschaftsvertreter die Mine betrat und die Bergarbeiter organisierte. Wenn sie jemanden antrafen, der sich in dieser Absicht dem Lager zu nähern schien, schossen sie erst und stellten hinterher Fragen. Mit solchen Vollmachten ausgestattet, genügte es, wenn die Wächter sagten, der Erschossene sei ein Gewerkschaftsvertreter gewesen, und sie wurden von jedem lokalen oder staatlichen Gerichtshof freigesprochen. Die Minenbesitzer hatten ein Recht, ihr Eigentum zu schützen.

Sadie hatte alle Hände voll zu tun, ihr Gespann durch die engen, mit Kohlen beschotterten Straßen zu lenken. Zu beiden Seiten standen aus Brettern gezimmerte Baracken, die die Bergarbeiter als Häuser bezeichneten – vier oder fünf winzige Räume, ein Klosett und dahinter ein Verschlag für Kohlen. Wasser wurde mit dem Eimer aus einem mit Kohlenstaub verseuchten Gemeindebrunnen geschöpft.

Sadie lenkte ihr Gespann an dem Bergwerksladen vorbei und nickte dem Inhaber kurz zu. Sie waren natürliche Feinde. Die Minenarbeiter wurden mit Gutscheinen entlohnt, so daß ihre Familien alles, was sie zum Leben brauchten, nur in dem Laden einkaufen konnten, den der Bergwerksbesitzer im Lager eingerichtet hatte. Manche Leute sagten, die Minenbesitzer verdienten mehr Geld mit ihren Läden als mit ihrer Kohle.

Zu ihrer Rechten, zwischen den Bahngeleisen und der steil ansteigenden Bergflanke, war die »Sunshine Row« – eine schiefe Reihe in scheußlichem Gelb bemalter Doppelhäuser. Da gab es weder einen Vorgarten noch einen Hinterhof, nur Aborthäuschen, die knappe fünf Meter von den Wohnungen entfernt lagen. Sadie kannte diese Mischung aus Qualm, Ruß und anderen Gerüchen nur zu gut, und dazu noch der Lärm der Loren und Lokomotiven. Das war die Straße, in der die neu zugezogenen Bergarbeiter wohnten.

Sie hielt mit ihrem Gespann vor einer der größeren Buden.

»Sadie! Ich dachte, du kommst heute nicht mehr«, sagte eine junge hübsche Frau, die aus der Baracke eilte und sich die Hände und Arme an einem dünnen Handtuch abtrocknete.

»Du kennst mich doch«, sagte Sadie mürrisch, während sie schwerfällig vom Kutschbock stieg. »Ich verschlafe immer, wenn mich mein Mädchen nicht weckt. Sie hat's heute vergessen. Wie geht's dir denn so, Jean?«

Jean Taggert grinste die alte Frau an. Sadie gehörte zu den wenigen Privatpersonen, die Zutritt zum Lager hatten;

und jede Woche zitterte Jean vor Angst, die Lagerpolizei könnte ihren Wagen durchsuchen.

»Was hast du mitgebracht?« fragte Jean leise.

»Hustenmedizin, Verbandszeug, ein bißchen Morphium für Mrs. Carson, ein Dutzend Paar Schuhe. Viel kann man ja nicht in so einem Kohlkopf verstecken. Und Spitzenvorhänge für Ezras Braut.«

»Spitzenvorhänge!« hauchte Jean und lachte dann. »Du hast vermutlich recht. Spitzen könnten ihr besonders gut stehen. Na, dann wollen wir mal anfangen.«

Es dauerte drei Stunden, bis Jean und Sadie das Gemüse verteilt hatten, für das die Lagerbewohner in Gutscheinen bezahlten, die Jean ihnen später heimlich wieder zurückgab. Weder die Minenbesitzer noch die Lagerpolizei wußten, daß Sadie ihr Gemüse und die darin versteckten Güter gratis verteilte. Selbst die meisten Bergarbeiter wußten das nicht. Das waren stolze Leute, und die hätten es nicht gern gesehen, wenn die Frauen Wohlfahrtsgeschenke annahmen. Doch die Frauen dachten an ihre Kinder und die Schufterei ihrer Ernährer und waren froh über alles, was sie umsonst bekommen konnten.

Es war schon spät, als Sadie und Jean mit dem leeren Wagen wieder vor Jeans Haus standen.

»Wie geht's Rafe?« fragte Sadie.

»Er arbeitet zuviel. Wie mein Vater. Und Onkel Rafe stiftet Unruhe. Du mußt wieder fahren. Wir dürfen nicht riskieren, daß du auch noch in Gefahr gerätst«, sagte Jean und nahm Sadies Hand. »So eine junge Haut.«

»Unruhe . . .?« begann Sadie verdattert und entzog Jean rasch die Hand. Jean lachte und sagte:

»Dann also in acht Tagen. Und – Sadie, du kannst beruhigt sein. Ich weiß es nämlich schon lange.«

Sprachlos vor Verwirrung stieg Sadie auf den Kutschbock und schnalzte mit der Zunge, um die Pferde anzutreiben.

Eine Stunde später hielt sie auf der Rückseite des alten Pfarrhauses in Chandler. Im späten Licht der Abenddämmerung rannte sie über den Hof, durch die unverschlossene

Hintertür und durch einen kurzen Korridor in ein Badezimmer, wo saubere Kleider an einem Bügel hingen.

Sie riß sich die Perücke vom Kopf, wusch sich die Theaterschminke aus dem Gesicht und schrubbte die schwarze Gummimasse von ihren Zähnen. Sie band das viel zu warme, ausgepolsterte Kleid, das ihre Gestalt so unförmig machte, am Hals los und ließ es von ihrem Körper gleiten. Sie zog Unterwäsche und Unterröcke aus feinem Batist an, dann ein weißes Leinenkorsett, das sie vorne verschnürte, und stieg in einen maßgeschneiderten Rock aus blauem Serge. Als sie ihren dunkelblauen Ledergürtel umband, klopfte es.

»Herein.«

Reverend Thomas öffnete die Tür und stand einen Moment auf der Schwelle, um die Frau im Badezimmer zu betrachten. Miss Houston Chandler war groß, schlank und schön, hatte dunkelbraune Haare mit einem Hauch von Rot darin, weit auseinanderstehende blaugrüne Augen, eine gerade, aristokratische Nase und einen kleinen, vollendet geformten Mund.

»Sadie hat sich also wieder für eine Woche verabschiedet«, sagte der Pfarrer lächelnd. »Aber die Miss Houston sollte sich ein wenig beeilen. Dein Vater . . .«

»Mein Stiefvater«, verbesserte sie ihn.

»Nun, sicher; aber der Titel ändert nichts an seinem Ärger.«

»Sind Anne und Tia mit ihrem Wagen wohlbehalten zurückgekommen?«

»Vor Stunden schon. Und jetzt marsch, nach Hause!«

»Jawohl, Sir.« Sie lächelte. »Bis zum nächsten Mittwoch«, rief sie über die Schulter, als sie das Pfarrhaus durch die Vordertür wieder verließ und mit beschwingten Schritten den Heimweg antrat.

Kapitel 1

Mai 1892

Houston Chandler ging so unbefangen wie möglich die Straße zu ihrem Haus hinunter und hielt vor einem dreistökkigen roten Ziegelgebäude im viktorianischen Stil an, das jedem in der Stadt unter dem Namen »Villa Chandler« ein Begriff war. Sie glättete sich das Haar, machte ein beherrschtes Gesicht und stieg die Stufen zum Eingang hinauf.

Als sie ihr Parasol in den Porzellan-Schirmständer in der kleinen Vorhalle stellte, hörte sie ihren Stiefvater mit ihrer Schwester brüllen:

»Ich dulde so etwas nicht in meinem Haus! Du glaubst wohl, du hättest ein Recht dazu, derartige Ausdrücke verwenden zu können, weil du dich Doktor nennst! Aber nicht in meinem Haus!«

Blair Chandler, die ihrer Schwester so ähnlich sah, wie es Zwillinge nur sein können, funkelte den Mann an, der einen halben Kopf kleiner war als sie und so solide gebaut wie eine Festung. »Seit wann ist das *dein* Haus? Mein Vater . . .«

Houston trat in den Salon und schob sich zwischen Schwester und Stiefvater. »Ist es nicht schon Zeit zum Abendessen? Vielleicht sollten wir ins Speisezimmer hinübergehen.« Sie drehte ihrem Stiefvater den Rücken zu und sah ihre Schwester beschwörend an.

Blair wandte sich von den beiden ab. Man konnte ihr die Wut nur zu deutlich ansehen.

Duncan nahm Houstons Arm und führte sie an der Treppe vorbei hinüber ins Speisezimmer. »Zum Glück habe ich ja noch eine Tochter, die Anstand besitzt.«

Houston zuckte zusammen, als sie diesen Spruch hörte, den er so oft im Munde führte. Sie haßte es, mit Blair verglichen zu werden – besonders, wenn es zu deren Nachteil geschah.

Kaum hatten sie an dem großen Mahagonitisch Platz genommen, jeder vor seinem Gedeck aus Porzellan, Kristall und schwerem Tafelsilber – Duncan am Kopfende, Opal Gates am Fußende und die Zwillinge links und rechts in der Mitte –, als das Gezänk wieder anfing.

»Man sollte doch erwarten, daß du wenigstens auf deine Mutter Rücksicht nehmen würdest«, sagte Duncan mit einem empörten Blick auf Blair, während ein elf Pfund schwerer Rostbraten vor ihm auf den Tisch gestellt wurde. Er ließ sich das Vorlegemesser reichen. »Bist du so egoistisch, daß dir alle anderen Menschen egal sind? Bedeutet deine Mutter dir denn gar nichts?«

Blair blickte mit zusammengepreßten Zähnen auf ihre Mutter. Opal wirkte wie eine verblaßte Kopie ihrer schönen Töchter. Falls sie einmal so etwas wie Temperament besessen hatte, war es entweder verschüttet oder tief vergraben. »Mutter«, sagte Blair, »verlangst du von mir, daß ich die Medizin an den Nagel hängen, nach Chandler zurückkehren, einen fetten Bankier heiraten und ein Dutzend Kinder bekommen soll?«

Opal lächelte ihre Tochter liebevoll an, während sie sich von der Platte, die ihr das Serviermädchen hinhielt, mit einer winzigen Portion Auberginen bediente. »Ich will, daß du glücklich wirst, mein Liebes, und ich glaube, daß du etwas sehr Nobles tust, wenn du das Leben anderer Menschen retten möchtest.«

Blair warf einen triumphierenden Blick auf ihren Stiefvater. »Houston hat dir zuliebe auf ihr Leben verzichtet. Genügt dir das nicht? Willst du mein Leben auch noch zerstören?«

»Houston«, donnerte Duncan und legte die Finger so fest um den Griff des Vorlegemessers, daß die Knöchel weiß hervortraten, «läßt du dir gefallen, daß deine Schwester so unerhörte Dinge von dir behauptet?«

Houston blickte von ihrer Schwester zu ihrem Stiefvater. Unter keinen Umständen wollte sie für einen der beiden Partei ergreifen. Blair fuhr nach der Hochzeit wieder nach Pennsylvanien zurück, doch sie würde dann noch in derselben Stadt wohnen wie ihr Stiefvater. Mit freudiger Erleichterung hörte sie in diesem Moment das Hausmädchen draußen im Vestibül, das den Besuch von Dr. Leander Westfield ankündigte.

Houston erhob sich rasch von ihrem Stuhl. »Susan«, sagte sie zum Serviermädchen, »legen Sie noch ein Gedeck auf.«

Leander kam bereits mit langen, selbstbewußten Schritten in das Speisezimmer. Er war ein großer, schlanker, dunkelhaariger, sehr gut aussehender Mann – mit grünen Augen, für die man sein Leben hingeben könnte, wie eine Freundin einmal Houston im Vertrauen gesagt hatte. Dabei strahlte er eine solche Selbstsicherheit aus, daß Frauen auf der Straße stehenblieben und ihn anstarrten. Er begrüßte Mr. und Mrs. Gates.

Leander lehnte sich über den Tisch und gab Houston rasch einen Kuß auf die Wange. Frauen öffentlich zu küssen – selbst wenn es die eigene Frau war –, verstieß gegen alle guten Sitten; aber Leander hatte so eine Art, daß man ihm gern nachsah, was man anderen Männern nie verziehen hätte.

»Möchtest du mit uns essen?« fragte Houston höflich und wies auf den Platz neben sich.

»Danke, ich habe bereits gegessen; aber vielleicht trinke ich hinterher mit euch eine Tasse Kaffee. Guten Abend, Blair«, sagte er, während er sich ihr gegenübersetzte.

Blair warf ihm als Antwort nur einen Blick zu und stocherte dann in dem Gemüse herum, das sie sich auf den Teller gelegt hatte.

»Blair, kannst du Leander nicht guten Tag sagen, wenn er dich begrüßt?« schnaubte Duncan am Kopfende.

»Aber sie kann doch nicht mit vollem Mund sprechen, Mr. Gates«, sagte Leander heiter, während er Blair ein wenig verwundert ansah. Dann blickte er Houston an und meinte lächelnd: »Du siehst heute so hübsch aus wie eine Braut.«

»Braut!« zischte Blair, sprang vom Tisch auf, daß ihr Stuhl fast umgekippt wäre, und eilte aus dem Zimmer.

»Da hört sich doch alles auf . . .« begann Duncan, legte seine Gabel weg und wollte sich von seinem Platz erheben.

Doch Houston verhinderte es mit den Worten: »Bitte nicht. Irgend etwas muß sie schrecklich aufgeregt haben. Vielleicht vermißt sie auch ihre pennsylvanischen Freunde. Leander, wolltest du nicht mit mir über die Hochzeit reden? Könnten wir das nicht gleich besprechen?«

»Aber natürlich.« Leander eskortierte sie schweigend zu seinem Einspänner, der vor der Tür wartete, trieb das Pferd an, fuhr mit ihr die Second Street hinauf und parkte in einer der vielen Sackgassen von Chandler. Es wurde schon dunkel, und ein kalter Wind kam von den Bergen herunter. Houston zog sich in den hintersten Winkel der Kutsche zurück.

»Nun erzähl mir mal, was los ist«, sagte Leander, wickelte die Zügel um die Bremskurbel, zog die Bremse fest und drehte sich zu ihr um. »Du scheinst genauso aufgebracht zu sein wie Blair.«

Houston hatte Mühe, die Tränen zurückzuhalten. Es tat ihr gut, mit Lee allein sein zu können. Er war ihr so vertraut. Bei ihm fühlte sie sich sicher. Er war eine Oase der Vernunft in ihrem Leben. »Es ist Mr. Gates. Er behandelt sie schlecht, erzählt ihr ständig, wie unnütz sie sei, erinnert sie daran, daß er sie schon als kleines Kind für einen hoffungslosen Fall gehalten habe, und verlangt immer wieder von ihr, daß sie die Medizin aufgeben und in Chandler bleiben solle. Und nie versäumt er, mich als Vorbild hinzustellen, Lee.«

»Ja, Sweetheart«, sagte Lee und zog sie in seine Arme, »du *bist* eben perfekt. So süß und gut und anschmiegsam und . . .«

Sie rückte von ihm weg. »Anschmiegsam? Vergleichst du mich etwa mit einem Sahnebonbon?«

»Nein«, antwortete Lee lächelnd, »ich wollte damit nur ausdrücken, daß du eine hübsche, süße Frau bist und ich es für einen guten Zug von dir halte, wenn du dir so große Sorgen um deine Schwester machst; aber ich denke, Blair hätte auf Kritik vorbereitet sein müssen, als sie Ärztin wurde.«

»*Du* würdest doch nicht verlangen, daß sie die Medizin aufgibt, oder?«

»Ich habe keine Ahnung, was deine Schwester tun sollte. Ich bin nicht für sie verantwortlich.« Er zog sie wieder an sich. »Warum reden wir eigentlich von Blair? Wir müssen an uns denken, an unsere gemeinsame Zukunft.«

Dabei zog er sie noch fester an sich und begann, an ihrem Ohrläppchen zu knabbern.

Das war der Teil seiner Brautwerbung, den Houston gar nicht mochte. Lee war so gut zu haben, war ihr so vertraut wie kein anderer. Schließlich waren sie schon ein ›Paar‹, als sie erst sechs und zwölf Jahre alt gewesen waren. Sie konnte jetzt als Zwanzigjährige auf eine lange Zeit zurückblicken, die sie mit Leander Westfield verband und hatte eigentlich schon immer gewußt, daß sie eines Tages Mrs. Westfield sein würde. Ihre ganze Schulausbildung, alles, was sie bisher gelernt hatte, waren eine Vorbereitung auf den Tag dieser Hochzeit.

Doch vor ein paar Monaten, als er von seinem Studium in Europa zurückgekommen war, hatte er damit angefangen, sie zu küssen, sie auf den Sitz des Einspänners zu drücken, nach ihren Kleidern zu grapschen; und alles, was Houston dabei empfand, war der Wunsch, er möge mit dieser Fummelei aufhören. Das brachte Lee dann in Harnisch, und er nannte sie eine Eisprinzessin und brachte sie nach Hause.

Houston wußte, wie sie auf Lees Annäherungen reagieren sollte. Trotz ihres Rufes, eine sittenstrenge Stadt zu sein, war Chandler in Colorado eine aufgeklärte Stadt – jedenfalls, was ihre Frauen betraf –, doch Houston empfand einfach nichts, wenn Lee sie anfaßte. Sie hatte sich deswegen schon manches Mal nachts in den Schlaf geweint. Sie konnte sich nicht vorstellen, daß sie jemanden mehr lieben könne als Leander; aber sie spürte keine Erregung, wenn er sie anfaßte.

Er schien ihre Gedanken zu lesen und zog sich von ihr zurück, während seine Augen seinen Ärger verrieten.

»Es sind keine drei Wochen mehr bis dahin«, sagte sie mit hoffnungsvoller Stimme. »Bald sind wir verheiratet, und dann . . .«

»Und was dann?« fragte er mit einem schrägen Blick auf sie. »Dann schmilzt die Eisprinzessin?«

»Ich hoffe es«, flüsterte sie, mehr zu ihrer als seiner Beruhigung. »Keiner erhofft sich das so sehr wie ich.«

Sie schwiegen einen Moment.

»Hast du dich schon auf den Empfang vorbereitet, den der Gouverneur morgen gibt?« fragte Lee, zog eine lange, dünne Zigarre aus der Westentasche und zündete sie an.

Houston lächelte zaghaft. Die ersten Minuten, nachdem sie ihn abgewiesen hatte, waren immer die schlimmsten. »Mein Worth-Modellkleid hängt schon frisch gebügelt im Schrank.«

»Der Gouverneur wird sich in dich verlieben. Davon bin ich überzeugt.« Er lächelte sie an; aber sie spürte, daß es ein gezwungenes Lächeln war. »Eines Tages werde ich die schönste Frau dieses Staates an meiner Seite haben.«

Sie versuchte, sich zu entspannen. Der Empfang eines Gouverneurs war für sie kein Problem. Das war etwas, für das sie ausgebildet worden war. Vielleicht hätte sie einen Kursus belegen sollen, wie man nicht zu einer frigiden Ehefrau wird. Sie wußte, daß manche Männer der Meinung waren, Frauen sollten keinen Gefallen am Sex finden; aber sie wußte auch, daß Leander eine Ausnahmeerscheinung unter den Männern war. Er erwartete, daß sie Freude haben sollte an den körperlichen Beziehungen zu ihm, wie er ihr ausdrücklich erklärt hatte, und Houston redete sich ein, daß es auch so kommen würde; doch meistens fühlte sie sich eher abgestoßen, wenn er sie küßte.

»Ich muß morgen in die Stadt«, sagte er, ihren Gedankengang unterbrechend. »Möchtest du mitkommen?«

»Nur zu gern. Oh! Blair wollte kurz bei der Redaktion

der Zeitung vorbeischauen. Ich glaube, jemand hat ihr ein neues medizinisches Journal aus New York geschickt.«

Houston lehnte sich in das Polster zurück, während Leander das Pferd wieder antrieb, und überlegte, was er wohl sagen würde, wenn er wüßte, daß seine ›anschmiegsame‹ Zukünftige einmal in der Woche etwas unternahm, was als ungesetzlich galt.

Blair lümmelte sich gegen das Kopfende der Bettstelle aus reich verziertem Nußbaum, einen Fuß auf dem Boden, das andere Bein angewinkelt, daß man den Zwickel ihrer türkischen Hose sah. Ihr großes, in Weiß und Blau gehaltenes Zimmer befand sich im zweiten Stock, mit einem herrlichen Ausblick auf den Ayers Peak durch das Westfenster. Sie hatte anfangs ein Zimmer im ersten Stock bei der anderen Familie gehabt, doch nachdem sie im Alter von zwölf Jahren Chandler verlassen hatte, wurde Opal schwanger, und Mr. Gates hatte Blairs Zimmer in eine Säuglingsstation mit Bad verwandelt. Opal verlor ihre Leibesfrucht, und nun stand das Kinderzimmer leer, bevölkert mit Puppen und Spielzeugsoldaten, die Mr. Gates schon während der Schwangerschaft gekauft hatte.

»Ich kann wirklich nicht einsehen, warum wir mit Leander in die Stadt fahren müssen«, sagte Blair zu Houston, die sehr gerade auf einem weißen Brokatsessel saß. »Ich habe dich ein paar Jahre nicht gesehen, und jetzt muß ich dich mit ihm teilen.«

Houston zeigte ihrer Schwester ein kleines Lächeln. »Leander hat uns gebeten, ihn zu begleiten, nicht umgekehrt ich ihn. Ich habe manchmal den Eindruck, daß du ihn nicht leiden kannst. Ich verstehe nur nicht, wie das möglich ist. Er ist freundlich zu dir, rücksichtsvoll, hat eine Position in der Gemeinde und ...«

». . . und er besitzt dich vollkommen!« explodierte Blair und sprang vom Bett herunter. Houston war erschrocken über die Heftigkeit ihrer Reaktion. »Verstehst du denn nicht, daß ich auf der Hochschule mit Frauen zusammengearbeitet habe, die so waren wie du? Frauen, die so unglücklich waren, daß sie mehrmals versuchten, sich umzubringen?«

»Umbringen? Blair, ich habe keine Ahnung, wovon du überhaupt redest. Ich habe nicht die Absicht, mich selbst zu töten.« Houston war jetzt von der Heftigkeit ihrer Schwester sogar peinlich berührt.

»Houston«, fuhr nun Blair, die das zu merken schien, mit ruhiger Stimme fort, »ich wünschte, du würdest selbst erkennen, wie sehr du dich verändert hast. Du warst früher so fröhlich, und jetzt bist du nur noch reserviert. Ich verstehe ja, daß du dich Gates anpassen mußtest; aber warum willst du unbedingt einen Mann heiraten, der so ist wie er?«

Houston stand auf, legte die Hand auf Blairs Frisierkommode aus Nußbaum und strich mit den Fingerspitzen über Blairs in Silber gefaßte Haarbürste hin. »Leander ist nicht so wie Mr. Gates. Tatsächlich ist er ganz anders. Blair« – sie sah ihre Schwester im großen Spiegel über der Kommode an –, »ich liebe Leander. Ich liebe ihn schon seit vielen Jahren, und ich hatte nie einen anderen Wunsch, als ihn zu heiraten, Kinder zu bekommen und für eine Familie zu sorgen. Ich habe nie etwas Großes oder Nobles vollbringen wollen, wie du das offensichtlich willst. Kannst du nicht sehen, daß ich glücklich bin?«

»Ich wünschte, ich könnte dir glauben«, sagte Blair aufrichtig. »Aber etwas hindert mich daran. Ich hasse vermutlich die Art, mit der Leander dich behandelt, als wärst du bereits sein Eigentum. Wenn ich euch zusammen sehe, wirkt ihr auf mich wie ein Ehepaar, das bereits zwanzig Jahre verheiratet ist.«

»Wir sind schon sehr lange zusammen.« Houston drehte ihrer Schwester wieder das Gesicht zu. »Was soll ich in einem Ehemann wohl anderes suchen als Übereinstimmung?«

»Mir scheinen die besten Ehen jene zu sein, wo sich die Eheleute gegenseitig interessant finden. Du und Leander –

ihr seid euch zu ähnlich. Wäre er eine Frau, stellte er eine perfekte Dame dar.«

»Wie ich«, flüsterte Houston. »Aber ich bin nicht immer eine Lady. Es gibt Dinge, die . . .«

»Sadie zum Beispiel?«

»Wieso weißt du davon?« fragte Houston.

»Meredith hat es mir erzählt. Was, denkst du wohl, wird dein teurer Leander sagen, wenn er erfährt, daß du dich jeden Mittwoch in Lebensgefahr begibst? Und wie stünde es einem Chirurgen mit seinem Ruf zu Gesicht, wenn er mit einer Kriminellen zum Traualtar ginge?«

»Ich bin keine Kriminelle. Ich tue etwas, was nur zum Vorteil dieser Stadt ist«, sagte Houston temperamentvoll und beruhigte sich dann wieder. Sie machte eine Bewegung, als würde sie eine unsichtbare Haarnadel in den sauber geschlungenen Haarknoten über ihren Nacken stecken. Sorgsam arrangierte Locken rahmten ihre Stirn unter einem Hut, der mit blauen irisierenden Federn geschmückt war. »Ich weiß nicht, was Leander dazu sagen würde. Vielleicht erfährt er es nie.«

»Ha! Dieser aufgeblasene, verwöhnte Mann wird dir verbieten, dich an irgend etwas zu beteiligen, was mit gewöhnlichen Bergwerksarbeitern zu tun hat, und du, Houston, bist so sehr an Gehorsam gewöhnt, daß du genau das tun wirst, was er dir sagt.«

»Vielleicht würde ich die Rolle von Sadie sowieso aufgeben, wenn ich ihn geheiratet habe«, sagte Houston mit einem Seufzer.

Plötzlich fiel Blair vor Houston auf die Knie und ergriff deren Hände. »Ich mache mir Sorgen um dich. Du bist nicht die Schwester, mit der ich aufgewachsen bin. Gates und Westfield haben dir deine Vitalität genommen. Als wir noch Kinder waren, hast du mit den kräftigsten Jungen Schneeballschlachten veranstaltet. Heute benimmst du dich, als würdest du dich vor der ganzen Welt fürchten. Selbst wenn du etwas so Wunderbares tust, wie als Trödlerin verkleidet in die Minenlager zu fahren, machst du das heimlich. Oh, Houston . . .«

Sie brach ab, als es an der Tür klopfte.

»Miss Houston, Dr. Leander Westfield ist hier.«

»Ja, Susan, ich komme gleich hinunter.« Houston strich ihren Rock glatt. »Es tut mir leid, daß du mich so zu meinem Nachteil verändert findest«, sagte sie steif. »Aber dennoch sagt mir meine Seele, daß ich Leander heiraten will, weil ich ihn liebe.« Damit rauschte sie aus dem Zimmer und ging nach unten.

Houston tat ihr möglichstes, Blairs Worte aus ihrem Bewußtsein zu verdrängen; doch das gelang ihr nicht. Sie wirkte zerstreut, als sie Leander begrüßte, und nahm nur verschwommen war, daß Lee und Blair sich stritten. Aber sie hörte eigentlich nur ihre eigenen Gedanken.

Blair war ihre Zwillingsschwester. Sie standen sich näher, als das bei normalen Geschwistern die Regel war, und Blairs Sorgen waren echt. Aber wie konnte Houston jemals daran denken, Leander nicht zu heiraten? Als Leander acht Jahre alt war, beschloß er, Arzt zu werden – ein Chirurg, der anderen Menschen das Leben rettete –, und mit zwölf Jahren lernte er dann Houston kennen. Lee las damals bereits Fachbücher, die er sich von einem Vetter auslieh. Houston beschloß, herauszufinden, welche Voraussetzungen man als Frau eines Arztes erfüllen mußte.

Keiner der beiden wich von seinem Entschluß ab. Lee ging nach Harvard, um dort Medizin zu studieren, dann nach Wien, um dort seinen Facharzt zu machen; und Houston ging nach Virginia und dann in die Schweiz, um sich entsprechend zu bilden.

Houston zuckte noch heute bei der Erinnerung zusammen, wie heftig sie sich mit Blair wegen der Schulen gestritten hatte, bei denen sie sich bewarben. »Du willst auf einen ordentlichen Schulabschluß verzichten, nur um zu lernen, wie man einen Tisch deckt und mit einer fünfzig Meter langen Schleppe durchs Zimmer geht, ohne auf die Schnauze zu fallen?«

Blair ging nach Vassar, dann zur medizinischen Hochschule, während Houston Miss Jones Internat für junge

Damen besuchte, wo sie eine dreijährige sehr strenge Ausbildung in einer Vielzahl von Fächern genoß. Sie reichten von den Anfangsgründen des Blumensteckens bis zu der hohen Kunst, Männer davon abzuhalten, sich am Abendbrottisch zu streiten.

Nun nahm Lee ihren Arm, als er ihr in den Einspänner half. »Du siehst so gut aus wie immer«, sagte er dicht an ihrem Ohr.

»Lee«, sagte Houston, »glaubst du, daß wir einander ... interessant fänden?«

Mit einem Lächeln ließ er seinen Blick an ihrem Körper herabgleiten, betrachtete angelegentlich das Kleid, das sich wie eine zweite Haut über ihre übertrieben geschnürte Stundenglas-Taille legte. »Houston, ich finde dich faszinierend.«

»Nein, ich meine, ob wir beide auch genügend Gesprächsstoff haben werden?«

Er zog die Braue in die Höhe. »Es ist ein Wunder, daß mir überhaupt noch etwas zum Reden einfällt, wenn ich in deiner Nähe bin«, antwortete er, während er ihr auf den Sitz des Einspänners half. Dann fuhr er mit den beiden Schwestern sechs Häuserblocks weit in die Innenstadt von Chandler.

Kapitel 2

Chandler in Colorado war eine Kleinstadt, hatte nur achttausend Einwohner; doch ihre Industrie – Kohle, Rinder, Schafe und Mr. Gates' Brauerei – machte sie zu einer reichen kleinen Stadt. Sie verfügte bereits über Elektrizität und ein Telefonsystem, und da drei Hauptstrecken der Eisenbahn durch den Ort führten, konnte man von hier aus bequem die größeren Städte Colorado Springs und Denver erreichen.

Die elf Häuserblocks, aus denen das Herz von Chandler

bestand, setzten sich aus fast neuen Gebäuden zusammen, die alle mit Steinen aus den Chandler Stone Works errichtet worden waren. Diese grünlich grauen Quader wurden oft mit kunstvollen Verzierungen versehen und gehörten zu den bevorzugten Ornamentsteinen von Gebäuden, die im viktorianischen Stil westlicher Prägung errichtet wurden.

Die Häuser, die sich außerhalb der Stadt im Gelände verteilten, waren ein Gemisch verschiedener Stilrichtungen – vorwiegend Queen Anne und High Victorian. Am nördlichen Ende der Stadt, auf einem kleinen Hügel, stand Jacob Fentons Haus – ein großes aus Ziegeln errichtetes Gebäude im viktorianischen Stil, bis vor ein paar Jahren das größte Haus am Platz.

Am Westende der Stadt, nur ein kurzes Stück von der Villa Fenton entfernt, stand auf dem eingeebneten Gipfel einer Anhöhe, welche früher die meisten Einwohner der Stadt bereits zu den Rocky Mountains gerechnet hatten, das Haus von Kane Taggert. Die Villa Fenton würde in den Weinkeller des Taggertschen Hauses hineingepaßt haben.

»Versucht die ganze Stadt immer noch, das Haus von innen zu besichtigen?« fragte Blair ihre Schwester und deutete mit dem Kopf in die Richtung der Anhöhe, auf der das Haus hinter Bäumen kaum zu sehen war. Aber was da »kaum sichtbar« durch die Bäume schimmerte, war gewaltig genug, daß man es fast überall in der Stadt sehen konnte.

»Jeder«, antwortete Houston lächelnd. »Aber als Mr. Taggert alle Einladungen ignorierte und auch selbst keine verschickte, begannen die Leute, wie ich fürchte, schlimme Gerüchte über ihn auszustreuen.«

»Ich bin nicht so sicher, daß alles, was sich die Leute über ihn erzählen, Gerüchte sind«, sagte Leander. »Jacob Fenton erzählte mir . . .«

»Fenton!« explodierte Blair. »Fenton ist ein betrügerischer, heuchlerischer . . .«

Houston mochte nicht zuhören, lehnte sich in das Polster der Kutsche und blickte durch das Rückfenster im Verdeck auf das Haus über der Stadt. Lee und Blair zankten sich, während die Kutsche vor den Geleisen der neuen Pferdebahn halten mußte, um eines dieser Vehikel vorbeizulassen.

Houston hatte keine Ahnung, ob die Geschichten, die man sich von Mr. Taggert erzählte, stimmten oder nicht; aber ihrer Meinung nach übertraf das Haus, das er sich gebaut hatte, an Schönheit alles, was ihr bisher in ihrem Leben vor Augen gekommen war.

Niemand in Chandler wußte viel von Mr. Taggert; aber vor fünf Jahren waren über hundert Bauarbeiter aus dem Osten mit einem Güterzug voll Material hier eingetroffen. Und einige Stunden später hatten sie bereits das begonnen, was einmal ein Haus werden sollte.

Natürlich war jeder neugierig – tatsächlich erheblich mehr als neugierig. Jemand erzählte damals, daß keiner von den Bauarbeitern auch nur eine Mahlzeit selbst bezahlen mußte, weil alle Frauen von Chandler sie durchfütterten in dem Versuch, Informationen über den Bauherrn zu erhalten. Doch ihre Bemühungen waren umsonst. Niemand wußte, wer das Haus bauen ließ und warum es unbedingt hier stehen mußte – im Nirgendwo von Colorado.

Es dauerte drei Jahre, bis es fertiggestellt war – ein wunderschönes, weißes U-förmiges Gebäude mit einem roten Ziegeldach. Die Größe dieser Anlage war für die meisten Einwohner der Stadt ein nie versiegender Gesprächsstoff. Ein Ladenbesitzer im Ort schätzte, daß alle Hotels von Chandler im Erdgeschoß Platz finden würden, und wenn man bedachte, daß Chandler der wichtigste Verkehrsknotenpunkt zwischen dem Norden und Süden Colorados war und dann alle Hotels in der Stadt zusammenrechnete, konnte man nur noch stumm sein vor Ehrfurcht.

Nach der Fertigstellung des Hauses trafen ein Jahr lang Güterwagen mit Kisten ein, die zum Haus hinauftransportiert wurden. Sie hatten Aufkleber aus Frankreich, England, Spanien, Portugal und aus anderen transozeanischen Ländern.

Nur vom Eigentümer war immer noch nichts zu sehen.

Dann, eines Tages, stiegen zwei Männer aus dem Zug –

beides große, stattliche Erscheinungen; aber der eine blond und von angenehmem Aussehen, der andere dunkelhaarig, bärtig und finster blickend. Sie trugen beide die übliche Bergmannskluft – Segeltuchhosen, blaue Cambrai-Hemden und Hosenträger. Als sie die Straßen hinuntergingen, rafften die Frauen ihre Röcke zusammen, damit sie nicht mit ihnen in Berührung kamen.

Der Dunkelhaarige begab sich zu Jacob Fenton, und jeder nahm an, er wollte dort um eine Arbeit in den Minen bitten, die Fenton gehörten. Statt dessen sagte er nur: »Nun, Fenton, ich bin zurück. Gefällt Ihnen mein Haus?«

Erst als er durch die ganze Stadt gewandert, den Hügel hinaufgestiegen, die Haustür aufgesperrt und hindurchgegangen war, begriffen sie endlich, daß er *dieses* Haus gemeint hatte.

Ein halbes Jahr lang, so wußte Duncan Gates zu berichten, verwandelte sich Chandler in einen Kriegsschauplatz. Witwen, Ledige und Mütter von jungen Frauen, die vor ihm die Röcke zur Seite gerafft hatten, bliesen nun zur Attacke auf die Hand dieses Mannes, damit er sie ihnen zum Ehebund reichen sollte. Schneider und Schneiderinnen trafen dutzendweise aus Denver ein.

Binnen einer Woche hatten die Frauen seinen Namen herausbekommen, und von diesem Moment an wurde Mr. Taggert belagert. Einige Versuche, seine Aufmerksamkeit zu erregen, waren reichlich gewöhnlich; so war es zum Beispiel erstaunlich, wieviel Frauen in seiner Nähe in Ohnmacht fielen. Doch es gab auch gute Einfälle, und alle fanden, daß Carrie Johnson den Ersten Preis in dieser Hinsicht verdient hatte, als sie als hochschwangere Witwe an einer Strickleiter vom Dach bis in Mr. Taggerts Schlafzimmer hinunterkletterte und in seinem Bett die ersten Wehen bekam. Sie glaubte, er würde sie von ihrem Baby entbinden, sich dabei natürlich leidenschaftlich in sie verlieben und sie dann bitten, seine Frau zu werden. Aber Taggert war in diesem Moment nicht zu Hause, und die ganze Hilfe, die sie bei ihrer Niederkunft erhielt, beschränkte sich auf eine Wäscherin, die zufällig am Schlafzimmer vorbeikam.

Nach sechs Monaten hatte fast jede Frau in der Stadt eine Närrin aus sich gemacht, ohne Erfolg allerdings, und nun begannen sie, von sauren Trauben zu reden. Wer wollte schon einen Mann, der nicht wußte, wie man sich richtig anzog, auch wenn er noch so reich war? Und seine Grammatik – der geringste Cowboy konnte besser reden und schreiben. Was sollte das überhaupt für ein Englisch sein: *»I'm back – ich bin zurück!«?*

Jemand tat einen ehemaligen Diener von Jacob Fenton auf, der sich daran erinnerte, daß Kane Taggert mal Stallbursche bei Fenton gewesen war, bis er ein Techtelmechtel mit Pamela Fenton, Jacob Fentons junger Tochter, anfing. Jacob jagte ihn von seinem Grundstück – und recht hatte er gehabt!

Das lieferte der Stadt wieder neuen Gesprächsstoff. Für wen hielt dieser Taggert sich eigentlich? Was für ein Recht hatte er dazu, ein so ausgefallenes, protziges Haus so hoch hinauf zu bauen, daß die ganze friedliche, hübsche kleine Stadt Chandler es sich anschauen mußte? Plante er etwa, an dem teuren Jacob Fenton Rache zu nehmen?

Abermals begannen die Frauen, ihre Röcke beiseite zu raffen, wenn er an ihnen vorbeiging.

Doch Taggert schien das alles nicht zu bemerken. Er blieb die meiste Zeit in seinem Haus und fuhr einmal pro Woche mit seiner alten Kalesche in die Stadt, um Lebensmittel einzukaufen. Manchmal trafen Männer mit dem Zug in Chandler ein, fragten, wie man zu seinem Haus gelangte, und verließen noch vor Sonnenuntergang wieder die Stadt. Von diesen Männern abgesehen, gingen nur noch Taggert und der Mann, den er Edan nannte und der ihm fast nie von der Seite wich, in dem großen Haus aus und ein.

»Das ist Houstons Traumhaus«, sagte Leander, als die Pferdebahn vorbeigefahren war, und holte damit Houston in die Gegenwart zurück. Er hatte mittlerweile seinen Streit mit Blair beendet – oder unterbrochen – und setzte mit einem nachsichtigen Lächeln hinzu: »Wenn Houston mich nicht hätte, würde sie sich vermutlich dem streitbaren Heer der Frauen angeschlossen haben, die um Taggert und sein großes Haus kämpften.«

»Ich würde mir gern mal das Haus von innen anschauen«, sagte sie mit größerem Verlangen, als sie eigentlich zu zeigen gewillt war. Und dann, um ihre Verlegenheit zu verdecken, setzte sie hinzu: »Du kannst mich hier vor dem Kaufhaus Wilson absetzen, Lee. Wir treffen uns dann in einer Stunde bei Farrell.«

Kaum hatte er sie vor dem Kaufhaus abgesetzt, stellte sie fest, wie erleichtert sie war, seinen Sticheleien entronnen zu sein.

Wilsons Kaufhaus gehörte zu den vier großen Geschäften in Chandler, wo man außer Lebensmitteln alle Artikel des täglichen Bedarfs unter einem Dach vereinigt fand. Die meisten Leute kauften all dies in dem neueren, etwas moderneren Kaufhaus Famous ein. Aber Mr. Wilson hatte noch Houstons Vater gekannt.

An den Wänden standen hohe Vitrinen aus Nußbaum mit Glastüren und dazwischen Tische mit Marmorplatten, auf denen allerlei Waren ausgestellt waren. Hinter einem Pult saß Davey Wilson, Mr. Wilsons Sohn, vor sich ein aufgeschlagenes Kontobuch; aber sein Füllfederhalter bewegte sich nicht.

Tatsächlich schienen sich weder die drei Kunden noch die vier Verkäufer von der Stelle zu rühren. Es herrschte eine unnatürliche Stille. Sogleich entdeckte Houston auch die Ursache dieser außergewöhnlichen Betriebsruhe: Kane Taggert stand vor einem der Ladentische, den Rücken den wenigen Leuten im Laden zugewandt.

Auf Zehenspitzen ging Houston zu einer Vitrine und betrachtete eine Auswahl vielseitig verwendbarer Heilmixturen, für die sie überhaupt keinen Bedarf hatte; aber sie spürte, daß sich hier etwas anbahnte.

»Oh, Mama«, jammerte Mary Alice Pendergast mit ihrer

hohen Stimme. »Das kann ich doch *unmöglich* tragen; darin würde ich doch wie die Braut eines Bergarbeiters aussehen. Die Leute würden denken, ich wäre ein Niemand ... ein Dienstmädchen, eine Tellerwäscherin, die nach Höherem trachtet. Nein, nein, Mama, das kann ich unmöglich anziehen.«

Houston spürte Wut in sich aufsteigen. Diese beiden Frauen wollten Mr. Taggert reizen. Da er allen Frauen in der Stadt einen Korb gegeben hatte, glaubten sie wohl, jetzt sei die Zeit gekommen, es ihm auf ihre Art heimzuzahlen. Sie warf einen Blick zu ihm hinüber und konnte in diesem Moment sein Gesicht in einem Reklamespiegel hinter dem Ladentisch sehen. Zwar verdeckte der Backenbart fast ganz seine Züge; doch er ließ die Augen frei, und an der steilen Falte darüber merkte sie, daß er Mary Alice's boshafte kleine Bemerkungen sehr wohl mitbekommen hatte und sie ihn ärgerten.

Der Vater von Mary Alice war eine Seele von Mann, sanft wie ein Kaninchen; aber Houston wußte aus der Erfahrung mit ihrem Stiefvater, was friedfertige Männer im gereizten Zustand alles sagen und tun konnten. Sie kannte zwar Mr. Taggert nicht; aber sie glaubte in seinen dunklen Augen Gewitterwolken aufziehen zu sehen.

»Mary Alice«, sagte Houston, »wie fühlst du dich heute? Du siehst ein bißchen blaß aus.«

Mary Alice blickte überrascht hoch, als bemerkte sie Houston erst jetzt. »Wieso, Blair-Houston, ich fühle mich großartig. Mir fehlt überhaupt nichts.«

Houston betrachtete eine Flasche mit einem die Leber anregenden Elexier. »Ich dachte nur, du könntest vielleicht wieder einmal in Ohnmacht fallen«, sagte sie anzüglich und blickte jetzt Mary Alice durchbohrend an. Mary Alice war zweimal hintereinander vor Mr. Taggert in Ohnmacht gefallen, als er gerade acht Tage in der Stadt war.

»Wie kannst du nur –! Was erlaubst du dir –!« fauchte Mary Alice.

»Komm, Kind«, sagte ihre Mutter und schob sie auf die

Ladentür zu. »Wir wissen, wo wir unsere Freunde zu suchen haben.«

Houston ärgerte sich jetzt ein wenig über sich selbst, nachdem Mary Alice und deren Mutter den Laden verlassen hatten. Sie würde sich später bei ihnen entschuldigen. Sie zog rasch ihre Handschuhe über und wandte sich ebenfalls dem Ausgang zu, als sie noch einen Blick in die Richtung von Mr. Taggert warf und sah, daß er sie im Spiegel beobachtete.

Er drehte sich in diesem Moment um. »Sie sind doch Houston Chandler, nicht wahr?«

»Die bin ich«, sagte sie kühl. Sie hatte nicht vor, ein Gespräch mit einem Mann zu beginnen, den sie nicht kannte, Was, in aller Welt, hatte sie nur dazu bewogen, Partei für diesen fremden Mann zu ergreifen, den sie noch nie zuvor in ihrem Leben gesehen hatte?

»Wie kommt es dann, daß diese Frau Sie Blair genannt hat? Ist das nicht Ihre Schwester?«

Ein paar Schritte entfernt hüstelte Davey Wilson hinter seinem Pult. Außer Houston und Kane befanden sich jetzt nur noch die vier Verkäufer im Laden, die alle am Boden festgenagelt schienen.

»Meine Schwester und ich sind identische Zwillinge, und da uns keiner auseinanderhalten kann, werden wir in der ganzen Stadt nur Blair-Houston genannt. Wenn Sie mich jetzt entschuldigen wollen, Sir . . .« Sie wandte sich wieder dem Ausgang zu.

»Sie sehen nicht so aus wie Ihre Schwester. Sie sind hübscher als Blair.«

Da hielt Houston mitten im Schritt inne und sah ihn verdattert an. Nicht *einer* hatte sie bisher auseinanderhalten können! Als sie ihren momentanen Schock überwunden hatte, setzte sie ihren Weg zum Ausgang fort.

Aber als ihre Hand die Türklinke berührte, stürmte Taggert quer durch den Laden und packte sie beim Arm.

Houston hatte ihr Leben lang in einer Stadt gewohnt, in der sich Bergarbeiter, Cowboys und Leute aus einem Bezirk tummelten, von dessen Existenz sie eigentlich nichts wissen durfte. Viele Frauen nahmen ein gutes, derbes Parasol zum Einkaufen, das nicht so leicht kaputtging, wenn man es einem Mann über den Kopf haute. Doch Houston konnte Blicke werfen, die einen Mann in Eis verwandelten.

Mit so einem Blick bediente sie nun Mr. Taggert.

Er zog zwar seine Hand von ihrem Arm zurück, blieb aber neben ihr stehen. Sie kam sich ganz klein vor in seiner Nähe. Er war mindestens einen Kopf größer als sie.

»Ich wollte Sie nur etwas fragen«, sagte er jetzt mit gedämpfter Stimme. »Wenn Sie nichts dagegen haben, heißt das«, fügte er mit einem lachenden Unterton hinzu.

Sie antwortete mit einem kurzen Nicken; aber sie würde ihn keinesfalls zu einem Gespräch ermuntern.

»Ich habe mich gefragt, wo Sie doch eine Lady sind, was für Stoffe Sie aussuchen würden, wenn Sie Vorhänge für mein Haus nähen müßten – Sie wissen schon, das weiße auf dem Hügel. Also – was würden Sie von dem Zeug da drüben nehmen?«

Sie gab sich nicht die Mühe, zu den Regalen mit den Stoffrollen hinüberzusehen, auf die er mit dem Finger zeigte. »Sir«, sagte sie etwas von oben herab, »wenn ich Ihr Haus besäße, würde ich speziell dafür gewebte Stoffe aus Lyon in Frankreich bestellen. Und jetzt – guten Tag, Sir.«

So rasch, wie es ihr möglich war, schlüpfte sie nun durch die Ladentür und ging unter den gestreiften Markisen, die die Südseite der Straße beschatteten, in östlicher Richtung davon. Ihre Absätze klapperten über den breiten Bohlenstieg. Es waren viele Leute um diese Zeit in der Innenstadt, und sie nickte und blieb ein paarmal stehen, um mit Bekannten zu reden.

Als sie die Ecke erreichte, wo sich die Third Street mit der Lead Street kreuzte, spannte sie ihr Parasol auf, um sich vor der grellen Gebirgssonne zu schützen und strebte Farrells Gemischtwarenladen zu. Sie konnte Lees Einspänner sehen, der bereits vor dem Laden parkte.

Sie war gerade an Freyers Drogerie vorbei, als sie den

Schritt verlangsamte und über ihr Zusammentreffen mit dem unnahbaren Mr. Taggert nachzudenken begann.

Sie konnte es kaum erwarten, ihren Freundinnen von ihrem Gespräch mit ihm zu berichten und daß er sie gefragt hatte, ob sie wüßte, welches Haus ihm gehörte. Vielleicht hätte sie doch auf seine Bitte eingehen, seine Fenster ausmessen und Vorhänge für ihn bestellen sollen. Auf diese Weise wäre sie wenigstens mal in sein Haus gekommen und hätte es von innen besichtigen können.

Sie lächelte vor sich hin, als eine Hand plötzlich ihren Oberarm packte und sie auf ziemlich derbe Weise in eine dunkle Gasse hinter dem Chandler-Opernhaus hineinzog. Ehe sie schreien konnte, drückte ihr eine Hand den Mund zu, und sie wurde gegen eine Mauer gedrückt. Mit ängstlichen Augen blickte sie zu Kane Taggert hinauf.

»Ich will Ihnen nichts tun. Ich wollte nur mit Ihnen reden; aber ich merkte, daß Sie vor den anderen nicht mit mir sprechen wollten. Sie werden nicht schreien?«

Houston schüttelte den Kopf, und er nahm die Hand von ihrem Mund, blieb aber dicht vor ihr stehen. Sie wollte ruhig bleiben, aber ihr Atem ging ziemlich schwer.

»Aus der Nähe betrachtet, sind Sie noch hübscher.« Er bewegte sich nicht; aber seine Augen wanderten an ihrem engsitzenden grünen Wollkleid hinunter. »Und Sie sehen wie eine Lady aus.«

»Mr. Taggert«, sagte sie so gelassen, wie es ihr möglich war, »ich habe etwas dagegen, daß man mich in dunkle Gassen schleppt und gegen Mauern drückt. Wenn Sie mir etwas sagen wollen, tun Sie das bitte.«

Er blieb vor ihr stehen und stützte seine Hand neben ihrem Kopf gegen die Mauer. Da waren kleine Fältchen neben seinen Augen, seine Nase war schmal, und eine volle Unterlippe schimmerte durch die Masse seiner Barthaare.

»Warum haben Sie vorhin im Laden meine Partei ergriffen? Weshalb haben Sie diese Frau daran erinnert, daß sie schon mal vor mir in Ohnmacht gefallen ist?«

»Ich ...« Houston zögerte. »Ich glaube, weil es mir

nicht gefällt, wenn man jemandem weh tut. Mary Alice hat sich vor Ihnen närrisch benommen, und Sie haben das nicht einmal bemerkt . . .«

»Oh, doch«, sagte er, und seine Unterlippe kräuselte sich lächelnd. »Edan und ich – wir haben uns halbtot gelacht.«

»Das war nicht sehr höflich von Ihnen«, sagte Houston steif. »Ein Gentleman sollte nicht über eine Lady lachen.«

Er schnaubte leise – ihr mitten ins Gesicht –, und statt sich über diese Unhöflichkeit zu beschweren, dachte Houston darüber nach, wie angenehm sein Atem roch und wie sein Gesicht unter den vielen Haaren aussehen mochte.

»Ich glaube, alle diese Frauen haben sich nur so aufgeführt, weil ich reich bin. Mit anderen Worten: sie machten Huren aus sich, und deshalb können sie auch keine Ladies sein. Also mußte ich auch nicht den Gentleman spielen und sie vom Boden aufheben, wenn sie in Ohnmacht fielen.«

Houston zuckte ein paarmal bei den Worten zusammen, die er benützte. So drastisch hatte sich noch kein Mann in ihrer Gegenwart ausgedrückt.

»Wieso haben Sie sich eigentlich nicht an diesem Spiel beteiligt? Wären Sie nicht auf mein Geld scharf?«

Das befreite Houston von ihrer momentanen Fassungslosigkeit. Sie merkte, daß sie sich an die Wand lehnte, als wollte sie es sich hier bequem machen. Sie schnellte in die Höhe. »Nein, Sir, ich habe es *nicht* auf Ihr Geld abgesehen. Und jetzt muß ich gehen. Wagen Sie es ja nicht, mich noch einmal auf der Straße anzusprechen.« Damit machte sie auf den Absätzen kehrt und ließ ihn in der Gasse stehen. Sie hörte, wie er leise hinter ihr her lachte.

Sie merkte, wie wütend sie war, als sie die breite, staubige Straße überquerte und dabei fast unter die Räder eines Fuhrwerks gekommen wäre, das mit stinkenden Häuten beladen war. Zweifellos bildete Mr. Taggert sich ein, ihr Auftritt heute morgen gehörte auch zu diesen Spielchen, die man seines Geldes wegen mit ihm trieb.

Lee sagte etwas zur Begrüßung, aber sie hörte es nicht, weil sie mit ihren Gedanken woanders war.

»Entschuldigung – ich habe dich nicht verstanden.«

Lee nahm ihren Ellenbogen und geleitete sie zum Einspänner. »Ich sagte, du solltest jetzt lieber nach Hause fahren, damit du genügend Zeit hast, dich auf den Empfang des Gouverneurs heute abend vorzubereiten.«

»Ja, natürlich«, sagte sie geistesabwesend, während er ihr in die Kutsche half.

Houston war diesmal sogar froh, daß Blair und Lee sich auf der Heimfahrt wieder stritten, weil sie ungestört über das Geschehen des Morgens nachdenken konnte. Es kam ihr manchmal so vor, als sei sie ihr Leben lang nur Miss Blair-Houston gewesen. Auch Blairs Abreise hatte daran nichts geändert. Man hatte sich in der Stadt an den Doppelnamen gewöhnt. Doch heute hatte ihr jemand zum erstenmal gesagt, daß sie ihrer Schwester überhaupt nicht ähnlich sei. Natürlich wollte er damit nur angeben. In Wahrheit konnte auch er sie nicht auseinanderhalten.

Als sie in westlicher Richtung aus der Innenstadt fuhren, richtete Houston sich plötzlich sehr gerade im Polster auf: Mr. Taggert und Edan, der ihn überallhin begleitete, waren im Begriff, sie mit ihrem alten Vehikel zu überholen.

Kane zügelte plötzlich sein Gespann und rief gleichzeitig: »Westfield!«

Erschrocken hielt Lee die Pferde an.

»Ich wollte den Damen nur einen guten Morgen wünschen. Miss Blair«, sagte er, an Blair gewendet, die außen saß, »und Miss Houston«, setzte er mit etwas weicherer Stimme hinzu, während er Houston direkt in die Augen sah, »ich wünsche Ihnen einen guten Morgen.« Dann krachte seine Peitsche über die Köpfe seiner vier Gespannpferde hin, und das Vehikel rollte davon.

»Was sollte das denn bedeuten?« fragte Leander kopfschüttelnd. »Ich habe ja gar nicht gewußt, daß du Taggert kennst!«

Ehe Houston ihm antworten konnte, sagte Blair: »*Das* war der Mann, der dieses Haus dort oben gebaut hat? Kein Wunder, daß er keinen in sein Haus bittet. Er weiß genau, daß er nur Absagen bekäme. Was mich wundert ist, wie er uns auseinanderhalten konnte.«

»Unsere Kleider«, antwortete Houston ein wenig zu rasch. »Er hat mich heute morgen im Kaufhaus gesehen.«

Blair und Leander setzten ihr Streitgespräch fort; doch Houston hörte kein Wort von dem, was sie sagten. Sie dachte über die Begegnung dieses Morgens nach.

Kapitel 3

Die Villa Chandler stand auf einem Grundstück von der Größe eines halben Morgens, hatte auf der Rückseite eine aus Ziegeln gemauerte Remise und einen Garten mit Spalierobst gleich neben der breiten Veranda, die sich über drei Wände hinzog. Mit den Jahren hatte Opal ein Juwel aus dem Garten gemacht. Ulmen, die gepflanzt worden waren, als das Haus neu war, standen nun im vollen Wuchs über den Rasenflächen und schützten das üppige Grün und die Blumen vor der nach Feuchtigkeit lechzenden Colorado-Sonne. Da waren kleine Ziegelplatten-Stege zwischen den Rabatten, Statuen aus Stein und Badewannen für die Vögel, die sich hinter Blumen versteckten. Zwischen Wohnhaus und Remise war ein Kräutergarten angelegt, und Opal sorgte dafür, daß im Haus immer Vasen mit frischen Schnittblumen standen.

»Nun hör mir mal einen Augenblick zu«, sagte Blair, während sich Houston über einen Rosenbusch an der Nordwestecke des Anwesens beugte. »Ich möchte wissen, was sich da anspinnt.«

»Ich habe keine Ahnung, was du damit meinst.«

»Kane Taggert.«

Houston verharrte einen Moment in regungsloser Haltung, eine Hand um den Stiel einer Rose gelegt. »Ich traf ihn zufällig in Wilsons Kaufhaus, und später wünschte er uns dann einen guten Morgen.«

»Das kann doch nicht alles gewesen sein.«

Houston drehte sich ihrer Schwester zu. »Ich hätte mich vermutlich nicht einmischen sollen. Aber Mr. Taggert sah aus, als würde er jeden Moment explodieren, und ich wollte einen Streit verhindern. Leider geschah das auf Kosten von Mary Alice.« Sie erzählte Blair, was für häßliche Bemerkungen Miss Pendergast im Laden gemacht hatte.

»Es gefällt mir nicht, daß du jetzt mit ihm in Verbindung gebracht wirst.«

»Du sprichst wie Leander.«

»Ausnahmsweise hat er diesmal recht!«

Houston lachte. »Vielleicht sollten wie diesen Tag in der Familienbibel anstreichen. Blair, ich verspreche dir, daß ich nach dem heutigen Abend den Namen Taggert nie mehr erwähnen werde.«

»Dem heutigen Abend?«

Houston zog ein Stück Papier aus dem Ärmel. »Schau dir das an«, sagte sie eifrig. »Ein Bote hat das gebracht. Er hat mich zum Dinner in sein Haus eingeladen.«

»So? Ich dachte, du wolltest heute abend mit Leander zu einem Empfang gehen. Oder etwa nicht?«

Houston ignorierte die letzte Bemerkung. »Blair, du scheinst nicht zu wissen, was für ein Wirbel in der Stadt um dieses Haus gemacht wurde. Praktisch *jeder* in der Stadt hat sich darum bemüht, eine Einladung zur Besichtigung dieses Hauses zu bekommen. Aus ganz Colorado strömten die Leute herbei, um das Haus zu sehen; doch keiner durfte es auch von innen betrachten. Einmal wurde sogar von einem englischen Herzog, der sich auf der Durchreise befand, die Bitte an Mr. Taggert herangetragen, ob er in seinem Haus absteigen dürfe; doch Mr. Taggert wollte die Delegation nicht einmal anhören. Und nun bin *ich* in sein Haus eingeladen worden.«

»Aber du mußt heute abend doch zum Empfang. Der Gouverneur erwartet dich dort. Das ist doch viel wichtiger, als die Besichtigung von irgend so einem Haus.«

»Du kannst das nicht verstehen«, sagte Houston mit

einem entrückten Blick in den Augen. »Jahrelang haben wir die Züge hier ankommen sehen, die Einrichtungsgegenstände für sein Haus brachten. Mr. Gates sagte, der Besitzer habe sich nur deswegen kein Geleis bis zu seinem Haus verlegen lassen, weil er wollte, daß die ganze Stadt die Kisten und Möbel sehen sollte, die er für sein Haus bestellt hat. Aus der ganzen Welt trafen Kisten hier ein. Oh, Blair, die Räume müssen überquellen vor Möbeln. Und die Wandvorhänge erst – Gobelins aus Flandern und Brüssel!«

»Houston, du kannst nicht an zwei Stellen zugleich sein. Du hast versprochen, auf den Empfang zu gehen, und du mußt dein Versprechen halten.«

Houston spielte mit den Rosenblättern. »Als wir Kinder waren, konnten wir immer an zwei Stellen zugleich sein.«

Blair brauchte ein paar Sekunden, ehe sie verstand. »Du verlangst, daß *ich* einen Abend mit Leander verbringe, so tue, als wäre ich in ihn verliebt, während du zu einem Lüstling in die Wohnung gehst?«

»Wie kommst du dazu, Kane einen Lüstling zu nennen?«

»Kane? So weit geht das schon? Ich dachte, du kennst ihn kaum.«

»Schweif jetzt nicht vom Thema ab. Bitte, Blair, tausch den Platz mit mir. Nur für einen Abend. Ich würde ja gern an einem anderen Tag sein Haus besichtigen; aber ich fürchte, das würde mir Mr. Gates nicht erlauben, und ich bin nicht sicher, ob Leander das so angenehm wäre. So eine Gelegenheit bekomme ich nie wieder. Nur noch eine letzte Eigenmächtigkeit, ehe ich unter die Haube komme.«

»Du sagst das so, als wäre die Heirat ein Begräbnis. Außerdem würde Leander sofort erkennen, daß ich nicht du bin.«

»Nicht, wenn du dich entsprechend verhältst. Du weißt, daß wir beide gut schauspielern können. Denke daran, daß ich jeden Mittwoch so tue, als wäre ich eine alte Frau. Doch deine Rolle ist viel einfacher – du mußt nur still sein, darfst keinen Streit mit Lee anfangen und nicht über die Medizin reden. Und schreiten wie eine Lady, nicht rennen, als wäre irgendwo ein Feuer ausgebrochen.«

Blair brauchte lange zu einer Antwort. Doch Houston konnte ihr ansehen, daß sie schwach wurde. »Bitte, bitte, Blair. Ich bitte dich selten um etwas.«

»Nur, daß ich ein paar Monate im Haus unseres Stiefvaters verbringen soll, obwohl du weißt, daß ich ihn verabscheue. Und mir wochenlang die selbstgefälligen Reden eines Mannes anhören muß, den du zu heiraten beabsichtigst. Und daß . . .«

»Oh, Blair, bitte«, flüsterte Houston. »Ich möchte das Haus so gern von innen sehen.«

»Ist es nur das Haus, das dich interessiert, oder auch der Besitzer?«

Houston wußte, daß sie gewonnen hatte. Blair versuchte, die Widerstrebende zu spielen; aber aus irgendeinem verborgenen Grund war sie doch mit dem Wechsel einverstanden. Sie hoffte nur, Blair würde Lee nicht dazu überreden, ihr das Krankenhaus zu zeigen.

»Um Himmels willen!« rief Houston. »Ich habe Hunderte von Dinner-Parties besucht, und nicht einer von den Gastgebern hat mir den Kopf verdreht. Zudem werden ja noch andere Gäste zugegen sein.« Wenigstens hoffte sie das. Sie wollte nicht noch einmal gegen eine Wand gedrückt werden.

Blair lächelte mit einemmal. »Hättest du etwas dagegen, wenn ich nach deiner Hochzeit Leander erzähle, daß er einen Abend mit mir verbracht hat? Allein schon das Gesicht zu sehen, das er dann machen wird, würde mich für alles entschädigen.«

»Natürlich darfst du ihm das später erzählen. Lee hat Sinn für Humor. Ich bin sicher, er wird herzlich darüber lachen.«

Houston warf ihrer Schwester die Arme um den Hals. »Laß uns gleich mit den Vorbereitungen für heute abend beginnen. Ich werde etwas anziehen, was zu dem Haus auf dem Hügel paßt; und du wirst mein blaues Worth-Modellkleid tragen müssen.«

»Ich würde ja gern meine Knickerbocker anziehen; aber dann wüßte Leander wohl gleich, mit wem er es zu tun hat, nicht wahr?« sagte Blair, ein schelmisches Funkeln in den Augen, als sie ihre Schwester ins Haus begleitete.

Was nun folgte, war eine Orgie der Unentschlossenheit. Houston packte die gesamte Garderobe aus, die für ihre Hochzeit vorbereitet worden war, um das richtige Kleid für diesen Abend zu finden.

Schließlich entschied sie sich für ein Kleid aus malven- und silberfarbenem Brokat mit Hermelinbesatz am tiefen Ausschnitt und an den Puffärmeln. Sie würde das Kleid in einer ledernen Reisetasche verstecken – Blair schleppte immer dicke Ledertaschen voll medizinischer Instrumente mit sich herum – und sich in Tias Wohnung umziehen.

Sie mochte nicht das Telefon benützen, aus Angst, jemand könnte mithören; und so bezahlte sie einem der Jungen von Randolph einen Penny, damit er ihrer Freundin Tia Mankin, deren Haus sich unweit von Kanes Auffahrt befand, eine Botschaft zustellte. Sie sollte sagen, daß Blair bei ihr sei, wenn jemand Fragen stellte.

Blair fing wieder an zu quengeln, als verlangte Houston Unmögliches von ihr. Und sie beklagte sich zwanzig Minuten lang über das enge Korsett, das ihr fast die Luft abdrückte, weil sie sonst mit ihrer Taille nicht in das Modellkleid von Worth hineingepaßt hätte. Aber als sich dann Blair im Spiegel betrachtete, sah Houston ein Funkeln in ihren Augen und wußte, daß sie mit ihrem Aussehen sehr zufrieden war.

Die wenigen Minuten, die Houston im Salon mit ihrer Mutter und Mr. Gates verbrachte, waren eine Freude für sie. Blairs bequeme Kleider forderten einen geradezu heraus, den Wildfang zu spielen, und sie zankte sich ununterbrochen mit Mr. Gates.

Und als Leander kam, genoß sie es nicht weniger, ihn zu

necken. Lees kühle Reserviertheit, sein überlegenes Gehabe, das von keinem noch so frechen Wort zu erschüttern war, gingen ihr so auf die Nerven, daß sie froh war, als sie vor Tias Haus aussteigen konnte und Blair mit ihm allein weiterfuhr.

Sie traf sich mit Tia im Schatten eines Cottonwood-Baumes und folgte ihr über die Hintertreppe ins Zimmer.

»Blair«, flüsterte Tia, während sie Houston beim Umziehen half, »ich hatte gar nicht gewußt, daß du unseren geheimnisvollen Mr. Taggert kennst. Ich wünschte, ich könnte dich heute abend begleiten, und ich wette, Houston wünschte sich das auch. Sie ist in dieses Haus verliebt. Hat sie dir erzählt, was sie damals ...? Vielleicht sollte ich dir das lieber nicht erzählen.«

»Vielleicht solltest du mir das wirklich nicht erzählen«, pflichtete ihr Houston bei. »Aber jetzt muß ich gehen. Halt mir die Daumen.«

»Und erzähl mir morgen, wie es gewesen ist. Ich möchte, daß du mir jedes Möbelstück beschreibst, jeden Teppich, jede Wand und jede Decke«, sagte Tia, die ihre Freundin die Treppe hinunterbegleitete.

»Das werde ich«, rief Houston, während sie schon die Auffahrt zu Taggerts Haus hinauflief. Sie haßte es, nicht mit einer Kutsche, sondern wie eine Bettlerin zu Fuß zu kommen; aber sie konnte es nicht riskieren, eine einmalige Gelegenheit ungenützt vorübergehen zu lassen.

Die kreisrunde Auffahrt brachte sie zur Vordertür des Hauses, das mit seinen weißen Flügeln die Arme auszubreiten schien. Auf dem Dach sah sie eine Brüstung, und sie fragte sich, ob sich dahinter Terrassen befanden.

Die Vordertür war weiß, und zwei lange rechteckige Glasscheiben waren darin eingelassen. Während sie durch die Scheiben sah, strich sie sich das Kleid glatt, versuchte ihr pochendes Herz zu beruhigen und klopfte an die Tür. Nach wenigen Sekunden hörte sie schwere Schritte durch das Haus hallen.

Kane Taggert, der immer noch seine grobe Arbeitskleidung trug, grinste, als er ihr die Tür aufhielt.

»Ich hoffe, ich komme nicht zu früh«, sagte Houston und hielt den Blick fest auf sein Gesicht gerichtet. Sie wollte nicht gleich unangenehm auffallen, indem sie an ihm vorbei auf die Einrichtung gaffte.

»Genau richtig. Das Essen ist fertig.« Er trat einen Schritt zurück, und Houston konnte zum erstenmal einen Blick in das Haus hineinwerfen.

Direkt vor ihr stiegen zwei prächtige breite, freitragende Treppen in weitem Bogen links und rechts in die Höhe. Weiße Säulen mit reich verzierten Kapitellen stützten die Galerie und schwangen sich bis zur hohen, mit Holz verkleideten Decke hinauf. Das Ganze war eine Studie aus Weiß und Gold, dem die gedämpfte elektrische Beleuchtung einen warmen Ton verlieh.

»Gefällt es Ihnen?« fragte Kane und schien sich offensichtlich über ihren Gesichtsausdruck zu amüsieren.

Houston konnte sich so weit von ihrem Erstaunen erholen, daß sie den Mund wieder zubrachte. »Es ist das Schönste, was ich bisher in meinem Leben gesehen habe«, brachte sie flüsternd heraus.

Kanes breite Brust schien vor Stolz anzuschwellen. »Wollen Sie sich erst ein bißchen umsehen oder essen?«

»Umsehen«, sagte sie, während sie mit den Augen jeden Winkel der Halle und Treppen mit den Augen zu verschlingen versuchte.

»Dann kommen Sie mal«, sagte Kane und ging ihr rasch mit langen Schritten voraus.

»Dieses kleine Zimmer ist mein Büro«, sagte er und stieß die Tür zu einem Zimmer auf, das so groß war wie das ganze Erdgeschoß der Villa Chandler. Es war herrlich in Nußbaum getäfelt, und an einer Wand zog sich ein Marmorkamin hin. Doch in der Mitte des Raumes standen ein billiger Schreibtisch aus Eichc und daneben zwei alte Küchenstühle. Papiere lagen über die ganze Tischplatte verteilt, und ein paar davon waren auf den Parkettboden gefallen.

»Und das ist die Bibliothek.«

Er ließ ihr nicht Zeit, sich alles genauer anzusehen, sondern führte sie in einen riesigen leeren Raum mit goldgetönter Täfelung und leeren Bücherregalen an den Wänden. Drei große nackte Flächen aus weißem Stuck gähnten zwischen der Holzverkleidung.

»Da gehören ein paar Teppiche hin; aber die habe ich noch nicht aufgehängt«, sagte er, während er schon wieder aus dem Raum ging.

»Und das ist, was man den großen Salon nennt.«

Houston hatte nur drei Sekunden Zeit, in ein großes weißes Zimmer zu blicken, in dem kein einziges Möbelstück stand, ehe er ihr den kleinen Salon zeigte, dann das in hauchzartem Grün gehaltene Speisezimmer und schließlich den Weg durch einen Korridor in den Versorgungsbereich des Hauses.

»Das ist die Küche«, sagte er überflüssigerweise. »Nehmen Sie Platz.« Er deutete mit dem Kopf auf einen Eichentisch mit Stühlen, die vom selben Lieferanten stammen mußten wie der Schreibtisch im Arbeitszimmer.

Während sie sich auf einen der Stühle setzte, sah sie, daß Fett am Tischrand klebte. »Der Tisch scheint zu Ihrem Schreibtisch zu passen«, sagte sie behutsam.

»Richtig. Ich bestellte sie im Versandhandel. Bei Sears und Roebuck«, sagte er, während er mit einer Kelle etwas aus einem riesigen Topf auf dem gußeisernen Herd in Schüsseln abfüllte. »Ich habe noch mehr Möbel in den oberen Stockwerken. Wirklich hübsche Sachen. Auch einen roten Plüschsessel mit gelben Quasten.«

»Hört sich ja sehr interessant an.«

Er stellte eine Schüssel mit Eintopf vor sie hin, in dem riesige Fleischbrocken in Fett schwammen. Dann setzte er sich ebenfalls. »Essen Sie, ehe es kalt wird.«

Houston nahm einen dicken Löffel vom Tisch, den er für sie bereitgelegt hatte, und stocherte ein wenig in der Schüssel herum.

»Mr. Taggert – wer hat Ihr Haus entworfen?«

»Ein Mann an der Ostküste. Warum? Es gefällt Ihnen doch, oder?«

»Sehr. Ich habe mich nur gewundert.«

»Über was?« fragte er, den Mund voller Eintopf.

»Warum es so leer ist. Warum stehen keine Möbel in den Zimmern? Wir – die Leute von Chandler, meine ich – haben doch gesehen, wie Kisten und allerlei sperriges Gut angeliefert wurde, nachdem Ihr Haus fertiggestellt war. Wir nahmen alle an, daß es sich dabei um Möbel und Hausrat handelte.«

Er betrachtete sie, während er mit dem Löffel das Fleisch in seiner Schüssel herumschob. »Ich habe eine Menge Möbel, Teppiche und Statuen gekauft. Tatsächlich habe ich ein paar Männer dafür bezahlt, das Zeug für mich einzukaufen, und das liegt jetzt alles oben auf dem Speicher.«

»Im Speicher? Aber warum? Ihr Haus ist wunderschön, aber Sie wohnen hier, glaube ich, ganz allein nur mit einem Angestellten und haben nicht mal einen Sessel zum Sitzen. Abgesehen von den Stühlen natürlich, die Sie bei Sears und Roebuck gekauft haben.«

»Nun, kleine Lady, das ist ja der Grund, weshalb ich Sie eingeladen habe: Es schmeckt Ihnen nicht?« Er nahm ihr die Schüssel mit dem Eintopf weg und aß ihn selbst.

Houston hatte die Ellenbogen auf den Tisch gestützt und beugte sich fasziniert vor. »Warum haben Sie mich eingeladen, Mr. Taggert?«

»Ich vermute, Sie wissen, daß ich reich bin – wirklich reich –, und vom Geldverdienen verstehe ich was. Nach der ersten Million ist der Rest ein Kinderspiel. Aber, ehrlich gestanden, habe ich keine Ahnung, wie ich das Geld wieder ausgeben soll.«

»Sie wissen nicht, wie Sie Ihr Geld wieder ...?« murmelte Houston.

»Oh, ich kann natürlich nach einem Katalog bei Sears bestellen; aber wenn es darum geht, Millionen auszugeben, muß ich mir dazu andere Leute anheuern. Zum Beispiel bin ich zu diesem Haus gekommen, indem ich die Frau eines Mannes fragte, wer für mich ein Haus bauen könnte. Sie nannte mir einen Mann, den ich in mein Büro bestellte und dem ich sagte, ich wollte etwas wirklich Schönes haben. Und dann baute er mir dieses Haus. Er engagierte auch die beiden Männer, die mir die Möbel besorgten. Ich hab' mir von dem ganzen Zeug noch gar nichts angeschaut.«

»Warum haben Sie denn die Möbel von den beiden Männern nicht gleich aufstellen lassen?«

»Weil meiner Frau vielleicht nicht gefallen könnte, wie sie aufgestellt sind, und sie das Ganze vielleicht wieder umstellen möchte; und ich sah nicht ein, daß man sich die Arbeit zweimal machen soll.«

Houston lehnte sich auf ihrem Stuhl zurück. »Ich wußte ja gar nicht, daß Sie verheiratet sind.«

»Bin ich auch nicht. Noch nicht. Ausgeguckt habe ich mir schon eine.«

»Meinen Glückwunsch.«

Kane lächelte sie durch seinen Bart hindurch an. »Ich kann mir nicht jede Frau in dieses Haus holen. Sie muß eine echte, wahre und unverfälschte Lady sein. Jemand hat mir mal gesagt, daß eine *echte* Lady eine Führerpersönlichkeit ist, daß sie für eine Sache kämpft, sich für die Unterdrückten einsetzt, ohne daß ihr dabei auch nur der Hut auf dem Kopf verrutscht. Und eine echte Lady kann einen Mann mit einem Blick zu Eis erstarren lassen. Das haben Sie heute getan, Houston.«

»Wie war das bitte?«

Er schob die beiden leeren Schüsseln zur Seite und beugte sich zu ihr hinüber. »Als ich in die Stadt kam, machten sich alle diese Frauen meinetwegen zum Narren, und als ich sie nicht beachtete, fingen sie an, sich so zickig zu benehmen, wie sie wirklich sind. Die Männer standen alle dabei und lachten, ein paar wurden auch böse; doch keiner von ihnen sagte auch nur einmal zu mir, daß es ihm leid täte. Und keiner hat mal irgendwas Nettes zu mir gesagt. Nur Sie.«

»Aber, Mr. Taggert, eine von diesen Frauen wird doch sicherlich . . .«

»Keine von ihnen hat mich so verteidigt, wie Sie das

heute getan haben. Und wie sie mich ansahen, als ich Sie anfaßte! Ich wäre fast erfroren.«

»Mr. Taggert, ich glaube, ich sollte jetzt gehen.« Ihr gefiel die Wendung, die ihr Gespräch genommen hatte, ganz und gar nicht. Sie war allein mit diesem riesigen, halbzivilisierten Mann. Und noch dazu wußte niemand, daß sie sich in diesem Haus befand.

»Sie können jetzt noch nicht gehen; ich habe Ihnen noch etwas zu sagen.«

»Sie können mir ja einen Brief schicken. Ich muß jetzt wirklich gehen.«

»Kommen Sie mit nach draußen. Ich habe eine Menge Pflanzen hinterm Haus«, sagte er wie ein kleiner Junge, der gern seinen Willen haben möchte.

Sie hoffte, daß sie das nicht bereuen mußte; aber vielleicht waren ›eine Menge Pflanzen‹ ein Garten.

Es war ein Garten: Morgen über Morgen voller duftender blühender Büsche und mehrjährige Pflanzen, Rosen und Bäume.

»Der Garten ist so schön wie das Haus«, sagte sie und wünschte sich, sie könnte die Wege erkunden, die sie im Mondlicht erkennen konnte. »Was wollten Sie mir denn noch sagen, Mr. Taggert? Ich muß bald aufbrechen.«

»Wissen Sie, daß ich Sie schon als kleines Mädchen gekannt habe? Sie haben ja immer mit Marc Fenton im Garten gespielt. Natürlich haben Sie mich nicht beachtet. Ich war ja nur der Stallbursche«, sagte er schroff und beruhigte sich dann wieder. »Ich habe mich immer gefragt, was aus Ihnen mal werden würde – Sie, eine Chandler, die mit den Fentons spielte –, aber es ist was wirklich Gutes draus geworden.«

»Vielen Dank.« Sie fragte sich verwundert, was er mit diesen krausen Reden bezweckte.

»Was ich Ihnen noch sagen wollte, ist, daß ich vierunddreißig Jahre alt bin, so viel Geld besitze, daß ich gar nicht mehr weiß, wohin damit, ein großes leeres Haus habe und die Speicher voller Möbel, die heruntergeschafft und aufgestellt werden müssen. Und ich will, daß mir jemand eine Köchin besorgt, damit ich und Edan nicht dauernd unser eigenes Essen verzehren müssen. Was ich brauche, Miss Houston Chandler, ist eine Frau, und ich habe beschlossen, daß ich Sie zu meiner Frau machen werde.« Er sagte den letzten Satz mit triumphierender Stimme.

Houston brauchte einen Moment, ehe sie zu einer Antwort fähig war. »Mich?«, flüsterte sie.

»Ja, Sie. Ich denke, es stünde einer Chandler gut an, wenn sie in diesem Haus wohnen würde – in dem größten Haus, das Chandler in Colorado jemals gesehen hat und sehen wird. Und ich habe auch jemand beauftragt, der sich über Sie erkundigen sollte. Sie sind auf ein paar wirklich feinen Schulen gewesen und wissen, wie man Sachen einkaufen muß. Und Sie wissen auch, wie man Parties gibt – solche Parties, wie sie Jay Goulds Frau früher gegeben hat. Ich werde Ihnen auch ein paar echt goldene Teller kaufen, wenn Sie die für Ihre Parties brauchen.«

Houston erholte sich jetzt von ihrem Schock. Und das erste was sie tat, war, auf dem Absatz kehrtzumachen und davonzugehen.

»Warten Sie noch einen Moment«, sagte er und ging neben ihr her. »Wann soll die Hochzeit stattfinden?«

Sie blieb stehen und funkelte ihn an. »Mr. Taggert, lassen Sie mich jetzt ein paar klare und deutliche Worte sagen. Erstens bin ich bereits verlobt und werde demnächst heiraten. Zweitens – selbst wenn ich nicht verlobt wäre – weiß ich so gut wie nichts von Ihnen. Nein, ich werde Sie *nicht* heiraten, selbst wenn Sie mich ordentlich um meine Hand bitten würden, statt einfach großartig über mich zu bestimmen.« Sie drehte sich wieder von ihm weg.

»Ist es das, was Sie verlangen? Eine Brautwerbung? Ich werde Ihnen jeden Tag bis zur Hochzeit Rosen schicken.«

Sie blieb noch einmal stehen, holte tief Luft und drehte sich abermals zu ihm um. »Ich möchte nicht, daß Sie mir den Hof machen. Tatsächlich bin ich mir nicht sicher, ob ich Sie überhaupt noch einmal sehen möchte. Ich kam hierher, um Ihr Haus zu besichtigen, und danke Ihnen, daß Sie es mir gezeigt haben. Und jetzt, Mr. Taggert, möchte ich nach Hause gehen. Und wenn Sie eine Frau haben wollen, sollten Sie sich vielleicht unter den vielen ungebundenen Frauen in dieser Stadt umsehen. Ich bin sicher, Sie werden darunter noch eine sogenannte echte, wahre, unverfälschte Lady entdecken können.«

Damit drehte Houston ihm wieder den Rücken zu, und wenn sie auch nicht direkt zur Vorderseite des Hauses rannte, so setzte sie gewiß auch keinen Rost an den Schuhen an.

»Verdammt!« sagte Kane, als sie gegangen war und er die Treppe zum ersten Stock hinaufstieg.

Edan stand auf dem oberen Treppenabsatz. »Nun?«

»Sie sagte nein«, antwortete Kane verdrossen. »Sie will diesen armen Schlucker, diesen Westfield haben. Und sag mir jetzt nur ja nicht: ›Das habe ich dir ja gleich gesagt!‹ Denn noch ist das letzte Wort in dieser Sache nicht gesprochen. Das passiert erst dann, wenn Lady Chandler mir vor dem Altar das Jawort gibt! Ich habe Hunger. Wollen mal sehen, ob wir was zu essen auftreiben können.«

Kapitel 4

Houston schlich sich leise durch die Vordertür der Villa Chandler und zog im Flur die Schuhe aus, damit die Stufen nicht knarrten, wenn sie nach oben ging. Mr. Gates vertraute Leander rückhaltlos, und wenn Houston mit ihm ausging, paßte niemand auf, wann sie wieder nach Hause kam.

Als sie in ihr Zimmer schlüpfte, lächelte sie ihrer Mutter zu, die mit vorwurfsvollem Gesicht den Kopf durch ihre Schlafzimmertür steckte. Sobald Houston in ihrem Zimmer war, lächelte sie abermals, weil ihr nun klar wurde, was dieser vorwurfsvolle Blick zu bedeuten hatte. Schließlich wurde sie ja für Blair gehalten; aber sie war soeben in Houstons Zimmer verschwunden. Zweifellos hatte ihre Mutter erraten, was sie für ein Spiel trieben, und das gefiel ihr nicht.

Mit einem Achselzucken tat Houston die Mißbilligung ihrer Mutter ab. Opal Gates liebte ihre Töchter, verwöhnte sie und würde sie nie danach fragen, wo sie gewesen waren und was sie getrieben hatten. Und sie würde auch ihre Töchter nie an Mr. Gates verraten, wenn sie ihr sagten, wonach sie nie fragte.

Während Houston sich auszuziehen begann, dachte sie über den Abend nach. So ein schönes Haus, so leer, so ungepflegt. Und der Besitzer hatte es ihr angeboten! Natürlich gehörte er ebenfalls zu diesem Pakt; aber schließlich hatte ja jedes Geschenk, das diesen Namen wirklich verdient, irgendeinen Pferdefuß.

Sie setzte sich in ihren Dessous an ihre Frisierkommode und fing an, ihr Gesicht für die Nacht einzukremen. Noch kein Mann hatte sie so behandelt wie Kane Taggert heute abend. Sie wohnte nun seit ihrer Geburt in dieser kleinen Stadt, und jeder wußte, daß sie und ihre Schwester die letzten Nachfahren der Gründerfamilie von Chandler waren. Sie war in dem Bewußtsein aufgewachsen, daß sie so etwas darstellte wie ein Statussymbol, das jeder haben wollte, weil ›eine Party ohne die Chandlers kein gesellschaftliches Ereignis‹ war. Als die prominenten, reichen Westfields aus dem Osten hierherkamen, war sie noch ein Kind gewesen; aber schon galt es offenbar als ausgemacht, daß eine Chandler einen Westfield heiraten würde.

Und Houston hatte immer getan, was man ihr sagte. Blair stieg auf Barrikaden, Houston niemals. Mit den Jahren hatte Houston gelernt, genau das zu tun, was man von ihr erwartete. Jeder in ihrer Umgebung war der Meinung, sie sollte Leander Westfield heiraten, also machte sie sich diese Meinung zu eigen. Da sie eine Chandler war, wurde erwartet, daß sie eine Lady sei; also wurde sie eine.

Sich als dicke alte Frau zu verkleiden und in die Kohlenminen zu fahren, war die einzige undamenhafte Handlung, die sie sich in ihem Leben gestattet hatte.

Sie blickte in den Spiegel und sah, wie die Angst in ihr Gesicht trat bei dem Gedanken, was Leander wohl sagen würde, wenn er erfuhr, wer Sadie war. Leander wollte, daß alles nach seinem Kopf ging. Seine Gattin mußte eine Frau ohne Überraschungen sein.

Sie stand auf und löste die Bänder ihres Mieders. Dieser Abend war ein Abenteuer gewesen, ein einmaliges Ereignis, ehe sie alle Abenteuer aufgab und Mrs. Leander Westfield wurde.

Sie holte ein paarmal tief Luft, als sie das Korsett abgelegt hatte, und erlaubte sich noch eine respektlose Überlegung: Was würde ein Mann wie Kane Taggert tun, wenn er herausfand, daß seine Frau jeden Mittwoch mit einem Trödelwagen in die Bergwerkslager fuhr?

»Nun, Honey«, sagte Houston laut, mit der tiefen Stimme einer alten Frau, »sorge nur dafür, daß dir der Hut nicht auf dem Kopf verrutscht. Echten Ladies passiert so was nämlich nicht.«

Houston fiel auf ihr Bett und hielt sich den Mund zu, um ihren Lachreiz zu unterdrücken. Würden die Chandlers aus allen Wolken fallen, überlegte sie, wenn sie sich dazu entschloß, Mr. Taggerts Angebot anzunehmen?

Sie setzte sich gerade. Was in aller Welt sollte sie bei ihrer Hochzeit tragen? Vielleicht ein rotes Kleid mit Goldquasten?

Immer noch lachend, zog sie sich zu Ende aus und streifte ihr Nachthemd über. Es war doch nett gewesen, daß sie noch einen zweiten Heiratsantrag bekommen hatte. Wenigstens war es ein Beweis, daß nicht alle meinten, es wäre eine Selbstverständlichkeit, wenn Leander sie als sein persönliches Eigentum betrachtete. Jeder, Houston eingeschlossen, glaubte ihre Zukunft zu kennen. Sie und Lee waren schon so lange zusammen, daß sie genau wußte, was er zum Frühstück aß, wie er seine Hemden gebügelt haben wollte und was dergleichen mehr war.

Das einzige Unbekannte blieb die Hochzeitsnacht. Nun, vielleicht würde Leander nach dieser einen Nacht nicht von ihr erwarten, daß sie es gleich wieder tat. Vielleicht nur in großen Abständen. Es war nicht so, daß sie Männer nicht mochte, schon gar nicht nach den Ereignissen am Vorabend der Hochzeit ihrer Freundin Ellie: aber wenn Leander sie anfaßte, kam ihr das manchmal wie . . . nun, wie Inzest vor. Sie liebte Leander, wußte, daß sie keine Schwierigkeiten haben würde, mit ihm zusammenzuleben; aber der Gedanke, bei ihm zu liegen . . .

Sie stieg ins Bett, zog die Steppdecke bis zum Kinn hinauf und bereitete sich auf das Einschlafen vor. Sie überlegte flüchtig, wie Blair wohl mit Leander zurechtgekommen war. Zweifellos würde er morgen schlechter Laune sein, weil er sich natürlich wieder einmal mit Blair gestritten hatte. Sie konnten keine zwei Stunden beisammen sein, ohne sich einmal an die Gurgel zu springen.

Mit einem Seufzen glitt sie in den Schlaf hinüber. Heute hatte sie ein Abenteuer erlebt, morgen begann wieder das Einerlei ihres Alltagslebens.

Houston mußte sich schon Leanders Avancen erwehren, als er ihr in die Kutsche half, und wieder kam ihr der Gedanke, wie seltsam sie sich doch alle benahmen. Den ganzen Morgen über hatte Blair sie gemieden, und beim Frühstück hatte sie so ausgesehen, als hätte sie geweint. Es wird doch hoffentlich gestern abend nicht zu einem ernsthaften Streit zwischen Blair und Lee gekommen sein, dachte Houston. Oder war herausgekommen, daß sie die Plätze getauscht hatten? Hoffentlich nicht! Houston versuchte mit Blair über den gestrigen Abend zu reden, doch Blair hatte sie nur angesehen, als wäre ihr Leben zu Ende, und war dann aus dem Eßzimmer gerannt.

Um elf war Lee dann gekommen, um sie zu einem Picknick mitzunehmen – was für eine angenehme Überraschung –, und Houston hatte gehört, wie Blair ihm von der Veranda aus etwas zurief. Dann war Lee mitten auf der Straße zudringlich geworden, so daß Houston schon versucht gewesen war, ihm auf die Finger zu klopfen.

Jetzt hatte sie so ein Gefühl, als wäre sie mitten während der Vorstellung in ein Theater gekommen und verstünde die Handlung des Stückes nicht, das auf der Bühne aufgeführt wurde, während sie neben Lee im Einspänner saß. Aber er sagte nichts, lächelte nur und lenkte seine Kutsche durch den Verkehr. Houston begann, wieder aufzuatmen. Es konnte nichts wirklich Schlimmes gestern abend passiert sein, wenn er lächelte.

Er fuhr mit ihr zu einem Platz mit großen Felsen und hohen Bäumen, den sie noch nie gesehen hatte. Sie waren meilenweit von der Stadt entfernt an einem abgeschiedenen einsamen Ort.

Kaum hatte er ihr aus der Kutsche geholfen – und mit solcher Hast, daß sie fast hingefallen wäre –, als er schon die Arme um sie legte und sie fast erdrückte. Sie hatte Mühe, genügend Luft zu bekommen, so daß sie seine Worte zunächst nicht hörte.

»... aber nur noch an dich und den gestrigen Abend denken können«, sagte er. »Ich konnte noch den Duft deiner Haare an meinen Kleidern riechen, deine Lippen auf den meinen schmecken, deinen ...«

Houston vermochte sich endlich aus seiner Umarmung zu befreien. »Du konntest was?« keuchte sie.

Er begann, ihr die Frisur zu zerzausen, und blickte sie sonderbar an. »Du wirst mir doch heute nicht wieder die keusche Braut vorspielen wollen, nicht wahr? Möchtest du wirklich deine alten Gewohnheiten wieder aufnehmen nach gestern abend?«

Während er auf Houston einredete, dachte sie fieberhaft nach. Doch sie konnte nicht glauben, was ihr als einzig mögliche Erklärung für seine bizarren Worte einfiel. Blair konnte doch nicht ... konnte sich doch Lee nicht ergeben haben! Konnte sie? Unmöglich.

»Houston, du hast mir bewiesen, daß du ganz anders sein kannst; also mußt du doch nicht wieder die unnahbare

Eisprinzessin spielen. Ich weiß jetzt, wie du wirklich bist, und ich darf dir versichern, daß ich noch glücklicher sein werde, wenn ich diese kühle Frau von damals nie wiedersehe. Also komm her und küß mich so wie gestern abend.«

Houston erkannte in diesem Moment, daß das viel mehr war, als ein Kompliment für Blair. Er hatte gestern abend nicht nur Blair genossen, sondern war auch zu der Einsicht gekommen, daß er die kühle Frau, mit der er verlobt war, nicht mehr sehen wollte. Sie schob ihn von sich. »Willst du damit sagen, daß ich gestern abend anders gewesen bin als sonst? Daß ich . . . besser gewesen bin?«

Er lächelte auf eine idiotische Weise und fuhr fort, davon zu schwärmen, wie wundervoll Blair gewesen sei.

»Du weißt genau, wie du gewesen bist. Es war, als sähe ich dich zum erstenmal. Ich wußte nicht, daß du so sein könntest. Vielleicht lachst du darüber, aber ich fing an zu glauben, daß sich hinter deinem kühlen Äußeren ein Herz aus Eis versteckte. Aber da du ja eine Zwillingsschwester hast, die schon bei der leisesten Herausforderung vor Feuer sprüht, muß etwas von ihrem Temperament auf dich abgefärbt haben.«

Er packte sie wieder, ehe sie ein Wort erwidern konnte, und gab ihr einen unangenehmen, ihr die Lippen zerquetschenden Kuß; und als es Houston endlich gelang, sich dieser Zudringlichkeit zu erwehren, sah sie, daß er wütend war.

»Du treibst das Spiel zu weit«, sagte er. »Du kannst nicht erst brennen vor Leidenschaft, um dann wieder das unberührbare Mädchen zu sein. Was bist du? Zwei Menschen in einer Person?«

Houston hätte ihn am liebsten angeschrien, daß seine Lüsternheit der Falschen galt, daß er mit der kalten, frigiden und nicht mit der so feurigen Schwester verlobt war, die er vorzuziehen schien.

Offenbar konnte Lee Gedanken lesen, weil sich sein Gesichtsausdruck plötzlich veränderte.

»Das ist ein Ding der Unmöglichkeit, nicht wahr, Houston?« sagte er. »Sag mir, daß es falsch ist, was ich denke. Man kann doch nicht zwei grundverschiedene Wesen in einer Gestalt sein, oder?«

Houston wußte nun, daß aus einem harmlosen Spiel eine ernste Sache geworden war. Wie hatte Blair ihr so etwas nur antun können?

Lee entfernte sich ein paar Schritte von ihr und ließ sich schwerfällig auf einen Felsen nieder. »Hast du mit deiner Schwester gestern den Platz getauscht?« fragte er leise. »Habe ich den gestrigen Abend mit Blair verbracht statt mit dir?«

Irgendwie gelang es ihr, ein Ja zu flüstern.

»Ich hätte es sofort merken müssen, als sie diesen Selbstmörder so gut versorgte. Und sie wußte nicht einmal, daß wir in dem Haus waren, das ich für sie gekauft hatte – für dich. Ich glaube, ich wollte es nicht wissen. Von dem Moment an, als ich zu dem Selbstmörder gerufen wurde und sie mir sagte, sie wolle mich begleiten, weil sie mir vielleicht dabei helfen könne, war ich so blind vor Freude, daß ich mir jeden Zweifel verbot. Ich hätte es wissen müssen, als ich sie küßte ...«

»Zum Henker mit euch beiden! Ich hoffe, es hat euch einen höllischen Spaß gemacht, mich zu betrügen.«

Das Gesicht, daß er ihr nun zudrehte, war zum Fürchten. »Wenn du weißt, was für dich gut ist, sagst du jetzt kein Wort mehr. Ich weiß nicht, was über euch gekommen ist, daß ihr mir so einen schmutzigen Streich spielen mußtet; aber ich kann dir verraten, daß ich nicht gern das Opfer solcher Streiche bin. Nachdem du und deine Schwester euch so gut auf meine Kosten amüsiert habt, muß ich mir überlegen, was für Konsequenzen der gestrige Abend für mich hat.«

Leander brachte sie anschließend wieder nach Hause und stieß sie fast aus der Kutsche, als er sie wieder vor der Villa Chandler ablud.

Blair stand auf der Veranda.

»Ich muß mit dir reden«, sagte Houston zu ihrer Schwester. Blair nickte nur und folgte ihr stumm in den kleinen Rosengarten am Ende des Grundstücks.

»Wie hast du mir das antun können?« begann Houston. »Was hast du eigentlich für eine Moral, daß du ein einziges Mal mit einem Mann ausgehen und schon mit ihm schlafen kannst? Oder gehe ich mit meiner Vermutung zu weit? Du hast doch mit ihm geschlafen, oder?«

Blair nickte stumm.

»Am ersten Abend?« fragte Houston ungläubig.

»Aber ich war doch *du*!« sagte Blair. »Ich war mit ihm verlobt. Ich nahm an, daß ihr immer ... Nachdem er mich so geküßt hatte, mußte ich annehmen, daß ihr beide ...«

»Daß wir beide was?« fauchte Houston. »Du meinst, daß wir beide uns schon öfter ... geliebt hatten? Glaubst du, ich hätte dich gebeten, mit mir den Platz zu tauschen, wenn das der Fall gewesen wäre?«

Blair barg das Gesicht in den Händen. »Ich habe nicht darüber nachgedacht. Ich konnte überhaupt nicht denken. Nach dem Empfang brachte er mich in sein Haus und ...«

»In *unser* Haus«, sagte Houston. »In das Haus, das ich monatelang eingerichtet und dekoriert habe, um es für *meine* Hochzeit vorzubereiten.«

»Da waren Kerzen und Kaviar und gebratene Ente und Champagner – haufenweise Champagner. Er küßte mich, und ich trank ununterbrochen Champagner, und da waren diese Kerzen und seine Augen und ich konnte mich nicht mehr bremsen. Oh, Houston, es tut mir ja so leid. Ich werde Chandler verlassen. Du brauchst mich nie mehr wiederzusehen. Leander wird uns nach einer Weile verzeihen.«

»Zweifellos hast du rot gesehen, als er dich küßte«, sagte sie mit einer Stimme voller Sarkasmus.

»Mit kleinen silbernen und goldenen Funken.« Blair meinte das ganz ernst.

Houston sah ihre Schwester mit offenem Mund an. Wovon redete sie da eigentlich? Von Champagner und Kerzen? Hatte Lee von Anfang an geplant, seine Verlobte zu verführen? Hatte er etwas geplant, das nach hinten losgegangen war, so daß er die Nacht mit der falschen Schwester verbracht hatte.

Oder war Blair nur eine falsche Schwester?

»Wie war denn sein Kuß?« fragte Houston leise.

Blair blickte sie schockiert an. »Quäle mich bitte nicht. Ich will versuchen, das wiedergutzumachen, Houston. Das schwöre ich. Und wenn es mir noch so schwerfallen ...«

»Wie war sein Kuß?« wiederholte Houston etwas lauter.

Blair schniefte, und ihre Schwester gab ihr ein Taschentuch. »Du weißt doch, wie seine Küsse sind. Ich muß sie dir nicht erst beschreiben.«

»Ich glaube nicht, daß ich es wirklich weiß.«

Blair bekam einen Schluckauf. »Es war ... es war wunderbar. Ich hätte nie geglaubt, daß ein Mann, der so kühl ist wie Lee, so viel Feuer haben könnte. Als er mich anfaßte ...« Sie sah zu ihrer Schwester hoch. »Houston, ich werde zu Lee gehen und ihm sagen, daß das alles nur meine Schuld gewesen ist. Daß es meine Idee war, die Plätze zu tauschen, und daß du an der Sache vollkommen unschuldig bist. Ich sehe nicht ein, weshalb die Geschichte nicht unter uns dreien bleiben soll. Wir werden uns zusammensetzen, darüber reden, und er wird verstehen, wieso es dazu gekommen ist.«

Houston beugte sich vor. »Wird er das? Wie willst du ihm erklären, daß ich den Abend mit einem anderen Mann verbringen wollte? Willst du Lee sagen, daß schon eine einzige Berührung genügte, dich so in Brand zu setzen, daß du dich nicht mehr zu beherrschen vermochtest? Was für ein bemerkenswerter Unterschied zu der frigiden Miss Houston Chandler.«

»Du bist nicht frigid!«

Houston schwieg einen Moment still.« »Lee redete die ganze Zeit nur davon, wie großartig du in der vergangenen Nacht gewesen bist. Ihm würde keine unerfahrene Braut mehr gefallen nach der Erfahrung mit dir ...«

Blair hob rasch den Kopf. »Ich habe noch nie mit einem Mann geschlafen. Lee war der erste ...«

Houston wußte nicht, ob sie nun lachen oder staunen sollte. Sie hatte schreckliche Angst vor ihrer Hochzeitsnacht und war überzeugt, daß sie selbst nach einem Hektoliter Champagner nicht so reagieren würde wie Blair. Lees Küsse hatten sie nie dazu gebracht, sich und die Welt zu vergessen.

»Houston, haßt du mich jetzt?« fragte Blair leise.

Houston dachte über diese Frage nach. Es war seltsam, aber sie empfand nicht einmal Eifersucht. Sie dachte nur daran, daß Lee nun dasselbe von ihr verlangen würde, was er von Blair bekommen hatte, und wie wollte sie bei ihm den gleichen Erfolg erreichen wie Blair? Vielleicht hatte Blair auf ihrer medizinischen Hochschule gelernt, wie man das machte; aber in Miss Jones Schule für junge Damen in Virginia hatte man ihr beigebracht, daß der Platz einer Frau im Salon sei, und es war nie darüber gesprochen worden, wie eine Frau sich im Schlafzimmer zu verhalten habe.

»Du schaust mich so sonderbar an.«

Schon lag sie Houston auf der Zungenspitze – die Frage nach den Details der gestrigen Nacht; doch sie brachte sie nicht über die Lippen. »Ich bin nicht einmal zornig. Ich brauche nur Zeit, damit fertigzuwerden«, sagte sie. »Du bist doch nicht etwa in Lee verliebt, oder?«

Blair sah sie entsetzt an. »Nein! Niemals! Das ist das letzte, was ich bin. Hat ... hat er heute viel von mir erzählt?«

Houston knirschte mit den Zähnen, als sie sich daran erinnerte, wie er zu ihr sagte, Houston sei immer so frigide gewesen; doch gestern nacht ...

»Wir wollen das alles vergessen, wenn wir können. Ich werde mit Lee reden, wenn sein Zorn verraucht ist, und wir werden es für uns behalten. Eine Weile wird uns die Sache vermutlich peinlich sein; aber ich bin sicher, wir finden eine für alle zufriedenstellende Lösung. Wir dürfen nicht zulassen, daß uns so etwas auseinanderbringt. Unsere Geschwisterliebe ist wichtiger als diese Affäre.«

»Vielen Dank«, sagte Blair und fiel ihrer Schwester um

den Hals. »So eine Schwester wie dich gibt es nur einmal auf der Welt. Ich liebe dich.«

Blair schien sich schon besser zu fühlen; doch Houston hatte ein paar nagende Zweifel, obwohl sie sich einredete, sie wären unbegründet. Sie liebte Lee, hatte ihn immer geliebt und hatte sich schon als Kind vorgenommen, ihn zu heiraten. Diese Kleinigkeit, diese eine Nacht mit der falschen Schwester, würde doch nicht alles verändern, nicht wahr?

»Natürlich nicht«, sagte sie laut, zog ihren Rock glatt und ging zurück zum Haus. Eine Nacht würde nicht ein jahrelanges Zusammensein ausradieren können.

Kapitel 5

Um vier Uhr nachmittags saßen Houston, Blair und ihre Mutter im Salon. Blair las in ihrem medizinischen Journal, die beiden anderen Frauen nähten, als die Haustür plötzlich aufflog und gegen die Wand des Vestibüls krachte.

»Wo ist sie?« brüllte Duncan Gates, daß der Kronleuchter leise zu klirren begann. »Wo ist diese sittenlose Hure? Wo ist diese Isebel?«

Mr. Gates stürmte in den Salon, der kräftige Leib vor Wut aufgeblasen. Er packte Blairs Arm, zog sie von ihrem Stuhl hoch, zerrte sie auf die Tür zu.

»Mr. Gates!« rief Opal, die sofort von ihrem Sessel aufgesprungen war, »was soll das alles bedeuten?«

»Dieses ... diese Tochter des Satans hat die Nacht mit Leander verbracht, und obwohl sie jetzt unrein ist, plant er, sie zu einer anständigen Frau zu machen.«

»Was?« riefen die drei Frauen gleichzeitig.

»Leander wird diese Hure heiraten, sagte ich eben.« Damit schleppte er eine protestierende Blair hinter sich her aus dem Haus.

»Houston«, sagte ihre Mutter. »Du und Blair – ihr habt gestern abend die Plätze getauscht, nicht wahr?«

Houston nickte nur stumm und nahm ihre Näharbeit wieder zur Hand, als wäre nichts geschehen.

Die Sonne ging unter, im Zimmer wurde es dunkel, und das Hausmädchen schaltete das elektrische Licht ein, doch noch immer sprachen Mutter und Tochter kein Wort.

Houston ging nur immer wieder ein und derselbe Gedanke durch den Kopf: Es ist vorbei. Alles ist vorbei.

Um Mitternacht ging die Haustür auf, und Duncan stieß Blair vor sich her durch die Diele in den Salon.

»Es ist alles geregelt«, sagte er mit einer Stimme, die heiser war vom zu heftigen Gebrauch. »Blair und Leander werden in zwei Wochen heiraten. Es wird am Sonntag von der Kanzel verkündet.«

Houston erhob sich leise aus ihrem Sessel.

»Tochter«, sagte Duncan voller Mitgefühl, »es tut mir leid um dich.«

Houston nickte nur und ging hinaus zur Treppe.

»Houston«, sagte Blair vom Fuß der Treppe her. »Bitte«, flüsterte sie.

Doch in diesem Moment hatte Houston kein Mitleid an ihre Schwester zu verschenken, und sie drehte sich nicht einmal um, als Blair zu weinen begann.

In ihrem Zimmer war sie noch immer wie betäubt. Ihr ganzes Leben war vernichtet, in einer einzigen Nacht auf den Kopf gestellt. Alles war verloren.

An der Wand hing ein gerahmtes Diplom von Miss Jones Schule für junge Damen. Sie riß es von der Wand und schleuderte es quer durchs Zimmer. Doch sie spürte keine Erleichterung, als die Glasscheibe klirrend zu Bruch ging.

Mit starren Fingern begann sie, ihr Kleid aufzuknöpfen. Kurz darauf stand sie in ihrem Nachthemd im Zimmer, stand nur da, ohne sich zu bewegen, ohne ihre Mutter zu bemerken, die zu ihr ins Zimmer gekommen war.

»Houston?« sagte Opal, ihre Hand auf der Schulter ihrer Tochter.

»Geh zu ihr«, sagte Houston. »Blair braucht dich jetzt.

Wenn sie hierbleibt und Leander heiratet, wird sie eine Menge aufgeben.«

»Aber das gilt auch für dich. Du hast heute abend viel verloren.«

»Ich habe es schon viel früher verloren. Geh zu ihr, bitte. Ich brauche keinen Beistand.«

Opal hob das Diplom mit dem zerbrochenen Rahmen aus. »Laß mich dich erst zu Bett bringen.«

Houston schob sich unter ihre Steppdecke. »Stets die brave Tochter, nicht wahr, Mutter? Ich bin schon immer so ein braves kleines Mädchen gewesen, und was hat mir das gebracht? Ich bin eine richtige, wahrhaftige Lady, und meine Schwester mit ihren Knickerbockern und ihren Küssen bekommt alles, für das ich seit meiner ersten Volksschulklasse gearbeitet habe.«

»Houston«, sagte Opal mit flehender Stimme.

»Laß mich in Ruhe!« schrie Houston. »Laß mich bloß in Ruhe!«

Mit schockiertem Gesicht ging Opal aus dem Zimmer.

Der Sonntagmorgen dämmerte klar und heiter herauf. Die Sonne überzog Ayers Peak, Zierde und Wahrzeichen für den Westteil der Stadt, mit ihrem goldenen Licht. Es gab viele Kirchen in Chandler, die alle Glaubensbekenntnisse abdeckten, und fast alle waren voller Leute.

Doch selbst die Sonne vermochte nicht die Kälte in der Brust der Chandler-Zwillinge, die links und rechts von ihrem Stiefvater gingen, zum Schmelzen zu bringen. Ihre Mutter hatte plötzlich eine geheimnisvolle Krankheit bekommen, die sie daran hinderte, die öffentliche Demütigung ihrer Töchter mitzuerleben.

Leander erwartete sie bereits im Chorgestühl, den Blick auf Houston gerichtet, und als sie an seinem Platz vorbeikam, streckte er die Hand nach ihr aus. »Houston«, flüsterte er.

Jetzt konnte er sie auseinanderhalten, dachte sie, sagte jedoch nichts, während sie einen Bogen um seine ausgestreckte Hand machte.

Duncan schob Blair fast gewaltsam auf den Platz neben Lee, und dann hatten sie endlich alle ihre neuverteilten Sitze eingenommen – Blair neben Lee, und Houston ganz außen neben Duncan.

Die Predigt schien nur Sekunden zu dauern; denn Houston wußte, daß danach *die* Neuigkeit von der Kanzel verkündet wurde.

Sie kam noch früher, als sie befürchtet hatte.

Unglücklicherweise hielt diesmal nicht Reverend Thomas den Gottesdienst ab, sondern Reverend Smithson, der es wirklich taktvoller hätte ausdrücken können.

»Nun habe ich etwas bekanntzugeben«, sagte er mit amüsierter Stimme. »Es scheint, daß unser Bruder Leander seine Meinung geändert hat, welche von den beiden Zwillingsschwestern er heiraten möchte, und nun mit Blair verlobt ist. Ich glaube, ich wüßte auch nicht, für welche von den beiden ich mich entscheiden sollte. Nochmals meinen Glückwunsch, Lee.«

Einen Moment lang schien die Gemeinde der Schlag getroffen zu haben. Dann begannen die Männer zu lachen, die Frauen zu tuscheln. Alle standen von ihren Bänken auf, um nach Hause zu gehen.

»Houston, du mußt mich anhören«, sagte Lee und faßte nach ihrem Arm. »Ich muß dir alles erklären.«

»Du hast bereits alles erklärt«, fauchte sie ihn an. »Als du davon schwärmtest, wie wunderbar Blair gewesen war, und hofftest, die Eisprinzessin nicht mehr wiederzusehen. Da hast du mir bereits alles erklärt. Guten Morgen«, sie lächelte einem Pfarrkind zu, das am Chorgestühl entlangging.

»Hallo, Houston, oder bist du Blair?« sagte jemand.

»Meinen Glückwunsch, Lee.« Ein Mann schlug ihm auf die Schulter und ging lachend weiter.

»Houston, laß uns woanders hingehen.«

»Du kannst zu deiner . . . Braut gehen.« Sie funkelte ihn wütend an.

»Houston«, bettelte Lee. »Bitte.«

»Wenn du nicht sofort deine Hand von meinem Arm

nimmst, schreie ich. Ich bin nicht bereit, mir noch weitere Kränkungen von dir gefallen zu lassen.«

»Leander!« sagte Duncan. »Blair wartet auf dich.«

Lee wandte sich widerstrebend von Houston ab, packte Blairs Arm, schob sie zum Ausgang, dann in seine Kutsche und fuhr viel zu rasch davon.

Kaum hatte Lee sich mit Blair entfernt, als auch schon die Frauen über Houston herfielen und sie von Duncans Seite wegdrängten. Sie zeigten sich besorgt, neugierig, manche auch anteilnehmend. Zumeist schienen sie jedoch ratlos.

»Houston, was ist passiert? Ich dachte, ihr wärest so glücklich gewesen – und und Lee!«

»Wie konnte Leander sich nur für Blair entscheiden? Die streiten sich doch ständig.«

»Wann hat er denn so plötzlich seine Meinung geändert?«

»Houston, gibt es da noch einen anderen?«

»Sie haben verdammt recht, daß es noch einen anderen gibt, meine Damen«, dröhnte eine Stimme hinter ihnen, und sie drehten sich alle um und blickten Kane Taggert an. Niemand in der Stadt hatte ihn bisher so einen langen Satz reden hören, und überhaupt schien er sich nie darum gekümmert zu haben, was die Leute in der Stadt sagten oder taten.

Die Frauen starrten den groß gewachsenen Mann mit dem ungepflegten Bart und den groben Kleidern mit offenem Mund an, als er sich durch die Menge drängte. Niemand war überraschter als Houston.

»Es tut mir leid, daß ich es nicht geschafft habe, zum Gottesdienst zu kommen, sonst hätte ich neben dir sitzen können«, sagte er, als er sich bis zu Houston vorgearbeitet hatte. »Schau mich nicht so überrascht an, mein Herz. Ich weiß, daß ich versprochen habe, unser Geheimnis noch etwas länger zu hüten; aber wenn es Lee schon überall herumerzählt, kann ich es den Leuten doch nicht mehr verheimlichen.«

»Was verheimlichen?« rief eine Frau sofort.

Kane legte seinen Arm um Houston. Sie waren ein ungleiches Paar – er mit struppigem Bart und zerknittertem Anzug, sie tadellos angezogen und gepflegt. »Houston hat ihre Verlobung mit Leander aufgelöst, weil sie sich Knall auf Fall in mich verliebte. Was sollte sie machen, meine Damen? Es war Liebe auf den ersten Blick.«

»Wann ist das denn passiert?« fragte eine der Ladies mit atemloser Stimme.

Houston hatte sich inzwischen so weit erholt, daß sie flüstern konnte: »Es geschah, als ich mit Mr. Taggert in dessen Haus dinierte.« Sie wußte, daß sie später jedes Wort bereuen würde; aber in diesem Augenblick war sie froh, nicht als verschmähte Braut dazustehen.

»Aber was wird nun aus Leander?«

»Leander tröstet sich mit der Liebe von Houstons teurer Schwester Blair«, sagte Kane heiter. »Und nun müssen wir leider gehen, meine Damen. Ich hoffe, Sie werden alle zur Hochzeit – Doppelhochzeit – kommen. Heute in vierzehn Tagen.« Damit legte er Houston die Hand auf den Rücken und schob sie zur Kirche hinaus und auf seine alte Kalesche zu.

Als sie wegfuhren, saß Houston sehr gerade auf dem Sitz.

Er hielt die Pferde am Rand seines Besitzes an. Vor ihnen breitete sich ein mehrere Morgen umfassender Park aus, und im Hintergrund ragte sein Haus auf. Er hob die Arme, um ihr von der Kalesche herunterzuhelfen. »Wir müssen jetzt reden, wir beide.«

Houston war viel zu betäubt, um etwas anderes tun zu kömnen als gehorchen.

»Ich wäre zur Kirche gekommen, um bei Ihnen zu sitzen; aber ich hatte noch etwas Dringendes zu erledigen. Sah so aus, als wäre ich gerade noch rechtzeitig eingetroffen. Diese alten Krähen wären sonst über Sie hergefallen und hätten Ihnen die Augen ausgehackt.«

»Was sagten Sie eben?« murmelte Houston. Sie hatte nur mit halbem Ohr zugehört. Bis zu diesem Morgen hatte sie gehofft, es wäre alles nur ein böser Traum und daß sie aufwachen und immer noch mit Leander verlobt sein würde.

»Hören Sie mir überhaupt zu? Fehlt Ihnen etwas?«

»Nein, Mr. Taggert, ich kann nicht klagen. Abgesehen davon, daß ich öffentlich gedemütigt wurde, fehlt mir eigentlich nichts.« Sie hielt inne. »Ich bitte um Entschuldigung. Ich wollte Sie nicht mit meinen Problemen belasten.«

»Haben Sie denn nicht verstanden, was ich in der Kirche sagte? Haben Sie nicht gehört, wie ich den Damen erzählte, daß wir beide heiraten werden? Ich habe sie alle zu einer Doppelhochzeit eingeladen.«

»Und dafür danke ich Ihnen«, sagte Houston und brachte sogar ein Lächeln zustande. »Es war sehr gütig von Ihnen, zu meiner Rettung herbeizueilen. Sie würden einen großartigen Ritter abgeben. Nun, denke ich, sollte ich lieber wieder gehen.«

»So eine eigensinnige Frau wie Sie habe ich noch nicht erlebt! Was wollen Sie denn anfangen, wenn Sie mich nicht heiraten? Glauben Sie, einer von den sogenannten gesellschaftsfähigen Männern möchte Sie jetzt noch haben? Die haben doch alle Angst vor dem Westfield-Klan. Oder glauben Sie etwa, Marc Fenton würde Sie um Ihre Hand bitten?«

»Marc Fenton?« fragte sie verwirrt. »Warum sollte wohl Marc, wie Sie eben so elegant sagten, mich um meine Hand bitten wollen?«

»War nur so ein Gedanke von mir. Das ist alles.« Er kam einen Schritt näher. »Warum wehren Sie sich eigentlich so dagegen, mich zu heiraten? Ich bin reich und habe ein großes Haus, und Sie sind eine verschmähte Braut und haben nichts anderes zu tun.«

Sie blickte zu ihm hoch. Seine Größe machte sie ein wenig unsicher; aber Angst – nein, die hatte sie nicht vor ihm. Plötzlich dachte sie nicht mehr an Leander und Blair. »Weil ich Sie nicht liebe«, sagte sie mit fester Stimme. »Und weil ich so gut wie nichts von Ihnen weiß. Es wäre doch möglich, daß Sie bereits zehnmal verheiratet waren und Ihre zehn Frauen im Keller eingesperrt haben. Sie sehen so aus, als wären Sie dazu fähig«, setzte sie hinzu, während sie sein von Haaren überwuchertes Gesicht und das große Loch an der Schulter seines blauen Arbeitshemds betrachtete.

Eine geschlagene Minute lang starrte Kane sie mit offenem Mund an. »So was trauen Sie mir zu? Hören Sie mal zu, Lady.« Er trat noch einen Schritt näher. »Ich hatte überhaupt keine Zeit zum Heiraten. Seit mich Fenton mit achtzehn aus seinem Haus hinausgeworfen hat, habe ich nichts anderes gemacht als Geld verdient. Drei Jahre lang habe ich nicht einmal ein Bett gesehen, geschweige denn darin geschlafen. Und da kommen Sie hierher und sagen, ich hätte sogar Zeit gehabt, zehn Frauen zu heiraten.«

Als er mit seiner Rede zu Ende war, hatte er sich so weit über sie gebeugt, daß sie sich nach hinten lehnen mußte.

»Vielleicht habe ich mich getäuscht«, sagte Houston mit einem sanften Lächeln.

Kane nahm den Kopf nicht zurück. »Wissen Sie, daß Sie die schönste Frau sind, die mir je begegnet ist?«

Damit schob er einen Arm hinter ihren Rücken, zog sie an sich, packte mit der rechten Hand in ihr sorgfältig frisiertes Haar und küßte sie.

Houston hatte Leander etliche hundert Male geküßt. Er war ihr vertraut, da war nichts Unverhofftes; doch so etwas wie Kanes Kuß hatte sie bisher noch nicht erlebt. Sein Mund lag fordernd auf dem ihren. Er küßte sie nicht auf die feine Art, wie ein Gentleman eine Lady küssen würde, sondern eher so, wie sie sich den Kuß eines Stallburschen vorstellte.

Er ließ sie abrupt wieder los, daß sie fast auf den Rücken gefallen wäre, und einen Moment lang sahen sie sich in die Augen. »Lady, wenn Sie mich immer so küssen, obwohl Sie in diesen Westfield verknallt sind, käme ich mit Ihnen auch ohne Liebe ganz gut zurecht.«

Houston wußte darauf nichts zu sagen.

Er nahm ihren Ellbogen. »Ich werde dich jetzt wieder nach Hause bringen, und du kannst gleich damit anfangen, unsere Hochzeit vorzubereiten. Kauf dir alles, was du dazu brauchst. Ich werde etwas Geld für dich auf der Bank deponieren. Ich möchte viele Blumen im Haus haben, wenn wir heiraten, also besorge sie und schick sie hierher. Bestell sie in Kalifornien, oder schau dich mal in meinen Gewächshäusern um, ob du da was Passendes findest. Und die Trauung findet in meinem Haus statt. Ich habe genügend Stühle oben im Speicher. Ich will, daß die ganze Stadt zu meiner Hochzeit kommt.«

»Moment! So warten Sie doch!« sagte sie und steckte ihr Haar wieder auf, während er sie hinter sich herzog. »Ich habe doch noch gar nicht ja gesagt. Bitte, Mr. Taggert, geben Sie mir dafür noch ein bißchen Zeit. Ich habe mich noch nicht von dem Verlust meines Verlobten erholt.« Sie legte die Hand auf seinen Arm, spürte die kräftigen Muskeln unter dem dicken Stoff.

Er nahm ihre Hand von seinem Arm, und einen Moment glaubte sie, er wollte sie wieder küssen.

»Ich werde dir einen Ring kaufen. Was für einen möchtest du haben? Einen Ring mit Brillanten? Oder Smaragden? Wie heißen diese blauen Dinger?«

»Saphire«, sagte sie zerstreut. »Bitte, kaufen Sie mir keinen Ring. Die Ehe ist eine Gemeinschaft fürs Leben. So was bricht man doch nicht übers Knie!«

»Bis zur Hochzeit sind es noch zwei Wochen – genug Zeit, um dich an den Gedanken gewöhnen zu können, meine Frau zu sein.«

»Mr. Taggert«, sagte sie erbittert, »hören Sie *jemals* zu, wenn andere Leute etwas zu Ihnen sagen?«

Er grinste sie durch seinen Bart hindurch an. »Nein, nie. Mit dieser Methode bin ich reich geworden. Wenn ich etwas sah, das ich haben wollte, habe ich es mir genommen.«

»Und jetzt stehe ich wohl als nächstes auf der Liste der Dinge, die Sie haben wollen, wie?« sagte sie leise.

»Du stehst ganz oben an. Noch vor einem Wolkenkratzer in New York, der Vanderbilt gehört, aber den ich haben möchte. Und jetzt bringe ich dich nach Hause, damit du deiner Familie von mir berichten und mich an Westfields Stelle setzen kannst. Das wird ihm noch leid tun! Er hat sich zwar auch eine Chandler geangelt; aber ich bekomme die Lady.« Er riß so heftig an den Zügeln, daß Houston in das Polster zurückfiel, ehe sie ein Wort sagen konnte.

Vor ihrer Haustür sprang er aus der Kalesche, holte sie von ihrem Sitz herunter und stellte sie auf den Boden. »Es eilt, ich muß wieder zurückfahren. Du erzählst deinen Eltern von mir, ja? Und ich werde dir morgen den Ring schicken. Falls du was brauchst, sagst du mir oder Edan Bescheid. Wenn's geht, besuche ich dich morgen.« Er warf einen raschen Blick über die Schulter auf ihr Haus. »Also dann – ich muß weiter.« Er sprang wieder auf den Kutschbock und raste davon.

Houston stand an der Mauer des Vorgartens und blickte der Kalesche nach, die in der Staubwolke, die sie aufwirbelte, kaum noch zu sehen war. Sie hatte ein Gefühl, als wäre gerade ein Tornado über sie hinweggezogen.

Im Haus wurde sie bereits von Duncan und Opal erwartet. Opal saß mit rotgeweinten Augen in einem Sessel, während Duncan mit verschränkten Armen im Salon auf- und ablief.

Houston holte tief Luft, ehe sie das Zimmer betrat. »Guten Tag, Mutter – Mr. Gates.«

»Wo bist du denn so lange gewesen?« herrschte Duncan sie an.

»Oh, Houston«, schluchzte Opal, »du brauchst doch nicht ihn zu heiraten. Du findest schon noch einen. Nur weil Leander einen Fehler beging, mußt du es ihm doch nicht nachmachen.«

Ehe Houston einen Ton sagen konnte, legte Duncan los: »Houston, du bist doch immer die Vernünftige von euch beiden gewesen. Blair hatte noch nie einen Funken Verstand. Schon als kleines Mädchen hat sie immer erst nachgedacht, wenn sie schon etwas angestellt hatte. Aber du hast nie den Kopf verloren. Du wolltest Leander heiraten und . . .«

»Aber Leander wird mich jetzt nicht mehr heiraten«, fiel Houston ihm ins Wort.

»Deswegen mußt du doch nicht Kane Taggert heiraten!« jammerte Opal und barg das Gesicht in ihrem nassen Taschentuch.

Houston glaubte, Kane jetzt in Schutz nehmen zu müssen. »Was, zum Kuckuck, hat dieser Mann denn verbrochen, daß ihn alle so schlecht machen? Ich habe seinen Heiratsantrag noch nicht angenommen; aber ich sehe nicht ein, warum ich ihn ablehnen sollte.«

Opal sprang von ihrem Sessel auf und rannte zu ihrer Tochter. »Er ist ein Monster. Schau ihn dir doch an. Du kannst doch nicht mit so einem stinkenden Bären von einem Mann zusammenleben! Alle deine Freunde würden seinetwegen mit dir brechen. Und was für schreckliche Geschichten man in der Stadt von ihm erzählt.«

»Opal«, befahl Duncan, und sie kehrte gehorsam zu ihrem Sessel zurück und schluchzte weiter in ihr Taschentuch. »Houston, ich möchte mit dir reden, wie ich mit einem Mann reden würde. Mir ist es egal, ob dieser Mann schon mal eine Badewanne gesehen hat oder nicht. Das ist für mich nicht entscheidend, obwohl ich zugebe, daß ihm ein heißes Bad nicht schaden könnte. Aber da sind andere Dinge ...« Er blickte Houston scharf an. »Unter den Männern geht das Gerücht um, Taggert habe ein paar Leute umbringen lassen, sonst wäre er nicht so reich geworden.«

»Ermordet?« flüsterte Houston. »Wo hast du das gehört?«

»Wo, ist nicht wichtig, sondern ...«

»Natürlich ist es wichtig«, unterbrach sie ihn heftig. »Du weißt sehr genau, daß die Frauen dieser Stadt wütend über ihn waren, weil er sie nicht beachtete, und deswegen allerlei böse Gerüchte über ihn erfanden. Warum sollten die Männer sich besser verhalten als die Frauen? Leander erzählte mir von ein paar Männern in der Stadt, die versuchten, Mr. Taggert eine erschöpfte Goldmine und ähnliche Sachen anzudrehen. Vielleicht hat einer von diesen Männern solche Gerüchte in die Welt gesetzt.«

»Was ich über ihn gehört habe, stammt aus einer zuverlässigen Quelle«, sagte Duncan.

Houston schwieg einen Moment still. »Jacob Fenton«, sagte sie leise und sah an dem Mienenspiel auf Duncans kantigem Gesicht, daß sie richtig geraten hatte. »Nach den Gerüchten, die ich gehört habe«, fuhr Houston fort, »hat Mr. Taggert es gewagt, Jacob Fentons achtbarer Tochter Pamela Avancen zu machen. Ich weiß noch, wie die Leute hinter seinem Rücken flüsterten, es wäre eine Schande, wie er seine Tochter verzöge. Ist es da verwunderlich, wenn er heute den Mann haßt, der einmal sein Stallbursche war und die Kühnheit besaß, seiner verwöhnten Tochter einen Heiratsantrag zu machen?«

»Willst du damit sagen, daß Fenton ein Lügner ist?« meinte Duncan erbost. »Hat für dich das Wort eines frisch hierhergezogenen Emporkömmlings ein größeres Gewicht als die Meinung einer alteingesessenen Familie, die du dein Leben lang gekannt hast?«

»Wenn ich Kane Taggert heirate – und ich sagte, wenn – jawohl, dann werde ich ihm eher glauben als den Fentons. Und nun entschuldige bitte, daß ich dieses Gespräch nicht fortsetzten möchte – ich fühle mich plötzlich sehr müde. Ich glaube, ich muß mich einen Moment hinlegen.«

Sie zog sich mit so viel Anstand zurück, wie es sich für eine Lady gehörte. Sie rauschte aus dem Salon. Oben in ihrem Zimmer war es dann mit ihrer Fassung zu Ende. Sie brach über ihrem Bett zusammen.

Kane Taggert heiraten? überlegte sie. Einen Mann heiraten, der redete wie ein Cowboy und Manieren hatte wie ein Postkutschenräuber? Einen Mann heiraten, der sie ohne jeden Respekt behandelte? Einen Mann heiraten, der sie aus seiner Kutsche zog, als wäre sie ein Sack Kartoffeln? Einen Mann heiraten, der sie küßte wie ein Küchenmädchen?

Sie setzte sich kerzengerade auf. »Soll ich einen Mann heiraten, bei dem ich rot sehe, wenn er mich küßt – mit kleinen silbernen und goldenen Funken, wie Blair mir erzählte?« sagte sie ganz laut.

»Warum eigentlich nicht?« flüsterte sie dann, ließ sich wieder aufs Bett zurückfallen und begann zum erstenmal ernsthaft über diese Frage nachzudenken.

Kapitel 6

Spätestens am nächsten Morgen war Houston dann zu der Überzeugung gelangt, daß sie unmöglich, unter gar keinen Umständen Mr. Taggert heiraten könne. Ihre Mutter schniefte ununterbrochen am Frühstückstisch und rief ein paarmal schluchzend: »Meine schönen Töchter – was wird nur aus ihnen werden?«, während Blair und Duncan sich stritten, ob Blair nun endgültig Houstons Leben zerstört habe. Houston war sich gar nicht so sicher, daß es ein Streitgespräch war; denn sie schienen diesmal einer Meinung zu sein.

Houston schaltete sich in dem Moment in die Debatte ein, als behauptet wurde, Kane Taggert wäre für sie ein Instrument, mit dem sie sich selbst für den Verlust von Leander bestrafen wollte. Aber niemand schien zu hören, was Houston sagte, und da Blairs trostlose Verfassung offenbar durch kein Argument zu erschüttern war, gab Houston es schließlich auf, den beiden zuzuhören. Aber weil sie zur Ursache so vieler Tränen geworden war, kam sie zu dem Entschluß, daß sie Mr. Taggert nicht heiraten könne.

Gleich nach dem Frühstück begannen die Leute bei ihnen ›reinzuschauen‹.

»Ich war gerade dabei, einen Apfelkuchen zu backen, als mir einfiel, wie gerne du ihn ißt, Opal. Also habe ich gleich zwei gebacken und dir einen mitgebracht. Wie geht es den Zwillingen?«

Am späten Vormittag war das Haus mit Leuten und Lebensmitteln überfüllt. Mr. Gates blieb über Mittag in der Brauerei und ließ sich von dem Hausmädchen das Essen in sein Büro bringen; also mußten Houston, Blair und Opal allein mit den Leuten fertig werden.

»Hast du dich wirklich auf den ersten Blick in Mr. Taggert verliebt, Houston?«

»Nehmen Sie doch noch ein Stück Apfeltorte, Mrs. Treesdale«, antwortete Houston.

Um elf Uhr gelang es Blair, sich unbemerkt durch die Hintertür zu entfernen, und ließ Opal und Houston allein auf der Wallstatt zurück. Blair kam erst um drei Uhr nachmittags wieder nach Hause. »Sind sie immer noch da?« stöhnte sie und starrte auf die im Garten versammelten Leute.

Um halb vier hielt ein Mann mit einer so schönen Kutsche vor der Villa Chandler, wie man sie in der Stadt noch nie gesehen hatte. Sie war weiß lackiert, mit weißen Rädern und einem kremfarbenen, zusammenfaltbaren Verdeck mit Messingbeschlägen. Der Vordersitz hatte Polster aus rotem Leder, und hinten war noch ein kleiner Sitz für einen Diener angebracht.

Die Versammlung auf dem Rasen, die Leute auf der Veranda und die Besucher, die sich im Salon und der Diele drängten vergaßen zu sagen, was sie gerade fragen wollten, und sahen mit offenem Mund auf das Vehikel.

Der Kutscher, dessen grobe Kleidung gar nicht zu dem Gefährt passen wollte, stieg vom Bock und ging geradewegs auf die versammelten Leute zu. »Wer von Ihnen ist Miss Houston Chandler?« fragte er in die Stille hinein.

»Ich«, sagte Houston und trat vor.

Der Mann griff in die Tasche, holte einen Zettel hervor und begann ihn zu verlesen: »Diese Kutsche hier ist von dem Mann, den Sie heiraten werden – Mr. Kane Taggert. Es ist eine Kutsche für Damen, ein leichter Phaethon, und das Pferd ist auch gut.«

Er faltete den Zettel wieder zusammen, schob ihn in die Tasche zurück und machte kehrt. »Oh, ja«, sagte er dann und drehte sich wieder dem Haus zu. »Das schickt Ihnen Mr. Taggert auch noch.« Er schleuderte ein kleines, in braunes Papier eingewickeltes Päckchen in die Richtung, wo Houston stand, und es gelang ihr, es aufzufangen.

Dann ging der Mann pfeifend durch den Vorgarten auf die Straße zurück, und die Leute sahen ihm nach, bis er um die nächste Ecke verschwand.

»Nun, Houston«, sagte Tia, »willst du dein Geschenk gar nicht auspacken?«

Houston war gar nicht sicher, ob sie das Päckchen öffnen sollte, weil sie wußte, was sie darin finden würde. Und wenn sie den Ring annahm, würde das bedeuten, daß sie auch ihn nahm.

In der Schachtel lag der größte Diamant, den sie je gesehen hatte – ein riesiges, atemberaubendes, funkelndes Stück Stein, umgeben von neun quadratisch geschnittenen Smaragden.

Es gab ein Blättergeraschel im Garten, als die dort versammelten Damen alle auf einmal tief Luft holten.

Entschlossen ließ Houston den Deckel der Schmuckschatulle wieder zuschnappen und ging geradewegs auf das Gartentor und die davorstehende Kutsche zu. Sie nahm sich gar nicht die Zeit, eine der Fragen zu beantworten, die nun auf sie einstürmten, sondern ergriff die Zügel, schnalzte mit der Zunge, und der herrliche Braune, der im Geschirr stand, trabte energisch an.

Sie fuhr geradewegs die Sheldon Street hinunter, dann über den Tijeras, der den nördlichen vom südlichen Teil der Stadt trennte, und die steile Auffahrt zu Taggerts Haus hinauf. Da ihr Hämmern gegen die Haustür nichts bewirkte, ging sie einfach hinein und hielt im Türrahmen von Kanes Büro wieder an.

Kane saß über seinen Schreibtisch gebeugt, blies den Rauch einer stinkenden Zigarre durch die Nase und gab Edan, der die Beine auf den Schreibtisch gelegt hatte und eine ebenso schrecklich riechende Zigarre rauchte, in rascher Folge Anweisungen.

Edan bemerkte sie zuerst. Er stand sofort auf und gab Kane einen Knuff in den Rücken.

Der sah stirnrunzelnd hoch.

»Sie müssen Edan sein«, sagte Houston und ging mit ausgestreckter Hand ins Zimmer hinein. Sie war sich nicht sicher, ob der große blonde Mann ein Diener oder Freund war. »Ich bin Houston Chandler.«

»Houston«, sagte er. Er war kein Diener, nicht mit dieser selbstbewußten Miene.

»Ich würde gern mit Ihnen reden«, sagte Houston, sich nun Mr. Taggert zuwendend.

»Falls es um das Programm für die Hochzeit geht, habe ich leider keine Zeit. Wenn du Geld brauchst, sag es Edan. Der stellt dir dann einen Scheck aus.«

Houston bewegte die Hand vor dem Gesicht, um den Rauch zu verteilen, ging ans Fenster und machte es auf. »Sie sollten nicht bei diesem Qualm arbeiten. Das bekommt Ihrer Gesundheit nicht.«

Kane blickte mit kalten Augen zu ihr hoch. »Wie kommst du eigentlich dazu, mir Befehle erteilen zu wollen? Nur weil du meine Frau wirst, hast du noch lange nicht . . .«

»Soweit ich mich erinnern kann«, unterbrach sie ihn, »habe ich noch nicht meine Zustimmung gegeben, daß ich Ihre Frau werde, und wenn Sie nicht einmal die Zeit dafür finden, mit mir zu reden – unter vier Augen –, glaube ich auch nicht, daß ich jemals ihre Frau *werde.* Guten Tag, Mr. Taggert, und Edan.«

»Guten Tag, Houston«, sagte Edan mit einem leisen Lächeln.

»Frauen!« hörte sie Kane hinter ihrem Rücken sagen. »Ich wußte doch, daß eine Frau mir nur die Zeit stehlen würde.«

Er holte sie an der Haustür ein. »Vielleicht war ich ein wenig voreilig«, sagte er. »Ich mag nur nicht gern bei der Arbeit gestört werden. Das mußt du doch verstehen.«

»Ich würde Sie nicht stören, wenn es nicht wichtig wäre«, sagte sie kühl.

»Also gut«, sagte er, »gehen wir dort hinein.« Er deutete in die hallende Leere der Bibliothek. »Ich würde dir ja gern einen Sessel anbieten; aber ich habe nur einen, und der steht oben in meinem Schlafzimmer. Sollen wir lieber in mein Schlafzimmer hinaufgehen?« setzte er mit einem lüsternen Grinsen hinzu.

»Ganz bestimmt nicht. Was ich mit Ihnen besprechen wollte, Mr. Taggert, ist Ihr Heiratsantrag. Ist es Ihnen ernst mit Ihren Heiratsabsichten?«

»Glaubst du, ich würde so viel Zeit dafür verschwenden, dir den Hof zu machen, wenn ich nicht die Absicht hätte, dich zu heiraten?«

»Mir den Hof machen?« sagte sie. »Ach ja, Ihre Rede vor den Damen am Sonntag in der Kirche – man könnte das so auslegen. Was ich Sie als nächstes fragen wollte, Sir: Haben Sie ... also, haben Sie jemals einen Menschen umgebracht oder Leute angestellt die für Sie Menschen umgebracht haben?«

Kane fiel der Kinnladen herunter. Ein zorniger Funke glomm in seinen Augen auf. Doch dann wurde daraus ein amüsiertes Funkeln. »Nein, ich habe in meinem Leben noch keinen Menschen getötet oder töten lassen. Was wollen Sie sonst noch wissen?«

»Alles, was Sie mir freiwillig erzählen wollen«, sagte sie ernsthaft.

»Is nich viel zu erzählen. Ich wuchs in Jacob Fentons Stall auf« – ein Muskel spielte in seiner Wange –, »wurde aus dem Haus geworfen, weil ich ein Techtelmechtel mit der Tochter anfing, und habe seither nur noch Geld gemacht. Ich habe niemand um die Ecke gebracht, niemand beraubt, niemand betrogen, niemals eine Frau geschlagen und nur ein paar Männern hin und wieder mal die Fresse poliert. Noch was?«

»Ja. Als Sie mir den Antrag machten, sagten Sie, Sie wollten, daß ich Ihnen das Haus einrichte. Inwieweit habe ich sonst noch mit Ihnen zu tun?«

»Mit mir?« Er schob grinsend die Daumen in die leeren Gürtelschlaufen seiner Hose. »Ich werde nichts vor Ihnen zurückhalten, wenn es das ist, was Sie meinen.«

»Ich meine nicht das, worauf Sie anzuspielen scheinen«,

sagte sie steif. »Mr. Taggert«, fuhr sie dann fort und begann, um ihn herumzugehen, »ich kenne Männer in den Kohlengruben, die besser gekleidet sind als Sie. Und sowohl Ihre sprachliche Ausdrucksweise wie Ihre Manieren sind schauderhaft. Meine Mutter war zu Tode erschrocken, als sie hörte, es bestände die Möglichkeit, daß ich so einen Barbaren wie Sie heiraten könnte. Da ich nicht mein Leben damit verbringen will, meiner Mutter Angst einzujagen, müssen Sie sich bereitfinden, ein paar Instruktionen zu befolgen, die ich Ihnen gebe.«

»Instruktionen?« sagte er und blickte sie mit schmalen Augen an. »Was können Sie mir schon beibringen.«

»Wie man sich anständig anzieht. Wie man ißt . . .«

»Ißt? Ich esse eine Menge.«

»Zweifellos, Mr. Taggert; aber Sie zitieren ständig solche Namen wie Vanderbilt und Gould. Sagen Sie, hat man Sie jemals in die Häuser der genannten Familien eingeladen, wenn Frauen zugegen waren?«

»Nein, aber . . .«, fing er an, wich dann aber ihrem Blick aus. »Einmal; aber es gab einen Unfall, und ein paar Teller gingen zu Bruch.«

»Ich verstehe. Ich frage mich, wie Sie von mir erwarten können, daß ich Sie heirate, Ihnen so ein prächtiges Haus wie dieses führe, die von Ihnen gewünschten großartigen Gesellschaften gebe, wenn Sie am Kopfende der Tafel sitzen und Erbsen mit dem Messer essen . . .«

»Ich esse überhaupt keine Erbsen. Ein Mann braucht Fleisch, und er braucht keine Frau, die ihm sagt, was er essen . . .«

»Guten Tag, Sir.« Sie machte auf den Absätzen kehrt und machte zwei Schritte zur Tür hin, als er sie am Arm packte.

»Sie werden mich nicht heiraten, wenn ich nicht zulasse, daß Sie mich unterrichten?«

»Und Sie rasiere. Und Sie richtig anziehe.«

»Sie sind wohl scharf darauf, mein Gesicht zu sehen, wie?« sagte er grinsend; doch das Grinsen verging ihm, als er sah, wie ernst es Houston mit ihren Bedingungen war. »Wie lange habe ich Zeit, mir das zu überlegen?«

»Ungefähr zehn Minuten.«

Er schnitt eine Grimasse. »Wer hat Ihnen beigebracht, wie man Geschäfte macht? Dann lassen Sie mich mal nachdenken.« Er ging zu einem Fenster und verharrte dort ein paar lange Minuten.

»Ich habe auch ein paar Forderungen an Sie«, sagte er, als er vom Fenster zurückkam. »Ich weiß, daß Sie mich meines Geldes wegen heiraten.« Er hob die Hand, als sie versuchte, etwas zu sagen. »Hat keinen Zweck, das abzustreiten. Sie würden nicht eine Sekunde daran denken, mich, der ich die Kartoffeln mit dem Messer esse, zu heiraten, wenn ich nicht ein so großes Haus als Mitgift hätte. Eine Lady wie Sie würde nicht mal mit einem Stallburschen wie mir reden. Was ich nun von Ihnen verlange und was Sie niemandem erzählen sollen, ist, daß Sie so tun, als ob . . .«

Er blickte auf den Parkettboden hinunter.

»Ich will«, begann er von neuem, »daß die Leute denken, Sie hätten sich – in mich verliebt; und nicht meinen, Sie würden mich nur heiraten, weil Ihre Schwester Ihnen den Verlobten weggenommen hat und ich zufällig in der Nähe gewesen bin. Ich will, daß sogar Ihre Schwester« – er sagte das mit großem Nachdruck – »denkt, Sie wären verrückt nach mir – so verrückt, wie ich das vor den Leuten in der Kirche behauptet habe. Und ich will, daß auch Ihre Mutter das glaubt. Ich möchte nicht, daß sie sich vor mir fürchtet.«

Houston war auf alles vorbereitet gewesen – nur nicht auf das. Das war also der große, furchtgebietende Mann, der über den Dingen und der ganzen Stadt stehen wollte. Wie schrecklich mußte es sein, wenn man nicht einmal die kleinsten gesellschaftlichen Aufgaben erfüllen konnte. Natürlich wollte ihn keine Frau in ihr Haus einladen, wenn es dabei ›Unfälle‹ gab und Porzellan zu Bruch ging. Im Augenblick paßte er überhaupt in keine Welt, weder in die der Armen, wohin er seinen Manieren und seiner Sprache nach gehörte, noch in die der Reichen, für die er seines Geldes wegen eigentlich prädestiniert war.

Er braucht mich, überlegte sie. Er braucht mich so sehr, wie noch niemand mich in meinem Leben gebraucht hat. Für Leander war ich etwas Besonderes, nett, aber nicht notwendig. Aber für diesen Mann sind die Dinge, die ich gelernt habe, wesentlich.

»Ich werde so tun, als wäre ich eine dich innig liebende Frau«, sagte sie leise. »Dann wirst du mich also heiraten?«

»Nun ja, ich denke schon«, sagte sie mit einem Gefühl, das sie selbst überraschte.

»Donnerwetter! Edan!« brüllte er, während er aus der Bibliothek rannte, »Lady Chandler wird mich heiraten.«

Houston setzte sich auf das Fensterbrett. *Er* würde ›Lady‹ Chandler heiraten. Wem, in aller Welt, hatte sie eigentlich ihr Jawort gegeben?

Es war schon Abend, als Houston mit ihrer Kutsche wieder nach Hause fuhr. Sie war erschöpft, und in diesem Augenblick wünschte sie sich, daß sie nie von Kane Taggert gehört hätte. Er schien zu glauben, er können in seinem Haus bleiben und arbeiten, während seine Verlobte alle Parties, die zu diesem Zweck gegeben wurden, allein besuchte und jedem beteuerte, sie liebe ihn abgöttisch, und als Ehepaar hätten sie nur eine rosige Zukunft.

»Wenn sie uns nicht beide zusammen sehen, werden sie nicht mal glauben, daß wir uns kennen«, sagte sie über die Berge von Papieren auf seinem Schreibtisch hinweg. »Du *mußt* die Gartenparty übermorgen besuchen, und vorher müssen wir dir vom Schneider einen ordentlichen Anzug anfertigen und dich rasieren lassen.«

»Ich versuche, ein Stück Land in Virginia in meinen Besitz zu bringen, und ein Mann kommt deswegen morgen zu mir ins Haus. Ich muß hierbleiben.«

»Du kannst während der Anprobe mit ihm deine Geschäfte besprechen.«

»Du meinst, einer von diesen kleinen Männern soll mich am ganzen Körper betätscheln? Das dulde ich nicht. Sag diesen Leuten, sie sollen mir ein paar Anzüge ins Haus schicken, und ich suche mir einen davon aus.«

»Rot oder purpur?« fragte sie ruhig.

»Rot. Ich habe mal so einen roten Schottenrock gesehen, der . . .«

Houston mußte nun sehr laut und deutlich werden: »Du *wirst* morgen einen Schneider im Haus empfangen, der bei dir Maß nimmt für einen Anzug, dessen Farbe und Stoff ich bestimmen werde, Und du *wirst* mit mir zu dieser Gartenparty gehen. Und wir werden auch noch andere Funktionen in den nächsten zwei Wochen vor unserer Hochzeit gemeinsam wahrnehmen.«

»Bist du sicher, daß echte Ladies immer so laut sein müssen? Ich dachte, eine wahre Lady schreit nie.«

»Sie erheben nie ihre Stimme, wenn sie es mit einem echten Gentleman zu tun haben; aber Männer, die rotkarierte Anzüge tragen wollen, müssen sie schon mit gröberen Mitteln bearbeiten.«

Kane hatte sie nach dieser Bemerkung zwar grollend angesehen, jedoch keine Widersprüche mehr erhoben. »Also gut, ich werde mir einen Anzug machen lassen, wie du ihn haben willst, und ich werde zu deiner verdam . . . deiner wunderbaren Teeparty gehen. Aber was alle weiteren Parties betrifft, kann ich heute noch nichts versprechen.«

»Wir werden darüber immer von Tag zu Tag entscheiden«, sagte sie. Sie fühlte sich plötzlich schrecklich müde. »Ich muß nach Hause. Meine Eltern werden sich schon Sorgen machen.«

»Komm hierher!« befahl er und deutete auf die Seite des Schreibtisches, an der er saß.

Sie glaubte, er wollte ihr ein Papier oder Dokument zeigen, und kam seiner Aufforderung nach. Er packte sie grob beim Handgelenk und zog sie auf seinen Schoß. »Da du dich zu meiner Lehrerin berufen fühlst, sollte ich dir eigentlich auch einige Nützlichkeiten aus meinem Erfahrungsschatz beibringen.«

Er fing an, ihren Nacken zu küssen. Sie wollte Protest dagegen erheben; aber irgendwie versagte ihr die Stimme. Bis Edan von der Tür her sagte:

»Kane – entschuldige, daß ich störe.«

Ohne viel Umstände schob Kane sie von seinem Schoß herunter. »Wir setzen das morgen fort, Honey«, sagte er, als wäre sie irgendein Straßenmädchen. »Aber jetzt gehst du nach Hause. Ich habe zu arbeiten.«

Houston schluckte die Entgegnung hinunter, die ihr auf der Zunge lag, bekam vor Verlegenheit ein rotes Gesicht, verabschiedete sich von den beiden Männern mit einem gemurmelten »Gute Nacht« und verließ das Haus.

Nun, da sie müde, hungrig und von diesem Gefühl gepeinigt, das halb Ärger, halb Verlegenheit war, nach Hause fuhr, erwartete sie dort die Familie, der sie erklären mußte, daß sie diesem berüchtigten Mr. Kane Taggert ihr Jawort gegeben hatte.

Warum? fragte sie sich, während sie das Pferd so stark abbremste, daß es nur noch im Schneckengang durch die Straßen schlich. Warum, in aller Welt, bin ich bereit, einen Mann zu heiraten, den ich nicht liebe, der mich nicht liebt, mich alle zwei Minuten bis aufs Blut reizt und behandelt wie eine Ware, die er gekauft und teuer bezahlt hat?

Die Antwort kam prompt:

Weil er dir das Gefühl gibt, lebendig zu sein. Weil er dich braucht.

Blair hatte erst neulich zu ihr gesagt, als sie noch Kinder waren, hätte sie sich mit den stärksten Jungen Schneeballschlachten geliefert; doch Duncan und Leander sei es gelungen, ihre Vitalität zu ersticken. Vor vielen Jahren hatte sie gelernt, daß es bequemer ist, den Männern nachzugeben, ruhig zu sein, damenhaft und fügsam. Eben solch eine Frau zu sein, wie Männer sie gern haben wollten.

Aber es hatte Zeiten gegeben – bei Empfängen, Diners und Parties –, wo sie sich vorgekommen war wie ein

Wandgemälde: hübsch anzusehen, aber total überflüssig, was das Alltags-Wohlbefinden eines Menschen betraf. Sie hatte sogar einmal etwas in diesem Sinn zu Leander gesagt, der ihr darauf einen Vortrag hielt, wie sehr das Leben ohne Kunstgegenstände an Qualität einbüßte.

Doch am Ende hatte Lee Houstons ruhige, heitere Schönheit gegen eine Frau eingetauscht, die seinen Körper in Brand steckte.

Kane Taggert erweckte Gefühle, die sie noch für keinen Mann empfunden hatte. Lee hatte einen ausgezeichneten Geschmack, was Kleidung und Möbel betraf. Er hätte das Haus, das er für sie beide gekauft hatte, ohne weiteres selbst einrichten können. Doch Mr. Taggert hätte – ohne sie – überhaupt nicht gewußt, was er machen sollte. Er konnte nicht einmal die Möbel aufstellen, die andere für ihn gekauft hatten.

Houston dachte an ihre Schulzeit – an die harte Ausbildung, die sie dort genossen hatte. Blair schien zu denken, ihre Schwester hätte dort nichts anderes getan, als Tee zu trinken und Blumen zu arrangieren; doch Houston erinnerte sich, wie oft Miss Jones mit ihrem Lineal den angehenden Damen auf die Finger geklopft hatte, wenn sie einen Fehler machten.

Bei Lee war sie gezwungen gewesen, sich immer so zu verhalten, wie sie es auf ihren Schulen gelernt hatte; denn Lee wäre der geringste Fehler in ihrem Benehmen sogleich aufgefallen. Aber bei Mr. Taggert konnte sie sich aufführen, wie sie es für richtig hielt. Heute hatte sie ihn sogar angeschrien. In den vierzehn Jahren ihrer Bekanntschaft mit Lee hatte sie nicht ein einziges Mal die Stimme erhoben.

Sie atmete tief die kühle Abendluft ein. Wenn sie nur daran dachte, wieviel Arbeit jetzt vor ihr lag! Die Vorbereitungen für die Hochzeit, die Überraschungen, die sie erwarteten, wenn sie die Speicher besichtigte und die Möbel dort aufstellte, wo *sie* sie hinhaben wollte. Und was für eine Herausforderung für ihre Talente, Mr. Taggert in so etwas wie einen Gentleman verwandeln zu wollen!

Als sie ihre Wohnung erreichte, schnappte sie fast über vor Aufregung. Sie würde einen Mann heiraten, der sie brauchte.

Sie überließ das Pferd und die Kutsche dem Stallburschen, drückte ihre Schultern durch und bereitete sich auf den Sturm vor, der sie vermutlich im Haus erwartete.

Kapitel 7

Zu ihrer großen Überraschung – und Erleichterung – war es still im Haus, als sie es durch den Kücheneingang betrat. Nur die Köchin und Susan waren noch mit dem Abwaschen des Geschirrs beschäftigt.

»Sind denn alle schon zu Bett gegangen?« fragte Houston, die Hand auf den großen Eichentisch gestützt, der fast den ganzen Raum ausfüllte.

»Ja, Miss Blair-Houston«, antwortete Susan, die gerade die Kaffeemühle reinigte. »Mehr oder weniger.«

»Houston«, sagte Houston automatisch, die letzte Bemerkung des Hausmädchens überhörend. »Würden Sie ein paar Sachen auf ein Tablett stellen und diese in mein Zimmer hinaufbringen, Susan?«

Während sie durch das Haus zur Treppe ging, bemerkte sie ein paar große Sträuße frischer Blumen, die jedoch nicht aus dem Garten ihrer Mutter stammen konnten. Sie sah, daß ein Kärtchen daran hing:

Für meine zukünftige Frau Blair, von Leander.

Leander hatte ihr in den vielen Monaten ihrer Verlobungszeit kein einziges Mal Blumen geschickt.

Mit hoch erhobenem Kopf stieg sie die Treppe hinauf.

Houstons Schlafzimmer hatte kremfarbene Tapeten mit weißen Mustern; an den Fenstern hingen handgearbeitete Battenberg-Spitzenvorhänge; Filetarbeiten aus der gleichen

Werkstatt zierten die niedrigen Tische und die Rücken ihrer beiden Sessel; das Innenfutter ihres Betthimmels bestand aus gerüschter lohfarbener Seide, und ihre Steppdecke aus weißem Atlas. Houston hatte sich gerade ihr Kleid ausgezogen, als es klopfte und Susan mit dem Tablett hereinkam. Während Houston aß, gab sie Susan ihre Anweisungen:

»Ich weiß, es ist schon spät, aber du mußt Willie noch einmal in die Stadt schicken. Er soll Mr. Bagly, dem Schneider in der Lead Avenue, dieses Billett überbringen. Und falls Mr. Bagly schon schlafen sollte, muß er eben so lange klingeln, bis Mr. Bagly an die Tür kommt und das Billett persönlich in Empfang nimmt. Er soll sich nämlich morgen früh um acht Uhr im Haus von Mr. Taggert einfinden.«

»Im Haus von Mr. Taggert?« wiederholte Susan, während sie Houstons Kleid in den Schrank hängte. »Dann ist es also wahr, Miss, daß Sie ihn heiraten werden?«

Houston saß an ihrem kleinen Schreibtisch aus Mahagoni und drehte sich zu Susan um. »Würdest du gern für mich arbeiten? Und im Haus von Mr. Taggert wohnen?«

»Ich weiß nicht recht, Miss. Ist Mr. Taggert wirklich so schlecht, wie die Leute von ihm reden?«

Houston überlegte kurz. Sie wußte aus Erfahrung, daß Dienstboten oft besser über eine Person Bescheid wußten als ihre Herrschaft, die mit dieser Person gesellschaftlichen Umgang hatte. Und obwohl Kane allein in seinem Haus lebte, kam er doch mit den Leuten in Berührung, die Botengänge oder sonstige Aufträge für ihn erledigen mußten.

»Was hast du über ihn gehört?«

»Daß er ein aufbrausendes Temperament hat, die Leute anschreit und man es ihm selten rechtmachen kann.«

»Ich fürchte, daß das vermutlich alles zutrifft«, sagte Houston seufzend und beugte sich wieder über ihren Schreibtisch. »Aber wenigstens verprügelt er keine Frauen und versucht nicht, andere Leute zu betrügen.«

»Wenn Sie keine Angst haben, mit ihm zu leben, Miss Houston, werde ich es auch riskieren. Ich glaube nicht, daß man es in diesem Haus noch aushalten kann, wenn Sie und Ihre Schwester nicht mehr hier wohnen.«

»Ich fürchte, da könntest du ebenfalls recht haben«, sagte Houston geistesabwesend, während sie sich eine Notiz machte, daß sie den Barbier, Mr. Applegate, in der Coal Avenue anrufen und ihn bitten mußte, sich um neun Uhr im Hause von Mr. Taggert zu melden. Sie überlegte, wieviel Zeit man sparen könne, wenn jeder in der Stadt sich ein Telefon zulegte.«

»Susan, hast du nicht eine Menge Brüder?«

»Jawohl, Miss.«

»Ich brauche morgen sechs kräftige Männer für den ganzen Tag. Sie sollen Möbel vom Speicher in die unteren Stockwerke tragen. Sie werden gut bezahlt und gut verpflegt und müßten sich um halb neun im Haus melden. Glaubst du, daß du sechs Männer bis morgen früh auftreiben kannst?«

»Jawohl, Miss.«

Houston schrieb noch ein Billett. »Diese Nachricht ist für Mrs. Murchison bestimmt. Sie wohnt zur Zeit bei Reverend Thomas, weil die Conrads Europa bereisen. Ich möchte, daß sie in das Haus von Mr. Taggert zieht und dort kocht, bis die Conrads wieder von ihrer Reise zurückkommen. Willie muß auf ihre Antwort warten, wenn er ihr dieses Billett überbringt, weil ich ihr geschrieben habe, daß die Küche nur aus einem kahlen Raum besteht und sie alles besorgen muß, was sie zum Kochen braucht. Die Rechnung soll sie dann Mr. Taggert schicken. Vielleicht muß Willie sie deshalb morgen früh mit einem Fuhrwerk abholen. Wenn ja, kann er sich ja den großen Wagen von den Oakleys ausleihen.«

Houston lehnte sich in ihrem Sessel zurück. »Ich glaube, damit wäre das Programm für morgen komplett. Mr. Taggert wird rasiert und neu eingekleidet, die Möbel werden aufgestellt, die Küche eingerichtet, und jeder bekommt etwas Ordentliches zu essen.«

Susan nahm die Spangen aus Houstons Chignon und kämmte ihr das Haar aus.

»Das tut gut«, sagte Houston und schloß die Augen.

Ein paar Minuten später lag sie im Bett, und zum erstenmal seit einer Woche hatte sie das Gefühl, daß sie sich nicht in den Schlaf weinen mußte. Im Gegenteil, sie war sogar glücklich. Sie hatte mit ihrer Schwester den Platz getauscht, um sich das Abenteuer eines Abends zu gönnen, und nun sah es danach aus, als würde das Abenteuer Wochen dauern.

Als Susan um sechs Uhr am nächsten Morgen an die Tür klopfte, war Houston schon halb angezogen. Sie hatte etwas ausgesucht, das sie nicht beengte bei der Arbeit: eine weiße Baumwollbluse, einen schwarzen Kordrock, der ihre Füße freiließ, und einen breiten Ledergürtel. Eine kurze Jacke und ein dazu passender Hut vervollständigten ihre Garderobe.

Auf Zehenspitzen ging sie die Treppe hinunter und legte ein Billett für ihre Mutter auf den Eßzimmertisch, in dem sie ihr mitteilte, was sie sich für diesen Tag vorgenommen hatte. Dann nahm sie ein hastiges Frühstück in der Küche ein und begab sich anschließend in die Remise, wo ein schlaftrunkener Willie ihr Pferd vor der wunderschönen Kutsche anschirren mußte, die Kane ihr geschickt hatte.

»Hast du gestern auch alle Billetts zugestellt, Willie?«

»Alle. Mrs. Murchison war ordentlich froh darüber, daß sie wieder etwas zu tun bekommt. Ich soll sie mit einem Fuhrwerk um halb sieben abholen und anschließend zu Mr. Randolphs Laden fahren. Mrs. Murchison hat ihn noch gestern spät abends angerufen und ihm eine lange Liste von Sachen durchgegeben, die sie braucht. Und anschließend soll ich sie zum Haus der Conrads bringen, wo sie den Garten plündern will. Sie wollte nur noch wissen, für wieviel Personen sie kochen soll.«

»Für ein rundes Dutzend Leute; aber die meisten davon sind Männer, also soll sie ruhig für dreißig Personen kochen, Dann hat jeder reichlich zu essen. Und sag ihr, sie soll ja nicht vergessen, Töpfe und Pfannen zu kaufen. Ich bin sicher, Mr. Taggert hat das Kücheninventar vergessen, als er seine Möbel bestellte. Und dann kommst du mit all den Sachen so rasch wie möglich zu Mr. Taggerts Haus.«

Auch im Haus von Mr. Taggert schienen alle noch zu schlafen, als Houston ihr Pferd abschirrte und es im Schatten eines Baumes anband. Sie klopfte an die Tür des Nebeneingangs; doch niemand schien das zu hören. Sie drückte auf die Klinke, merkte, daß die Tür nicht abgeschlossen war, und begab sich in die Küche. Sie kam sich vor wie ein Dieb, als sie alle Schränke öffnete. Aber wenn sich das Haus auf ein Fest vorbereiten mußte, zu dem die ganze Stadt eingeladen werden sollte, brauchte sie eine Übersicht der vorhandenen Vorräte.

Die Schränke waren leer bis auf eine Kiste mit Pfirsichkonserven. In einem Fach entdeckte sie ein paar emaillierte Töpfe der billigsten Sorte.

»Aus Sears' Katalog vermutlich«, murmelte sie und beschloß, den gesamten Küchentrakt zu inspizieren. Zwischen Speisezimmer und Küche entdeckte sie einen großen Anrichteraum für den Butler, und durch die Küche gelangte man in einen L-förmigen Anbau, in dem die Speisekammern, eine Spülküche, Quartiere für drei Diener, ein Bad, das Zimmer der Haushälterin und deren Büro untergebracht waren.

Da war auch eine zweite Treppe, die vom Versorgungsbereich in die oberen Stockwerke führte. Houston benützte sie, hielt im ersten Stock an und blickte einen langen Korridor hinunter. Doch sie konnte nur getäfelte Wände und einen Schatten auf dem Eichenparkett entdecken. Sie setzte ihren Weg bis zum Dachgeschoß fort.

Wie sie bereits vermutet hatte, war das oberste Stockwerk eigentlich nicht als Speicher, sondern als Quartier für die Dienerschaft eingerichtet worden. Da waren zwei Badezimmer, eins für das männliche, das andere für das weibliche Personal, und der Rest des Stockwerkes war in kleine Räume aufgeteilt. Und jeder Raum war vom Boden bis zur Decke mit Kisten, Paketen und Teppichrollen vollgestopft.

In einigen Räumen entdeckte sie Möbel, die nur mit

Schutzüberzügen versehen waren. Sie hob eine Decke hoch, unter denen zwei vergoldete Sessel mit gewirkten Polstern ineinandergeschoben waren. An einer Armlehne entdeckte sie einen Anhänger. Mit angehaltenem Atem las sie den Text, der darauf stand:

Zwölf Sessel, zwei Sofas, mit Gobelinüberzügen, um 1750 entstanden, ursprünglich im Besitz der Madame Pompadour.

»Du meine Güte!« hauchte Houston und zog rasch wieder die Decke über die Stühle.

An der Wand lehnte ein zusammengerollter Teppich. Auf dem Anhänger las sie:

Spätes siebzehntes Jahrhundert, für Ludwig XIV. in der königlichen Teppichmanufaktur im Hospice de la Savonnerie angefertigt.

Eine flache Kiste, in der offensichtlich ein Gemälde verpackt war, besaß nur einen aufgeklebten Packzettel mit dem Wort ›Gainsborough‹ darauf. Daneben stand eine ähnliche Kiste mit dem Vermerk ›Reynolds‹.

Behutsam nahm Houston den Möbelschoner von den beiden übereinandergestapelten Sesseln der Madame Pompadour, hob den oberen herunter und setzte sich darauf. Sie brauchte einen Moment, um ihre Gedanken zu sammeln. Sie schaute sich im Zimmer um, und überall lugten unter den Schonern vergoldete Füße hervor. Sie brauchte ihre Inspektion nicht fortzusetzen. Sie wußte schon jetzt, daß alle hier gelagerten Einrichtungsgegenstände den Rang von Kunstwerken und Museumsstücken besaßen. Geistesabwesend hob sie eine Decke von einem Gegenstand hoch, der neben ihr auf dem Boden lag. Ein Lüster kam zum Vorschein, der funkelte, als wäre er aus lupenreinen Diamanten hergestellt. Sie las das Datum auf dem Anhänger: 1780.

Sie saß noch immer benommen in ihrem kostbaren Sessel und versuchte sich mit dem Gedanken vertraut zu machen, daß sie ihren Alltag unter solchen Schätzen verbringen sollte, als sie unten eine Kutsche vorfahren hörte. »Mr. Bagly!« rief sie, während sie die Treppe hinuntereilte, und es gelang ihr, gerade noch rechtzeitig die Haustür zu erreichen, um den Meister und dessen Assistenten dort in Empfang zu nehmen.

»Guten Morgen, Blair-Houston«, sagte Mr. Bagly.

Mr. Bagly war ein schmächtiges Männchen mit blassem Gesicht, der es irgendwie fertigbrachte, ein Despot zu sein. Er war als Schneider die erste Adresse in Chandler und wurde mit großem Respekt behandelt.

»Guten Morgen«, antwortete sie. »Kommen Sie doch bitte herein. Ich weiß nicht, ob Sie inzwischen schon gehört haben, daß Mr. Taggert und ich in zwei Wochen heiraten werden. Bis dahin braucht er eine vollständige Garderobe. Fürs erste jedoch benötigt er einen guten Gesellschaftsanzug für einen Empfang, der morgen stattfindet – etwas aus Alpaka mit drei Knöpfen, grauer Hose und einer Weste aus Kaschmir. Das sollte für den Anfang genügen. Glauben Sie, daß Sie den Anzug bis morgen nachmittag um zwei fertigstellen können?«

»Ich weiß nicht. Ich habe noch andere Kunden.«

»Von denen sicherlich keiner so dringend bedient werden muß wie Mr. Taggert. Setzen Sie so viele Näherinnen ein wie möglich. Sie werden bezahlt.«

»Ich glaube, es läßt sich machen. Wenn ich jetzt die Maße von Mr. Taggert hätte, könnte ich gleich mit der Arbeit anfangen.«

»Er ist im ersten Stock, glaube ich.«

Mr. Bagly blickte sie fest an. »Blair-Houston, ich kenne Sie nun schon seit Ihrer Geburt, und ich bin bereit, alle anderen Arbeiten liegenzulassen, um Ihren Wünschen entgegenzukommen. Ich bin sogar heute morgen schon sehr früh aufgestanden, um Ihrem Verlobten die Maße abzunehmen; doch ich werde keinesfalls auch noch Treppen steigen, um Ihren Verlobten im Haus zu suchen. Vielleicht sollten wir später wiederkommen, wenn er wach ist.«

»Aber dann wird der Anzug doch nicht mehr rechtzeitig fertig, Mr. Bagly.«

»Selbst wenn Sie vor mir auf die Knie fielen, würde ich es nicht für Sie tun. Wir werden hier eine halbe Stunde warten. Wenn Mr. Taggert bis dahin nicht erschienen ist, gehen wir wieder.«

Houston war jetzt sogar ein wenig froh, daß sich im Großen Salon, wo die Herren warteten, noch keine Stühle befanden. Nur Mut, sagte sie zu sich, und stieg wieder in den ersten Stock hinauf.

Der erste Stock war so herrlich wie das Erdgeschoß, die Wände weiß getäfelt, und direkt vor ihr öffnete sich ein großer Raum mit einem grün gekachelten Bereich dahinter. »Ein Vogelhaus«, flüsterte sie entzückt.

Mit einem Seufzer begann sie nun, an ihre Arbeit zu gehen. Hinter einer dieser zahlreichen Türen mußte sich Kane befinden.

Sie öffnete eine Tür und sah im trüben Licht einen blonden Schopf inmitten zerknüllter Decken. Leise machte sie die Tür wieder zu. Edan wollte sie nicht wecken.

Sie suchte in vier Räumen, ehe sie an der Rückseite des Hauses Kanes Schlafzimmer entdeckte. An billigem Blumendraht, der im Stuck an der Decke befestigt war, hingen zwei primitiv zurechtgeschnittene Stoffbahnen, die verhinderten, daß die Morgensonne ins Zimmer vordringen konnte. Die Einrichtung bestand aus einer eichenen Bettstatt, einem mit Papieren übersäten kleinen Tisch aus dem gleichen Material, einem mit Wasser gefüllten Tonkrug und einer aus drei Teilen bestehenden, mit knallrotem Plüsch gepolsterten Sitzgarnitur, die mit gelben Fransen und Quasten verziert war.

Houston warf einen Blick gegen die Decke. »Vergib ihm, Madame de Pompadour«, flüsterte sie.

Dann zog sie entschlossen die Lappen vom Fenster zurück und knotete sie zusammen, damit sie nicht wieder das Zimmer verdunkelten.

»Guten Morgen, Mr. Taggert«, sagte sie laut neben seinem Bett.

Kane blinzelte, drehte sich auf die andere Seite und schlief weiter.

Er war von den Hüften aufwärts nackt, vermutlich auch unterhalb der Hüften, dachte Houston, die seinen Torso oberhalb der Decken betrachtete. Sie hatte nur selten Gelegenheit gehabt, die nackte Brust eines Mannes zu sehen, und Kane war gebaut wie ein Preisboxer – breit, muskulös, der Brustkorb dicht behaart. Seine Haut hatte ein dunkles, warmes Aussehen.

Eben noch stand sie neben dem Bett, und im nächsten Moment lag sie quer über ihm, während seine breite Hand ihren Oberschenkel umklammerte.

»Konntest wohl nicht bis zur Hochzeit auf mich warten, wie?« sagte Kane und begann, hungrig ihren Hals und ihre Kehle zu küssen, während seine Hände zielstrebig über ihren Körper glitten. »Vor dem Aufstehen habe ich schon immer gern eine Frau vernascht.«

Houston wehrte sich ein paar Sekunden, bis sie einsah. daß sie damit nichts erreichte, und sich nach einem Gegenstand umschaute, mit dem sie seiner Attacke Einhalt gebieten konnte. Ihre tastende Hand kam mit dem Henkel des Wasserkrugs in Berührung. Sie nahm ihn rasch vom Tisch und schlug ihn damit mit voller Wucht auf den Kopf.

Das dünnwandige Geschirr zerbrach, und eine mit Tonsplittern vermischte Wasserflut ergoß sich über das Bett, während Houston sich an das Fußende der Bettstatt flüchtete.

»Was, zum Teufel . . .« begann Kane, setzte sich auf und hielt sich den Kopf. »Du hättest mich umbringen können.«

»Sehr unwahrscheinlich«, bemerkte Houston. »Ich hatte zu Recht vermutet, daß die Qualität Ihrer Toilettengegenstände Ihrem Möbelgeschmack entspricht.«

»Hör mal, du kleines Biest, ich werde . . .«

»Nein, Mr. Taggert, Sie werden mir jetzt zuhören. Wenn ich Ihre Frau werden soll, haben Sie mir auch den Respekt zu erweisen, der einer Frau in dieser Position zukommt. Ich möchte von Ihnen nicht wie eine Dirne behandelt werden, die Sie sich ... Sie sich für eine Nacht erkauft haben.« Ihr Gesicht lief puterrot an, aber sie fuhr tapfer mit ihrer Predigt fort: »Ich bin *nicht* mit der Absicht, die Sie mir unterstellten, in Ihr Schlafzimmer gekommen, sondern wurde gewissermaßen von Ihrem Schneider dazu erpreßt, Sie zu wecken, weil er unbedingt ihre Maße braucht für einen Anzug. Der Mann wartet bereits unten. Überdies werden jeden Moment Leute ins Haus kommen, die die Möbel aufstellen sollen, und eine Köchin ist mit einem Fuhrwerk voller Lebensmittel auf dem Weg hierher. Spätestens in einer Stunde wird sich auch der Barbier hier melden, um einen Teil der Haare, mit denen Sie so reichlich gesegnet sind, aus Ihrem Gesicht zu entfernen. Wenn ich nicht nur Sie, sondern auch das ganze Haus für eine Hochzeit vorbereiten soll, müssen Sie sich leider dazu bequemen, etwas früher aufzustehen als sonst. Und jetzt werden Sie dringend im Erdgeschoß verlangt.«

Kane hatte sie nur angesehen, während sie ihre Rede hielt. »Blutet mein Kopf?« fragte er jetzt.

Mit einem Seufzer trat Houston wieder ans Bett und untersuchte seinen Kopf, bis er einen Arm um ihre Taille schlang und sein Gesicht gegen ihre Brust preßte. »Ist das echt oder Polsterwatte?« fragte er.

Houston schob ihn entrüstet von sich. »Stehen Sie auf, ziehen Sie sich an und kommen Sie so rasch wie möglich herunter in den Salon«, sagte sie, ehe sie auf den Absätzen kehrt machte und das Zimmer verließ.

»Ein verdammt despotisches Frauenzimmer«, hörte sie ihn noch hinter ihrem Rücken sagen.

Unten war inzwischen das Chaos ausgebrochen. Die sechs Männer, die Susan angeheuert hatte, schlenderten durch das Haus, als würde es ihnen gehören, und riefen sich gegenseitig Bemerkungen zu; Willie und Mrs. Murchison hatten auf Houston gewartet, um sie nun mit Fragen zu bestürmen, und Mr. Bagly hatte beschlossen, wieder nach Hause zu fahren.

Houston begann nun, ihr Tagespensum anzupacken.

Spätestens um neun Uhr wünschte sie sich, sie hätte

gelernt, wie man mit einer Peitsche umgeht. Sie hatte auf der Stelle zwei Möbelträger wegen unverschämten Benehmens gefeuert und dann die übrigen gefragt, wer sich einen Tageslohn verdienen wolle.

Kane mochte sich erst nicht von Mr. Bagly anfassen lassen und beschwerte sich dann bei ihm, wie Houston dazu käme, darüber zu entscheiden, was er tragen und was er nicht tragen konnte.

Als der Barbier eintraf, flüchtete Houston durch die Seitentür in das Gewächshaus hinüber, das sie schon seit Tagen hatte erkunden wollen. Sie schloß die Tür hinter sich und blickte vergnügt auf den hundert Meter langen Teppich aus blühenden Pflanzen. Dieser Duft und diese Stille taten ihr jetzt gut.

»Zuviel Lärm drüben im Haus, wie?«

Sie drehte sich um und sah Edan, der gerade eine große Azalee umtopfte. Er war fast so groß wie Kane, hübsch, blond und, wie sie vermutete, jünger als Kane. »Ich befürchte, wir haben Sie heute recht früh geweckt. Der Krach war ja kaum zu überhören.«

»Wenn Kane in der Nähe ist, geht es nie ohne Brüllen ab«, sagte Edan gelassen. »Haben Sie ein bißchen Zeit, daß ich Ihnen meine Blumen zeigen kann?«

»Das sind alles Ihre Pflanzen?«

»Mehr oder weniger. Hinter dem Rosengarten befindet sich noch ein kleines Haus, in dem eine japanische Familie wohnt. Die ist für den äußeren Garten verantwortlich, doch das Gewächshaus ist mein Reich. Hier habe ich Grünzeug aus der ganzen Welt gesammelt.«

Sie hatte zwar keine Zeit, war aber dankbar für ein paar Minuten Ruhe und Beschaulichkeit.

Stolz zeigte ihr Edan die vielen Arten von Pflanzen, die er hier zusammengetragen hatte: Alpenveilchen, Schlüsselblumen, Baumfarne, Orchideen und exotische Gewächse, von deren Existenz sie bisher noch nie etwas gehört hatte.

»Sie fühlen sich hier offenbar sehr wohl«, sagte sie und betrachtete die Blütenblätter einer Cymbidium-Orchidee.

»Ich habe heute morgen einen Wasserkrug auf seinem Kopf zerschlagen.«

Einen Moment starrte Edan sie mit offenem Mund an, ehe er in ein Gelächter ausbrach. »Ich habe ihn mehr als einmal mit meinen Fäusten traktiert. Wollen Sie wirklich ernsthaft versuchen, aus ihm einen zivilisierten Menschen zu machen?«

»Ich hoffe, daß es mir gelingt. Aber mit den Fäusten werde ich wohl kaum etwas bei ihm ausrichten können. Da muß es auch noch andere Möglichkeiten geben.« Sie hob den Kopf. »Ich weiß nichts über Sie oder Ihre Beziehungen zu ihm.«

Edan suchte einen größeren Topf für eine Passionsblume und setzte sie um. »Er lernte mich in New York kennen, in einer dunklen Gasse, wo ich mich von den Abfällen aus den Aschentonnen ernährte. Meine Eltern und meine Schwester waren ein paar Wochen vorher bei einem Wohnungsbrand im Rauch erstickt. Ich war damals siebzehn Jahre alt und konnte mich in keinem Job halten.« Er lächelte bei der Erinnerung an jene Zeit. »Ich war streitsüchtig, halb verhungert und hatte mich zu einer Karriere als Krimineller entschlossen. Unglücklicherweise, oder vielleicht auch glücklicherweise, war die erste Person, die ich mir für einen Raubüberfall aussuchte, Kane.«

Houston nickte. »Vielleicht fühlten Sie sich durch seine Körpergröße dazu herausgefordert.«

»Oder vielleicht hoffte ich auch, daß mir der Coup mißlingt. Kane streckte mich mit einem Kinnhaken nieder; aber statt mich dann zum Polizeirevier zu bringen, nahm er mich mit nach Hause und gab mir etwas zu essen. Ich war siebzehn, er zweiundzwanzig und schon auf dem besten Weg, ein Millionär zu werden.«

»Und Sie sind von diesem Tag an bei ihm geblieben.«

»Und habe mir meinen Lebensunterhalt selbst verdient«, setzte Edan hinzu. »Ich mußte den ganzen Tag für ihn arbeiten, und abends schickte er mich zur Handelsschule, um mich als Buchhalter ausbilden zu lassen. Dieser Mann hält nichts vom Schlafen. Wir haben bis heute morgen um vier gearbeitet, deshalb lag er noch im Bett, als Sie heute morgen ins Haus kamen.«

Edan hob plötzlich den Kopf und deutete auf die Glaswand des Gewächshauses. »Ah«, sagte er grinsend, »mir scheint, der Barbier hat seine Visitenkarte abgegeben.«

Neugierig blickte Houston zu der Seite des Gewächshauses hinüber, auf die Edan deutete. Da kam ein großer Mann in Kanes Kleidern den Gartenweg herunter; aber glattrasiert, ohne Vollbart und schulterlange Haare.

Houston blickte Edan mit großen, verwunderten Augen an, und Edan lachte leise, als Kane ins Gewächshaus trat.

»Houston!« brüllte Kane, »bist du hier irgendwo?«

Sie kam hinter dem mächtigen Stamm eines Hottentottenbrot-Strauches hervor, um ihn zu betrachten.

»Nicht schlecht, wie?« sagte er vergnügt und rieb sich die glatten Wangen. »Ich habe schon so lange mein Gesicht nicht mehr gesehen, daß ich vergessen habe, wie gut ich eigentlich aussehe.«

Houston mußte ebenfalls lachen; denn er hatte recht. Mit seinem breiten Kinn, seinem feinen Mund und seinen ausdrucksvollen Augen unter den dunklen Brauen sah er ungewöhnlich gut aus.

»Wenn du mit der Besichtigung von Edans Pflanzen fertig bist, solltest du lieber wieder ins Haus hinübergehen. Da ist eine Lady, die mich nicht in ihre Töpfe gucken läßt. Und ich sterbe schon fast vor Hunger.«

Draußen vor dem Gewächshaus faßte er sie am Arm. »Ich muß dir etwas sagen«, murmelte er und blickte erst auf seine Stiefelkappe und dann auf einen Ast links hinter ihrem Kopf. »Es war nicht meine Absicht, dich heute morgen zu überfallen. Ich hatte nur fest geschlafen, und als ich aufwache, steht plötzlich ein hübsches Mädchen neben meinem Bett. Ich wollte dich nicht kränken. Es ist nur, daß ich nicht an Ladies gewöhnt bin.« Er kratzte sich am Kopf und grinste sie an. »Aber ich begreife ziemlich rasch, glaube ich.«

»Setz dich dorthin«, sagte sie und deutete auf eine Bank unter einem Baum. »Laß mich mal deinen Kopf untersuchen.«

Er saß ganz still da, während sie vorsichtig die Beule unter den Haaren betastete. »Tut das sehr weh?«

»Im Augenblick nicht«, sagte er und griff dann nach ihren Händen. »Willst du mich jetzt immer noch heiraten?«

Er sieht viel besser aus als Leander, dachte sie plötzlich, und wenn er sie so ansah wie jetzt, hatte sie ein ganz komisches Gefühl in den Knien. »Ja, ich will dich immer noch heiraten.«

»Gut!« rief er und sprang von der Bank auf. »Jetzt wird es aber Zeit, daß wir etwas zu essen bekommen. Ich und Edan haben eine Menge zu tun, und drüben wartete ein Mann auf mich. Und du paßt auf, daß diese Idioten mit meinen Möbeln ordentlicher umgehen.« Damit ging er den Weg zum Haus zurück.

Houston mußte rennen, um mit ihm Schritt halten zu können. Er wechselte ja so rasch die Laune wie ein Chamäleon die Farbe, dachte sie, während sie ihren Hut festhielt und neben ihm den Weg hinunterhastete.

Bis zum Nachmittag hatte sie drei Zimmer mit Teppichen ausgelegt und zwei der Speicherräume von Möbeln befreit. Diese standen nun wahllos im Erdgeschoß herum und warteten darauf, daß Houston einen geeigneten Platz für sie suchte. Kane und Edan hatten sich mit ihrem Besucher im Büro eingeschlossen. Hin und wieder hörte sie seine Stimme trotz des Gepolters, das die Möbelträger verursachten. Einmal sah er kurz in die Bibliothek hinein und sagte: »Brechen diese Sessel nicht durch, wenn man sich daraufsetzt?«

»Warum sollten sie, wenn sie schon über zweihundert Jahre gehalten haben?« gab sie zurück. Darauf zog sich Kane mit einem Schnauben wieder in sein Büro zurück.

Um fünf Uhr klopfte sie an die Bürotür. Edan öffnete, und Houston blieb unter der Tür stehen, blickte auf die von dicken, blauen Tabakschwaden verhüllte Gestalt von Kane am Schreibtisch und sagte, daß sie jetzt ginge und morgen früh wiederkäme. Er sah nur kurz von seinen Papieren hoch.

Edan begleitete sie zur Haustür. »Vielen Dank für alles, was Sie heute getan haben«, sagte er. »Ich bin sicher, wenn Sie mit Ihrer Arbeit fertig sind, wird es hier so aussehen, wie es sich für so ein Haus gehört.«

Sie drehte sich unter der Haustür noch einmal um. »Sagen Sie ihm bitte, daß ich morgen mittag mit seinem neuen Anzug hierherkomme und wir um zwei Uhr gemeinsam die Gartenparty besuchen.«

»Ich hoffe, er geht mit Ihnen zur Party.«

»Er wird mit mir zur Party gehen«, sagte sie, obwohl sie gar nicht so zuversichtlich war, wie sie sich anhörte.

Kapitel 8

Das Frühstück in der Villa Chandler am nächsten Morgen war eine stumme, feierliche Angelegenheit. Nur Houston und Duncan bedienten sich von jeder Platte, die herumgereicht wurde, und aßen ein halbes Steak, eine Portion Rühreier mit Schinken, ein Buchweizen-Brötchen und ein Pfirsichtörtchen. Opal sah aus, als hätte sie über Nacht fünf Pfund abgenommen, Blair blickte mit wütend zusammengebissenen Zähnen auf ihren Teller, während Duncan zwischen Zorn und fassungsloser Verwunderung hin- und herzupendeln schien.

Houston mußte jetzt daran denken, was Susan ihr heute morgen von Blair und Leander erzählt hatte. Gestern war Blair mit einem gutaussehenden blonden Unbekannten auf dem See im Fenton-Park Paddelboot gefahren, als Leander mit einem Ruderboot neben ihr aufgetaucht war. Und im nächsten Moment lag der blonde Fremde im Wasser, während Leander Blair in sein Boot herüberzog und mit ihr ans Ufer ruderte. Dort hatte Blair dann zum großen Vergnügen der Zuschauer ein Paddel genommen, Lee in den Modder gestoßen, den fremden jungen Mann vor dem Ertrinken gerettet und ihn mit dem Ruderboot zu dem Steg zurückgebracht, wo die Boote ausgeliehen wurden.

Houston hätte eigentlich eifersüchtig und zornig sein müssen, weil er mit solchen Eifer öffentlich demonstrierte, wie sehr er seine neue Braut der verflossenen vorzog. Auch der vielen Blumen wegen hätte sie ihm gram sein sollen, die er nun täglich in der Villa Chandler abgeben ließ; doch ihre Gedanken kreisten vornehmlich um Probleme, die sie im Haus von Mr. Taggert erwarteten: wer ihr beim Aufhängen der Vorhänge behilflich sein würde, die sie, sorgsam etikettiert, in etlichen Paketen entdeckt hatte, und wo sie den antiken Sekretär aus der Zeit Jakobs I. unterbringen sollte. Und da war auch noch Mr. Taggert selbst. Sie hoffte, er würde ihr heute die Arbeit nicht so schwer machen wie tags zuvor.

»Ich würde gern mit dir unter vier Augen reden, Houston«, sagte Duncan nach dem Frühstück, und Houston erschrak so heftig, daß sie fast ihren Stuhl umgeworfen hätte. Er führte sie in den vorderen Salon, der nur für die Gäste verwendet wurde – und für ernste Aussprachen.

Stumm nahm sie in einem Sessel Platz. Dieser Mann war seit ihrer Jungmädchenzeit ihr Stiefvater, und da sie sich immer so verhalten hatte, wie er es wollte und wie eine Lady sich seiner Vorstellung nach verhalten sollte, hatte es zwischen ihnen nie Meinungsverschiedenheiten gegeben.

»Wie ich höre, hast du eingewilligt, ihn zu heiraten«, begann er, mit dem Rücken zu ihr am Fenster stehend.

»Ja«, antwortete sie und bereitete sich innerlich auf das heraufziehende Unwetter vor. Wie sollte sie ihre Entscheidung vertreten? Konnte sie ihm sagen, daß sie Kane gefragt und er ihr versichert habe, er hätte niemanden umgebracht oder töten lassen? Oder vielleicht sollte sie ihm erklären, wie sehr Kane sie brauchte.

Duncan ließ sich in einem Sessel nieder, als trüge er sein doppeltes Gewicht auf den Schultern.

»Houston«, sagte er mit einer Stimme, die kaum lauter

war als ein Flüstern, »ich weiß, daß dieses Haus nie mehr zu dem wurde, was es zu Lebzeiten deines Vaters gewesen war; aber ich hätte nie gedacht, daß du zu so drastischen Maßnahmen greifen würdest, um ihm zu entrinnen.«

Das hatte sie nicht erwartet. »Du glaubst, ich heirate Mr. Taggert, damit ich dein Haus verlassen kann?«

Er stand auf. »Aus diesem und noch anderen Gründen.« Er trat wieder ans Fenster. »Für dich muß das, was Leander dir angetan hat, eine schreckliche, demütigende Erfahrung gewesen sein, und für ein Mädchen in deinem Alter ist das so etwas wie ein Weltuntergang.«

Er drehte sich zu ihr um. »Aber glaube mir, Houston, es ist kein Weltuntergang. Du bist die hübscheste junge Lady dieser Stadt, vielleicht sogar des ganzen Staates, und du wirst einen anderen Mann finden. Wenn du damit einverstanden bist, nehme ich dich nach Denver mit und stelle dich dort ein paar jungen Männern vor.«

Houston stand von ihrem Sessel auf, trat zu ihm und küßte ihn auf die Wange. Bis zu diesem Moment hatte sie nicht einmal gewußt, ob er sie mochte. Obwohl sie schon so lange unter demselben Dach wohnten, war stets etwas Förmliches zwischen ihnen gewesen, und das war das erste Mal, daß sie ihm einen Kuß gegeben hatte.

»Ich danke dir vielmals für dein gut gemeintes Angebot«, sagte sie, während Duncan sich verlegen wieder von ihr abwendete. Sie trat von ihm weg. »Ich glaube nicht, daß ich Mr. Taggert nur deswegen heirate, weil er sich gerade als günstige Partie anbietet.«

Duncan blickte zu ihr hin. »Bist du dir dessen sicher? Vielleicht ist das nur eine Trotzreaktion von dir, um der Stadt zu zeigen: ›Schaut her, ich bekomme jederzeit einen anderen Mann, wenn ich will.‹ Und du *kannst* einen anderen Mann bekommen. Vielleicht einen, der nicht so reich ist und nicht so ein großes Haus hat wie Taggert; aber einen Mann, dessen Familie du kennst. Weißt du, ob es nicht Geisteskranke in seiner Familie gibt? Ein Onkel von Mr. Taggert soll ein notorischer Unruhestifter sein, hat man mir gesagt.«

Houstons Kopf ruckte hoch. »Onkel?«

»Rafe Taggert. Er wohnt im Bergwerkslager. Der Mann ist ein Dorn in Jacob Fentons Fleisch, und dennoch entläßt er ihn nicht, ganz gleich, was er anstellt.«

Houston drehte sich von ihrem Stiefvater weg, damit er ihr Gesicht nicht sehen konnte. Der Name Taggert war nicht ungewöhnlich, und sie hatte ihre Freundin Jean niemals mit Kane in Verbindung gebracht. Vielleicht kannte Jean ihn. Und wenn die beiden sogar miteinander verwandt waren, konnte sie dafür bürgen, daß es in Kanes Familie keine Geisteskranken gab.

Sie drehte sich wieder zu Duncan um. »Ich glaube nicht, daß die Familie erblich belastet ist.«

Enttäuschung und Ernüchterung spiegelten sich in seinen Augen. »Wie kannst du dich in so kurzer Zeit so total verändern? Du warst so vernünftig in deinem Umgang mit Leander, hast dich erst mit ihm verlobt, nachdem du ihn schon lange gekannt hast. Doch diesen Mann kennst du erst ein paar Tage, hast ihm aber bereits die Zusage gegeben, den Rest deines Lebens mit ihm zu verbringen.«

Dem konnte sie nichts entgegensetzen. Er hatte vollkommen recht. Die Logik sagte ihr, daß sie diesen Fremden nicht heiraten konnte. Nur daß sie ihn verdammt gerne heiraten wollte! Sie verdeckte das Lächeln, das um ihre Lippen spiegelte, mit der Hand. Sie durfte sich doch nicht Mr. Taggerts Ausdrucksweise aneignen!

»Die Ehe ist eine ernste Angelegenheit«, fuhr Duncan fort. »Überlege dir genau, was du da tust.«

»Ich habe ihm bereits mein Jawort gegeben«, sagte sie, als wäre das eine Antwort.

»Blair ist ein Beweis dafür, was alles passieren kann, ehe der Ehering am Finger einer Frau steckt«, sagte er bitter. »Laß dir von ihrer ... ihrer Unberechenbarkeit nicht dein Leben ruinieren. Finde heraus, was dieser Kane Taggert für ein Mensch ist. Rede mit Leuten, die ihn kennen. Rede mit Marc Fenton; er kann sich vielleicht an ihn erinnern, als er noch in den Ställen arbeitete. Ich habe versucht, mit Jacob über ihn zu sprechen; doch Jacob winkt schon ab, wenn er nur seinen Namen hört. Es ist für ein ganzes Leben, Houston; erkundige dich so gründlich wie möglich über diesen Mann, ehe du dich für immer an ihn bindest.«

Houston mußte zugeben, daß seine Bitte vernünftig war. Aber sie zögerte, darauf einzugehen. Vielleicht wollte sie gar nicht so genau wissen, was für ein Mann Kane war. Vielleicht gefiel ihr das Geheimnisvolle an ihm – der Mann, der sie im Sturm eroberte, ehe sie kritisch über ihn nachdachte. Vielleicht war sie einfach noch nicht bereit, dieses Abenteuer zu beenden.

Doch Duncan hatte die Vernunft auf seiner Seite, und Houston war gewohnt, zu gehorchen. Sie überlegte flüchtig, was er wohl tun würde, wenn sie ihm von Kanes Attacke am gestrigen Morgen erzählte, der sie sich nur mit einem Tonkrug erwehren konnte. Er würde sie vermutlich in ihrem Zimmer einsperren. Sie seufzte. »Ich werde mich bei einigen Leuten nach ihm erkundigen«, flüsterte sie. »Ich werde mich so gründlich umhören wie möglich, und wenn ich nichts wirklich Schlimmes über ihn erfahre, werde ich ihn am Zwanzigsten dieses Monats heiraten.«

Duncan seufzte schwer. »Mehr kann ich wohl nicht von dir verlangen. Nur – ist Geld für dich schon immer so wichtig gewesen, Houston? War dir das Leben, das du in diesem Hause geführt hast, zu ärmlich?«

»Glaubst du, sein Geld gehört zu den anderen Gründen, die mich bewegen, ihn zu heiraten?«

»Natürlich.« Er zeigte sich überrascht. »Was könnte dich wohl sonst dazu verleiten, dieses häßliche Ungetüm zu heiraten? Wenn er nicht so viel Geld hätte, würde kein Mensch auch nur ein Wort mit ihm reden. Er wäre wie die anderen Vertreter seiner Familie ein unbekannter Minenarbeiter, dem man nicht mal die Uhrzeit sagen würde, wenn er darum bittet.«

»Er würde nur ein namenloser Bergarbeiter sein?« erwiderte sie. »Hast du vergessen, daß er als Stallbursche begann, aber inzwischen Millionen verdient hat? Niemand hat sie ihm geschenkt. Vielleicht gefällt mir der Mann, der in ihm steckt – der sich aus dem Stallmist emporgearbeitet und im Leben etwas erreicht hat. Ich habe in meinem Leben nichts anderes erreicht, als zu lernen, wie man sich richtig anzieht.« Und er braucht, was ich gelernt habe, setzte sie in Gedanken hinzu, während ihr ein warmer Schauer über den Rücken rieselte.

»Was sollte eine Lady denn sonst wissen?« fragte Duncan.

»Frauen schreiben heutzutage Bücher. Sie . . .« Sie hielt inne und tat dieses Thema mit einer Handbewegung ab. »Ich wundere mich, wieso sich niemand fragt, weshalb ein so reicher Mann wie Mr. Taggert eine Frau aus den Bergen von Colorado heiratet. Er könnte eine Prinzessin haben.«

»Du *bist* eine Prinzessin«, sagte Duncan gereizt.

Houston lächelte ihm zu, während sie zur Tür ging. »Ich muß jetzt gehen. Mr. Bagly erwartet mich. Ich muß die Garderobe für meinen zukünftigen Mann zusammenstellen und ein zweites Brautkleid bestellen, daß zu dem anderen paßt. Ich bin sicher, Blair hat noch nicht daran gedacht.«

»Nein, an solche Sachen denkt sie bestimmt nicht«, sagte Duncan und langte in seine Jackentasche. »Der Direktor von der Bank kam gestern hierher und hat das dagelassen.« Er reichte ihr ein Stück Papier.

Es war ein Kontoauszug mit dem Datum von gestern. Zweihundertundfünfzigtausend Dollar waren an diesem Tag auf ihren Namen in der Bank eingezahlt worden.

Houstons Hand zitterte ein wenig, als sie die Klinke niederdrückte. »Vielen Dank«, murmelte sie. »Vielen Dank für alles, und ich werde tun, worum du mich gebeten hast.« Mit einem Lächeln auf den Lippen verließ sie das Zimmer.

Sie war schon auf der Treppe, ehe sie ihren Atem wiederfand. Sie blieb stehen und betrachtete noch einmal den Kontoauszug. Er hatte gesagt, er wollte ein Konto für sie errichten und ›etwas‹ Geld einzahlen. Was er auch für Fehler haben mochte, Mangel an Großzügigkeit gehörte bestimmt nicht dazu. Sie hielt sich den Mund zu, damit sie nicht laut lachte vor Entzücken, und eilte die Treppe hinauf, um sich zum Ausgehen anzukleiden.

Eine Stunde später saß sie in Mr. Baglys kleinem Atelier, umgeben von Schnitten und Stoffproben. Zu den Dingen, die sie auf ihren Schulen für angehende Damen gelernt hatte, gehörte auch die Kunst, einen Mann richtig zu kleiden – auch wenn sie nur dazu führte, daß man sich mit dem Kammerdiener des Ehemannes über Anzüge streiten konnte.

»Er braucht ein Dutzend Anzüge für das Geschäft«, sagte sie zu Mr. Bagly, während der Assistent fieberhaft mitschrieb. »Aus dieser hellfarbenen Wolle, dem graukarierten Oxford, dem Angola und diesem schweren blauen schottischen Tweed . . . fürs erste.«

»Und als Abendanzug?«

»Diesen schwarzen Kammgarn mit einer Weste aus weißem Pikee.«

Sie wählte jetzt die Anzüge für Freizeit und Sport aus, wollte sich erst für Kniebundhosen für den Golfplatz entscheiden und ließ es dann bleiben. Dann kamen die Anzüge für den Nachmittagsempfang an die Reihe und schließlich der Anzug für seine Hochzeit, ein schwarzer Cutaway.

Nachdem das erledigt war, wurden die Hemden, die Schals, die Handschuhe ausgesucht. Dann ein großer Vorrat an Unterwäsche aus gezwirnter Baumwolle, Taschentücher aus weißem Leinen, Socken aus Balbriggan.

»Sollen wir mit den Hüten noch warten?«

»Ja«, sagte Houston, »und mit den Stöcken auch.« Sie blickte auf die kleine goldene Uhr, die an ihrem Mieder befestigt war. »Ich muß jetzt gehen. Kann ich den Anzug schon mitnehmen?«

Nachdem Mr. Bagly den neuen Anzug und einen kompletten Satz Accessoires eingepackt hatte, dazu noch etliche Paar Schuhe aus seinem Lager, vereinbarte Houston mit ihm noch einen Termin, an dem er bei Edan für einen Anzug zu ihrer Hochzeit Maß nehmen sollte. »Viel Glück«, rief er

Houston nach, als sie in ihrer eleganten neuen Kutsche davonfuhr. »Du wirst es nötig haben«, setzte er leise hinzu.

Zwei Stunden später war Houston für die Gartenparty fertig angekleidet. Sie trug ein die Figur betonendes Kleid aus gepunktetem weißem Mousseline de Soie über gelbem Satin mit einem breiten gelben Band quer über dem Mieder, das an der Hüfte in einer Schleife auslief. Irgendwie war es Susan an diesem Morgen gelungen, Houstons Korsage fast zwei Zentimeter enger zu schnüren. Das Atmen war nur im oberen Bereich der Lungen möglich; aber so kleine Unbequemlichkeiten nahm sie gern in Kauf. Sie wollte bei ihrem ersten offiziellen Auftritt mit ihrem Verlobten so gut wie möglich aussehen.

Als sie mit ihrer Kutsche vor dem taggertschen Hause anhielt, sah sie sich seufzend um. Sie durfte nicht vergessen, in den nächsten Tagen ein paar Diener anzuheuern. Sie hoffte, daß niemand in der Nähe war, während sie den Rock fast bis über die Knie anhob und rasch aus der Kutsche stieg. Ein leises Pfeifen ertönte links von ihr. »Das Hübscheste, was ich heute gesehen habe«, sagte Kane und bog um die Hausecke herum. »Tatsächlich hast du schönere Beine als eine Tänzerin, die ich mal in New Orleans bewundert habe.«

Houston versuchte, nicht rot zu werden. »Ich habe dir deinen neuen Anzug mitgebracht, und du hast gerade noch Zeit zum Umziehen.«

»Warum umziehen?«

Sie war immer noch nicht daran gewöhnt, ihn ohne Bart zu sehen. Sein Gesicht war heute mit dunklen Stoppeln bedeckt, weil er sich noch nicht rasiert hatte, doch sie taten seinem guten Aussehen keinen Abbruch. Was für ein glücklicher Zufall, dachte sie, daß ich mich einverstanden erklärte, einen Grizzlybären zu heiraten, um ihn dann in einen schönen Prinzen zu verwandeln.

»Zu der Gartenparty um zwei Uhr«, antwortete sie.

»Oh, die«, sagte er über die Schulter hinweg, während

er auf die Haustür zuging und sie neben der Kutsche stehenließ.

»Ja, die.« Sie hob ihre Röcke an und folgte ihm bis in sein Büro hinein. »Ich dachte, vielleicht haben wir noch Zeit für ein paar Lektionen, ehe wir zur Party gehen. Nur ein paar Tips, damit du dich wohl fühlst. Und selbstverständlich brauchst du auch genügend Zeit, um dich anzuziehen und zurechtzumachen.«

Er blieb hinter seinem Schreibtisch stehen und nahm ein Blatt Papier auf. »Es tut mir so leid; aber ich habe keine Zeit. Ich habe zu viel zu tun. Aber du kannst doch zur Party gehen, wo du doch schon dafür angezogen bist und so. Vielleicht kannst du ein paar Blumen aus meinem Gewächshaus mitnehmen.«

Houston holte tief Luft. »Vielleicht sollte ich ihnen einfach ein paar Dollars geben.«

Er blickte sie über das Papier hinweg überrascht an. »Du meinst, sie würden sich darüber freuen?«

»Nein«, sagte sie eisig, »*sie* würden sich *nicht* darüber freuen; aber ich bin sicher, daß dich das freuen würde. Dann brauchtest du dich nämlich nicht vor ihnen zu zeigen.«

»Willst du damit sagen, ich hätte Angst vor einer Horde aufgedonnerter, teetrinkender Snobs? Also, ich könnte sie alle kaufen und . . .«

Ihr Blick brachte ihn zum Verstummen.

»Ich gehe nicht zur Party«, sagte er eigensinnig und setzte sich.

Sie ging zu ihm an den Schreibtisch. Am liebsten hätte sie ihm die Hand auf die Schulter gelegt; aber sie tat es nicht. »Es wird nicht so schlimm werden, wie du glaubst. Du hast bisher nur die schlimmsten Leute in der Stadt kennengelernt. Ich würde dich gern einigen meiner Freundinnen vorstellen, und ich verspreche dir, daß sie dir nicht ohnmächtig zu Füßen sinken werden.«

Er sah zu ihr hoch. »Du meinst, keine Lady wird bewußtlos, wenn sie mich ohne Bart sieht?«

Mit einem Lächeln wich sie einen Schritt vor ihm zurück.

»Versuchst du, mir das Geständnis zu entlocken, daß du der schönste Mann auf der Party sein wirst?«

Er haschte nach ihrer Hand, doch sie war zu schnell für ihn. »Bleiben wir doch beide hier«, sagte er. »Wir finden schon etwas, mit dem wir uns die Zeit vertreiben können. Mir gefällt dieses Kleid.«

»Oh, nein, Mr. Taggert«, sagte sie lachend und überlegte, ob sie ihr Korsett vielleicht noch einen Zentimeter enger schnallen konnte. »Ich will nicht zu ... zu solchen Sachen verführt werden, an die Sie gerade denken. Sie müssen sich jetzt zur Gartenparty umziehen.« Sie war vor ihm zurückgewichen und stand nun an die Wand gepreßt vor ihm.

Kane stemmte links und rechts von ihrem Kopf die Hände gegen die Wand und beugte sich vor. »Wir haben uns doch noch gar nicht richtig kennengelernt, nicht wahr? Ich meine, ein Brautpaar sollte sich wenigstens ein paar Stunden mit sich allein beschäftigen, ehe es sich trauen läßt, oder nicht?«

Houston schlüpfte geschickt unter seinem rechten Arm hindurch. »Mr. Taggert«, sagte sie fest. »Mit Süßholzraspeln werden Sie mir die Party nicht ausreden können. Ich glaube, Sie haben Angst, dorthin zu gehen, und vielleicht gehören Sie zu der Sorte von Männern, die schon vor einer kleinen Ansammlung von Menschen die Flucht ergreift. Dann sind Sie aber auch nicht der Mann, den ich heiraten möchte.«

Mit einem wütenden Blick kehrte er an seinen Schreibtisch zurück. »Sie können zuweilen ja richtig giftig werden. Ich habe doch nicht vor so einer verdammten Party Angst.«

»Dann beweisen Sie das, indem Sie sich anziehen und mit mir zur Party gehen.« Während sie ihn beobachtete, schien er innerlich mit sich zu ringen, und fast war sie versucht, ihm zu sagen, daß sie bei ihm im Haus bleiben würde. Nicht nachgeben, Houston, ermahnte sie sich. Genau das will er nämlich erreichen.

Er warf seine Papiere auf den Tisch. »Ich werde gehen«, sagte er barsch. »Und ich hoffe, daß Sie das nicht bereuen müssen.« Damit stürmte er an ihr vorbei aus dem Büro.

»Das hoffe ich ebenfalls«, sagte sie leise, während sie ihm nachrannte, um den Anzug zu holen, der noch in der Kutsche lag.

Während Kane sich umzog, besichtigte Houston die Möbel, die überall herumstanden, und überlegte, wo sie ihren Platz finden sollten. Nach anderthalb Stunden, als sie zu überlegen begann, ob Kane durch ein Zimmer im ersten Stock geflüchtet war, drehte sie sich um und sah ihn in einem dunklen Rock mit langen Schößen, schiefergrauer Hose und weißem Leinenhemd im Durchgang stehen, eine weiße Krawatte in der Hand.

»Ich weiß nicht, wie man so ein Ding bindet.«

Houston vermochte sich einen Moment nicht von der Stelle zu bewegen. Der maßgeschneiderte Anzug brachte den bemerkenswerten Unterschied zwischen breiten Schultern und schmaler Taille hervorragend zur Geltung, und das dunkle Tuch betonte seine Brauen und seine Haare. Der Gedanke, an seinem Arm auf einer Party zu erscheinen, erfüllte sie mit Stolz. Vielleicht war da ein Teil von ihr, der der Stadt beweisen wollte, daß sie auch einen anderen Mann bekommen konnte. Sie hätte es ganz bestimmt schlechter treffen können. Oh ja, das hätte sie!

»Weißt du, wie man so eine Krawatte bindet?« wiederholte er.

»Ja, natürlich«, sagte sie, wieder zu sich kommend. »Du mußt dich aber hinsetzen, weil ich sonst deinen Hals nicht erreichen kann.«

Er setzte sich auf einen der kleinen vergoldeten Sessel, als wäre er zum Tode verurteilt.

Während Houston einen Windsorknoten in die Krawatte band, sagte sie zu ihm: »Die Party findet im Haus einer meiner Freundinnen statt. Sie heißt Tia Mankin. Speisen und Getränke werden auf langen Tischen stehen, die im Garten aufgebaut sind, und du mußt umhergehen und dich mit den Leuten unterhalten. Ich werde, so lange es geht, an deiner Seite bleiben.«

Kane sagte nichts.

Als der Knoten fertig war, sah sie ihm in die Augen. War das der Mann, auf dessen Kopf sie einen Krug zerschlagen hatte? »Es wird nicht lange dauern, und dann kommen wir hierher zurück und essen zusammen Abendbrot.«

Plötzlich legte er die Arme um sie und küßte sie heftig – als wollte er sich bei ihr Mut holen. Im nächsten Moment stand er neben ihr. »Wir wollen es hinter uns bringen«, sagte er und marschierte zur Haustür.

»Wo bleibst du denn?« fragte er ungeduldig unter der Tür.

»Ich komme schon«, sagte sie lächelnd und fühlte sich sehr lebendig.

Während Kane die Kutsche lenkte – es waren nur ein paar Minuten bis zu Tias Haus –, gab sie ihm noch ein paar Instruktionen. »Wenn wir die Leute von unserer Verlobung überzeugen wollen, solltest du ein wenig aufmerksamer zu mir sein«, sagte sie vorsichtig. »Bleib an meiner Seite, nimm meinen Arm – solche Sachen. Und, *bitte*, hilf mir aus der Kutsche.«

Er nickte, ohne sie anzusehen.

»Und lächle«, sagte sie. »So schlimm kann eine Ehe ja nun auch wieder nicht sein.«

Die Leute, die in Mankins Garten versammelt waren, schienen es kaum erwarten zu können, den neuen Verlobten von Houston kennenzulernen. Sie versuchten zwar, ihre Kinderstube nicht zu vergessen; rannten aber förmlich zur Kutsche, als sie vor dem Haus hielt, und blieben dann alle mit offenem Mund stehen. Der Bergarbeiter mit dem struppigen Bart war durch einen Gentleman ersetzt worden.

Kane schien die Reaktion der Leute gar nicht zu bemerken; doch Houston nahm sie um so deutlicher wahr. Und stolz legte sie die Hände auf seine breiten Schultern, als er ihr aus der Kutsche half. Sie schob den Arm unter den seinen, und er geleitete sie zu den am Rand des Gartens versammelten Gästen.

»Darf ich dir meinen Verlobten, Mr. Kane Taggert, vorstellen?« begann sie.

Zwanzig Minuten später, nachdem sie ihn allen Gästen vorgestellt hatte, spürte sie, wie er sich zu entkrampfen begann.

»Es war nicht so schlimm, wie du befürchtet hast, nicht wahr?«

»Nee«, sagte er ein bißchen zu salopp. »Möchtest du was zu essen haben?«

»Ich hätte gern ein Glas Punsch. Würdest du mich einen Moment entschuldigen? Ich muß mit jemandem reden.«

Sie beobachtete ihn einen Moment, als er auf die Büfetts zuging, und bemerkte, daß viele Frauen stehenblieben und ihm nachsahen. Meredith Lechner trat zu ihm, um mit ihm ein paar Worte zu wechseln, und sah erst lächelnd zu Houston hinüber, als wollte sie um Erlaubnis bitten.

Mein aus einem Frosch in einen Prinzen verwandelter Bräutigam, dachte Houston. Und für die Verwandlung hatte eine Beule genügt. Sie hüstelte höflich, um ein Kichern zu unterdrücken.

Während Kane am Büfett beschäftigt war, ging sie zu Reverend Thomas, der für sich am Rand der versammelten Gäste stand.

»Er ist nicht wiederzuerkennen«, sagte Reverend Thomas und deutete in die Richtung, wo Kane, nun von drei Frauen umringt, am Büfett stand. »Du hast ihn gründlich verwandelt.«

»Äußerlich vielleicht«, sagte sie und senkte die Stimme. »Ich wollte mit Ihnen sprechen. Als ich in der letzten Woche das Minenlager besuchte, sagte Jean Taggert, sie wisse über mich Bescheid. Wieviel weiß sie nun wirklich?«

»Alles«, antwortete Reverend Thomas.

»Aber wieso . . .?« begann Houston.

»Ich sagte es ihr. Ich mußte es tun. Ich brauchte einen Verbündeten, einen echten Freund innerhalb des Lagers.«

»Aber was passiert, wenn ich gefaßt werde? Jean könnte in eine noch viel schwierigere Lage geraten, wenn sie weiß, wer ich bin. Es ist schon so schlimm genug.«

»Houston«, sagte der Pfarrer, den Blick fest auf ihr

Gesicht gerichtet, »du kannst nicht die ganze Verantwortung allein tragen. Jean ist schon vor Monaten zu mir gekommen und wollte die Wahrheit wissen. Ich war froh, sie mit ihr teilen zu können.«

Houston schwieg einen Moment still, während sie beobachtete, wie Kane über etwas lachte und eine der drei Frauen einen Schritt näher an ihn heranrückte. Ich bin nicht die einzige, die er bezaubert, dachte sie.

»Wissen Sie, ob Kane und Jean miteinander verwandt sind?« fragte sie.

»Kusine und Vetter ersten Grades.« Er lächelte über ihren erstaunten Blick. »Sobald ich von deiner Verlobung erfuhr, ging ich zu Jean. Oh, die Wachen wollten mich erst nicht ins Lager lassen; aber mein Boß ist höher gestellt als der ihre. Weder Jean noch ein anderes Mitglied ihrer Familie haben Kane bisher persönlich kennengelernt. Es gibt da ein Geheimnis, seine Geburt betreffend. Jean vermutet, seine Mutter sei eine ... Lady für eine Nacht gewesen, und Kanes Vater soll seine Zweifel gehabt haben, ob das Kind auch von ihm ist. Das würde erklären, warum Kane in Fentons Haus beschäftigt und nicht von den Taggerts in der Minenstadt aufgezogen wurde.«

»Wissen Sie, was aus seinen Eltern geworden ist?«

»Jean war ziemlich sicher, daß sie beide schon lange tot sind. Houston«, der Pfarrer legte ihr die Hand auf den Arm. »Bist du sicher, daß du diesen Mann heiraten willst? Ich weiß, wie sehr Leander dich gekränkt haben muß ...«

Houston wollte sich nicht zweimal so eine Predigt wie heute morgen anhören, auch wenn sie noch so gut gemeint war. »Ich bin sicher«, sagte sie fest. »Und wollen Sie mich bitte jetzt entschuldigen? Ich muß mich um meinen Verlobten kümmern, ehe jemand ihn mir stiehlt.«

»Natürlich – nur, Houston, wenn du mit mir reden möchtest, ich bin den ganzen Nachmittag hier.«

Als Houston sich auf den Weg zu Kane machte, wurde sie immer wieder angehalten.

»Er sieht so nett aus, Houston. Du hast ein Wunder bei ihm bewirkt.«

»Hast du dich wirklich schon in ihn verliebt, als du noch mit Leander verlobt gewesen bist?«

»War Lee am Boden zerstört, als du es ihm sagtest?«

»Hast du dich heimlich aus dem Haus geschlichen, um dich mit Mr. Taggert zu treffen?«

»Houston, du mußt uns alles erzählen!«

Endlich gelang es ihr, zu Kane durchzukommen. Sie hakte sich bei ihm ein.

»Du bist verdammt lange fortgewesen«, sagte er leise. »Weißt du, was diese Frauen wissen wollten?« fragte er mit schockierter Stimme.

»Ich kann es mir denken«, sagte sie lachend. »Hast du etwas zu essen für mich besorgt?«

»Nur ein paar von diesen kleinen belegten Brötchen. Man kann eine ganze Platte davon verputzen und ist genauso hungrig wie zuvor. Müssen wir noch länger hierbleiben? Wer war der Mann, mit dem du geredet hast?«

»Reverend Thomas.«

»Oh, ja. Du gibst ja jeden Mittwoch in seiner Pfarrei Unterricht.« Lächelnd berührte er ihre Nase mit der Fingerspitze. »Schau mich nicht so verwundert an. Ich weiß eine Menge über dich. Warum setzt du dich nicht irgendwo hin, und ich bringe dir einen Teller mit Salaten und so? Wie ich sehe, machen das die anderen Männer auch für ihre Frauen.«

Lee hätte genau gewußt, was sich gehörte, dachte Houston. Und wenn sie mit ihm die Party besucht hätte, wären sie um Viertel nach drei wieder gegangen, weil er donnerstags immer . . .

»Du wünschst dir wohl, du wärest mit einem Mann zur Party gegangen, der weiß, was sich schickt?« fragte Kane neben ihr, einen breiten Schatten über sie werfend und einen mit Speisen bis zum Rand gefüllten Teller in der Hand.

»Wieso? Das tue ich nicht«, antwortete sie, sagte aber nichts mehr, weil sich Salate und Soßen über ihren Schoß ergossen.

Kane rührte sich nicht; aber sein Gesicht verriet, daß seine schlimmsten Befürchtungen eingetreten waren.

Als Houston hörte, wie eine Frau das Lachen zu unterdrücken versuchte, und merkte, daß die ganze Party zum Stillstand gekommen war, reagierte sie blitzschnell.

Sie schnellte in die Höhe, daß die Salate von ihrem Kleid auf den Boden rutschten, und flüsterte: »Heb mich hoch.« Doch er starrte sie nur mit dunklen, verstörten Augen an. »Nimm mich auf deine Arme, trag mich zur Kutsche und fahr mit mir davon«, befahl sie ihm mit leiser Stimme.

Kane war nicht gewohnt, Befehlen blindlings zu gehorchen. Aber diesmal tat er es. Er hob sie auf seine Arme, als wäre sie eine Feder.

Während er sie durch den Garten zur Kutsche trug, schmiegte Houston sich an ihn. Donnerstag nachmittags nahm Leander immer Fechtunterricht; aber Mr. Taggert verbrachte seine Donnerstage damit, seine zukünftige Frau auf den Armen zu tragen.

Kane sagte kein Wort, bis sie beide in der Kutsche saßen und zur Villa Chandler fuhren. »Warum?« fragte er dann. »Was hattest du davon, daß ich dich zur Kutsche trug?«

»Von den anwesenden Männern hatten nur wenige einen so starken Rücken, daß sie ihre Frauen tragen könnten. Und ich glaube, daß jede Frau sich gern Soße über ihr Kleid schütten läßt, wenn sie dafür einen Mann bekommt, der sie durch den Garten zu ihrer Kutsche trägt.«

»Du wiegst doch kaum etwas«, sagte er.

Lächelnd beugte sie sich zu ihm und küßte ihn auf die Wange. »Für dich wiege ich kaum etwas«, sagte sie leise.

Er hielt die Kutsche an und sagte staunend: »Du bist eine echte Lady, nicht wahr, Miss Chandler? Eine wahrhaftige Lady.«

»Hoffentlich«, murmelte sie und dachte, es wäre möglich, daß sie alles sein könnte, was Kane Taggert in ihr sah oder von ihr verlangte.

Kapitel 9

Houston stürmte in das Schlafzimmer ihrer Mutter, wo Opal am Fenster saß und an einer Bluse stickte.

»Mutter, du mußt mir helfen«, sagte Houston.

»Dein Kleid«, sagte Opal, sich aus ihrem Sessel erhebend. »Du meine Güte. Glaubst du, wir bekommen es wieder sauber?«

»Ich weiß es nicht. Mutter, er ist unten und wartet auf mich, und du mußt ihn unterhalten, während ich mich umziehe. Wenn du nicht mit ihm sprichst, wird er wieder wegfahren, fürchte ich.«

Opal wich einen Schritt vor ihrer Tochter zurück. »Du meinst doch wohl nicht deinen Mr. Taggert! Er wartete unten in der Halle?«

Houston nahm die beiden Hände ihrer Mutter. »Er ist sehr aufgeregt. Er hat mir einen Teller voller Salate in den Schoß gekippt, und, oh, Mutter, alle begannen über ihn zu lachen wegen seines Mißgeschicks. Du hättest sein Gesicht sehen sollen! Er fühlte sich schrecklich gedemütigt. Bitte, geh zu ihm hinunter und rede ein paar Minuten mit ihm. Verhindere, daß er wieder wegfährt.«

Opal spürte, wie ihr Herz weich wurde. »Niemand hätte über ihn lachen dürfen, wenn es ein Unfall war.«

»Vielen Dank«, sagte Houston und gab ihrer Mutter noch rasch einen Kuß auf die Wange, ehe sie wieder aus dem Zimmer rannte. Sie drehte sich nicht mehr um, als ihre Mutter ihr nachrief: »Aber worüber soll ich denn mit ihm reden?«

Susan wartete schon in Houstons Schlafzimmer und half ihr, das Kleid am Rücken aufzuknöpfen.

»Die Flecken sind nur vorn«, sagte Houston, die das Kleid vor sich hinhielt und es von allen Seiten betrachtete. »Sag Mrs. Thomas, sie soll das Kleid mit Magnesiumpulver einreiben, um das Fett herauszubekommen, und – oh, Himmel, das schillert ja in allen Farben. Halte das Vorderteil über eine Schwefelflamme, und wenn es immer noch nicht sauber ist, werde ich es mit Naphthalin behandeln. Aber das mache ich selbst. Sonst fliegt am Ende noch die ganze Küche in die Luft. Und nun beeil dich, ehe es noch schlimmer wird.«

Als Susan wieder aus der Küche zurückkam, saß Houston an ihrem Sekretär. »Wenn ich dieses Billett geschrieben habe, gibst du es Willie. Er soll es Mrs. Murchison überbringen. Und erkläre ihm genau, was ich von ihm möchte, damit es keine Mißverständnisse gibt.«

Sie schrieb weiter, während sie mit Susan redete: »Sag Willie, er soll die Treppe neben der Küche benützen, bis zum Dachgeschoß hinaufsteigen, und dann links in den Korridor einbiegen. Die zweite Tür linker Hand öffnet sich in einen kleinen Raum, der mit Möbeln angefüllt ist, und an der hinteren Wand steht ein kleiner Soumak-Teppich – nein, ich werde einfach schreiben, daß es ein Teppich mit roten Mustern ist. Und daneben findet er einen Sack aus Nesselstoff mit Sitzkissen darin. Der Sack ist so groß wie er, also wird er ihn schwerlich übersehen können. Sag ihm, er soll den Teppich und den Sack in den kleinen Salon im Erdgeschoß bringen. Mrs. Murchison wird ihm zeigen, wo der Salon ist. Dort soll er den Teppich auseinanderrollen, die Kissen am Rand des Teppichs aufstellen, dann den großen silbernen, dreiarmigen Leuchter aus dem Eßzimmer nebenan holen und ihn in die Mitte des Teppichs stellen.«

Houston blickte hoch. »Hast du alles behalten, damit du es Willie auch sagen kannst?«

»Oh, ja, Miss. Ein Picknick im Zimmer. Hat Mr. Taggert wirklich einen ganzen Tisch voller Speisen auf die Leute gekippt?«

»Wo hast du denn das gehört?«

»Ellie, die bei den Nachbarn von den Mankins arbeitete, ist eben auf einen Sprung herübergekommen.«

»Also – kein Wort davon ist wahr. Geh jetzt hinunter und sag Willie Bescheid. Und dieses Billett soll er Mrs. Murchison überbringen. Und beeil dich, bitte. Ich brauche dich beim Umziehen. Oh, ja, noch etwas: Er soll

Mrs. Murchison noch ausrichten, daß ich ihn so lange hinhalten werde, wie es geht, damit sie genügend Zeit zum Kochen hat.«

Sobald Susan gegangen war, stellte Houston zu ihrem Verdruß fest, daß die gesamte Unterwäsche mit Soßen und Fett durchtränkt war. Sie hoffte, als sie sich den Schaden näher besah, daß die Flecken wieder rausgingen, wenn sie die Wäsche kochte. Dann begann sie sich hastig auszuziehen.

Sie suchte sich aus dem Garderobenschrank ein Kleid aus weichem, blaßgrünem Batist mit kurzen Puffärmeln, dessen Leibchen und Halsausschnitt mit Gorlspitzen besetzt waren. Nur hatte das Kleid bedauerlicherweise sechsunddreißig winzige Knöpfe, sie sich alle auf ihrem Rücken befanden. Sie mühte sich gerade damit ab, als Susan ins Zimmer zurückkam.

»Was gibt es Neues unten im Erdgeschoß?«

»Nichts, Miss«, antwortete Susan und begann, die Knöpfe mit einem kleinen Messinghaken zu schließen. »Sollte ich unten mal nachsehen? Ich glaube, die Tür zum Salon steht offen.«

»Nein«, sagte Houston, begann sich jedoch Sorgen zu machen. Opal Gates war eine schutzbedürftige Frau – eine Frau, die leicht zu schockieren war. Houston wurde von der Vorstellung gepeinigt, daß Kane ein paar von seinen deftigeren Wörtern gebrauchte, Opal vor Schreck in Ohnmacht fiel und Kane sich nicht genötigt sah, sie vom Teppich aufzulesen.

»Sonst ist doch niemand mehr im Haus, nicht wahr, Susan?«

»Nein, Miss.«

»Gut, weil ich nach unten gehen und durch die Türangeln sehen werde. Du kannst mir auch im Erdgeschoß das Kleid zuknöpfen.«

Houston schlich auf Zehenspitzen die Treppe hinunter, Susan immer eine Stufe hinter ihr. Dann spähte sie vorsichtig durch den Spalt zwischen Türrahmen und Tür.

Kane und Opal saßen dicht nebeneinander auf dem Roßhaarpolster einer Couch und blickten durch die Linsen einer Stereobrille.

»Ich habe sie nie selbst sehen können«, sagte Opal gerade; »aber sie sollen sehr eindrucksvoll sein.«

»Ich habe jahrelang in New York gelebt; aber nie etwas davon gehört«, sagte Kane. »Wie heißen diese Fälle gleich wieder?«

»Niagarafälle.«

Kane legte den Stereobetrachter auf den Tisch und blickte Opal an. »Sie würden sie gern besichtigen wollen, nicht wahr?«

»Nun, ja, eigentlich schon. Tatsächlich war es schon immer mein Traum gewesen, einmal zu reisen. Ich würde mir am liebsten einen eigenen Eisenbahnwaggon mieten und kreuz und quer durch die Vereinigten Staaten fahren.«

Kane nahm Opals Hand. »Ich werde Ihnen diesen Traum erfüllen, Mrs. Chandler. Was für eine Farbe soll der Waggon haben? Innen, meine ich? Würde Ihnen Rot gefallen?«

»Ich könnte doch unmöglich so etwas ...« begann Opal.

Kane beugte sich noch näher zu ihr. »Ich habe eine echte Schwäche für Ladies«, sagte er leise. »Und Sie, Mrs. Chandler, sind eine genauso unverfälschte Lady wie Ihre Tochter.«

Es war einen Moment still im Salon, und Susan, die Houston über die Schulter blickte, stellte vorübergehend ihre Tätigkeit auf Houstons Rücken ein.

»Rosa«, sagte Opal. »Ich hätte ihn am liebsten ganz in Rosa.«

»Sie sollen ihn haben. Hätten Sie noch einen Wunsch, den ich Ihnen erfüllen könnte?«

»Es wäre mir lieber, wenn Sie mich Opal nennen würden. Ich fürchte, mein Mann, Mr. Gates, hört es nicht gern, wenn man seine Frau mit dem Namen ihres ersten Gatten anspricht.«

Houston hielt gespannt den Atem an, wie Kane auf diese Verbesserung reagieren würde.

Kane hob Opals Hand, die er gerade hielt, an die Lippen

und küßte sie herzhaft – gar nicht so, wie es sich für einen Gentleman gehörte. »Kein Wunder, daß Sie eine Lady als Tochter haben«, sagte er.

»Ich glaube, Ihre Mama wird ihn heiraten, wenn Sie ihn nicht nehmen, Miss«, sagte Susan.

»Pst! Knöpf lieber mein Kleid zu.«

»Schon erledigt«, sagte Susan, und Houston ging um die Tür herum und in den Salon hinein.

»Ich hoffe, ich habe Sie nicht zu lange warten lassen«, sagte sie mit süßer Stimme. »Haben Sie sich inzwischen gut unterhalten, Mr. Taggert?«

»Oh«, sagte Kane grinsend, »ich habe mich großartig unterhalten. Aber ich muß jetzt wieder gehen. Die Arbeit ruft.«

»Mr. Taggert«, sagte Houston, »könnten Sie mich bitte in die Stadt zu meiner Schneiderin fahren? Ich muß ihr ein paar Muster vorbeibringen.«

Ein Schatten wanderte über Kanes Gesicht; aber er willigte ein, als Houston zu ihm sagte, daß der Aufenthalt bei der Schneiderin höchstens eine Viertelstunde dauerte.

»Erwarte mich nicht vor abends zurück«, flüsterte sie, als sie ihre Mutter auf die Wange küßte und ihr Parasol aus dem Schirmständer nahm.

»Du bist in fähigen Händen, mein Liebes«, sagte Opal und betrachtete Kane mit einem liebevollen Lächeln.

Als sie beide wieder in Houstons Kutsche saßen, sah sie ihren Verlobten an: »War eure Unterhaltung tatsächlich so großartig?«

»Du hast eine gute Mutter«, antwortete er. »Und wo finde ich nun diese Schneiderin, zu der ich dich bringen sollt? Bist du sicher, daß es nur zehn Minuten dauert?«

»Eine Viertelstunde«, antwortete sie. »Mein . . . früheres Hochzeitskleid ist in Denver genäht worden; aber ich werde eine genaue Kopie davon hier in Chandler anfertigen lassen.«

»Kopie? Oh, klar, wir feiern ja eine Doppelhochzeit. Wann findet die Hochzeit eigentlich statt?«

»Am Montag, den Zwanzigsten. Ich hoffe sehr, daß du an diesem Tag nicht arbeiten mußt und zur Hochzeit erscheinen kannst.«

Er blickte sie von der Seite an und lächelte dann. »Ich werde am Hochzeitstag da sein, wenn du in der Hochzeitsnacht da sein wirst.« Er lachte, als sie errötete und das Gesicht abwendete.

Sie gab ihm eine Adresse in der Coal Avenue an, und sie hielten vor einem langgestreckten, zweistöckigen Gebäude mit kleinen Läden im Erdgeschoß und Büros in der Etage darüber.

Kane band das Pferd an und half Houston aus der Kutsche. »Ich glaube, ich werde mir die Wartezeit mit einem Drink verkürzen«, sagte er und deutete mit dem Kopf auf eine der vielen Kneipen, die es in der Stadt gab. »Hoffentlich ist das Leben als Ehemann etwas leichter als das eines Bräutigams.«

Dann drehte er sich um und ließ sie auf der staubigen Straße stehen. Es gab Zeiten, dachte Houston, wo sie Leanders Manieren vermißte.

Das Anliegen, das sie an die Schneiderin hatte, war in sieben Minuten erledigt, und die Frau warf verzweifelt die Hände in die Höhe, als sie hörte, daß sie in so kurzer Zeit ein so kompliziertes Kleid fertigstellen sollte. Dann mußte sie sich auch noch hinsetzen vor Schreck, weil Houston ihr auftrug, in derselben Zeit noch ein Kleid für Jean Taggert zu nähen. Sie drängte Houston in fliegender Hast wieder aus dem Laden, weil sie jede Sekunde für die Erledigung dieses Auftrags benötigte. Houston konnte ihr ansehen, wie begeistert sie von der Aussicht war, zwei Ladies für die Hochzeit auszustatten.

Nun stand Houston mit aufgespanntem grünem Parasol vor dem Laden und blickte über die Straße zur Kneipe hinüber, wo Kane sich die Wartezeit mit einem Drink vertrieb. Sie hoffte, er ließe sie hier nicht lange stehen.

»Holla«, hörte sie eine Männerstimme, »wartest du auf uns?«

Drei junge Cowboys umringten sie. Dem Geruch nach mußten sie soeben nach einem wochenlangen Ritt durch die Prärie mit ihren Kühen die Stadt erreicht haben.

»Komm, Cal«, sagte einer der drei. »Laß sie ihn Ruhe. Sie ist eine Lady.«

Houston tat so, als wären die Männer gar nicht vorhanden, betete aber im stillen, daß Kane in diesem Moment neben ihr auftauchen möge.

»Ich mag Ladies«, sagte Cal.

Houston drehte sich um und legte die Hand auf die Klinke einer Ladentür.

Doch ehe sie die Klinke niederdrücken konnte, legte Cal seine Hand auf die ihre.

»Wie soll ich das verstehen?« sagte Houston, zog ihre Hand zurück und musterte den Mann mit einem verächtlichen Blick.

»Redet auch wie eine Lady«, sagte Cal. »Honey, wie wäre es, wenn wir beide hinüber in die Kneipe gingen und paar Glas Bier miteinander trinken würden?«

»Cal«, sagte einer von den anderen Cowboys mit warnender Stimme.

Doch Cal drängte sich noch dichter an Houston heran und sagte: »Mit mir könntest du dir großartig die Zeit vertreiben, Honey.«

»Ich zeige dir, womit du dir deine Zeit vertreiben kannst«, hörte Houston jetzt Kanes Stimme, während er den Cowboy hinten beim Hemd und Hosenbund packte und ihn im hohen Bogen auf die schmutzige Straße warf.

Als der Cowboy, der nur halb so groß war wie Kane, sich wieder aufrichtete und den Kopf schüttelte, damit er wieder klar denken konnte, baute Kane sich vor ihm auf. »Das ist eine saubere Stadt«, sagte er mit grollender Stimme. »Wenn du eine Frau suchst, mußt du nach Denver weiterreiten; denn hier passen wir auf unsere Frauen auf.« Er beugte sich zu dem Jungen hinunter. »Und ich ganz besonders auf *meine* Frau. Hast du mich verstanden?«

»Jawohl, Sir«, murmelte der Cowboy. »Ich hatte nicht

vor, mich an ...« begann er, hielt wieder inne und sagte hastig. »Jawohl, Sir; ich reite sofort nach Denver weiter.«

»Eine gute Idee«, sagte Kane, ging auf den Bürgersteig zurück, nahm Houstons Arm und zog sie auf die Kutsche zu.

Stumm fuhr er mit ihr zu seinem Haus; hielt aber auf halbem Weg plötzlich die Kutsche an. »Verdammt! Ich schätze, du wolltest in deine Wohnung zurückfahren.« Er nahm die Zügel wieder auf. »Dieser Junge hat dir doch nicht weh getan, oder?«

»Nein«, sagte sie leise. »Vielen Dank, daß du mir zu Hilfe gekommen bist.«

»Keine Ursache«, sagte er; machte dabei aber ein finsteres Gesicht; als würde ihn etwas bedrücken.

Houston legte die Hand auf seinen Arm. »Vielleicht habe ich etwas voreilig gehandelt; aber ich schickte Mrs. Murchison eine Nachricht, daß sie ein Essen für uns beide vorbereiten soll. Falls du nichts dagegen hast, mit mir zu dinieren, heißt das.«

Er blickte rasch an ihr hinunter. »Ich habe nichts dagegen, hoffe aber, daß dir die Kleider nicht ausgehen werden, da ich offenbar die Gewohnheit habe, sie ziemlich oft zu ruinieren.«

»Ich habe mehr als genug Kleider in meinem Schrank hängen.«

»Also schön«, sagte er widerstrebend. »Aber ich muß heute irgendwann noch arbeiten. Geh du schon mal ins Haus, während ich das Pferd in den Stall bringe.«

Houston ging ins Haus und rannte dann in die Küche. »Ist alles vorbereitet?« fragte sie.

»Alles«, antwortete Mrs. Murchison lächelnd. »Und ich habe auch Champagner kalt gestellt.«

»Champagner?« wiederholte Houston kleinlaut. Sie mußte daran denken, was passiert war, als Blair zu viel Champagner getrunken hatte.

»Und ich habe alle Leibgerichte von Mr. Kane gekocht«, setzte Mrs. Murchison mit verklärten Augen hinzu.

»Buffalosteaks wahrscheinlich«, murmelte Houston. »Und schon wieder eine Frau, die in ihn verliebt ist.«

»Wie war das eben, Miss Houston?«

»Oh, nichts. Ich bin überzeugt, es ist so großartig zubereitet wie alles, was Sie kochen.« Houston verließ die Küche und ging in den kleinen Salon. Alles war genauso, wie sie es sich vorgestellt hatte: Die Kerzen brannten bereits, der Champagner stand im Kübel, Leberpastete und Salzgebäck lagen auf einer silbernen Platte. Die späte Sonne, die durchs Fenster kam, legte einen goldenen Schimmer auf Wände und Boden.

»Hast du das veranlaßt?« fragte Kane hinter ihr.

»Ich dachte, du hättest vielleicht Hunger«, begann sie ein bißchen nervös. Erst hatte sie das für einen guten Einfall gehalten, ein Picknick im Zimmer zu veranstalten; doch nun sah das wie eine Vorbereitung zu einer Verführung aus. »Du sagtest, du möchtest auch mit mir reden«, flüsterte sie, ihre Hände betrachtend.

Kane ging mit einem Schnauben an ihr vorbei. »Wenn ich es nicht besser wüßte, würde ich sagen, das sieht nicht danach aus, als wolltest du nur mit mir reden. Komm, setz dich hierher und laß uns essen. Ich . . .«

». . . habe noch zu arbeiten«, fiel sie ihm ins Wort, ein wenig verletzt durch sein Verhalten. Schließlich hatte sie das nur arrangiert, weil er nach seinem Mißgeschick bei der Party ein so unglückliches Gesicht gemacht hatte.

Kane trat zu ihr und legte ihr die Hand unter das Kinn. »Du wirst jetzt doch nicht weinen wollen, oder?«

»Bestimmt nicht«, sagte sie fest. »Laß uns essen, damit ich wieder nach Hause fahren kann. Ich habe auch eine Menge zu tun und . . .«

Kane faßte sie bei den Handgelenken und zog sie in seine Arme.

Houston spürte, wie ihr Körper weich wurde und ihr Zorn verflog. Vielleicht hatte sie die ganze Zeit nur danach verlangt. Es gefiel ihr so sehr, wenn er sie anfaßte.

»Du riechst gut«, sagte er, während er ihren Hals mit den

Lippen liebkoste. Sein mächtiger Körper umschlang den ihren, gab ihr ein Gefühl der Sicherheit und machte sie zur gleichen Zeit unsicher.

»Du bist heute richtig nett zu mir gewesen.« Er bedeckte ihren Hals mit kleinen Küssen. »Es scheint für dich also doch nicht so schlimm zu sein, wenn du einen Stallburschen wie mich heiratest, oder?«

Houston gab ihm keine Antwort. Sie spürte, wie ihr die Knie weich wurden; aber er hielt sie fest, als wäre sie eine Feder, und begann, ihr linkes Ohr zu liebkosen.

»Du warst die hübscheste Lady auf der Party«, flüsterte er, und sein Atem jagte einen warmen Schauer bis zu ihren Zehen hinunter. »Und als ich dich getragen habe – das hat mir so gut gefallen, daß ich dich jetzt am liebsten in mein Schlafzimmer hinauftragen würde.«

Houston war versucht, gar nichts darauf zu sagen. Sie rechnete mit der Möglichkeit, daß ihre Stimme versagte.

»Ahem«, kam eine laute Stimme von der Tür her.

»Verschwinde«, murmelte Kane, den Mund an Houstons Hals.

Doch Houstons jahrelange Erziehung an der Schule für angehende Ladies setzte sich nun durch. Sie schob Kane von sich weg, aber behutsam, ohne ihn zu kränken. »Bitte«, sagte sie flehend und sah ihm dabei fest in die dunklen Augen.

Er gab ihren Blick enttäuscht zurück und ließ sie so plötzlich los, daß sie fast auf den Boden gefallen wäre.

Mrs. Murchison stand mit einer riesigen Suppenschüssel aus Porzellan im Türrahmen. Als sie die Suppe aufgetragen hatte und sich wieder zurückzog, warf sie im Vorbeigehen Houston so vorwurfsvolle Blicke zu, daß Houston bis unter die Haarwurzeln errötete.

Während Houston sich wieder zu beruhigen suchte, wurde ihr klar, daß sie um ein Haar mit ihrem Verlobten ins Bett gegangen wäre. Doch sie hatte ihrem Stiefvater versprochen, daß sie sich erst über Kane erkundigen wollte, ehe sie ihn heiratete. Und wenn sie nun herausfand, daß er ein

Krimineller war? Würde sie ihn trotzdem heiraten? Sie würde ihn wohl heiraten müssen, wenn sie mit ihm geschlafen hatte.

Sie betrachtete ihn, während er sich auf den Boden setzte und eine Champagnerflasche öffnete – ohne Jackett, die Ärmel seines weißen Hemdes bis über die Ellenbogen hinaufgerollt, so daß sie seine von der Sonne gebräunten, muskulösen Unterarme bewundern konnte –, und überlegte, ob sie sich ihm nicht doch hingeben sollte. Dann mußte sie ihn nehmen, ganz gleich, was ihre Ermittlungen ergaben.

Aber das wäre Betrug.

Sie ordnete sorgfältig ihre Röcke und nahm auf einem Kissen ihm gegenüber Platz. »Ich muß Sie um einen Gefallen bitten«, begann sie.

»Klar«, sagte er, den Mund voller Leberpastete.

»Ich möchte bis zur Hochzeit Jungfrau bleiben.«

Kane verschluckte sich so heftig, daß sich Houston schon sorgte, er könnte ersticken. Doch dann leerte er eine halbe Flasche Champagner und erholte sich wieder. »Wie angenehm zu hören, daß du noch eine bist«, sagte er schließlich mit vor Tränen wäßrigen Augen. »Ich meine, wo du doch verlobt warst und so.«

Houston erstarrte sichtlich.

»Deswegen brauchst du doch nicht gleich beleidigt zu sein. Hier, nimm das.« Er hielt ihr ein Tulpenglas mit Champagner hin. »Das wird dir guttun. Soso, du willst also Jungfrau bleiben«, sagte er, während er mit der Kelle aus einem Topf ein sahniges Austerngesicht auf zwei Schüsseln verteilte. »Ich schätze, du willst damit sagen, daß ich dich nicht anfassen soll.«

Er betrachtete sie auf eine seltsame, abschätzende Weise.

»Vielleicht wäre das besser«, sagte sie und dachte, wenn er mich so in den Arm nimmt wie vorhin, werde ich niemals Jungfrau bleiben – und es auch nicht bleiben wollen.

»Schön«, sagte er, und ein kalter Ton schwang in seiner Stimme mit.

Houstons Augen weiteten sich. Zweifellos glaubte er, sie verlangte das von ihm, weil er einmal ein Stallbursche gewesen war und sie sich für etwas Besseres hielt. »Nein, bitte«, begann sie. »Es ist nicht so, wie du denkst. Ich . . .« Sie konnte ihm doch nicht sagen, was sie ihrem Stiefvater versprochen hatte. Oder daß die Berührung seiner Hände Gefühle in ihr wachriefen, die sie rasch vergessen ließen, daß sie eine Lady war. Sie legte die Hand auf seinen nackten Unterarm.

Kane entzog sich dieser Berührung. »Du hast deine Bedingung genannt. Wir haben eine Vereinbarung, einen Vertrag mehr oder weniger, und ich habe ihn gebrochen. Du sagtest, du würdest so tun, als wären wir . . . verliebt, und du hast dich in der Öffentlichkeit an deine Zusage gehalten. Wenn wir jedoch unter uns sind, brauchst du meine Nähe nicht zu ertragen. Ich werde mich hüten, dich anzufassen. Ich bin der Meinung, daß ich dir sogar das Zimmer allein überlassen sollte. Du bleibst hier und ißt, während ich wieder an die Arbeit gehe.«

Ehe Houston sich bewegen konnte, war Kane schon aufgestanden und halbwegs bei der Tür.

»Bitte, gehe nicht«, rief sie, sprang auf, um ihm zu folgen, stolperte über ihre langen Röcke und fiel hin.

Er fing sie auf, ehe sie auf dem harten Parkettboden aufschlug; doch sobald sie ihr Gleichgewicht wiedergefunden hatte, ließ er sie rasch wieder los.

»Ich wollte dich nicht beleidigen«, begann sie. »Es ist nicht so, daß ich es nicht *mag*, wenn du mich anfaßt.» Sie hielt errötend inne und blickte auf ihre Hände hinunter. »Ich meine, ich . . . es ist nur, daß ich noch nie . . . Und es wäre mir lieber, wenn du dabliebest . . . Wenn es dir möglich ist«, schloß sie und sah zu ihm hoch.

Kane blickte sie mit harten Augen an. »Ich verstehe dich nicht. Hast du nicht eben gesagt, ich soll die Hände von dir lassen? Was ich mir von dieser Heirat versprach, war eine Lady für die Öffentlichkeit. Für unser Privatleben ist dieses Haus groß genug, daß du mir nicht begegnen und mein häßliches Gesicht anschauen mußt. Das liegt ganz bei Ihnen, Lady.«

Eine Lady muß immer einen positiven Standpunkt einnehmen, hatte Houston auf ihren Schulen gelernt. Sie hob das Kinn und drückte die Schultern durch. »Ich will deine Frau nicht nur in der Öffentlichkeit, sondern auch im Privatleben sein; aber ich möchte auch bis zu unserer Hochzeit Jungfrau bleiben.«

»Wer hindert dich daran?« funkelte Kane sie an. »Oder zerre ich dich etwa bei den Haaren hinauf in mein Schlafzimmer? Zwinge ich dich dazu, mit mir das Lager zu teilen?«

»Nein; aber du kannst so überzeugend bitten, daß man dir kaum etwas abschlagen kann, Mr. Taggert«, gab sie zurück und hielt sich dann schnell den Mund zu.

Da schien er plötzlich zu begreifen. »Hast du das gehört, Kane?« sagte er mit seidenweicher Stimme. »Wer hätte das gedacht? Oder sollten vielleicht gerade die Ladies eine Schwäche für Stallburschen haben? Komm, setz dich wieder hin und iß«, sagte er aufgeräumt. »Ich habe überzeugende Argumente, wie?« Er grinste und setzte sich ihr gegenüber.

Houston wünschte sich von ganzem Herzen, daß sie dieses Thema nicht angeschnitten hätten.

Das intime kleine Dinner, das Houston geplant hatte, entwickelte sich zu einem kleinen Chaos. Edan kam herein, ehe sie die Suppe gegessen hatten, und gab Kane einige Papiere, die er durchlesen und unterschreiben mußte. Kane lud ihn ein, mit ihnen zu essen, und sie redeten die ganze Mahlzeit hindurch nur noch von Geschäften.

Houston beobachtete den Sonnenuntergang durch die langen Fenster, Mrs. Murchison ging ein und aus und brachte große Mengen köstlicher Speisen, die bis zum letzten Krümel aufgegessen wurden.

Kane machte ihr ununterbrochen Komplimente, die von ›verdammt gut‹ bis zu dem Antrag reichten, als sie einen großen gebackenen Schinken ins Zimmer brachte, mit ihm durchzubrennen und in Sünde zu leben. Mrs. Murchison kicherte und errötete wie ein Schulmädchen.

Houston, die sich an Mrs. Murchisons Bemerkung erinnerte, sie wolle alle Lieblingsspeisen von Mr. Taggert auf den ›Tisch‹ bringen, fragte: »Was essen Sie am liebsten, Mr. Taggert?«

Er betrachtete sie über den Rand einiger Papiere hinweg. »Alles, was gut schmeckt, und dazu gehören auch hübsche Ladies.«

Houston errötete und sah zur Seite.

Um neun Uhr stand sie auf. »Ich muß jetzt gehen. Ich möchte mich noch vielmals für das Dinner bei Ihnen bedanken, Mr. Taggert.« Sie glaubte nicht, daß er ihre Anwesenheit überhaupt bemerkte.

Kane haschte nach dem Saum ihres Kleides. »Du kannst noch nicht gehen. Ich will noch mit dir reden.«

Wenn er ihr nicht den Rock vom Leib reißen sollte, konnte sie nicht gehen; also blieb sie stehen und blickte stumm auf ein Geviert der Täfelung an der Wand, das sich über den Köpfen der beiden Männer befand.

»Ich glaube, ich bin derjenige, der gehen sollte«, sagte Edan und fing an, die Papier aufzusammeln.

»Wir sind noch nicht fertig«, sagte Kane.

»Glaubst du nicht, daß du auch ein bißchen Zeit für deine Braut haben solltest?« erwiderte Edan spitz. »Ich werde Mrs. Murchison sagen, daß sie nach Hause gehen soll.« Er stand auf. »Vielen Dank für das Dinner, Houston. Ich habe es sehr genossen.« Damit ging Edan aus dem Salon und machte die Tür hinter sich zu.

Houston bewegte sich nicht von der Stelle, stand nur da und blickte an die Wand.

Er zerrte ein paarmal an ihrem Rocksaum; aber als sie nicht darauf reagierte, stand er auf und blickte ihr ins Gesicht. »Ich glaube, du bist wütend auf mich.«

Houston blickte zur Seite. »Das ist absolut lächerlich. Es ist schon recht spät, Mr. Taggert, und ich muß nach Hause. Meine Eltern werden sich Sorgen machen.«

Kane nahm ihr Gesicht zwischen beide Hände. »Es war wirklich nett von dir, daß du dieses Essen organisiert hast, mit den Kerzen und so.«

»Es freut mich, daß es dir gefallen hat. Jetzt muß ich aber . . .«

Er zog sie in seine Arme. »Den ganzen Abend über habe ich daran denken müssen, was du gesagt hast. Daß ich dich zu allem überreden könnte«, sagte er, die Lippen an ihrem Hals.

»Bitte nicht«, sagte sie, sich vergeblich gegen ihn sträubend.

Er bewegte die Hand hinauf zu ihren sorgfältig frisierten Haaren, vergrub seine Finger darin und nestelte daran, bis sie in einer dichten, weichen Flut über ihre Schultern hinunterfielen.

»Hübsch«, murmelte er, sein Gesicht ganz dicht vor dem ihren, und sah ihr in die Augen. Im nächsten Moment bog er ihren Kopf zur Seite und begann sie auf eine Art zu küssen, daß sie glaubte, unter seinen Händen dahinzuschmelzen. Er spielte mit ihrem Mund, nahm die Unterlippe sachte zwischen seine Zähne, berührte mit der Zungenspitze ihren Gaumen.

Houston stand ganz still, während Wogen des Gefühls durch ihren Körper brandeten. Dann legte sie selbstvergessen die Arme um seinen Hals und preßte ihren Körper gegen den seinen. Kane reagierte sofort, zog sie noch enger an sich, beugte sich vor, daß sie besser in die Höhlung seines mächtigen Leibes paßte.

Als er begann, in die Knie zu gehen und sich auf den Teppich und die Kissen sinken zu lassen, dachte Houston gar nicht daran zu protestieren, sondern klammerte sich an ihn, als wäre er eine lebensspendende Kraft. Sein Mund ließ nie den ihren los, als sie Seite an Seite auf dem Teppich lagen.

Kane bewegte die Hand über ihre Hüfte und ihren Schenkel, während seine Lippen an ihrem Hals hinunterglitten.

»Kane«, flüsterte sie, den Kopf im Nacken, ein Bein zwischen seine Schenkel gepreßt.

»Ja, Süßes, ich bin hier«, flüsterte er, und seine Worte jagten Wonneschauer über ihren Körper.

Seine Hand zog ihr Kleid in die Höhe, um ihre Beine zu erkunden, fand rasch die bloße Haut ihres Schenkels über dem Strumpfband und unter ihren langen losen Unterhosen.

Houston hatte keinen Verstand mehr, keine Gedanken; spürte nur dieses himmlische Gefühl seiner Lippen auf ihrem Mund, seiner Hand auf ihrer Haut. Instinktiv drängte sie sich noch enger an ihn, preßte ihren Schenkel noch fester zwischen die seinen.

Mit einem Stöhnen schob Kane sie von sich weg, lag neben ihr, sah sie eine Sekunde lang an und erhob sich vom Boden.

»Steh auf«, sagte er kalt und ging von ihr weg. Er drehte ihr den Rücken zu und blickte durch das Fenster in die Nacht hinaus.

Houston fühlte sich schmutzig, gedemütigt und betrogen, als sie auf dem Teppich lag, die Röcke bis über die Hüften hinaufgezogen. Tränen schossen ihr in die Augen, als sie langsam aufstand und versuchte, wieder etwas Haltung zurückzugewinnen.

»Geh und richte dir die Haare«, sagte Kane, ohne sich umzudrehen. »Kämm dich, und ich bringe dich heim zu deiner Mutter.«

So rasch sie konnte, floh Houston aus dem Zimmer, die Hand vor den Mund gepreßt, damit sie nicht laut schluchzte.

Die beiden Badezimmer im Erdgeschoß gehörten zur Küche und zu Kanes Büro. Da sie nicht riskieren wollte, Mrs. Murchison oder Edan vor die Augen zu kommen, lief sie hinauf in den ersten Stock und flüchtete sich in das Bad neben Kanes Schlafzimmer.

Sobald sie sich in den mit Marmor verkleideten Raum eingeschlossen hatte, ließ sie ihren Tränen freien Lauf. Er hatte eine Lady heiraten wollen, und sie hatte sich benommen wie eine Hure. Jetzt wußte sie, was Blair gemeint hatte, als sie sagte, sie habe nur noch Funken gesehen, als Leander sie küßte. Nie hatte sie bei Lees Küssen so etwas empfunden; bei Kanes Küssen jedoch ...

Sie betrachtete sich im Spiegel. Ihre Augen waren voller Leben und Feuer, ihr Mund leicht geschwollen, ihre Wangen rosig, ihre Haare eine aufgelöste, wilde Fülle. Das war nicht die Lady, die er haben wollte. Kein Wunder, daß er sie von sich gestoßen hatte.

Wieder begannen die Tränen zu fließen.

Sobald Houston den kleinen Salon verlassen hatte, ging Kane in sein Büro hinüber, wo Edan hinter dem Schreibtisch saß, die Nase in einen Stoß von Papieren gesteckt.

»Ist Houston schon gegangen?« fragte Edan zerstreut. Als Kane nicht antwortete, blickte der blonde Mann von seinen Papieren auf und sah, wie Kane mit zitternden Händen ein Wasserglas zur Hälfte mit Whisky füllte.

»Was hast du mit ihr gemacht?« fragte Edan, nur mühsam seinen Ärger unterdrückend. »Ich sagte dir doch, daß sie nicht so ist wie andere Frauen.«

»Was, zum Teufel, weißt du schon von ihr? Und du solltest lieber fragen, was sie mit mir gemacht hat, verdammt noch mal. Ich möchte, daß du ihr Pferd anspannst und sie nach Hause bringst.«

»Was ist passiert?«

»Frauen!« rief Kane erbost. »Sie verhalten sich nie so, wie man es von ihnen erwartet. Es gibt nur einen Grund, weshalb ich überhaupt eine Lady heiraten wollte, und ...«

»Fenton«, sagte Edan mit müder Stimme, »wieder einmal ist Fenton der Grund.«

»Da hast du verdammt recht«, rief Kane. »Alles, was ich bisher angepackt habe, alles, wofür ich gearbeitet habe, galt nur einem Ziel: Ich wollte Fenton heimzahlen, was er mir angetan hat. In all diesen Jahren der Plackerei, in denen ich einen Cent auf den anderen häufte, träumte ich von dem Tag, an dem Fenton in mein Haus zum Essen kommen würde. In *mein* Haus, das viermal so groß sein würde wie seines, und an eine Tafel, an deren Fußende meine Frau sitzen würde – seine kostbare Tochter Pamela, die er mir damals zu geben sich weigerte.«

»Aber du wirst ihm jetzt eine andere Frau an der Tafel präsentieren müssen«, sagte Edan. »Ist Houston denn nicht nach deinem Geschmack?«

Kane nahm einen kräftigen Schluck von dem Whisky. »Sie zieht eine verdammt gute Schau ab«, sagte er. »Sie muß richtig scharf sein auf mein Geld.«

»Und was ist, wenn sie es gar nicht auf dein Geld abgesehen hat? Was ist, wenn sie sich nur einen Mann und Kinder wünscht?«

Kane zuckte mit den Achseln. »Die kann sie auch später noch bekommen. Mir geht es nur darum, es Fenton zu zeigen. Ich will in meinem eigenen Eßzimmer mit einer von den Chandler-Töchtern als meine Ehefrau an meinem Tisch sitzen.«

»Und was gedenkst du mit Houston nach diesem denkwürdigen Essen zu tun? Sie ist kein Paar Schuhe, das du einfach wegwerfen kannst.«

»Ich kaufe ihr ein paar Juwelen. Die kann sie behalten. Und wenn ich keinen Käufer für dieses Haus finde, schenke ich ihr das auch.«

»Einfach so?« fragte Edan. »Du willst ihr sagen, daß sie weggehen soll – daß du mit ihr fertig bist?«

»Sie wird froh sein, mich wieder loszuwerden.« Kane trank den Whisky aus. »Und ich habe in meinem Leben keine Zeit für eine Frau. Bring sie nach Haus, ja?« Damit verließ er wieder das Büro.

Kapitel 10

Houston weinte sich in dieser Nacht in den Schlaf. Es war ihre Verwirrung, die sie so elend machte. Die meiste Zeit ihres Lebens hatte sie unter der Herrschaft ihres Stiefvaters verbracht, und Duncan Gates besaß eine strenge Vorstellung davon, was eine Lady zu tun und was sie nicht zu tun hatte. Houston war stets bemüht gewesen, nach diesen Vorstellungen zu leben. Jedesmal, wenn sie gegen diese Regeln verstoßen hatte, war das im geheimen geschehen.

Bei Leander hatte sie nur Rücksicht genommen. Er brauchte eine Lady als Frau, und Houston war zu dieser Lady geworden. Öffentlich und privat war sie eine Lady gewesen. Ihr Betragen war stets tadellos.

Doch in Wahrheit hatte Leander nach einem Wesen verlangt, das weit davon entfernt war, eine Lady zu sein. Sein Ausspruch, wie wunderbar Blair doch wäre, brannte in ihrem Herzen.

Doch dann trat Kane in ihr Leben, der so anders war als Lee: ohne Lees Schliff, ohne dessen Gefühl für den eigenen Wert. Doch Kane hatte nach einer Lady verlangt, und wenn sie keine war ...

Sie würde nie den Ausdruck des Abscheus auf seinem Gesicht vergessen, nachdem sie sich mit ihm auf dem Boden gewälzt hatte.

Wie konnte sie einen Mann erfreuen? Sie hatte geglaubt, Lee wünschte sich eine Lady; doch das war nicht der Fall. Sie hatte geglaubt, aus dieser Erfahrung gelernt zu haben, daß Männer in Wahrheit sich eine leidenschaftliche Frau wünschten. Aber nicht Kane. Er wünschte sich eine Lady.

Je mehr sie nachdachte, um so heftiger weinte sie.

Später am Tag, als Blair in Houstons Zimmer kam, sah sie die rotgeweinten, geschwollenen Augen ihrer Schwester und schlüpfte zu ihr ins Bett. Eine Weile lang sagten sie nichts; doch dann begann Houston abermals zu weinen.

»Ist dein Leben so schrecklich?« fragte Blair.

Schniefend nickte Houston an Blairs Schulter.

»Taggert?« fragte Blair.

Wieder nickte Houston. »Ich weiß nicht, was er von mir will.«

»Höchstwahrscheinlich alles, was er bekommen kann«, sagte Blair. »Du mußt ihn nicht heiraten. Niemand zwingt dich dazu. Wenn du nur klar und deutlich sagen würdest, ich will Leander, könntest du ihn zurückbekommen, glaube ich.«

»Leander will dich haben«, sagte Houston, sich im Bett aufsetzend.

»Er will mich nur haben, weil ich ihm gab, was du ihm nicht geben wolltest«, sagte Blair. »Houston, du liebst Leander. Der Himmel weiß, warum: aber du liebst ihn, hast ihn seit Jahren geliebt. Bedenke, was die Ehe mit ihm bedeuten würde. Du könntest in dem Haus leben, das er für dich gebaut hat, deine Kinder bekommen und . . .«

»Nein«, sagte Houston und nahm ein Taschentuch aus der Nachttischschublade. »Leander gehört dir auf eine Weise, wie er mir nie gehört hat. Er möchte viel lieber dich haben.«

»Nein, das will er nicht! Du weißt nicht, was du da sagst. Er mag mich überhaupt nicht. Heute morgen im Krankenhaus sagte er, ich wäre ein Puppendoktor, der mehr schadete als nützte und . . .« Sie vergrub das Gesicht in den Händen.

»Vielleicht mag er dich nicht als Medizinerin; aber er liebt deine Küsse«, sagte Houston wütend. »Oh, Blair, entschuldige bitte. Ich bin nur müde und so durcheinander. Vielleicht sind es die Nerven vor der Hochzeit.«

»Was hat Taggert dir getan?«

»Nichts«, sagte Houston und barg ihr Gesicht im Taschentuch. »Er ist stets mehr als ehrlich zu mir gewesen. Ich denke, ich belüge mich vielleicht nur selbst.«

»Und was soll das nun wieder bedeuten?«

»Ich weiß es nicht. Ich muß arbeiten«, sagte sie und stieg aus dem Bett. »Es gibt noch so viel zu tun bis zum Tag der Hochzeit.«

»Du hast immer noch vor, ihn zu heiraten?« fragte Blair leise.

»Wenn er mich noch haben will«, flüsterte Houston, ihrer Schwester den Rücken zukehrend. Nach dem Abend gestern hat er seinen Entschluß vielleicht geändert, dachte Houston, und die Aussicht auf ein Leben ohne Kanes Launen – und ohne seine Küsse – stimmte sie traurig. Sie sah sich stumm in einem Schaukelstuhl mit ihrer Häkelnadel sitzen.

»Möchtest du mir bei den Vorbereitungen für die Hochzeit helfen?« fragte Houston und drehte sich wieder zu ihrer Schwester um. »Oder willst du mir das lieber allein überlassen?«

»Ich möchte nicht einmal an die Hochzeit denken, weder an meine mit Leander und schon gar nicht an deine mit Taggert. Lee ist nur wütend über das, was geschehen ist, und ich bin überzeugt, wenn du nur zu ihm . . .«

»Leander und ich sind füreinander gestorben!« fauchte Houston. »Willst du das nicht endlich begreifen? Lee möchte dich haben, nicht mich. Es ist Kane, der . . .« Sie drehte sich wieder von Blair weg. »Ich werde Mr. Taggert in zehn Tagen heiraten.«

Blair sprang aus dem Bett. »Du magst zwar glauben, daß du bei Leander versagt hast; aber das stimmt nicht. Und du mußt dich nicht mit diesem aufgeblasenen Lümmel selbst bestrafen. Er kann ja nicht einmal mit einem Salatteller richtig umgehen, geschweige denn mit einer . . .«

Blair kam mit ihrem Satz nicht zu Ende, weil Houston ihr eine schallende Ohrfeige gab.

»Er ist der Mann, den ich heiraten werde«, sagte Houston mit zorniger Stimme. »Ich dulde nicht, daß du oder irgendwer sonst ihn verunglimpft.«

Blair hielt sich die Backe, und ihre Augen füllten sich mit Tränen. »Was ich getan habe, entzweit uns jetzt«, flüsterte sie. »Kein Mann auf der Welt wiegt schwerer als Geschwisterliebe«, sagte sie, ehe sie das Zimmer verließ.

Einen Moment lang saß Houston still auf ihrem Bett. Sie wollte Blair trösten, wußte aber nicht, wie. Was machte Kane nur mit ihr, daß sie nun sogar ihre eigene Schwester ohrfeigte?

Und die nächste Frage war: wollte Kane sie immer noch heiraten?

Mit zitternden Händen setzte sie sich an ihren Sekretär und schrieb ein Billett an ihren Verlobten:

Sehr geehrter Mr. Taggert,
mein Betragen gestern abend war unverzeihlich. Ich würde verstehen, wenn Sie Ihren Ring von mir zurückverlangten.

Hochachtungsvoll
Miss Houston Chandler

Sie versiegelte das Billett und trug Susan auf, es Willie zu geben, damit er es zustellte.

Als Kane diesen Brief erhielt, schnaubte er.

»Schlimme Nachrichten?« fragte Edan.

Kane wollte den Brief schon Edan über den Tisch zureichen, schob ihn aber in seine Jackentasche. »Er ist von Houston. Ich glaube nicht, daß mir schon mal so ein Mensch wie sie begegnet ist. Wolltest du nicht später in die Stadt hinunterfahren?«

Edan nickte.

»Halte bei einem Juwelier an und kaufe ihr ein Dutzend Ringe, alle in verschiedenen Farben, und schicke sie dann in die Villa Chandler.«

»Auch ein paar Zeilen?«

Kane lächelte. »Nein, die Ringe sollten genügen. Also – wo waren wir stehengeblieben?«

Um vier eilte Mr. Weatherly, vom Weatherly Juwelier- und Geschenkladen, die Vortreppe der Villa Chandler hinauf.

»Ich habe Miss Houston ein Päckchen zu überreichen«, sagte er aufgeregt zu Susan, die ihm die Haustür öffnete.

Susan führte ihn in den Salon, wo eine sehr bedrückte Houston am Tisch saß, umgeben von Listen, was sie alles vor der Hochzeit zu erledigen hatte.

»Einen schönen Nachmittag, Mr. Weatherly«, sagte Opal. »Kann ich Ihnen eine Tasse Tee anbieten?«

»Nein, vielen Dank«, sagte er und betrachtete Houston mit leuchtenden Augen. »Das ist für Sie.« Er schob ehrfürchtig eine große, dünne, mit Samt überzogene Schatulle über den Tisch auf Houston zu.

Verwirrt, aber mit einem aufglimmenden Hoffnungsfunken im Herzen nahm Houston die Schatulle entgegen. Der ganze Tag war elend verlaufen, weil sie eine Hochzeit vorbereitete, die vielleicht gar nicht zustande kam. Und zu allem Überfluß war Mr. Gates mittags zum Essen nach Hause gekommen und hatte ihr im Vertrauen mitgeteilt, daß er sich mit Marc Fenton ins Benehmen gesetzt und einen Termin für morgen früh mit ihm verabredet habe. Er wollte sie nicht aus ihrem Versprechen entlassen, Erkundigungen über Kane einzuziehen.

Als Houston die Schatulle öffnete und die Ringe sah, mußte sie gegen Tränen der Erleichterung ankämpfen. »Wie hübsch«, sagte sie mit äußerlicher Ruhe, während sie die Ringe der Reihe nach betrachtete: zwei Smaragdringe, ein Ring mit einer großen Perle, einer mit einem Saphir, einer mit Rubinen, drei Brillantringe, ein Amethyst, einer mit drei Opalen, ein Ring mit einer Kamee aus Jade und einer mit gravierten Korallen.

»Ich denke, ich höre wohl nicht recht«, sagte Mister Weatherly gerade, »als dieser blonde Bursche, der Mr. Taggert auf Schritt und Tritt begleitet, vor einer Stunde zu mir kommt und ein Dutzend Ringe verlangt. ›Und alle für Miss Houston‹, sagte er.«

»Mr. Taggert hat sie nicht selbst ausgesucht?« fragte Houston.

»Es wäre seine Idee. So sagte es mir der blonde Mann.«

Sehr ruhig erhob sich Houston vom Tisch, die geschlossene Schatulle mit den Ringen in der Hand. »Ich danke Ihnen vielmals, Mr. Weatherly, daß Sie sich persönlich hierherbemüht und mir die Ringe gebracht haben. Vielleicht möchtest du dir gern die Ringe ansehen, Mutter«, sagte sie dann und überließ Opal die Schatulle. »Ich bin sicher, sie müssen erst passend gemacht werden. Auf Wiedersehen, Mr. Weatherly.«

Als Houston hinauf in ihr Zimmer ging, war ihr viel leichter ums Herz. Die Ringe selbst hatten nichts zu bedeuten; aber er hatte ihr Billett gelesen und war noch immer entschlossen, sie zu heiraten. Nur das zählte. Zwar hatte er sie nicht gebeten, ihn zu besuchen; aber sie würden ja bald verheiratet sein und sich dann jeden Tag sehen.

Oben begann sie sich für das Abendessen umzuziehen.

Houston sah Marc Fenton lächelnd an, der ihr in Miss Emilys ruhiger, in Rosa und Weiß gehaltener Teestube gegenübersaß. Opal hatte unweit von ihnen Platz genommen; bemühte sich jedoch, die beiden sich ungestört miteinander unterhalten zu lassen. Mr. Gates hatte darauf bestanden, daß Opal Houston zu der Verabredung begleiten sollte, da er, wie er sagte, kein Vertrauen mehr zu der Moral der jungen Amerikaner habe.

Marc war ein gutaussehender Mann, untersetzt, blond, mit weit auseinanderstehenden blauen Augen und einem ansteckenden Grinsen.

»Wie ich hörte, haben Sie den Fang der Saison gemacht, Houston«, sagte Marc, während er noch ein Rosinentörtchen auf seinen Teller nahm. »Jeder flüstert davon, daß er teils ein Barbar, teils ein Ritter auf einem weißen Pferd sei. Was ist Kane Taggert nun wirklich?« fragte er mit einem Zwinkern in den Augen.

»Ich dachte, das könnten Sie mir vielleicht sagen, Mr. Taggert hat ja früher für Sie gearbeitet.«

»Er verließ das Haus, als ich sieben Jahre alt war! Ich kann mich kaum noch an ihn erinnern.«

»Aber woran können Sie sich noch erinnern?«

»Ich hatte eine Todesangst vor ihm«, sagte Marc lachend. »Er führte ein Regiment in diesem Stall, als gehörte er ihm selbst, und niemand, nicht einmal mein Vater, widersetzte sich seinen Anordnungen.«

»Auch nicht Ihre Schwester Pamela?« fragte Houston und spielte dabei mit ihrem Teelöffel.

»Das ist es also, was Sie wissen wollen«, lachte er abermals. »Ich hatte keine Ahnung, was zwischen den beiden vorging. Eines Tages waren sowohl Taggert wie meine Schwester verschwunden. Ich werde auch heute noch nervös, wenn ich mir ein Pferd aus dem Stall hole, ohne vorher um Erlaubnis gefragt zu haben.«

»Warum hat Ihre Schwester das Haus verlassen?« fragte Houston beharrlich.

»Vater hat sie auf der Stelle verheiratet. Ich glaube, er wollte nicht mehr das Risiko eingehen, daß seine Tochter sich vielleicht nochmals in einen Stallburschen verliebt.«

»Wo ist Pamela jetzt?«

»Ich sehe sie selten. Sie zog mit ihrem Mann nach Cleveland, bekam dort ihr Kind und blieb da wohnen. Ihr Mann ist vor ein paar Monaten gestorben, und das Kind war lange Zeit sehr krank. Sie hatte es nicht leicht in den letzten Jahren.«

»Ist sie . . .?«

Marc lehnte sich vor und setzte eine Verschwörermiene auf. »Wenn Sie noch mehr über den Mann wissen wollen, den Sie zu heiraten gedenken, sollten Sie mit Lavinia LaRue reden.«

»Ich glaube nicht, daß ich die Dame kenne.«

Marc lehnte sich lächelnd auf seinem Stuhl zurück. »Natürlich kennen Sie sie nicht. Sie ist Taggerts Spielwiese.«

»Seine . . .?«

»Seine Mätresse, Houston. Ich muß jetzt wieder gehen«, sagte er, stand auf und legte Geld auf den Tisch.

Houston erhob sich ebenfalls und legte ihm die Hand auf den Arm. »Wo finde ich diese Miss Larule?«

»LaRue, Lavinia LaRue, und fragen Sie in der Crescent Street nach ihr.«

»Crescent Street?« Houstons Augen weiteten sich. »Ich bin noch nie in dieser Gegend gewesen.«

»Schicken Sie Willie. Er kennt sich dort aus. Vereinbaren Sie mit ihr irgendeinen geheimen Treffpunkt. Sie wollen sich gewiß nicht mit den Lavinia LaRues dieser Welt öffentlich sehen lassen. Viel Glück zu Ihrer Hochzeit, Houston«, rief er noch über die Schulter, ehe er aus der Teestube eilte.

»Hast du erfahren, was du wissen wolltest?« fragte Opal ihre Tochter.

»Ich glaube, ich habe viel mehr herausgefunden, als ich wissen wollte.«

Houston verbrachte den Rest des Freitags und den ganzen Samstag damit, Vorbereitungen für die Doppelhochzeit zu treffen: Sie bestellte die Blumen zum Schmücken der Räume und stellte das Menü zusammen, das den Gästen serviert werden sollte.

»Seit wieviel Tagen hast du Kane jetzt nicht mehr gesehen, Liebes?« fragte Opal.

»Das sind doch nur Stunden, Mutter«, antwortete Houston, drehte sich aber zur Seite, damit Opal ihr Gesicht nicht sah. Sie würde sich Kane nicht ein zweites Mal an den Hals werfen. So eine Dummheit machte sie nur einmal.

Am Sonntag gab es noch andere Dinge zu bedenken. Mr. Gates brüllte um fünf Uhr morgens das ganze Haus zusammen, weil Blair die ganze Nacht hindurch außer Haus gewesen sei. Opal versicherte ihm, sie sei mit Lee zusammen gewesen; machte damit die Sache aber nur noch schlimmer. Er brüllte, Blair würde ihre ganze Reputation verlieren, und bestand darauf, daß Lee sie noch heute heiraten müßte.

Endlich gelang es Opal und Houston, ihn dazu zu bewegen, sich mit ihnen an den Frühstückstisch zu setzen. Kaum hatten sie einen Bissen zu sich genommen, als Blair und Leander in den Salon kamen.

Und was für einen Anblick die beiden boten! Blair trug ein seltsames Gewand aus marineblauem Stoff, dessen Rock ihr kaum bis zu den Knöcheln reichte. Ihr Haar war aufgelöst und hing ihr über die Schultern herunter, und sie war über und über mit Modder, Kletten und Flecken bedeckt, die wir gestocktes Blut aussahen.

Lee sah auch nicht besser aus, trug nur Hemd und Hose, und man konnte ein paar Löcher im Ärmel und in den Hosenbeinen erkennen.

»Lee«, fragte Opal mit atemloser Stimme, »sind das Schußlöcher?«

»Wahrscheinlich«, sagte er mit einem gutmütigen Grinsen. »Sie sehen, daß ich sie sicher und heil wieder daheim abliefere. Ich muß selbst gleich nach Hause und ein paar Stunden schlafen. Ich habe heute nachmittag schon wieder Dienst.« Er drehte sich Blair zu und streichelte ihr die Wange. »Gute Nacht, Doktor.«

»Gute Nacht, Doktor«, sagte sie, und dann war er schon wieder aus dem Salon.

Einen Moment lang war keiner zu einer Bewegung fähig. Sie starrten alle auf die vor Schmutz starrende Gestalt von Blair. Obwohl sie allem Anschein nach drei Katastrophen entronnen war, hatte sie einen Glanz in den Augen, den man fast als Feuer bezeichnen konnte.

Houston stand vom Tisch auf, und als sie ihrer Schwester etwas näher kam, konnte sie diese auch riechen.

»Was klebt denn da in deinem Haar?«

Blair grinste idiotisch. »Pferdedung, möchte ich meinen. Aber zum Glück nur in den Haaren, nicht auch im Gesicht.«

Houston konnte hören, wie Mr. Gates jetzt hinter sie trat. »Hinauf!« befahl er.

Houston führte Blair ins Badezimmer, drehte beide Hähne über der Wanne auf und begann, ihre Schwester auszukleiden. »Wo hast du denn diesen ausgefallenen Anzug her?«

Als Blair erst einmal angefangen hatte, zu reden, war sie nicht mehr zu bremsen. Houston knöpfte ihr den Anzug im Rücken auf und löste den Knoten an einem Schuh, während Blair den anderen auszog; sie rieb die Haare ihrer Schwester mit Shampoo ein, während sich Blair den Schmutz von der Haut scheuerte. Und die ganze Zeit über redete Blair davon, was für einen wundervollen Tag sie mit Leander verbracht hatte, und erzählte die schauerlichsten Geschichten von Maden, Schießereien zwischen Viehzüchtern, durchschnittenen Arterien und einem Ringkampf mit einer Frau. Und in jeder dieser Geschichten spielte Leander die Hauptrolle, rettet diesem und jener das Leben und einmal sogar Blair.

Houston vermochte kaum zu glauben, daß dieser Leander, über den Blair sich so sehr begeisterte, der abgeklärte, distanzierte Mann war, den sie jahrelang gekannt hatte. Nach Blairs Schilderung war Leander ein wahres Wunder, was seine Eigenschaften als Mediziner betraf.

»Vierzehn Löcher hatte dieser Mann in seinen Gedärmen! Und Lee hat sie alle genäht«, sagte Blair, als Houston ihr das Haar ausspülte und zum zweitenmal mit Shampoo einseifte. »Vierzehn.«

Je mehr Blair redete, um so elender fühlte sich Houston. Leander hatte sie nicht ein einziges Mal so angesehen, wie er Blair an diesem Morgen angeschaut hatte. Und er hatte sie nie bei seinen Visiten mitgenommen. Nicht, daß sie sich die Arbeitsweise eines menschlichen Verdauungstraks gern von innen angesehen hätte; aber etwas gemeinsam zu erleben – darauf hätte sie größten Wert gelegt.

Blair besaß Leander schon nach wenigen Tagen auf eine Weise, wie er Houston nie gehört hatte. Und nun schien sie auch Kane nicht zu besitzen. Sollte sie zu ihm gehen? Sie mußten sich ja vor der Hochzeit noch einmal treffen, um den Ablauf dieses Tages zu besprechen. Houston stellte sich vor, wie sie zu ihm ins Haus kam. Zweifellos würde er sagen: »Ich wußte, daß du nachgeben würdest. Du konntest mir nicht lange fernbleiben.«

Den ganzen Samstag hindurch, während Blair schlief, hoffte Houston, daß Kane sie besuchen würde. Aber er tat es nicht.

Am Sonntag zog sie einen Rock aus grauem Serge an, eine dunkelgrüne Bluse aus plissierter Surahseide und ein graues Figar-Jäckchen und begab sich nach unten, um mit ihrer Familie den Gottesdienst zu besuchen.

Als die Gemeinde in den Kirchenstühlen saß und ihre Gesangsbücher aufschlug, wurde es plötzlich ganz still im Raum.

»Rück ein Stück«, sagte Kane zu Houston.

Erschrocken rutschte sie etwas zum Ende der Bank hin, damit er neben ihr Platz finden konnte. Den ganzen Gottesdienst hindurch saß er stumm da und blickte mit gelangweilten Augen zu Reverend Thomas hinauf. Kaum war die letzte

Hymne gesungen, als er Houston schon am Arm faßte. »Ich will mit dir reden.«

Er zerrte sie förmlich aus der Kirche und übersah alle Leute, die versuchten, mit ihm ein paar Worte zu wechseln. Er hob sie auf den Sitz seiner alten Kalesche, schwang sich auf den Kutschbock hinauf und ließ die vier Pferde so heftig antraben, daß Houston ihren Hut festhalten mußte.

»Also«, sagte er, als er die Chaise abrupt am Südrand der Stadt unter ein paar Pappelbäumen in der Nähe des Wasserwerks anhielt, »was hattest du mit Marc Fenton zu schaffen?«

Ganz gleich, wie Kane in Houstons Erinnerung lebte: In Wirklichkeit war er stets gewaltiger, als sie ihn sich vorgestellt hatte.

»Ich habe Marc mein Leben lang gekannt«, sagte sie kühl. »Und ich darf mich doch wohl mit einem Freund treffen, wenn mir der Sinn danach steht. Zudem war meine Mutter in meiner Nähe.«

»Glaubst du, das wüßte ich nicht? Deine Mutter ist eine vernünftige Frau.«

»Ich habe keine Ahnung, was du damit meinst.« Sie begann, mit ihrem Parasol zu spielen.

»Was hattest du mit Marc Fenton zu schaffen?« fragte er abermals und lehnte sich bedrohlich zu ihr hinüber.

Houston beschloß, ihm die Wahrheit zu sagen. »Mein Stiefvater nahm mir das Versprechen ab, mich bei so vielen Leuten, wie es mir in dieser kurzen Zeit möglich wäre, nach dir zu erkundigen. Mr. Gates traf für mich eine Verabredung mit Marc, damit er mir Auskünfte geben sollte über dich. Ich hatte mich zunächst an Mr. Fenton selbst gewandt; aber er lehnte es ab, mir etwas über dich zu sagen.« Sie sah ihn mit funkelnden Augen an. »Und ich werde mich vermutlich noch mit Miss Lavinia LaRue über dich unterhalten.«

»Viney?« fragte er und grinste dann. »Gates hat dir diesen Rat gegeben? Nicht übel. Ich frage mich, wieso er eigentlich nie zu Geld gekommen ist. Moment mal: Was passiert, wenn du jemanden fragst und dieser – oder diese – sagt, ich wäre ein Taugenichts?«

»Dann würde ich mir noch einmal überlegen, ob ich dich heirate oder nicht.«

Sie hätte nicht geglaubt, daß er darauf so wütend reagieren würde.

»Wir sollen morgen in einer Woche getraut werden; doch du brächtest es fertig, die Heirat noch in letzter Minute abzublasen? Nur weil jemand sagen könnte, ihm gefiel der Schnitt meiner Hemden nicht? Ich sage Ihnen etwas, Miss Chandler: Sie können jeden Mann fragen, mit dem ich bisher geschäftlich zu tun hatte, und jede Frau, mit der ich bisher geschlafen habe; wenn sie ehrlich sind, werden Sie von ihnen hören, daß ich in meinem Leben noch nie einen Menschen betrogen habe.«

Er stieg vom Kutschbock herunter und trat unter einen Baum, den Blick auf den fernen Horizont gerichtet.

»Verdammt; aber Edan hat mir ja gleich gesagt, eine Lady würde mir nichts als Ärger einbringen. Er sagte: ›Kane, heirate ein Bauernmädchen, zieh aufs Land und züchte Pferde.‹ Er hat mich davor gewarnt, mich mit einer Lady einzulassen.«

Houston gelang es endlich, aus eigener Kraft die Kalesche zu verlassen. »Ich wollte Sie nicht ärgern«, sagte sie leise.

»Mich nicht ärgern?« brüllte er ihr ins Gesicht. »Seit ich dich kenne, habe ich keine ruhige Minute mehr. Ich bin reich, ich sehe nicht so ganz schlecht aus, ich mache dir einen Heiratsantrag, und du lehnst ihn einfach ab! Dann höre ich nichts mehr von dir und erfahre, daß deine Schwester den Mann heiraten wird, in den du so irrsinnig verliebt warst. Aber du willst mich immer noch nicht heiraten. Dann vielleicht doch. Dann vielleicht doch wieder nicht!

Dann kommst du jeden Tag in mein Haus und kommandierst die Leute herum – mich inbegriffen –, und bleibst dann plötzlich wieder weg, als hätte einer von uns die Masern bekommen und stünde das Haus unter Quarantäne. Eines Morgens wache ich auf, und du schaust mich an, als würdest du jeden Moment verhungern. Aber kaum fasse ich dich an, zertöpperst du deinen Krug voll Wasser auf meinem Schädel und brüllst mich an, daß ich dich gefälligst zu respektieren habe. Aber als ich dich dann das nächstemal anfasse, ziehst du mich auf den Boden hinunter und reißt mir fast die Kleider vom Leibe. Doch ich habe Respekt vor dir und lasse dir deine verdammte Jungfernschaft, wie du es von mir verlangt hast. Aber was bekomme ich dafür? Als nächstes erfahre ich, daß du dich fragst, ob du mir den Ring zurückgeben sollst, und nun stehen wir wieder dort, wo wir angefangen haben – du weißt noch nicht, ob du mich heiraten willst!

Heute morgen kam deine Mutter zu mir, sagte mir, welchen Anzug ich für die Kirche anziehen soll« – er warf ihr einen vorwurfsvollen Blick zu – »und lud mich in ihr Haus zum Mittagessen ein.«

Er holte Luft und funkelte sie an.

»Da stehe ich nun, fix und fertig für das Essen angezogen, während du mir sagst, vielleicht werde ich dich heiraten, vielleicht aber auch nicht, und das hängt alles davon ab, was die Leute dir über mich erzählen. Houston, ich habe diese Faxen jetzt satt. Jetzt will ich von dir entweder ein Ja oder ein Nein hören und verlange, daß es dann auch dabei bleibt. Wenn du jetzt ja sagst und nein am Tag der Hochzeit, dann werde ich dich notfalls bei den Haaren zum Altar ziehen. Bei Gott, das werde ich tun, Houston! Also – ist es nun ja oder nein?«

»Ja«, sagte sie leise, und es war erstaunlich, wieviel Freude sie bei diesem Wort empfand.

»Und was passiert, wenn jemand zu dir sagt, ich tauge nichts? Oder daß ich irgendwelche Leute umgebracht hätte?«

»Werde ich dich immer noch heiraten.«

Er drehte sich von ihr weg. »Fürchtest du dich so sehr vor dieser Ehe? Ich meine, ich weiß ja, daß du Westfield heiraten wolltest, und ich habe mich auch nicht immer wie ein Gentleman betragen, wenn ich um dich warb. Doch bisher hast du dich immer an deinen Teil des Vertrages gehalten. In der Öffentlichkeit hast du dich stets so aufgeführt, als hättest du nichts dagegen, mit mir verheiratet zu sein.«

Houstons Erleichterung, daß sie ihn mit ihrem Betragen nicht abgeschreckt hatte, war so groß, daß sie zu zittern begann. Sie würde ihr Leben nicht mit der Häkelnadel im Schaukelstuhl verbringen, sondern an der Seite dieses Mannes, der so ganz anders war als irgendwer sonst.

Sie bewegte sich um ihn herum und baute sich vor ihm auf.

»Sonntags nach dem Essen gehen die meisten verlobten Paare in den Fenton Park, um dort spazierenzugehen, zu plaudern und die Zeit gemeinsam zu verbringen. Vielleicht möchtest du auch mit mir dorthingehen.«

»Ich muß doch ...« begann er. »Wenn du dich immer noch mit mir sehen lassen willst, nachdem ich mit deiner Familie zu Mittag gegessen habe, gehe ich mit.«

Sie schob ihren Arm unter den seinen. »Du mußt nur darauf achten, was ich mache, darfst nicht mit vollem Mund reden, niemanden anbrüllen und vor allem nicht fluchen.«

»Du verlangst ja wirklich nicht viel von mir«, meinte er grimmig.

»Tu so, als würde der Kauf von Mr. Vanderbilts Wolkenkratzer von diesem Essen abhängen. Vielleicht ist das hilfreich und erinnert dich daran, dich gut zu benehmen.«

Kane blickte sie betroffen an. »Das erinnert mich daran, daß ich unbedingt ...« Er sah sie an. »Weißt du, ich würde doch lieber den Nachmittag im Park herumsitzen. Es ist schon Jahre her, daß ich mir einen ganzen Tag freigenommen habe.«

Kane schien das Mittagessen sehr zu genießen. Opal scharwenzelte um ihn herum, und Duncan fragte ihn um Rat. Houston beobachtete sie alle. Sie hatten ein Monster zum Essen erwartete, und nun entpuppte er sich als liebenswürdiger Gesellschafter.

Blair hatte während des Essens kein einziges Wort gesagt, und Houston war froh, daß sie Kane endlich persönlich kennenlernte und sich überzeugen konnte, was für ein großzügiger Mann er war. Kane gestattete Mr. Gates sogar, sich an einem seiner Geschäfte zu beteiligen, und zwar an dem Kauf eines Stück Landes, das er, wie Houston vermutete, zu einem Spottpreis bekam.

Als sie gemeinsam das Haus verließen, sagte Kane: »Deine Schwester ist dir überhaupt nicht ähnlich.«

Houston fragte ihn, was er damit meinte; aber er wollte es ihr nicht erklären.

Im Park stellte sie Kane anderen verlobten Paaren vor. Zum erstenmal wirkte Kane entspannt und sprach nicht dauernd von der Arbeit, die er ihretwegen versäumte. Als eine Frau auf das Mißgeschick anspielte, das ihm bei der Gartenparty passiert war, erstarrte Kane; doch dann, als sie mit einem Seufzer hinzusetzte, wie romantisch er sich verhalten habe, indem er Houston zur Kutsche trug, stritt Kane sofort ab, daß das etwas Außergewöhnliches gewesen sei.

Gegenüber vom Park gab es einen Eissalon, der auch an Sonntagen ein paar Stunden geöffnet war, und Kane lud alle Paare zu einer Eiskrem-Soda und Hires Urquell ein.

Am Abend kam Houston mit verklärten Augen wieder nach Hause. Sie hatte nicht geahnt, wie bezaubernd er sein konnte.

»Ich hatte bisher nie Zeit gehabt für solche Sachen. Und ich dachte auch immer, das wäre reine Zeitverschwendung. Aber es hat mir gefallen. Glaubst du, ich habe deine Freunde richtig behandelt? Hat man mir den Stallburschen zu sehr angemerkt?«

»Nicht im geringsten.«

»Kannst du reiten?«

»Ja«, sagte sie mit hoffnungsvoller Stimme.

»Ich hole dich morgen früh ab, und dann reiten wir aus. Würde dir das gefallen?«

»Sehr.«

Ohne ein weiteres Wort zu verlieren, steckte Kane die Hände in die Hosentaschen und ging pfeifend durch den Vorgarten der Villa Chandler davon.

Kapitel 11

Kane kam am Montagmorgen um fünf Uhr zur Villa Chandler, ehe jemand im Haus aufgestanden war. Kaum hörte Houston ein Geräusch unten im Erdgeschoß, als sie schon wußte, daß das niemand anders als Kane sein konnte. So schnell hatte bisher noch niemand Reithosen und Reitstiefel angezogen wie sie.

»Du hast dir aber ziemlich lange Zeit gelassen«, sagte Kane, als er sie zu den beiden Pferden führte, die mit schweren Satteltaschen befrachtet waren.

»Unser Essen«, war alles, was Kane noch sagte, ehe er sich aufs Pferd schwang.

Zum Glück hatte sie nicht gelogen, als sie ihm sagte, daß sie reiten könne, dachte sie, Stunden später, während sie Kanes Pferd einen steilen Hang hinauf folgte.

Sie ritten nach Westen, an Taggerts Haus und Garten vorbei, und dann in die Berge der Rocky Mountains hinein, die mit ihren Ausläufern bis nach Chandler reichten. Sie ritten über eine Hochebene, die mit zähem Dornengestrüpp bewachsen war, dann tiefer in die Hügel hinein, bis sie die ersten Felsen und Bergkiefern erreichten. Er lenkte sein Pferd durch Geröll und windzerzauste Legföhren und hielt dann an einer Stelle, wo sie einen atemberaubenden Ausblick auf Chandler hatten, das tief unter ihnen lag.

»Wie hast du diesen Platz gefunden?« flüsterte sie.

»Wenn du spielst, auf dem Zweirad fährst und Tee mit anderen Leuten trinkst, reite ich hierher.« Während er sich aus dem Sattel schwang, deutete er mit dem Kopf auf eine steile Anhöhe über ihnen. »Dort oben habe ich eine Hütte. Aber es ist ein beschwerlicher Weg bis dorthin – nichts für Ladies.«

Er begann, die Satteltaschen mit den Eßwaren abzuschnallen, während Houston ohne seine Hilfe vom Pferd stieg.

Sie setzten sich auf den Boden, aßen und redeten.

»Wie hast du dir das viele Geld verdient?« fragte sie.

»Nachdem mich Fenton aus seinem Haus geworfen hatte, ging ich nach Kalifornien. Pam hatte mir 500 Dollar gegeben, und damit kaufte ich mir eine ausgebeutete Goldmine. Ich schaffte es, aus dem erschöpften Claim noch Gold im Wert von ein paar tausend Dollar herauszuhacken, und ich verwendete das Geld dazu, mir Land in San Francisco zu kaufen. Zwei Tage später verkaufte ich die Grundstücke wieder und bekam dafür anderthalbmal so viel, wie ich dafür bezahlt hatte. Ich kaufte von dem Geld noch mehr Land, verkaufte es wieder, kaufte mir eine Fabrik für Nägel, verkaufte sie wieder, kaufte mir eine kleine Eisenbahnlinie . . . und so weiter.«

»Wußtest du, daß Pamela Fenton inzwischen verwitwet ist?« fragte Houston beiläufig, als wartete sie nicht gespannt auf seine Antwort.

»Seit wann?«

»Ihr Mann starb erst vor ein paar Monaten, glaube ich.«

Kane starrte Houston einige Sekunden lang an, als sähe er sie jetzt zum erstenmal. »Es ist schon eigenartig, wie das Leben so spielt, nicht wahr?«

»Wie meinst du das?«

»Wenn ich dich nicht in mein Haus eingeladen hätte, wäre deine Schwester nicht mit Westfield ausgegangen, und du würdest ihn jetzt heiraten.«

Sie holte tief Luft. »Und wenn du gewußt hättest, daß Pamela nicht mehr gebunden ist, hättest du mich nicht in dein Haus eingeladen. Mr. Taggert, es steht Ihnen frei, unser Verlöbnis jederzeit zu lösen. Wenn Ihnen das . . .«

»Du fängst doch hoffentlich nicht wieder damit an, oder?« fiel er ihr ins Wort. Er stand auf. »Fällt dir denn gar nichts anderes ein?«

Sie fühlte sich unendlich erleichtert. »Ich dachte nur, daß du vielleicht . . .«

Kane drehte sich zu ihr um und zog sie an sich. »Bitte, halt den Mund, verdammt noch mal«, sagte er, während er sie küßte.

Houston gehorchte.

Am Dienstag frühmorgens erhielt Houston von Willie die Nachricht, daß Miss Lavinia LaRue sie um neun Uhr am Musikpavillon im Fenton Park erwarten würde.

Houston traf dort eine kleine, dunkelhaarige, sehr auffällig gekleidete Frau mit einem gewaltigen Busen an. Ich frage mich, ob das alles Natur ist, dachte Houston.

»Guten Morgen, Miss LaRue. Es ist sehr freundlich von Ihnen, daß Sie mich schon so früh zu einem Gespräch eingeladen haben.«

»Für mich ist es spät. Ich bin noch nicht ins Bett gekommen. Sie sind also diejenige, die Kane heiraten möchte. Ich habe ihm gesagt, er könnte sich eine Lady kaufen, wenn er eine haben möchte.«

Houston warf ihr einen eisigen Blick zu.

»Schon gut«, sagte Lavinia. »Sie haben doch wohl nicht erwartet, daß ich Ihnen um den Hals falle, oder? Schließlich nehmen Sie mir ja eine Einkommensquelle weg.«

»Ist das alles? Mehr bedeutet Mr. Taggert Ihnen nicht?«

»Er ist ein guter Liebhaber, wenn Sie das meinen. Aber offen gestanden, macht er mir Angst. Ich weiß nie, was er von mir will. Behandelt mich erst, als könnte er mich nicht ausstehen, und im nächsten Moment tut er so, als könnte er nicht genug von mir bekommen.«

Houston hatte den gleichen Eindruck von ihm gewonnen, sagte aber nichts.

»Weshalb wollten Sie mich sprechen?«

»Ich dachte, vielleicht könnten Sie mir etwas über ihn erzählen. Ich kenne ihn ja erst einige Tage.«

»Sie meinen, wie er es gern hätte im Bett?«

»Nein, das gewiß nicht.« Sich vorzustellen, wie Kane mit einer anderen Frau intim wurde, widerstrebte ihr. »Als Mensch. Können Sie mir etwas über den Menschen Kane erzählen?«

Lavinia entfernte sich ein paar Schritte, Houston den Rücken zukehrend. »Einmal ist mir so ein Gedanke gekommen, daß er . . . Aber das ist natürlich Blödsinn.«

»Erzählen Sie!«

»Also – die meiste Zeit benahm er sich so, als läge ihm nichts an mir. Doch einmal, da stand er am Fenster und sieht unten seinen Freund, diesen Edan, mit einer Frau vorbeigehen. Und da fragte Kane mich, ob ich ihn mochte. Nicht seinen Freund, sondern ihn selbst. Er war schon im Begriff, wegzugehen, und wartete meine Antwort gar nicht ab. Doch da kam mir der Gedanke, daß er ein Mann ist, den noch keine Frau geliebt hat. Das kann natürlich nicht stimmen, denn ein Mann mit so viel Geld muß eine Menge Frauen haben, die ihn lieben.«

»Lieben Sie ihn? Nicht sein Geld, sondern ihn? Wenn er kein Geld hätte . . .«

»Wenn er kein Geld hätte, würde ich nicht in seine Nähe kommen. Ich sagte doch schon, daß er mir Angst macht.«

Houston zog einen Scheck aus ihrem Notizbuch. »Der Bankdirektor hat Anweisung, diesen Scheck erst einzulösen, wenn er sich davon überzeugt hat, daß Sie sich eine Fahrkarte nach einem Ort in einem anderen Staat gekauft haben.«

Lavinia nahm den Scheck entgegen. »Ich nehme ihn nur, weil ich diesem Nest sowieso schon lange den Rücken kehren wollte. Aber mit Geld bekämen Sie mich nie dazu, die Stadt zu verlassen, wenn ich entschlossen wäre, hierzubleiben.«

»Natürlich nicht. Nochmals vielen Dank, Miss LaRue.«

Am Dienstagnachmittag, als Houston schon nicht mehr hören konnte, was noch alles für die Hochzeit vorbereitet werden müßte, kamen Leora Vaughn und ihr Verlobter, Jim Michaelson, auf einem Tandem-Fahrrad an der Villa Chandler vorbei. Sie stiegen kurz ab, um Houston zu fragen, ob sie Kane nicht überreden könne, sich ebenfalls ein Tandemrad zu mieten und mit ihnen in den Park zu fahren.

Houston lieh sich von Blair deren türkische Hose aus, zog sich um und fuhr auf der Lenkstange des Tandemrades den Hügel zu Kanes Haus hinauf.

»Verdammter Gould!« konnten sie Kane im Haus brüllen hören. Das Fenster seines Büros stand offen.

»Ich werde ihn fragen«, sagte Houston.

»Glaubst du, er hat was dagegen, wenn wir im Haus warten?« fragte Leora, während sie die Fassade des Hauses förmlich mit den Augen verschlang.

»Ich glaube, es würde ihn nur freuen.«

Houston wußte nie, wie Kane sie empfangen würde; doch diesmal war er froh über diese Ablenkung. Er war ein wenig skeptisch, was das Fahrrad betraf, da er noch nie auf so einem Ding gesessen hatte; doch er beherrschte es in wenigen Minuten – und forderte die anderen zu einem Rennen im Park heraus.

Am späten Nachmittag, als sie die gemieteten Räder zurückgaben, sagte Kane, daß er sich eine Fahrradfabrik kaufen würde. »Vielleicht verdiene ich keinen Cent damit«, setzte er hinzu, »aber manchmal liebe ich das Risiko. Zum Beispiel habe ich neulich Aktien einer Gesellschaft gekauft, die ein Getränk herstellt, das Coca-Cola heißt. Vermutlich verliere ich das ganze Geld, das ich in diesen Laden investiert habe.« Er zuckte mit den Achseln. »Man kann nicht immer gewinnen.«

Abends gingen sie zu einer Toffee-Party in Sarah Oakleys Haus.

Kane war der Älteste von der Gruppe; aber alle diese Spiele und Zerstreuungen waren für ihn neu. Er hatte offenbar den größten Spaß daran, und er schien immer ein wenig schockiert zu sein, daß diese jungen Leute der Gesellschaft ihn so ohne weiteres akzeptierten.

Und keinesfalls deswegen, weil man ihn so leicht akzeptieren konnte. Er hielt mit seiner Meinung nie hinter dem Berg, war intolerant gegenüber Ideen, die sich nicht mit seiner Auffassung deckten, und stets aggressiv. Er sagte zu Jim Michaelson, er wäre ein Dummkopf, wenn er sich damit begnügte, das Geschäft seines Vaters im alten Stil weiterzuführen – er müsse expandieren und sich auch Kunden aus Denver heranziehen, wenn er sich auf die Dauer in Chandler behaupten wollte. Er sagte zu Sarah Oakley, sie sollte Houston mitnehmen, wenn sie sich Kleider kaufte; denn die Sachen, die sie trüge, wären nicht so hübsch, wie sie sein könnten. Er schmierte heiße Bonbonmasse auf Mrs. Oakleys Vorhänge, und am nächsten Tag ließ er ihr aus Denver fünfzig Meter Seidentaft-Vorhangstoff zustellen. Er verbog das Vorderrad eines gemieteten Velozipeds und zankte sich zwanzig Minuten lang mit dem Eigentümer, weil er den Leuten eine minderwertige Ware andrehte. Er sagte zu Cordelia Farrell, sie könnte einen besseren Mann bekommen als John Silverman, und daß John nur jemanden suchte, der auf seine drei mutterlosen Kinder aufpaßte.

Houston betete, daß sich der Fußboden öffnen und sie verschlingen möge, als Kane alle Anwesenden für Mittwochabend in sein Haus zum Dinner einlud. »Ich habe noch keine Möbel im Erdgeschoß«, sagte er; »aber wir werden es so machen, wie Houston neulich mit mir zu Abend gegessen hat – auf einem Teppich mit bequemen Kissen, mit Kerzen und so.«

Als drei Frauen beim Anblick von Houstons hochrotem Kopf zu kichern begannen, sagte Kane: »Habe ich etwas ausgelassen?«

Und Houston lernte bald, daß alles, was mit Kane zusammenhing, von Streitgesprächen begleitet war. »Diskutieren«, nannte Kane das; aber es war eher ein verbaler Ringkampf. Am Dienstagabend bat sie ihn, einige Karten blanko zu unterschreiben – neben ihrer Unterschrift –; weil diese Karten zusammen mit einem Stück von der Hochzeitstorte in kleine Schachteln verpackt und an die Gäste verteilt werden müßten.

»Einen Teufel werde ich tun!« sagte er. »Ich schreibe doch nicht meinen Namen auf einen leeren Zettel. Da kann ja jeder, was er will, darüber schreiben.«

»Es ist also Brauch«, sagte Houston, »jedes Brautpaar legt Kärtchen mit seinen Namen in Schachteln mit Kuchen, die die Leute nach der Trauung mit nach Hause nehmen können.«

»Sie können den Kuchen während der Hochzeit essen. Sie brauchen die Torte nicht in Schachteln mitzunehmen. Die löst sich doch nur auf.«

»Sie nehmen die Päckchen als Talisman mit, wünschen sich was dabei und träumen.«

»Du willst, daß ich dir für so einen Blödsinn Blankounterschriften gebe?«

Houston unterlag in diesem ›Streitgespräch‹, konnte aber durchsetzen, daß Männer angeheuert wurden, die den Damen aus ihren Kutschen helfen, und Frauen, die Kanes kleinen Salon in eine Garderobe verwandeln sollten.

»Wie viele Leute willst du denn überhaupt einladen?«

Houston blickte auf ihre Liste. »Bis jetzt sind es 520. Von Leanders Verwandtschaft reisen fast alle aus dem Osten an. Willst du außer deinen Onkeln und Kusinen, den Taggerts, noch jemand zur Hochzeit einladen?«

»Meine *was*?«

Das führte wieder zu einer ›Diskussion‹, aus der Houston als Siegerin hervorging. Kane sagte, er kenne keinen von seine Verwandten und wollte sie auch nicht kennenlernen. Houston, die ihm nicht verraten durfte, daß sie Jean kannte, weil er sie dann sofort gefragt hätte, wie und woher, sagte, sie würde seine Verwandten einladen, ob er sie nun kannte oder nicht. Aus irgendeinem Grund wollte Kane sie nicht bei seiner Hochzeit dabei haben, und nachdem er sich ein paar Minuten mit ihr gestritten hatte, sagte er, sie kämen bestimmt in Bergwerksklamotten zu seiner Trauung.

Houston nannte ihn einen Snob. Sie hätte sich lieber die Zunge abgebissen als ihm zu sagen, daß sie bereits Kleider für seine Verwandten hatte anfertigen lassen – auf seine Kosten.

Ehe Kane etwas darauf erwidern konnte, kam Opal ins Zimmer, wünschte ihnen einen guten Abend und setzte sich mit ihrem Stickrahmen an den Tisch.

Kane trug Opal den Fall vor, die sagte: »Nun, dann wirst du ihnen wohl neue Kleider kaufen müssen, nicht wahr?«

Als Kane sich verabschiedete, kam Houston sich so vor,

als habe sie einen schweren Sturm in einem Rettungsboot überstanden; doch Kane schien das Ganze nichts ausgemacht zu haben. Er küßte sie draußen in der Halle und sagte, sie würden sich ja morgen schon wiedersehen.

»Ob es bei jeder Diskussion so stürmisch zugehen wird?« flüsterte Houston, während sie sich neben ihrer Mutter auf einen Sessel fallen ließ.

»Vermutlich ja«, sagte Opal heiter. »Warum nimmst du jetzt nicht ein langes heißes Bad?«

»Ich wollte, ich könnte eines nehmen, das drei Tage lang dauert«, murmelte Houston, während sie sich wieder von ihrem Sessel erhob.

Kane stand vor den hohen Fenstern in seinem Büro, eine Zigarre zwischen die Zähne geklemmt.

»Willst du heute arbeiten oder in den Tag hineinträumen?« fragte Edan hinter ihm.

Kane drehte sich nicht um. »Es sind alles nur Kinder«, sagte er.

»Wer?«

»Houston und ihre Freunde und Freundinnen. Sie mußten nie erwachsen werden, sich nie überlegen, wo sie am nächsten Tag ihr Essen hernehmen sollen. Houston glaubt, das Essen kommt aus der Küche, die Kleider vom Schneider und das Geld von der Bank.«

»Ich bin nicht so überzeugt, daß du recht hast. Houston scheint mir eine sehr vernünftige Frau zu sein, und ihre Erfahrung mit Westfield hat wohl auch dafür gesorgt, daß sie erwachsener wurde. Von einem Mann enttäuscht zu werden – das trifft eine Frau sehr.«

Kane drehte sich zu seinem Freund um. »Sie hat sich ganz gut darüber hinweggetröstet«, sagte er mit einer Handbewegung, die sein ganzes Haus umschloß.

»Ich bin mir gar nicht so sicher, daß sie es auf dein Geld abgesehen hat«, sage Edan nachdenklich.

Kane schnaubte. »Zweifellos nimmt sie mich, weil ich so elegant aus einer Teetasse trinken kann. Ich möchte, daß du sie beobachtest.«

»Du meinst, ich soll ihr nachspionieren?«

»Sie ist mit einem Mann verlobt, der Geld hat. Ich möchte nicht, daß sie entführt wird.«

Edan zog eine Braue in die Höhe. »Ist es das? Oder hast du Angst, sie könnte sich noch einmal mit Fenton treffen?«

»Sie fährt jeden Mittwoch zu dieser Kirche und bleibt fast den ganzen Tag dort. Ich möchte wissen, was sie dort treibt.«

»Also ist es der gutaussehende Reverend Thomas, der dir Kopfschmerzen macht.«

»Ich mache mir doch deswegen keine Kopfschmerzen!« brüllte Kane. »Du sollst sie nur beobachten – wie ich es dir eben gesagt habe.«

Mit einem verdrießlichen Blick auf seinen Freund stand Edan hinter dem Schreibtisch auf. »Ich frage mich, ob Houston überhaupt weiß, worauf sie sich da eingelassen hat.«

Kane drehte sich wieder dem Fenster zu. »Eine Frau läßt sich auf eine Menge Dinge ein, wenn sie ihre Hände auf Millionen legen kann.«

Edan reagierte erst auf diese Bemerkung, nachdem er das Büro verlassen hatte.

Houston, die wieder die gepolsterten, warmen Kleider von Sadie trug, lenkte ihr Gespann aus vier Pferden mühelos über die staubige, ausgefahrene Straße zur Little Pamela Mine. Sie hatte ihr Vorhaben erst mit Reverend Thomas besprochen, und er hatte gemeint, sie könne ruhig mit Jean über ihre bevorstehende Hochzeit reden. Houston konnte sich noch immer nicht recht an den Gedanken gewöhnen, daß Jean das Geheimnis von Sadies Identität kannte. Aber Reverend Thomas hatte ihr abermals versichert, daß Jean schon seit vielen Monaten zu dem Kreis der Eingeweihten gehörte.

Jetzt, wo Houston das Bergwerk schon fast erreicht hatte, spürte sie einen fast unwiderstehlichen Drang, sich mit Jean gründlich auszusprechen. Jean wirkte immer so ruhig und vernünftig, und obwohl sie Kane noch nie gesehen hatte, war sie immerhin seine Kusine.

Houston konnte ohne Schwierigkeiten die Wache am Tor passieren und begab sich sofort zum Haus der Taggerts.

Jean erwartete sie bereits. »Keine Probleme?« fragte sie und starrte Houston dann mit fragenden Augen an. »Nun ja«, meinte sie schließlich, »ich bin froh, daß du es endlich weißt.«

»Laß uns erst die Sachen verteilen, damit wir dann ausführlich miteinander reden können«, sagte Houston.

Einige Stunden darauf kehrten sie mit dem leeren Fuhrwerk zu Jeans kleinem Haus zurück. Houston zog ein Päckchen Tee aus der Tasche. »Für dich.«

Sie schwiegen beide, während Jean den Tee zubereitete; und als sie am Tisch saßen, fing Jean zu sprechen an: »Wir werden also zu angeheirateten Verwandten.«

Houston führte die gesprungene Tasse an den Mund. »In fünf Tagen. Du wirst doch zur Hochzeit kommen, nicht wahr?«

»Natürlich. Ich werde mein Aschenputtel-Gewand aus dem Schrank holen und mich in meine gläserne Kutsche setzen.«

»Darüber brauchst du dir überhaupt keine Gedanken zu machen. Da habe ich bereits vorgesorgt. Jacob Fenton hat seine Genehmigung dazu gegeben, daß alle Taggerts das Lager verlassen können. Meine Schneiderin erwartet dich bereits, und Mr. Bagly, der Schneider, hat seine Instruktionen. Du mußt nur deinen Vater mitbringen, dazu Rafe und Ian.«

»Mehr verlangst du nicht?« gab Jean lachend zurück. »Mein Vater ist kein Problem; aber mit Rafe ist das eine andere Geschichte. Und bedauerlicherweise ist Ian genauso wie sein Onkel.«

Seufzend blickte Houston in ihre Tasse. »Laß mich raten. Erstens kannst du mir nicht sagen, ob Rafe sich mit der Idee anfreunden könnte, daß er zur Hochzeit eingeladen ist, weil er absolut unberechenbar ist. Vielleicht freut er sich darüber und lacht; oder er brüllt dich an, was das für eine Zumutung wäre.«

Jean starrte sie einen Moment mit offenem Mund an. »Nun sage mir bloß nicht, daß Kane ein *echter* Taggert ist!«

Houston stand auf und trat an das kleine Fenster. Eine Weile lang starrte sie durch die Scheibe, ohne etwas zu sehen und zu sagen.

»Warum heiratest du ihn?« frage Jean.

»Wenn ich das so genau wüßte«, antwortete Houston leise und blieb wieder eine Weile stumm. »Leander und ich waren das perfekte Paar«, fuhr sie dann gedankenverloren fort. »In all den Jahren, die wir verlobt waren – und verlobt waren wir eigentlich schon als Kinder –, haben wir uns nicht ein einziges Mal gestritten. Es gab ein paar . . . Probleme, als wir erwachsen wurden«, sagte sie, wobei sie an Lees Ärger dachte, weil sie sich weigerte, mit ihm ins Bett zu gehen, »aber meistens waren wir uns einig. Wenn ich grüne Vorhänge haben wollte, wünschte sich auch Leander grüne Vorhänge. Es herrschte zwischen uns fast so etwas wie eine perfekte Harmonie.«

Sie drehte sich zu Jean um. »Und dann lernte ich Mr. Taggert kenne. Ich glaube nicht, daß wir bisher auch nur *ein* harmonisches Gespräch geführt haben. Ich ertappe mich manchmal dabei, daß ich ihn ankeife wie ein Fischweib. Am Morgen nach dem Tag, an dem ich eingewilligt hatte, ihn zu heiraten, zerschlug ich einen mit Wasser gefüllten Tonkrug auf seinem Kopf. Ich bin wütend auf ihn, und im nächsten Moment möchte ich die Arme um ihn legen und ihn beschützen. Doch dann überkommt mich wieder ein Verlangen, mich an seine Stärke zu verlieren.«

Sie setzte sich und barg das Gesicht in ihren Händen. »Ich bin so verwirrt, daß ich nicht mehr weiß, welchen Wert etwas hat. Ich habe Leander so lange geliebt, war mir meiner Liebe zu ihm so sicher; aber wenn ich jetzt zwischen ihm und Kane zu wählen hätte, würde ich Kane behalten.«

Sie blickte hoch.

»Aber warum? Warum sollte ich denn mit einem Mann

zusammenleben wollen, auf den ich wütend bin? Der mir das Gefühl gibt, ich benähme mich wie eine Dirne? Der mir nachläuft wie ein Satyr, mich dann wieder von sich schiebt und sagt: ›Davon später mehr, Honey‹, als wäre ich es, die ihn herausfordert? Entweder übersieht er mich vollkommen, oder er verfolgt mich die ganze Zeit mit begehrlichen Blicken. Manchmal ist er bezaubernd zu mir, und dann behandelt er mich wieder so respektlos wie ein zurückgebliebenes Kind, gibt mir jedoch im nächsten Moment eine unglaublich hohe Summe Geldes in die Hand und befiehlt mir, die Arbeit von zehn Leuten auf einmal zu erledigen . . .«

Houston stand rasch von ihrem Stuhl auf. »Ich glaube, ich muß verrückt geworden sein. Keine Frau mit gesundem Verstand würde sich auf so eine Ehe einlassen. Nicht mit sehenden Augen. Ich kann verstehen, daß man so verliebt ist in einen Mann, daß man seine Fehler nicht sieht. Aber ich sehe Kane Taggert genauso, wie er wirklich ist; als einen Mann von überwältigender Eitelkeit, als einen Mann ohne jede Eitelkeit. Was man auch über diesen Mann sagt – es trifft immer zugleich das Gegenteil auf ihn zu.«

Sie ließ sich wieder auf ihren Stuhl zurückfallen. »Ich bin verrückt. Vollkommen, absolut verrückt.«

»Bist du davon wirklich überzeugt?« fragte Jean mit ruhiger Stimme.

»Oh, ja, das bin ich«, antwortete Houston. »Keine andere Frau würde . . .«

»Nein, ich meine, als du von der Liebe gesprochen hast, die so blind macht, daß man die Fehler des Geliebten nicht mehr sieht. Ich habe immer gedacht – oder gehofft –, daß jemand, der mich liebt, alle meine Fehler kennt und sich trotzdem nicht in seiner Liebe beirren läßt. Ich würde mir keinen Mann wünschen, der mich für eine Göttin hielte; denn wenn er erst einmal dahinterkommt, wie zornig ich werden kann, müßte ich befürchten, daß er mich nicht mehr liebt.«

Houston blickte Jean verwirrt an. »Aber lieben bedeutet doch . . .«

»Ja? Was bedeutet es, jemanden zu lieben?«

Houston stand auf und blickte geistesabwesend zum Fenster hinaus. »Sich wünschen, in der Nähe dieses Menschen zu sein. Sich wünschen, bei ihm zu bleiben in guten wie in schlechten Tagen. Sich wünschen, von ihm Kinder zu bekommen: ihn sogar zu lieben, wenn er etwas tut, was einem selbst nicht gefällt. Zu denken, daß er der großartigste, großzügigste Mensch von der Welt ist; zu lachen, wenn er etwas sagt, daß einem schon zum fünftenmal weh tut während einer Stunde. Sich Sorgen zu machen, ob ihm das Kleid gefallen wird, das man angezogen hat. Sich zu fragen, ob er auf dich stolz ist, und zu merken, wie du innerlich zerschmilzt, wenn er dich lobt.«

Sie hielt inne und blieb ein paar lange Sekunden hindurch still.

»Wenn ich bei ihm bin, fühle ich mich lebendig«, flüsterte sie. »Ich glaube nicht, daß ich jemals lebendig gewesen bin, ehe ich Kane kennenlernte. Ich existierte nur, bewegte mich, aß, gehorchte. Kane gibt mir das Gefühl von Macht; als wäre nichts unmöglich für mich. Kane . . .«

»Ja«, fragte Jean leise, »was ist Kane?«

»Kane Taggert ist der Mann, den ich liebe.«

Jean brach in ein Lachen aus. »Ist es wirklich so eine Katastrophe, in einen von uns Taggerts verliebt zu sein?«

»Ihn zu lieben ist einfach; aber mit ihm zu leben ist wahrscheinlich etwas schwieriger.«

»Du wirst es dir bestimmt nur halb so schwierig vorstellen, wie es wirklich sein wird«, sagte Jean, immer noch lachend. »Möchtest du noch eine Tasse?«

»Sind denn alle Taggerts so wie Kane?«

»Mein Vater hat – glücklicherweise, möchte ich sagen – etwas mehr von dem mütterlichen Teil der Familie geerbt; doch Onkel Rafe und Ian sind typische Taggerts. Ich dachte, daß dieser Kane, weil er doch so viel Geld hat . . .«

»Das macht ihn vermutlich nur noch schlimmer. Wer ist

Ians Vater? Ich kann mich nicht erinnern, den Jungen schon mal gesehen zu haben.«

»Hast du nicht. Er arbeitet schon jahrelang im Bergwerk, obwohl er erst sechzehn ist. Er sieht wie Rafe aus: kräftig, hübsch, zornig. Sein Vater war Lyle, Rafes Bruder. Lyle ist bei einer Schlagwetterexplosion umgekommen. Er war damals erst dreiundzwanzig.«

»Und Kanes Vater . . .?«

»Frank war der älteste von den Brüdern. Er fiel schon viele Jahr vor meiner Geburt einem Grubenunglück zum Opfer. Ich glaube, er hat die Geburt seines Sohnes nicht mehr erlebt.«

»Das tut mir leid«, sagte Houston. »Es muß ein hartes Leben für dich sein, für so viele Männer sorgen zu müssen.«

»Ich werde dabei von ein paar wohltätigen jungen Ladies unterstützt«, sagte Jean und erhob sich vom Tisch. »Es wird bald dunkel. Du solltest jetzt lieber aufbrechen.«

»Du kommst doch zu meiner Hochzeit? Bitte. Ich wäre sehr glücklich, wenn du dabei sein könntest. Außerdem wirst du mich dann ein bißchen sauberer erleben.« Houston grinste und zeigte ihre geschwärzten Zähne.

»Wenn ich ehrlich sein darf, würde ich meinen, daß ich mich in Sadies Nähe wohler fühle als im Haus einer Gesellschaftsprinzessin, Miss Chandler.«

»Sag das nicht!« sagte Houston ernst. »Bitte, sag so etwas nicht.«

»Also gut. Ich werde mich bemühen.«

»Und du wirst gleich morgen die Schneiderin aufsuchen? Sie braucht jede Minute, damit sie das Kleid bis zur Hochzeit fertigstellen kann. Hier ist ihre Adresse.«

Jean nahm die Visitenkarte entgegen. »Auf ein neues Kleid freue ich mich immer. Und ich werde mein möglichstes tun, Onkel Rafe und Ian zu überreden, daß sie auch mitkommen. Aber versprechen kann ich nichts.«

»Das kann ich nur zu gut verstehen.« Einem Impuls folgend, umarmte sie Jean und drückte sie an sich. »Ich freue mich auf unser baldiges Wiedersehen.«

Auf dem Weg zurück in die Stadt dachte Houston über ihr Gespräch mit Jean nach. Sie konnte sich wirklich alles nur dadurch erklären, daß sie Kane liebte. Und sie lachte laut, als sie davon überzeugt war. Sie war so viele Jahre mit Lee verlobt gewesen und hatte ihn nie wirklich geliebt. Das wußte sie jetzt.

Natürlich konnte sie das niemandem sagen. Sie würde sonst leicht in den Verdacht geraten, eine Frau zu sein, die ihr Herz sehr rasch verschenkt. Aber das stimmte nicht. Davon war sie überzeugt. Kane Taggert war der Mann, den sie liebte und immer lieben würde.

Sie ließ die Zügel auf den Rücken der Pferde klatschen, damit sie schneller liefen. Sie mußte sich noch waschen und umziehen. Und dann ... ein geheimnisvolles, leichtes Lächeln spielte um ihre Lippen, als sie an ihre Pläne für Freitagabend dachte. Sie hatte Leander gebeten, Kane und Edan an diesem Abend in Lees Klub einzuladen, und hatte Kane gefragt, ob er ihr das Haus für ein Abschiedsessen mit ihren Freundinnen überlassen würde. Nur eine stille kleine Feier – wie sie Ellie veranstaltete, ehe sie in den Stand der Ehe trat.

Wenn Houston jetzt nur noch diesen starken Mann überreden konnte, den sie auf dem Plakat in der Coal Avenue gesehen hatte, ihr den Wunsch zu erfüllen, am Freitag ...

Houston war so vertieft in ihre Pläne, daß sie nicht so gründlich wie sonst auf ihre Sicherheit bedacht war. Hinter ihr, durch Büsche und Bäume ihrer Sicht entzogen, folgte ein Reiter ihrer Fährte.

Edan verfolgte Houston mit ernstem Gesicht bis zur Stadtgrenze.

Kapitel 12

Jetzt, wo ihr nur noch wenige Tage bis zur Hochzeit blieben, fand Houston, daß ihr die Zeit nur so durch die Finger rieselte. Kanes Dinner am Mittwochabend war ein voller Erfolg.

»Ich habe heute meine Verlobung mit John aufgelöst, Mr. Taggert«, gestand ihm Cordelia Farrell schüchtern.

»Das ist eine gute Nachricht«, lachte Kane, faßte sie bei den Schultern und gab ihr einen herzhaften Kuß auf den Mund. Cordelia wurde zwar rot vor Verlegenheit; aber ihre Augen strahlten. »Sie sind doch nicht darauf angewiesen, einen alten Mann zu heiraten!«

»Vielen Dank, Mr. Taggert.«

Einen Moment blickte Kane sie betroffen an. »Wieso nennt mich eigentlich jeder *Mr.* Taggert?«

»Weil Sie«, warf Houston mit sanfter Stimme ein, »noch *niemand* dazu aufgefordert haben, Sie Kane zu nennen, Mr. Taggert.«

»Ihr könnt mich alle Kane nennen«, gab er ebenso sanft zurück; aber als er Houston dabei ansah, schien ein Feuer in seinen Augen zu brennen. »Nur du nicht, Houston. Du hast mich nur ein einziges Mal Kane genannt, und das gefiel mir so gut, daß wir es bei dem einen Mal belassen wollen.«

Houston wußte, das jeder der Anwesenden sofort begriff, was er damit sagen wollte, und der Hals wurde ihr trocken vor Verlegenheit.

Sarah Oakley nahm ein Kissen vom Boden und schleuderte es Kane an den Kopf.

Er fing es auf, und jeder hielt den Atem an. Denn wer wußte schon, wie Kane auf so etwas reagieren würde?

»Manchmal bist du wirklich kein Gentleman . . . Kane«, sagte Sarah wagemutig.

Aber Kane grinste sie nur an. »Gentleman oder nicht – jedenfalls sehe ich, daß du meinen Rat befolgt und dir ein neues Kleid gekauft hast. Schön, Houston, du darfst mich auch Kane nennen.«

»Im Augenblick möchte ich lieber bei dem Mr. Taggert bleiben«, gab Houston hochmütig zurück, und sie lachten alle zusammen.

Den ganzen Donnerstag hindurch wurde Kanes Haus für die Hochzeit am Montag vorbereitet. Kane und Edan schlossen sich in Kanes Büro ein und ignorierten die Möbelschlepper, die Lieferanten und die An- und Abfahrt fast aller Geschäftsleute von Chandler.

Der Freitag und Samstag verliefen nicht anders als der Donnerstag. Houston wies allen Leuten, die mit der Hochzeit zu tun hatten, ihre Aufgaben zu und erklärte ihnen immer wieder die Rolle, die sie zu spielen hatten. Da kamen die Männer und Frauen, die das Essen zubereiten und servieren sollten; die Männer, die die Tische für die Büfetts im Freien zusammenstellen sollten, und die Männer, die die riesigen, auf einer Seite offenen Zelte, die Houston in Denver in Auftrag gegeben hatte, im Garten aufbauen mußten. Am Sonntag waren achtunddreißig Leute nur damit beschäftigt, Blumen zu arrangieren.

Jean Taggert schickte eine Botschaft, daß Rafe zur Hochzeit kommen würde; aber der junge Ian sträube sich, und ob sie vielleicht etwas zum Hochzeitsessen beisteuern könnte?

Als Houston diese Botschaft las, befand sie sich in der Küche, und vor ihr auf dem Tisch lagen zwei ausgeweidete Rinder und 250 Pfund Kartoffeln, die ihr gerade angeliefert worden waren. Und unter den beiden Rindern lagen drei gewaltige Räder aus Käse und 300 Orangen – und sie betete, daß die Orangen nicht unter dem Käse liegen möchten.

In diesen turbulenten Tagen mischte sich Kane zu Houstons Freude nicht in ihre Arbeit ein und ging ihr aus dem Weg. Er beschwerte sich nur darüber, daß er mit seiner Arbeit so sehr in Verzug geraten sei, der Lolly- und Bonbonparties wegen, die er ihretwegen besuchen mußte, daß er die verlorene Zeit nie mehr aufholen könne.

Nur einmal mußte sie mit ihm ›diskutieren‹, und zwar, als Leander Edan und Kane einlud, den Abend mit ihm in Lees Männerklub zu verbringen.

»Ich habe doch meine Zeit nicht gestohlen!« brüllte Kane. »Arbeiten diese Leute denn nie? Weiß der Himmel, ob mir nach der Hochzeit noch Zeit zum Arbeiten bleibt, wenn die Frau mir schon heute so viel Unruhe ins Haus bringt ...« Er hielt inne und blickte Houston an. »Ich meine ...«

Houston gab seinen Blick stumm zurück.

»Also gut«, sagte er schließlich mit verdrossener Stimme. »Aber ich verstehe nicht, warum ihr Frauen eure kleine Teeparty nicht in deinem Haus abhalten könnt.« Er machte auf den Absätzen kehrt und ging in sein Büro zurück.

»Verdammte Weiber!« murmelte er.

»Was für eine Ungeheuerlichkeit hat Houston denn jetzt schon wieder von dir verlangt?« fragte Edan mit einem leisen Lächeln in den Mundwinkeln.

»Wir sollen den Abend in Westfields Klub verbringen. Wir haben um sieben Uhr das Haus zu verlassen und dürfen erst um Mitternacht wieder zurückkommen. Was ist aus der guten alten Zeit geworden, wo die Frauen ihren Ehemännern gehorchten und sie respektierten?«

»Die erste Frau versagte dem ersten Mann den Gehorsam. Die gute alte Zeit ist ein Märchen. Was will Houston denn heute abend anstellen?«

»Sie will ihren Freundinnen eine Party geben. Ich möchte, daß du hierbleibst und sie beobachtest.«

»Was?«

»Es gefällt mir nicht, daß die Frauen allein im Haus sind. Houston hat Diener angeheuert, die nach der Hochzeit hier einziehen sollen; aber heute abend ist nur eine Horde unbeschützter Frauen im Haus. Sie hat das Eßzimmer für ihre kleine Party hergerichtet, und da gibt es eine Tür, die mit einem Tuch bespannt ist. Du weißt schon, die mit den Blumen darauf ...«

»Du verlangst von mir, daß ich mich in einem Wandschrank verstecken und die Frauen bei einer Teeparty bespitzeln soll?«

»Das geschieht nur zu deren Wohl, und ich zahle dir ein

verdammt gutes Gehalt. Also kannst du auch mal ein bißchen was für mich arbeiten.«

»Ein bißchen arbeiten ...« wiederholte Edan fassungslos.

Stunden später traf Houston Edan im Korridor und entdeckte einen blauen Fleck auf seiner rechten Wange.

»Wo haben Sie sich denn verletzt?« fragte sie.

»Ich bin gegen eine Wand gestoßen«, sagte er nur und ging weiter.

Um sechs Uhr verließen die Handwerker das Haus, und um Viertel vor sieben kamen die ersten von Houston geladenen Freundinnen, jede mit einem hübsch eingebundenen Geschenk.

Kane, der immer noch über die Ungerechtigkeit schimpfte, daß er sein eigenes Haus verlassen müsse, stieg in seine alte Kalesche, setzte sich neben Edan, der stumm geradeausblickte, und fuhr davon.

Alles in allem versammelten sich zehn Freundinnen und Blair im taggertschen Haus, und ihre Geschenke wurden auf den Tisch aus dem achtzehnten Jahrhundert im Wohnzimmer niedergelegt.

»Sind alle gegangen?« fragte Tia.

»Endlich«, sagte Houston und machte die Doppeltür hinter sich zu. »Wollen wir jetzt zur Sache kommen?«

Edan saß auf einem unbequemen Hocker im Wandschrank, eine volle Flasche Whisky in der Hand. Dieser verdamte Kane! fluchte er wieder im stillen und fragte sich, ob er sich einen Mord leisten konnte. Bestimmt würde ihn jeder Richter freisprechen, wenn er einen Mann tötete, der ihn zwang, einen ganzen Abend hindurch eine Horde von Frauen zu beobachten, die Tee tranken.

Er trank inzwischen Whisky und beobachtete die Frauen durch den Seidenbezug der Türfüllung. Miss Emily, eine hübsche, zerbrechliche, ältliche Lady, schlug mit der Faust auf den Tisch.

»Die dritte Jahresversammlung der Schwesternschaft ist hiermit eröffnet.«

Edan hielt die Flasche an den Mund, vergaß aber das Trinken.

Miss Emily fuhr fort: »Zuerst wird uns Houston über die Situation in den Bergwerkslagern berichten.«

Edan bewegte nicht einen Muskel, als Houston aufstand und ausführlich von den Ungerechtigkeiten in den Kohlenminen berichtete. Er war ihr ja vor ein paar Tagen dorthin gefolgt und wußte von ihren unschuldigen kleinen Ausflügen in die Camps, um die Leute dort mit frischem Gemüse zu versorgen. Doch nun redete Houston von Streiks und Gewerkschaften. Edan hatte selbst erlebt, daß Männer getötet wurden, weil sie Reden gehalten hatten, die viel harmloser gewesen waren als Houstons Ansprache.

Nina Westfield begann von der Arbeit an einem Magazin zu berichten, das die Damen heimlich unter den Frauen der Bergarbeiter verteilen wollten.

Edan stellte die Whiskyflasche auf den Boden und beugte sich vor.

Man sprach von Jacob Fenton – daß man Angst vor ihm habe und was er unternehmen würde, wenn er entdeckte, daß die Damen heimlich die Bergarbeiter mit Nachrichten versorgten.

»Ich kann das mit Jean Taggert besprechen«, sagte Houston. »Aus irgendeinem Grund scheint Jacob Fenton alle Taggerts zu fürchten. Er hat ihnen die Erlaubnis gegeben, zur Hochzeit zu kommen.«

»Und Jean kann auch die Läden in Chandler besuchen«, sagte Miss Emily. »Ich weiß, daß dein Kane«, fuhr sie, an Houston gewendet, fort, »früher für die Fentons gearbeitet hat; aber da sind noch andere Dinge, die sich hinter den Kulissen abspielen. Ich dachte, vielleicht weißt du etwas darüber.«

»Nichts«, antwortete Houston. »Kane explodiert schon, wenn ich nur Fentons Name erwähne, und ich glaube nicht, daß Marc in die Geschäfte seines Vaters eingeweiht ist.«

»Kaum«, sagte Leora Vaughn. »Marc gibt nur Geld aus; er interessiert sich nicht dafür, wo es herkommt.«

»Ich werde mit Jean darüber reden«, wiederholte Houston. »Irgend jemand stiftet eine Menge Unruhe in den Lagern. Ich möchte nicht miterleben, wie jemand von den Arbeitern verletzt wird.«

»Vielleicht lassen sie mich auch die Lager besuchen«, meinte Blair. »Und dann werde ich mich dort mal gründlich umhören.«

»Was für Themen haben wir noch auf Tagesordnung?« fragte Miss Emily.

Edan lehnte sich auf seinem Schemel zurück. »Die Schwesternschaft«, hauchte er. Diese Damen, die sich mit Spitzenkleidern und sanften Manieren tarnten, redeten vom Krieg.

Der Rest der Tagesordnung war den Wohltätigkeiten gewidmet und wie man Kranken und Waisen helfen könne – alles Dinge, mit denen Ladies sich beschäftigen *sollten.*

Als die Versammlung geschlossen wurde, nahm Edan wieder die Whiskyflasche vom Boden. Jetzt konnte er wenigstens wieder normal atmen, dachte er.

»Erfrischungen?« fragte Meredith Lechner mit einem Lachen in der Stimme und öffnete einen großen, in gelbes Papier eingewickelten Karton, dem sie eine Flasche mit hausgemachtem Wein entnahm. »Mutter schickt dir diese in Erinnerung an ein paar Versammlungen, die sie besucht hatte, als sie noch ein Mädchen war. Daddy wird man erzählen, daß heute nacht in unserem Weinkeller eingebrochen wurde.«

Edan hätte nicht geglaubt, daß er noch einen größeren Schock erleben würde. Doch ihm fiel die Kinnlade herunter, als jeder Dame nun eine volle Flasche Wein und ein langstieliges Glas aus einer Eßzimmervitrine gereicht wurden.

»Auf die Hochzeitsnacht!« sagte Miss Emily, ihr Glas erhebend. »Auf alle Hochzeitsnächte dieser Welt, ob ihnen nun eine Trauung vorausging oder nicht.«

Lachend leerten die Damen nun ihr Glas auf einen Zug.

»Mein Päckchen zuerst!« rief dann Nina Westfield.

»Mutter und ich mußten lange suchen, bis wir das in Denver gefunden haben. Und dann hätte Lee heute nachmittag fast den Deckel der Schachtel aufgemacht.«

Houston packte einen blauen Karton aus und entnahm ihm ein durchsichtiges schwarzes Gewand mit vier Zoll breiten schwarzen Spitzen.

Edan sah, daß es sich um ein Unterhemd handelte; aber nicht eines, was Damen zu tragen pflegten.

Ungläubig sah er zu, wie die Ladies ihre Weinflaschen leerten und unter Gelächter und deftigen Bemerkungen eine Schachtel nach der anderen öffneten. Da waren zwei Paar hochhackige Schuhe aus rotem Leder, noch mehr transparente Unterwäsche und ein paar Gemälde, die von Hand zu Hand gingen und ein nicht enden wollendes Gelächter auslösten. Die Stühle wurden aufgegeben, und die Damen begannen im Zimmer herumzutanzen.

Miss Emily setzte sich an das Klavier, das Edan noch gar nicht bemerkt hatte, und griff vehement in die Tasten.

Edans Kinn fiel ihm jetzt bis auf den Brustkorb hinunter, als er einer Lady zuschaute, die die Röcke hob und die Beine bis zu den Achseln hinaufschmiß.

»Das ist der Cancan«, sagte Nina atemlos. »Mutter und ich haben uns von Lee und Dady davongeschlichen, als wir in Paris waren, und ihn uns angesehen.«

»Ob wir das auch können?« fragte Houston, und alsbald warfen acht Damen ihre Röcke bis über die Köpfe, während Miss Emily auf dem Klavier hämmerte.

»Ruhe!« rief Sarah Oakley danach. »Ich habe euch ein Stück Poesie mitgebracht, das ich euch vorlesen möchte.«

Als Edan noch ein Junge war, hatten er und seine Freunde heimlich eine Ausgabe des Buches untereinander ausgetauscht, aus dem die nun sonst so spröde Miss Oakley vorlas – *Fanny Hill.*

Die Damen kicherten und lachten und schlugen Blair und Houston zum wiederholten Mal auf die Schultern.

Nachdem Sarah mit ihrem Vortrag zu Ende gekommen war, stand Houston auf. »Und jetzt, meine Freunde, bitte ich euch zum Piece de Résistance in den ersten Stock hinauf. Wollen wir uns alle dorthin begeben?«

Ein paar Minuten vergingen, ehe Edan sich rühren konnte. Das war also das Teekränzchen der Damen! Dann setzte er sich plötzlich mit einem Ruck aufrecht: Was, in aller Welt, wurde oben im ersten Stock als ›Hauptgericht‹ serviert? Konnte es noch schlimmer sein als das, was ihm hier unten geboten worden war? Er wußte, daß er lieber sterben würde, als sich das ›Hauptgericht‹ entgehen zu lassen.

So rasch wie möglich verließ er das Haus, umrundete es, entdeckte ein Licht im Salon an der Nordostecke und begann, der Dornen nicht achtend, das Rosenspalier hinaufzuklettern.

Alles, was bisher geschehen war, hätte ihn nicht auf den Anblick vorbereiten können, der sich ihm nun bot. Im Salon war es stockdunkel. Nur am entfernten Ende brannte ein großer Kandelaber hinter einem durchsichtigen Schirm aus Seide. Und zwischen Kandelaber und Schirm befand sich ein nur sehr spärlich bekleideter, aber reichlich mit Muskeln bepackter Mann, der allerlei Drehungen und Posen mit seinem Körper machte, um seine Muskeln richtig zur Geltung zu bringen.

»Ich habe jetzt genug davon«, sagte Miss Emily, trat mit Nina zum Schirm, und die beiden räumten das Hindernis zur Seite.

Einen Moment lang blickte der Muskelprotz verwirrt in den dunklen Zuschauerraum, doch dann begannen die inzwischen reichlich beschwipsten Damen so heftig zu applaudieren und zu jubeln, daß das Schauobjekt grinsend seine Anstrengungen verdoppelte.

»Nicht annähernd so gut gebaut wie mein Kane«, rief Houston.

»Ich nehme es jederzeit mit ihm auf«, rief der Muskelprotz zurück. »Ich nehme es mit jedem auf.«

»Nicht mit Kane«, blieb Houston bei ihrer Meinung, und der Mann vor dem Kandelaber winkelte verbissen die Arme an, damit der Bizeps noch weiter heraushüpfte.

Edan kletterte wieder am Spalier zum Boden hinunter. Kane hatte verlangt, daß er, Edan, die Damen beschützen sollte. Wer konnte aber nun die Männer vor den Damen beschützen?

Am Sonntagmorgen warf Kane zum fünften Mal in einer Stunde die Bürotür hinter sich zu. »Ausgerechnet heute mußte Houston krank werden«, grollte er, während er hinter dem Schreibtisch Platz nahm. »Du glaubst doch wohl nicht, daß sie plötzlich kalte Füße bekommen hat wegen der Hochzeit morgen, oder?« fragte er Edan.

»Ich tippe eher darauf, daß sie etwas Verkehrtes gegessen – oder getrunken hat«, antwortete Edan. »Wie ich hörte, sollen eine ganze Reihe von jungen Ladies in Chandler heute indisponiert sein.«

Kane blickte nicht von seinen Papieren hoch. »Vermutlich ruht sie sich nur für morgen aus.«

»Und wie steht es mit dir?« fragte Edan. »Nervenflattern?«

»Nicht die Bohne. Eine ganz simple Angelegenheit. Die Leute machen so was jeden Tag.«

Edan beugte sich vor, nahm das Papier, das Kane eben studierte, und drehte es richtig herum.

»Danke«, murmelte Kane.

Kapitel 13

Der Tag der Hochzeit war so schön, daß man glauben mochte, er sei extra für dieses denkwürdige Ereignis erschaffen worden. Opal weckte die Dienstboten in der Villa Chandler bereits um fünf Uhr morgens und fing an, die beiden Hochzeitskleider und die Schleier sorgsam einzupacken.

Houston hörte ihre Mutter im Erdgeschoß herumgehen; blieb aber noch ein paar Minuten liegen, ehe sie aufstand. Sie hatte in der Nacht wenig geschlafen und sich die meiste Zeit unruhig hin- und hergeworfen. Ihr Geist war viel zu lebhaft mit den Ereignissen des kommenden Tages beschäftigt gewesen, um Ruhe finden zu können. Sie dachte an Kane und betete, daß er in den kommenden Jahren lernen würde, sie zu lieben.

Als Opal ins Zimmer kam, um sie zu wecken, war sie mehr als bereit, die Aufgaben dieses Tages anzupacken.

Die drei Frauen waren gegen zehn so weit, daß sie zum taggertschen Haus aufbrechen konnten. Sie fuhren in Houstons Kutsche, und Willie folgte ihnen mit einem gemieteten Fuhrwerk, auf dem die sorgsam eingepackten Kleider lagen und das Bett, das mit Nesselstoff verhüllt war.

Vor dem taggertschen Haus wurden sie von einem Dutzend junger Damen erwartet, durchweg Mitglieder der Schwesternschaft.

»Die Tische sind gedeckt«, sagte Tia.

»Und die Zelte sind fertig«, fügte Sarah hinzu.

»Und Mrs. Murchison steht schon seit vier Uhr morgens in der Küche«, sagte Anne Seabury und nahm eine Ecke der gut verpackten Hochzeitskleider.

»Und die Blumen?« fragte Houston. »Sind sie nach meinem Plan im Haus verteilt worden?«

»Ich denke, ja«, sagte eine der jungen Damen.

Miss Emily trat vor. »Houston, du solltest dich lieber selbst noch einmal davon überzeugen. Jemand wird dafür sorgen, daß dein Bräutigam in seinem Büro bleibt, während du eine Runde durchs Haus machen kannst.«

»Bräutigam«, murmelte Houston leise, während Nina vorauseilte, um Kane in seinem Büro gefangen zu halten. Jeder war darum bemüht, zu verhindern, daß die Braut vor der Trauung vom Bräutigam gesehen wurde.

Als man Houston versicherte, daß diese Gefahr gebannt sei, ließ Houston ihre Mutter und Blair in der Halle zurück, ging durch alle Räume im Erdgeschoß und konnte nun zum ersten Mal die Ausführung ihrer Dekorationsentwürfe besichtigen.

Im kleinen Salon waren drei lange Tische aufgebaut worden, auf dem die Geschenke für die beiden Bräute standen und lagen, die aus allen Teilen der Vereinigten Staaten hier eingetroffen waren. Kane hatte ihr doch gesagt, daß er so gut wie gar keine Freunde in den Kreisen der Hochfinanz besäße, mit denen er in New York zu tun gehabt hatte. Aber wenn man die Geschenke als Gradmesser nahm, wurde deutlich, daß der Geldadel in New York Kane als einen der ihren betrachtete.

Da war ein kleiner italienischer Tisch mit Intarsien von den Vanderbilts, Tafelsilber von den Goulds, goldene Tafelgeräte von den Rockefellers. Als die Geschenke im Haus einzutreffen begannen, hatte Kane gesagt, daß sie es verdammt nötig hätten, Geschenke zu schicken, da er ihren Gören jedesmal, wenn sie heirateten, auch eine Menge Sachen geschenkt habe.

Da waren andere Geschenke von Leanders Verwandtschaft, und die Leute in Chandler hatten sich mächtig angestrengt, Präsente für ›Zwillinge‹ zu machen, soweit das möglich war. Da lagen Besen-Zwillinge, Popcorn-Zwillingstöpfe, Zwillingsbücher und Zwillings-Stoffrollen. Die Geschenke reichten von den identischen Nadelkissen bis zu identischen Eichenstühlen von Masons.

Der Raum war mit hohen Topfpalmen dekoriert, die vor Spiegeln standen, und der Kaminsims quoll über von roten Rosen und purpurroten Stiefmütterchen.

Houston ging weiter bis zum großen Salon. Hier würden sich die engeren Freunde der Brautpaare und deren Verwandte vor und nach der Trauung versammeln.

An den unteren Wandleisten, dem Türrahmen und an der Decke waren die feinen Ranken der Stechwinde mit Reißzwecken befestigt worden. Ranken über Ranken zierten die Wände, umschlangen den Kamin, umrahmten die Fenster.

Vor jedes Fenster war ein Topf mit Farnen gesetzt, die die Morgensonne filterten und Filigran-Schattenmuster auf den Fußboden warfen. Der Kamin selbst war mit rosa

Nelken geschmückt, und hier und dort war auch eine Nelke in die Ranken geflochten.

So rasch wie möglich beendete Houston ihre Besichtigungstour im Erdgeschoß und eilte dann in den ersten Stock hinauf, wo die anderen sie erwarteten.

Die Trauung würde zwar erst in fünf Stunden stattfinden; aber Houston wußte, daß es noch eine Million Details in der letzten Minute zu regeln galt.

In den letzten Tagen hatte sie sich die meiste Zeit im Erdgeschoß aufgehalten und dort nach dem Rechten gesehen. Ins Obergeschoß hatte sie so gut wie gar nicht hineingeschaut, und vieles hier war ihr noch neu. Der östliche Teil des U-förmigen Gebäudes bildete das Quartier für Gäste, und heute würde sich Blair in einer der Suiten für die Trauung ankleiden. Im zentralen Teil befanden sich links vom Korridor mit dem Vogelhaus die von Edan bewohnten Räume, und rechts davon ein Kinderzimmer, ein Bad und das Wohnzimmer der Kinderschwester.

Hinter dem Kinderzimmer schloß sich dann der lange Flügel an, der Houston und Kane gehörte. Kane hatte auf der Rückseite ein Badezimmer, relativ klein, aber mit einer herrlichen Aussicht auf die Gärten. Houstons Zimmer, von dem seinen durch ein Badezimmer mit Marmorwänden getrennt, war bei weitem das größte, mit pastellfarbener Täfelung und farbigen Stichen von Blumen und Girlanden, die lediglich als Platzhalter dienten für die Gemälde, die hier noch aufgehängt werden sollten.

Das Badezimmer war mit rosa und weißem Marmor ausgestattet, und die Seite, die zum Ankleiden bestimmt war, hatte Wände, die mit geflammten pinkfarbenen Platten verkleidet waren. Dahinter befanden sich ein Salon und ein privates Eßzimmer, wenn sie und Kane allein speisen wollten.

»Ich werde mich nie in diesem Haus zurechtfinden können«, sagte Tia, als sie von der Besichtigung der Räume hinter dem Schlafzimmer zurückkam. »Und schau dir mal diesen Dachgarten an.«

»Dachgarten?« fragte Houston und ging zu den Doppeltüren, vor denen Tia stand. Sie öffnete eine davon und trat hinaus in ein wunderschönes Labyrinth aus Topfpflanzen und Blumen. Steinbänke versteckten sich im Grün. Das war alles noch nicht hier gewesen, als sie zum letzten Mal von der Loggia hinter ihrem Schlafzimmer auf das Flachdach mit der Brüstung hinausgeblickt hatte.

»Sieh dir das an«, sagte Sarah und deutete auf eine weiße Karte, die an einem großen Feigenbaum befestigt war. Die meisten Pflanzen des Dachgartens waren durch einen dünnen Lattenrost darüber, der einen hübschen Schatten auf den Boden warf, vor der sengenden Colorado-Sonne geschützt. Houston nahm das Kärtchen entgegen.

Ich hoffe, es gefällt Ihnen. Ich wünsche Ihnen alles Gute zu Ihrer Hochzeit.

Edan

»Es ist ein Geschenk von Edan«, sagte Houston und betrachtete lächelnd den Garten als Symbol ihres Glücks, das sie am heutigen Tag empfand.

Ehe Houston noch etwas sagen konnte, flog die Tür auf, und Mrs. Murchison kam herein, als wäre ein Wirbelsturm hinter ihr her.

»Es sind viel zu viele Leute in meiner Küche!« zeterte sie, den Blick auf Houston gerichtet. »Ich weiß nicht, wie ich bei diesem Gedränge überhaupt kochen soll. Und Mr. Kane hat sowieso schon so viel zu tun, da er doch heute fast einen ganzen Werktag opfern muß.«

»Einen Werktag opfern . . .« wiederholte Meredith entsetzt.

»Glauben Sie denn, Houston sitzt nur herum und dreht Däumchen?«

Houston legte ihrer Freundin die Hand auf den Arm. Mrs. Murchison stand ganz unter Kanes Bann und würde diesen Mann zweifellos bis zum letzten Blutstropfen verteidigen. »Ich werde wieder ins Erdgeschoß hinuntergehen«, sagte Houston und übersah dabei geflissentlich das Hochzeitskleid, das Sarah bereits auspackte. Es war noch nicht gebügelt, und bestimmt mußten auch noch ein paar Nähte nachgebessert werden.

Als sie das Erdgeschoß erreichte, entdeckte sie noch mehr Anzeichen einer Katastrophe. Mehrmals hörte sie Kane in seinem Büro brüllen, und jemand stieß Houston in die Spülküche hinein, als Kane draußen durch den Korridor Richtung Garten stürmte. Sie beneidete ihn um seine Freiheit und wünschte sich gleichzeitig, bei ihm zu sein. Morgen, dachte sie. Morgen würden sie gemeinsam im Garten spazieren gehen.

Es waren nur noch zwei Stunden bis zur Trauung, als sie endlich wieder in den Oberstock zurückkehren konnte.

»Houston«, sagte Opal. »Ich denke, du solltest dich jetzt umziehen.«

Houston zog sich langsam aus und dachte, wenn sie sich das nächste Mal entkleiden würde . . .«

»Wer, in aller Welt, ist die Frau?« fragte Anne, als Houston in ein Hemd aus so feiner Baumwolle stieg, das sie nur ein Flüstern auf ihrer Haut war. Das Oberteil hatte kleine Knopflöcher, durch die pinkfarbene Seidenbänder gezogen waren, und das Unterteil war von Hand mit winzigen Rosenknospen bestickt.

»Ich habe keine Ahnung«, sagte Tina, die zu Anne an das Geländer des Dachgartens getreten war. »Aber es muß die längste Frau sein, die mir je vor die Augen gekommen ist.«

Sarah zog gerade die Schnüre an Houstons Korsage aus pinkfarbenem Satin an. »Ich glaube, ich muß sie mir ebenfalls mal ansehen«, sagte Sarah. »Vielleicht ist sie eine von Lees Verwandten.«

»Ich habe sie schon mal gesehen; weiß nur nicht mehr, wo«, sagte Anne. »Wie eigenartig, daß sie in Schwarz zu einer Hochzeit kommt.«

»Wir haben genug zu tun«, sagte Opal auf eine Weise, daß Houston mit dem Kopf in die Höhe ruckte. »Wir müssen uns nicht noch um die Privatangelegenheiten einer unserer Gäste kümmern?«

Jetzt war Houston überzeugt, daß da etwas nicht stimmte. Sie ignorierte den strengen Blick ihrer Mutter und ging bis zum Rand des Dachgartens, wo Tia am Geländer stand. Sie wußte sofort, wer diese Frau war. Selbst aus dieser Entfernung sah sie noch groß und elegant aus.

»Das ist Pamela Fenton«, flüsterte Houston und kehrte in das Schlafzimmer zurück.

Einen Moment lang sagte keiner etwas.

»Wahrscheinlich trägt sie Schwarz, weil sie trauert«, sagte Sarah. »Weil sie ihn verloren hat. Houston, welchen von diesen Unterröcken willst du zuerst anziehen?«

Mechanisch fuhr Houston fort, sich anzukleiden; doch mit ihren Gedanken war sie bei Kane, der sich nun im Garten befand und bei der Frau, die er einmal geliebt hatte und die dort jetzt auf ihn zuging.

Anne öffnete die Tür, als jemand daran klopfte. »Es ist der Mann, der mit Kane zusammen arbeitet«, sagte sie zu Houston. »Er will dich sprechen. Er sagt, es wäre dringend, und er müsse dich sofort sehen.«

»Sie kann doch jetzt unmöglich . . .« begann Opal; aber ihre Tochter hatte bereits einen Frisiermantel vom Rücken eines Sessels genommen und befand sich auf dem Weg zur Tür.

Kane stand am entfernten Rand seines Gartens, blickte, einen Fuß auf eine steinerne Bank gestellt, auf die Stadt Chandler hinunter, die zu seinen Füßen ausgebreitet lag, und rauchte dabei eine von seinen Zigarren.

»Hallo, Kane«, sagte Pamela leise.

Er wartete einen Moment, ehe er das Gesicht nach ihr umdrehte, und als er das tat, waren seine Augen ruhig, verrieten nicht, was er empfand. Er blickte sie von Kopf bis Fuß an. »Die Jahre sind freundlich mit dir umgegangen.«

»Äußerlich.« Sie holte tief Luft. »Ich habe nicht viel Zeit, und deshalb sage ich dir gleich, was mich hierherbrachte. Ich wollte dir sagen, daß ich dich immer noch liebe. Ich habe nie aufgehört, dich zu lieben. Wenn du sofort mit mir weggehen würdest, würde ich dir bis zum Ende der Welt folgen.«

Rasch machte er einen Schritt auf sie zu, blieb dann aber wieder stehen und kehrte zur Bank zurück. »Nein, das kann ich nicht machen«, sagte er ruhig.

»Du kannst es! Du weißt, daß du es kannst. Was liegt dir an diesen Leuten, die sich hier versammeln? Was liegt dir an den Bewohnern von Chandler? Was liegt dir schon an . . . ihr?«

»Nein«, wiederholte er.

Sie bewegte sich, bis sie dicht vor ihm stand. Er war einige Zoll größer als sie, aber mit ihren hohen Absätzen befanden sich ihre Augen auf gleicher Höhe mit seinen. »Kane, bitte, mach nicht diesen Fehler. Heirate keine andere. Du weißt, daß du mich liebst. Du weißt, daß ich . . .«

»Du hast mich so sehr geliebt, daß du mich verlassen hast«, sagte er gereizt. »Du hast deinen reichen Liebhaber geheiratet und . . .« Er hielt inne und wandte sich von ihr weg. »Ich werde heute *nicht* mit dir weggehen. Ich werde ihr nicht so weh tun. Sie verdient das nicht.«

Pam setzte sich auf die Bank. »Du willst mich wegwerfen, nur weil du Houston Chandler nicht weh tun möchtest? Sie ist jung. Sie findet schon einen anderen. Oder ist sie in dich verliebt?«

»Ich bin sicher, daß du weißt, was die Leute hier reden. Sie ist immer noch in Westfield verliebt; aber sie ist bereit, sich mit meinem Geld zu trösten. Unglücklicherweise gehöre auch ich zu diesem Geld.«

»Warum dann also? Warum fühlst du dich ihr verpflichtet?«

Er betrachtete sie mit flammenden Augen. »Hast du mich so vollkommen vergessen? *Ich* halte mein Wort.«

Was er meinte, war klar. »Ich dachte, du würdest inzwischen die Wahrheit herausgefunden haben«, sagte sie leise.

»Du meinst, warum du mich mit 500 Dollar als Bezahlung für meine Dienste alleingelassen hast? Ich habe mich bemüht, das nicht herauszufinden.«

»Als ich meinem Vater sagte, daß er uns die Erlaubnis zur Heirat geben müsse, weil ich ein Kind von dir unter dem Herzen trüge, hat er mich mit Gewalt in einen Zug nach Ohio setzen lassen. Nelson Younger schuldete meinem Vater eine Menge Geld, und die Schuld hat er damit abgetragen, daß er mich heiratete.«

»Mir hat man erzählt . . .« begann Kane.

»Ich bin sicher, man hat dir erzählt, daß ich lieber wegrennen als dich heiraten würde. Zweifellos ließ mein Vater ein paar Bemerkungen fallen, daß seine Tochter nichts dagegen hatte, mit einem Stallburschen zu schlafen, aber ihn deswegen bestimmt nicht heiraten wollte. Mit dir hatte man schon immer leichtes Spiel gehabt. Dein Stolz war so leicht zu verletzen.«

Kane schwieg eine Weile. »Und das Kind?«

»Zachary ist inzwischen dreizehn, ein wunderbarer Junge, hübsch, stark und so stolz wie sein Vater.«

Kane stand ganz still und blickte über das weite Areal seines Gartens hin.

»Gehe jetzt mit mir fort, Kane«, flüsterte Pam. »Nicht um meinet-, sondern deines Sohnes willen.«

»Meines Sohnes . . .« sagte Kane ganz leise. »Sag mir, war dieser Mann, den du geheiratet hast, gut zu meinem Sohn?«

»Nelson war ein gutes Stück älter als ich, und es gefiel ihm, ein Kind zu haben, ob nun Zach von ihm war oder nicht. Er liebte Zach.« Sie lächelte. »Sie spielten jeden Samstagnachmittag zusammen Baseball.«

Kane blickte auf sie zurück. »Und Zachary hält diesen Mann noch immer für seinen Vater?«

Pam stand auf. »Zach würde lernen, dich zu lieben, wie ich es tue. Wenn du und ich ihm die Wahrheit sagten . . .«

»Die *Wahrheit* ist, daß Nelson Younger Zacharys Vater gewesen ist. Ich habe nur den Samen eingepflanzt.«

»Willst du deinen eigenen Sohn verstoßen?« fragte Pam gereizt.

»Nein, das tue ich nicht. Du schickst den Jungen zu mir, und ich werde ihn in meinem Haus aufnehmen. Unbesehen. Du bist es, die ich zurückweise, Pam.«

»Kane, ich will dich nicht anbetteln. Wenn du mich jetzt nicht mehr liebst, könntest du es wieder lernen.«

Er nahm ihre beiden Hände in die seinen. »Hör mir zu. Was zwischen uns geschehen ist, liegt schon lange zurück. Ich glaube nicht, daß ich bis zu diesem Moment wußte, wie sehr ich mich verändert habe. Wenn du vor ein paar Monaten hierhergekommen wärest, würde ich mit dir zum Altar gerannt sein. Doch jetzt ist das anders. Houston . . .«

Sie entzog ihm ihre Hände. »Du sagtest, sie liebt dich nicht. Aber liebst du sie?«

»Ich kenne sie kaum.«

»Weshalb dann? Warum weist du eine Frau zurück, die dich liebt? Warum drehst du deinem eigenen Sohn den Rücken zu?«

»Ich weiß es nicht, verdammt noch mal! Warum mußt du an meinem Hochzeitstag hier aufkreuzen und mich unglücklich machen? Wie kannst du mich darum bitten, eine Frau zu demütigen, die so . . . gut zu mir gewesen ist? Ich kann nicht wegrennen und sie allein vor dem Altar stehenlassen.«

Tränen begannen über Pams Gesicht zu rinnen, während sie sich wieder auf die Bank setzte. »Auch Nelson war gut zu mir und liebte Zachary so sehr. Ich versuchte, dich zu finden und dir zu erzählen, was wirklich geschehen war. Aber du schienst wie vom Erdboden verschluckt zu sein. Jahre später, als dein Name immer häufiger in den Zeitungen auftauchte, fand ich einfach nicht den Mut, dir zu schreiben – oder vielleicht konnte ich es auch nicht ertragen, Nelson wehzutun. Als er starb, wollte ich dich wiederfinden. Ich fühlte mich so schuldig, als würde ich von Nelsons Totenbett in die Arme meines Geliebten eilen; aber ich hatte schon so lange gewartet. Dann wurde Zachary krank, und als er endlich mit mir nach Chandler reisen konnte, warst du bereits verlobt. Ich sagte mir, daß es zwischen uns aus wäre; aber in der letzten Minute mußte ich dich dennoch sehen, um es dir zu sagen.«

Er setzte sich neben sie, legte ihr den Arm um die Schultern und zog ihren Kopf nach unten. »Hör zu, Liebes, du bist immer eine Romantikerin gewesen. Vielleicht erinnerst du dich nicht mehr an unsere Streitereien; aber ich habe sie nicht vergessen. Die einzige Stelle, wo wir uns vertragen haben, war der Heuboden. Zwei Drittel der Zeit waren wir wütend aufeinander. Mit der Zeit hast du all die schlechten Dinge vergessen.«

Pam schneuzte sich in ein Spitzentaschentuch. »Ist Miss Chandler so viel besser?«

»Wenn ich etwas tue, was ihr nicht gefällt, nimmt sie irgend etwas, das gerade erreichbar ist, und schlägt es mir auf den Kopf. Du bist immer weggerannt, hast dich versteckt und dir den Kopf zermartert, ob ich dich noch liebte.«

»Ich bin seither erwachsener geworden.«

»Wie konntest du das? Du hast mit einem älteren Mann zusammengelebt, der dich verwöhnte, wie dich dein Vater verwöhnt hat. Houston ist nie von jemand verwöhnt worden.«

Pam rückte ein wenig von ihm fort. »Und ist sie gut im Bett? Ist sie da auch besser, als ich es gewesen bin?«

»Ich habe keine Ahnung. Da steckt ein bißchen Feuer in ihr; aber sie weiß noch nicht richtig damit umzugehen. Ich heirate sie nicht wegen Sex. Den kann ich jederzeit überall bekommen.«

Pam schlang die Arme um seinen Hals. »Wenn ich dich anflehe, mit mir . . .« begann sie.

»Das würde dir nichts nützen. Ich werde Houston heiraten.«

»Küß mich«, flüsterte sie. »Erinnere mich. Bring die Zeit von damals zurück.«

Kane betrachtete sie abschätzend. Vielleicht wollte er es ebenfalls wissen. Er legte seine Hand auf ihren Nacken und seine Lippen auf ihre Lippen. Es war ein langer Kuß, und er legte alles, was er hatte, in ihn hinein.

Und als er sich wieder von ihr löste, sahen sie sich gegenseitig lächelnd an.

»Es *ist* vorbei, nicht wahr?« flüsterte Pam.

»Ja.«

Sie blieb dicht bei ihm. »In all diesen Jahren, die ich mit Nelson verbrachte, glaubte ich, daß ich nur dich liebte; aber ich liebte lediglich einen Traum. Vielleicht hatte mein Vater recht.«

Er löste ihre Arme von seinem Hals. »Wenn du noch mehr von deinem Vater redest, könnte es zwischen uns zu Handgreiflichkeiten kommen.«

»Du bist doch nicht mehr böse auf ihn, oder?«

»Heute ist mein Hochzeitstag, und ich wünsche, daß es ein glücklicher Tag sein soll; also wollen wir nicht mehr von Fenton reden. Erzähle mir von meinem Sohn.«

»Gern«, sagte Pam und begann, von Zachary zu sprechen.

Nach einer Stunde ließ Pam Kane allein im Garten zurück, damit er seine Zigarre zu Ende rauchen konnte. Als das geschehen war, warf er den Stummel auf die Erde, blickte auf seine Taschenuhr und sah, daß es Zeit wurde, ins Haus zurückzugehen und sich zur Trauung umzuziehen.

Er hatte erst ein paar Schritte gemacht, als er sich einem Mann von Angesicht zu Angesicht gegenübersah, dem er, wäre Kane zehn Jahre älter gewesen, vermutlich zum Verwechseln ähnlich gesehen hätte.

Kane und Rafe Taggert starrten sich gegenseitig stumm an wie zwei Hunde, die sich zum erstenmal begegnen. Sie wußten sofort, wer der andere war.

»Du siehst deinem Vater nicht sehr ähnlich«, sagte Rafe mit einem vorwurfsvollen Ton in der Stimme.

»Ich habe keine Ahnung. Ich bin dem Mann nie begegnet – oder einem seiner Verwandten«, antwortete Kane und verwies damit auf die Tatsache, daß sich keiner von Taggerts in all den Jahren um ihn gekümmert hatte, die er als Kind in Fentons Stall verbringen mußte.

Rafe erstarrte. »Wie ich höre, klebt Blut an deinem Geld.«

»Wie ich höre, hast du überhaupt keines – blutig oder nicht.«

Sie funkelten sich über die Distanz hinweg an, die sie trennte. »Du bist auch dem Wesen nach Frank nicht ähnlich. Ich werde jetzt wieder gehen.« Damit drehte Rafe sich um.

»Du kannst mich zwar beleidigen; aber das machst du nicht mit der Lady, die ich heute heiraten werden. Du bleibst hier, bis die Trauung vorbei ist.«

Rafe blickte nicht zurück; aber er nickte schroff, ehe er sich auf dem Weg entfernte.

»Ich möchte mit Ihnen reden«, sagte Edan mit grimmigen Augen unter der Tür.

Die vielen Frauen, die Houston umgaben, begannen zu protestieren; aber sie hob nur die Hand und folgte Edan stumm nach draußen. Er führte sie in sein Schlafzimmer.

»Ich weiß, daß es sich nicht gehört, Sie hier hereinzubitten; aber das ist der einzige Ort im Haus, wo es nicht vor Leuten wimmelt.«

Houston versuchte, ihm nicht ihre Bewegung zu zeigen, weil sie den Eindruck hatte, daß er ihr böse sei.

»Ich weiß, daß Sie heute heiraten; aber ich muß Ihnen vorher noch etwas sagen. Kane weiß nur zu gut, daß die persönliche Sicherheit der Leute, die mit einem so reichen Mann wie ihm verbunden sind, oft gefährdet ist.« Er sah sie an. »Ich wollte damit sagen, daß mir Kane in den letzten Wochen mehrmals den Auftrag gab, Ihnen zu folgen.«

Houston spürte, wie ihr das Blut aus den Wangen wich.

»Was ich dabei sah, gefiel mir nicht«, fuhr Edan fort. »Es gefiel mir nicht, daß eine junge Frau allein, ohne Beschützer, in ein Bergwerkslager fuhr. Aber diese Schwesternschaft, zu der Sie gehören . . .«

»Schwesternschaft!« keuchte Houston, »wie können Sie davon . . .?«

Edan nahm einen Stuhl und stellte ihn hinter sie.

Mit zitternden Beinen ließ Houston sich darauf nieder.

»Ich wollte Ihnen nicht nachspionieren; aber Kane bestand darauf, daß ich mich ... äh ... in einem Wandschrank verstecken sollte am Abend Ihrer Teeparty, falls Sie einen Beschützer brauchten.«

Houston sah auf ihre Hände und bemerkte daher Edans leises Lächeln bei dem Wort »Teeparty« nicht.

»Wieviel weiß er davon?« flüsterte sie.

Edan nahm ihr gegenüber auf einem zweiten Stuhl Platz. »Ich fürchtete, daß Sie mir diese Frage stellen würden«, sagte er mit dumpfer Stimme. »Wie könnte ich ihm sagen, daß Sie ihn wegen seiner Beziehungen zu den Fentons heiraten? Sie benützen sein Geld, um Ihren Kreuzzug gegen den bösen Feind, die Kohle, voranzutreiben. Verdammt! Aber ich hätte es besser wissen sollen. Bei so einer Schwester, die ihrer eigenen Schwester den Mann stiehlt ...«

Houston stand auf. »Mr. Nylund!« sagte sie durch zusammengepreßte Zähne. »Ich werde nicht hierbleiben und mir anhören, wie Sie meine Schwester beleidigen! Und ich habe keine Ahnung, was Sie damit meinen, wenn Sie von Kanes Beziehungen zu den Fentons sprechen. Wenn Sie glauben, ich verfolgte böse Absichten, dann wollen wir auf der Stelle zu Kane gehen und ihm alles sagen.«

»Warten Sie einen Moment«, sagte er, sprang vom Stuhl auf und hielt sie am Arm fest. »Warum erklären Sie mir dann nicht ...«

»Sie meinen, ich sollte versuchen, Sie davon zu überzeugen, daß ich unschuldig bin und Kane Taggert nicht zum Traualtar führe, um ihn zu schlachten? Nein, Sir. Ich gebe Ihnen auf solche Beschuldigungen keine Antwort. Aber Sie könnten mir jetzt etwas verraten. Gedenken Sie, Ihre Kenntnisse deshalb nicht weiterzugeben, um mich damit erpressen zu können?«

»Touché«, sagte er, sichtlich erleichtert. »Nachdem wir uns gegenseitig unseren Zorn gezeigt haben, könnten wir doch in Ruhe darüber reden, nicht wahr? Sie müssen doch zugeben, daß man Ihre Aktionen nicht gerade als harmlos bezeichnen kann.«

Houston versuchte, sich ebenfalls zu entspannen; aber es gelang ihr nicht recht. Ihr wollte der Gedanke daran nicht gefallen, wie er hinter das Geheimnis der Schwesternschaft gekommen war.

»Wie lange treiben Sie schon diese Mittwoch-Maskeraden?« fragte Edan.

Houston trat ans Fenster. Unten standen die Arbeiter auf dem Rasen, als müßten sie sich auf die Belagerung durch eine Armee vorbereiten. Sie blickte auf Edan zurück. »Was wir Frauen heute tun, haben wir schon seit Generationen getan. Die Schwesternschaft wurde von der Mutter meines Vaters gegründet, als Chandler in Colorado noch gar nicht existierte. Wir sind nur Freunde, die versuchen, sich gegenseitig zu helfen und jedem anderen, der Hilfe braucht. Im Augenblick gilt unsere Hauptsorge der Behandlung von Arbeitern in den Kohlebergwerken. Wir tun nichts Illegales.« Sie richtete ihren Blick fest auf Edan. »Noch versuchen wir, jemand für unsere Zwecke auszunützen.«

»Warum dann diese Geheimniskrämerei?«

Sie blickte ihn ungläubig an. »Sie wundern sich? Nachdem Sie mir so heftige Vorwürfe gemacht haben? Und Sie sind nicht einmal ein Verwandter. Können Sie sich vorstellen, wie die Ehemänner und Väter reagieren würden, wenn sie erführen, daß ihre zarten Frauen ihre freien Nachmittage damit verbringen, das Kutschieren mit vier Pferden zu erlernen? Und einige von uns haben . . .« Sie hielt mitten im Satz inne.

»Ich verstehe Ihren Standpunkt. Aber ich kann auch deren Standpunkt verstehen. Was Sie tun, ist gefährlich. Sie könnten . . .« Er stockte. »Sie sagten eben, Sie seien bereits in der dritten Generation aktiv . . .«

»Und widmen uns den Problemen, die sich auch mit der Zeit ändern.«

»Und die – äh – Teeparties?«

Houston konnte nicht verhindern, daß sie jetzt ein rotes

Gesicht bekam. »Das war die Idee meiner Großmutter. Sie sagte, sie wäre naiv und ahnungslos in ihre Hochzeitsnacht hineingegangen, und das wäre ein schlimmer Schock für sie gewesen. Sie wollte ihren Freundinnen und ihren Töchtern diese Erfahrung ersparen. Ich glaube, diese Zusammenkunft am Vorabend einer Hochzeit hat sich allmählich zu dem entwickelt, was Sie« – Houston schluckte – »gesehen haben.«

»Wie viele Frauen in Chandler gehören zu dieser Schwesternschaft?«

»Es gibt nur ein Dutzend aktive Mitglieder. Einige, wie meine Mutter, werden nach ihrer Heirat inaktiv.«

»Haben Sie das ebenfalls vor?«

»Nein«, antwortete sie und sah ihn dabei an; denn nun kam es auch auf ihn an, ob sie ihre Tätigkeit in der Schwesternschaft fortsetzen konnte.

Er wandte sich von ihr weg. »Kane wird es nicht gefallen, wenn Sie mit Ihrem Fuhrwerk in die Kohlenminen fahren. Es wird ihm nicht recht sein, wenn Sie sich in Gefahr begeben.«

Houston baute sich vor ihm auf. »Ich weiß, daß es ihm nicht gefallen würde, und das ist der einzige Grund, weshalb ich es ihm noch nicht gesagt habe. Edan« – sie legte die Hand auf seinen Arm –, »das bedeutete so viel für so viele Menschen. Ich brauchte Monate, bis ich gelernt hatte, meine Rolle als alte Frau überzeugend zu spielen. Es würde wieder Monate dauern, bis meine Nachfolgerin ausgebildet wäre für die Rolle von Sadie, wenn ich jetzt aufhören würde, und bis dahin müßten so viele Berarbeiterfamilien auf die vielen kleinen, aber wichtigen Dinge verzichten, mit denen ich sie versorgt habe.«

Er nahm ihre Hand. »Schon gut. Sie können von Ihrer Kanzel wieder heruntersteigen. Ich denke, das läßt sich vertreten; obwohl das, was Sie machen, gegen meine Überzeugungen verstößt.«

»Sie werden es Kane nicht sagen? Ich bin sicher, er wird nicht das geringste Verständnis dafür aufbringen.«

»Das ist noch untertrieben, möchte ich meinen. Nein, ich werde es ihm nicht sagen, wenn Sie mir schwören, daß Sie nur Kartoffeln in die Lager liefern und sich *nicht* für die Gewerkschaften einspannen lassen. Und was dieses aufrührerische Magazin betrifft, das ihr unter die Leute bringen wollt . . .«

Sie stellte sich auf die Zehenspitzen, küßte ihn auf die Wange und schnitt ihm so das Wort ab. »Meinen herzlichen Dank, Edan. Sie sind ein wahrer Freund. Nun muß ich mich aber für die Hochzeit umziehen.« Ehe er noch ein Wort sagen konnte, war sie schon an der Tür. Aber sie drehte sich noch einmal um, die Hand auf der Klinke. »Was meinten Sie vorhin, als Sie von Kanes Beziehungen zu den Fentons sprachen?«

»Ich dachte, Sie wüßten Bescheid. Jacob Fentons jüngere Schwester Charity, war Kanes Mutter.«

»Nein«, sagte sie leise. »Das wußte ich nicht.« Sie verließ Edans Zimmer.

Houston war erst ein paar Minuten wieder in ihrem Schlafzimmer, als Sarah Oakley, die ihr in das Hochzeitskleid helfen wollte, sagte: »Ich habe eben etwas sehr Seltsames beobachtet.«

»Was denn?«

»Ich dachte, ich sähe Kane in seinen alten Arbeitskleidern im Garten; aber es war ein Junge, der ihm heruntergerissen ähnlich sieht.«

»Ian«, sagte Houston lächelnd, »er ist also doch gekommen.«

»Wenn jetzt noch etwas von ihm übriggeblieben ist«, rief Nina vom Dachgarten herüber. »Zwei von den Randolph-Jungen und die beiden Brüder von Meredith haben ihn ausgelacht, und dein Ian hat sie sofort angegriffen.«

Hoston hob rasch den Kopf. »Vier gegen einen?«

»Mindestens so viele. Jetzt sind sie alle hinter einem Baum, wo ich sie nicht mehr sehen kann.«

Houston ließ das Hochzeitskleid wieder los, das Sarah ihr hinhielt, und trat ans Fenster. »Wo sind sie jetzt?«

»Dort«, Nina deutete mit dem Finger nach unten. »Siehst du dort die heftige Bewegung in den Sträuchern? Die müssen sich ja fürchterlich prügeln.«

Houston beugte sich weit aus dem Fenster und blickte in den Garten. Man konnte den Kampfplatz der Jungen vom Haus aus nicht sehen. Da waren zu viele Bäume zwischen.

»Ich schicke jemand hinunter, der den Streit beendet«, sagte Sarah.

»Und einen Taggert demütigt?« sagte Houston und ging zu ihrem Kleiderschrank. »Das kannst du nicht verantworten.« Sie nahm wieder ihren dunkelblauen Frisiermantel heraus.

»Was, in aller Welt, hast du jetzt schon wieder vor, Houston!« rief Sarah erschrocken.

»Ich werde diesen Streit beenden und einen Taggert vor dem Schicksal bewahren, das für ihn schlimmer ist als der Tod: Demütigung. Ich sehe niemand hinter dem Haus.«

»Nur ein paar Dutzend Diener und Gäste und ...« sagte Nina.

»Houston, Liebes, liegen im Erdgeschoß nicht ein paar Kisten mit Feuerwerkskörpern? Wenn jemand sie anzünden würde, wären sie alle abgelenkt«, sagte Opal leise. Sie wußte aus Erfahrung, daß es keinen Sinn hatte, ihre Tochter zu ermahnen, sie müsse sich jetzt unbedingt umziehen. Nicht, wenn eine der Zwillinge so ein Gesicht machte wie jetzt.

»Ich bin schon unterwegs«, rief Nina und eilte zur Tür hinaus, während Houston ein Bein über die Fensterbrüstung schwang und den Fuß auf das Rosenspalier setzte.

Auf dem Rasen an der Ostseite begannen Feuerwerkskörper zu knallen und zu sprühen, und wer von den geladenen Gästen bereits im Haus war, blickte nun in diese Richtung. Während Houston in deren Rücken schräg über den Rasen an der Westseite auf die Büsche zu lief.

Tief im Schatten einiger schwarzer Walnußbäume lieferte sich Ian einen aussichtslosen Kampf mit vier kräftigen Jungen, die auf ihm lagen.

»Hört auf damit!« sagte Houston mit ihrer strengsten Stimme.

Keiner von den Jungen ließ sich davon im geringsten beeindrucken.

Sie schob sich zwischen wildbewegte Arme und Beine, faßte nach einem Ohr und zog daran. Jeff Randolph kam, beide Fäuste schwingend, nach oben, hielt aber sofort still, als er Houston erkannte. Sie gab ihm ein Zeichen, zurückzutreten, während sie sich um George und Alex Lechner bemühte, sie beide ebenfalls an den Ohren in die Höhe ziehend.

Jetzt lag nur noch Steve Randolph auf Ian, und als Houston Steve beim Ohr packte, warf er sich, ein Bündel blinder Wut, mit wilden Schwingern auf den vermeintlich neuen Feind. Die drei Jungen, die im Hintergrund standen, stöhnten entsetzt, als Steve eine Gerade gegen Houstons abfeuerte. Sie duckte sich, und da sie keinen anderen Ausweg sah, schlug sie mit einer rechten Geraden zurück. Nachdem sie monatelang ein Fuhrwerk mit vier Pferden über weite Strekken kutschiert hatte, waren ihre Arme ziemlich kräftig geworden.

Einen Moment standen sie alle wie gelähmt, während Steve langsam nach hinten fiel und quer über Ians Beinen zusammenbrach.

Houston erholte sich als erste. »Steve!« rief sie, kniete neben dem Jungen nieder und gab ihm ein paar sanfte Backenstreiche. »Ist alles in Ordnung mit dir?«

»Verdammt!« rief Ian keuchend. »Ich habe noch keine Lady mit so einem Punch gesehen!«

Steve stöhnte, setzte sich auf, rieb sich das Kinn und blickte Houston dabei ehrfürchtig an. Tatsächlich wurde sie nun von fünf Jungen mit offenem Mund bewundernd angestarrt.

Sie erhob sich von den Knien. »Ich schätze ein solches Betragen an meinem Hochzeitstag nicht«, sagte sie mit hoheitsvoller Stimme.

»Nein, Madam«, murmelten vier von den Jungen.

»Wir hatten nichts Böses im Sinn, Miss Blair-Houston. Er ...«

»Ich möchte jetzt keine Ausreden hören. Ihr vier geht zu euren Eltern zurück, und du, Steve, legst dir etwas Eis aufs Kinn.«

»Ja, Madam«, rief er über die Schulter zurück. Die vier waren bereits unterwegs zum Haus.

Sie streckte Ian die Hand hin, um ihm vom Boden aufzuhelfen. »Du kannst dich mir anschließen.«

Er ignorierte ihre Hand. »Ich gehe nicht in *sein* Haus. Wenn Sie das meinen«, sagte er wütend.

»Vielleicht hast du recht. Ich habe ein Rosenspalier als Treppe benutzt, um mich in eure Prügelei einzumischen. Ein Junge, der in einem Kampf verliert, kann vermutlich auch nicht an einem Spalier hinaufklettern.«

»Einen Kampf verlieren?« Er war so groß wie sie, mit sechzehn schon fast so kräftig wie ein Mann, und versprach, einmal so ein Hüne wie Kane zu werden. Er brachte sein Gesicht so dicht heran, daß sie sich beide fast mit den Nasenspitzen berührten. »Falls Sie nicht zählen können – es waren vier gegen einen, und ich hätte den Kampf gewonnen, wenn Sie sich nicht eingemischt hätten.«

»Aber du hast Angst, das Haus deines eigenen Vetters zu betreten«, sagte sie, als wäre das eine nüchterne Feststellung. »Wie seltsam. Guten Tag.« Sie ging mit energischen Schritten in Richtung Haus davon.

Ian lief ihr nach und paßte sich dann ihrem Schritt an. »Ich habe keine Angst. Ich will nur nicht hineingehen.«

»Natürlich nicht.«

»Was soll das heißen?«

Sie blieb stehen. »Ich bin ganz deiner Meinung. Du hast keine Angst vor deinem Vetter; du willst ihn nur nicht sehen oder an seinem Tisch essen. Ich verstehe vollkommen.«

Sie sah, wie es in seinem Gesicht arbeitete.

»Wo ist dieses verdammte Rosenspalier, von dem Sie eben geredet haben?«

Sie blieb wie angewurzelt stehen und sah ihn an.

Er gab es auf, sie wütend anzufunkeln. »Also gut – wo ist dieses Rosenspalier, das Sie als Treppe benützen?«

»Dort drüben.«

Kane wollte gerade ins Haus zurückkehren, als ihn der ungewöhnliche Anblick seiner zukünftigen Frau – die in einem Gewand, das seines Wissens nach keine Lady außerhalb ihres Hauses trug, am Rosenspalier herunterkletterte – veranlaßte, mitten im Schritt innezuhalten.

Es war mehr als nur ein bißchen Neugierde, was ihn nun bewegte, sich hinter einem Baum zu verstecken. Er sah, wie sie sich in das Kampfgetümmel einer Horde raufender Jungen stürzte, die alle so groß waren wie sie. Und als er schon unterwegs zum Kampfplatz war, um ihr beizustehen, sah er, wie sie einen Jungen mit einem meisterhaften Boxhieb zu Boden streckte.

Im nächsten Moment wies sie einen großen, finster blickenden Jungen auf eine für sie typische kühle Art in seine Schranken. »Er hat nicht die geringste Chance«, sagte Kane laut, mit einem Lachen in der Stimme. Er hatte inzwischen gelernt, daß ein Mann immer den kürzeren zog, wenn Houston so ein Gesicht machte.

Er lachte abermals, als er sah, wie der finster blickende Junge nun begann, vor Houston das Rosenspalier hinaufzukletten. Doch während er zuschaute, sah er, wie Houstons Frisiermantel an ein paar Dornen hängenblieb und sie sich bemühte, den Stoff und sich aus dieser Klemme zu befreien. Im selben Moment bogen drei Männer und eine Frau um die Hausecke, und es konnte nur Sekunden dauern, ehe ihnen Houston vor Augen kam.

Rasch lief er über den Rasen und legte die Hand auf ihren Fußknöchel.

Als Houston nach unten sah und Kane erblickte, war sie einer Ohnmacht nahe. Was mußte er jetzt wohl von der Frau denken, die er in einer Stunde heiraten sollte? Sie wußte sehr genau, was Leander oder Mr. Gates dazu sagen würden, wenn sie sie in aller Öffentlichkeit in ihrer Schlafzimmer-Kleidung an einem Rosenspalier hinaufklettern sahen.

Als Houston auf Kane hinunterblickte, sagte sie das einzige, was ihr gerade einfallen wollte: »Mein Hut sitzt nicht gerade.«

Sie hoffte, daß das Geräusch, das er dabei machte, ein Kichern war.

»Honey, selbst ich weiß, daß Ladies keine Hüte tragen zu ihrer Badezimmerwäsche.«

Houston war wie gelähmt. Er nahm es ihr nicht übel!

»Wenn du aber nicht willst, daß alle dich in diesem Aufzug sehen, würde ich an deiner Stelle wieder rasch ins Haus zurückgehen.«

»Ja«, sagte sie, sich von ihrem Schock erholend, und kletterte rasch am Spalier empor, wähend er ihr nachschaute. Als sie den Balkon erreicht hatte, beugte sie sich über die Brüstung. »Kane«, rief sie zu ihm hinunter, »dein Hochzeitsgeschenk liegt in deinem Büro.«

Er grinste zu ihr hinauf: »Wir sehen uns ja bald wieder, Baby.«

Damit steckte er die Hände in die Taschen und ging pfeifend, den Leuten zunickend, denen er begegnete, ins Haus zurück.

»Houston«, sagte Opal hinter dem Rücken ihrer Tochter, »wenn du dich jetzt nicht endlich anziehst, versäumst du deine eigene Trauung.«

»Lieber würde ich sterben«, sagte Houston mit großem Nachdruck und lief in ihr Schlafzimmer.

Zehn Minuten später packte Kane das Päckchen aus, das Houston auf seinen Schreibtisch gelegt hatte. Darin befanden sich zwei Kisten mit Zigarren und ein Billett:

Das sind die feinsten Zigarren, die man in Kuba herstellt. Von nun an werden jeden Monat zwei Kisten von den besten Zigarren, die man auf der Welt bekommen kann, Mr. Kane Taggert ins Haus geliefert.

Unterschrieben war das Billett von einem Zigarrenhaus in Key West, Florida.

Kane zündete sich gerade eine von den geschenkten Zigarren an, als Edan ins Büro kam. Kane hielt ihm eine Kiste hin. »Von Houston. Kannst du mir sagen, wie es ihr gelungen ist, diese Dinger noch rechtzeitig zur Hochzeit zu besorgen?«

Edan ließ sich erstmal die Zigarre ein paar Sekunden lang schmecken. »Wenn ich etwas in diesem Leben noch lernen kann, dann dies, daß man eine Lady niemals unterschätzen darf.«

»Jede Frau, die solche Zigarren kauft, ist wahrhaftig eine Lady. Nun«, sagte Kane schwerfällig, »ich schätze, es wird Zeit, daß ich mich für die Trauung umziehe. Willst du mitkommen und mir bei diesem Binder helfen?«

»Klar.«

Kapitel 14

Das Hochzeitskleid war von Houston selbst entworfen, schlicht, aber von einer raffinierten Schlichtheit. Es bestand aus elfenbeinfarbenem Seidenatlas, der in langen, die Figur betonenden Bahnen ohne Quersäume verarbeitet war. Ein kompliziertes persisches Muster aus Tausenden von Zuchtperlen schmückte die Taille, lief von dort an den Hüften hinunter und in zwei Bahnen über die Brüste bis zur hochgezogenen Halslinie hinauf. Die Ärmel von den Schultern bis zu den Ellenbogen waren gewaltig und betonten durch ihre Größe die schmale Taille noch mehr. Die engen Manschetten, die vom Ellenbogen bis zu den Handgelenken reichten, waren ebenfalls mit Zuchtperlen bestickt, die das Muster an der Gürtellinie wiederholten.

Houston stand ganz still, während ihre Freundinnen den Schleier an ihrem Kopf befestigten. Es war ein fünf Meter langes Gespinst aus handgefertigter irischer Spitze, Youghal genannt – eine kühne Musterkombination von wildwachsenden Blumen und stachligen Blättern. Dieses komplizierte Muster bildete einen herrlichen Kontrast zu der seidigen Glätte des Kleides im Prinzeß-Schnitt.

Tia reichte Houston das tränentropfenförmige Bukett aus Orangenblüten und weißen Rosenknospen, das so gebunden war, daß es knapp über den Boden hinstrich, wenn Houston es in der Hand trug und in der Halle Einzug hielt.

Opal betrachtete ihre Tochter, und Tränen schimmerten in ihren Augen. »Houston ...« begann sie; aber dann versagte ihr die Stimme.

Houston küßte ihre Mutter auf die Wange. »Ich bekomme den besten aller Männer.«

»Ja, ich weiß.« Opal reichte Houston ein Ansteckstäußchen aus pinkfarbenen Rosenknospen. »Diese Blumen sind von deiner Schwester. Sie meinte, sie sollte rote Rosen tragen und du pinkfarbene. Ich glaube, sie hat recht, wenn sie sagt, ihr solltet bei der Hochzeit nicht identisch gekleidet sein.«

»Unsere Schleier haben doch verschiedenartige Muster«, sagte Houston, während Sarah das Sträußchen über Houstons linkem Ohr am Schleier befestigte.

»Fertig?« fragte Tia. »Ich glaube, diese Musik ist für euch beide bestimmt.«

Blair wartete bereits am Kopfende der Treppe auf ihre Schwester. Sie umarmten sich feierlich.

»Ich liebe dich mehr, als du ahnst«, flüsterte Blair. Da war ein Schimmer von Tränen in ihren Augen, als sie sich wieder von ihrer Schwester löste. »Ich schätze, wir sollten dieses Spektakel jetzt hinter uns bringen.«

Der Handlauf aus Messing an den Treppengeländern war mit Farnwedel geschmückt, und in regelmäßigen Abständen hingen Gebinde aus Kalla-Lilien daran. Unter dem Bogen der freitragenden Treppe saß ein aus zwölf Musikern bestehendes Streichorchester, das nun den Hochzeitsmarsch spielte.

Mit hoch erhobenem Kopf kamen die Zwillingsschwestern in die Halle herunter – die eine über die Stufen der Westtreppe, die andere auf der Osttreppe. Unter ihnen standen die Gäste und blickten schweigend zu den beiden schönen Frauen hinauf. Ihre eng sitzenden Kleider waren identisch bis auf die beiden Spitzenschleier, die sich in Muster und Webart unterschieden. Auch an den verschiedenfarbigen Rosenknospen, die sie seitlich am Kopf trugen, konnte sich der Betrachter orientieren, wenn er die Zwillinge nicht anders auseinanderzuhalten vermochte.

Als die beiden Frauen den Boden der Halle erreichten, wich die Menge zurück, und die Zwillinge gingen geradeaus weiter durch einen kurzen Korridor bis zur Tür der Bibliothek.

Sobald sie vor dieser Tür angelangt waren, hielten sie inne und warteten, bis die sechs Harmonien, die man über den riesigen Raum verteilt hatte, zu spielen begannen. In der Bibliothek waren die Verwandten und die den Brautpaaren nahestehenden Freunde versammelt, die sich nun von ihren Plätzen erhoben.

Als Houston den Korridor entlangblickte, den die Gäste in der Mitte freigelassen hatten, sah sie dort Jean Taggert zwischen ihrem Vater und ihrem Onkel stehen. Und gleich dahinter, auf einer erhöhten Plattform, über der sich ein Dach aus Laub und Rosen wölbte, standen die beiden Bräutigame – auf der verkehrten Seite.

Houston hätte es wissen müssen: daß alle ihre Pläne sich erfüllten, ohne daß etwas schiefging, war zu gut, um wahr zu sein. In diesem Moment wandelte sie durch den Mittelgang auf die Stelle zu, wo Leander seine Braut in Empfang nehmen sollte. Rasch blickte sie zu Blair hinüber, um mit ihr einen amüsierten Blick auszutauschen; doch Blair blickte stur geradeaus – auf Kane.

In diesem Augenblick begann sich bei Houston der Magen umzudrehen. Das war kein Zufall, kein schlichtes Versehen. Mit einem bangen Gefühl in ihrer Brust dachte sie an die Blumen, die Blair ihr geschickt hatte. Konnte Blair es so arrangiert haben, daß sie nun Leander heiraten mußte? Wollte sie Kane zum Ehemann haben?

Das war lächerlich. Houston lächelte. Zweifellos wollte Blair ein nobles Opfer bringen und sich mit Kane trauen lassen, damit Houston ihren Lee bekam. Wie süß von ihr; aber total falsch.

Immer noch lächelnd blickte Houston zu Kane hinüber. Er starrte sie eindringlich an, und Houston war froh, daß er sie erkannt hatte.

Wenigstens einen Moment lang war sie glücklich; doch als sein Gesicht sich verfinsterte und er den Blick von ihr abwendete, verging ihr das Lächeln.

Er konnte doch nicht glauben, daß sie mit Absicht die Plätze vertauscht hatte, damit sie Leander heiraten konnte, dachte sie. Aber natürlich konnte er.

Während sie der Plattform näher kamen, überlegte Houston fieberhaft, wie sie diese Panne am elegantesten zu bereinigen vermochte. Miss Jones hatte ihr versichert, sie habe in ihrem Lehrplan jede Situation berücksichtigt, in die eine Lady geraten konnte; aber es wäre ihr nie in den Sinn gekommen, daß eine Lady Gefahr laufen könne, den falschen Mann zu heiraten.

Als die Zwillinge auf die Plattform hinaufstiegen, hielt Kane immer noch den Kopf zur Seite gedreht, und Houston konnte nicht umhin, sich mit einer leichten Verstimmung zu fragen, warum er denn nichts unternahm, um den Platz zu tauschen. War es ihm so egal, welchen der Zwillinge er bekam?

»Meine innig geliebte Braut, wir . . .«

»Entschuldigung«, unterbrach ihn Houston mit so leiser Stimme, daß nur die unmittelbar Betroffenen es hören konnten, »ich bin Houston.«

Leander verstand sofort. Er sah zu Kane hinüber, der nun den Blick nach vorn richtete. »Sollen wir die Plätze tauschen?«

Kane blickte die beiden Frauen nicht an. »Meinetwegen kann's so bleiben, wie's ist.«

Houston spürte, wie ihr das Herz in die Kniekehlen rutschte. Leander wollte Blair haben, und Kane würde sie ebenfalls zur Frau nehmen. Plötzlich fühlte sie sich so nützlich wie ein fünftes Rad am Wagen.

»Damit bin ich aber nicht einverstanden«, sagte Leander, und die beiden Männer tauschten die Plätze.

Hinter ihnen hatten während dieses Wortwechsels die Zuschauer zu kichern begonnen; und als Kane nun mit Leander die Plätze tauschte, gab es ein ausgewachsenes Gelächter. Obwohl die Gäste sich zunächst bemühten, ihre Heiterkeit zu bändigen, hatten sie damit keinen Erfolg.

Houston warf einen verstohlenen Blick auf Kane und sah den Zorn in seinen Augen.

Die Zeremonie dauerte nicht lange, und als Reverend Thomas die frisch vermählten Ehemänner aufforderte, ihre Braut zu küssen, umarmte Lee Blair voller Inbrunst. Doch Kanes Kuß war kalt und flüchtig. Er wollte ihr dabei nicht einmal in die Augen schauen.

»Könnte ich dich in deinem Büro sprechen, bitte?« fragte Houston. »Allein?«

Er nickte kurz und ließ sie wieder los, als wäre ihm der Körperkontakt mit seiner Braut lästig.

Die beiden Brautpaare verließen nun ziemlich hastig die Bibliothek, und kaum befanden sie sich draußen im Korridor, als die Gäste sich schon um die Bräute drängten, so daß Houston und Kane rasch voneinander getrennt wurden. Es gab viel Gekichere über den Bräutigamswechsel am Altar. Nicht einer der Gäste konnte der Versuchung widerstehen, allen anderen mitzuteilen, daß Lee sich offenbar bis zuletzt nicht sicher gewesen war, welchen der Zwillinge er eigentlich haben wollte.

Jean Taggert zog Houston auf die Seite. »Was ist passiert?«

»Ich denke, meine Schwester glaubte, mir einen Gefallen zu tun, wenn sie mich Leander überließ. Sie wollte sich opfern und den Mann nehmen, den ich liebe.«

»Hast du Blair erzählt, daß du Kane liebst? Daß du ihn wirklich heiraten wolltest?«

»Ich habe das noch nicht einmal Kane erzählt. Ich hatte irgendwie das Gefühl, er würde mir nicht glauben. Ich wollte ihm lieber in den nächsten fünfzig Jahren zeigen, was ich für ihn empfinde.« Nun blinkten auch noch Tränen in ihren Augen, die sie vergeblich niederzukämpfen versuchte.

»Am Altar sagte Kane, es wäre ihm egal, ob er mich oder meine Schwester zur Frau bekäme.«

Jean faßte Houston am Arm und zog sie mit sich fort, als jemand von Houstons Verwandtschaft auf die Braut zugehen wollte. »Wenn du einen Taggert heiratest, mußt du stark sein. Sein Stolz ist verletzt worden, und wenn er gekränkt ist, macht oder sagt er die unmöglichsten Dinge. Geh zu ihm und gestehe ihm, was deine Schwester angestellt hat. Oder sag ihm, es wäre ein Regiefehler gewesen – irgend etwas; nur überlaß ihn jetzt nicht seinem schweigenden Brüten. Er wird sich sonst in einen solchen Zorn hineinsteigern, daß alle Versuche, an ihn heranzukommen, hoffnungslos sind.«

»Ich habe ihn gebeten, sich mit mir in seinem Büro zu treffen.«

»Warum stehst du dann noch hier herum?«

Mit dem Anflug eines Lächelns warf Houston sich die lange Schleppe zweimal über den linken Arm und marschierte den Korridor zu Kanes Büro hinunter.

Er stand vor einem hohen Fenster und beobachtete, eine unangezündete Zigarre im Mundwinkel, die Leute draußen auf dem Rasen. Er blickte nicht zur Tür, als sie hereinkam.

»Es tut mir schrecklich leid, daß diese Panne am Altar passiert ist«, begann sie. »Ich bin überzeugt, da muß sich ein Fehler bei der Planung eingeschlichen haben.«

»Du hattest nicht Westfield heiraten wollen?«

»Nein! Es war ein Mißverständnis. Das ist alles.«

Er machte einen Schritt auf den Schreibtisch zu. »Ich habe heute auf etwas verzichtet, weil ich den Gedanken, dich demütigen zu müssen, nicht ertragen konnte.« Er maß sie mit einem kalten Blick. »Einen Lügner konnte ich noch nie ausstehen.« Er warf ihr ein Blatt Papier zu.

Houston bückte sich und hob es auf. Es war ein Billett, in Schönschrift verfaßt, das lautete: »Ich werde heute rote Rosen im Haar tragen.« Unterzeichnet war es mit Houston Chandler.

»Zur Hölle mit dir, *Lady* Chandler. Ich habe mich fair dir

gegenüber verhalten; doch du ...« Er drehte sich von ihr weg. »Behalte das Geld. Behalte das Haus. Du hast hart genug dafür gearbeitet. Und du brauchst dich dafür auch nicht zu opfern. Vielleicht kannst du Westfield dazu bewegen, daß er dir die Jungfernschaft nimmt, die du so sorgfältig zu behüten wußtest.« Damit ging er auf die Tür zu.

»Kane«, rief sie ihm nach; aber er war schon aus dem Büro.

Sie ließ sich schwer auf einen der beiden Eichenstühle fallen.

Ein paar Minuten später trat Blair ins Büro. »Ich schätze, wir sollten jetzt nach draußen gehen und die Hochzeitstorte anschneiden«, sagte sie kleinlaut. »Du und Taggert ...«

Nun kam Houstons ganzer Zorn an die Oberfläche, und sie fuhr vom Stuhl auf und ging mit flammenden Augen auf ihre Schwester los. »Du bringst es nicht einmal fertig, seinen Vornamen in den Mund zu nehmen, wie?« sagte sie wütend. »Du glaubst, er hat keine Gefühle! Deshalb fand er vor deinen Augen keine Gnade, und du glaubtest, du hättest ein Recht dazu, mit ihm zu verfahren, wie es dir beliebt.«

Blair wich einen Schritt vor ihr zurück. »Houston, was ich getan habe, tat ich dir zuliebe. Ich wollte, daß du glücklich wirst.«

Houston ballte die Hände an den Seiten zu Fäusten und rückte noch dichter an Blair heran, bereit zum Kampf. »Glücklich? Wie kann ich glücklich sein, wenn ich nicht einmal weiß, wo mein Mann sich befindet? Dir verdanke ich es, daß ich vielleicht nie erfahre, was es bedeutet, glücklich zu sein.«

»Mir? Was habe ich denn anderes getan, als alles zu versuchen, was in meiner Macht steht, um dich glücklich zu machen? Ich versuchte, dir zu helfen, damit du wieder zur Vernunft kommst und erkennst, daß du diesen Mann nicht seines Geldes wegen zu heiraten brauchst. Kane Taggert ...«

»Du hast wohl immer noch nicht begriffen, wie?« fiel Houston ihr ins Wort. »Du hast einen stolzen, empfindsamen Mann vor Hunderten von Gästen gedemütigt und bist dir dessen nicht einmal bewußt!«

»Ich nehme an, du sprichst von der scheinbaren Verwechslung der Bräute. Das habe ich dir zuliebe so arrangiert, Houston. Ich weiß, daß du Leander liebst, und ich war bereit, Taggert zum Mann zu nehmen, damit du mit Leander glücklich werden konntest. Ich bedaure zutiefst, was ich dir angetan habe. Es war nie meine Absicht gewesen, dich so unglücklich zu machen. Ich weiß, daß ich dein Leben ruiniert habe; aber ich versuchte den Schaden wieder gutzumachen, den ich angerichtet habe.«

»Ich, ich, ich. Das ist alles, was du sagen kannst. Du hast mein Leben ruiniert und redest doch nur immerzu von dir. *Du* weißt, daß ich Leander liebe. *Du* weißt, was für ein schrecklicher Mann Kane ist. Die letzte Woche hast du jede wache Minute mit Leander verbracht, und wenn man dir zuhörte, mußte man glauben, Leander sei so etwas wie ein Gott. Jedes zweite Wort von dir ist ›Leander‹. Ich glaube schon, daß du es gut gemeint hast heute vor dem Altar: Du wolltest mir den besten Mann zuschanzen.«

Houston beugte sich vor. »Leander vermag vielleicht deinen Körper in Brand zu stecken; doch bei mir hat er so etwas nie getan. Wenn du in letzter Zeit nicht so total mit dir selbst beschäftigt gewesen wärest, würdest du bemerkt haben, daß ich mich in einen tüchtigen, gütigen und rücksichtsvollen Mann verliebt habe. Zugegeben – er hat ein paar rauhe Kanten; aber hast du dich nicht immer beschwert, daß ich ein wenig zu glatt an den Rändern wäre?«

Blair setzte sich hin und machte ein so verdattertes Gesicht, daß es fast komisch war. »Du liebst ihn? Taggert? Du liebst Kane Taggert? Aber das begreife ich nicht. Du hast *immer* Leander geliebt. Solange ich zurückdenken kann, hast du ihn geliebt.«

Houston begann sich ein wenig zu beruhigen, als sie erkannte, daß Blair nur aus Liebe zu ihrer Schwester gehandelt hatte. Blair hatte ihr den Mann schenken wollen, den sie für den besseren hielt.

»Es ist wahr, daß ich mir schon mit sechs Jahren vornahm, Leander eines Tages zu heiraten. Ich glaube, daß wurde für mich zu einer fixen Idee. So wie man sich vornimmt, eines Tages einen bestimmten Berg zu ersteigen. Ich hätte mir lieber den Mount Renier aussuchen sollen statt Leander. Denn wenn ich diesen Berg bestiegen hätte, wäre die Aufgabe erledigt gewesen. Aber ich wußte nie, was ich mit Leander anfangen sollte, wenn wir erst einmal verheiratet waren.«

»Aber du weißt, was du mit Taggert anstellen wirst?«

Houston konnte sich ein Lächeln nicht verkneifen. »Oh, ja. Ich weiß sehr genau, was ich mit ihm anstellen werde, um deinen Ausdruck zu gebrauchen. Ich werde ihm ein Heim schaffen, einen Ort, an dem er sicher ist, einen Ort, an dem ich sicher bin, wo ich tun kann, was mir gefällt.«

Nun war es Blair, die zu Houstons Verblüffung mit wütendem Gesicht von ihrem Stuhl aufsprang. »Und du hast keine zwei Minuten Zeit gehabt, mir das schon früher zu sagen, wie? Die letzten Wochen waren für mich die Hölle! Ich habe tagelang geweint aus Sorge um dich, aus Kummer, was ich dir angetan habe – und hier stehst du nun und sagst mir, daß du diesen König Midas *liebst*!«

»Sage bloß nichts gegen ihn!« schrie Houston. Dann, sich zur Ruhe zwingend, fuhr sie fort: »Er ist die Güte und Sanftmut in Person und sehr großzügig. Und außerdem liebe ich ihn sehr!«

»Und ich habe Höllenqualen ausgestanden aus Sorge um dich. Du hättest es mir sagen müssen!«

Houston nahm sich einen Moment Zeit für ihre Antwort. Vielleicht waren ihr Blairs Seelenqualen in den letzten Wochen nicht entgangen; aber da mochte der Groll noch so tief in ihr gesteckt haben, daß ihr das gleichgültig gewesen war. Vielleicht wollte sie, daß ihre Schwester litt. »Vermutlich war ich so eifersüchtig auf eure Liebesromanze, daß ich nicht an dich denken wollte«, sagte sie leise.

»Liebesromanze?!« rief Blair. »Ich glaube, ich bin Leanders Mount Renier. Ich kann nicht leugnen, daß er mich körperlich nicht kalt läßt; aber mehr will er auch gar nicht von mir. Wir haben tagelang nebeneinander im Operationssaal gestanden; aber ich spüre, da ist ein Teil seines Wesens, zu dem ich keinen Zugang habe. Er läßt mich eigentlich nie richtig an sich herankommen. Ich weiß so wenig von ihm. Er wollte mich haben, und deshalb verwendete er alle Tricks, die er kannte, um mich auch zu bekommen.«

»Aber ich merke doch, wie du ihn anschaust. Ich hatte nie das Bedürfnis, ihn so anzuhimmeln wie du.«

»Weil du ihn nie in einem Operationssaal erlebt hast. Hättest du nur einmal bei einer Operation neben ihm gestanden, wärst du bestimmt . . .«

»Wäre ich höchstwahrscheinlich in Ohnmacht gefallen«, sagte Houston. »Blair, es tut mir leid, daß ich nicht mit dir geredet habe. Vermutlich war mir bewußt, wie du leidest; aber das, was geschehen ist, schmerzte. Ich war, so kam es mir vor, fast mein ganzes Leben lang mit Leander verlobt gewesen; doch dann gehst du her und nimmst ihn mir in einer Nacht weg. Und Lee nannte mich immer seine Eisprinzessin, und ich hatte solche Angst, ich könnte tatsächlich eine kalte Frau sein.«

»Und diese Angst ist inzwischen gebannt?« fragte Blair.

Houston spürte, wie ihr das Blut in die Wangen schoß. »Bei Kane habe ich diese Angst nicht«, flüsterte sie und dachte dabei an das Picknick im kleinen Salon. Nein, sie war bestimmt nicht frigid in seiner Nähe.

»Du liebst ihn also tatsächlich?« fragte Blair in einem Ton, als wäre es für eine Frau eine schier unlösbare Aufgabe, Kane zu lieben. »Du hast nichts dagegen, wenn er dir die Suppe aufs Kleid schüttet? Dich stört es nicht, wenn er dich anschreit oder andere Frauen hat?«

Houston stockte der Atem. »Was für andere Frauen?« Sie sah sofor, daß Blair zögerte, ihr darauf eine Antwort zu geben, und Houston mußte ihre ganze Willenskraft aufbieten, um ruhig zu bleiben. Wenn Blair sich einbildete, sie könne noch einmal darüber entscheiden, was ihre Schwester tun oder nicht tun sollte ... »Blair, wenn du etwas weißt, solltest du mir das lieber sagen!«

Als Blair immer noch schwieg, drohte Houston ihr mit dem Finger. »Falls du mit dem Gedanken spielst, mein Leben noch einmal so managen zu wollen wie heute am Altar, sind wir geschiedene Leute! Ich bin eine erwachsene Frau, und du weißt etwas über *meinen* Mann, und ich will wissen, was!«

»Ich habe gesehen, wie er heute kurz vor der Trauung Pamela Fenton im Garten küßte«, sagte Blair, alles in einem Atemzug.

Houston fühlte, wie ihre Knie nachgaben; aber dann erkannte sie, was dieser Vorgang in Wahrheit bedeutete. Hatte Kane das gemeint, als er sagte, er habe heute auf etwas verzichtet? »Aber er kam trotzdem zu mir«, flüsterte sie. »Er sah sie, küßte sie; aber mich hat er geheiratet.« Nichts hätte sie glücklicher machen können als diese Enthüllung.

»Blair, du hast mich in diesem Moment zur glücklichsten Frau der Welt gemacht. Nun muß ich nur noch meinen Mann finden und ihm sagen, daß ich ihn liebe. Und dann wollen wir hoffen, daß er mir verzeiht.«

Da kam ihr ein schrecklicher Gedanke. »Oh, Blair, du hast überhaupt keinen Begriff von ihm. Er ist ein so guter Mensch, von Natur aus großzügig, auf eine Weise stark, daß alle Leute sich bei ihm anlehnen wollen; aber er ist ...« Sie vergrub das Gesicht in den Händen. »Aber er kann nicht die kleinste Kränkung ertragen; und wir haben ihn vor der ganzen Stadt gedemütigt. Das wird er mir niemals verzeihen. Niemals!«

Blair bewegte sich zur Tür. »Ich werde zu ihm gehen und ihm sagen, daß alles nur meine Schuld gewesen ist und du nichts davon gewußt hast. Houston, ich hatte ja keine Ahnung, daß du ihn tatsächlich heiraten wolltest. Ich konnte mir einfach nicht vorstellen, daß jemand mit so einem wie ihm zusammenleben möchte.«

»Ich glaube nicht, daß du dir noch Gedanken über unser

Zusammenleben machen mußt, weil ich vermute, daß er mich bereits verlassen hat.«

»Aber was wird aus den Gästen? Er kann dich doch jetzt nicht verlassen!«

»Sollte er hierbleiben und sich anhören, wie die Gäste sich über Leander amüsieren, weil er bis zuletzt nicht wußte, wen von uns beiden er heiraten sollte? Nicht einer ist auf die Idee gekomen, daß Kane ebenfalls zwischen zwei Frauen wählen konnte. Kane glaubt, ich wäre noch in Lee verliebt; du hast das auch geglaubt, und Mr. Gates glaubt, ich wollte Kane seines Geldes wegen heiraten. Ich glaube, Mutter ist die einzige, die sieht, daß ich verliebt bin – zum erstenmal in meinem Leben.«

»Was kann ich tun, um diesen Schaden wiedergutzumachen?« fragte Blair.

»Du kannst überhaupt nichts tun. Er hat mich verlassen. Er hat mir das Geld auf dem Konto und das Haus geschenkt, und dann ist er gegangen. Aber was will ich mit diesem großen, leeren Haus anfangen, wenn er nicht darin wohnt?« Houston setzte sich wieder. »Blair, ich weiß ja nicht einmal, wo er hingegangen ist. Wer weiß, vielleicht sitzt er bereits in einem Zug und fährt zurück nach New York!«

»Höchstwahrscheinlich ist er unterwegs zu seiner Hütte.«

Beide Frauen blickten erschrocken hoch und sahen Edan im Türrahmen stehen. »Ich wollte Sie nicht belauschen; aber als ich Zeuge der Trauung wurde, wußte ich, wie zornig er werden würde.«

Houston wickelte sich die Schleppe ihres Brautkleids dreimal um den Arm. »Ich werde zu ihm gehen und ihm erklären, was passiert ist. Ich werde ihm sagen, daß meine Schwester so sehr in Leander verliebt ist, daß sie glaubte, ich wäre das auch.« Sie drehte sich lächelnd zu Blair um. »Ich nehme dir zwar übel, daß du mir die Fähigkeit zutraust, einen Mann seines Geldes wegen zu heiraten; aber ich danke dir für deine Liebe, die du durch deine Bereitschaft bewiesen hast, mir zu opfern, was dir inzwischen so viel bedeutet.« Sie küßte ihre Schwester rasch auf die Wange.

Blair klammerte sich einen Moment an sie. »Houston, ich hatte ja keine Ahnung, daß du so an ihm hängst. Sobald der Empfang vorbei ist, helfe ich dir beim Packen und ...«

Houston löste sich mit einem kleinen Lachen aus Blairs Umarmung. »Nein, meine teure, mein Leben organisierende Schwester, ich werde dieses Haus sofort verlassen. Mein Mann ist mir wichtiger als das Wohl von ein paar hundert Gästen. Du wirst hierbleiben und alle Fragen beantworten müssen, warum Kane und ich verschwunden sind.«

»Aber ich habe doch gar keine Ahnung, wie man einen Empfang dieser Größe bewältigt, Houston!«

Houston hielt neben Edan unter der Tür an. »Du hättest Mäuschen spielen sollen bei meiner ›wertlosen‹ Ausbildung«, sagte sie und lächelte dann. »Blair, es ist nicht so schlimm wie du glaubst. Mach ein freundliches Gesicht, wenn du mit den Gästen redest, und vielleicht gibt es ein paar verdorbene Mägen oder eine Lebensmittelvergiftung, und damit hast du ja wirklich keine Probleme. Viel Glück!« Damit war sie aus der Tür und ließ Blair allein mit ein paar hundert Gästen und der entsetzlichen Aussicht zurück, sie alle unterhalten und bewirten zu müssen.

Vor dem Büro nahm Edan Houstons Arm und führte sie in eine Vorratskammer neben der Nordveranda. Er sah sie lächelnd an.

»Sie machen sich wohl einen Beruf daraus, mir nachzuspionieren«, fauchte sie ihn an.

»Ich habe in den zwei Wochen, die ich Ihnen nachspioniert habe, mehr gelernt als vorher in meinem ganzen Leben«, sagte er. »War das Ihr Ernst, als Sie Ihrer Schwester beteuerten, Sie würden Kane lieben?«

»Halten Sie mich jetzt auch noch für eine Lügnerin? Entschuldigen Sie mich, ich muß mich umziehen. Dieses Kleid ist zu lang und zu eng zum Klettern.«

»Sie wissen, wo die Hütte ist?«

»Ich kenne ihre ungefähre Lage.«

»Houston, Sie können ihm doch nicht auf einen Berg nachsteigen, um sich für Ihre Schwester zu entschuldigen!

Ich werde zu ihm reiten, ihm alles erklären und ihn zurückbringen.«

»Nein, er gehört jetzt mir – dem Gesetz nach jedenfalls –, und wenn ihn jemand zurückholt, dann ich.«

Edan legte ihr die Hände auf die Schultern. »Ich hoffe nur, daß er auch weiß, wie gut er es mit Ihnen getroffen hat. Was kann ich tun, um Ihnen zu helfen?«

Sie war schon an der Tür. »Vielleicht können Sie Sarah Oakley suchen und ihr sagen, sie soll in mein Zimmer kommen und mir beim Umziehen helfen.« Sie hielt inne und blickte Edan nachdenklich an. »Nein, vielleicht sollten Sie lieber Jean Taggert zu mir schicken. Sie ist die besonders hübsche Lady in dem violetten Seidenkleid und dem dazu passenden Hut.«

»Besonders hübsch, sagten Sie?« Er lachte. »Viel Glück, Houston.«

Kapitel 15

Jean half Houston in Rekordzeit aus dem Hochzeitskleid. Houstons Entschluß, Kane nachzulaufen, fand ihre volle Unterstützung.

Als Houston sich umgezogen hatte, schlichen sie sich beide durch den Westflügel in die Wohnung der Haushälterin und von dort aus über die Hintertreppe nach unten. Hinter ein paar Bäumen versteckt, wartete Edan mit einem Pferd, das mit vier Satteltaschen beladen war.

»Damit sollten Sie ein paar Tage auskommen können«, sagte er und zeigte ihr den Proviant, den er eingepackt hatte. »Sind Sie sicher, daß Sie auch den Weg zu ihm finden? Wenn Sie sich verirren . . .«

»Ich lebe seit meiner Geburt in Chandler und kenne die Umgebung so gut wie kein anderer.« Sie blickte ihn streng an. »Und ich bin auch nicht aus so weichem Holz geschnitzt, wie manche Leute glauben.«

»Haben Sie auch die Hochzeitstorte nicht vergessen?« fragte Jean Edan.

»Die habe ich in eine besondere Blechschachtel getan und noch eine Schleife darum gebunden«, sagte Edan in einem so merkwürdigen Tonfall, daß Houston von ihm zu Jean blickte und sich dann mit einem Lächeln zu dem gesattelten Pferd umdrehte.

»Du mußt losreiten. Sonst wird es dunkel, ehe du da bist«, sagte Jean. »Und mach dir keine Sorgen wegen der Gäste. Denke nur an deinen Mann und wie sehr du ihn liebst.«

Houston stahl sich so heimlich davon wie sie konnte – keine leichte Sache, wenn man als Braut der Mittelpunkt von über sechshundert geladenen Leuten ist. Die wenigen Gäste, denen sie bei ihrem Ritt durch den Garten begegnete, waren so sprachlos, daß sie kein Wort sagen konnten. Sie hatte sich den Hutschleier vor das Gesicht gezogen und hoffte, die Leute damit täuschen zu können. Aber sie wußten sehr wohl, wer sich dahinter versteckte.

Als sie die Westgrenze des Gartens erreichte, hätte sie um ein Haar Rafe Taggert und Pamela Fenton über den Haufen geritten, die dort auf einem Weg beieinanderstanden. Ob es der Schock war oder die Überraschung – jedenfalls stieg ihr Pferd mit den Vorderbeinen in die Luft.

Rafe blickte sie amüsiert an. »Sie müssen der Zwilling sein, der einen Taggert geheiratet hat. Und jetzt wollen Sie ihn schon wieder verlassen?«

Ehe sie etwas erwidern konnte, sagte Pam: »Wie ich Kane kenne, wurde sein Stolz bei der Trauung so verletzt, daß er irgendwohin rannte, um seine Wunden zu lecken. Sollte es vielmehr so sein, daß Sie ihm nachreiten?«

Houston wußte nicht, wie sie sich dieser Frau gegenüber verhalten sollte, die ihr Mann einmal geliebt hatte. Sie reckte das Kinn in die Luft und sagte so kühl wie möglich: »Sie haben es erraten.«

»Gut für Sie!« rief Pam. »Er braucht eine Frau mit Ihrer Courage. Ich habe immer darauf bestanden, daß er mir nachlaufen sollte. Ich hoffe, Sie sind auf seinen Zorn vorbereitet. Er kann zuweilen ganz fürchterlich sein. Ich wünsche Ihnen alles Glück dieser Welt.«

Houston war so überrascht von Pams Worten, daß ihr keine passende Antwort einfallen wollte. Einerseits ärgerte sie sich darüber, daß eine andere Frau *ihren* Mann so intim kannte, andrerseits war sie dieser Frau auch wieder dankbar für ihren guten Rat. Nur hörte diese sich so an, als habe sie freiwillig auf Kane verzichtet. War Kane der Liebende von den beiden, und hatte Pamela Kenton ihn nicht haben wollen?

»Vielen Dank«, murmelte Houston und gab ihrem Pferd die Sporen.

Sie begegnete niemandem mehr auf ihrem Ritt durch den Park, und als die letzten Häuser von Chandler hinter ihr zurückblieben, seufzte sie erleichtert.

Nun kam der leichteste Teil ihrer Reise, so daß sie Zeit zum Nachdenken hatte, wie es nun in Kanes Haus zugehen mußte. Arme Blair! Sie hatte es wirklich gut mit ihr gemeint. Sie hatte geglaubt, Houston wollte Leander zum Mann haben, und war zu dem heroischen Opfer bereit gewesen, ihr Leben mit einem ›Schuft‹ wie Kane Taggert zu verbringen. Vielleicht war Kane deshalb so empört gewesen, weil er spürte, Blair wollte ihn wie eine bittere Medizin schlucken, um ihre Schwester zu ›entschädigen‹.

Nur hatte Kane dabei übersehen, daß die Gäste gar nicht gemerkt hatten, was bei der Trauung wirklich passiert war. Sie hatten das Ganze für ein Versehen gehalten, für einen Scherz, der keinem ernsthaft geschadet hatte. Und wenn Kane im Haus bei den Gästen geblieben wäre, hätte er am Ende wohl selbst darüber lachen müssen, und alles wäre verziehen gewesen – doch Kane mußte die Kunst, über sich selbst lachen zu können, erst noch lernen.

Sie erreichte den Fuß der Berge und lenkte das Pferd den Pfad hinauf, auf dem sie schon einmal mit Kane geritten war. Als sie die Stelle erreichte, wo sie damals ihr Picknick abgehalten hatten, stieg sie ab und trank einen Becher voll

Wasser. Über ihr ragte eine Bergwand auf, die ihr unüberwindlich erschien. Doch Kane hatte gesagt, seine Hütte stünde dort oben, und wenn er in seiner Hütte war, mußte sie auch dorthin gelangen können.

Sie zog ihre Jacke aus, band sie am Sattel fest und suchte dann nach einem Pfad zwischen dem Gestrüpp und den Krummholzkiefern. Nachdem sie ein paar Minuten umhergewandert war und die Wand aus verschiedenen Blickwinkeln studiert hatte, entdeckte sie etwas, was man als Trampelpfad bezeichnen konnte. Er führte steil nach oben zu einer Felsenterrasse und verschwand dann zwischen den Latschen.

Einen Moment fragte sie sich, was, zum Kuckuck, sie an ihrem Hochzeitstag eigentlich hier verloren hatte. Von Rechts wegen müßte sie jetzt in ihrem Hochzeitskleid mit ihrem Mann tanzen. Dieser Gedanke brachte sie wieder in die Gegenwart zurück. Ihr Mann befand sich dort oben auf dem Gipfel des Berges – vermutlich. Edan mochte sich auch geirrt haben, und Kane saß vielleicht in einem Zug nach Afrika. Wer konnte das schon wissen außer Kane?

Dann tränkte sie ihr Pferd, band den Hut mit dem Schleier unter dem Kinn fest, damit er nicht verrutschte und sie vor der grellen Sonne schützte, und schwang sich wieder in den Sattel.

Der Weg war viel beschwerlicher, als er von unten ausgesehen hatte. Zuweilen wurde der Pfad so schmal, daß die Zweige der Krummholzkiefern nach ihren Beinen griffen und sie Mühe hatte, ihr Pferd auf dem Trail voranzutreiben. Die Pflanzen, die hier aus den Felsen wuchsen, waren nicht die weichen, behüteten Gewächse eines städtischen Gartens. Diese Bäume mußten jeden Tag um ihr Leben kämpfen und weigerten sich, sich vor einem Menschen zu krümmen oder ihm gar Platz zu machen.

Ein Dornenkronen-Kaktus, der an der Felswand emporrankte, griff nach ihrem geschlitzten Rock und riß ihn noch ein Stück weiter auf. Houston hielt das Pferd an, zog mehrere nagellange Dornen aus ihren Kleidern und entfernte ein Dutzend fette Kletten aus ihrem Haar und von ihren Ärmeln. Hatte sie sich nicht vorgenommen, so hübsch wie möglich vor ihm zu erscheinen?, dachte sie, während sie ein paar zerzauste Strähnen unter den Hut schob.

Dann kam sie zu einer Stelle, wo der Pfad einen scharfen Knick nach rechts machte und der Himmel durch herabhängende Zweige und vorspringende Felsen verdunkelt wurde. Um sie herum sprossen Pilze von bizarrer Gestalt und in unmöglichen Farben. Manche waren gelb und klein wie Knöpfe, andere wieder so groß wie ihr Kopf und leuchtend rot. Große Kolonien von Pilzen, die aussahen wie hohe Grashalme, wuchsen senkrecht aus dem Waldboden.

Es ging stetig bergan, die Luft wurde dünner, und die Vegetation, die sie jetzt umgab, ähnelte immer mehr einem Regenwald, während in Chandler doch eher so etwas wie ein Steppenklima herrschte. Zweimal mußte sie anhalten und zwischen wuchernden Pflanzen nach ihrem Trampelpfad suchen, und einmal folgte sie einem Trail, der nach einer Meile in einer sandigen Kuhle endete, über der sich ein Felsen wölbte mit einem natürlichen Fenster am Scheitelpunkt. Dieser Ort weckte seltsame Empfindungen in ihr: Furcht und zugleich Ehrfurcht, als wäre das eine Stätte, an der man niederknien und beten sollte.

Sie führte das Pferd am Zügel zurück zu der Stelle, wo der Boden wieder hart war, und lenkte es an der Grotte vorbei.

Eine Stunde später hatte sie zum erstenmal Glück: Sie fand ein Stück Tuch von Kanes Hochzeitsanzug, das an einer scharfen Felsnase hängengeblieben war. Ihre Erleichterung, daß er sich tatsächlich am Ende dieses Pfades befinden mußte, war ungeheuer. Mit neu erwachtem Eifer trieb sie ihr widerstrebendes Pferd weiter bergan.

Sie hätte wohl ohne weitere Zwischenfälle das Ziel ihrer Reise erreicht, wenn es nicht plötzlich angefangen hätte zu regnen. Kalte, eiskalte Güsse kamen auf sie herunter, und dann, als sich genügend Regen in den Spalten und Höhlungen der Felsen über ihr angesammelt hatte, flutete auch von dort das Wasser auf sie herunter, so daß sie fast gar nichts mehr sehen konnte. Sie versuchte, mit weit vorgebeugtem Oberkörper zu reiten, um das Gesicht vor dem Regen zu schützen und den kaum noch erkennbaren Pfad nicht aus den Augen zu verlieren.

Blitz und Donner begannen das Pferd scheu zu machen, so daß es auf dem handtuchbreiten Pfad zu tänzeln anfing. Nachdem Houston eine Weile lang mit Regen und Pferd zugleich gekämpft hatte, stieg sie ab und führte den Gaul am Zügel, damit sie in dieser Sintflut nicht auch noch vom Weg abkam.

An einer Stelle wurde der Pfad zu einem schmalen Felsband zwischen einer tiefen Schlucht und einer Steilwand. Houston setzte einen Fuß darauf und beruhigte das Pferd, machte einen ganzen Schritt und beruhigte das Pferd wieder. »Wenn du nicht unser Hochzeitsessen auf dem Rücken tragen würdest, ließe ich dich einfach hier stehen«, fluchte sie leise.

Am Rand der Klippe flammte ein Blitz auf, und da sah sie die Blockhütte. Einen Moment verharrte sie regungslos auf der Stelle und blickte durch den Regen, der ihr von der Nase tropfte. Sie hatte schon fast nicht mehr an die Existenz dieser Hütte geglaubt. Und was sollte sie jetzt tun? Zur Tür marschieren, anklopfen, und wenn Kane ihr öffnete, ihm sagen, sie wollte mal kurz bei ihm reinschauen und ihre Visitenkarte abgeben?

Sie war schon versucht, mit ihrem Pferd wieder umzukehren, als die Hölle losbrach. Der idiotische Gaul, den sie mehr auf den Berg hinaufgezerrt als geritten hatte, begann zu wiehern, bekam Antwort von einem anderen Gaul und preschte los, ohne daran zu denken, daß Houston ihm im Weg stand. Sie schrie, als sie in den Modder fiel und dann die Bergkante hinunterzurollen begann; doch der Knall einer Schrotflinte, die in ihre Richtung zielte, übertönte ihren Schrei. »Verschwinde, wenn du nicht wie ein Sieb durchlöchert werden willst!« hörte sie Kane im Regen brüllen.

Houston hing jetzt über dem Rand einer Steilwand, klammerte sich an die Wurzeln einer Krüppelkiefer und versuchte, für ihre pendelnden Beine einen Halt zu finden. Er war doch hoffentlich nicht so wütend, daß er sie auf der Stelle erschoß?

Jetzt war nicht die Zeit, ihn erst lange danach zu fragen. Sie hatte die Wahl, am Fuß der Steilwand zu zerschellen oder sich Kanes Wut zu überlassen.

»Kane!« schrie sie und spürte, wie ihre Armmuskeln zu versagen begannen.

Fast im selben Augenblick tauchte sein Gesicht über dem Rand der Steilwand auf. »Du meine Güte«, sagte er ungläubig, während er einen Arm ausstreckte und sie beim Handgelenk packte.

Fast mühelos zog er sie auf das Plateau hinauf, stellte sie dort auf den Boden und trat einen Schritt von ihr zurück. Er schien offenbar nicht zu glauben, daß sie es sein könnte.

»Ich wollte dich besuchen«, sagte Houston mit einem nassen, schiefen Lächeln, während sie auf wackligen Beinen im Regen vor ihm stand.

»Nett, dich bei mir zu haben«, sagte er grinsend. »Hier oben bekomme ich nur selten Besuch.«

»Vielleicht liegt das an deiner Begrüßung«, antwortete sie und deutete mit dem Kopf auf die Schrotflinte in seiner rechten Hand.

»Willst du hereinkommen? Ich habe ein Feuer in der Hütte brennen«, sagte er mit sehr amüsierter Stimme – einer sehr angenehm enttäuschten Stimme, wie Houston hoffte.

»Danke, sehr gern«, sagte sie, und dann stieß sie plötzlich einen Schrei aus und sprang auf ihn zu, weil über ihr ein Ast im Wind laut knarrte.

Sie stand nun dicht vor ihm, und während er auf sie hinunterblickte, las sie eine stumme Frage in seinen Augen. Jetzt oder nie, dachte Houston, und nun hatte es auch keinen Sinn mehr, schüchtern oder keusch zu sein. »Du sagtest, du würdest zur Hochzeit kommen, wenn ich zur Hochzeitsnacht käme. Du hast deinen Teil der Abmachung erfüllt, und jetzt bin ich hier, um meinen zu erfüllen.«

Sie sah ihn an und wagte nicht zu atmen.

Da wanderten erst die verschiedenartigsten Gefühle über sein Gesicht, ehe er den Kopf zurückwarf und so laut lachte, daß er sogar den Donner übertönte. Im nächsten Moment trug er sie auf seinen Armen zur Hütte. Vor der Schwelle hielt er an und küßte sie. Houston klammerte sich an ihn und wußte, daß der beschwerliche Weg hierher sich gelohnt hatte.

In der kleinen, nur aus einem Raum bestehenden Hütte brannte ein lustiges Feuer in einem steinernen Kamin, der die hintere Wand gänzlich ausfüllte.

Kane hielt eine Decke hoch. »Ich habe hier keine Vorräte an trockenen Kleidern. Du ziehst dir die Sachen aus, während ich dein Pferd suche und es anpflocke.«

»Ich habe was zu essen mitgebracht«, rief sie ihm nach. »Die Sachen sind in den Satteltaschen.«

Als Houston allein in der Hütte war, begann sie sich auszukleiden. Als sie sich die nasse Unterwäsche von der kalten, klammen Haut schälte, blickte sie alle zwei Sekunden zur Hüttentür. »Feigling!« schalt sie sich leise. »Du hast eben deinem Mann einen Antrag gemacht, und nun mußt du auch halten, was du ihm so großspurig versprochen hast.«

Als Kane in die Hütte zurückkam, war Houston bis zum Hals in die Wolldecke eingewickelt. Nach einem raschen Blick auf sie und einem verständnisvollen Lächeln stellte Kane die prall gefüllten Satteltaschen auf den Boden.

Das einzige Möbelstück in der Hütte war ein großes, aus Fichtenbrettern gezimmertes Bett, auf dem ein buntes Sortiment von Decken lag, die alle nicht besonders sauber aussahen. An der Wand daneben war ein großer Berg aus übereinander gestapelten Konservenbüchsen, größtenteils Pfirsiche im eigenen Saft, wie sie auf einen Blick feststellte. Solche Büchsen hatte sie auch in Kanes Küche gefunden, als sie zum erstenmal sein Haus besichtigt hatte.

»Ich bin froh, daß du Proviant mitgebracht hast«, sagte

er. »Ich hatte in der Eile ganz vergessen, mir etwas von den Büfetts mitzunehmen. Edan würde es nicht glauben; aber wenn ich drei Büchsen Pfirsiche auf einmal esse, hängen mir die Dinger zum Hals heraus.«

»Edan hat die Satteltaschen für dich gepackt, und deine Kusine Jean sorgte dafür, daß er die Hochzeitstorte nicht vergaß.«

»Ah, ja«, sagte Kane, sich wieder aufrichtend, »die Hochzeit. Ich schätze, ich habe dir diesen Tag verdorben, und dabei haben die Frauen doch immer so viel Spaß an Hochzeiten.« Er begann, sein Hemd aufzuknöpfen.

»Viele Frauen haben so eine Hochzeit, wie ich sie geplant habe; aber nur wenigen ist es vergönnt, an ihrem Hochzeitstag so viele Überraschungen zu erleben wie ich heute.«

Als er sein nasses Hemd aus der Hose zog, lächelte er ihr zu. »Deine Schwester hat das angestiftet, was bei der Trauung passiert ist, nicht wahr? Du hattest doch nichts damit zu tun, oder? Das ist mir allerdings erst aufgegangen, als ich bereits hier vor der Hütte stand.«

»Nein, ich hatte nichts damit zu tun«, antwortete sie. »Aber Blair tat es nicht in böser Absicht. Sie liebt mich und dachte, ich wollte Leander zum Manne haben; also versuchte sie, ihn mir zu schenken.« Als Kane begann, seine Hose auszuziehen, blickte Houston zurück ins Feuer. Das war ihre Hochzeitsnacht, ging es ihr durch den Kopf, und dabei erwärmte sich ihr Körper beträchtlich.

»Dachte?« fragte Kane, und als sie ihm nicht antwortete, wiederholte er hartnäckig: »Du sagtest eben, sie *dachte*, du wolltest Westfield zum Mann haben. Denkt sie das jetzt nicht mehr?«

»Nein. Aber das hat sie erst eingesehen, als ich nach der Trauung mit ihr redete«, murmelte Houston, ins Feuer blickend. Sie konnte hören, wie er sich hinter ihrem Rücken mit einem Handtuch trockenrieb, und die Versuchung war groß, sich nach ihm umzudrehen. War er tatsächlich genauso gut gebaut wie der Preisboxer, den sie für die »Teeparty« der Schwesternschaft angeheuert hatte?

Eine rasche Bewegung – und Kane kniete vor ihr.

Er trug nur ein Handtuch um die Hüften und sah genauso aus, wie die Griechen in der Antike ihre Götter darstellten. Die glatten, mächtigen Muskeln unter der tiefgebräunten Haut waren in der Tat noch besser als bei dem Mann, den sie zur Party bestellt hatte.

Was Kane auch sagen wollte – es war in demselben Moment vergessen, als sie ihn ansah. Ihm stockte der Atem in der Kehle. »Du hast mich schon einmal so angeschaut«, flüsterte er. »Damals, als du den Wasserkrug auf meinem Schädel zerschmettert hast, weil ich es wagte, dich anzufassen. Hast du diesmal wieder so etwas Ähnliches vor?«

Houston blickte ihn nur unverwandt an, während sie die Decke an ihrem Hals losließ, so daß sie ihr über die Schultern rutschte und knapp über ihren Brüsten hängen blieb. »Nein«, war alles, was ihr jetzt als Antwort einfiel.

Das Feuer spielte warm über ihre nackte Haut hin; doch nichts ließ sich mit dem Gefühl vergleichen, das sie empfand, als er ihr die Hand an die Wange legte. Er wickelte sich die nassen Haare um die Finger, die ihr über die Schultern hinuntergefallen waren. Sein Daumen fuhr sacht über ihre Unterlippe, während er sie betrachtete.

»Ich habe dich schon in so vielen schönen Kleidern erlebt«, sagte er, »doch nie hast du schöner ausgesehen als jetzt. Ich bin froh, daß du hierhergekommen bist. Das ist ein Ort, wo zwei Menschen sich lieben sollten.«

Houston blickte ihm in die Augen, während seine Hand an ihrem Hals zur Schulter hinunterwanderte. Als er begann, die Decke von ihren Brüsten zu nehmen, hielt sie den Atem an und merkte, daß sie still darum betete, sie möge ihm gefallen.

Sehr sanft, als wäre sie ein Kind, legte er einen Arm um ihre Schultern und beugte sie hinunter auf den Hüttenboden. Sie spannte sich an bei dem Gedanken: Jetzt passiert es.

Kane teilte die Decke, so daß ihr nackter Körper gänzlich enthüllt war.

Houston wartete auf seinen Urteilsspruch.

»Verdammt«, sagte er leise. »Kein Wunder, daß Westfield ganz närrisch war nach euch Zwillingen. Ich habe bisher immer feststellen müssen, daß diese Bögen und Kurven unter den Kleidern der Ladies zumeist aus Baumwollwatte bestanden.«

Houston mußte lachen. »Gefalle ich dir?«

»Gefallen?« sagte er, während er ihr die Hand hinstreckte. »Schau dir das an. Sie zittert so stark, daß ich sie gar nicht mehr beruhigen kann.« Er legte die Hand auf die weiche Haut ihres Unterleibs. »Ist verdammt schwer für mich, noch zu warten; aber eine Lady, die bei Regen und Sturm einen Berg hinaufklettert, um die Nacht mit mir zu verbringen, verdient nur das Beste – nicht so ein rasches, hastiges Getümmel auf dem Fußboden. Du setzt dich jetzt so hin, während ich uns was zu trinken mache. Magst du Pfirsiche? Nein!« rief er, als Houston im Begriff war, sich wieder in die Decke zu wickeln. »Die kannst du auf dem Boden liegen lassen. Wenn es dir zu kalt wird, kriechst du auf meinen Schoß, und ich wärme dich.«

In Duncan Gates' Haus hatte sie selten Gelegenheit gehabt, sich auch mit dem Geschmack und der Wirkung von Schnäpsen vertraut zu machen. Kane schnitt eine Konservenbüchse mit Pfirsichen auf, schüttete den Saft weg, zerstampfte die Früchte zu Brei und goß eine kräftige Portion Rum dazu.

Nachdem er umgerührt hatte, reichte er ihr die Konservenbüchse mit der Mischung. »Ich habe zwar keine Gläser; aber es wirkt.«

Houston nahm einen kleinen Schluck. Es war ihr schon peinlich, splitternackt vor einem Mann auf dem Boden zu sitzen. Doch als sie die Büchse ausgetrunken hatte – diese Mischung schmeckte ganz anders als die Spirituosen, von denen sie hin und wieder mal eine Kostprobe nehmen durfte –, hatte sie das Gefühl, es wäre die natürlichste Sache von der Welt, keine Kleider anzuhaben.

Kane setzte sich ihr gegenüber und betrachtete sie. »Besser?« fragte er, während er ihr eine zweite Dose mit rumgetränkten Pfirsichen reichte.

»Viel besser.«

Sie hatte die zweite Dose erst zur Hälfte geleert, als Kane sie ihr wieder wegnahm. »Ich will nicht, daß du dich betrinkst. Du solltest dich nur entspannen.«

Er legte den Arm um sie und zog sie dichter an sich heran. Mit diesem Getränk im Leib fühlte sich Houston so frei von Hemmungen wie nie zuvor in ihrem Leben. Sie legte ihm die Arme um den Hals und drückte ihre Lippen auf seinen Mund.

»Was hast du deiner Schwester von dir und Westfield gesagt?«

»Daß Lee vielleicht *ihren* Körper entflammen kann; ich aber nie so etwas Ähnliches bei ihm empfunden habe.«

»Kein Mann mit überzeugenden Argumenten?«

»In dieser Hinsicht überhaupt nicht.«

Seine Hände spielten über sie hin, während er sie küßte, berührten hier und dort ihre Haut und schickten Feuerströme durch ihren Körper. Sie merkte in einem Winkel ihres Bewußtseins, daß er sich beherrschte, zurückhaltender war als sie; doch sie achtete dessen nicht.

Als seine Hände über ihren Körper hinstrichen, drängte Houston sich noch dichter an ihn heran und streckte sich aus, damit er einen besseren Zugang zu ihr hatte.

Er küßte ihr Gesicht, ihren Hals, und seine Lippen glitten über ihre Brüste. Als er die rosenfarbene Spitze in seinen Mund nahm, wölbte sie sich zu ihm hin, und seine Hände liebkosten ihre Taille und Hüften.

»Laß dir Zeit, mein Liebling«, murmelte er, »wir haben die ganze Nacht für uns.«

Das waren alles Empfindungen, wie Houston sie bisher noch nie erlebt hatte. Wenn Lee sie angefaßt hatte, wollte sie sich immer in sich selbst zurückziehen; aber bei Kane hatte sie das Verlangen, daß er alles auf einmal erforschen und entdecken möge. Bei jeder seiner Berührungen fühlte sie ein sich ständig steigerndes Wohlbehagen, und all die Ängste, die Lee ihr eingeimpft hatte, daß sie eine frigide Frau sei, lösten sich rasch in Nichts auf.

Ihre Hände begannen seine Haut zu erkunden, die Wärme seines Körpers zu ertasten. Seine Haut schien im Licht des Kaminfeuers zu glühen, und Houston hätte ihn so gern überall zugleich berührt.

Kane zog sie noch näher an sich heran, und streckte sich, sie in seinen Armen haltend, auf dem Fußboden aus. Er löste das Handtuch von seiner Taille, und Houston drängte ihre Hüften dichter an die seinen heran, ein bißchen ängstlich bei der Berührung seines Gliedes.

Kanes Zurückhaltung begann abzubröckeln. Sein Atem in ihrem Ohr war rauh und schnell, und seine sanften Küsse wurden heiß und fordernd. Houston gab seine Küsse mit der gleichen Inbrunst zurück.

»Houston, süße, süße Houston«, sagte er, als er sie mit dem Rücken auf die Decke legte, die auf dem Boden ausgebreitet war, und seinen Körper über den ihren schob.

Sie griff begierig nach ihm und zog ihn ganz eng an sich. Als er in sie eindrang, stöhnte sie, und der Schmerz trieb ihr die Tränen in die Augen. Kane hob sich wieder von ihr fort, betrachtete sie und hielt sich zurück, bis er von ihrem Gesicht ablesen konnte, daß der Schmerz nachließ. Er bedeckte ihren Hals mit kleinen, knabbernden Küssen, fuhr mit der Zunge an ihrem Ohr entlang, bis sie ihr Gesicht zur Seite drehte und seinen Mund suchte.

Langsam begann Kane wieder in sie einzudringen, und nach den ersten wenigen, schmerzlichen Sekunden begann Houston sich mit kleinen ungeschickten Bewegungen gegen seine Lenden zu drängen. Kane legte die Hände an ihre Hüften und fing an, sie sacht und behutsam anzuleiten.

Houston legte den Kopf zurück und gab sich mit ihren Gedanken und Gefühlen ganz diesen neuen und köstlichen Empfindungen hin, die Kane in ihrem Körper auslöste.

Sie begann sich in einem Rhythmus zu bewegen, der so alt war wie das Leben selbst, und in sich spürte sie, wie all die Gefühle, die sich so lange in ihr aufgestaut hatten, endlich ihre Befreiung fanden.

Kanes Bewegungen wurden schneller, und sie paßte sich

seinem Rhyhtmus an. Ihre Erregung wuchs und wuchs, bis sie glaubte, sie würde vor Leidenschaft zerspringen.

Und als sie explodierte, war sie überzeugt, sie könne sterben vor Wonne. »Kane«, flüsterte sie, »Oh, mein lieber, lieber Kane.«

Er stemmte sich gerade weit genug in die Höhe, um sie betrachten zu können, und sein Gesicht hatte einen wundersamen Ausdruck, den sie nicht verstehen konnte.

»Habe ich dir nicht gefallen?« fragte sie, während ihr Körper sich wieder zu verkrampfen begann. »Glaubst du auch, daß ich frigide bin?«

Er legte die Hand an ihren Kopf und küßte sie sanft. »Nein, mein Herz, daß wäre wohl das Letzte, was ich von dir glaubte. Obwohl ich mir gar nicht so sicher bin, daß ich überhaupt etwas von dir weiß. Nur, daß du die hübscheste Frau bist, die mir je begegnet ist, und daß du die verrücktesten Sachen machst – zum Beispiel einen Berg hinaufkletterst, nur um eine Nacht mit mir zu verbringen. Und daß sich dann meine unnahbare, kleine Lady-Frau plötzlich als kleiner heißer ... Vielleicht sollten wir das nicht weiter vertiefen.«

Er küßte sie auf die Stirn. »Ich gehe jetzt hinaus in den Regen und wasche das Blut da ab, und wenn ich wieder zurückkomme, wollen wir essen. Ich muß bei Kräften bleiben, wenn ich dich die ganze Nacht lieben soll.«

Als er vom Boden aufstand, streckte sich Houston wohlig, und ihre helle Haut leuchtete wie Bronze im Licht des Herdfeuers.

Als Kane sie so betrachtete, schoß ihm ein ungewöhnlicher Gedanke durch den Kopf: Er wollte nicht allein sein, nicht einmal die wenigen Minuten, die er draußen im Regen stehen würde.

Er streckte ihr seine Hand hin. »Komm mit«, sagte er, und es war kein Befehl, sondern eine dringende Bitte.

»Wohin du willst«, antwortete Houston.

Kapitel 16

Houston ging mit ihrem Mann in den Regen hinaus und spürte nicht einmal die Kälte. Sie stand noch ganz im Bann der Tatsache, daß sie keine frigide Frau war. Vielleicht war Leander das Problem gewesen. Vielleicht war die jahrelange Vertrautheit, in der sie eher schwesterliche Gefühle für ihn hegte, daran schuld, daß sie nicht zu ihm ins Bett steigen wollte. Aber was auch immer der Grund gewesen sein mochte: nun war sie von ihrer Angst befreit, daß sie vielleicht keine richtige Frau sein könne.

Kane zog sie in seine Arme. »Du siehst so verträumt aus«, sagte er. Der Regen lief ihm über das Gesicht und tropfte auf ihr Kinn. »Verrate mir, was du gerade denkst. Was geht im Kopf einer Lady vor, nachdem sie gerade mit dem Stallburschen vom Dorf geschlafen hat?«

Houston löste sich von ihm und streckte die Arme zum Himmel empor. Einer plötzlichen Eingebung folgend, begann sie langsam im Regen zu tanzen, als trüge sie ihr Hochzeitskleid, die Schleppe über den Arm gelegt, die Röcke anmutig im Kreise schwingend. »Diese Lady fühlt sich großartig. Diese Lady fühlt sich überhaupt wie ein Lady.«

Er hielt sie an einem Handgelenk fest. »Du bedauerst nicht, daß du deine Hochzeitsnacht nicht in einem Bett mit seidenen Bezügen verbringst? Du wünschst dir nicht, daß ein anderer Mann dir . . .«

Sie legte ihm die Finger auf die Lippen. »Das ist die glücklichste Nacht meines Lebens, und ich möchte sie nirgendwo anders oder mit irgendeinem anderen verbringen. Eine Hütte im Wald mit dem Mann, den ich liebe. Keine Frau auf der Welt könnte sich mehr ersehnen.«

Er betrachtete sie mit einer seltsamen Gespanntheit und einem leichten Stirnrunzeln. »Wir sollten lieber wieder hineingehen, ehe wir uns hier in der Kälte den Tod holen.«

Mit langen, ruhigen Schritten strebte er wieder der Hütte zu. Houston ging an seiner Seite; als er sich plötzlich zur

Seite drehte und sie an sich riß, daß ihre kalten, nassen Körper aneinanderklebten, und sie küßte.

Houston zerschmolz in seiner Umarmung, ließ ihn spüren, wie glücklich sie war.

Mit einem Lächeln hob er sie auf die Arme und trug sie in die Hütte. Dort nahm er eine Decke vom Bett, wickelte sie darin ein und begann, ihren kalten Körper abzureiben.

»Houston«, sagte er, »du bist mit keiner der Ladys zu vergleichen, die ich bisher gekannt habe. Ich hatte mir eingebildet, genau zu wissen, wie die Ehe mit einer Chandler-Prinzessin aussehen würde; doch nun sehe ich, daß meine Vorstellungen davon falsch waren.«

Sie drehte sich in seinen Armen um, den Körper in die warme Decke gehüllt. Seine Haut war von den Herdflammen rötlich angehaucht. »Schneide ich besser oder schlechter ab im Vergleich mit anderen Ladys? Ich weiß ja, daß du unbedingt eine Lady haben wolltest. Bin ich etwa gar keine Lady?«

Er brauchte eine Weile für seine Antwort. Er betrachtete sie nachdenklich, als müsse er sich erst schlüssig werden, was er ihr sagen sollte oder durfte. »Einigen wir uns darauf, daß ich noch eine Menge lernen muß.« Er grinste. »Ich gehe jede Wette ein, daß Mrs. Goulds ihrem Mann niemals auf einen Berg nachgestiegen wäre.« Er begann, ihren Hals mit Küssen zu bedecken, und hielt dann abrupt inne. »Würde ich zuviel von dir erwarten, wenn ich dich frage, ob du auch kochen kannst?«

»Ich kenne die Grundregeln – so viel jedenfalls, daß ich eine Köchin beaufsichtigen kann; doch ohne Zutaten kann die beste Köchin keine Mahlzeit zubereiten. Bist du denn mit Mrs. Murchisons Küche nicht einverstanden?«

»Ich würde sagen, ich bin froh, daß sie im Augenblick nicht hier ist. Ich wollte nur wissen, ob du uns aus den Sachen, die du mitgebracht hast, was zu essen machen kannst.«

Sie schob die Arme aus der Decke und legte sie ihm um den Hals. »Ich glaube, das werde ich wohl noch schaffen.

Ich möchte, daß diese Nacht niemals endet. Ich hatte Angst, du würdest mit mir schimpfen, weil ich hierherkam, ohne von dir eingeladen zu sein. Aber ich bin froh, daß wir jetzt hier sind und nicht in Chandler. Hier ist es viel romantischer.«

»Romantisch oder nicht – wenn wir nicht bald etwas essen, schrumpfe ich zu einem Nichts zusammen.«

»So eine Katastrophe müssen wir verhindern«, sagte Houston rasch und rollte unter seinem Körper hervor.

Hatte sich seine Braut da nicht eben eine kleine Obszönität erlaubt? überlegte Kane; aber das konnte doch nicht möglich sein.

Die Decke lose um den Körper gewickelt, nahm Houston die Satteltaschen entgegen, die Kane ihr zureichte, und fing an, sie auszupacken. Er hatte sich wieder das Handtuch um die Hüften geschlungen und legte Holz im Kamin nach, während Houston darüber staunte, wie sorgfältig der Inhalt der Satteltaschen ausgewählt und verpackt worden war. Da gab es Konserven in Büchsen neben zugebundenen Porzellanschüsseln und in Mull eingewickelten Päckchen. Ein Zettel fiel aus einem dieser Päckchen heraus, als sie es auswickelte.

Meine liebe Tochter,
ich wünsche Dir alles Glück dieser Erde in Deiner Ehe, und ich finde es vollkommen richtig, daß Du Deinem Mann in die Berge gefolgt bist. Aber wundere Dich bitte nicht, wenn Du wieder nach Chandler zurückkommst, über die Gerüchte, daß Kane Dich auf sein Pferd gehoben habe und mit Dir davongeritten sei.

Deine Dich innig liebende
Opal Chandler Gates

Kane blickte vom Kamin zu Houston hin und sah Tränen in ihren Augen blinken, während sie das Papier in ihrem Schoß hielt. »Stimmt etwas nicht?«

Sie reichte ihm das Billett.

»Was soll das heißen – daß ich dich auf mein Pferd gehoben hätte und mit dir davongeritten wäre?«

Houston begann, die Päckchen aus ihren Hüllen zu nehmen. »Es bedeutet, daß sich dein Ruf, der ritterlichste Kavalier von Chandler zu sein, inzwischen noch mehr gefestigt hat.«

»Mein *was*?«

»Es begann damit«, sagte sie, während sie ein Paket mit Wiener Hörnchen auspackte, »daß du mich bei der Gartenparty auf deinen Armen zur Kutsche getragen hast, und setzte sich mit den Cowboys fort, die den aus der Stadt jagtest, weil sie mich auf der Straße angesprochen hatten. Und darauf folgte dann das romantische Dinner, das du meinen Freundinnen gegeben hast – auf Sitzkissen und bei Kerzenlicht.«

»Aber ich hatte doch noch keine Möbel im Salon. Und die Gartenparty mußte ich verlassen, weil ich dir das Kleid verdorben hatte und du mit deinen Unterröcken voller Salatöl und Soßen keinen Schritt mehr gehen konntest. Und sollte ich dabeistehen und zusehen, wie du von diesen Cowboys belästigt wurdest?«

Houston öffnete eine Konserve mit Hummersuppe. »Die Leute fragen nicht nach den Ursachen – sie schauen nur auf das Ergebnis. Und wenn wir wieder in die Stadt zurückkommen, werden dich vermutlich alle heiratsfähigen Mädchen von Chandler auf der Straße angaffen und abends im Bett den Herrgott bitten, er möge ihnen auch bald so einen Mann bescheren, der sie aus einem Haus voller Hochzeitsgäste in eine einsame Berghütte entführt.«

Einen Moment sagte Kane nichts; doch dann grinste er und setzte sich neben sie. »Ich bin romantisch, wie?« sagte er und küßte ihren Hals. »Ich schätze, keinem ist bisher aufgefallen, daß ich meinen Ruf als Kavalier nur dieser Lady verdanke, die ich geheiratet habe. Sie hat dafür gesorgt, daß aus meinem tölpelhaften Betragen ritterliche Taten wurden. Was soll das sein – dieses graue Zeug da?«

»Gänseleberpastete«, erwiderte Houston, nahm das

kleine Messer mit dem Perlmuttgriff, das ihre Mutter dem Päckchen beigelegt hatte, bestrich ein Keks mit der Pastete und schob es ihm in den Mund.

»Nicht schlecht. Was hast du sonst noch?«

Sie packte ein Stück Stilton-Käse aus; eine Artischocke, die zu essen Kane für eine Zeitverschwendung hielt; Tomaten, Krabben, Medaillons aus Hühnerfleisch, Smithfield-Schinken, ein Lendensteak in Zwiebelsoße und gebratene Hähnchen.

Als Houston die Hähnchen auspackte, lachte sie. Gebratene Hähnchen hatten nicht auf dem Speisezettel für das Hochzeitsmenü gestanden, das sie selbst zusammengestellt hatte. Zweifellos hatte Mrs. Murchison sie eigenmächtig, ihrem teuren Mr. Taggert zuliebe, auf den Menüplan gesetzt. Es mußten eine Menge Leute in der Küche versammelt gewesen sein, als die Satteltaschen für die ›heimliche‹ Entführung gepackt wurden, dachte Houston.

»Was, in aller Welt, ist das?« fragte Kane.

»Ich hatte mir gedacht, eine Hochzeit ist eine gute Gelegenheit, die Leute von Chandler mit ausländischen Eßwaren bekannt zu machen. Das ist eine deutsche Brezel. Ich habe auch italienische Teigwaren für die Gäste bestellt, aber die werden sie uns vermutlich nicht eingepackt haben.«

Und während sie Kane ihren Menüplan für das Hochzeitsessen erläuterte, holte sie eine Schüssel voll Waldorf-Salat aus der Satteltasche, eine Keksbüchse mit Obsttörtchen, eine Schachtel voller Lebkuchen, ein Säckchen mit kandierten Erdnüssen und eines mit Karamellbonbons. In einer anderen Satteltasche fand sie drei Laibe Brot, eine Büchse mit Bratenfleisch-Aufschnit, Käse, Gemüsezwiebeln, ein Glas Oliven und ein Glas Senf.

»Ich glaube nicht, daß wir verhungern müssen. Ah, hier ist sie!« Sie zeigte Kane eine große Blechbüchse, in dem eine große Portion von der Hochzeitstorte eingepackt war.

Er nahm das kleine Messer vom Bett, schnitt ein Stück von der Torte ab und fütterte sie damit. Houston hielt seine Hand und leckte die Sahne von seinen Fingerspitzen. Er legte die andere Hand an ihre Wange und küßte sie.

»Wenn du immer in meiner Nähe bleibst«, murmelte er, »könnte es passieren, daß ich an Entkräftung sterbe. Würdest du mich bitte erst etwas essen lassen, ehe du mich zum zweiten Mal verführst?«

»Ich?« keuchte sie. »Du bist es doch, der . . .«

»Ja?« fragte er, langte nach einem Hühnerbein und begann es abzunagen. »Was wolltest du mir gerade vorwerfen?«

»Vielleicht möchte ich das jetzt nicht weiter vertiefen. Würdest du mir bitte die Konservenbüchse mit der Suppe reichen?«

»Hast du mein Hochzeitsgeschenk an dich gefunden? In dem kleinen Lederkoffer?«

»Du meinst den kleinen Lederkoffer, der bei den anderen Geschenken auf dem Tisch im Salon lag?« Als er nickte, meinte sie, sie habe leider noch keine Zeit gehabt, ihn sich genauer anzusehen.

»Was ist denn in dem Koffer?«

»Wenn ich es dir sage, ist es keine Überraschung mehr.«

Houston aß ein paar Löffel von der Suppe. »Ich meine, Hochzeitsgeschenke sollten am Tage der Hochzeit überreicht werden. Und da wir hier sind, und der Koffer dort, möchte ich jetzt ein anderes Geschenk von dir haben.«

»Du weißt ja noch nicht einmal, was in dem Koffer steckt! Und hier oben kann ich dir doch unmöglich ein neues Geschenk kaufen.«

»Manchmal sind es gerade die kostbarsten Geschenke, die man nicht in einem Laden kaufen kann. Ich möchte etwas Persönliches, ganz Spezielles von dir haben.«

Kanes Gesichtsausdruck verriet ihr, daß er keine Ahnung hatte, wovon sie redete.

»Ich möchte, daß du die Geheimnisse deines Leben mit mir teilst.«

»Ich habe dir doch schon alles über mich erzählt! Willst du wissen, wo ich mein Bargeld versteckt habe, falls einige von meinen Investitionen zu finanziellen Pleiten werden?«

Sie schnitt sich ein Stück von einem Camembert ab. »Ich dachte eher an etwas Persönliches, das mit deiner Familie zu tun hat. Vielleicht kannst du mir etwas über deinen Vater oder deine Mutter erzählen; oder mir vielleicht verraten, warum du die Fentons so haßt. Du könntest mir auch etwas von dem Gespräch erzählen, das du heute morgen im Garten mit Pamela Fenton geführt hast.«

Kane war so verblüfft, daß er einen Moment kein Wort herausbrachte. »Deine Wünsche sind aber wirklich sehr bescheiden! Soll ich dir vielleicht auch meinen Kopf auf einem silbernen Tablett überreichen? Warum willst du denn das alles wissen?«

»Weil wir verheiratet sind.«

»Nun zeige mir ja nicht dein hochmütiges Lady-Gesicht! Ich wette, die meisten Ehepaare sind so intim miteinander wie deine Mutter mit diesem nüchternen Pedanten, den sie geheiratet hat. Sie hat so großen Respekt vor ihm, daß sie ihn mit Mr. Gates anredet. Du hast das anfangs ja auch bei mir so gemacht. Ich wette, deine Mutter hat von ihrem Mr. Gates nie solche Sachen wissen wollen wie du jetzt von mir.«

»Nun gut. Vielleicht bin ich nur schrecklich neugierig. Die Neugierde auf dein Haus war es ja auch, die mich ... nun, die dazu geführt hat, daß wir jetzt ...« Sie verstummte, während ihre Decke zwei Zoll tiefer rutschte.

Kane betrachtete amüsiert dieses Manöver. »Ich muß schon sagen, du lernst verdammt rasch! Also gut. Ich schätze, da gibt es etwas, daß ich dir lieber erzählen sollte, weil Pamela meinte, in ein paar Tagen wüßte es sowieso die ganze Stadt.«

Er hielt einen Moment inne und blickte auf die ausgepackten Speisen hinunter. »Wahrscheinlich wird dir das, was ich dir jetzt erzähle, nicht besonders gefallen; doch daran kann ich nun nichts mehr ändern. Vielleicht erinnerst du dich daran, daß Fenton mich aus seinem Haus jagte, weil ich mit seiner Tochter ein Techtelmechtel anfing.«

»Tja«, sagte sie leise.

»Ich hatte immer geglaubt, jemand hätte uns beide heimlich beobachtet und es ihrem Vater gesteckt. Doch Pam erzählte mir heute, sie habe ihrem Vater selbst unsere Affäre gebeichtet.« Er holte tief Luft, sah sie trotzig an und fuhr fort: »Pam erzählte ihrem Vater, daß sie ein Kind von mir erwartete und mich heiraten wollte. Fenton reagierte darauf, wie man es von so einem Halunken erwarten mußte: Er schickte sie fort und verheiratete sie mit einem viel älteren Mann, der ihm Geld schuldete. Und mir erzählte er, Pam wollte mich nie wiedersehen.«

»Ist das der Grund, weshalb du Fenton haßt?«

Er blickte ihr in die Augen. »Nein, das ist nicht der Grund. Ich habe die Wahrheit ja erst heute erfahren. Und ich erzähle dir das, weil Pam beabsichtigt, wieder in Chandler zu wohnen – mit ihrem dreizehnjährigen Sohn, dessen Vater ich offenbar bin. Und Pams Schilderung nach sieht er mir so ähnlich, daß die Leute in Chandler genügend Stoff bekommen zum Tratschen.«

Houston nahm sich Zeit für ihre Antwort. »Wenn es bald die ganze Stadt wissen wird, ist es eigentlich doch kein Geheimnis mehr, nicht wahr?«

»Aber es war bis vor ein paar Stunden selbst für mich noch eines«, sagte er mit grollender Stimme. »Ich hatte verdammt keine Ahnung davon, daß ich bereits ein Kind in die Welt gesetzt habe.«

Falls nötig, konnte Houston genauso hartnäckig sein wie ihr Mann. »Ich habe dich nach einem echten Geheimnis gefragt – nicht nach einer Geschichte, die in der nächsten Woche in der ganzen Stadt den Leuten Gesprächsstoff für ihre Teepartys liefern wird. Ich möchte etwas über dich wissen, was nur dir allein bekannt ist – von dem nicht einmal Edan etwas weiß.«

»Wie kommt es, daß du so sehr darauf versessen bist, alles über mich zu wissen? Warum mußt du unbedingt schlafende

Hunde wecken? Warum läßt du nicht die alten Möbel auf dem Speicher stehen und begnügst dich damit, mit mir zu schlafen?«

»Ich begnüge mich nicht damit, mit dir zu schlafen, weil ich dich liebe. Und deshalb will ich auch alles über dich wissen.«

»Frauen behaupten doch immer, daß sie einen Mann lieben. Vor zwei Wochen hast du mir noch erzählt, daß du Westfield liebst! Also gut. Ich werde dir etwas erzählen, das dich eigentlich nichts angeht; aber was du vielleicht ganz gern hören wirst. Heute morgen kam Pam zu mir und sagte, sie habe die ganzen Jahre über nur mich geliebt und daß ich mit ihr weggehen sollte. Aber ich habe ihr diesen Wunsch abgeschlagen.«

»Meinetwegen?« flüsterte Houston.

»Habe ich heute etwa eine andere Frau geheiratet? Selbst deiner idiotischen Schwester ist es ja nicht gelungen, diese Heirat zu verhindern, wie du weißt.«

»Ist etwas zwischen dir und Blair vorgefallen, daß ihr beiden euch immer so anfauchen müßt?«

»Immer nur ein Geheimnis pro Hochzeitstag«, sagte er. »Wenn du noch mehr Geheimnisse erfahren willst, mußt du dir diese erst verdienen. Und am besten verdienst du sie dir, indem du die Speisen dort vom Bett räumst, dich aus der Decke wickelst und dich zu mir legst.«

»Ich weiß nicht, ob ich solche Torturen lebend überstehe«, sagte sie, während sie hastig die Speisen vom Bett räumte und die Decke zur Seite warf.

»Ich bin eine gehorsame Frau«, sagte sie, die Arme nach ihm ausstreckend.

»Ich mag gehorsame Frauen«, sagte er und streckte ihr ebenfalls die Arme hin.

»Ich bin dazu erzogen worden, die gehorsamste aller Ehefrauen zu sein«, flüsterte sie, während sie ihm den Mund zum Kuß darbot.

»Soweit ich mich erinnern kann, hast du mir bisher kein einziges Mal gehorcht. Das ist dir eigentlich erst eingefallen, als du zu mir in diese Hütte gekommen bist. Verdammt, Houston, so habe ich dich mir nicht vorgestellt. Vielleicht bist du deiner Schwester doch ähnlicher, als ich glaubte.«

Sie löste sich kurz von ihm. »Hast du mich etwa auch für eine Eisprinzessin gehalten?«

Lächelnd zog er sie wieder an sich. »Was passiert, wenn man Feuer und Eis zusammenbringt, mein Liebling?«

»Was daraus wird? Wasser?«

»Dampf.« Er fuhr mit der Hand bis zu ihrem strammen Gesäß hinunter, schob sie zwischen seine Beine und bedeckte sie mit seinem Körper.

Houston liebte das Gefühl seiner Nähe, die innige Berührung ihrer Körper. Man hatte sie gewarnt, daß die Hochzeitsnacht eine sehr schmerzvolle Angelegenheit sei; doch diese Nacht hatte ihr alle Wonnen beschert, die sie sich insgeheim davon erhofft hatte. Vielleicht lag das an Kane und an der Tatsache, daß er sie so schätzte, wie sie war – sie nicht kritisierte wie die anderen Männer, die sie bisher in ihrem Leben gekannt hatte. Bei ihm fühlte sie sich frei, brauchte sie ihre Gefühle nicht zu verstecken, konnte sie sich so benehmen, wie es ihrem Wesen entsprach.

Kane begann ihren Körper zu streicheln, ihre Beine, ihren Rücken, und seine Berührungen gaben ihr ein Gefühl von Schönheit, wie das ihr kein kostbares Kleid und kein Kompliment hätten geben können. Sie schloß die Augen und gab sich den Wonnegefühlen hin, die das knisternde Feuer im Kamin, die Wärme in der dunklen Hütte und die großen, breiten, harten Hände dieses Mannes in ihr erzeugten, die sanft über ihre Haut hinstrichen und über Rundungen ihres Körpers, von deren Empfindlichkeit sie bis zu dieser Nacht überhaupt noch nichts gewußt hatte. Er streichelte ihr Haar, breitete es auf dem Kissen aus und fuhr mit dem Rücken seiner Finger an ihrer Wange entlang.

Als sie die Augen öffnete, um ihn anzublicken, sah sie eine Zärtlichkeit in seinem Gesicht, die sie noch nie zuvor bei ihm bemerkt hatte. Seine Augen waren dunkel und heiß.

»Kane«, flüsterte sie.

»Ich bin hier bei dir, Baby; und ich habe nicht vor, wegzugehen«, sagte er und begann mit den Händen abermals ihren Körper zu streicheln.

Als sie die Augen wieder schloß, wurden seine Hände fordernder, umfaßten ihre Hüften, gruben die Daumen in ihr weiches Fleisch. Ihr Atem wurde schneller, als er einen seiner mächtigen, harten Schenkel über ihre weichen, glatten Schenkel schob. Seine Hände lagen auf ihren Brüsten, als sein Mund ihre Lippen suchte und sie sich ihm öffnete wie eine Blüte der Biene.

Er zog sie an sich, seinen Mund auf ihren Lippen, legte die Hände um ihr Gesäß und hob es sich entgegen.

Houston stöhnte leise beim ersten Stoß; doch sie spürte keine Schmerzen, als sie sich mit ihm zusammen bewegte. Er zog sie immer fester an sich, bis ihre Haut nur noch einem gemeinsamen Körper zu gehören schien.

Instinktiv hob Houston die Beine, schlang sie um seine Taille und legte die Arme um seinen Nacken, während er sie vom Bett hob, die Last ihres Körpers mit den Knien und Händen abstützend.

Er schob sie gegen die rauhe Holzwand der Hütte, während er noch heftiger in sie hineinstieß und Houston ihren Kopf zurückwarf. Sie stöhnte laut vor Lust, und als der letzte harte, feurige Stoß kam, schrie sie vor Entzücken.

Einen Moment lang hielt er sie mit seinem Körper in der Schwebe, während sie sich an ihn klammerte, als wollte sie ihn nie mehr loslassen.

Dann, nach ein paar langen Sekunden, senkte er ihre Last wieder sacht auf das Bett hinunter, und sie schmiegte sich so eng an ihn, daß er kaum atmen konnte. »Wer hätte das gedacht«, murmelte er, »eine Lady, die im Bett schreit.«

Houston war zu erschöpft, um ihm dafür eine Erklärung geben zu können. Und in der nächsten Sekunde war sie schon in seinen Armen eingeschlafen.

Kapitel 17

Als Kane am nächsten Morgen erwachte, war es draußen taghell. Nachdem er eine Weile grinsend Houstons nackten Körper betrachtet hatte, der sich an ihn schmiegte, streichelte er ihre Hüfte und rief:

»Höchste Zeit, daß du aufstehst und mir ein Frühstück machst!«

»Drücke auf den Klingelknopf, und das Mädchen bringt dir das Frühstück«, murmelte sie und barg das Gesicht an seiner warmen Brust.

Er betrachtete sie mit einer hochgezogenen Braue. »Oh, guten Morgen, Mr. Gates und Leander. Nett, daß Sie mich schon so früh in meinem Haus besuchen.«

Houston reagierte sofort. Sie setzte sich kerzengerade im Bett auf, langte nach einer Decke und wickelte sie um ihren Körper, bis nur noch das Gesicht herausschaute.

Es dauerte ein paar Sekunden, bis sie begriffen hatte, daß Kane sie nur necken wollte. »Das war aber ein schlechter Scherz!« meinte sie vorwurfsvoll, während Kane prustete vor Lachen, als sie so neben ihm saß, züchtig vom Knöchel bis zum Hals bedeckt, und das alles in Rekordzeit. Sie bemühte sich sehr, sich von seiner Heiterkeit nicht anstekken zu lassen; aber es gelang ihr nicht.

»Westfield habe ich wohl nicht mehr zu fürchten, schätze ich«, sagte er, während er aus dem Bett stieg und in den Satteltaschen kramte.

Houston stützte den Kopf auf den Ellbogen und beobachtete ihn mit großem Interesse. Er war viel besser gebaut als der Preisboxer, den sie zur Versammlung der Schwesternschaft eingeladen hatte. Seine Muskeln waren noch kräftiger, seine Schultern noch breiter, und sein strammes, kleines Gesäß saß über mächtigen Schenkeln – Schenkeln, die sich so herrlich an den ihren reiben und ihren Körper zum Singen bringen konnten.

Kane drehte sich unbefangen zu ihr um, doch als er ihren Gesichtsausdruck bemerkte, ließ er die Nahrungsmittelpakete fallen, die er aus der Satteltasche geholt hatte, und streckte ihr eine Hand hin.

»Ich hatte eigentlich nur in dieser Hütte übernachten wollen; aber wärest du damit einverstanden, daß wir noch ein paar Tage hierbleiben – gewissermaßen unsere Flitterwochen hier verbringen, statt in Paris oder einem eleganten Badeort?«

»Ich kenne Paris«, flüsterte sie, schob ihre Hüften näher an ihn heran und rieb sie sacht an seinem Bauch. »Und ich kann dir aufrichig versichern, daß mir diese Hütte viel besser gefällt. Hattest du eben nicht etwas von einem Frühstück gesagt?«

Kane machte ein ungläubiges Gesicht, während er sie von sich wegschob. »Als Kind habe ich gelernt, daß man behutsam umgehen muß mit kostbaren Spielsachen, wenn sie länger halten sollen als nur einen Tag.«

»Bin ich für dich ein Spielzeug?«

»Ein Spielzeug für Erwachsene. Nun zieh dir etwas an, damit wir frühstücken können. Ich wollte dir vorschlagen, mit mir ein paar Bergwerksruinen in der Nachbarschaft zu besichtigen. Ich hoffe nur, ich bin Manns genug, den ganzen Tag mit dir verbringen zu können.«

»Davon bin ich überzeugt«, sagte sie, während sie durch züchtig gesenkte Wimpern an ihm hinunterblickte. Da war ein gewisser Teil von ihm, der nicht so aussah, als würde er nur einen Tag lang halten.

Er faßte sie nun sehr bestimmt an beiden Schultern und schwenkte sie herum. »Dort drüben beim Kamin liegen noch ein Ersatzhemd und eine zweite Hose. Du ziehst das an – und ich möchte, daß alle Knöpfe zu sind und nichts heraushängt, was mich verrückt machen könnte. Hast du mich verstanden?«

»Ich habe verstanden«, sagte Houston, ihm die Kehrseite zudrehend. Und dabei mußte sie so sehr grinsen, daß sogar ihr Hinterteil zu wackeln begann.

Als sie sich angezogen und gefrühstückt hatten, führte Kane Houston noch weiter den Berg hinunter. Chandler lag

6200 Fuß über dem Meeresspiegel, das Plateau der Hütte befand sich auf einer Höhe von ungefähr 7500 Fuß, und entsprechend dünn und kalt war die Luft hier oben. Kane schien gar nicht zu merken, daß Houston ungeübt war im Klettern und ihre Reitstiefel ständig auf dem schlüpfrigen Fels ausrutschten. Er führte sie senkrecht den Steilhang hinauf, an Überhängen vorbei, die jeden Moment auf sie herabzustürzten drohten.

»Ist es noch sehr weit?« fragte sie ihn einmal.

Kane drehte sich um und gab ihr die Hand, um ihr über eine besonders schwierige Stelle hinwegzuhelfen. »Wie wäre es mit einer Rast?« fragte er und löste die Gurte des Tornisters mit der Verpflegung, den er auf dem Rücken trug.

»Für eine Rast wäre ich dir sehr dankbar«, sagte sie erleichtert und nahm die mit Wasser gefüllte Feldflasche, die er ihr hinreichte. »Bist du sicher, daß es hier oben überhaupt ein Bergwerk gibt?« fragte sie, nachdem sie einen kräftigen Schluck getrunken hatte. »Wie konnten sie denn hier oben die Kohle fördern?«

»So, wie man überall Kohle fördert, vermute ich. Was weiß ich?« Er sah sie eindringlich an, und als er sich davon überzeugt zu haben schien, daß sie nicht an Atemnot sterben würde, wandte er den Blick wieder ab.

»Kommst du oft hierher?«

»Sooft es meine Arbeit mir erlaubt«, antwortete er. »Schau dir diese Felsen dort drüben an. Hast du so etwas Ähnliches schon mal gesehen?« Er deutete hinunter ins Tal, und sie vermochte im Dunst einen Felsrücken zu erkennen. »Wie kommen diese Felsen dorthin? Vielleicht hat ein Riese versucht, sie aus dem Boden zu ziehen, und nachdem er sie schon halb über der Erde hatte, verlor er die Lust daran und ließ sie liegen.«

Houston aß gerade eine von den Brezeln, die Kane als Wegzehrung eingepackt hatte. Er hatte eine Brezel beim Frühstück gekostet und sie zu der besten Backware dieser Erde erklärt. Houston wollte dafür sorgen, daß sie in Zukunft immer einen Vorrat davon im Haus hatte. »Ich glaube, ein Geologe hätte eine bessere Erklärung dafür. Hätte es dir Spaß gemacht, eine Schule zu besuchen, wo du gelernt hättest, wie sich Felsen bilden und ähnliches mehr?«

Ganz langsam drehte sich Kane wieder zu ihr um. »Wenn du etwas an mir auszusetzen hast, sage es frei heraus. Meine Schulbildung war immerhin so gut, daß sie mir zu ein paar Millionen Dollar verholfen hat. Wäre sie dann nicht auch gut genug für dich?«

Houston betrachtete die Brezel in ihrer Hand. »Ich habe dabei eher an die Leute gedacht, die nicht so viel Glück hatten wie du.«

»Ich spende genug Geld für wohltätige Zwecke. Da stehe ich hinter keinem zurück«, sagte er und reckte das Kinn vor.

»Ich hatte mir nur gedacht, es wäre jetzt der richtige Moment, dir vorzuschlagen, daß du deinen Vetter Ian in dein Haus aufnehmen solltest.«

»Meinen Vetter Ian? Diesen finster blickenden Burschen, dem du bei dieser Keilerei im Garten zu Hilfe gekommen bist? Meinst du den?«

»Man könnte ihn so beschreiben, obwohl ich eher der Meinung bin, daß er . . . tatkräftig aussieht. So wie du.«

Kane ignorierte ihre letzte Bemerkung. »Warum, in aller Welt, willst du dir so ein Problem aufladen?«

»Er ist sehr intelligent, mußte aber die Schule aufgeben, um seine Familie unterstützen zu können. Er ist noch ein Junge, schuftet aber schon jahrelang im Bergwerk. Ich hoffe, du nimmst mir nicht übel, daß ich mich mit ihm unterhalten habe, ohne dich erst um Erlaubnis zu fragen. Unser Haus ist ja wahrhaftig groß genug, und zudem ist er dein Vetter ersten Grades.«

Kane stand auf und schnallte sich den Tornister wieder um. Er rief über die Schulter, als sie ihren Weg fortsetzten – gottlob auf etwas flacherem Terrain –: »Von mir aus kann er bei uns wohnen; aber sorge dafür, daß er mir nicht vor die Augen kommt. Ich mag Kinder nicht besonders.«

Houston hatte Mühe, mit ihm Schritt zu halten: »Nicht mal deinen eigenen Sohn?«

»Ich kenne ihn ja gar nicht; wie soll ich ihn da gern haben?«

Sie hatte Mühe, über einen umgestürzten Baum hinwegzusteigen. Kanes Hose war ihr viel zu groß, und obwohl sie die Hosenbeine hochgewickelt hatte, blieben sie alle Augenblicke irgendwo hängen. »Ich dachte, du wärst neugierig, ob er dir wirklich ähnlich sieht.«

Seine Stimme kam hinter einer Gruppe von Espen hervor, deren weiße Rinde in der Sonne glänzte: »Im Augenblick bin ich nur neugierig, ob mir die alte Hettie Green tatsächlich ein paar von ihren Eisenbahnaktien verkaufen will.«

Keuchend versuchte Houston, ihren Mann einzuholen; blieb jedoch mit dem Hemdärmel an einem Zweig hängen. Während sie vorsichtig den Stoff vom Holz löste, damit er nicht zerriß, rief sie zurück: »Was ich dich noch fragen wollte – hast du diese Mietskaserne von Mr. Vanderbilt bekommen, auf die du so scharf gewesen bist?«

Kane kam zurück, um ein paar ihrer Lockensträhnen aus einem dornenbewehrten Gestrüpp zu befreien. »Oh, das. Sicher. Obwohl das nicht einfach war, so weit weg vom Schuß. Für das Geld, das ich für Telegramme ausgegeben habe, hätte ich die ganze Firma kaufen können.«

»Was – dir gehört die Western Union noch nicht?« fragte sie und sah ihn dabei groß an.

Kane schien nicht zu merken, daß sie ihn nur necken wollte. »Nur teilweise«, sagte er ernsthaft. »Eines Tages werden sie alle Telefonleitungen des Landes miteinander verdrahten. Dann wird es Zeit, richtig einzusteigen. Vorläufig sind diese Dinger nutzlos. Ich bekomme ja nur die Leute an die Strippe, die in Chandler wohnen. Und wer will schon mit den Leuten in Chandler telefonieren?«

Sie sah ihm in die Augen und sagte leise: »Du könntest deinen Sohn anrufen und ihm guten Tag sagen.«

Mit einem tiefen Seufzer wandte Kane sich wieder von ihr ab und marschierte weiter. »Edan hatte recht«, murmelte er. »Ich hätte ein Bauernmädchen heiraten sollen – eine, die sich nicht in meine Angelegenheiten mischt.«

Während Houston ihm nachrannte, über Bäume und Steine stolperte und einmal sogar auf einem mächtigen Pilz ausglitt, fragte sie sich bang, ob sie nicht zu weit gegangen war. Aber trotz seiner Bemerkung hatte seine Stimme nicht wirklich ärgerlich geklungen.

Sie wanderten schweigend noch ungefähr eine Meile weit, bis sie zum Eingang der verlassenen Mine kamen. Sie befand sich am Rand eines ziemlich steilen Abhangs und gewährte einen schönen Rundblick auf das Tal und die Ebene, die sich hinter Chandler ausbreitete.

Der Stollen, den man in den Berg vorgetrieben hatte, war schon nach sechs Metern unpassierbar; dort war die Decke eingestürzt. Houston bückte sich, hob ein Stück Kohle auf und trug es hinaus in die Sonne. Wenn man Kohle aus der Nähe betrachtete, sah sie wunderschön aus – schimmernd und glänzend wie Silber. Houston mochte gern glauben, daß sich so ein Stück Kohle, wenn es lange genug unter hohem Druck stand, in einen Diamanten verwandeln konnte.

Sie blickte hinunter auf das Tal und betrachtete dann den Steilhang am Fuß der Mine. »Wie ich es mir gedacht hatte«, sagte sie, »es lohnte sich nicht, die Kohle zu fördern.«

Kane, der mehr an der Aussicht interessiert war, warf einen flüchtigen Blick auf die Kohle, die sie in der Hand hielt. »Sieht für mich genauso aus wie jede andere Kohle auch. Was fehlt ihr denn?«

»Ihr fehlt gar nichts. Im Gegenteil, es ist eine sehr hochwertige Kohle; aber du kannst kein Geleis bis hierher verlegen; und ohne Eisenbahn, die für den Abtransport sorgt, ist die Kohle wertlos – wie mein Vater feststellen mußte.«

»Ich dachte, dein Vater hat als Händler sein Geld verdient.«

Houston fuhr mit dem Handteller über die glatten Flächen der gebrochenen Kohle, die sich so geschmeidig anfühlten und dennoch so fest. Viele Bergarbeiter hielten die Kohle für ein sehr sauberes, reines Mineral und steckten sich ein Stück davon in den Mund, um bei der Arbeit daran zu saugen. »Das stimmt; aber er kam nach Colorado, weil er von dem Kohlereichtum dieser Gegend gehört hatte. Er glaubte, hier wohnten nur reiche Leute, die sich darum reißen würden, ihm für teures Geld die zweihundert Kohleöfen abzunehmen, die er unter großer Lebensgefahr über die ›Große Wüste‹ transportiert hatte, wie man das Land zwischen St. Joseph und Denver nannte.«

»Klingt vernünftig. Also verkaufte er hier seine Öfen und gründete dann ein Warenhaus.«

»Nein, er machte fast bankrott. Denn es stimmte zwar, daß man in Colorado nur mit einem Spaten die Erde umgraben mußte, um an die Kohle heranzukommen; aber damals reichte die Eisenbahn noch nicht bis hierher, und deshalb gab es keine Möglichkeit, die geförderte Kohle auch gewinnbringend zu vermarkten. Mit Ochsenkarren konnte man die Kohle nicht in so großen Mengen befördern, daß sich der Transport überhaupt gelohnt hätte.«

»Und wie hat dein Vater dieses Problem gelöst?«

Houston lächelte bei der Erinnerung an die Geschichte, die ihre Mutter ihr schon so oft erzählt hatte. »Mein Vater hatte große Träume. Am Fuß des Berges, auf dem wir jetzt stehen, befand sich damals eine kleine Siedlung von Bauern und Viehzüchtern, und mein Vater meinte, die Stelle würde sich großartig für die Gründung einer Stadt eignen – für die Gründung *seiner* Stadt. Er schenkte jedem Bauer einen Kohleofen, wenn er ihm dafür versprach, die Kohlen zum Heizen des Ofens von den Chandler Coal Works in Chandler, Colorado, zu beziehen.«

»Heißt das, daß er die Stadt nach sich selbst benannt hat?«

»Genauso ist es. Ich hätte die Gesichter der Leute sehen mögen, als er ihnen eines Tages eröffnete, daß sie nun in der Stadt von Mr. William Houston Chandler, Esquire, wohnten.«

»Und ich war immer der Meinung gewesen, man habe die Stadt nach ihm benannt, weil er hundert Babies aus einem brennenden Gebäude gerettet hat oder so etwas Ähnliches.«

»Mrs. Jenks von der Stadtbibliothek hat mir erzählt, mein Vater sei zum Ehrenbürger der Stadt ernannt worden, weil er so viel für die Stadt gestiftet hat.«

»Und warum ist er nicht von der Kohle reich geworden?«

»Weil der Rücken meines Vaters schon nach einem Jahr nicht mehr mitmachen wollte. Er förderte die Kohle selbst, lud sie auf Ochsenkarren und belieferte damit die von Monat zu Monat wachsende Einwohnerschaft von Chandler. Doch nach einem Jahr verkaufte er seine Mine für einen Apfel und ein Ei an ein paar kräftige Bauernsöhne. Dann ging er wieder in den Osten, kaufte dort einundfünfzig Wagenladungen der verschiedenartigsten Güter, heiratete meine Mutter und kehrte einen Monat später mit ihr und fünfundzwanzig frischvermählten Paaren, die seinen Treck begleiteten, in das glorreiche Chandler in Colorado zurück. Mutter hat mir erzählt, daß die Hühner auf den Kaminen in dem Gebäude brüteten, das jemand als Chandler-Hotel zu bezeichnen wagte.«

»Und als die Eisenbahn nach Colorado kam, wurden die Bauernsöhne, denen dein Vater die Minen verkauft hatte, zu Millionären«, sagte Kane.

»Sicher; aber damals war mein Vater bereits tot, und meine Mutter hatte sich zum zweitenmal mit dem hoch angesehenen Brauereibesitzer Mr. Gates verehelicht.« Houston ging wieder in den Stollen hinein, während Kane am Eingang stehenblieb und auf die Stadt am Fuß des Berges hinuntersah.

»Seltsam, was die Leute manchmal für Vorstellungen haben von anderen Leuten. Die ganze Stadt behandelt deine Familie, als wären es königliche Hoheiten; doch in Wahrheit heißt diese Stadt nur nach deinem Vater, weil er sich in den Kopf gesetzt hatte, seinen Namen auf der Landkarte zu verewigen. Er hatte wohl nicht viel von einem König, wie?«

»Für meine Schwester und mich war er ein König – und auch für meine Mutter. Als Blair und ich noch klein waren, beschloß die Stadt, den Geburtstag meines Vaters zum Feiertag zu erklären. Mutter bemühte sich nach Kräften, die Leute aufzuklären, wie die Stadt zu dem Namen meines Vaters gekommen war, bis sie nach wochenlangen vergeblichen Anstrengungen einsehen mußte, daß die Stadt nach einem Helden *verlangte*.«

»Und wie ist Mr. Gates zu der königlichen Familie gekommen?«

Houston seufzte tief.»Mr. Gates hätte sich als Brauereibesitzer niemals einen so hehren Ruf wie mein Vater verschaffen können. Als deshalb die Königin Opal Chandler samt ihren beiden jungen Prinzessinnen wieder zu haben war, legte er ihr alles zu Fußen, was er besaß. Die Familie meiner Mutter hielt ihn für eine glänzende Partie und überredete sie, ihn zu erhören.«

»Er wollte auch nur eine echte, unverfälschte Lady haben«, murmelte Kane.

»Und er ging mit der Absicht in die Ehe, seine strengen Vorstellungen, wie eine Lady sich zu benehmen habe, bei den drei Frauen unter seinem Dach auch durchzusetzen«, sagte Houston mit zusammengebissenen Zähnen.

Kane schwieg einen Moment. »Ich schätze, das Gras im Nachbargarten sieht immer grüner aus als das eigene.«

Houston trat dicht an ihn heran und nahm seine Rechte in ihre Hände. »Ist dir schon einmal der Gedanke gekommen, daß du heute ein verwöhntes Muttersöhnchen sein könntest wie Marc Fenton, der den Wert der Arbeit nicht kennt, wenn du nicht im Stall aufgewachsen wärest, sondern als Erbe der Familie?«

»Das klingt ja so, als täte Fenton mir damit einen Gefallen!« sagte Kane entsetzt.

»Hat er.«

»Was?«

»Fenton *hat* dir damit einen Gefallen getan. Ich wollte lediglich deine Grammatik verbessern. Das gehört zu unserem Abkommen, wie du weißt.«

»Du schweifst vom Thema ab, verdammt noch mal.

Weißt du, was ich tun sollte? Dich nach New York schicken, um dort mit einigen Leuten geschäftlich zu verhandeln. Sie wären dir nicht gewachsen.«

Sie legte ihm die Arme um den Hals. »Sollte ich nicht lieber hierbleiben und mit dir verhandeln?«

Kapitel 18

Als Houston ihm die Arme um den Hals schlang, sah sie seinem Gesicht an, daß er gegen etwas in sich ankämpfte, als wollte er sie gar nicht küssen. Doch dann, als würde er von einer unwiderstehlichen Kraft angezogen, neigte er den Kopf ihrem Mund entgegen und küßte sie wie ein Verdurstender. Houston klammerte sich an ihn, genoß das Gefühl seiner Stärke, die Regung seines mächtigen Körpers, der von dem ihren Besitz ergriff.

»Kane«, flüsterte sie heiser mit einer Stimme, die tief in ihrem Hals zu sitzen schien.

Er schob sie von sich, um sie anzuschauen, ein brennendes Begehren in seinen dunklen Augen. »Was hast du mit mir gemacht? Es ist viele Jahre her, daß das, was zwischen meinen Beinen ist, über das gebietet, was sich in meinem Kopf befindet. Aber ich glaube, ich würde in diesem Augenblick jeden Mann töten, der versuchte, dich mir wegzunehmen.«

»Oder jede Frau?« fragte sie, ihre Lippen dicht vor den seinen.

»Auch das«, konnte er nur noch sagen, ehe er begann, ihr das viel zu große Hemd vom Leib zu reißen.

Es war Houston nicht entgangen, daß Kane sich bisher nicht völlig verschenkt hatte. Ein Teil von ihm, hatte sie das Gefühl gehabt, war unbeteiligt gewesen beim Liebesakt, für sie nicht erreichbar wie ein Mensch, der mit seinen Gedanken nicht recht bei der Sache ist. Doch jetzt war er anders. Da war keine Spur von Zurückhaltung mehr, keine kühle Reserve, kein Beobachten aus der Distanz.

Mit der Leidenschaft eines attackierenden Stiers hob Kane sie auf seine Arme und trug sie in den verlassenen Stollen hinein. Als Houston ihm in das vor Erregung aufgewühlte Antlitz sah, dachte sie: Das ist der Mann, der in wenigen Jahren Millionen gemacht hat. Das ist der Kane Taggert, nach dem ich die ganze Zeit gesucht habe. Das ist der Mann, den ich liebe – der Mann, von dem ich geliebt werden möchte.

Kane schien überhaupt nichts zu denken, als er sie auf den Boden des Stollens legte, seinen Mund fordernd auf ihren Lippen, während er ihr mit beiden Händen den Rest des Hemdes vom Leibe riß, um endlich ihre nackte, weiche Haut spüren zu können. Heißhungrig glitten seine Lippen ihren entblößten Körper entlang.

Das war nicht mehr der gütige, geduldige, rücksichtsvolle Liebhaber von gestern nacht. An seine Stelle war ein Mann getreten, der sich vor Leidenschaft nach ihr verzehrte. Und hatte Houston geglaubt, sie habe sich schon bisher vollkommen seinem Begehren hingegeben, so verlor sie jetzt völlig den Verstand und wurde zu einem kreatürlichen Quell pulsierender Gefühle.

Sein Mund war wie ein Feuer auf ihrer Haut, so daß sie die Glut bis ins Mark hinein zu spüren schien. Seine kräftigen Finger umklammerten ihre Taille und zogen sie ganz fest an seinen Körper. Er fühlte sich so heiß an, als würde auch ihn der Brand, der in ihr loderte, entflammen und aufzehren. Er rollte sich auf den Rücken und stemmte sie in die Höhe, als wäre sie so leicht wie eine Feder.

Mit einer einzigen fließenden Bewegung setzte er sie auf sein Glied, und Houston gab einen keuchenden, stöhnenden Laut von sich, der in einem leisen Wonneschrei gipfelte und von den Wänden des Stollens widerhallte.

Sie warf den Kopf in den Nacken und spürte, wie ihr aufgelöstes Haar sich mit dem Schweiß in ihrem Nacken vermischte. Und als er ihr jetzt die Hand auf die Schultern legte, spürte sie nur noch die heiße, wogende Brandung ihres Liebesaktes. Da waren keine Gedanken mehr, nur diese unglaubliche Wonne, die mit nichts zu vergleichen war, was sie bisher in ihrem Leben empfunden hatte.

Ein einziges Mal öffnete sie die Augen, als der Rhythmus ihrer Bewegungen immer schneller wurde, und blickte auf ihn hinunter – auf sein Gesicht mit dem halbgeöffneten Mund, das ganz verklärt war von einer tiefen, wonnevollen Leidenschaft.

»Kane.«

Sie dachte, sie hätte seinen Namen nur geflüstert; doch er hallte wie ein Lustschrei von den Wänden wider, der durch die kalte Luft wirbelte und sie mit seinem Echo einhüllte.

Kane gab keine Antwort, hob sie nur wie rasend auf und nieder, ehe sie mit gewölbtem Rücken und gespreizten Schenkeln den letzten, alles erschütternden Stoß empfing und spürte, wie ein erdbebengleicher Schauer durch ihren Körper lief.

Dann war es vorüber, und sie fiel nach vorn auf seine breite, verschwitzte Brust, während er sie mit seinen Armen umschlang, als wollte er ihr alle Rippen brechen. Sie schmiegte sich noch enger an ihn, die Beine zwischen seinen Schenkeln, und mühte sich, ganz in ihn hineinzukriechen.

So lagen sie beieinander, und die einzige Bewegung war nun Kanes Hand, die sacht über Houstons Haar strich.

»Weißt du, daß es angefangen hat zu regnen?« fragte er nach einer Weile.

Houston hatte alles um sich her vergessen, spürte nur seinen Körper und den Nachhall der unglaublichen Wonnen, die sie soeben erlebt hatte. Sie brachte es zwar fertig, den Kopf zu schütteln, hob ihn aber nicht von seiner Brust.

»Weißt du, daß draußen eine Temperatur von ungefähr fünf Grad Celsius herrscht und ich auf Hunderten von diesen scharfen kleinen Kohlestückchen liege, die du so faszinierend findest? Und daß mein linkes Bein vor ungefähr einer Stunde eingeschlafen ist?«

Lächelnd, ihr Gesicht an seiner Achsel vergraben, schüttelte Houston abermals den Kopf.

»Ich schätze, du hast nicht vor, dich bis zur nächsten Woche von der Stelle zu bewegen, nicht wahr?«

Ein Lachen stieg in ihr auf, doch sie schob ihr Gesicht noch tiefer in seine Achselhöhle und schüttelte zum drittenmal den Kopf.

»Und es stört dich auch nicht, daß meine Zehen so kalt geworden sind, daß sie vermutlich abfallen, wenn sie mit einem festen Gegenstand in Berührung kommen?«

Ihre negative Antwort veranlaßte ihn nur dazu, sie noch fester an sich zu drücken.

»Könnte ich dich vielleicht bestechen?«

»Ja«, flüsterte sie.

»Wie wäre es, wenn wir uns jetzt anzögen, uns dann in den Stollen setzten, dem Regen zuschauten und du mir Fragen stelltest? Das scheint dir ja am meisten Spaß zu machen, habe ich den Eindruck.«

Sie hob den Kopf, um ihm ins Gesicht zu sehen. »Wirst du sie auch beantworten?«

»Wahrscheinlich nicht«, sagte er, während er sie sacht von seinem Bauch schob, jedoch mitten in dieser Handlung innehielt, ihr einen Kuß gab und ihre Wangen streichelte. »Hexe«, murmelte er, ehe er sich auf den Bauch drehte und nach seiner Hose langte.

Als er Houston die Hinterseite zeigte, sah sie, daß sein Gesäß und sein breiter Rücken mit unzähligen kleinen scharfen Kohlestücken gespickt waren. Sie bemühte sich, diese mit den Händen zu entfernen. Dabei strichen – ein seltsamer Zufall – ihre Brustwarzen ein paarmal über seinen Nacken und seine Schultern hin.

Kane drehte sich wieder auf den Rücken und packte ihre Handgelenke. »Fang bloß nicht wieder damit an. Diese Lady, die ich geheiratet habe, hat etwas an sich, dem ich offenbar nicht widerstehen kann. Deswegen brauchst du aber nicht ein so selbstzufriedenes Gesicht zu machen.«

Und während er ihr diesen Vortrag hielt, wanderten seine Augen an ihrem nackten Körper auf und nieder. »Houston«, stöhnte er, während er sie wieder losließ und den

Kopf zur Seite drehte, »du bist ganz und gar nicht das, was ich mir vorgestellt habe. Und jetzt zieh dich an, ehe ich wieder eine Dummheit anstelle.«

Houston fragte ihn nicht danach, was er mit ›wieder eine Dummheit anstellen‹ meinte; doch ihr Herz klopfte wie rasend vor Freude, als sie sich die Sachen überstreifte, die er ihr geliehen hatte. Am Hemd fehlten fast alle Knöpfe, und auch in der Hose klaffte ein Riß. Sie lächelte, als sie ihre nackte Haut durch die Löcher schimmern sah.

Sie war noch gar nicht richtig umgezogen, als er sie mit beiden Armen umfing, sie auf seinen Schoß setzte und sich mit dem Rücken gegen die Stollenwand lehnte.

Draußen rauschte der Regen nieder, als wollte er niemals enden, und sie schmiegte sich in Kanes Armbeuge.

»Du machst mich glücklich«, sagte sie, während er sie noch fester an sich zog.

»Ich? Du hast dir ja das Geschenk noch gar nicht angesehen, das du von mir zur Hochzeit bekommen hast.« Er hielt inne. »Ach, du hast *das* eben gemeint. Nun, ausgesprochen traurig machst du mich auch nicht.«

»Du machst mich glücklich – nicht die Geschenke und auch nicht das Schlafen mit dir. Obwohl das natürlich hilfreich ist.«

»Schön, dann erzähle mir, wie ich dich glücklich mache.« Da hörte sie wieder eine gewisse Reserve aus seiner Stimme heraus.

Sie schwieg eine Weile, ehe sie sagte: »Als Leander und ich uns gerade offiziell verlobt hatten, bekamen wir eine Einladung zu einem Ball in der Freiheitsloge. Ich freute mich schrecklich auf diesen Abend und ließ mir deshalb – vermutlich als Ausdruck meiner Stimmung – ein Kleid aus rotem Stoff für dieses Ereignis schneidern. Es war kein verhaltenes, sondern ein strahlendes, knalliges Scharlachrot, das ich ausgesucht hatte, und als ich es am Ballabend anzog und mich im Spiegel betrachtete, hatte ich das Gefühl, die schönste Frau der Welt zu sein.«

Sie machte eine Pause, um Luft zu holen und sich daran

zu erinnern, daß sie in Kanes Armen lag und sich sicher fühlen konnte.

»Als ich die Treppe herunterkam, starrten Mr. Gates und Leander mich an, und ich war so dumm, zu glauben, sie wären tief beeindruckt von meinem roten Kleid. Aber als ich am Fuß der Treppe angelangt war, fing Mr. Gates zu kneifen an, ich sähe aus wie eine Hure, und ich sollte auf der Stelle umkehren und ein anderes Kleid anziehen. Leander mischte sich in diesem Moment vermittelnd ein und sagte, er würde schon auf mich aufpassen. Ich glaube, ich habe ihn nie mehr geliebt als in diesem Moment.«

Wieder holte sie tief Luft. »Als wir dann in den Ballsaal kamen, schlug Leander mir vor, meinen Mantel anzubehalten und den Leuten zu sagen, ich hätte mich erkältet. Ich verbrachte den ganzen Abend an einem Ecktisch, rührte mich nicht von der Stelle und fühlte mich hundeelend.«

»Warum hast du den beiden nicht gesagt, sie sollten zur Hölle fahren, und hast in deinem roten Kleid getanzt?«

»Ich glaube, ich habe immer nur das getan, was die Leute von mir erwarteten. Deswegen machst du mich ja so glücklich. Du scheinst zu glauben, wenn Houston in ihrer Unterwäsche am Rosenspalier herunterklettert, gehört sich so etwas für Damen. Auch hast du offenbar nichts dagegen, wenn ich dir sehr undamenhafte Anträge mache.« Sie drehte den Kopf in seine Richtung, um ihn anzusehen.

Nach einem raschen Kuß drehte er sie wieder in die alte Richtung. »Ich habe nichts gegen deine Anträge, kann jedoch gern auf deine Auftritte in der Öffentlichkeit verzichten, wenn du dort nur in deiner Unterwäsche erscheinst. Ich weiß nicht, ob du dich noch an die Welpen erinnern kannst.«

»Ich bin mir nicht sicher, ob ich weiß, wovon du redest.«

»Bei Marc Fentons Geburtstagsparty – ich glaube, es war seine achte – nahm ich dich mit in den Stall und zeigte dir ein paar Münsterländer-Welpen – weißes Fell mit schwarzen Punkten . . .«

»Ich erinnere mich! Aber das konntest doch nicht du gewesen sein; das war ein erwachsener Mann!«

»Ich schätze, ich war damals achtzehn, und dann mußt du . . .«

»Sechs gewesen sein. Erzähl mir davon!«

»Du kamst mit deiner Schwester zu dieser Party, und ihr hattet auch identische weiße Kleider mit rosa Schärpen an. Deine Schwester rannte sofort mit den anderen Kindern auf den Hof hinter dem Haus und spielte dort mit ihnen Fangmich. Doch du hast dich auf eine eiserne Bank gesetzt und keinen Muskel bewegt – nur so dagesessen, die Hände in den Schoß gelegt.«

»Und du bist mit einer Schubkarre vorbeigekommen, die so roch, als wären eben noch Pferdeäpfel darin gewesen.«

»Mag sein«, knurrte Kane. »Auf jeden Fall hast du mir leid getan, weil du dort so alleine saßt, und deshalb fragte ich dich, ob du die Welpen besichtigen wolltest.«

»Und ich bin mit dir mitgegangen.«

»Nicht, bevor du mich sehr kritisch von Kopf bis Fuß gemustert hast. Ich glaube, ich habe damals die Prüfung bestanden; denn sonst wärst du ja nicht mit mir in den Stall gegangen.«

»Und ich habe dein Hemd angezogen, und dann ist etwas ganz Schreckliches passiert. Ich weiß noch, daß ich furchtbar geweint habe.«

»Du wolltest die Welpen nicht aus der Nähe betrachten, sondern höchstens aus drei Metern Entfernung. Du sagtest, du dürftest dein Kleid nicht schmutzig machen, und deshalb hab' ich dir eines von meinen Hemden geliehen, damit du es über dein Kleid ziehen konntest. Doch ich mußte dir dreimal schwören, daß es frisch gewaschen sei, ehe du es anfassen wolltest. Und was mir heute noch als eine große Tragödie in Erinnerung ist, war deine Haarschleife. Denn einer von den Welpen wollte damit spielen und sprang dich von hinten an. Dabei löste sich das Band von deinem Zopf, und die Schleife zog sich auseinander.

Ich habe noch nie ein Kind gesehen, das so in Tränen

aufgelöst war wie du damals. Du hast ununterbrochen geschluchzt, Mr. Gates würde dir deswegen furchtbar böse sein, und als ich sagte, ich würde dir die Schleife wieder binden, sagtest du, nur deine Mamie könnte eine Haarschleife binden, wie es sich gehört. Genau diese Worte hast du gebraucht – ›wie es sich gehört‹.«

»Und du hast sie so gebunden, wie es sich gehörte! Denn nicht einmal meine Mutter hat später gemerkt, daß die Schleife und mein Zopf aufgegangen waren.«

»Ich habe doch ständig Zöpfe in die Mähnen und Schweife der Pferde geflochten.«

»Für Pam?«

»Du bist verdammt neugierig, was Pam betrifft. Eifersüchtig?«

»Nicht, seit du mir erzählt hast, du hättest ihren Antrag abgewiesen.«

»Deswegen sollte man Frauen nie Geheimnisse anvertrauen.«

»Möchtest du gern, daß ich eifersüchtig bin?«

Kane dachte über ihre Frage nach. »Ich hätte nichts dagegen. Wenigstens weißt du, daß ich Pam einen Korb gegeben habe. Aber ich habe nichts dergleichen von Westfield gehört.«

Sie küßte die Hand, die mit ihren Brüsten spielte. Sie wußte sehr wohl, daß sie ihm ein paarmal erzählt hatte, wie es zur Entlobung von Leander gekommen war. »Ich habe ihm am Altar einen Korb gegeben«, sagte sie leise.

Kanes Arme spannten sich etwas fester um ihre Schultern. »Ich schätze, das hast du getan, weil er auch nicht halb so viel Geld hat wie ich.«

»Du und dein Geld! Fällt dir denn gar nichts anderes ein? Zum Beispiel, mir einen Kuß zu geben?«

»Ich habe ein Ungeheuer von der Kette losgelassen«, meinte er lachend, sträubte sich aber nicht dagegen, ihrer Aufforderung nachzukommen.

»Sei artig«, sagte er ein paar Minuten später und drehte sie wieder so, daß sie mit dem Rücken an seiner Brust lag. »Ich habe nicht so eine große Ausdauer wie du. Vergiß nicht, daß ich im Vergleich zu dir ein alter Mann bin.«

Kichernd bewegte Houston ihre Kehrseite auf seinem Schoß hin und her.

»Und zudem werde ich mit jeder Sekunde älter«, fuhr er fort. »Willst du endlich stillsitzen? Gates hatte recht daran getan, euch zwei Ladys einzusperren.«

»Willst du mich ebenfalls einsperren?« flüsterte Houston und lehnte ihren Kopf an seinen Hals unter dem Kinn.

Er brauchte so lange für seine Antwort, daß sie sich umdrehte und ihn ansah. »Könnte sein«, sagte er schließlich, und dann, offensichtlich bemüht, das Thema zu wechseln, murmelte er: »Ich habe seit Jahren nicht mehr so viel geredet – ich meine über Dinge, die nichts mit meinen Geschäften zu tun haben.«

»Worüber hast du mit deinen anderen Frauen geredet?«

»Welchen anderen Frauen?«

»Den anderen. Mit Miss LaRue zum Beispiel.«

»Ich kann mich nicht entsinnen, daß ich bei Viney überhaupt etwas geredet habe.«

»Aber der nette Teil kommt doch danach, wenn man so beieinander liegt und redet.«

Er strich mit der Hand an ihrer Seite entlang. »Ich schätze, übel ist es nicht. Aber ich würde lügen, wenn ich behaupte, daß ich so was schon mal gemacht hätte. Ich meine, nachdem wir . . . Ich ging danach einfach nach Hause, meine ich. Ich kann mich auch nicht darin erinnern, daß ich danach bloß so herumgelegen hätte. Ohne etwas zu reden, meine ich. Wäre reine Zeitverschwendung gewesen«, setzte er hinzu, machte aber keine Anstalten, von ihr wegzurücken. Houston schmiegte sich noch enger an ihn.

»Kalt?«

»Nein. So warm ist mir noch nie gewesen.«

Kapitel 19

Houston blickte vom Bett in der Hütte zu ihm hoch, sah ihm beim Anziehen zu und wußte, daß dies das Ende ihrer kurzen Flitterwochen war. »Wir müssen offenbar die Hütte räumen«, sagte sie traurig.

»Ich erwarte ein paar Männer heute vormittag, und ich kann es mir nicht leisten, den Termin platzen zu lassen.« Er drehte sich zu ihr um. »Ich wünschte, ich könnte noch länger hier oben in der Hütte bleiben; aber das geht nicht.«

Auch in seiner Stimme schwang Bedauern mit, und Houston beschloß, ihm lieber zu helfen als Widerstand zu leisten. Rasch sprang sie aus dem Bett und begann, ihr Reitkostüm anzuziehen. Kane mußte ihr beim Schnüren der Korsage helfen.

»Wie, in aller Welt, bringst du es fertig, in diesem verdammten Ding zu atmen?«

»Ich glaube nicht, daß es dabei auf das Atmen ankommt. Ich dachte, du weißt die Rundungen an deiner Frau besonders zu schätzen. Und ohne diese verflixten Dinger würden wir alle bald Taillenweiten von siebenundsechzig oder achtundsechzig Zentimetern haben. Zudem stützen die Korsetts den Rücken einer Frau. Sie sind im Grunde sehr gesund.«

Kane brummelte irgend etwas und stopfte den Rest ihrer Nahrungsvorräte in die Satteltaschen. Sie konnte ihm ansehen, daß er mit seinen Gedanken bereits wieder bei seiner Arbeit war.

Schweigend bereiteten sie sich nun auf den Abstieg ins Tal vor. Houston war sich nicht sicher, was in Kanes Kopf vorging; doch sie wußte, daß sie noch nie so glücklich in ihrem Leben gewesen war. Ihre Angst, eine frigide Frau zu sein, war verflogen, und vor ihr lag ein Leben mit dem Mann, den sie liebte.

Als sie die Hütte verließen, hielt Kane noch einmal auf der Schwelle an und blickte zurück in den kleinen Innenraum. »So gut ist es mir hier noch nie gegangen«, sagte er, ehe er die Tür abschloß und hinüberging zu den gesattelten Pferden.

Houston wollte sich gerade in den Sattel schwingen, als Kane sie um die Taille faßte und auf das Pferd hinaufschob. Sie versuchte, ihr Erstaunen zu verbergen, als sie auf ihn hinuntersah. War das der Mann, der sie in ihren Reitstiefeln über glitschige Felsen gescheucht hatte?

Kane zog den Kopf ein. »In diesem Reitkostüm siehst du wieder wie ein Lady aus«, murmelte er.

Schweigend begannen sie auf dem schmalen Pfad den steilen Hang hinunterzureiten. Ein paarmal hielt Kane an einer gefährlichen Stelle an, um ihr notfalls Hilfe leisten zu können.

Erst als sie schon nahe bei der Stadt waren und sie nur noch im Schneckentempo dahinzockelten, richtete Houston wieder das Wort an ihn.

»Kane, du weißt doch, was mich in den letzten Tagen so sehr beschäftigt hat, nicht wahr?«

Er sah sie an und grinste unverschämt. »Klar, weiß ich das, mein Schatz; und ich fand deine Gedanken großartig.«

»Das meine ich doch nicht« sagte sie ungeduldig. »Ich hatte daran gedacht, deine Kusine Jean zu uns ins Haus zu nehmen.«

Als sie sich zu Kane umdrehte, saß er mit offenem Mund im Sattel und starrte sie an.

»Ich bezweifle jedoch, daß sie eine offene Einladung, bei uns zu wohnen, annehmen würde, weil ihr Taggerts alle viel zu stolz seid, um euch etwas schenken zu lassen; und deshalb habe ich mir absichtlich so viel Zeit gelassen, eine Haushälterin zu engagieren, weil ich mir dachte, dieser Job könnte ihr gefallen. Erstens käme sie dann endlich aus diesem Bergwerkslager heraus, und zweitens – meinst du nicht, daß Edan und sie ein herrliches Paar abgeben würden?«

Kane starrte sie immer noch an.

»Nun – was sagst du dazu?«

Es gelang ihm, den Mund wieder zu schließen und sie wieder einigermaßen normal anzuschauen.

»Als ich zu Edan sagte, daß ich mich mit dem Gedanken trage, zu heiraten, fragte er mich, ob ich bereit wäre, mein Leben mit einer Frau zu teilen. Er lachte sich halbtot, als ich erwiderte, ich dächte gar nicht daran, einer Ehe wegen mein Leben zu ändern. Allmählich begreife ich, warum er mich ausgelacht hat. Hast du vor, noch mehr Leute in meinem Haus unterzubringen? Vielleicht die Pennbrüder von Chandler? Aber wenn du einen Prediger ins Haus nimmst, mache ich nicht mehr mit, verstanden? Ich kann Geistliche noch weniger ausstehen als Kinder. Allerdings scheint es ziemlich egal zu sein, ob ich sie mag oder nicht, weil du . . .« Er brach ab, als Houston ihm den Rücken zudrehte und ihr Pferd in Trab setzte.

Einen Moment saß er da und starrte ihr nach, und dann gab er seinem Pferd die Sporen und holte sie im Galopp wieder ein. »Du wirst mir jetzt doch nicht böse sein, Honey! Du kannst von mir aus einladen, wen du willst. Es stört mich nicht – wirklich nicht.« Es war das erstemal in seinem Leben, daß er versuchte, eine aufgebrachte Frau zu besänftigen. Das brachte ihn in Verlegenheit.

Er faßte nach dem Zügel ihres Pferdes. »Aber ich kenne diese Frau ja nicht einmal! Wie sieht sie denn aus? Vielleicht ist sie so häßlich, daß ich sie nicht anschauen kann, wenn wir uns auf dem Flur begegnen.« Er glaubte, den Hauch eines Lächelns in ihren Mundwinkeln zu entdecken. Aha – Humor war die richtige Methode.

»Jean trug violetten Chiffon über einem purpurfarbenen Unterkleid, kleine Brillanten an den Schultern und . . .«

»Moment mal«, unterbrach er sie, »meinst du etwa diese kleine schwarzhaarige, grünäugige Person mit den zierlichen Fesseln und dem schönen Hintern? Ich sah, wie sie aus der Kutsche stieg, und ich muß schon sagen, ihre Waden waren auch nicht zu verachten.«

Houston funkelte ihn an. »Du hast an deinem Hochzeitstag anderen Frauen nachgeschaut?«

»Wenn ich nicht gerade damit beschäftigt war, deine Kletterkünste am Rosenspalier zu bewundern. Ehrlich gestanden, hast du mir in deiner Unterwäsche von allen Frauen am besten gefallen.« Er streckte die Hand aus und streichelte ihren Arm.

Vor ihnen lagen die Zivilisation und die Stadt mit den Leuten, die ihnen in Zukunft viel Zeit stehlen würden. Es war ihre letzte Chance für ein intimes Beisammensein.

Als könnte er ihre Gedanken lesen, zog Kane sie vom Pferd herunter und in seine Arme. Und als sie zusammenkamen, hätte man glauben können, dies wäre die letzte gemeinsame Nacht ihres Lebens.

Als sie zwei Stunden später in das taggertsche Haus kamen, hatten sie Schmutz an ihren Kleidern, Kletten in ihren Haaren und hochrote Gesichter. Kane hielt Houston bei der Hand, bis Edan erschien.

Edan warf nur einen Blick auf die beiden, und als er seine Sprache wiederfand, sagte er zu Houston: »Wie ich sehe, haben Sie ihn gefunden. Kane, da sind vier Männer und ein halbes Dutzend Telegramme, die auf dich warten. Und, Houston, ich glaube, die Dienstboten, die Sie angeheuert haben, vertragen sich nicht besonders.«

Houston spürte, wie Kane ihr einen letzten Händedruck gab und dann mit Edan den Korridor hinuntereilte. Sie wandte sich der Treppe zu, um sich in ihrem Schlafzimmer ein sauberes Kleid anzuziehen. Die Wirklichkeit hatte sie wieder eingeholt.

Zehn Minuten später schaute Kane durch die Schlafzimmertür und sagte, er müsse dringend geschäftlich verreisen. Er käme sofort zurück, wenn alles geregelt sei.

Er blieb drei Tage fort.

Kapitel 20

Binnen vier Stunden, nachdem Kane sie verlassen hatte, wußte Houston, daß es ihre Lebensaufgabe war, eine Ehefrau zu sein. Blair mochte den Ehrgeiz haben, die Welt zu reformieren; doch sie wollte nur dem Mann, den sie liebte, den Haushalt führen.

Freilich war die Leitung von Kanes Haushalt schon eher vergleichbar mit dem Kommando einer Armee in Kriegszeiten; doch man hatte sie ja für ihren Posten als Oberkommandierende jahrelang vorbereitet.

Als erstes schrieb sie einen Brief an Jean Taggert mit der Bitte, sie ein paar Tage lang bei ihren Pflichten in der Haushaltsführung zu unterstützen. Dann schrieb Houston einen Brief an Jeans Vater, in dem sie ihm mitteilte, daß sie vorhabe, Jean zu bitten, in ihrem Haus zu bleiben und den Posten der Haushälterin zu übernehmen. Houston setzte ihre Hoffnung darauf, daß Sherwin Taggert sich für seine Tochter ein besseres Heim wünschte als das Bergwerkslager.

Als Houston dem neuen Lakaien die Briefe gab, damit er sie den Adressaten zustellen sollte, bekam sie eine erste Kostprobe davon, was die Dienerschaft an diesem Haus so schrecklich störte. Der Lakai schien es unter seiner Würde zu halten, den Fuß in ein Bergwerkslager zu setzen, und als Amerikaner hielt er natürlich mit seiner Meinung nicht hinter dem Berg.

Houston fragte ihn sehr gelassen, ob er seinen Job behalten wolle oder nicht, und wenn ja, habe er zu tun, was man ihm anschaffte, und nicht die Verwandtschaft des Mannes zu bekritteln, der für seinen Lebensunterhalt sorgte. Nachdem das geklärt war und der Lakai sich mit den Briefen auf den Weg gemacht hatte, ging Houston in das Erdgeschoß und setzte den anderen Leuten, die sie angeheuert hatte, deren Pflichten auseinander. Die meisten davon saßen nämlich auf den kahlen Fußböden und weigerten sich, auch nur einen Handschlag zu tun, solange man ihnen nicht genau ihre Arbeitsgebiete erklärt und abgesteckt hatte. Houston begriff sofort, warum Miss Jones ihren Schülerinnen dringend empfohlen hatte, nur erfahrenes Personal einzustellen.

Am Morgen des zweiten Tages hatte Houtson sieben Dienstmädchen auf die Flügel des Hauses verteilt, wo sie die Zimmer saubermachten, vier Lakaien oben im Speicher, wo sie den Rest der Möbel entfernten, und drei Mädchen in der Küche, wo sie Mrs. Murchison am Herd assistierten. Außerhalb des Hauses arbeiteten ein Kutscher in der Remise, zwei Burschen im Stall und vier kräftige Jungen im Garten.

Es geschah im Verlauf ihres Besuchs im Garten, wo Houston sich Mr. und Mrs. Nakazona vorstellte und den beiden, da keiner des anderen Sprache verstand, nach bestem Vermögen begreiflich zu machen versuchte, daß die vier jungen Leute den Anweisungen des japanischen Gärtnerpaares Folge zu leisten hatten – in diesem Augenblick also geschah es, daß Houston Ians Gesicht hinter einem Fenster im ersten Stock entdeckte.

Susan hatte Houston im Morgen, als sie ihr beim Anziehen half, von dem schrecklichen Streit erzählt, den Rafe Taggert anzettelte, nachdem die Hochzeitsgäste das Haus wieder verlassen hatten. Susan hatte zufällig einen Teil davon mitbekommen. Der junge Ian hatte sich damit gebrüstet, daß er seinen Vetter Kane haßte und niemals in dessen Haus wohnen würde. Und Rafe hatte gesagt, das wäre eine leere Prahlerei, da niemand Ian gebeten habe, in Kanes Haus zu wohnen. Worauf sich Ian entrüstete, Houston habe ihn darum gebeten; doch er würde lieber sterben, als dieses Angebot annehmen.

Es war an diesem Punkt, daß die beiden Taggerts aneinander gerieten, und da Rafe viel größer und stärker war, hatte er bei dieser Keilerei natürlich gewonnen. Rafe hatte gesagt, Ian habe bei seinem Vetter zu bleiben und alle Vorteile zu genießen, die man sich mit Geld erkaufen könne, selbst wenn er, Rafe, Ian jeden Tag bis zum Ende seines Lebens verprügeln müsse. Und dann drohte er noch damit, daß er Ian überall finden würde, wenn er versuchte, wegzulaufen.

Also hatte sich Ian seit dem Tag der Hochzeit in dem Zimmer eingeschlossen, wo Houston ihn zuletzt einquartiert hatte. Mrs. Murchison war die einzige gewesen, die ihn bisher zu Gesicht bekommen hatte, da sie ihm täglich auf einem Tablett das Essen und Bücher bringen mußte.

»Bücher?« hatte Houston gefragt.

»Der Junge scheint sie zu verschlingen«, sagte Susan. »Mrs. Murchison sagt, er würde den ganzen Tag nur lesen, und das bekäme auf die Dauer seinen Augen nicht. Sie meint, er sollte sich einer Baseballmannschaft anschließen, damit er ein bißchen an die frische Luft käme.«

Nun, da Houston die meisten Leute, die zum Haus gehörten, unter Kontrolle hatte, wandten sich ihre Gedanken Ian zu. Wenn der Junge bei ihnen wohnen sollte, mußte er auch in die Familie integriert werden.

Sie klopfte oben an seine Tür, und nach einigen Minuten erlaubte er ihr, ins Zimmer zu kommen. Sie sah seinem hochroten Gesicht an, daß er etwas vor ihr verstekken wollte, und sie glaubte, die Ecke eines Buchrückens unter dem Bett hervorlugen zu sehen.

»Du bist wieder da«, sagte er, als wäre es eine Anklage.

»Wir kamen gestern zurück«, sagte sie und war sich sicher, daß er das schon längst wußte. »Gefällt dir dein Zimmer?«

Das große, helle, luftige Zimmer war doppelt so groß wie das Haus der Taggerts im Bergwerkslager; aber es standen keine Möbel darin bis auf ein Bett mit einer schmutzigen Decke – ein Anzeichen, daß Ian tagelang darauf gelegen hatte.

»Es ist in Ordnung«, murmelte Ian und blickte auf die Kappen seiner schweren Arbeitsstiefel hinunter.

Der taggertsche Stolz, dachte Houston. »Ian, könntest du mir heute nachmittag helfen? Ich habe vier Männer angeheuert, die mir die Möbel vom Speicher heruntertragen sollen; aber ich glaube, ich werde einen Aufseher brauchen, der dafür sorgt, daß sie nicht die Kanten an den Türstöcken abstoßen, wenn sie die Möbel in die Zimmer tragen. Solche Sachen, verstehst du? Könntest du mir dabei helfen?«

Ian zögerte erst; doch dann nickte er.

Houston war neugierig, wie Ian seine neuen Pflichten wahrnehmen würde – vermutlich wie ein Tyrann, wie sie ihn einschätzte. Doch zu ihrer Überraschung war er rücksichtsvoll, umsichtig und mit großem Ernst bei der Sache. Nur anfangs, als er seine Größe und Kraft einsetzte, um sich bei den Dienstboten Respekt zu verschaffen, gebärdete er sich wie ein zorniger junger Mann. Doch später am Nachmittag war er so vollkommen Herr der Lage, daß Houston nur noch auf die Stelle zeigen mußte, wo das jeweilige Möbelstück hinkommen sollte.

Sie sah staunend zu, mit welchem Geschick Ian die Männer dirigierte, die einen schweren Schreibtisch die Haupttreppe hinuntertrugen, als Edan hinter ihr sagte:

»Kane war genauso. Solche Menschen wie die beiden sind nie Kinder gewesen. Die Lakaien spüren das, und deswegen sind sie auch ohne Murren bereit, einem Halbwüchsigen zu gehorchen.«

Sie drehte sich zu ihm um. »Können Sie Baseball spielen?«

Edans Augen leuchteten auf. »Klar kann ich das. Haben Sie vor, eine Baseballmannschaft aufzustellen?«

»Fast hätte ich die Leute dafür beisammen. Ich glaube, ich rufe mal in Vaughns Laden für Sportartikel an und bestelle die Ausrüstung für ein Team. Meinen Sie, daß ich in meinem Alter noch lernen könnte, den Ball mit dem Schläger zu treffen?«

»Houston«, sagte er, ehe er sich wieder auf den Weg zu Kanes Büro machte, »ich bin sicher, daß Sie alles meistern, was Sie sich vornehmen.«

»Dinner ist um sieben«, rief sie ihm noch nach. »Und Abendanzug ist Pflicht.«

Sie konnte ihn lachen hören, ehe er die Bürotür hinter sich zumachte.

Das Abendessen wurde eine harmonische Angelegenheit.

Edans ruhige, geduldige Art machte Eindruck auf Ian. Der zornige Trotz des Jungen schien abzubröckeln.

Doch der nächste Tag verlief anders. Houston zog abends zum Dinner ein blaßgrünes Kleid aus Seidenrips an, mit einem netzartigen Überzug, der mit stahlgrauen Glasperlen bestickt war. Sie hatte Kane noch nicht gesehen, seit er am Nachmittag von seiner Geschäftsreise zurückgekommen war, und er hatte auch keine Anstalten gemacht, sich zum Dinner umzuziehen. Aber sie wollte sich deswegen nicht mit ihm anlegen. Mochte er ruhig in seiner verschwitzten Kluft zum Abendbrot kommen und feststellen, daß nur er sich mit schmutzigen Kleidern an den Tisch setzte.

Edan, der überraschend gut aussah in seinem dunklen Abendanzug, erwartete sie am Kopfende der Treppe, und Ian, der einen von Edans neuen Anzügen trug – er war ihm nur ein bißchen zu weit –, stand in einem schattigen Winkel des Korridors.

Houston sagte kein Wort, nahm den Arm, den Edan ihr bot, und streckte Ian ihren anderen Arm hin. Einen langen Moment rührte er sich nicht; aber als Houston so stehen blieb, kam er endlich doch aus seinem Schmollwinkel heraus und hängte sich bei ihr ein.

Die Treppe war breit genug, daß sie bequem nebeneinander die Stufen hinuntergehen konnten.

»Ian«, sagte Houston, »ich kann mich nicht genug bei dir für die Hilfe bedanken, die du mir in den letzten Tagen gewährt hast.«

»Ich muß mir doch meinen Lebensunterhalt verdienen«, murmelte er und blickte verlegen zur Seite; doch ihre Worte taten ihm offenbar gut.

»Wo, zum Teufel, steckt ihr denn alle?« rief Kane am Fuß der Treppe, blickte dann hoch und sah sie die Stufen herunterkommen. »Geht ihr etwa aus? Edan, dich brauche ich heute noch.« Während er das sagte, hatte er nur Augen für Houston. Die anderen beiden schienen für ihn nicht zu existieren.

»Wir sind unterwegs zum Eßzimmer«, sagte Houston,

während sie Ians Arm gewaltsam festhielt. Er versuchte, ihn ihr zu entreißen, als Kane am Fuß der Treppe auftauchte. »Möchtest du denn nicht mit uns dinieren?«

»Jemand muß doch in diesem Haus die Brötchen verdienen«, schnaubte Kane, machte auf den Absätzen kehrt und verschwand in seinem Büro.

Beim Abendessen, während ein Gang nach dem anderen aufgetragen wurde, lenkte Houston das Gespräch auf die Bücher, die Ian in den letzten Tagen gelesen hatte. Das war ein Thema, das am Abend vorher noch nicht gestreift worden war.

Ian wäre fast an einem Stück Lendenbraten erstickt. Seine Onkel, Rafe und Sherwin, hatten ihn stets zum Lesen ermuntert; aber er hatte sich angewöhnt, es im verborgenen zu tun, weil er fürchtete, sonst von den anderen Gruppenarbeitern gehänselt zu werden. »Mark Twain«, sagte er trotzig, nachdem er seinen Bissen hinuntergewürgt hatte.

»Gut«, sagte Houston. »Morgen werde ich für dich einen Privatlehrer bestellen, der dich hier im Haus unterrichtet. Ich halte das für eine bessere Lösung, als dich zur Schule zu schicken, weil du doch schon ein gutes Stück erwachsener geworden bist als die Kinder, mit denen du in einer Klasse zusammensitzen würdest. Zudem möchte ich dich lieber hier bei mir haben.«

Ian war einen Moment sprachlos. »Ich gehe doch nicht in eine Schule und lasse mich auslachen«, haspelte er dann hervor. »Ich gehe zurück ins Lager und arbeite wieder in der Grube . . .«

»Natürlich«, unterbrach ihn Houston. »Und morgen lassen wir erst einmal Maß nehmen, damit die Anzüge, die du in Zukunft tragen wirst, auch passen. Aha, das Sorbett. Ich glaube, das wird dir schmecken, Ian.«

Edan lachte, als er Ians verdattertes Gesicht sah. »Gib es auf, dieser Lady zu widersprechen, mein Junge. Du ziehst bei ihr sowieso den kürzeren.«

»Nur *er* nicht«, fauchte Ian.

»*Er* ganz besonders«, antwortete Edan.

Sie wollten gerade mit dem Nachtisch beginnen, als Kane hereinkam. Houston hatte Ian dazu überredet, ihnen die Geschichte von *Huckleberry Finn* zu erzählen; aber als Kane ins Zimmer trat, hörte er sofort auf zu reden und blickte auf seinen Teller.

»Ihr braucht verdammt lange für euer Essen«, sagte Kane, stellte den Fuß auf einen Polsterstuhl und nahm sich eine Handvoll Weintrauben von der Früchteschale, die in der Mitte des Tisches stand.

Der Blick, den Houston ihm zuwarf, veranlaßte ihn, den Fuß vom Polster zu nehmen und sich auf den Stuhl zu setzen. Sie nickte einem Lakaien zu, der ein Gedeck für Kane auflegte und ihn dann bediente. Nachdem Kane sich von seinem Erstaunen erholt hatte, fiel er mit so großem Appetit über die Schokoladen-Charlotte her, daß die anderen zu essen aufhörten und ihm zuschauten. Da legte Kane seinen Löffel beiseite und sah ein bißchen so aus, als wollte er aus dem Zimmer flüchten.

Edan widmete sich wieder seiner Nachspeise, während Ian immer noch verstohlen zu seinem Vetter hinsah.

Houston hatte den Stuhl am Kopfende der Tafel für Kane geräumt und saß nun neben Ian, Edan gegenüber; doch Kane nahm den ihm angebotenen Platz nicht ein, sondern setzte sich neben Edan. Houston fing seinen Blick auf und hob die Gabel, und Kane begann, ihre stummen Anweisungen zu befolgen, so daß es ihm gelang, die Mahlzeit auf einigermaßen manierliche Art fortzusetzen. Um das Tischgespräch wieder in Gang zu bringen, berichtete Houston von den Fortschritten in den Außenanlagen des Hauses und wie dankbar das japanische Gärtner-Ehepaar für die Gehilfen sei, die sie ihm besorgt hatte.

Kane erzählte, wie er die Nakazonas kennengelernt hatte, und Edan leistete seinen Beitrag zum Tischgespräch, indem er schilderte, auf welche abenteuerliche Weise manche Pflanzen aus den Urwäldern in seine Gewächshäuser gekommen waren. Ian fragte Edan, woher der Baum stamme, der vor seinem Fenster wuchs. Es war alles ein wenig gestelzt; aber es war dennoch ein Erfolg, weil das Gespräch nie abriß und keine Mißtöne aufkamen. Als die Tafel aufgehoben wurde, gingen die vier lächelnd auseinander.

Kane und Edan zogen sich nach dem Dinner wieder in ihr Büro zurück, während Ian und Houston sich in den kleinen Salon begaben. Houston hatte einige Kissenbezüge herausgesucht, die sie mit Stickereien versah, während Ian sich in ein Buch vertiefte, und nach einigem Zureden las er Houston ein Kapitel daraus vor. Er hatte eine gute Stimme und eine Begabung, Dialoge sehr lebendig vorzutragen. Nach einer Weile stieß auch Edan zu ihnen und hörte dem Jungen zu.

Als es Zeit wurde, sich schlafen zu legen, ging Houston allein nach oben, da Kane sich noch immer in sein Büro eingeschlossen hatte, während der Qualm seiner Zigarren bereits durch die Türritzen quoll. Irgendwann in der Nacht kroch er dann zu ihr ins Bett, zog sie eng an seinen großen, warmen Leib und war in der nächsten Sekunde eingeschlafen.

Houston erwachte bei den wohligen Empfindungen, die Kanes Hände auf ihren Hüften und Schenkeln auslöste. Sie drehte ihm das Gesicht zu, ehe sie daran dachte, die Augen zu öffnen, und er drückte seinen Mund auf ihre Lippen und begann mit einem sachten, langsamen, ausgedehnten Liebesspiel.

Erst nachdem sie ihre Leidenschaft gestillt hatten, öffnete Houston die Augen.

»Wolltest du wissen, ob es auch dein Ehemann war?« fragte Kane, auf sie hinunterlächelnd. »Oder wäre dir jeder Mann recht so früh am Morgen?«

Sie beschloß, ihm seine Neckerei mit gleicher Münze zurückzuzahlen. »Wie kann ich dich von anderen Männern unterscheiden, wenn ich bisher nur mit dir geschlafen habe? Oder soll ich den Unterschied kennenlernen?«

Ein Schatten wanderte über sein Gesicht, während er sich vom Lager erhob.

Sie schlang die Arme um seine Hüften und drückte ihre Brüste gegen seinen Rücken. »Das war doch nur Spaß. Ich habe kein Verlangen nach einem anderen Mann.«

Er löste ihre Hände von seinem Bauch. »Ich muß arbeiten und versuchen, so viel Geld zu verdienen, daß ich die Armee, die du angestellt hast, auch verpflegen kann.«

Houston blieb im Bett liegen und betrachtete ihn, bis er in seinem Badezimmer verschwand. Da war ein Teil seines Wesens, zu dem sie noch keinen Zutritt hatte.

Ein Klopfen an der Schlafzimmertür ließ ihr keine Zeit mehr zum Nachdenken.

»Miss Houston«, sagte Susan, »Miss Jean Taggert ist unten mit ihrem Vater und einem Fuhrwerk voller Sachen, und die beiden wollen Sie sprechen.«

»Ich komme sofort«, rief Houston und verließ widerstrebend das Bett: Kane hätte doch noch eine Weile bei ihr bleiben können. Doch als sie angezogen war, arbeitete er bereits in seinem Büro.

Unten führte sie Jean in den kleinen Salon. »Ich bin so froh, daß du dich entschlossen hast, mein Angebot anzunehmen«, begann Houston. »Ohne Haushälterin komme ich wirklich nicht mehr zurecht.«

Jean schob das mit einer Handbewegung beiseite. »Du mußt mir doch nichts vormachen. Ich weiß, warum du mir diesen Job anbietest; und ich weiß besser als du, daß ich erst alles von dir lernen muß und dir daher keine Hilfe, sondern nur eine Last sein kann. Doch die Chance, meine Familie von der Fronarbeit in den Kohlegruben erlösen zu können, ist wichtiger als mein Stolz. Rafe hat Ian erpreßt, das Bergwerkslager zu verlassen, und mein Vater hat mich erpreßt. Ich bin zu dir gekommen, um dich noch um eine größere Wohltat zu bitten, als du sie mir bereits erwiesen hast. Ich werde für dich arbeiten, bis ich umfalle, wenn du erlaubst, daß mein Vater bei mir wohnen darf.«

»Selbstverständlich«, sagte Houston rasch. »Und du gehörst zur Familie, Jean. Du brauchst nicht als Haushälterin für mich zu arbeiten. Du kannst hier als Gast wohnen, der zu nichts verpflichtet ist, sondern sich nur wohl fühlen soll.«

Jean lächelte. »Ohne eine Aufgabe würde ich es höchstens zwei Wochen bei dir aushalten. Wenn mein Vater willkommen ist, bleibe ich.«

»Nur, wenn du auch am Familientisch deine Mahlzeiten einnimmst. Es ist ein großer Tisch und fast leer. Machst du mich jetzt mit deinem Vater bekannt?«

Als Houston Sherwin Taggert sah, wußte sie sofort, warum Jean ihn aus dem Bergwerkslager herausholen wollte. Sherwin war ein todkranker Mann. Offenbar waren sich Tochter und Vater dieser Tatsache bewußt, schienen darüber aber nie ein Wort zu verlieren.

Houston lernte mit Sherwin einen sanftmütigen, höflichen Vertreter der Taggert-Familie kennen, und schon nach einer Viertelstunde waren alle Dienstboten des Hauses bemüht, es ihm so bequem wie möglich zu machen. Es gab nur eine kurze Kontroverse, wo der ältere Taggert in Zukunft wohnen solle, bei der Jean schließlich durchsetzte, daß ihr Vater in den unteren Räumen der Haushälterin untergebracht wurde, mit einem separaten Ausgang zum Garten und gleich neben der Treppe für das Gesinde, während sie die Zimmer der Haushälterin im ersten Stock bezog.

Kane blieb in seinem Büro, als das Mittagessen serviert wurde; aber Edan erschien an der nun um zwei Personen erweiterten Familientafel. Ian entspannte sich sichtlich, als er seinen Onkel und seine Kusine am Tisch sitzen sah, und die Mahlzeit wurde zu einer sehr amüsanten Angelegenheit, als Sherwin eine komische Geschichte aus dem Bergwerkslager erzählte. Als sie alle lachten, kam Kane ins Speisezimmer. Houston stellte ihn seinen Verwandten vor, und er schaute sich nach einem Stuhl um. Da Jean neben Edan saß, blieb Kane einen Moment hinter ihr stehen, bis Houston einem Diener das Zeichen gab, den Stuhl am Kopfende der Tafel unter dem Tisch hervorzuziehen.

Kane nahm Platz und sagte bis zum Ende der Mahlzeit kaum ein Wort, beobachtete nur jeden und ganz besonders

Houston, wenn sie einen Bissen zum Mund führte. Sie aß langsam, zog die Mahlzheit in die Länge und ließ sich viel Zeit, wenn sie eine Gabel oder einen Löffel aufnahm, damit Kane sehen konnte, welche Bestecke sie verwendete.

Gegen Ende der Mahlzeit wandte sich Houston Ian zu und sagte: »Ich habe eine gute Nachricht für dich. Gestern schickte ich ein Telegramm an einen Freund meines Vaters, der in Denver wohnt, und fragte ihn, ob er nicht nach Chandler ziehen und dich unterrichten wolle. Mr. Chesterton ist ein pensionierter britischer Forscher, der im Auftrag seiner Regierung die ganze Welt bereist hat, den Nil bis zu den Quellen erkundete, die Pyramiden, das Bergland von Tibet. Ich glaube, es gibt keinen Winkel auf dieser Erde, den er nicht kennt. Und heute morgen bekam ich von ihm die Zusage, daß er hierherkommen wird. Ich denke, er wird einen phantastischen Lehrer abgeben, glaubst du nicht auch?«

Ian konnte sie nur mit großen Augen anstarren. »Afrika?« brachte er schließlich heraus.

»Kennt er wie seine Westentasche.« Sie schob ihren Stuhl zurück. »Wer von euch würde jetzt gern Baseball spielen? Ich habe die Geräte dafür, und auf dem Rasen hinter dem Nordflügel ist ein Spielfeld mit Kreide markiert. Ich habe auch ein Lehrbuch besorgt, verstehe nur leider kein Wort davon.«

»Ich glaube, Ian kann dir die Grundbegriffe beibringen«, sagte Sherwin augenzwinkernd. »Und ich möchte meinen, daß auch Edan ein paar Regeln dieses Spiels beherrscht.«

»Wollen Sie mitspielen, Edan?«

»Mit Vergnügen.«

»Und du, Jean?«

»Da ich keine Ahnung habe, wo ich in einem so großen Haus als Wirtschafterin überhaupt anfangen soll, kann ich mich ebenogut auf einem Baseballfeld nutzlos machen.«

»Und Kane?« fragte Houston Kane, als er sich von der Gruppe bereits zurückziehen wollte. Er machte ein verdutztes Gesicht.

»Ich habe zu arbeiten. Und dich brauche ich auch in meinem Büro, Edan.«

»Damit falle ich als Baseballspieler aus, schätze ich«, sagte Edan, sich von seinem Platz erhebend. »Wir sehen uns dann beim Abendessen wieder.«

Als die beiden sich in Kanes Büro zurückgezogen hatten, mußte Edan erleben, wie sein Freund im Zimmer auf- und abmarschierte und immer aus dem Fenster sah. Edan fragte sich, ob Houston nicht absichtlich das Spielfeld auf den Rasen vor Kanes Büro verlegt hatte. Edan mußte seine Fragen zweimal wiederholen, ehe Kane sie beantwortete.

»Sie ist wirklich hübsch, nicht wahr?« fragte Kane.

»Wer?« fragte Edan, den Ahnungslosen spielend, während er den Stoß von Telegrammen durchsah, die am Mogen eingetroffen waren: Angebote von Ländereien, Fabriken, Aktien – was Kane eben in diesem Moment an- oder verkaufte.

»Houston natürlich. Verdammt! Schau dir diesen Ian an. Er spielt! In seinem Alter habe ich vierzehn Stunden täglich gearbeitet.«

»Und er auch«, sagte Edan. »Und ich ebenfalls. Und das ist der Grund, warum er jetzt spielt«, fügte er hinzu, während er die Telegramme auf den Schreibtisch zurücklegte. »Das alles hier kann ein paar Stunden warten. Ich denke, ich gehe eine Weile hinaus und genieße die Sonne. Und rede mal über etwas anderes als über Geld.«

Er hielt unter der Tür an. »Kommst du mit?«

»Nein«, sagte Kane, die Augen auf seinen Papieren. »Jemand sollte sich lieber hier . . .« Er sah hoch. »Teufel, ja, ich komme mit. Wie weit kann jemand mit so einem Holz den Ball wegbringen? Ich wette hundert zu eins, daß ich dich und jeden anderen da draußen schlagen kann.«

»Die Wette gilt«, sagte Edan und ging aus dem Büro.

Kane fiel über den Baseballschläger her wie ein Kind über eine Schachtel mit Bonbons. Er brauchte drei Schwünge, ehe er zum erstenmal den Ball traf – und niemand wagte, ihm die Regel zu erklären, daß man nach drei vergeblichen

Versuchen ausscheiden mußte. Doch als er den Ball traf, flog er wie ein Geschoß durch die Luft und zertrümmerte eine Fensterscheibe im zweiten Stock. Das freute ihn maßlos, und von da an verteilte er sogar Ratschläge, wie man mit dem Baseballschläger umzugehen habe.

Einmal wäre es fast zu einer Prügelei mit Baseballschlägern zwischen Kane und Ian gekommen; doch Houston gelang es, die beiden zu trennen, ehe Blut floß. Was zur Folge hatte, daß die beiden Männer nun über sie herfielen und ihr sagten, sie solle sich gefälligst da raushalten. Sie zog sich an den Spielfeldrand zurück, wo Sherwin die Kampfhähne beobachtete.

»Jetzt erst fühlt sich Ian hier richtig zu Hause«, sagte Sherwin. »Er hat sich im Lager dauernd mit Rafe gestritten. Ihm haben die Diskussionen gefehlt.«

Houston stöhnte. »Kane nennt das auch Diskutieren, wenn er sich mit mir anlegt. Sie werden sich doch hoffentlich nicht ernsthaft verletzen!«

»Ich glaube, dein Kane ist viel zu vernünftig, um es so weit kommen zu lassen. Du bist als Schlagmann an der Reihe, Houston.«

Houston mühte sich nicht sonderlich, den Ball, der ihr zugeworfen wurde, mit dem Holz zu treffen; fand jedoch erheblich mehr Gefallen an der Sache, als Kane von hinten die Arme um sie legte, um ihr zu zeigen, wie sie den Schläger zu halten habe. Ian rief, daß er der gegnerischen Mannschaft einen unfairen Vorteil verschaffe, und während Kane seinem jungen Vetter eine entsprechend laute Antwort darauf gab, traf Houston den Ball und schleuderte ihn über die zweite Fahne hinweg.

»Laufen!« schrie Jean. »Laufen, Houston, laufen!«

Houston rannte, so schnell sie konnte, über das Feld, die Röcke fast bis zu den Knien hochhaltend. Edan, der an der ersten Fahne stand, blieb dort stehen und grinste wie ein Honigkuchenpferd; doch Kane spurtete über den Rasen dem hüpfenden Ball nach, hob ihn auf und rannte dann hinter Houston her. Sie blickte hoch, sah ihn kommen und dachte, sie würde den Anprall nicht überleben, wenn er sie zwischen den Basen erwischte. Sie rannte noch schneller und hörte im Hintergrund das Gebrüll beider Mannschaften, daß Kane anhalten solle, ehe Houston ernsthaft zu Schaden käme.

Er erwischte sie an der Heimbasis noch bei den Knöcheln, und sie schlug der Länge nach hin. Doch während sie mit dem Gesicht über den Rasen rutschte, gelang es ihr, mit den ausgestreckten Armen die Baseplatte zu berühren.

»Sie hat den Punkt gemacht!« rief Sherwin.

Kane sprang auf und fing an, seinen um einen Kopf kleineren Onkel anzuschreien, und Ian, der zur selben Mannschaft gehörte wie Kane, unterstützte ihn dabei. Sherwin blieb ganz ruhig am Spielfeldrand stehen.

Jean half Houston vom Boden auf und untersuchte deren Arme und Kopf nach Beulen und Schürfwunden, während Houston liebevoll ihren brüllenden Ehemann ansah. »Er mag es nicht, wenn er verliert, nicht wahr?«

»Genauso wenig wie du«, sagte Jean, während sie den gewaltigen Riß in Houstons Rock und die grünen Grasflecke auf deren Stirn betrachtete.

Houston berührte ihren Mann am Arm. »Da wir dich heute so vernichtend geschlagen haben, mein Liebling, könnten wir vielleicht jetzt ein paar Erfrischungen zu uns nehmen. Morgen darfst du dann noch einmal versuchen, uns zu besiegen.«

Einen Moment lang blickte Kane sie finster an; doch dann lachte er, faßte sie um die Taille und schwenkte sie im Kreis herum. »Ich habe bisher – früher oder später – jeden Mann an der Wall Street geschlagen; doch dich, Lady, habe ich noch auf keinem Gebiet besiegen können.«

»Hör auf zu prahlen und komm mit ins Haus«, sagte Edan. »Es gibt was zu essen.«

Dann drehte er sich zu Jean um und bot ihr den Arm. »Darf ich?«

Die beiden Paare schlenderten gemeinsam auf das Haus zu, gefolgt von Ian und Sherwin.

Kapitel 21

Es war, als hätte das Baseballspiel das Eis zwischen den verschiedenen Familienmitgliedern gebrochen. Kane blieb während der Mahlzeiten nicht mehr in seinem Büro, und Ian saß nicht mehr stumm und verstockt am Tisch. Kane sagte zu Ian, er wäre ein Träumer und wüßte nichts von der wirklichen Welt. Ian, der Kanes Worte als Herausforderung betrachtete, schlug Kane vor – in Ausdrücken, die Houston zu dem Hinweis veranlaßten, sie würde ihn im Wiederholungsfall von der Familientafel verbannen –, ihm doch etwas von der ›wirklichen‹ Welt zu zeigen.

Kane begann Ian in die Welt der Geschäfte einzuführen, zeigte ihm die täglichen Börsenberichte und brachte ihm bei, wie man Verträge lesen müsse. Schon nach wenigen Tagen redete Ian nur noch von fünf- und sechsstelligen Beträgen, die für Grundstücke in Städten bezahlt wurden, die er nur aus Zeitungen kannte.

Eines Tages sah Houston, wie Sherwin etwas auf ein Stück Papier kritzelte. Später, als sie sich das Papier genauer besah, erkannte sie darauf eine fast perfekte Darstellung einer in dieser Gegend heimischen Spottdrossel. Da bestellte sie von Sayles eine tragbare Staffelei nebst Pinseln und Wasserfarben und überreichte dies Sherwin mit der umständlichen Lüge, sie hätte die Sachen auf dem Speicher gefunden und ob er jemanden wüßte, der dafür Verwendung habe? Sie hatte Angst vor dem taggertschen Stolz und dachte, er würde sonst dieses Geschenk zurückweisen.

Sherwin hatte gelacht und sie dabei mit einem so wissenden Blick angesehen, daß Houston ganz rot wurde. Er hatte die Sachen angenommen und sie auf die Wange geküßt. Danach saß er fast nur noch draußen im Garten und malte alles, was seine Aufmerksamkeit erregte.

Zweimal besuchte Houston Blair in der neuen Westfield-Praxis für Frauen. Nach der jahrelangen Trennung hatten sie erst jetzt Gelegenheit, sich wieder richtig kennenzulernen. Sie blieben viele Stunden beisammen, und eines Tages rief

Lee bei ihr an und bat sie, ein paar Dienstboten für Blair und ihn anzustellen. Lee war sehr vorsichtig und zurückhaltend am Telefon, und sie erinnerte sich wieder, daß er damals in der Kirche, als seine Verlobung mit Blair bekanntgegeben worden war, das Gespräch mit ihr gesucht und sie ihn rüde abgefertigt hatte.

»Lee«, begann sie, »ich bin so froh, daß alles so gut ausgegangen ist. Ich bin wirklich glücklich mit Kane.«

Er zögerte mit der Antwort: »Ich habe dir nicht weh tun wollen, Houston.«

Sie lächelte in die Muschel hinein. »*Ich* bin es doch gewesen, die darauf bestand, daß Blair mit mir den Platz tauschen sollte. Vielleicht wußte ich, daß ihr beide ein besseres Paar abgeben würdet als wir beide. Wollen wir das alles vergessen und wieder Freunde sein?«

»Das wäre mein innigster Wunsch. Und, Houston, du hast einen guten Mann bekommen.«

»Ja, natürlich; aber warum sagst du mir das?«

»Ich muß weitermachen, und nochmals vielen Dank für deinen Beistand in Sachen Dienstboten. Blair kennt sich damit noch weniger aus als ich. Ich sehe dich vermutlich am Sonntag in der Kirche. Bis dann.«

Sie blickte stirnrunzelnd in das Telefon, zuckte dann mit den Achseln und ging zurück in die Bibliothek.

Drei Wochen war Houston mit Kane verheiratet, als sie ihm eröffnete, daß sie nun sein Büro umgestalten wollte. Sie war darauf vorbereitet, daß er Protest erheben würde; aber nicht auf die Heftigkeit seiner Argumente gefaßt. Sie schränke seinen privaten Freiraum ein, meinte er, aber das drückte er in Worten aus, die sie noch nie zuvor gehört hatte; obwohl es nicht viel Intelligenz erforderte, ihre Bedeutung zu verstehen.

Edan und Ian standen im Hintergrund und hörten interessiert zu, neugierig, wer aus dieser Schlacht als Sieger hervorgehen würde.

Houston hatte keine Ahnung, wie sie die Situation meistern sollte; doch sie war entschlossen, Ordnung in diesem

Raum zu schaffen. »Ich werde diesen Raum sauber und ordentlich möblieren. Entweder läßt du mich das jetzt machen, unter deiner Kontrolle, wo du mir sagen kannst, was dir gefällt und was nicht, oder ich mache es, wenn du schläfst.«

Kane beugte sich in drohender Haltung über sie, und Houston lehnte sich zurück, wich aber nicht von der Stelle.

Da stürmte Kane aus dem Büro und warf die Tür so heftig zu, daß sie fast aus den Angeln brach. »Verdammte Weiber!« brüllte er. »Können einen Mann nie in Ruhe lassen; müssen immer alles umstellen; sind nicht zufrieden, wenn ein Mann glücklich ist.«

Als Houston sich umdrehte, um Edan und Ian anzusehen, lächelten sie dünn und verließen ebenfalls das Zimmer.

Houston hatte keine leichte Aufgabe erwartet; aber mit einem Schweinestall hatte sie nicht gerechnet: Sechs Leute mußten anderthalb Stunden schrubben, bis der Fußboden, die Schränke, der Kamin und die marmornen Löwenköpfe der Kaminverkleidung wieder sauber waren. Dann rief Houston die Lakaien herein, die Kanes billigen Schreibtisch aus Eiche entfernen und ihn durch einen William-Kent-Sozius-Schreibtisch aus dem Jahre 1740 ersetzen mußten. Der große Tisch aus dunklem Holz hatte Nischen für drei Stühle – zwei für den Chef und dessen Sozius und eine für deren Besucher. Houston stellte zwei bequeme mit Leder bezogene Stühle vor den Schreibtisch und für Kane einem mächtigen Sessel mit roten Lederpolstern dahinter. Als sie bei ihrem ersten Besuch diesen Sessel im Speicher entdeckt hatte, wußte sie sofort, für wen er gedacht war und wohin er gehörte.

Als der Sozius-Schreibtisch an der richtigen Stelle stand, schickte Houston alle Dienstboten bis auf Susan aus dem Zimmer. Dann begannen sie, den Inhalt der Schubladen und Fächer auszusortieren. Houston wußte, daß es sinnlos war, irgendeine Ordnung in die Papiere zu bringen, die an jeder dafür verfügbaren Stelle bündelweise abgelegt waren. Sie gab lediglich Susan den Auftrag, zwei Bügeleisen zu besorgen, mit denen sie die zerknitterten und zerknüllten Briefe und Dokumente glätteten, ehe sie diese in die Schubladen einordneten.

Zwei mit Glastüren versehene und mit Korrespondenz bis zum Rand gefüllte Büroschränke flankierten den Kamin. Hinter einigen Papieren entdeckte Houston vier Whiskyflaschen und sechs Gläser, die offenbar seit vier Jahren nicht mehr gespült worden waren.

»Koche die in Seifenwasser«, sagte Houston und hielt die Gläser so weit von sich, wie es ihr Arm erlaubte. »Und sorge dafür, daß Mr. Taggert jeden Morgen frische Gläser in seinem Wandschrank vorfindet.«

Dann stellte sie eine Sammlung kleiner aus Messing gefertigter Venus-Statuen hinter die Glastüren der Aktenschränke.

»Mr. Kane wird das aber gefallen«, meinte Sherwin kichernd, als sie die nackten Damen mit den etwas fülligen Reizen betrachtete.

»Ich glaube, sie wurden wohl auch seinetwegen angeschafft.«

In der Täfelung der Nordwand entdeckte Houston zwei hinter Schnörkelwerk versteckte eingebaute Schränke, und als Houston einen davon öffnete, stockte ihr der Atem: Zwischen Dokumenten lagen dicke Stöße von Banknoten, teils verschnürt, teils zu Bällen geformt. Auch einige lose größere Scheine befanden sich darunter, die auf den Fußboden hinunterflatterten, als sie die Schranktüren öffnete.

Seufzend begann Houston, die Scheine zu sortieren. »Sag Albert Bescheid, er soll in einer Eisenwarenhandlung anrufen, daß sie uns umgehend eine Bargeldkasse schicken sollen. Und dann wollen wir zusehen, ob wir mit dem Bügeleisen auch die Banknoten wieder einigermaßen glatt bekommen.«

Mit großen erstaunten Augen machte Susan sich daran, Dollarscheine zu bügeln.

Als Kane sein Büro wiedersah, ging er eine Weile lang stumm umher und berachtete die dunkelblauen Brokatvorhänge, die Sammlung nackter hübscher Frauen und den roten Ledersessel, in den er sich schließlich setzte und sagte: »Wenigstens hast du die Wände nicht mit rosa Farbe angestrichen. Willst du mich *jetzt* wieder arbeiten lassen?«

Houston lächelte, als sie ihn im Vorbeigehen auf die Stirn küßte. »Ich wußte, es würde dir gefallen. Ob du es zugeben willst oder nicht – dir gefallen hübsche Sachen.«

Er langte nach ihrer Hand. »Ich schätze, du hast recht«, sagte er und sah ihr dabei in die Augen.

Houston verließ das Büro, als ginge sie auf Wolken, und während der Anprobe bei ihrer Schneiderin lächelte sie die ganze Zeit.

Zwei Tage später gaben sie ihre erste Dinner-Party, und sie wurde ein Riesenerfolg. Houston lud nur einige von ihren Freundinnen und Freunden ein, die Kane bereits kannte, damit er keine Hemmung bekam und sich wohl fühlen konnte, und er erwies sich als ein bezaubernder Gastgeber. Er goß den Ladies Champagner ein und führte jeden, der die inzwischen eingerichteten Zimmer besichtigen wollte, durch das Haus.

Erst später, während der Darbietung, hätte Houston sich gern unsichtbar gemacht. Sie hatte einen Hellseher, der sich auf Tournee befand, verpflichtet, den Gästen nach dem Dinner Proben seiner Kunst zu geben. Kane rutschte während der ersten zehn Minuten unruhig in seinem Sessel hin und her und begann dann mit Edan, der neben ihm saß, über den Kauf eines Grundstückes zu reden. Houston stieß ihn einmal mit dem Ellenbogen an, und er drehte sich zu ihr und sagte, mit viel zu lauter Stimme, daß er den Mann für einen Betrüger hielte und er sich weigerte, auch nur noch eine Minute länger hier sitzenzubleiben.

Dann stand er vor allen Leuten auf und verließ das Zimmer. Houston saß mit steifem Rücken auf ihrem Stuhl und gab dem Hellseher mit der Hand ein Zeichen, daß er mit seiner spiritistischen Sitzung fortfahren sollte.

Später, nachdem die Gäste heimgegangen waren, fand Houston ihren Gatten am Ende des Gartens wieder. Sie folgte gewundenen Pfaden, die in einer flachen, grasigen Mulde endeten. Der steile Hügel mit dem Haus darauf lag in ihrem Rücken, während sich vor ihr ein geheimer, verwunschener Platz ausdehnte, der von hohen Bäumen und Hekken umsäumt war. Nur das Geräusch der Vögel, die dort nisteten, war zu hören.

»Mir hat dieser Mann nicht gefallen, Houston«, sagte Kane, ohne sich umzudrehen. Er stand, eine Zigarre rauchend, an einen Baum gelehnt. »Zauberei und Magie gibt es nicht, und ich konnte nicht einfach sitzenbleiben und so tun, als gäbe es das doch.«

Sie legte ihm den Zeigefinger auf die Lippen, um ihn zum Schweigen zu bringen, und schlang ihm dann die Arme um den Hals. Er beugte sich zu ihr hinunter, um sie zu küssen, und bog ihren Körper nach hinten, damit er sich dem seinen anschmiegte.

»Wie konnte eine Lady wie du nur so einen Stallburschen wie mich heiraten?«

»Ein glücklicher Zufall wollte es so«, antwortete sie, ehe sie ihn wieder küßte.

Zu den Dingen, die Houston an Kane besonders schätzte, gehörte seine Naivität, was Anstandsregeln betraf. Da konnten jetzt Leute in ihrer Nähe sein – Dienstboten des Hauses, die vielleicht noch einen Abendspaziergang machten, oder Gärtner, die nach einem vergessenen Gartengerät suchten –, doch das störte Kane nicht im geringsten.

»Du hast verdammt zu viel an«, sagte er, als er ihr Kleid aufzuknöpfen begann und es ihr dann von den Schultern zog.

Als sie in ihrer Unterwäsche vor ihm stand, das Kleid als ein Häufchen Stoff zu ihren Füßen, schob er einen Arm unter ihre Knie und trug sie quer über den Rasen und durch rankende Blumen zu einem Pavillon aus Marmor, der eine Statue von Diana, der Göttin der Jagd, beherbergte.

Er legte sie ins Gras, der Göttin zu Füßen, und entfernte Stück für Stück den Rest ihrer Kleidung, wobei er jeden Körperteil küßte, den er entblößte.

Houston war überzeugt, daß sie sich noch nie so wohl gefühlt hatte in ihrem Leben, und ihre Leidenschaft baute sich nur sehr langsam auf, da sie diesen Moment des Zusammenseins bis in die Ewigkeit auszudehnen suchte.

Er streichelte und liebkoste ihren Körper, bis es ihr schwindelig wurde. Die Welt schien sich um sie herum zu drehen, und in ihren Fingerspitzen summte es.

Als er endlich seinen Körper über den ihren schob, lächelte er, als könnte er wieder ihre Gedanken lesen. Sie klammerte sich an ihn, zog ihn noch fester an sich, bis sie eins wurden.

Er bewegte sich fast träge wie bisher, verlängerte ihre Ekstase, brachte sie langsam zu einem bisher noch nie erreichten Höhepunkt.

»Kane«, flüsterte sie immer wieder, »Kane.«

Als er sich endlich in ihr entlud, erschauerte sie, bebte ihr ganzer Körper unter der Gewalt ihres eigenen Orgasmus.

Er lag auf ihr, bronzefarbene Haut im Mondlicht, schweißbedeckt, sie fest an sich pressend. »Was hast du nur mit mir gemacht, Frau?« glaubte sie ihn flüstern zu hören.

Langsam schob er sich von ihr weg. »Warm genug? Willst du ins Haus zurückgehen?«

»Nie mehr«, sagte sie, sich an ihn schmiegend, die Bergluft kühl auf ihrer feuchten Haut. Sie blickte zu der Statue hinauf, die über ihnen zu schweben schien. »Sicherlich weißt du, daß Diana auch die Göttin der Jungfräulichkeit ist. Meinst du, sie ist uns jetzt böse?«

»Vermutlich ist sie eifersüchtig«, brummelte Kane und fuhr mit der Hand über die glatte Haut ihrer Hüften und Schenkel.

»Warum hat Jacob Fenton Sherwin den vollen Lohn für die Arbeit in der Grube bezahlt, wenn jeder sehen kann, daß er zu schwach ist, sich diesen Lohn zu verdienen?«

Das Stöhnen, das Kane hören ließ, als er sich von ihr wegrollte, schien aus dem Grund seiner Seele zu kommen. »Wie ich höre, sind unsere Flitterwochen endgültig vorüber. Vielleicht nicht für dich, da du mich ja schon in der Hochzeitsnacht mit solchen Fragen bedrängt hast. Ich schätze, anziehen kannst du dich selbst. Ich habe noch ein paar geschäftliche Dinge zu erledigen vor dem Schlafengehen.« Damit ließ er sie allein vor dem Pavillon zurück.

Houston hätte am liebsten losgeheult und war dennoch froh, daß sie Kane gefragt hatte, was sie schon seit langem beschäftigte. Da war eine tiefe Kluft zwischen den Fentons und den Taggerts, und sie war überzeugt, daß Kane nie wirklich glücklich sein konnte, ehe er sich von einem Trauma befreit hatte, das ihn offenbar seit seiner Jugendzeit belastete.

In der darauffolgenden Nacht schreckte Houston aus dem Schlaf hoch und saß schweißgebadet in ihrem Bett. Sie spürte, daß das Leben ihrer Schwester in Gefahr war. Sie mußte an eine Geschichte denken, die ihrem Gedächtnis längst entfallen wäre, wenn sie ihre Mutter nicht so oft erzählt hätte: Sie hatte als Sechsjährige eines Nachmittags die beste Teekanne ihrer Mutter plötzlich fallen lassen und losgeheult, daß Blair verletzt sei. Sie hatten Blair schließlich am Rand einer Schlucht gefunden, bewußtlos und mit einem gebrochenen Arm neben einem Baum, von dem sie gestürzt war. Und Blair hatte an diesem Nachmittag nur zum Tanzunterricht gehen wollen.

Doch diese seltsame, übersinnliche Verbindung zwischen den Zwillingsschwestern schien seither abgerissen zu sein – bis zu dieser Nacht. Kane rief Leander an und hielt dann Houston zwei Stunden in seinen Armen, bis ihr Schüttelfrost sich endlich legte. Irgendwie spürte Houston, daß die Gefahr nun gebannt war, und fiel in einen tiefen Schlaf.

Am nächsten Tag kam Blair in Houstons Haus, verbrachte dort den Nachmittag und erzählte ihr, was tatsächlich ihr Leben in Gefahr gebracht hatte.

Vier Tage später platzte dann Zachary Younger plötzlich in ihr Leben hinein. Die Taggerts wollten sich gerade zum Mittagessen an den Tisch setzen, als ein Junge, von einem Lakai verfolgt, ins Eßzimmer stürmte und schrie, er habe gehört, daß Kane sein Vater sei und daß er bereits einen habe und nicht noch einen zweiten haben wolle. Und ehe er Luft holen konnte, war er schon wieder weg.

Alle standen wie gelähmt am Tisch, nur Kane nicht. Er setzte sich und fragte das Serviermädchen, was es denn heute mittag für eine Suppe gäbe.

»Kane, ich denke, du solltest ihm nachgehen«, sagte Houston.

»Weshalb?«

»Um mit ihm zu reden. Ich glaube, es hat ihm das Herz gebrochen, als er erfahren mußte, daß der Mann, den er für seinen Vater hielt, nicht sein Vater gewesen ist.«

»Pams Mann *war* der Vater des Jungen, soweit ich das beurteilen kann. Und ich habe ihm ganz gewiß nichts anderes erzählt.«

»Vielleicht solltest du das dem Kind erklären.«

»Ich weiß nicht, wie man mit Kindern redet.«

Houston blickte ihn an.

»Verdammt! Wenn das so weitergeht, Frau, bin ich in einem Jahr bankrott, weil ich meine kostbare Zeit für Nichtigkeiten opfern mußte, die du ja für so wichtig hältst!«

Als er zur Tür ging, berührte Houston ihn am Arm. »Kane, sag ihm nicht, daß du ihm etwas kaufen willst. Sage ihm die Wahrheit und lade ihn ein, damit er seinen Vetter Ian kennenlernen kann.«

»Warum soll ich ihm nicht gleich sagen, daß er hier wohnen kann, damit er dir hilft, mich von der Arbeit abzuhalten?« Er ging aus der Tür und murmelte: »Nicht mal zum Essen kommt man mehr.«

Kane ließ sich Zeit, dem Jungen nachzugehen, doch Zach bewegte sich so langsam der Haustür zu, daß Kane ihn mühelos einholte. »Spielst du gern Baseball?« fragte er den Jungen.

Zach drehte sich um. Sein hübsches Gesicht war vor Wut verzerrt: »Ja; aber nicht mit dir!«

Kane war sichtlich erschrocken über die zornige Reaktion des Jungen. »Du hast keinen Grund, auf mich wütend zu sein. Nach allem, was ich hörte, war dein Vater ein guter Mann, und ich habe nie das Gegenteil behauptet.«

»Die Leute in dieser blöden Stadt sagen, daß *du* mein Vater bist.«

»Das meinen sie nur im übertragenen Sinn. Ich habe bis vor ein paar Wochen noch gar nichts von dir gewußt. Magst du Whisky?«

»Whisky? Ich . . . ich weiß nicht. Ich habe noch keinen getrunken.«

»Dann komm wieder herein. Wir trinken zusammen Whisky, und ich werde dir erklären, wie das ist mit den Vätern und Müttern und den hübschen Mädchen.«

Houston verbrachte einen unruhigen Nachmittag, weil Kane mit seinem Sohn stundenlang hinter verschlossener Tür in seinem Büro zusammensaß. Und als Zachary gegen Abend wieder ging, blickte er Houston durch gesenkte Wimpern hindurch an, bekam ein rotes Gesicht und schnalzte mit der Zunge.

»Zachary hat sich etwas seltsam benommen beim Abschied«, sagte sie zu Kane.

Kane betrachtete seine Fingernägel. »Ich habe ihm erklärt, wie man Babys macht. Vermutlich bin ich dabei zu sehr ins Detail gegangen.«

Houston blickte ihn mit offenem Mund an.

Kane nahm sich einen Apfel von der Früchteschale. »Ich muß heute nacht arbeiten, weil Zach morgen ins Haus kommt, um mit mir und Ian Baseball zu spielen.«

Er warf ihr einen scharfen Blick zu. »Fühlst du dich nicht wohl? Du siehst so grün aus im Gesicht. Vielleicht solltest du dich ein bißchen hinlegen. Könnte ja sein, daß dir der Haushalt allmählich über den Kopf wächst.« Er küßte sie auf die Wange und ging in sein Büro zurück.

Vier Tage später beschloß Kane, sich selbst einmal in Vaughns Laden umzusehen, ob es da nicht noch andere Sportgeräte zu kaufen gab. Sein Team, zu dem noch Edan gehörte, war von Ian und Zachary vernichtend geschlagen worden. Ian, der die meiste Zeit seines jungen Lebens in einer Kohlengrube verbracht hatte, hatte großen Respekt vor Kane, aber noch nicht so viel Selbstvertrauen, Kane zu beschuldigen, daß er sich nicht an die Spielregeln hielt. Schließlich waren es ja *seine* Baseballschläger.

Zach hatte derlei Skrupel nicht. Er bestand darauf, daß Kane sich pedantisch an die Spielregeln hielt und wollte seinem Vater nicht durchgehen lassen, was Kane als ›kreative‹ Spielweise bezeichnete. Bisher hatte Kane noch jedes Spiel aufgeben müssen, weil er sich weigerte, es nach Regeln zu spielen, die andere Leute verfaßt hatten. Und jetzt wollte er das Baseball-Regelbuch neu schreiben.

Als er sich nun mit Edan im Sportartikelgeschäft umschaute, kaufte er eine Tennisausrüstung, Fahrräder und alle Geräte, die man für eine Turnhalle brauchte.

Am anderen Ende des Ladentischs stand Jacob Fenton. Er verließ jetzt nur noch selten sein Haus, zog es vor, sich in seinem Büro einzuschließen und die Börsenberichte zu studieren und seinen Sohn zu verfluchen, weil er nicht das geringste Interesse für das Geschäft zeigte. Doch in letzter Zeit fühlte er sich etwas besser, weil seine Tochter, die er vor Jahren als wertlos verworfen hatte, mit ihrem jungen Sohn in sein Haus zurückgekehrt war.

Der junge Zachary vereinigte alles in sich, was ein Mann sich von einem Sohn nur erhoffen konnte: Lerneifer, Interesse, außerordentliche Intelligenz und sogar einen Sinn für Humor. Tatsächlich hatte Zachary nur einen Fehler: er fand zunehmend Gefallen an seinem leiblichen Vater. Eines Nachmittags, als er zu Hause studieren sollte, wie die Kohlengruben, die er eines Tages erben würde, betrieben und verwaltet werden mußten, ging er zu seinem Vater und spielte mit ihm Baseball. Jacob hatte beschlossen, den Teufel durch Beelzebub auszutreiben und dem Jungen alle Sportgeräte zu kaufen, die es auf dem Markt gab.

Kane, die Arme voller Tennisschläger und Hanteln, bog um ein Regal herum und fand sich Jacob Fenton gegenüber. Kane starrte ihm ins Gesicht, und in seinen Augen glomm ein zorniger Funke auf.

Jacob hatte keine Ahnung, wer dieser breitschultrige dunkelhaarige Mann war, nur daß er ihm irgendwie bekannt vorkam. Der Anzug, den dieser junge Mann trug, mußte jedenfalls eine Stange Geld gekostet haben.

»Entschuldigen Sie, Sir«, sagte Jacob und versuchte, an dem jungen Mann vorbeizukommen.

»Du kennst mich wohl nicht, wenn ich dir nicht den Steigbügel halte, Fenton?«

Jetzt wurde Jacob klar, daß dieser Mann ihn an Zachary erinnerte. Und er kannte sehr wohl den Grund für den Haß, der sich auf dem Gesicht von Kane Taggert zeigte. Er wandte sich wortlos von ihm ab.

»Moment noch, Fenton!« rief Kane ihm nach. »Du kommst heute in zwei Wochen in mein Haus zum Dinner.«

Jacob Fenton hielt einen Moment an, Kane den Rücken zukehrend, und dann nickte er kurz, ehe er den Laden verließ.

Kane legte wortlos die Geräte, die er aus den Regalen genommen hatte, auf den Ladentisch, und Edan überreichte dem Ladenbesitzer eine lange Liste von Sachen, die er Kane liefern sollte. »Schicken Sie mir das alles ins Haus«, sagte Kane, ohne erst lange zu erklären, wer er sei und wo er wohnte. Dann ging er aus dem Laden und stieg auf den Kutschbock seiner alten Kalesche.

Als Edan neben ihm saß, gab er mit schnalzender Zunge den Pferden das Zeichen zum Antraben. »Ich denke, ich sollte mir mal was Besseres anschaffen zum Herumkutschieren in dieser Stadt.«

»Warum? Damit du Fenton imponieren kannst?«

Kane blickte seinen Freund an. »Was wurmt dich denn so?«

»Warum lädst du den alten Fenton zum Dinner ein?«

Kanes Backenmuskeln strafften sich. »Du weißt verdammt genau, warum.«

»Ja, ich weiß, warum. Weil du ihm zeigen willst, daß du

es weiter gebracht hast als er. Weil du vor ihm mit deinem hübschen Haus, deinem prächtigen Tafelsilber und deiner hübschen Frau prahlen willst. Ist dir schon einmal der Gedanke gekommen, was Houston dazu sagen wird, wenn sie feststellt, daß dir an ihr genauso viel liegt wie an einer neuen Kutsche?«

»Das ist nicht wahr, und das weißt du auch. Houston kann manchmal ziemlich lästig werden; aber sie hat auch ihre Vorzüge«, sagte Kane lächelnd.

Edan dämpfte seine Stimme ein wenig: »Du hast einmal zu mir gesagt, daß du Houston wieder abschaffen und nach New York zurückkehren würdest, wenn sie ihren Zweck erfüllt hat – nämlich an dem Abend, wo du Jacob Fenton in dein Haus einlädst, am Fußende der Tafel zu sitzen. Ich glaube, du sagtest, du wolltest sie mit Juwelen abfinden.«

»Ich habe ihr einen ganzen Koffer voller Juwelen zur Hochzeit geschenkt, und sie hat ihn noch nicht einmal geöffnet. Offenbar mag sie Juwelen gar nicht so gern, wie ich dachte.«

»Du weißt sehr genau, daß sie dich mag.«

Kane grinste. »Scheint so. Aber wer weiß das schon? Wenn ich kein Geld hätte . . .«

»Geld! Du Bastard! Du siehst ja den Wald vor lauter Bäumen nicht! Lade Fenton nicht zum Essen ein. Laß Houston nicht wissen, weshalb du sie geheiratet hast. Du weißt nicht, was es bedeutet, Menschen zu verlieren, die du liebst.«

»Ich weiß verdammt nicht, wovon du überhaupt redest. Ich habe nicht vor, etwas zu verlieren. Ich will nur Fenton an meinem Eßzimmertisch sitzen sehen. Dafür habe ich fast mein Leben lang gearbeitet, und ich denke nicht daran, auf dieses Vergnügen zu verzichten.«

»Du weißt ja nicht einmal, was das Wort Vergnügen bedeutet. Wir beide haben gearbeitet, weil wir nichts anderes hatten als unsere Arbeit. Setz nicht alles wieder aufs Spiel, Kane. Tu das nicht!«

»Ich werde nichts aufgeben. Du mußt ja nicht mit uns am Tisch sitzen, wenn du nicht willst.«

»Ich würde auch nicht deine Beerdigung versäumen. Deshalb werde ich mit am Tisch sitzen.«

Kapitel 22

Als Houston den Kamm ins Haar steckte, merkte sie, daß ihre Hände schrecklich zitterten. Die letzten beiden Wochen waren nervenaufreibend gewesen. Als Kane damals nach Hause gekommen war und ihr erzählt hatte, er wollte die Fentons zum Dinner einladen, war sie sehr froh gewesen, weil sie hier eine Möglichkeit sah, die Kluft zwischen den beiden Männern zu schließen.

Doch ihre frohe Zuversicht hatte sich alsbald in Verzweiflung verwandelt. Kane benahm sich, als wäre dieses Dinner für ihn lebenswichtig. Er fragte sie immer wieder, ob alles, was sie für diesen Abend vorbereitete, auch von allerbester Qualität sei. Er ließ sich die gravierten Tischkarten zeigen und den Speiseplan, und Mrs. Murchison mußte das umfangreiche Menü vorkochen, damit Kane jedes Gericht prüfen und kosten konnte. Er stand hinter der Schulter des Lakaien, der das einhundert Jahre alte irische Tafelsilber putzte. Er inspizierte Houstons Kleiderschrank, fand, daß alles, was darin hing, nicht gut genug sei für dieses Dinner, und bestand darauf, daß sie sich ein Abendkleid in Weiß und Gold für das kommende Ereignis anfertigen lassen müsse. Er suchte sogar selbst die Stoffe unter den Mustern aus, die Houstons Schneiderin ins Haus brachte. Er ließ für jeden und alle neue Kleider anfertigen und engagierte zwei Schneider, die am Abend des Dinners den Männern beim Anziehen helfen sollten. Er bestellte neue Livreen für die Diener und Lakaien, obwohl sie die ihren gerade ein paar Wochen getragen hatten, und Houston konnte ihn nur mit großer Mühe davon abhalten, die Dienstboten zu zwingen, gepuderte Perücken zu tragen, nur weil er in einem von Houstons Modejournalen gesehen hatte, daß die Kammerdiener des Prince of Wales mit solchen Perücken ausgestattet waren.

Kein Wunder, daß jeder im Haus betete, daß der Abend endlich käme, damit dieser Rummel ein Ende habe. Sherwin und Jean hatten noch am letzten Tag gekniffen und gesagt, sie fühlten sich nicht wohl und könnten daher nicht am Dinner teilnehmen. Ian, der durch den Umgang mit Zach erheblich an Selbstvertrauen gewonnen hatte, sagte, er wollte sich das Feuerwerk um keinen Preis der Welt entgehen lassen. Zudem war Fenton als Minenbesitzer für ihn der Teufel in Menschengestalt. Er fieberte sogar dem Abend entgegen, wo er, als Gleichberechtigter, mit seinem Feind an einem Tisch sitzen konnte.

Wäre der Präsident der Vereinigten Staaten als Besucher ins Haus gekommen, hätte man auch nicht mehr Umstände machen können – und keine Gruppe von Leuten hätte nervöser sein können als dieser Haushalt. Houston hatte Angst, daß eines der Mädchen beim Servieren der Suppe Fentons Hose vollkleckern könnte – für Kane vermutlich ein Anlaß, das Mädchen auf der Stelle zu ermorden.

Aber die eigentliche Ursache für das Zittern ihrer Hände war Kanes Versprechen, ihr zu verraten, was zu der Feindschaft zwischen den beiden Männern geführt hatte. Es war, dünkte sie, schon immer ihr sehnlichster Wunsch gewesen, das zu erfahren; doch nun hätte sie Kane am liebsten gesagt, daß sie es nicht mehr wissen wollte.

Zu ihrer Unruhe hatte ein Telefongespräch beigesteuert, das sie tags zuvor mit Pamela Fenton führte. Pam hatte Houston gebeten, das Dinner abzusagen, weil sie ein ungutes Gefühl habe. Ihr Vater habe ein schwaches Herz, hatte Pam gesagt, und sie fürchtete, daß man sich bei Tisch ereifern könne. Sie hatte Angst vor Kanes aufbrausendem Wesen.

Houston hatte versucht, mit Kane darüber zu reden; doch er hatte nur gesagt, sie verstünde ihn nicht. Sie hatte geantwortet, daß sie gern versuchen würde, ihn zu verstehen, wenn sie wüßte, worum es eigentlich ginge.

Und da hatte er zu ihr gesagt, daß er ihr noch vor dem Dinner alles erklären wollte.

Und nun saß sie vor dem Spiegel, betrachtete sich und merkte, daß sie am ganzen Körper zitterte.

Sie holte geräuschvoll Luft, als sie Kane plötzlich hinter sich stehen sah.

»Dreh dich wieder um«, sagte er. »Ich habe etwas für dich.«

Also wandte sie sich wieder dem Spiegel zu, und im selben Moment legte ihr Kane ein Kollier aus Brillanten um den Hals. Es war so hoch wie ein steifer Kragen, und die Ketten, die unten ein bogenförmiges Gehänge bildeten, reichten ihr bis unter die Schlüsselbeine hinunter. Dazu gehörten noch zwei Ohrringe mit Doppelschnüren aus Brillanten.

Er trat einen Schritt zurück, um sie zu betrachten. »Gut«, sagte er, nahm sie bei der Hand und führte sie hinüber in sein Schlafzimmer.

Ohne ein Wort zu sagen, sich sehr der kühlen Edelsteine bewußt, die ihren Hals beengten, setzte sie sich vor einen eingelegten runden Tisch in einen blauen Brokatsessel.

Kane ging zur Wand, berührte dort eine Leiste und legte einen kleinen Hebel frei. Dann klapperte er ein Stück der Täfelung zur Seite, und ein eingebauter Safe kam zum Vorschein.

»Nur sehr wenige Menschen auf dieser Welt kennen die ganze Geschichte, die ich dir nun erzählen werde. Einige kennen sie teilweise und haben sich den Rest hinzugedichtet. Nur stimmten ihre Vermutungen nicht. Ich habe viele Jahre suchen müssen, bis ich alle Stücke beisammen hatte und die volle Wahrheit erfuhr.«

Er nahm eine Ledertasche aus dem Wandsafe, öffnete sie, holte eine kleine Photographie heraus und reichte sie Houston. »Das ist meine Mutter.«

»Charity Fenton«, flüsterte sie, die hübsche Frau auf dem Foto betrachtend – eine noch sehr junge Frau mit dunklen

Augen und Haaren. Sie blickte hoch und sah das Staunen auf seinem Gesicht.

»Edan hat mir erzählt, wer deine Mutter war.«

»Er hat dir alles erzählt, was *er* weiß.« Er gab ihr nun eine Photographie von vier jungen Männern, die nervös aussahen und etwas deplaciert vor einer exotischen Photoatelier-Kulisse posierten. Zwei davon sahen Kane sehr ähnlich. »Das sind die vier Taggert-Brüder. Der jüngste davon ist Lyle, Ians Vater; daneben steht Rafe, der zweitjüngste; dann kommt Sherwin und schließlich mein Vater, Frank, der älteste der vier Brüder.«

»Du siehst aus wie dein Vater«, sagte sie.

Kane gab ihr keine Antwort und kippte nun die Ledertasche über dem runden Tisch aus. »Das sind Originale oder beglaubigte Kopien von Dokumenten, die sich auf meine Eltern oder meine eigene Geburt beziehen.«

Sie warf einen flüchtigen Blick auf diese Papiere und zuckte nur kurz mit den Lidern, als sie der Kopie eines Familienstammbaumes ansichtig wurde, nach dem ein gewisser Nathaniel Taggert eine zwölf Jahre alte französische Gräfin geheiratet hatte. Doch bald sah sie wieder zu Kane hinauf und wartete, daß er ihr die Geschichte erzählte, die sich auf diese Papiere bezogen, und ihr die Erklärung lieferte für die vielen Jahre seines Hasses auf die Familie seiner Mutter.

Er ging ans Fenster und starrte in den Garten hinunter. »Ich glaube nicht, daß du etwas über Horace Fenton weißt, da er lange vor deiner Geburt gestorben ist. Horace Fenton war Jacobs Vater. Oder jedenfalls glaubte Jacob, daß Horace sein Vater wäre. Tatsächlich hatte Horace nach einigen Jahren die Hoffnung aufgegeben, eigene Kinder zu bekommen. Also adoptierte er das neugeborene Baby eines Ehepaares, das nach Kalifornien reisen wollte, jedoch in einer Kutsche tödlich verunglückte, als die Gespannpferde durchgingen. Aber Jacob war erst drei Jahre alt, als Horaces Frau doch noch mit einem Kind niederkam, einem Mädchen, das sie Charity tauften, weil sie es wie ein Geschenk des Himmels betrachteten.

Nach allem, was ich in Erfahrung bringen konnte, hat es wohl nie ein Kind gegeben, das mehr verwöhnt wurde als Miss Charity Fenton. Ihre Mutter bereiste mit ihr die ganze Welt, ihr Vater kaufte ihr alles, was sie sich seiner Meinung nach wünschte oder gern gehabt hätte.«

»Und wie wurde Jacob behandelt?« fragte Houston.

»Nicht übel. Der alte Horace verwöhnte zwar seine Tochter nach Strich und Faden, brachte aber seinem Adoptivsohn bei, wie er überleben konnte – vielleicht mit dem Hintergedanken, daß Jacob für Charity sorgen sollte, wenn ihr Vater nicht mehr lebte. Jacob wurde dazu ausgebildet, das Imperium zu leiten, das Horace sich aufgebaut hatte.

Ich bin mir nicht ganz sicher, wie sie sich kennenlernten. Ich glaube, Frank Taggert wurde dazu erwählt, Horace Fenton die Beschwerden der Sägemühlenarbeiter vorzutragen – das war noch vor der Zeit der Kohlenbergwerke –, und dabei muß er mit Charity zusammengetroffen sein. Egal, wie es zu ihrer Bekanntschaft gekommen ist – es muß Liebe auf den Blick gewesen sein, und sie beschloß, daß sie Frank heiraten wollte. Ich glaube nicht, daß in ihrem kleinen verwöhnten Kopf der Gedanke aufkeimte, daß ihr Vater sich auch einmal ihren Wünschen widersetzen könnte.

Doch Horace weigerte sich nicht nur, seine Tochter mit einem Taggert zu verheiraten, er sperrte sie sogar in ihr Zimmer ein. Irgendwie gelang es ihr, aus dem Fenster zu klettern und zwei Tage bei Frank zu verbringen. Als die Männer ihres Vaters sie wiederfanden, lag sie bei ihm im Bett. Und sie sagte ihrem Vater, sie würde Frank Taggert bekommen, selbst wenn sie das ihr Leben kosten sollte.

»Wie schrecklich für sie«, flüsterte Houston.

Kane holte eine Zigarre aus seiner Nachttischschublade und zündete sie an. »Sie bekam ihn dann tatsächlich, weil sie zwei Monate später ihren Eltern erzählte, daß sie schwanger sei.«

»Mit dir«, sagte Houston leise.

»Mit mir. Horace warf seine Tochter aus dem Haus und sagte ihr, daß sie nicht mehr seine Tochter sei. Seine Frau legte sich ins Bett und blieb darin, bis sie vier Monate später starb.«

»Und deshalb haßt du die Fentons, weil du dem Gesetz nach den gleichen Erbanspruch auf den Besitz deines Großvaters hattest wie Jacob; doch die Fentons beschäftigten dich in ihrem Stall.«

»Gleiche Erbansprüche – einen Teufel!« explodierte Kane. »Du hast erst die halbe Geschichte gehört. Charity zog in die Slums, wo die Taggerts lebten – eine andere Wohnung konnten sie sich nicht leisten für den Lohn, den Fenton ihnen bezahlte – und fühlte sich da verdammt unwohl. Natürlich wollte niemand mit ihr reden, da sie ja eine von den Fentons war; aber nach allem, was ich gehört habe, hat sie sich mit ihrer hochmütigen Art das Leben dort nicht gerade leichter gemacht.

Zwei Monate, nachdem sie Frank Taggert geheiratet hatte – und ihre Heiratsurkunde liegt dort auf dem Tisch –, rollte ein schwerer Baumstamm von einem Stapel herunter und erschlug ihren Mann.«

»Und Charity mußte nach Hause zu ihrem Vater zurückkehren.«

»Er war ein unversöhnlicher Bastard. Charity versuchte, ohne ihn durchs Leben zu kommen, ist dabei aber fast verhungert. Ich habe mit einem Dienstmädchen gesprochen, das früher im Haus der Fentons gearbeitet hat, und sie erzählte mir, daß Charity ausgemergelt, schmutzig und hochschwanger vor der Tür ihres Vaters stand. Horace blickte sie nur von Kopf bis Fuß an und sagte, sie habe ihre Mutter umgebracht und könne nur als Dienstbote wieder in sein Haus zurückkehren. Dann ließ er sie in der Spülküche arbeiten.«

Houston stand auf, stellte sich neben ihren Mann und legte ihm die Hand auf den Arm. Sie spürte, wie aufgewühlt er war, als er mit tonloser Stimme sagte: »Nachdem meine Mutter vierzehn Stunden lang Fentons Töpfe geschrubbt hatte, ging sie nach oben, brachte mich zur Welt und hängte sich an einem Dachbalken auf.«

Houston konnte ihn nur mit offenem Mund anstarren. »Ist ihr niemand zu Hilfe gekommen?«

»Niemand. Fenton hatte sie auf dem Speicher untergebracht, fern von allen anderen Leuten und Dienstboten im Haus, und wenn sie schrie, als sie ihre Wehen bekam, hatte sie niemand hören können.«

»Und was hat Horace Fenton dann getan?«

»Er war es, der sie gefunden hat. Wer weiß? Vielleicht plagte ihn sein schlechtes Gewissen, und er ging in den Speicher hinauf, um sich wieder mit ihr zu versöhnen; aber er kam zu spät. Sie war bereits tot.

Es gab nicht viele Leute, die mir erzählen konnten, was danach passierte; es gelang mir erst nach langen Recherchen, die Vorgänge zu rekonstruieren. Horace ließ eine Amme für mich besorgen, verbrachte dann einen Tag in Klausur mit einer Horde von Anwälten, und einen Tag, nachdem Charity sich aufgehängt hatte, setzte er eine Pistole an seinen Kopf und drückte ab.«

Houston setzte sich wieder in den blauen Brokatsessel. Sie konnte ihm das nicht abnehmen; Kane mußte mit dieser Tragödie leben – Worte halfen da nicht viel. »Und so bist du also bei den Fentons aufgewachsen«, sagte sie schließlich.

»Wenn du damit meinst, daß ich von irgend jemand ›erzogen‹ worden bin, irrst du dich«, schnaubte er. »Als Horace Fentons Testament zwei Tage nach seinem Selbstmord verlesen wurde, stellte sich heraus, daß er alles, was er besaß, Charitys Sohn vermacht hatte.«

»Dir?«

»Mir. Jacob bekam keinen Cent vom fentonschen Erbe. Er durfte nur den Vormund für Kane Franklin Taggert spielen – dem drei Tage alten Enkel von Horace Fenton.«

»Aber das verstehe ich nicht«, sagte Houston. »Ich dachte . . .«

»Du dachtest, daß ich mittellos auf die Welt gekommen bin. Jacob verließ zehn Stunden lang nicht das Zimmer, in dem das Testament verlesen worden war, und als er mit den Anwälten endlich herauskam, war es ihm gelungen, sie alle zu bestechen – und konnte dem Gericht ein gefälschtes Testament vorlegen, in dem stand, daß er der Alleinerbe von Horace Fenton sei.«

»Und du?«

»Man erzählte den Leuten, Charitys Baby wäre bei der Geburt gestorben; und die ersten sechs Jahre meines Lebens verbrachte ich auf der Wanderschaft von einer Farm zur anderen. Jacob hatte Angst, ich könnte die Wahrheit meiner Abkunft erfahren, wenn ich zu lange bei einer Familie bliebe.«

»Oder daß die Taggerts Wind davon bekamen, daß du noch am Leben warst. Ich kann mir nicht vorstellen, daß Rafe ruhig zugesehen hätte, wie man seinen Neffen um sein Erbe betrügt.«

»Geld verleiht Macht; und keiner von den Taggerts hat jemals Geld besessen.«

Houston wanderte durchs Zimmer. »Und Jacob wollte nicht auf das verzichten, wofür er so viele Jahre gearbeitet hatte. Er muß Horace vertraut haben wie einem echten Vater; doch dann wurde er in letzter Minute von Horace enterbt, als hätte er ihm nie etwas bedeutet. Und alles bekam ein drei Tage alter Säugling.«

»Ergreifst du etwa für ihn Partei?«

»Gewiß nicht. Ich versuche mir nur klarzumachen, warum er dir so etwas Schreckliches antun konnte. Was wäre zum Beispiel aus ihm geworden, wenn er den Besitz für dich verwaltet und vergrößert hätte, du ihn aber gefeuert hättest, sobald du volljährig wurdest?«

»So etwas hätte ich nie getan.«

»Das konnte er natürlich nicht wissen. Und was passiert jetzt? Willst du ihn verklagen?«

»Teufel, nein. Ich kenne die Wahrheit schon seit Jahren.«

»Du planst, ihm das Vermögen wieder wegzunehmen, nicht wahr? Im Augenblick wohnt dein eigener Sohn bei den Fentons, und du willst ihn doch nicht aus seinem eigenen Haus verjagen, oder doch?«

»Warte erst mal ein paar Sekunden, ehe du schon wieder

für Fenton Partei ergreifst. Alles, was ich jemals wollte, war, daß Fenton sich eines Tages an *meinen* Tisch setzt, der größer ist als seiner, mit einer erstklassigen Lady am Kopfende.«

Houston blickte ihn fast eine Minute lang schweigend an. »Vielleicht solltest du mir den Rest der Geschichte auch noch erzählen. Warum diese Einladung zum Dinner, und was für eine Rolle soll ich dabei spielen?« fragte sie leise. Ein banges Gefühl beschlich sie bei der Frage.

Kane drehte ihr den Rücken zu. »In all den Jahren, die ich in seinem Stall arbeitete und Fentons Stiefel putzte, dachte ich, ich würde überschnappen, wenn ich mir vorstellte, daß mir ein so großes Haus gehören würde, wie Fenton es besaß. Dann kam es zu dem Techtelmechtel mit Pam, und eines Morgens höre ich, daß sie ihre Sachen gepackt, das Haus geräumt und mir 500 Dollar und einen Abschiedsbrief hinterlassen hat, in dem sie sich für das ›Vergnügen‹ mit mir bedankte. Jacob zerrte mich in sein Büro und brüllte mich an, daß ich niemals bekommen würde, wofür er so hart gearbeitet habe. Damals dachte ich, er meinte Pam damit.

Ich nahm die 500 Dollar und ging nach Kalifornien. Und nach ein paar Jahren, als ich schon nicht mehr unvermögend war, begann ich mich zu fragen, was Fenton damals wirklich gemeint hatte, als er mich aus seinem Haus warf. Ich heuerte ein paar Männer an, die für mich die Wahrheit herausfinden sollten. Es dauerte eine Weile, aber meine Hartnäckigkeit wurde belohnt.« Kane deutete auf die Dokumente, die auf dem Tisch lagen.

»Und da nahmst du dir vor, dich an Mr. Fenton zu rächen«, flüsterte Houston. »Und ich sollte ein Teil deiner Rache sein.«

»In gewisser Weise. Anfangs wollte ich nur so viel Geld verdienen, daß ich die Sorge los war, wieder als Stallbursche arbeiten zu müssen. Aber als ich erfuhr, um was für ein Vermögen man mich betrogen hatte, begann ich mir vorzustellen, wie ich Fenton zum Dinner in ein Haus einladen würde, das fünfmal so groß war wie seines, und am Fußende des Tisches würde Pam sitzen, die Tochter, für die ich ihm nicht genug gewesen war.«

»Aber du konntest Pam nicht bekommen.«

»Die Männer, die ich angeheuert hatte, ermittelten ihre Adresse. Ich erfuhr, daß sie verheiratet war und ein Kind hatte – ich wußte nicht, daß es mein Kind war –, also mußte ich diesen Teil meines Plans aufgeben. Natürlich mußte ich mein Haus in Chandler bauen; denn wenn ich es in einer anderen Stadt errichtete, wußte ja niemand, daß es einem ehemaligen Stallburschen der Fentons gehörte. Und ich wollte, daß Fenton es jeden Tag vor Augen hatte. Und dann überlegte ich mir, wer denn an Pams Stelle an meinem Tisch sitzen könnte, und ich wußte, daß die einzigen wirklichen Ladys in dieser Stadt die Chandler-Zwillinge waren. Ich heuerte einen Mann an, der Erkundigungen über euch beide einziehen sollte, und erkannte sofort, daß Blair nicht in Frage kam. Fenton hätte mich vielleicht ausgelacht und gesagt, daß ich nur eine Frau bekommen könnte, die kein anderer Mann haben wollte.«

»Du mußtest eine wirkliche, wahrhafte, unverfälschte Lady haben«, flüsterte Houston.

»Und die bekam ich auch. Ich war anfangs ein wenig verunsichert, als ich dir einen Antrag machte und du ihn abgelehnt hast; aber ich wußte, du würdest es dir schon noch anders überlegen. Ich hatte mehr Geld, als Westfield in seinem ganzen Leben verdienen kann, und ich wußte, du würdest mich heiraten.«

Er zog die Uhr aus seiner Westentasche. »Es ist Zeit, nach unten zu gehen. Ich habe sehr lange auf diesen Moment gewartet.«

Er nahm Houstons Ellenbogen und geleitete sie zur Treppe.

Houston war viel zu betäubt, um auch nur ein Wort sagen zu können. Er hatte sie um ihre Hand gebeten, weil er ein Werkzeug für seine Rache benötigte. Sie hatte gedacht, er wollte sie heiraten, weil er sie brauchte; daß er sie mochte, wenn nicht sogar liebgewonnen hatte in den letzten Monaten. Doch in Wahrheit mißbrauchte er sie nur als Werkzeug.

Kapitel 23

Houston saß an der Tafel und hatte das Empfinden, ihre Haut fühle sich genauso kalt an wie die Brillanten an ihrem Hals. Sie bewegte sich und redete, als erlebte sie einen Traum. Sie hatte es nur ihrem jahrelangen Training zu verdanken, daß sie ihre Pflichten als Hausfrau erfüllen, das Gespräch im Gang halten und die Dienerschaft beim Sevieren dirigieren konnte.

Oberflächlich betrachtet, war es ein gelungenes Dinner. Pam schien zu spüren, welche Spannungen unter der Oberfläche herrschten, und versuchte ihr möglichstes, die Eintracht bei Tisch zu erhalten. Ian und Zach redeten über Baseball, Jacob blickte auf seinen Teller hinunter, und Kane betrachtete jeden und alles mit stolzer Miene.

Houston überlegte, was Kane wohl mit ihr plante, wenn sie als Werkzeug seiner Rache ausgedient hatte. Wollte er in eine andere Stadt ziehen, sobald dieser Abend vorbei war und Chandler für ihn seinen Zweck erfüllt hatte? Sie erinnerte sich, wie oft er darüber geklagt hatte, daß man in diesem langweiligen kleinen Nest keine Geschäfte machen könne. Warum hatte sie sich nie gefragt, *weshalb* er dieses Haus in Chandler errichten ließ? Jeder in der Stadt hatte sich diese Frage gestellt, als die Bauarbeiten auf dem Hügel begannen; aber als er anfing, stürmisch um sie zu werben, hatte sie darüber nicht mehr nachgedacht.

Er war in die Stadt gekommen, war als erstes zu Jacob Fenton gegangen, um ihm seine Ankunft zu melden und ihn zu fragen, wie ihm sein Haus gefalle. Warum hatte Houston nicht schon damals begriffen, daß alles in Kanes Leben von den Gefühlen bestimmt war, die er für die Fentons hegte?

Und sie sollte nur ein Instrument seiner Rache sein.

Das war alles, was sie für diesen Mann war, dem sie ihr Herz geschenkt hatte: ein Werkzeug in einem Spiel, das er gewinnen wollte – mußte.

Und der Mann, den sie auserkoren und für liebenswert gehalten hatte, gehörte zu jener Sorte von Männern, die ihr Leben einer so heillosen Sache wie einer Rache widmen konnten.

Ihr blieben die Bissen im Hals stecken, und sie mußte sich dazu zwingen, das Essen hinunterzuwürgen. Wie hatte sie sich nur so sehr in einem Mann täuschen können?

Als endlich das langwierige Menü sein Ende fand, stand Houston auf und führte Pam in den kleinen Salon, um die Männer ihren Zigarren zu überlassen.

Die beiden Frauen unterhielten sich über ganz gewöhnliche Dinge – über Kleider, wo man den schönsten Besatz kaufen könne und welche Schneiderin in der Stadt am besten arbeitete – und verloren kein Wort über das Dinner, das sie soeben über sich ergehen lassen mußten. Doch zweimal ertappte Houston Pam dabei, wie diese sie nachdenklich, wenn nicht gar mitleidig betrachtete.

Kane führte Jacob Fenton in sein Büro, wo er seinem Gast die Zigarren anbot, die Houston ihm zur Hochzeit geschenkt hatte, und einen einhundert Jahre alten Brandy in einem Glas aus irischem Kristall.

»Nicht übel für einen Stallburschen, eh?« begann Kane und betrachtete Fenton durch eine Wolke aus Zigarrenrauch.

»Schön, du hast mir dein großes Haus gezeigt. Und was willst du jetzt von mir?«

»Nichts. Nur die Genugtuung, dich hier in meinem Haus zu sehen.«

»Du erwartest doch hoffentlich nicht von mir, daß ich dir das glaube. Ein Mann, der sich solche Mühe macht, mir zu zeigen, wie weit er es im Leben gebracht hat, begnügt sich nicht mit einer Dinnerparty. Aber ich warne dich. Solltest du versuchen, mir wegzunehmen, was mir gehört, werde ich . . .«

»Wirst du was? Noch mehr Rechtsanwälte bestechen? Diese drei Halunken leben immer noch, und ich kann ihnen mehr bezahlen, als du besitzt, damit sie die Wahrheit sagen.«

»Das ist typisch für einen Taggert. Du nimmst dir immer, was dir nicht gehört. Dein Vater nahm sich Charity, ein süßes, kleines, hübsches Ding, und setzte sie solchem Horror aus, daß sie sich am Ende selbst erhängte.«

Kanes Gesicht färbte sich dunkelrot vor Wut. »Horace Fenton hat den Tod meiner Mutter verursacht, und alles, was du besitzt, hast du mir gestohlen.«

»Du hast gar nichts besessen. Es gehörte alles mir. Ich habe jahrelang die Geschäfte geleitet, und wenn du glaubtest, ich würde zurücktreten und zusehen, wie mir ein plärrendes Baby alles wegnimmt, hast du dich getäuscht. Lieber hätte ich dafür gesorgt, daß dieses Baby die ersten Tage nicht überlebt. Und dann hast du, ein Taggert, versucht, mir meine Tochter wegzunehmen. Hattest du erwartet, ich würde zulassen, daß du meiner Tochter das antust, was dein Vater meiner Schwester angetan hat?«

Kane rückte ein paar Schritte näher an den kleinen, älteren Mann heran. »Schau dir dieses Haus genau an. *Das* ist es, was ich deiner kostbaren Tochter angetan hätte. *So* sieht die Behandlung aus, die sie von mir erhalten hätte.«

Jacob drückte seine Zigarre aus. »Einen Teufel hättest du getan. Ist dir nie der Gedanke gekommen, daß ich dir einen Gefallen getan haben könnte? Es ist dein Haß auf mich, der dich zu einem reichen Mann gemacht hat. Wenn du Pamela bekommen hättest und das Geld meines Vaters dazu, würdest du vermutlich nicht einen Tag in deinem Leben gearbeitet haben.«

Jacob wandte sich der Tür zu. »Und noch etwas, Taggert. Wenn du versuchen solltest, dir wiederzuholen, was deiner Ansicht nach dir gehört, werde ich die hübsche Frau, die du geheiratet hast, vor Gericht bringen – wegen illegaler Machenschaften in meinen Kohlengruben.«

»Was?« keuchte Kane.

»Ich habe mich schon lange gefragt, ob du das weißt«, sagte Jacob lächelnd. »Willkommen in der Welt der Reichen. Du kannst dir nie sicher sein, ob die Leute dich haben wollen oder nur dein Geld. Diese süße kleine Lady, die du geheiratet hast, steckt bis über beide Ohren in einer Verschwörung. Und sie nützt jede Verbindung aus – auch die familiäre Beziehung zwischen dir und mir –, um eine Sache voranzutreiben, die sich vielleicht zu einem blutigen Aufstand entwickelt. Du solltest sie lieber warnen. Denn wenn sie sich nicht mäßigt, werde ich selbst auf ihre Verbindung zum Hause Taggert keine Rücksicht mehr nehmen. Und damit wünsche ich dir eine gute Nacht, Taggert.«

Jacob Fenton verließ Kanes Büro.

Kane blieb lange Zeit allein an seinem Schreibtisch sitzen. Niemand störte ihn dabei, als er fast die ganze Flasche Whisky austrank.

»Miss Houston!« rief Susan, als sie in den Salon stürmte, wo Houston zwischen Fenster und Kamin auf- und abwanderte. »Mr. Kane wünscht, daß Sie sofort in sein Büro kommen. Und er sieht schrecklich wütend aus.«

Houston holte tief Luft, zog ihr Kleid vorne glatt und ging den Korridor hinunter. Jacob hatte ihr vor zwei Stunden noch liebenswürdig einen guten Abend gewünscht und war dann mit seiner Tochter gegangen. Houston hatte nichts anderes getan als nachgedacht, seit die Fentons das Haus verlassen hatten. Noch nie zuvor hatte sie überlegt, wo ihr gegenwärtiges Leben sie hinbringen würde. Bisher schien sie sich nur genommen zu haben, was das Leben ihr geboten hatte. Jetzt war es an der Zeit, daß sie ihr Schicksal auch selbst bestimmte.

Er saß ohne Jackett an seinem Schreibtisch, das Hemd bis zum Gürtel aufgeknöpft, eine fast leere Whiksyflasche in der Hand.

»Ich dachte, du würdest arbeiten«, sagte sie.

»Du hast alles verdorben. Du und deine lügnerische Art haben alles verdorben.«

»Ich . . . ich habe keine Ahnung, wovon du redest«, sagte sie und setzte sich auf einen der beiden Lederstühle, die vor seinem Schreibtisch standen.

»Du wolltest nicht nur mein Geld, sondern auch meine Beziehungen zu den Fentons. Du wußtest, daß Fenton deine illegalen Machenschaften dulden würde, weil er auf mich Rücksicht nehmen mußte. Nun sage mir nur noch eines – hast du zusammen mit deiner Schwester dieses Komplott geschmiedet? Und wie wolltest du Westfield für deine Pläne ausnützen?«

Houston erhob sich und blieb mit steifem Rücken vor seinem Schreibtisch stehen. »Was du sagst, entbehrt jeder Logik. Ich habe erst am Tag unserer Hochzeit den Namen deiner Mutter erfahren. Ich hätte niemals etwas ausnützen können, von dem ich gar nichts wußte.«

»Ich habe einmal zu Edan gesagt, daß du eine gute Schauspielerin wärest. Damals ahnte ich noch nicht, wie gut du wirklich schauspielern kannst. Ich hätte dir fast geglaubt, als du mir beteuert hast, du würdest mich aus Liebe heiraten; doch die ganze Zeit über hast du nur meinen Namen ausgenützt, um Zutritt zu den Bergwerkslagern zu bekommen.«

Houston holte geräuschvoll Luft, während Kane nun ebenfalls aufstand und sich weit über seinen Schreibtisch lehnte.

»Ich habe mein Leben lang für diesen Abend gearbeitet, und du hast ihn mir verdorben. Fenton drohte, meine mich innig liebende Frau zu verklagen und aller Welt zu verkünden, wofür sie mich mißbrauchte. Ich kann schon jetzt im Geist die Schlagzeilen der Zeitungen sehen.«

Houston wich seinem Blick nicht aus. »Ja«, sagte sie leise, »ich fahre in die Kohlenbergwerke; aber das hat nichts mit dir zu tun, da ich das schon lange getan habe, ehe ich dich kennenlernte. Du bist so besessen von deinem Geld, daß du dir einbildest, jeder wäre nur hinter deinem Vermögen her.« Sie ging einen Schritt von seinem Schreibtisch weg.

»In den letzten Monaten«, fuhr sie fort, »habe ich, dank deiner Mitwirkung, eine Menge über mich selbst gelernt.

Meine Schwester sagte mir noch vor wenigen Wochen, daß ich der unglücklichste Mensch sei, den sie kenne, und daß sie fürchtete, ich könnte mir eines Tages das Leben nehmen. Ich hätte damals nie geglaubt, daß das wahr sein könne, was sie zu mir sagte; denn bis zu dem Tag, als ich dich kennenlernte, habe ich nicht gewußt, was Glück ist. Ich habe mich nie gefragt, warum ich den Leuten nicht sagte, sie sollen ›zum Teufel gehen‹, wie du dich ausgedrückt hast, wenn es ihnen nicht paßte, daß ich in meinem roten Kleid tanzen wollte. Aber bei dir habe ich gelernt, wie gut man sich fühlt, wenn man Dinge um seiner selbst willen tut, und nicht immer versucht, nur anderen Leuten zu gefallen.

Und jetzt bin ich so weit, daß ich eigene Entscheidungen treffen kann. Ich möchte nicht mit einem Mann zusammenleben, der dieses Haus nur gebaut und eine Frau, die er gar nicht heiraten wollte, nur geheiratet hat, um sich an einem alten Mann zu rächen, der lediglich beschützen wollte, was gerechtermaßen auch ihm gehörte. Ich kann Mr. Fentons Handlungsweise verstehen und sie fast verzeihen; doch deine Handlungsweise verstehe ich nicht. Du magst dir einbilden, ich hätte dich deines Geldes wegen geheiratet; aber tatsächlich habe ich dich geheiratet, weil ich mich in dich verliebte. Ich schätze, ich liebte einen Mann, der nur in meiner Vorstellungswelt existierte. Du bist nicht dieser Mann. Du bist für mich ein Fremder, und ich will nicht mit einem Fremden zusammenleben.«

Kane funkelte sie einen Moment an und trat dann ebenfalls vom Schreibtisch zurück. »Wenn du dir einbildest, ich würde dich bitten, bei mir zu bleiben, hast du dich getäuscht. Du hast mir eine Menge Spaß gebracht, Baby, mehr, als ich mir von dir versprochen habe; aber ich brauche dich nicht.«

»Doch, das tust du«, sagte Houston ruhig und kämpfte die Tränen nieder, die ihre Augen trüben wollten. »Du brauchst mich mehr, als du weißt oder ahnst; aber ich kann meine Liebe nur einem Mann geben, der auch meinen

Respekt verdient. Du bist nicht der Mann, für den ich dich gehalten habe.«

Kane ging zur Bürotür, öffnete sie und machte eine Handbewegung, die sie einlud, sein Haus zu verlassen.

Houston gelang es irgendwie, an ihm vorbeizugehen, durch den Korridor und dann hinaus in die Nacht. Sie dachte keinen Moment daran, ihre Kleider einzupacken oder etwas aus dem Haus mitzunehmen.

Eine Kutsche stand draußen in der Auffahrt.

»Du verläßt ihn, nicht wahr?« hörte sie Pamela Fentons Stimme aus der Kutsche.

Houston blickte zu der Frau hoch. Pamela Fenton hielt erschrocken den Atem an, als sie den Ausdruck auf Houstons Gesicht sah.

»Ich wußte, daß etwas Schreckliches passiert sein mußte. Der Arzt ist gerade bei meinem Vater. Er zitterte so heftig, daß ich fürchtete, er würde sich alle Knochen brechen. Steig ein, Houston. Ich habe jetzt ein eigenes Haus in der Stadt, und du kannst bei mir und Zach wohnen, bis du alles geregelt hast.«

Houston stand nur da und starrte die Frau an, bis Pamela ausstieg und Houston halb schiebend, halb ziehend, in das Fuhrwerk beförderte. Houston hatte keine Ahnung, wo sie sich überhaupt befand. Sie dachte nur immer daran, daß nun alles vorbei war – daß sie alles, was sie besaß, verloren hatte.

Kane stürmte in den großen Salon im ersten Stock, den Ian und Edan sich teilten. Edan saß allein in einem Sessel und las.

»Ich möchte, daß du feststellst, was Houston in den Kohlenminen treibt. Alles, jede Kleinigkeit.«

»Was möchtest du wissen?« fragte Edan und legte langsam sein Buch beiseite.

»Wann? Wie? Warum? Alles, was du herausbekommen kannst.«

»Sie verkleidet sich jeden Mittwochnachmittag als alte

Frau, nennt sich dann Sadie und fährt mit einem Fuhrwerk voller Gemüse in das Bergwerkslager. In dem Gemüse sind Arzneimittel, Schuhe, Seife, Tee – eben alles versteckt, was sie darin unterbringen kann und die Frauen der Bergarbeiter dringend benötigen. Sie verkauft das Gemüse gegen Gutschein, die Jean Taggert anschließend, wenn Houston das Lager wieder verlassen hat, den Frauen zurückerstattet.«

»Du hast das alles gewußt und mir keinen Ton davon gesagt?« brüllte Kane.

»Du hast mich losgeschickt, um sie zu überwachen; aber du hast mich nie danach gefragt, was ich beobachtet habe.«

»Ich bin von allen verraten und verkauft worden! Erst von dieser verlogenen kleinen Schlampe und jetzt von dir. Und Fenton wußte genau Bescheid, was in seinem Lager vorgeht.«

»Wo ist Houston, und was hast du zu ihr gesagt?«

Kanes Gesicht wurde hart. »Sie hat soeben das Haus durch die Vordertür verlassen. Sie konnte die Wahrheit nicht vertragen. Sobald sie erfuhr, daß ich ihr kleines, hinterhältiges Komplott aufgedeckt habe, für das sie mich und mein Geld mißbrauchte, lief sie davon. Ich weine ihr keine Träne nach. Ich kann gern auf eine geldgierige miese . . .«

Edan packte Kane bei der Schulter. »Du engstirniger, hirnverbrannter Hundesohn! Diese Frau ist das Beste gewesen, was dir in deinem Leben begegnen konnte; und du Idiot hast so ein Brett vor dem Kopf, daß du nicht einmal siehst, was du hast. Du mußt sie zurückholen!«

Kane schüttelte seine Hand ab. »Einen Teufel werde ich tun. Sie war auch nicht besser als alle anderen; sie war nur eine Hure der teuersten Klasse.«

Kane sah nicht einmal die Hand kommen, die nun auf sein Gesicht einschlug und ihn zu Boden schickte. Edan stand über dem großen, dunkelhaarigen Mann, der sich das Kinn rieb.

»Weißt du was?« sagte Edan. »Ich habe jetzt auch genug von dir. Ich habe es satt, mich vor der Welt zu verkriechen.

Ich habe meine Jahre bisher nur in häßlichen, dunklen Zimmern verbracht, habe Tag und Nacht geschuftet, um Geld zusammenzuraffen. Und wofür? Das einzige, was du dir bisher von deinem Geld gekauft hast, war dieses Haus, und das hast du dir nur angeschafft, weil du dich rächen wolltest. Houston hat einmal zu mir gesagt, daß ich genauso schlimm wäre wie du, mich immer verstecke vor den Leuten, immer nur auf dem Sprung bin, in dein Büro zu kommen, wenn du mich brauchst. Ich habe über ihre Worte nachgedacht, und ich glaube, sie hatte recht.«

Edan trat einen Schritt zurück und rieb sich seine Fingerknöchel. »Ich denke, es ist höchste Zeit, daß ich zu meinem eigenen Leben finde. Du hast mir immerhin für die Jahre, die ich deinen Zielen geopfert habe, gutes Geld gezahlt, und es ist mir gelungen, auch ein paar Millionen auf die Seite zu legen. Ich werde sie jetzt dafür benützen, etwas aus meinem Leben zu machen.«

Er streckte Kane die Hand hin; doch der beachtete sie nicht.

Später sah Kane, wie auch noch Ian, Jean und Sherwin zu Edan in die Kutsche stiegen, was bedeutete, daß ihm nur noch die Dienstboten geblieben waren, und er wartete nicht bis zum Morgengrauen, sondern feuerte sie noch alle in derselben Nacht.

Kapitel 24

Houston achtete nicht auf ihre Umgebung, als sie mitten in Pams Schlafzimmer stand.

»Zuerst stecke ich dich mal in eine Wanne voll heißes Wasser; und dann darfst du mir erzählen, wie es dazu gekommen ist.«

Houson blieb regungslos im Zimmer stehen, als Pam sie allein ließ, um ein Bad für sie einzulassen. Sie war sich nicht sicher, ob alles, was sich heute abend abgespielt hatte, schon völlig bis zu ihrem Bewußtsein vorgedrungen war. Jedenfalls war sie in einen Mann verliebt, der sie nur als Werkzeug benützt hatte.

»Das Bad steht für dich bereit«, rief Pam und schob Houston vor sich her in das mit rosa Kacheln ausgekleidete Badezimmer. »Du ziehst dich jetzt aus, während ich mal nachsehe, wie es meinem Vater geht. Und daß du mir nicht so vor der Wanne stehenbleibst mit einem Gesicht, als würde im nächsten Moment die Welt untergehen, Houston!«

Jahrelang war sie zum Gehorsam erzogen worden; und so befolgte sie Pams Anweisung wie ein gut dressiertes Tier. Als Pam in das Badezimmer zurückkam, lag Houston in der Wanne, bis zum Hals in heißen Seifenschaum eingehüllt.

»Dr. Westfield ist es endlich gelungen, meinen Vater zur Ruhe zu bringen«, sagte Pam. »Er ist zu alt für derartig aufregende Abende. Was Kane ihm nur gesagt haben mag? Ich jedenfalls kenne nur ein Thema, das ihm wirklich an die Nieren geht. Zachary. Hat Kane ihm etwa gesagt, daß er mir meinen Sohn wegnehmen möchte? Da muß er sich aber auf einen Kampf gefaßt machen . . .«

»Nein«, sagte Houston müde. »Er ist nicht hinter deinem Sohn her. Nichts so Edelmütiges.«

»Ich denke, du kannst mir ruhig anvertrauen, was heute passiert ist und dich dazu bewogen hat, Kane zu verlassen.«

Houston blickte zu der Frau hoch, die sie im Grunde gar nicht kannte. Sie waren sich nur über ihren Sohn etwas nähergekommen. Doch Pam war auch die einzige Liebe im Leben ihres Mannes.

»Warum hilfst du mir eigentlich? Ich weiß, daß du ihn immer noch liebst.«

Pam blickte sie mit schmalen Augen an. »Er hat dir also erzählt, daß ich an deinem Hochzeitstag bei ihm war?«

»Ich weiß, daß er deine . . . Einladung nicht angenommen hat.«

Pam lachte. »Wie taktvoll du dich ausdrückst. Vermutlich hat er dabei zu erwähnen vergessen, daß ich zu der Einsicht gekommen bin, wir würden es auf die Dauer nicht miteinander aushalten. Wir schieden in der gemeinsamen Erkenntnis, daß wir uns wahrscheinlich spätestens drei Monate nach der Hochzeit gegenseitig umgebracht hätten. Und nun erzähle, was zwischen dir und Kane vorgefallen ist. Es bleibt alles in der Familie, wenn du in dieser Hinsicht Bedenken haben solltest; und erfahren würde ich es früher oder später ja doch.«

Wenn Kane sich dazu entschloß, den Fentons das Vermögen wegzunehmen, das dem Gesetz nach ihm gehörte, würde das in der Tat bald die ganze Stadt wissen, überlegte Houston. »Weißt du, wer Kanes Mutter gewesen ist?« fragte sie leise.

»Ich habe keine Ahnung. Ich glaube, mir ist nie der Gedanke gekommen, daß er eine Mutter gehabt haben könnte. Wahrscheinlich, weil er immer so selbstherrlich auftrat, als habe er so etwas Einfaches wie eine Mutter nie gebraucht. Ich habe vermutlich angenommen, er sei ganz von selbst auf die Welt gekommen.«

Houston saß im warmen Wasser der Badewanne und erzählte die Geschichte von Charity Taggert. Sie versuchte, sie ganz sachlich und nüchtern wiederzugeben, sie nicht einzufärben mit ihren eigenen Gefühlen.

Pam hatte sich einen Schemel aus Messingdraht mit rosa Polster an die Wanne geholt und hörte aufmerksam zu. »Ich hatte keine Ahnung davon«, sagte Pam, als Houston mit ihrer Geschichte zu Ende war. »Du sagst, daß alles, was mein Vater besitzt, dem Gesetz nach Kane gehört. Kein Wunder, daß er so wütend ist auf meinen Vater, und kein Wunder, daß mein Vater schlottert vor Angst. Aber die hast Kane doch nicht verlassen, weil er nicht als armes Kind auf die Welt kam, nicht wahr? Was ist da noch gewesen?«

Es war schon schwieriger, von sich selbst zu erzählen – zugeben zu müssen, daß sie nur zweite Wahl war hinter Pam und daß sie nun, wo sie ihren Zweck erfüllt hatte, nutzlos für Kane geworden sei.

»Zur Hölle mit ihm!« rief Pam, stand auf und lief im

Zimmer auf und ab. »Er findet sich großartig, wenn er dir sagt, er habe dich, wie er meint, nur zu einem bestimmten Zweck geheiratet. Er ist der verwöhnteste Mann, der mir jemals in meinem Leben begegnet ist.«

Houston bewegte den Kopf und blickte zu Pam hinauf – ein erstes Zeichen der Wiederbelebung.

»Er gefällt sich in der Vorstellung, er habe eine erbärmliche Jugend gehabt; aber ich kann dir versichern, daß *er* es war, der hier im Haus den Ton angab, als er noch bei uns lebte. Die Leute blickten auf mich herab, weil ich mich in einen Stallburschen verliebt hatte; aber das taten sie nur, weil sie noch nie so einen jungen Mann wie Kane Taggert in ihrem Stall gehabt haben.«

Pam setzte sich wieder auf ihren Schemel und beugte sich vor. »Du kennst ihn«, fuhr sie erbittert fort. »Du hast sein herrisches Wesen erlebt, seine Angewohnheit, jeden herumzukommandieren. Glaubst du, er sei als Junge anders gewesen, nur weil er angeblich ein Diener dieses Hauses war?«

»Ich glaube nicht, daß ich darüber schon einmal nachgedacht hätte«, murmelte Houston. »Marc sagte damals nur, Kane sei ein Tyrann.«

»Tyrann!« schnaubte Pam und stand wieder von ihrem Schemel auf. »Kane führte das Regiment im Haus. Mein Vater hat mehr als einen wichtigen geschäftlichen Termin versäumt, weil Kane zu ihm sagte, er könne keine Kutsche oder kein Pferd bekommen, weil sie nicht reisefähig seien. Beim Dinner mußten wir das essen, was Kane gern essen wollte, weil die Köchin glaubte, sich eher nach Kanes Geschmack als nach dem meines Vaters richten zu müssen.«

Houston erinnerte sich, wie Mrs. Murchison schon am ersten Tag Kanes Lieblingsspeisen gekocht und ihn stets in Schutz genommen hatte.

»Er war schon immer ein hübscher Junge gewesen und wußte genau, wie er sich anstellen mußte bei Frauen, damit sie ihm jeden Wunsch erfüllten. Die Hausmädchen machten ihm die Zimmer sauber, kochten und bügelten seine Wäsche, brachten ihm das Essen aufs Zimmer. Er leitete zwar nicht die Firma Fenton Coal and Iron, aber ganz bestimmt unseren Haushalt. Ich möchte nicht wissen, wie er sich aufgeführt hätte, wäre ihm damals schon bekannt gewesen, daß eigentlich ihm der Besitz der Fentons gehörte. Vielleicht hat mein Vater ihm einen Gefallen getan. Vielleicht hat ihm das Leben in den Ställen ein wenig Demut und Bescheidenheit beigebracht; denn mit diesen Eigenschaften ist er bestimmt nicht auf die Welt gekommen.«

Pam fiel vor der Wanne auf die Knie. »Ich verspreche dir, daß du hier so lange wohnen kannst, wie du *willst.* Und wenn du auf meine Meinung Wert legst: du hast recht daran getan, ihn zu verlassen. Er kann unmöglich eine Frau heiraten, nur um einen Racheplan in die Tat umzusetzen. Und jetzt steigst du aus der Wanne, während ich dir einen Schlummertrunk vorbereite, damit du schlafen kannst.«

Wieder gehorchte Houston wie ein dressiertes Tier, trocknete sich mit einem von Pams pinkfarbenen Badetüchern ab und schlüpfte in eines von Pams keuschen Nachthemden.

Pam kam mit einem dampfenden Becher zurück. »Wenn du damit nicht einschläfst, nimmt es dir wenigstens den Druck von der Seele. Und nun schlüpf unter die Decke. Das Morgen muß besser werden als das Heute.«

Houston trank fast den ganzen Becher aus, und das Gebräu tat seine Wirkung. Schon bald war sie eingeschlafen, und als sie erwachte, stand die Sonne bereits hoch am Himmel, und sie hatte Kopfschmerzen. Über das Fußende ihres Bettes waren ihre Unterwäsche und ein Morgenmantel gebreitet. Ein Billett von Pam lag dabei, in dem sie schrieb, sie habe in die Stadt gehen müssen, und Houston solle unten im Salon frühstücken und nur dem Dienstmädchen Bescheid sagen, wenn sie etwas benötigte.

»Edan«, sagte Jean Taggert, »ich kann Ihnen nicht genug danken für alles, was Sie heute nacht für mich getan haben. Es wäre wirklich nicht nötig gewesen, mit mir zusammen aufzubleiben.« Sie standen im Korridor des Chandler-

Hotels und hatten beide übernächtigte Gesichter. Nachdem sie Kanes Haus verlassen hatten, waren sie ins Hotel gezogen. Ian hatte sich sofort niedergelegt; doch Sherwin hatten die Ereignisse des Abends so sehr mitgenommen, daß er Hustenanfälle und keine Luft mehr bekam. Er erklärte immer wieder mit rasselnder Stimme, er habe Angst, Jean und Ian müßten ins Bergwerkslager zurückkehren.

Edan hatte Dr. Westfield angerufen, der in wenigen Minuten bei ihm war, da er sich nach der Visite bei Jacob Fenton noch nicht wieder ausgezogen hatte. Edan trommelte dann das Hotelpersonal aus den Betten, das Wärmflaschen und extra Decken herbeischaffen mußte. Auch schickte er einen Pagen los, der den Apotheker aus dem Bett holte, damit er das Rezept, das Westfield ausgestellt hatte, besorgte.

Jean saß dann die ganze Nacht am Bett ihres Vaters und versuchte, ihn zu beruhigen, indem sie ihm immer wieder versicherte, Ian und sie würden nicht in die Kohlengrube zurückkehren, während Edan sich um alles andere kümmerte, das geeignet war, der Atemnot des Kranken abzuhelfen.

Nun, da die Sonne gerade über den Horizont heraufkroch, war Sherwin endlich eingeschlafen, und sie standen vor der Tür seines Zimmers.

»Ich kann Ihnen nicht genug dafür danken«, sagte Jean zum tausendsten Mal.

»Dann hören Sie auf, es zu versuchen. Würden Sie jetzt gern frühstücken?«

»Glauben Sie, der Speisesaal ist um diese Zeit schon geöffnet?«

Edan grinste, während er ihr eine Haarsträhne aus der Stirn schob. »Nach dieser Nacht hat das Hotelpersonal einen so großen Respekt vor mir, daß es alles für mich tut.«

Er hatte nicht zu viel versprochen. Ein müde aussehender Nachtportier sperrte ihnen den Speisesaal auf, nahm zwei Stühle von einem Tisch am Fenster herunter und ging dann wieder, um den Koch aus dem Bett zu trommeln. Nur wohnte dieser unglücklicherweise vier Meilen vom Hotel entfernt, und es dauerte eine Weile, bis er in der Hotelküche anlangte. Doch weder Jean noch Edan merkten, daß es mehr als zwei Stunden dauerte, ehe ihnen das Frühstück serviert wurde.

Sie sprachen über ihre Jugendzeit, und Jean erzählte Edan, wie sie schon immer alle Männer hatte versorgen müssen, da ihre Mutter starb, als sie gerade elf Jahre alt geworden war. Edan erzählte von seiner Familie, die bei einem Feuer umkam, und wie Kane sich später seiner angenommen hatte.

»Kane ist mir gut bekommen. Ich wollte nie mehr einen Menschen lieben, weil ich Angst hatte, er würde dann ebenfalls sterben. Ich fürchtete, dann das Alleinsein nicht mehr ertragen zu können.«

Er legte seine Serviette beiseite. »Sind Sie ausgehbereit? Ich glaube, inzwischen haben auch die Büros in der Stadt geöffnet.«

»Ja, natürlich«, sagte sie, vom Tisch aufstehend. »Ich wollte Sie nicht von Ihrer Arbeit abhalten.«

Er faßte sie beim Ellenbogen. »Ich meinte nicht mich, sondern uns beide. Wir gehen jetzt zu einem Grundstücksmakler und kaufen ein Haus. Es muß ein großes Haus sein, damit wir alle Platz darin haben.«

Sie trat einen Schritt von ihm fort und sah ihn an. »Wir alle? Ich weiß nicht, was Sie damit meinen; aber Ian, Vater und ich können unmöglich bei Ihnen wohnen. Ich werde mir eine Stellung in der Stadt besorgen. Vielleicht wird Houston mir dabei helfen. Und Ian kann zur Schule gehen und sich später eine Arbeit suchen, während Vater und ...«

»Ihr Vater würde sich lieber umbringen, als Ihnen und Ian zur Last zu fallen. Und Ian ist viel zu groß, um noch eine öffentliche Schule besuchen zu können. Er ist mit einem Hauslehrer viel besser bedient. Und Sie könnten in der Stadt nicht genug verdienen, um die beiden Männer und sich unterhalten zu können. Nein, Sie kommen jetzt mit und helfen mir, ein großes Haus zu finden, und Sie können mir dann den Haushalt führen.«

»Das kann ich unmöglich tun«, antwortete sie entsetzt. »Ich kann nicht die Haushälterin eines unverheirateten Mannes sein.«

»Ihr Vater und Ihr Vetter werden schon dafür sorgen, daß Ihr guter Ruf nicht leidet. Sie klopfen mir bestimmt auf die Finger, sollte es mir einfallen, Ihnen zu nahezutreten. Zudem finde ich zunehmend Geschmack an der Idee, zu heiraten, nach allem, was ihr in den letzten Monaten in Kanes Haus erlebt habe. Kommen Sie, Jean, machen Sie den Mund zu und lassen Sie uns gemeinsam zum Einkaufen gehen. Wir müssen vermutlich Möbel und Vorräte und alle möglichen anderen Dinge besorgen, ehe wir daran denken können, dieses Hotel zu verlassen. Glauben Sie, das Personal wird uns dabei helfen, wenn es erfährt, daß es uns dann schneller loswird?«

Jean war viel zu betäubt, um noch widersprechen zu können, als Edan sie hinaufführte zu ihrem Vater, um ihm zu sagen, wo sie hingehen wollten. Schließlich gingen Ian, Jean und Edan in die Stadt zu einem Grundstücksmakler.

Houston saß an Pams Eßzimmertisch und stocherte lustlos in einer Schüssel voll Hafermehlbrei.

Da stürmte Pam ins Zimmer und zog sich die langen weißen Handschuhe aus Ziegenleder aus. »Houston, die ganze Stadt brodelt über vor Gerüchten, was heute nacht passiert ist«, rief sie, ohne erst guten Morgen zu sagen. »Nachdem du das Haus verlassen hast, scheint es erst einmal einen Krach zwischen Kane und Edan in einem Schlafzimmer im ersten Stock gegeben zu haben. Eines von den Dienstmädchen bezeugt, es habe stundenlang gedauert, und dann sei Edan aus dem Haus gestürmt.«

»Edan ist auch gegangen?« fragte Houston mit großen Augen.

»Nicht nur er, sondern auch die Taggerts: Jean, Ian und Sherwin. Und nachdem sie ausgezogen waren, marschierte

Kane in das Erdgeschoß hinunter und feuerte das gesamte Personal.«

Houston lehnte sich auf ihrem Stuhl zurück und seufzte tief. »Er hat schon immer gesagt, wir würden ihm nur die Zeit stehlen. Ich vermute, jetzt kann er wieder arbeiten, solange er will ... oder nach New York zurückkehren und dort arbeiten.«

Pam nahm ihren Strada-Hut ab und zupfte die Straußenfedern auf dem weißen italienischen Stroh zurecht. »Ich habe dir erst die Hälfte erzählt. Edan und Jean quartierten sich im Chandler-Hotel ein und hielten das gesamte Personal die ganze Nacht hindurch in Trab, da Sherwin, soweit ich erfahren konnte, einen Anfall von Atemnot hatte und schon dem Tod auf der Schippe saß. Und heute morgen haben die beiden gemeinsam ein Haus gekauft.«

»Edan und Jean? Wie geht es Sherwin?«

»Was man sich so in der Stadt erzählt, geht es ihm heute morgen erheblich besser. Ja, und Edan und Jean haben vorhin gerade die Stroud-Villa am Ende der Archer Avenue gekauft – du weißt schon, das große Haus gegenüber von Blairs Krankenhaus. Und nachdem sie den Vertrag unterschrieben hatten – Edan bezahlte die Villa in bar –, kehrte Jean in das Hotel zurück und Edan ging ins ›Famous‹ und kaufte dort – ich hoffe, ich habe es richtig behalten – drei Damenblusen, zwei Röcke, einen Hut, zwei Paar Handschuhe und einen größeren Posten Unterwäsche. Diese garstige kleine Nathalie bediente ihn, und sie setzte dem armen Mann so lange zu, bis er zugeben mußte, daß die geheimnisvolle Dame, für die er die Wäsche besorgte, die gleiche Größe habe wie Miss Jean Taggert. Wenn Edan sie nach dieser Enthüllung nicht heiratet, wird ihr Ruf in dieser Stadt nicht mehr viel wert sein.«

Pam hielt einen Moment inne. »Und, Houston, ich kann dich ja schon jetzt darauf vorbereiten, was du sowieso bald in der Chandler Chronicle lesen wirst. Darin steht, daß vermutlich eine andere Frau an all dem schuld wäre, was heute nacht passiert ist.«

Houston nahm die Kaffeetasse hoch. Das Lokalblatt störte

sie nicht. Mr. Gates beschwerte sich schon seit Jahren darüber, daß die Lokalzeitung nichts anderes wäre als eine Klatschpostille, die aus dem Ausland nur bizarre Todesfälle berichtete und wo die herzoglichen Familien Englands den Winter verbrächten. Er hatte die Zeitung abbestellt, als sie auf der zweiten Seite das Interview mit einem Italiener brachte, der die angelsächsischen Frauen zu den besten Küsserinnen der Welt erklärte.

»Wo hast du denn das alles erfahren?« fragte Houston.

»Wo wohl – natürlich in Miss Emilys Teestube.«

Fast wäre Houston in diesem Moment an einem Schluck Kaffee erstickt. Die Schwesternschaft!, dachte sie. Sie mußte eine außerordentliche Versammlung einberufen und den Mitgliedern mitteilen, daß Jacob Fenton von ihren Verkleidungen und widerrechtlichen Aktionen in den Kohlegruben wußte. Es genügte ein kleiner Anstoß – daß Kane ihn noch mehr reizte –, und er konnte die Damen der Schwesternschaft verhaften lassen.

»Darf ich dein Telefon benutzen?« fragte Houston. »Ich muß ein paar Leute anrufen.«

Kapitel 25

Houston rief als erste ihre Mutter an und unterbrach Opal bei einem Heulkrampf. Nachdem es Houston gelungen war, ihre Mutter wieder einigermaßen zu beruhigen, ohne zu viele Informationen preiszugeben, überredete sie Opal dazu, ihr bei der telefonischen Benachrichtigung der Schwesternschaft zu helfen. Die einzige Stelle, die ihnen die Gewähr bot, daß sie nicht belauscht wurden, schien der Oberstock der Teestube zu sein.

»Wir treffen uns dort dann um zwei«, sagte Houston, ehe sie wieder auflegte und die anderen Mitglieder der Schwesternschaft anrief, die an das städtische Telefonnetz angeschlossen waren.

Als die Damen sich um zwei in Miss Emilys Salon versammelten, warfen sie alle schräge Blicke auf Houston. Zweifellos starben sie fast vor Neugierde, die wahren Gründe zu erfahren, die zu diesem spektakulären Massenauszug aus Kanes Haus in der vergangenen Nacht geführt hatten. Houston trat vor die versammelten Frauen hin, die wartend am Tisch standen.

»Gestern nacht ist mir eine sehr wichtige Information zu Ohren gekommen«, begann sie. »Jacob Fenton weiß davon, daß wir uns verkleiden und heimlich seine Bergwerkslager betreten. Wie weit er von unseren Aktivitäten dort unterrichtet ist, entzieht sich jedoch meiner Kenntnis. Ich habe diese außerordentliche Versammlung einberufen, damit wir darüber beraten können.«

»Aber die Wächter wissen doch nichts davon, oder?« rief Tia. »Hat Fenton bis jetzt sein Wissen für sich behalten? Will er andere davon unterrichten? Wie hat er überhaupt davon erfahren?«

»Ich kann deine Fragen leider nicht beantworten, Tia. Mir ist nur bekannt, daß Fenton weiß, auf welche Weise wir uns in seine Kohlengruben einschleichen ... und er hat gedroht, mich dafür gerichtlich zu belangen.«

»Dich?« keuchte Blair. »Warum ausgerechnet dich? Warum nicht alle, die mit unseren Fuhrwerken in die Gruben fahren?«

Houston blickte auf den Fußboden. »Das hängt mit einer persönlichen Sache zwischen meinem Mann und Mr. Fenton zusammen; doch ich glaube nicht, daß man mich verhaften wird.«

»Das können wir trotzdem nicht riskieren«, rief Blair. »Du mußt deine Fahrten in die Kohlegrube einstellen.«

»Moment mal!« rief Miss Emily. »Fenton muß doch schon lange von unseren Unternehmungen gewußt haben. Er hat das doch nicht erst gestern erfahren und ist dann in dein Haus gestürmt, um dir zu drohen. Habe ich recht, Houston?«

Houston nickte.

»Es geht mich zwar nichts an; aber ich glaube, ich gehe nicht fehl in der Annahme, daß die Erklärung von Fenton, er wisse von unseren Aktivitäten, nur eine von vielen kontroversen Themen gestern abend im taggertschen Haus gewesen ist.«

Houston nickte zum zweitenmal.

»Daraus schließe ich, daß Fenton unsere Tätigkeit für gar nicht so schädlich hält, wie du das zu befürchten scheinst, Houston. Vielleicht sorgte er deshalb sogar dafür, daß wir unbehelligt seine Lager betreten durften. Wenn mich nicht alles täuscht – und ich kenne Jacob gut –, wird er sich sogar im stillen über diese törichten Weiber amüsiert haben, die sich verkleiden und glaubten, ihn damit hinters Licht führen zu können. Ich plädiere dafür, daß wir unsere Besuche in den Lagern fortsetzen. Mir ist sogar wohler, wenn ich weiß, daß wir das im stillen Einvernehmen mit dem Eigentümer machen können.«

»Aber mir gefällt das nicht!« rief Meredith.

»Und wie willst du geheimhalten, was bereits bekannt ist?« fragte Sarah. »Fentons Drohung würde ich gar nicht so ernst nehmen, Houston. Er übersieht sowieso das meiste, was in seinen Kohlegruben passiert. Erinnerst du dich an den Gewerkschafter, der im vergangenen Jahr erschlagen aufgefunden wurde? Die offizielle Version lautete: ›Tod durch eine oder mehrere unbekannte Personen.‹ Fenton wußte genau, wer den Mann umgebracht hatte; aber er wollte sich die Hände nicht schmutzig machen. Glaubst du, er unternimmt jetzt gerichtliche Schritte gegen die Töchter der einflußreichsten Bürger dieser Stadt? Mein Vater würde mir zwar zuerst das Fell gerben, doch dann würde er seine Schrotflinte nehmen und warten, bis Fenton aus seinem Haus herauskommt.«

»Wenn Fenton sich über uns amüsiert und wir unter dem Schutz des Mineneigentümers stehen – warum dann noch diese Geheimniskrämerei?« fragte Nina. »Warum ziehen wir uns nicht hübsch an, besteigen unsere Kutschen und verteilen einfach, was wir mitgebracht haben?«

»Und welcher Bergarbeiter erlaubt seiner Frau, von den Töchtern der Reichen dieser Stadt Almosen anzunehmen?« fragte Miss Emily. »Ich denke, wir sollten so fortfahren wie bisher. Houston, ich möchte, daß du jetzt sehr genau über meine Frage nachdenkst und sie gewissenhaft beantwortest: Glaubst du, daß Fenton dich oder die anderen Frauen der Schwesternschaft verklagen wird?«

Und damit riskieren, daß man ihn als Erbschleicher und Betrüger eines dreitägigen Babys entlarvt?, überlegte Houston. »Nein«, sagte sie, »ich glaube nicht, daß ich verhaftet werde. Ich schließe mich Emilys Meinung an, daß wir fortfahren sollten wie bisher. Die wenigen, die unser Geheimnis kennen, haben großes Interesse daran, es nicht an die große Glocke zu hängen. Wenn wir sonst nichts mehr zu besprechen haben, würde ich die Versammlung schließen und . . .«

»Moment«, rief Blair, »Nina und ich haben noch etwas vorzubringen.«

Blair und Nina berichteten nun gemeinsam von einer Idee, mit der sie schon seit Wochen schwanger gegangen waren – nämlich ein Frauenmagazin herauszubringen, daß in einer Geheimsprache die Bergarbeiter von den gewerkschaftlichen Tätigkeiten in ganz Amerika unterrichtete. Sie legten einen Musterartikel vor und sprachen davon, daß sie das Magazin als Geschenk an die Bergarbeiterfrauen in den Kohlegruben verteilen wollten.

Die Mitglieder der Schwesternschaft zögerten zunächst, diesem Vorhaben zuzustimmen. Sie hatten sich noch nicht von ihren Schrecken erholt, daß Fenton von ihren Aktivitäten wußte.

»Sind wir nun dafür oder dagegen?« fragte Miss Emily, und die Frauen begannen, über das Projekt zu diskutieren.

Stunden später verließen die Frauen in kleinen schweigenden Gruppen Miss Emilys Teestube. Jede Frau dachte bedrückt an die Möglichkeit, daß sie selbst oder eine Mitstreiterin verhaftet werden könnte.

»Houston«, sagte Blair, nachdem die anderen gegangen waren, »könnten wir beide mal miteinander reden?«

Houston nickte, brachte es aber nicht fertig, ihrer Schwester die Ereignisse der letzten Nacht zu erzählen. Blair mochte sich dann wieder Vorwürfe machen, und Houston hatte schon genug Katzenjammer.

»Ich will nicht in dich dringen«, sagte Blair, »wenn du nicht darüber reden willst, was gestern nacht passierte. Nur – stimmt das, was man sich überall in der Stadt erzählt? Daß du ihn verlassen hast?«

»Das kann ich nicht bestreiten«, sagte Houston, ihre Tränen hinunterwürgend. »Ich wohne zur Zeit bei Pamela Younger, Jacob Fentons Tochter.«

Blair blickte ihre Schwester lange an; versuchte jedoch nicht, ihr Ratschläge zu erteilen oder einen Kommentar abzugeben.

»Wenn du mich brauchst – ich bin hier, um dir zuzuhören; doch in der Zwischenzeit wirst du eine Ablenkung brauchen. Die erste Aufgabe von ›Lady Chandlers Magazin‹ muß dem Aufsichtsrat der Bergwerksgesellschaft zur Genehmigung vorgelegt werden; und daher möchte ich, daß sie so harmlos wie möglich ausfällt. Ich brauche Artikel mit entsprechender Thematik; wie man Kleider reinigt, sein Haar pflegt, sich mit dem Lohn eines Bergarbeiters wie eine Prinzessin kleidet – solche Sachen. Ich denke, du eignest dich großartig dazu, sie zu schreiben. Kannst du mich jetzt begleiten, damit wir dir eine Schreibmaschine kaufen? Ich werde dir gleich anschließend beibringen, wie man damit umgeht.«

Houston hatte noch gar nicht darüber nachgedacht, wie sie die Zeit totschlagen sollte, wenn sie sich nicht mehr um Kanes Haus und ihren Mann kümmern mußte. Doch nun wurde ihr klar, daß sie nur in Pams Wohnung herumsitzen und sich verfluchen würde, weil sie so blöd gewesen war, sich in so einen Mann wie Kane Taggert zu verlieben, wenn sie sich nicht mit Abeit ablenkte. »Ja«, sagte sie, »ich mache das gern. Ich habe schon öfter darüber nachgedacht, wie die Frauen der Bergarbeiter ihre Baracken verschönern und etwas Freude in ihr tristes Leben bringen könnten.«

Blair deckte Houston mit so viel Arbeit ein, daß Houston überhaupt keine Zeit hatte, an etwas anderes zu denken. Sobald Houston mit einem Artikel fertig war, hatte Blair schon wieder eine Idee für den nächsten. Pam nahm so viel Anteil an Blairs Magazin, daß sie ihre Küche in ein Versuchslabor für Fleckenreiniger verwandelte und nach einem wirklich wirksamen Mittel zum Säubern von Samtstoffen suchte. Am Abend stank dann das ganze Haus nach Ammoniak; doch Houston konnte den zukünftigen Magazinlesern mitteilen, daß »zwei Teelöffel Ammoniak und zwei Teelöffel warmes Wasser, mit einer steifen Bürste aufgetragen« fast jeden Flecken aus Samt entfernten. Blair sagte, vielleicht würde sie diese Geschichte zum Leitartikel machen. Pam lächelte erfreut; doch Houston wußte, ihre Schwester hatte das nur ironisch gemeint.

Das Schreiben lieferte Houston einen perfekten Vorwand, in ihren vier Wänden zu bleiben und sich nicht den Fragen der Stadtleute aussetzen zu müssen. Pam verließ oft das Haus, ohne jemandem zu sagen, wohin sie ging, und konnte so Houston auf dem laufenden halten, was man sich in der Stadt von Kane erzählte. An seinem Zustand hatte sich wenig geändert: er lebte nach wie vor allein in seinem Haus – ohne Dienstboten und ohne Freunde.

»Und ohne seine Verwandten. Das sollte ihn glücklich machen«, sagte Houston. »Nun kann er ununterbrochen arbeiten, ohne daß ihn jemand stört.«

»Sei nicht bitter, Houston«, sagte Pam. »Man soll nicht darüber klagen, was hätte sein können – das macht einen nur unglücklich. Ich weiß das. Was hältst du davon, wenn wir dieses Rezept in der ersten Ausgabe bringen: für einen Pfennig Blauholz und für einen Pfennig Seifenbaumrinde erhält man ein tadelloses Färbemittel. Ich habe damit meinen schwarzen Filzhut zweimal aufgefrischt. Sieht er nicht aus wie neu?«

»Ja, natürlich«, sagte Houston geistesabwesend, während sie Tinte abscheuerte, die die Typen verklebte. Blair hatte ihr erzählt, daß die Typenhebel dauernd miteinander verklemmt waren bei den ersten Remington-Schreibmaschinen, die auf den Markt kamen. Als man nach der Ursache suchte, stellten die Fabrikanten fest, daß die Maschinenschreiber so schnell schrieben, daß die Mechanik nicht mitkam, und daher beschlossen sie, die Tastatur so kompliziert wie möglich zu machen. Sie verstreuten die am meisten verwendeten Buchstaben so über das Tastenbrett, daß der Schreiber mit den Fingern ständig weite Wege gehen mußte, und so wurde die Schreibgeschwindigkeit natürlich erheblich reduziert.

Zwei Wochen, nachdem Houston Kane verlassen hatte, traf der Eisenbahnwagen, den Kane für Opal hatte anfertigen lassen, in Chandler ein und erregte beträchtliches Aufsehen in der Stadt. Opal kam mit tränenüberströmtem Gesicht zu Houston und redete eine Stunde lang davon, was für einen wunderbaren Mann sie verlassen habe und wie sie so etwas nur habe fertigbringen können. Und daß eine Frau ohne Baby keine Frau sei, und da Houston jetzt nicht einmal mehr einen Ehemann habe, wäre das alles so schrecklich, daß man gar nicht darüber nachdenken durfte.

Houston gelang es schließlich, ihrer Mutter zu sagen, daß es Kane war, der sie nicht haben wollte, und nicht umgekehrt. Das entsprach zwar nicht ganz der Wahrheit; aber warum sollte man nicht seine Mutter belügen, wenn man sie nicht anders beruhigen konnte?

Houston kehrte an ihre Schreibmaschine zurück und versuchte nicht an das zu denken, was einmal gewesen war.

Opal Chandler Gates bewegte sich langsam durch die Hachette Street auf die Villa Taggert zu. Eigentlich wollte sie nur in der Stadt einkaufen, und Mr. Gates hätte sich niemals darüber gewundert, warum sie ihr neues Kostüm mit dem Pelzbesatz und der dazu passenden Silberfuchskappe zum Einkaufen anzog. Männer verstanden nur selten die Bedeutung von Kleidern. Heute mußte sie den besten Eindruck machen; denn heute ging sie zu Kane, um ihn zu bitten, Houston zurückzunehmen – falls er sie wirklich aus dem Haus geworfen hatte, wie Houston durchblicken ließ.

Houston konnte so unnachgiebig sein, überlegte Opal. Da war sie ihrem Vater so ähnlich. Bill konnte noch so eng mit jemandem befreundet gewesen sein; doch wenn dieser Jemand sein Vertrauen enttäuschte, hatte er ihm nie – niemals – verziehen. Houston verhielt sich nicht anders. Nach dem Schimpf, den Leander ihr angetan hatte, war er ihr so gleichgültig geworden, als lebte er auf einem anderen Stern.

Und nun mußte etwas unternommen werden in dieser Sache. Opal war überzeugt, daß Kane etwas Schlimmes angestellt hatte, etwas Ungeschicktes und Primitives und Dummes. Doch das wiederum gehörte zu Kanes rührendsten Eigenschaften: Er war so ungeschliffen, wie Houston geschliffen war. Sie paßten perfekt zueinander, und Opal hatte vor, sie wieder zusammenzubringen.

Sie klopfte an die Haustür, doch nichts regte sich dahinter, und so ließ sie sich selbst ein und ging durch die Halle. Ihre Schritte hallten so hohl von den Wänden wider, als beträte sie ein unbewohntes Haus.

Opal strich mit dem Finger an der Kante eines Tisches entlang, der in der Halle stand. Es war erstaunlich, wieviel Staub sich in zwei kurzen Wochen ansammeln konnte.

Sie rief Kanes Namen, doch sie bekam keine Antwort. Sie war bisher nur einmal in diesem Haus gewesen und kannte sich nicht besonders gut aus. Es dauerte eine Weile, bis sie sich im Erdgeschoß zurechtfand und dann im Oberstock suchte. Als sie dann oben aus Kanes Schlafzimmerfenster blickte, sah sie ihn unten quer über den Rasen gehen.

Sie rannte förmlich die Treppe hinunter und über das Gras, das dringend einer Sense bedurfte. Sie folgte einem gewundenen Pfad und fand ihn am Fuße des Hügels in einer Senke bei einem Baum. Er stand da, rauchte eine seiner herrlich duftenden Zigarren und starrte ins Leere.

Er drehte sich um und sah sie an, als sie auf ihn zuging. »Und was bringt dich heute morgen zu mir?« fragte er vorsichtig.

Opal holte tief Luft. »Ich hörte, du warst wütend auf meine Tochter und hast sie aus dem Haus geworfen.«

»Einen Teufel habe ich getan! *Sie* hat mich verlassen! Sagte, sie habe keinen Respekt mehr vor mir oder so etwas Ähnliches.«

Opal setzte sich unter den Baum auf eine steinerne Bank. »Das hatte ich befürchtet. Houston ist genauso, wie ihr Vater war. Würdest du mir vielleicht erzählen, was passiert ist? Von ihr erfahre ich kein Wort. Auch das erinnert mich an ihren Vater.«

Kane schwieg und sah wieder zu den Büschen hinüber.

»Ich weiß, es geht mich nichts an; doch wenn es irgendwie mit ... mit dem Schlafzimmer zu tun hat, weiß ich, daß Houston da ein bißchen ängstlich ist. Doch mit ein wenig Geduld ...«

»Ängstlich? Houston? Redest du von der Frau, die mich geheiratet hat? Sie fürchtet sich vor nichts im Bett.«

Opal spielte mit feuerrotem Gesicht mit ihren Handschuhen. »Nun, dann muß es vielleicht etwas andres gewesen sein.« Sie wartete. »Wenn du fürchtest, ich könnte es nicht für mich behalten, versichere ich dir ...«

»In dieser Stadt bleibt sowieso nichts geheim. Hör zu. Vielleicht begreifst du, was sie so wütend machte. Ich begreife es nicht. Weißt du, daß ich früher mal als Stallbursche für Fenton gearbeitet habe? Ich mußte im Stall wohnen, durfte nicht ein einziges Mal sein Haus betreten, und ich habe mir immer wieder vorzustellen versucht, wie man sich denn so fühlt als Besitzer einer so großen Villa. Und später, als ich Fentons Tochter heiraten wollte, sagte er, ich wäre nicht gut genug für sie. Also verließ ich Chandler und begann mit dem Geldverdienen; doch irgendwo im Hinterstübchen meines Gehirns setzte sich der Traum fest, daß ich ihn eines Tages zum Dinner in mein Haus holen würde, das größer wäre als seines, und daß eine Lady-Ehefrau am Fußende der Tafel sitzen würde.«

Opal brauchte ein paar Sekunden, um zu begreifen, daß dies das Ende seiner Geschichte war und sie sich den Rest nun selbst zusammenreimen mußte. »Du meine Güte«, sagte sie nach einer Weile. »Soll das heißen, du hättest dir dieses riesige Haus nur gebaut und meine Tochter nur geheiratet, um dir diesen Traum zu erfüllen?«

Sie wartete vergeblich auf Kanes Antwort.

Opal lächelte. »Kein Wunder, daß meine Tochter dich verließ, sobald sie das erfuhr. Sie muß sich schrecklich mißbraucht vorkommen.«

»Mißbraucht? Hat sie das nicht auch mit mir getan? Sie hat mich meines Geldes wegen geheiratet!«

Opal verging das Lächeln. Sie blickte ihn mit ernsten Augen an. »Tatsächlich? Hast du einen Begriff, wie hart Mr. Gates sie ins Gebet genommen hat, damit sie dich nicht heiratet? Tatsächlich haben ihr viele Leute davon abgeraten. Aber sie nahm dich doch. Und was das Geld anlangt, so hatte sie selbst genug davon. Sie ist zwar nicht reich; aber es reicht hin, daß sie sich jeden Kleiderwunsch erfüllen könnte.«

»Dann muß es ein Vermögen sein, wenn ich mir überlege, wie es in ihrem Kleiderschrank aussieht«, murmelte Kane.

»Glaubst du, Houston verlangt für sich mehr – wünscht sich Reichtümer, die nur du ihr geben könntest?« fuhr Opal fort. »Hast du den Eindruck, sie wäre habgierig?«

Kane setzte sich auf die Bank.

Opal legte ihm den Arm um die mächtigen Schultern. »Du vermißt sie, nicht wahr?«

»Ich kenne sie erst ein paar Monate; aber doch – ich schätze, ich habe mich an sie gewöhnt. Manchmal hätte ich sie dafür erwürgen können, daß sie mich zwang, etwas zu tun, womit ich gar nicht einverstanden war – doch jetzt ... jetzt fehlen mir ihre Haarspangen, auf die ich so oft getreten bin. Es fehlt mir, daß sie mich und Edan bei der Arbeit stört. Es fehlt mir das Baseballspiel mit Ian und meinem Sohn. Ich vermisse ...« Er stand auf, und sein Gesicht wurde dunkel vor Zorn. »Verdammt – wäre ich ihr nur nie begegnet! Ich war ein glücklicher Mann, bevor ich sie kennenlernte, und das will ich auch wieder sein. Geh und sag ihr, daß ich sie nicht zurücknehme, und wenn sie auf allen Vieren gekrochen käme.«

Kane stapfte den Pfad zum Haus hinauf, Opal ihm dicht auf den Fersen.

»Kane, bitte, ich bin eine alte Dame«, rief sie ihm nach in dem Versuch, ihn einzuholen.

»Damen werden doch nicht alt«, rief er über die Schulter. »Ich hätte bei meinen Dirnen bleiben sollen«, murmelte er. »Die wollen nur mein Geld.«

Opal holte ihn erst wieder in seinem Büro ein, wo er schon wieder hinter seinen Papieren saß. »Du mußt sie zurückholen.«

»Einen Teufel muß ich. Ich will sie gar nicht wiederhaben.«

Opal setzte sich auf einen Lederstuhl und fächelte sich Kühlung zu. Dabei schob sie verstohlen ihre neue Gesundheitskorsage zurecht, die mit dünnen Stahlstäben statt mit Walfischbein versteift war. »Wenn du die Hoffnung aufgegeben hättest, sie zurückzugewinnen, würdest du längst in einem Zug nach New York oder sonstwohin sitzen.«

Kane saß in seinem roten Ledersessel und blickte einen Moment stumm vor sich hin. »Ich weiß nicht, wie ich sie zurückholen soll. Wenn sie mich nicht meines Geldes wegen geheiratet hat, dann weiß ich nicht, warum sie mich überhaupt genommen hat! Frauen! Ich bin besser dran ohne sie.« Er sah durch seine Wimpern zu ihr hinüber. »Glaubst du, sie würde sich über ein Geschenk freuen?«

»Damit holst du sie nicht zurück. Nicht Houston. Sie hat die Moral ihres Vaters. Entschuldigungen und Liebesschwüre würden auch nicht helfen. Sie ist so unnachgiebig. Wenn es nur eine Möglichkeit gäbe, sie wieder zum Einzug zu bewegen, und sie dir dann ein wenig Zeit ließe, könnte es dir vielleicht gelingen, sie davon zu überzeugen, daß du sie nicht nur geheiratet hast, um es diesem Mr. Fenton zu zeigen – dem du übrigens wirklich keinen Vorwurf machen kannst, weil er seiner Tochter nicht erlaubte, seinen Stallburschen zu heiraten.«

Kane öffnete den Mund und klappte ihn wieder zu, ohne etwas zu sagen. Dann leuchteten seine Augen auf. »Ich weiß etwas; aber . . . Nein, das würde nicht klappen. Sie würde nie glauben, daß ich zu so einem hinterhältigen, üblen Trick fähig wäre.«

»Das hört sich gut an. Erzähl mir, woran du gedacht hast.«

Kane kam nur zögernd ihrer Aufforderung nach; doch zu seiner Verblüffung fand Opal seinen Einfall großartig. »Ladys!« schnaubte Kane leise.

Opal stand auf. »Jetzt muß ich aber gehen. Ach, fast hätte ich vergessen, dir den Grund zu sagen, der mich eigentlich hierhergebracht hat: Der Eisenbahnwagen ist eingetroffen, und ich kann ihn unmöglich annehmen. Es ist wirklich ein zu teures Geschenk. Du mußt es zurücknehmen.«

»Was, zum Kuckuck, soll ich mit einem pinkfarbenen Eisenbahnwagen anfangen? Du kannst doch darin reisen.«

Opal lächelte ihn liebevoll an. »Mein lieber Kane, wir haben alle unsere Träume; nur sind sie leider, wenn sie wahr werden, manchmal nicht so angenehm wie der Traum. Das Fahren mit der Eisenbahn macht mich sterbenskrank.«

»Nun, dann stell ihn irgendwo auf und veranstalte darin deine Teepartys. Bist du sicher, daß dieser Trick bei Houston ziehen wird? Ich weiß nicht, ob ich *will*, daß sie mir so etwas zutrauen könnte.«

»Sie wird es tun, und ich denke, das wäre ein guter Verwendungszweck für den Eisenbahnwagen; nur könntest du ihn vielleicht in einer anderen Farbe streichen lassen.«

»Wenn du das Ding nicht annimmst, stelle ich es in deinen Vorgarten.«

»Wenn du mich schon damit erpressen willst . . .« sagte sie augenzwinkernd.

Kane stöhnte, als sie ihn auf die Wange küßte. »Ich habe das Gefühl, daß jetzt alles wieder gut wird. Herzlichen Dank für den Eisenbahnwagen, und wir sehen dich und Houston hoffentlich in der nächsten Woche beim Dinner. Leb wohl.«

Kane saß lange Zeit hinter seinem Schreibtisch und verdammte die Frauen im allgemeinen und die Ladys im besonderen.

Kapitel 26

Houston mußte ein Gähnen unterdrücken, als sie die Lead Avenue hinuntereilte, um noch ein paar Besorgungen zu machen, ehe es zu regnen anfing. Sie war müde nach dem Aufruhr, den es gestern abend in Pams Haus gegeben und der sie alle bis pät in die Nacht hinein beschäftigt hatte.

Zachary war in das neue Haus gegangen, das Edan gekauft hatte, um seinen Vetter Ian zu besuchen und ihn zu fragen, ob er mitginge in Kanes Garten zum Baseballspielen. Ian hatte ihm gesagt, was er davon hielt, und war erst bis zur Hälfte seiner Kritik gekommen, als Zach den Kopf senkte und ihn dem weitaus größeren und kräftigeren Jungen in den Magen rammte. Dreißig Minuten lang gab es eine blutige Keilerei, ehe Edan die beiden fand und trennte.

Als Zach, von Edan am Schlawittchen gehalten, zu Pam zurückgebracht wurde, war dort gerade Jacob zu Besuch. Er sah seinen geliebten Enkel mit gestocktem Blut bedeckt, das Gesicht voller Blutergüsse. Und der ihn in diesem Zustand nach Hause brachte, war ein enger Vertrauter von Kane Taggert.

Da begann ein neuer Krieg.

Pam, der es nur um die Gesundheit ihres Sohnes ging, fragte nicht, wer oder warum; doch Jacob fragte danach. Sofort begann er Edan anzugreifen.

»Sie attackieren den Falschen«, sagte Edan und verließ dann wieder Pams Haus.

Jacob begann nun Zach mit Fragen zu bombardieren; und als ihm klar wurde, daß Zach seinen Vater verteidigt hatte, kannte seine Wut keine Grenzen. Er schüttete sie über Pam aus, zweifelte ihre Kompetenz als Mutter an und anspielsweise auch die Umstände, unter denen sie Mutter geworden sei.

Zum erstenmal bekam Houston eine Kostprobe von Pams Temperament, und sie konnte jetzt verstehen, warum Kane ihr am Tage seiner Hochzeit einen Korb gegeben hatte. Sowohl Pam wie ihr Vater sagten sich Sachen, die sie unmöglich so meinen konnten, und beide schienen die Kontrolle über sich selbst verloren zu haben. Wenn Kane und Pam versucht hätten, miteinander zu leben . . . Houston mochte gar nicht daran denken, was da hätte passieren können.

Zachary, hin- und hergerissen zwischen dem Bedürfnis, seine Mutter zu schützen, und dem Wunsch, sich auf die Seite des Mannes zu stellen, mischte sich nun ebenfalls ein. Sofort machten Pam und Jacob gegen ihn Front und schrien ihn an.

›So behandelt man keinen Taggert‹, sagte Houston sich.

Sie trat zwischen die Streithähne, die sich mit puterroten Gesichtern anbrüllten. »Zachary«, sagte sie mit kühler und zugleich herrischer Stimme, und sie hielten alle erschrocken inne und sahen sie an.

»Zachary, du kommst jetzt mit mir, und wir werden dich waschen. Mr. Fenton, Sie werden Ihre Kutsche bestellen und nach Hause fahren. Sie können sich später entschuldigen und ein paar Blumen schicken. Und du, Pamela, kannst nach oben in dein Zimmer gehen, deine Handgelenke in Kölnisch Wasser baden und dich dann niederlegen.«

Sie stand ganz ruhig da, Zachary die Hände hinstrekkend, bis Pam und Jacob sich zur Türe bewegten, um Houstons Befehle auszuführen. Da kam auch der Junge zu Houston, nahm ihre Hand und ließ sich von ihr in die Küche führen. Er war viel zu alt, um einer Frau zu erlauben, ihm das Gesicht und die Hände zu waschen; doch er setzte sich brav auf einen Stuhl und ließ sich von Houston versorgen wie ein vierjähriges Kind. Nach ein paar Minuten begann er, ihr von der Keilerei zu erzählen.

»Ich denke, du hattest vollkommen recht, deinen Vater zu verteidigen«, sagte Houston.

Zach fiel die Kinnlade herunter. »Aber du magst ihn doch gar nicht mehr, dachte ich!«

»Erwachsene kämpfen anders als Kinder. Und jetzt ziehst du dir ein sauberes Hemd an, weil wir beide Ian besuchen werden.«

»Dieser Bast . . .« begann Zach, schnitt sich aber selbst das Wort ab. »Ich möchte ihn nie wiedersehen.«

»Du *wirst* ihn wiedersehen«, sagte sie und beugte sich vor, bis sich ihre beiden Nasenspitzen fast berührten.

»Ja, Madam«, sagte Zach.

Houston und Zachary verbrachten dann ein paar Stunden mit Edan und dem Rest der Taggerts. Houston hatte das Gefühl, sie störte ein Liebespaar in den Flitterwochen, wenn Jean und Edan sich unbeobachtet glaubten und sich ansahen. Sherwin nahm die beiden Jungen in seine Obhut und führte sie in den Garten, wo sie Unkraut zupften und Steine aus den Blumenbeeten entfernten. Als Houston sich mit Zach wieder verabschiedete, war er zu müde, um noch auf jemanden böse zu sein, und er und Ian hatten für den kommenden Tag eine Verabredung zum Baseballspiel mit ein paar Jungen aus der Stadt, die Houston angerufen und eingeladen hatte.

Als Houston endlich ins Bett gehen konnte, nachdem sie sich noch dreimal Pamelas Entschuldigung und viermal deren Dank angehört hatte, war sie vollkommen erschöpft. Auf ihrem Nachttisch stand eine Vase mit zwei Dutzend roten Rosen von Jacob Fenton an »Lady« Houston.

Nun war sie immer noch müde, als sie die Straße hinunterlief, um eine Trambahn zu erwischen, ehe es zu regnen anfing.

Sie war schon fast an der Ecke, dicht vor dem chandlerischen Opernhaus, als es donnerte, der Himmel seine Schleusen öffnete – und eine Hand sie in eine Gasse hineinzog. Houstons Schrei wurde vom Donner übertönt.

»Die Leute werden die Gasse stürmen, wenn du nicht still

bist«, sagte Kane, ihr den Mund zuhaltend. »Ich bin's, wie du siehst, und ich möchte nur eine Minute lang mit dir reden.«

Houston funkelte ihn an, während ihr der Regen in Strömen über das Gesicht lief.

»Das ist dieselbe Gasse, in die ich dich gezogen habe, als wir uns kennenlernten – erinnerst du dich? Ich fragte dich damals, warum du mich in Schutz genommen hast, als diese Frau im Kaufhaus über mich herfiel – du weißt schon. Ist eine Art von Jubiläum.«

Sein Gesicht wurde weich, während er sprach, und als seine Hand auf ihrem Mund sich lockerte, ließ sie einen Schrei los, der Tote hätte aufwecken können. Nur rauschte leider der Regen so heftig auf die Stadt nieder, daß die Leute in Hörweite bereits in den Häusern Unterschlupf gesucht hatten.

»Verdammt noch mal, Houston!« rief Kane und hielt ihr wieder den Mund zu. »Was ist nur in dich gefahren? Ich will doch nur mit dir reden. Ich nehme jetzt die Hand weg, und wenn du schreist, halte ich dir Mund und Nase zu, verstanden?«

Sie nickte; aber kaum ließ er sie los, als sie sich auf dem linken Absatz drehte und aus der Gasse rennen wollte. Kane stutzte, fluchte und faßte nach ihr. Dabei rissen die Nähte des Bandes, das ihr Kleid an der Taille zusammenhielt.

Houston drehte sich mit wütendem Gesicht um und blickte an ihrem Kleid hinunter, dessen Unterteil nur noch an zwei Fäden am Oberteil hing. »Kannst du denn nie zuhören, wenn jemand etwas zu dir sagt? Ich will nicht mit dir reden. Wenn ich das wollte, würde ich mit dir zusammenleben«, rief sie, um den trommelnden Regen zu übertönen. »Ich will nach Hause. Von mir aus brauchen wir uns nie mehr wiederzusehen.«

Als sie sich abermals zum Gehen wandte, griff Kane wieder nach ihr. »Warte, Houston. Ich muß dir noch etwas sagen.«

»Wozu hast du ein Telefon«, rief sie über die Schulter.

»Du kleines Luder«, sagte Kane durch die zusammengepreßten Zähne. »Du wirst mir jetzt zuhören; und wenn du dich noch so dagegen sträubst.«

Er faßte abermals nach ihr. Die letzten Fäden zwischen Rock und Oberteil rissen, und sie fielen beide in den von tagelangem Regen aufgeweichten Lehm der Gasse. Houston lag unter ihm, ihr Gesicht im Dreck, während Kane die Sache relativ sauber überstand.

Houston gelang es endlich, ihren Oberkörper aus dem saugenden Lehm zu heben. »Geh sofort von mir herunter«, sagte sie durch halbgeschlossene Lippen, damit ihr der Schmutz nicht in den Mund floß.

Kane rollte sich zur Seite. »Houston, Liebes, ich wollte dir nicht weh tun. Ich wollte nur mit dir reden.«

Houston drehte sich um und saß nun im nassen Lehm, versuchte aber nicht aufzustehen, während sie sich mit dem Rock den Schmutz aus dem Gesicht wischte. »Du wolltest nie jemandem weh tun«, sagte sie. »Du hast lediglich getan, was du wolltest, ganz gleich, wer dir im Weg stand.«

Er grinste sie an. »Du siehst verdammt hübsch aus, weißt du das? Selbst in diesem Zustand.«

Sie warf ihm einen eisigen Blick zu. »Was hast du mir sagen wollen?«

»Ich ... äh, ich will, daß du zu mir zurückkommst und mit mir zusammenlebst.«

Sie wischte sich den Lehm vom Hals. »Natürlich willst du das. Ich wußte, es würde dir eines Tages einfallen, mir das zu sagen. Du hast auch Edan verloren, nicht wahr?«

»Verdammt, Houston, was verlangst du von mir? Daß ich dich anbettle?«

»Ich will überhaupt nichts von dir. Im Augenblick habe ich nur einen Wunsch – nach Hause zu gehen und ein Bad zu nehmen.« Sie bemühte sich jetzt, auf die Beine zu kommen und ihren Rock aus dem Lehm zu befreien.

»Du kannst wohl niemandem etwas verzeihen, wie?«

»So wie du Mr. Fenton nicht verzeihen kannst? Wenigstens mißbrauche ich keine anderen Menschen, um zu erreichen, was ich will.«

Houston konnte sogar im strömenden Regen erkennen, wie Kanes Gesicht sich vor Wut verfärbte. »Ich habe jetzt genug davon«, sagte er, trat ganz nah an sie heran und drückte sie gegen eine Hausmauer. »Du bist meine Frau, und nach dem Gesetz bist du mein Eigentum. Es ist mir egal, ob du mich respektierst oder liebst oder sonst etwas für mich zu empfinden glaubst – du kehrst zu mir zurück, um mit mir zu leben. Und zwar sofort.«

Sie blickte ihn so würdevoll an, wie ihr das unter den gegebenen Umständen gelingen wollte. »Ich werde ganz laut schreien, wenn du mich mit Gewalt in dein Haus bringen willst. Und ich werde es sofort wieder verlassen, sobald sich eine Gelegenheit dazu bietet.«

Er beugte sich vor, drückte ihren Körper nach hinten.

»Du kennst doch die Brauerei deines Schwiegervaters, nicht wahr? Vor einem Jahr war er in finanziellen Schwierigkeiten, von denen er aber niemandem etwas erzählte. Vor zwei Monaten hat er heimlich die Brauerei verkauft. An einen anonymen Käufer, der ihm erlaubte, Geschäftsführer der Brauerei zu bleiben.«

»Du?« flüsterte Houston, den Rücken an die Mauer gepreßt.

»Ich. Und im letzten Monat habe ich die Chandler National Bank gekauft. Ich frage mich, wer wohl darunter zu leiden hätte, wenn ich die Bank zumachte?«

»Das würdest du nicht tun«, keuchte sie.

»Du hast doch eben gesagt, daß ich alles tue, was ich will, egal, wer mir im Weg steht. Und jetzt will ich, daß du in mein Haus zurückkommst.«

»Aber weshalb? Ich habe dir doch nie etwas bedeutet. Ich sollte doch nur ein Werkzeug deiner Rache an Jacob Fenton sein. Jemand anders wäre doch besser geeignet . . .«

Er hörte ihr gar nicht zu. »Was sagst du dazu? Willst du die Märtyrerin für eine ganze Stadt sein? Mein Haus und mein Bett sind natürlich der Scheiterhaufen, auf dem du brennen wirst.«

Plötzlich faßte er sie unter das Kinn, während er mit den Fingerspitzen ihre feuchte, schmutzige Wange massierte. »Kann ich dich noch immer zum Brennen bringen? In dir ein Feuer entfachen, daß du schreist vor Lust?«

Er beugte sich über sie, als wollte er sie küssen; hielt aber einen Hauch von ihren Lippen entfernt inne: »Du hast, soviel ich sehe, gar keine andere Wahl. Du kommst entweder sofort mit mir nach Hause, oder ich lasse hier eine Menge Leute über die Klinge springen. Sind dir deine hehren moralischen Ansprüche wichtiger als die Existenz der Leute in dieser Stadt?«

Sie blinzelte, um das Wasser aus ihren Augen zu entfernen. Sie wußte nicht, ob es Tränen waren oder Regentropfen. »Ich werde wieder bei dir wohnen«, sagte sie. »Aber du hast keine Ahnung, wie kalt die Eisprinzessin wirklich sein kann.«

Er gab ihr keine Antwort darauf, sondern hob sie auf seine Arme und trug sie zu seiner Kalesche, die hinter dem Opernhaus auf ihn wartete. Keiner von ihnen sprach ein Wort, als sie den Hügel zur Villa Taggert hinauffuhren.

Houston mußte sich nicht sonderlich anstrengen, ihren Mann mit gleichbleibender Kühle zu behandeln. Sobald sie in ihrem Verhalten schwankend zu werden drohte, dachte sie an den Grund, der ihn zu dieser Ehe gebracht hatte, und was für eine Närrin sie gewesen war, als sie glaubte, sich in so einen egoistischen Mann verliebt zu haben. Leander war wenigstens ehrlich gewesen, als er ihr sagte, was er von ihr wollte.

Houston tat gerade so viel, daß der Haushalt nicht zum Stillstand kam – nicht mehr. Sie stellte zwar die Dienstboten wieder ein; lud aber weder Gäste ins Haus noch sorgte sie für Zerstreuung oder Lustbarkeiten, sprach mit Kane nur das Allernötigste und weigerte sich, auf seine Annäherungen zu reagieren – was ihr allerdings die größte Mühe bereitete.

Die erste Nacht, die sie wieder in Kanes Haus verbrachte, war die schlimmste gewesen. Er war in ihr Schlafzimmer gekommen und hatte sie langsam in seine Arme genommen. Houston hatte sich mächtig angestrengt, damit ihr Körper sie nicht verraten konnte. Sie hatte so steif dagestanden wie eine Eisenstange und dabei an die Sunshine Row im Bergwerkslager gedacht. Vermutlich hatte sie in ihrem Leben noch nie eine so harte Probe bestehen müssen: doch sie würde unter keinen Umständen in sein Bett fallen, nachdem er sie so niederträchtig für seine Zwecke mißbraucht hatte. Sie ließ sich auch nicht erweichen, als er vor ihr wegtrat und sie mit einem traurigen Hundeblick ansah. Sie dachte daran, daß er sein Aussehen dazu benützt hatte, sie für seine Zwecke einzuspannen.

Am nächsten Morgen kam er in ihr Zimmer und hob einen kleinen Koffer vom Boden auf. Houston wußte, daß dies sein Hochzeitsgeschenk an sie war, und sie hatte schon immer gewußt, was sich darin befand; hatte aber darauf gewartet, daß er es ihr selbst überreichen sollte. Und als er ihr nun Schmuck im Wert von einer Million Dollar in den Schoß schüttete, konnte sie nur daran denken, wie kalt diese Preziosen waren – so kalt, wie sie ich selbst innerlich fühlte.

Kane trat zurück und beobachtete ihre Reaktionen.

»Wenn du glaubst, du könntest mich damit kaufen . . .« begann sie.

Er schnitt ihr das Wort ab. »Verdammt noch einmal, Houston! Konntest du von mir erwarten, daß ich dir *vor* der Hochzeit etwas von meinen Plänen mit Fenton erzählte? Es war doch schon so schwierig genug, weil du sogar noch vor dem Altar in Westfields Arme sinken wolltest.« Er schwieg einen Moment. »Du kannst doch nicht leugnen, daß du Westfield heiraten wolltest, oder?«

»Es scheint nicht wichtig zu sein, was ich will. Du bist ein Experte darin, deinen Willen durchzusetzen. Du wolltest ein Haus haben, um damit Mr. Fenton zu imponieren; du wolltest eine Frau haben, um ihn damit zu beeindrucken. Dabei spielte es keine Rolle, daß dieses Haus Millionen kostete und die Frau ein menschliches Wesen ist mit eigenen Gefühlen. Für dich ist das eine Soße. Du mußt deinen Willen durchsetzen und wehe dem, der sich deinen Plänen zu widersetzen wagt.«

Kane verließ darauf wortlos ihr Schlafzimmer.

Die Juwelen funkelten und glitzerten in Houstons Schoß, und sie breitete eine Decke darüber, ehe sie aus dem Bett stieg.

Sie verbrachte die Tage mit Lesen in ihrem Salon. Die Dienstboten kamen zu ihr, wenn sie eine Frage hatten; doch sonst blieb sie dort allein. Sie hoffte nur, Kane würde endlich zu der Einsicht kommen, daß sie nicht mit ihm zusammenleben wollte, und sie wieder freilassen.

Eine Woche nach ihrer Rückkehr stürmte er, Bankauszüge in der Hand, in ihren Salon.

»Was, zum Teufel, soll das denn bedeuten?« rief er. »Das Konto von Mrs. Houston Chandler Taggert ist mit den Kosten für Badesalz, zwei Meter Seidenband und der Telefonrechnung des taggertschen Hauses belastet worden.«

»Ich glaube, ich bin die einzige hier, die das Telefon benützt, und daher bezahle ich auch die Kosten dafür.«

Er setzte sich ihr gegenüber in einen Sessel. »Houston, bin ich jemals knauserig gewesen in Geldsachen? Habe ich mich jemals darüber beschwert, daß du zuviel ausgibst? Habe ich auch nur einmal etwas gesagt oder getan, was dir das Gefühl gab, ich würde dir Geld vorenthalten?«

»Du hast mir vorgeworfen, ich hätte dich deines Geldes wegen geheiratet«, sagte sie kalt. »Da dir dein Geld so kostbar ist, mir aber nicht, darfst du es behalten.«

Er schien ihr darauf etwas entgegnen zu wollen; behielt es jedoch für sich. Er betrachtete wieder die Kontoauszüge und sagte nach einer Weile: »Ich werde heute abend nach Denver fahren und ungefähr drei Tage wegbleiben. Ich möchte, daß du in dieser Zeit hier im Haus bleibst. Ich will nicht, daß du irgendwelche Dummheiten machst – zum Beispiel einen Aufstand in den Kohlengruben anzettelst.«

»Und was machst du mit den unschuldigen Familien,

wenn ich es doch täte? Willst du sie aus ihren Häusern in den kalten Schnee hinauswerfen?«

»Wenn du es noch nicht bemerkt haben solltest – wir haben immer noch Sommer.« Er ging zur Tür. »Du kennst mich offenbar sehr schlecht. Ich werde der Bank sagen, daß sie mir deine Rechnungen schicken soll. Kaufe dir, was du willst.« Damit ließ er sie allein.

Sobald er das Zimmer verlassen hatte, trat sie ans Fenster und blickte auf die Stadt hinunter. »Du kennst mich auch nicht besonders gut, Kane Taggert«, flüsterte sie. »Es gelingt dir nicht, mich in deinem Haus anzuketten.«

Drei Stunden später sah sie Kane mit seiner Kalesche fortfahren. Sie rief Reverend Thomas an, um ihn zu bitten, ein Fuhrwerk vorzubereiten; denn morgen würde Sadie die Little-Pamela-Kohlenzeche besuchen.

Kapitel 27

Als Sadie verkleidet, kutschierte Houston das Fuhrwerk den Hügel zur Kohlegrube hinauf, und als sie die Pferde um eine tiefe Pfütze in der Straße herumlenkte, die nach den schweren Regenfällen der letzten Tage noch nicht ausgetrocknet war, glaubte sie ein Geräusch auf der Ladefläche des Fuhrwerks zu hören. Im vergangenen Sommer hatte sich eine Katze unter der Plane versteckt, und sie war überzeugt, es waren auch wieder Katzenpfoten, die an der Zeltbahn kratzten.

Sie konzentrierte sich auf die Straße und ließ die Zügel auf die Rücken der Pferde klatschen. Am Lagertor betete sie, daß die Katze – oder die Katzenfamilie, den Geräuschen nach zu schließen –, sich so lange still verhielt, daß sie an den Wachen vorbeikam. Sie bangte, daß die Wachen, von den Geräuschen neugierig gemacht, unter die Plane sehen und ihre Waren genauer untersuchen könnten.

Sie atmete erleichtert auf, als sie unbehindert passieren

durfte und sich im Lager befand. Sie hatte heute morgen Jean angerufen, und nach Jeans atemloser Verkündigung, daß Edan sie soeben gefragt habe, ob sie ihn heiraten wolle, sagte sie ihr, daß Rafe Morgenschicht habe und zu Hause sei, wenn sie mit ihrem Fuhrwerk im Lager einträfe. Rafe wußte nicht, daß Houston, als Sadie verkleidet, das Bergwerk besuchte, doch er würde sie mit einer anderen Frau bekanntmachen, die ihr bei der Verteilung des Gemüses und der versteckten Waren helfen würde. Jean konnte nicht sagen, ob diese Frau etwas von Sadies wahrer Identität wisse.

Houston hielt gerade mit ihrem Fuhrwerk vor der Baracke der Taggerts, als Rafe aus der Tür trat.

»Morgen«, rief Sadie, während sie sich vom Kutschbock erhob und ihren dicken alten Körper schwerfällig von dem Wagen hinunterschob.

Rafe nickte ihr zu und blickte sie dabei so eindringlich an, daß Houston den Kopf gesenkt hielt und der verbeulte Hut einen Schatten bis über das Kinn hinunter warf. »Ich hörte, Sie wissen jemand, der mir beim Verteilen der Ware helfen kann. Jetzt, wo Jean ja eine Lady geworden ist, stehen die Chancen schlecht, daß ich sie noch mal zu Gesicht bekomme.« Dabei band Sadie die Stricke los, mit denen die Zeltbahn an dem Fuhrwerk befestigt war. »Ich muß ein paar Katzen unter der Plane haben. Machten unterwegs ziemlich viel Radau. Muß die Biester zuerst loswerden.«

Sie blickte zu Rafe hoch, während sie die Zeltplane zurückschlug, einen Kohlkopf hochnahm und ein bißchen prahlen wollte mit ihrer guten Ware. Doch als sie auf die Ladefläche zurücksah, knickten ihr die Knie ein, so daß sie sich an den Speichen eines Wagenrads festhalten mußte. Unter dem Kohlkopf kam Kane Taggerts Gesicht zum Vorschein, der grinsend ein Auge zusammenkniff.

Rafe faßte mit einer Hand nach Sadies Arm, während er ebenfalls auf die Ladefläche schaute.

Kane setzte sich auf, so daß die Kohlköpfe über die Seiten des Fuhrwerks auf den Boden kollerten. »Bist du taub, Houston? Hast du mein Kratzen und Rufen nicht gehört?

Ich dachte, ich werde ohnmächtig, weil ich keine Luft mehr bekam. Zum Henker mit dir, Frau! Ich habe dir doch verboten, heute in das Bergwerkslager zu fahren!«

Rafe sah von einem zum anderen, ehe er Houston unter das Kinn faßte und ihr Gesicht ins Licht hielt. Wenn man wußte, wonach man suchen mußte, fiel einem natürlich die Schminke sofort auf. Mit den Jahren hatte Houston gelernt, in der Rolle von Sadie das Gesicht immer im Schatten zu halten oder mit gesenktem Kopf zu reden, und sie hatte bald gemerkt, daß die Leute sie nicht kritisch betrachten, wenn der erste Eindruck sie überzeugt. Sie hatten eine alte Frau vom Wagen steigen sehen, und sie hatten keinen Grund, das Bild, das sich ihnen eingeprägt hatte, für eine Illusion zu halten.

»Ich will verdammt sein«, sagte Rafe leise. »Geht beide ins Haus, und dort reden wir weiter.«

Kane stand neben Houston, packte sie fest am Ellenbogen und schob sie über die Schwelle von Rafes Wohnung.

»Ich habe dir doch gesagt, daß du nicht hierherfahren sollst«, sagte er und blickte dann auf seinen Onkel. »Weißt du, was die Ladys von Chandler jeden Mittwoch treiben? Sie gehört zu den vieren, die sich als alte Frauen verkleiden und verbotene Waren in ihrem Gemüse in die Kohlenzechen schmuggeln.«

Houston befreite sich mit einem Ruck aus Kanes Griff. »Es ist nicht so schlimm, wie du es darstellst.«

Rafe blickte Houston einen Moment an. »Was sind das für Waren, die du heimlich ins Lager bringst?«

»Nichts Besonderes«, antwortete sie. »Arzneimittel, Bücher, Tee, Seife – alles, was sich eben so in Kohlköpfen und anderem Gemüse verstecken läßt. Aber nichts, worüber sich jemand aufregen könnte. Und was Mr. Fenton betrifft, weiß er inzwischen von unseren heimlichen Unternehmungen, und da er nichts unternimmt, um sie zu unterbinden, scheint er sie sogar zu unterstützen und dafür zu sorgen, daß uns die Wachen am Lagertor nicht anhalten. Schließlich tun wir ja keinem weh.«

»Niemandem weh!« ereiferte sich Kane. »Eines Tages werde ich dir mal etwas über Aktienbesitzer erzählen, mein Schatz. Wenn Fentons Aktionäre Wind bekommen von dir und deinen Freundinnen, die ihnen den Profit beschneiden, fallen diese habgierigen Leute über dich her wie die Geier. Sie hängen euch alle auf. Doch ehe Fenton baumelt, wird er euch Frauen und all die Väter und Ehemänner, die dazugehören, anprangern und seine Hände in Unschuld waschen. Ich bin überzeugt, Fenton freut sich über eure Aktionen in den Kohlegruben, weil er weiß, daß er damit die maßgeblichen Familien der Stadt in der Hand hat und unter Druck setzen kann – solange seine Aktionäre nichts von eurem Treiben erfahren.«

»Nur weil du ihn erpreßt hast, bedeutet das noch lange nicht, daß er dasselbe tun will. Vielleicht will Mr. Fenton . . .«

Sie kam mit ihrem Satz nicht zu Ende, weil Rafe sie wieder aus der Baracke schob. »Du kümmerst dich jetzt lieber um dein Fuhrwerk. Die Frau, die dir bei der Verteilung der Waren helfen soll, wohnt nebenan. Du brauchst nur an ihre Tür zu klopfen. Sie weiß Bescheid.« Damit machte er die Tür hinter ihr zu.

»Wie lange geht das nun schon?« fragte Rafe Kane. »Und was macht sie mit dem Geld, das man ihr für ihre Waren bezahlt?«

Kane wußte nicht alle Antworten auf die Fragen seines Onkels; doch es gelang ihnen, die wichtigsten Punkte gemeinsam zu klären. Und Rafe stimmte mit Kane in dem Urteil überein, aus welchen Gründen Fenton den Frauen erlaubte, heimlich seine Bergwerkslager zu betreten.

»Er kann sie jederzeit bloßstellen und unter Druck setzen«, sagte Rafe. »Was willst du jetzt unternehmen? Willst du deine Frau auch weiterhin verkleidet in das Lager fahren lassen und riskieren, daß die Wächter eines Tages die Wahrheit entdekken und ihre Wut an ihr auslassen, weil sie jahrelang getäuscht wurden? Diese Leute fackeln nicht lange und fragen erst später, wer hinter ihr steht und sie beschützt.«

»Ich habe ihr verboten, heute in die Kohlenzeche zu fahren, und du siehst ja, wie gut sie mir gehorcht. Kaum glaubte sie, ich sei aus dem Haus, als sie schon eine Ladung Gemüse kaufte, um sie hierherzubringen.«

»Sie hat das Gemüse mit *ihrem* Geld eingekauft?«

Kane nahm sich einen Stuhl und setzte sich. »Sie ist im Augenblick nicht sehr glücklich mit mir; aber dieser Zustand wird nicht von Dauer sein. Ich bin dabei, ihn zu ändern.«

»Wenn du darüber reden willst – ich bin ein guter Zuhörer«, sagte Rafe und nahm seinem Neffen gegenüber am Tisch Platz.

Kane hatte in seinem Leben nie mit anderen Menschen über seine privaten Probleme gesprochen. Doch schon bei Opal hatte er mit dieser Gewohnheit gebrochen und ihr einige von seinen persönlichen Sorgen anvertraut. Nun wollte er auch mit seinem Onkel darüber sprechen. Vielleicht konnte ein Mann ihm dabei helfen.

Kane erzählte seinem Onkel zunächst, wie er in Fentons Ställen aufgewachsen war und davon geträumt hatte, eines Tages ein größeres Haus zu bauen, als Fenton es besaß. Rafe nickte verständnisvoll, als wäre dieser Wunsch die normalste Sache der Welt.

»Nur wurde Houston schrecklich wütend, als ich erzählte, warum ich sie geheiratet habe, und verließ auf der Stelle mein Haus. Ich habe sie zwar dazu bewegen können, wieder zu mir zurückzukommen; aber so recht glücklich ist sie darüber nicht.«

»Du sagtest eben, du hast sie geheiratet, damit sie bei diesem Dinner an deinem Tisch sitzen sollte. Doch was für Pläne hattest du danach mit ihr?«

Kane blickte auf seine Fingernägel hinunter. »Ich wollte gar keine Frau haben und dachte, sie wäre in diesen Westfield verliebt, der seine Verlobung mit ihr auflöste. Ich war überzeugt, sie würde nach diesem Dinner mit Fenton froh sein, wenn sie mich nicht mehr sieht. Ich wollte ihr einen Koffer mit Juwelen schenken und dann wieder nach New

York zurückkehren; aber sie hat diese Juwelen nicht einmal angeschaut.«

»Warum verläßt du sie dann nicht einfach und kehrst nach New York zurück?«

Kane brauchte eine Weile, ehe er antwortete: »Ich weiß nicht. Es gefällt mir hier irgendwie. Ich mag die Berge, und hier ist es im Sommer nicht so heiß wie in New York. Und . . .«

»Und du magst Houston«, sagte Rafe grinsend. »Sie ist ein hübsches kleines Ding, und so eine Frau wäre mir als Geschenk lieber als der ganze Staat New York.«

»Weshalb hast du dann nie geheiratet?«

»Die Frauen, die ich mag, wollen mich nicht heiraten.«

»Ich schätze, mir geht es genauso wie dir. Als es mir im Grunde egal war, ob Houston mich heiratete oder nicht, und ich mir überlegte, daß sich eine andere ebensogut für meinen Zweck eignete, beteuerte sie mir immer wieder, daß sie mich liebt. Und nun, wo ich das Gefühl habe, daß ich ohne sie nicht so recht leben könnte, schaut sie mich an, als wäre ich ein Haufen Pferdemist.«

Die Männer schwiegen eine Weile in dem gemeinsamen Gefühl einer schweren Ungerechtigkeit.

»Möchtest du ein Glas Whisky?« fragte Rafe dann.

»Ich brauche ein Glas Whisky«, antwortete Kane.

Als Rafe aufstand, um den Whisky zu holen, sah sich Kane zum erstenmal bewußt im Raum um. Rafes Wohnung war nicht größer als sein Ankleidezimmer mit Bad, überlegte Kane. Und sie war auf eine Weise schmutzig, der man mit gewöhnlichen Reinigungsmitteln nicht beikommen konnte. Das kleine Fenster ließ kaum Licht in den Raum, und allem haftete der Geruch äußerster Armut an.

Auf dem Kaminsims standen eine Büchse Tee, zwei Gemüsekonserven und ein in ein Tuch eingeschlagenes Etwas, das aussah wie ein halber Brotlaib. Kane war sicher, daß das die gesamten Nahrungsmittelvorräte seines Onkels waren.

Plötzlich erinnerte sich Kane wieder an die beiden Zimmer über dem Stall, in denen er aufgewachsen war. Seine Bett- und Leibwäsche war immer von den Mädchen in der Villa Fenton gereinigt und gebügelt worden, und als er schon fast erwachsen war, hatte er die Mädchen bezirzt, daß sie ihm auch die Wohnung saubermachten. Und zu essen hatte er immer in Hülle und Fülle gehabt.

Was, hatte Houston vorhin gesagt, schmuggelte sie in ihrem Gemüse in das Lager? Arzneimittel, Seife, Tee? Was sich eben in so einem Kohlkopf verstecken ließ. Kane hatte nie in seinem Leben Nahrungssorgen gehabt. Und weder als Stallbursche noch in der anfänglich schlechten Zeit danach hatte er in so ärmlichen Verhältnissen leben müssen wie sein Onkel.

Als er in eine Ecke sah, wo das Dach der Wohnbaracke offensichtlich ein Loch hatte, fragte er sich, wie seine Mutter, die wie eine Prinzessin aufgewachsen war, in so einer Baracke überhaupt hatte leben können.

»Hast du meine Mutter gekannt?« fragte Kane leise, als Rafe für ihn einen Zinnbecher voll Whisky auf den Tisch stellte.

»Ich kannte sie«, antwortete Rafe und betrachtete seinen Verwandten, der ihm vertraut und zugleich so fremd erschien. Manchmal bewegte sich Kane auf eine Weise, daß Rafe glaubte, seinen Bruder Frank vor sich zu haben – und dann sah er die Leute wieder auf eine Weise an, die ihn an die hübsche kleine Charity erinnerte.

Rafe setzte sich auf seinen Stuhl. »Sie hat zwar nur ein paar Monate bei uns gewohnt, und das Leben hier war hart für sie; aber sie war ein lebhaftes, fröhliches Ding. Wir beneideten damals alle Frank, hielten ihn für den größten Glückspilz der Welt. Du hättest sie sehen sollen, wie sie den ganzen Tag schuftete, scheuerte und kochte. Und dann, kurz bevor Frank von seiner Schicht nach Hause kam, machte sie sich zurecht, als käme der Präsident zu Besuch.«

Kane starrte seinen Onkel einen Moment an.

»Ich habe gehört, sie wäre ein verzogener Fratz gewesen

und hätte alle Frauen im Lager so hochmütig behandelt, daß keine etwas mit ihr zu tun haben wollte.«

Rafes Gesicht zeigte deutlich seinen Unmut. »Ich weiß nicht, wer dir das erzählt hat; doch er ist ein verdammter Lügner. Als Frank in der Mine umkam, wollte sie nicht mehr weiterleben. Sie sagte uns, sie würde nach Hause zurückkehren, um dort ihr Baby zu bekommen; denn sie wüßte, daß Frank nur das Beste für sein Kind wollte, und deswegen würde sie im Haus ihres Vaters mit dem Kind niederkommen. Dieser Hundesohn!« setzte Rafe leise hinzu. »Wir hörten danach nur noch, daß Charity und ihr Baby gestorben seien und ihr Vater sich aus Kummer über den Tod seiner Tochter selbst umgebracht habe. Sherwin und ich waren froh, daß Charity wenigstens noch ein paar glückliche Tage auf dieser Welt erlebt hatte. Wir glaubten, ihr Vater hätte sie mit Freuden wieder bei sich aufgenommen. Niemand wußte etwas von deiner Existenz oder von Charlys Selbstmord. Davon erfuhren wir erst viele Jahre danach.«

Kane wollte Rafe fragen, warum er denn nichts unternommen habe, ihn zu finden, nachdem er die Wahrheit erfahren hatte, führte dann aber den Becher an die Lippen und trank statt dessen einen Schluck. Hatte er nicht zu Houston gesagt, daß Geld einem Menschen Macht verleiht? Was hätte denn einer von diesen Taggerts gegen die Fentons unternehmen können, wenn sie kaum genug zum Leben hatten? Außerdem war er ja auch allein recht gut in der Welt zurechtgekommen.«

»Ich habe mir überlegt«, sagte Kane und schaute dabei in seinen Becher. »Wir beide hatten ja einen schlechten Start; und ich habe mir überlegt, ob ich irgend etwas tun könnte, um zu helfen ...« Noch während er diese Worte sagte, wußte er, daß sie verkehrt waren. Houston hatte ihm vorgehalten, daß er sein Geld und die Menschen für seine Zwecke mißbrauchte. Er sah zu seinem Onkel hinüber und bemerkte, wie steif er dasaß und darauf wartete, daß Kane seinen Satz zu Ende sprach. »Ian spielt gern Baseball, und

Zach ist auch davon begeistert; und da ich sie beide jetzt selten zu Gesicht bekomme, habe ich mir überlegt, ob ich mit den Jungen hier im Lager eine Baseballmannschaft aufstellen könnte. Ich würde natürlich die Ausrüstung für sie stiften.«

Rafe entspannte sich sichtlich. »Die Jungs würden sich darüber freuen. Vielleicht kannst du mal am Sonntagvormittag hierherkommen, wenn sie nicht in der Grube arbeiten. Glaubst du, Fenton würde deinem Plan zustimmen?«

»Ich glaube schon«, sagte Kane und trank seinen Whisky aus. »Ich schätze, ich sollte mich jetzt lieber wieder nach meiner Frau umschauen. Da sie im Augenblick nicht gut auf mich zu sprechen ist, könnte es passieren, daß sie ohne mich nach Chandler zurückfährt.«

Rafe stand vom Tisch auf. »Überlaß das lieber mir. Und ich schätze, daß du auch wieder unter der Plane auf der Ladefläche die Heimfahrt antreten mußt. Wenn die Wächter dich mit Sadie auf dem Fuhrwerk entdecken, nachdem sie erst allein das Tor passiert hatte, werden sie mißtrauisch. Und das könnte auch den anderen Frauen schaden, die verkleidet in die Kohlegruben fahren.«

Kane nickte. Es behagte ihm zwar nicht, daß er sich wieder unter der Plane verstecken mußte; aber er sah die Notwendigkeit dieser Maßnahme ein.

»Kane«, sagte Rafe, als er schon bei der Tür war, »wenn ich dir noch einen Rat geben kann, was Houston betrifft: Du mußt nur Geduld mit ihr haben. Frauen haben seltsame Vorstellungen von den Dingen, die wir Männer nicht nachvollziehen können. Du hast etwas getan, mit dem du sie damals erobert hast. Vielleicht gelingt dir das zum zweiten Mal, wenn du wieder um ihre Gunst wirbst.«

»Sie ist für Geschenke nicht empfänglich«, murmelte Kane.

»Vielleicht machst du ihr nur nicht die richtigen Geschenke. Einmal war ein Mädchen ordentlich böse auf mich, und ich konnte sie damit wieder besänftigen, daß ich ihr einen kleinen Hund schenkte. Es war nur so ein kleiner

Mischlingsköter; aber sie verliebte sich auf der Stelle in ihn. Und sie war mir ordentlich dankbar dafür, wenn du weißt, was ich meine.» Und mit einem Lächeln und einem Augenzwinkern ging Rafe aus der Baracke.

Houston wartete die ganze Rückfahrt hindurch auf Kanes Explosion, die aber nicht erfolgte. Nachdem die Wachen des Lagers sie nicht mehr sehen konnten, kroch er unter der Plane hervor und setzte sich zu ihr auf den Kutschbock. Und obwohl Houston nicht ein Wort sprach, redete er von der Landschaft, durch die sie fuhren, und von seinen Geschäften. Ein paarmal wollte sie ihm antworten, biß sich dann aber jedesmal auf die Lippen. Ihr Zorn auf ihn war zu groß, und sie mußte ihm gegenüber hart bleiben. Er würde bald einsehen müssen, daß sie ihn nie mehr lieben konnte, und dann mußte er sie auch freigeben.

Zu Hause angelangt, sagte er höflich gute Nacht zu ihr und ging in sein Büro. Am nächsten Morgen kam er zur Mittagszeit in ihren Salon, nahm sie bei der Hand und führte sie hinunter in die Küche, wo Mrs. Murchison einen Picknickkorb für ihn vorbereitet hatte. Sie immer noch bei der Hand haltend, führte er sie durch den Garten hinunter in die Senke, wo sich der Pavillon mit der Statue der Göttin Diana befand, vor der sie sich einmal geliebt hatten.

Houston stand steif da, während Kane das weiße Tuch auf dem Boden ausbreitete und die Speisen auspackte. Er mußte kräftig ziehen, ehe sie sich auf den Boden setzen wollte. Während des Picknicks, bei dem Houston kaum einen Bissen aß, redete Kane wieder ununterbrochen. Er sprach abermals von seinen Geschäften und wie schwierig es war, sie ohne Edans Mithilfe zu bewältigen.

Houston sagte kein Wort zu allem; doch Kane schien ihr Schweigen auch nicht zu stören.

Nachdem sie gegessen hatten, drehte Kane sich um, legte seinen Kopf in ihren Schoß und fing an, ihr von seinem Gespräch mit Rafe über seine Mutter zu erzählen. Er erzählte ihr, wie erbärmlich er Rafes Wohnung fand und daß sein Quartier als Stallbursche, in dem er aufgewachsen war, nicht annähernd so schlimm gewesen sei.

»Glaubst du, es gäbe eine Möglichkeit, Onkel Rafe zum Auszug aus dem Bergwerkslager zu bewegen? Er ist ja kein junger Mann mehr, und ich möchte gern etwas für ihn tun.«

Houston sagte einen Moment lang nichts. So eine Frage hatte Kane bisher noch nie an sie gerichtet. »Du kannst ihm keinen Job anbieten, weil er das sofort für einen Akt der Wohltätigkeit betrachten würde«, sagte sie schließlich.

»Das habe ich mir auch schon gedacht. Ich weiß nicht, was ich tun soll. Sagst du mir, wenn dir etwas dazu einfallen sollte?«

»Ja«, antwortete sie zögernd, und sie sah vor ihrem inneren Auge Rafe neben Pamela hergehen. Die beiden würden ein bemerkenswertes Paar abgeben.

»Ich muß jetzt wieder an meinen Schreibtisch zurückkehren«, sagte er und überraschte sie mit einem raschen, süßen Kuß, ehe er vom Boden aufstand. »Warum bleibst du nicht hier und genießt den Garten?«

Er ließ sie allein am Fuß des Hügels zurück, und Houston wanderte im Garten umher, betrachtete die Blumen und Pflanzen und lieh sich dann im Rosengarten eine Rosenschere aus, um ein paar Blumen zu schneiden. Es war das erste Mal, seit sie wieder in Kanes Haus lebte, daß sie etwas tat, das nicht absolut notwendig war. »Nur weil der Besitzer so ein schrecklicher Mensch ist, muß doch nicht auch noch sein Haus darunter leiden«, sagte sie sich als Rechtfertigung für die Rosen, die sie nun ins Haus trug.

Als Kane zum Abendessen aus seinem Büro kam, war das ganze Haus voller frischer Schnittblumen; doch er grinste nur die ganze Mahlzeit hindurch, wenn er Houston und nicht seinen Teller anschaute.

Am nächsten Tag kam Blair zum Essen, redete von ihrer Freundin aus Pennsylvanien, Dr. Louise Bleeker, die ihr jetzt in der Klinik half, und fragte dann Houston, wie es ihr ginge. Aus irgendeinem Grund schien sie Kane nicht mehr böse zu sein.«

»Hier hat sich inzwischen nicht viel verändert«, sagte Houston, während sie mit ihrer Gabel auf ihrem Teller herumstocherte. »Und bei dir?«

Blair antwortete vorsichtig: »Lee wird darüber hinwegkommen. Da bin ich mir sicher.«

»Hinwegkommen? Was meinst du damit?«

»Oh – er ist im Augenblick ein bißchen böse auf mich. Ich . . . äh . . . bin heimlich in seiner Kutsche mitgefahren. Aber laß uns lieber über dich reden.«

»Dann wollen wir über das Magazin sprechen. Ich habe wieder zwei Artikel für dich geschrieben.«

Am Sonntag holte Kane Houston schon früh aus dem Bett, obwohl er sich hütete, ihr zu nahe zu kommen, als sie sich schlaftrunken in den Kissen aufrichtete. Er warf ein Kleid aus dunkelrosa gestreifter Baumwolle mit schmalen schwarzen Samtbändern auf ihr Bett. »Nimm das und zieh dich so rasch wie möglich an«, sagte er, ehe er wieder das Zimmer verließ.«

Ein paar Minuten später kam er in Kordhosen und einem blauen Baumwollhemd wieder, auf dem sich die Gurte seiner Hosenträger kreuzten. Er stand einen Moment da und betrachtete sie in ihrer Unterwäsche und der eng geschnürten Korsage, die ihre Brüste über den Spitzenbesatz ihres Hemds hinaufschob, ihre in schwarze Seidenstrümpfe gehüllten Beine, an deren Seiten kleine Schmetterlinge eingestickt waren, und ihre hochhackigen schwarzen Schnürstiefel.

Er starrte sie einen Moment mit offenem Mund an, machte dann kehrt und floh wieder aus dem Zimmer, als könnte ihn der Schlag treffen, wenn er sie noch länger anschauen würde.

Houston ließ den Morgenmantel wieder fallen, den sie zuerst gepackt und dann doch nicht übergeworfen hatte, und seufzte. Sie sagte sich, daß es ein Seufzer der Erleichterung und nicht des Bedauerns war, wie er sich vielleicht angehört haben mochte.

Er verriet ihr nicht, wohin sie fuhren, als er sie in die

Kutsche hob, die er ihr geschenkt hatte. Er faßte die Zügel, und auf ihrem Gesicht spiegelte sich ihr Erstaunen wider, als er das Gespannpferd auf die Straße zur Little-Pamela-Zeche lenkte.

Die Wächter ließen sie passieren, ohne sie anzuhalten oder eine Frage an sie zu richten, und sobald sie das Tor passiert hatten, kamen die Leute aus ihren kleinen Häusern und folgten der Kutsche. Houston winkte ein paar Frauen zu, die sie kannte.

»Sie kennen dich nicht, wenn du nicht als Sadie verkleidet bist«, warnte Kane sie.

Dennoch mußte sie dauernd um sich blicken, als sich immer mehr Leute der Kutsche anschlossen, und die Gesichter der Kinder schienen zu strahlen.

»Was hast du gemacht?« fragte sie verwundert.

»Da«, antwortete er und deutete auf die einzige freie Fläche im Lager, die sich vor dem Eingang der Zeche ausbreitete. Auf dem schmutzigen Boden entdeckte sie eine Anzahl von hölzernen Kisten.

Kane hielt den Einspänner an, und zwei Jungen mit schwarzen Augenrändern hielten das Pferd am Zaum, während er Houston aus der Kutsche half. Als sie in den Kreis traten, den die Leute um das Feld mit den Holzkisten bildeten, grinste Kane und sagte laut: »Fangt an, Jungs!«

Als Houston zusah, wie sich die Jungen auf die Holzkisten stürzten, tauchte Rafe hinter ihnen auf.

»Die Kisten sind vor zwei Tagen eingetroffen, und ich dachte mir, du wirst bestimmt nichts dagegen haben, wenn ich ihnen erzähle, was darin verpackt ist. Seither tanzten sie nur noch im Lager herum und waren ganz aus dem Häuschen vor Aufregung«, sagte Rafe und legte seinem Neffen die Hand auf die Schulter.

Houston betrachtete erstaunt die Hand, die auf Kanes Schulter lag, ehe sie wieder auf das Feld sah, wo die Jungen die Kisten auspackten. Sie holten die Ausrüstung für eine Baseballmannschaft heraus: Trikots, Schläger, Handschuhe, Bälle, Gesichtsmasken.

Kane drehte Houston mit einem erwartungsvollen Blick sein Gesicht zu.

Hatte er das alles nur getan, um sie zu beeindrucken?, fragte sie sich jetzt. Sie sah die Erwachsenen an, die mit ihnen um das Feld standen, und bemerkte, wie sie ihren Sprößlingen andächtig zuschauten. »Und was hast du für die Mädchen besorgt?«

»Mädchen?« fragte Kane. »Mädchen spielen nicht Baseball.«

»Nein, aber was ist denn mit Tennis, Bogenschießen, Fahrradfahren, Turnen und Fechten?«

»Fechten?« wiederholte Kane, und sein Gesicht verfärbte sich vor Wut. »Ich schätze, daß niemand es Ihnen recht machen kann, Eisprinzessin. Keiner erfüllt Eure hohen Ansprüche, Milady, nicht wahr?« Damit drehte Kane sich um und ging zu den Jungen, die schon Bälle in die Luft warfen und die Schläger ausprobierten.

Houston entfernte sich aus dem Kreis der Erwachsenen. Vielleicht war sie ein bißchen zu hart zu ihm gewesen. Vielleicht hätte sie etwas Nettes sagen sollen, da er doch nur versucht hatte, den Jungen im Lager zu helfen. Das hatte sie sich doch schon seit Jahren gewünscht; und als der Wunsch sich erfüllte, war sie undankbar.

Wenigstens konnte sie das Beste aus diesem Sonntag machen und sollte nicht mit finsterem Gesicht in einem Winkel stehen. Sie traf auf ein kleines Mädchen zu und begann ihm die Regeln des Baseballspiels zu erklären. Binnen kurzem war ein Kreis aus Mädchen und Frauen und sogar einigen Männern um sie versammelt, die noch nie ein Baseballspiel in ihrem Leben gesehen hatten. Bis Rafe und Kane zwei Mannschaften aus den Jungen gebildet hatten, hatte Houston den Mädchen beigebracht, wie sie die Jungen anfeuern und zu größeren Leistungen anspornen konnten.

Zwei Stunden später kam ein mit vier Pferden bespanntes Fuhrwerk durch das Tor und trabte mitten in die Menge hinein. Alle standen wie erstarrt, weil sie glaubten, daß dies nur eine Katastrophe für das Lager bedeuten konnte.

Der Kutscher sprang verschwitzt und mit rotem Gesicht vom Bock herunter. »Taggert!« brüllte er, während er die dampfenden Pferde am Geschirr festhielt, »das ist das letzte Mal, daß ich Ihre Bestellung ausführe. Mir ist es egal, ob sie meinen ganzen Laden kaufen – sonntags arbeite ich für niemanden!«

»Haben Sie alles mitgebracht, Mr. Vaughn?« fragte Kane dem Besitzer des Sportartikelgeschäfts in Chandler und trat an das Heck des Fuhrwerks, das mit einer großen Plane versehen war. »Und hören Sie auf, sich zu beschweren. Für die Preise, die ich Ihnen einen Monat lang bezahlt habe, *habe* ich ja praktisch schon Ihren Laden gekauft.«

Die Menge lachte, genoß die Macht, die Geld einem Mann verlieh, so daß er jedem sagen konnte, was er dachte. Doch Houston hatte nur Augen für den Wagen und was er wohl enthalten mochte.

»Na, so was«, sagte Kane und zog einen Tennisschläger unter der Plane hervor. »Ich glaube nicht, daß wir damit einen Baseball schlagen können.« Er drehte sich zu einem kleinen Mädchen um, das in seiner Nähe stand. »Vielleicht hast du eine Verwendung dafür.«

Das Kind nahm den Schläger, bewegte sich aber nicht von der Stelle. »Was ist denn das?« flüsterte es.

Kane deutete auf Houston. »Siehst du die Lady dort? Sie kann dir zeigen, was man damit macht.«

Da ging Houston direkt auf ihren Mann zu, legte ihm die Arme um den Hals und küßte ihn, daß die Menge ringsum Beifall klatschte. Doch als er sie nicht mehr loslassen wollte, mußte sie ihn mit beiden Armen von sich wegstemmen.

»Ich schätze, ich habe endlich das richtige Geschenk gefunden«, sagte Kane zu jemandem hinter seiner Schulter, ehe er Houston fest an sich zog.

Als Houston sich wieder von ihm wegbewegte, hörte sie Rafe lachen.

Nun war Houston den Rest des Nachmittags so sehr damit beschäftigt, den Mädchen zu zeigen, wie man Tennis spielte und mit Pfeil und Bogen umgehen mußte, daß sie keine Zeit zum Nachdenken hatte. Zudem hatte das Fuhrwerk für die kleineren Kinder noch Reifen, Bälle, Springseile, Kreisel, Puppen und noch andere Spielsachen gebracht, daß sie große Mühe hatte mit der gerechten Verteilung dieser Geschenke und die Mütter ihr helfen mußten, die Mädchen zu beruhigen, welche glaubten, bei diesem Segen benachteiligt worden zu sein.

Ehe Houston wußte, wo die Zeit geblieben war, ging die Sonne bereits wieder unter, und Kane trat zu ihr und legte ihr den Arm um die Schultern. Als sie zu ihm hochsah, wußte sie, daß sie ihn immer noch liebte. Vielleicht war er nicht der Mann, für den sie ihn zunächst gehalten hatte; vielleicht war er imstande, sein ganzes Leben seiner Rache zu widmen – und vielleicht gehörte auch dieser Tag nur zu dem Rachefeldzug, den er gegen Jacob Fenton führte. Doch in diesem Moment war ihr das gleichgültig. Sie hatte am Altar gelobt, ihn immer zu lieben – in guten und schlechten Tagen, mit seinen Stärken und seinen Schwächen, und vielleicht gehörte sein Rachekomplex eben zu seinen schwächeren Seiten. Aber als sie nun zu ihm hochsah, wußte sie, daß sie ihn immer lieben würde, egal, was er tat; egal, was für schlimme Motive er für seine Handlungsweise haben mochte. Sie würde ihm zur Seite stehen und ihn lieben, selbst wenn er den Fentons alles wegnahm, was sie besaßen.

»Bist zu bereit, mit mir nach Hause zu fahren, mein Schatz?« fragte er.

»Ja«, sagte sie, und diesmal kam dieses Wort aus dem Grunde ihres Herzens.

Kapitel 28

Kane blickte Houston nicht an, als sie das Bergwerkslager verließen und die mürrischen Wächter am Tor passierten. Er hielt die Zügel fest in der Hand und die Augen auf die Straße gerichtet.

Houston hingegen konnte den Blick nicht ein einziges Mal von ihm abwenden, während sie sich fragte, warum sie so wenig Stolz besaß und ihre Liebe für einen Mann so offen zeigte, der sie doch so sehr mißbraucht hatte. Aber während sie ihn ansah, wußte sie, daß sie sich gar nicht mehr anders verhalten konnte.

Am Fuß des Hügels, kurz vor der Stelle, wo die Fahrspur in die Überlandstraße mündete, hielt Kane die Kutsche an. Die untergehende Sonne hatte den Horizont in Brand gesetzt und den Himmel mit orange- und rosafarbenen Bändern überzogen. Der kühle Wind von den Bergen wurde noch kühler, und ein Duft von Salbei lag in der Luft. Die Straße war mit silberfarbenem Koks aus den Hochöfen bestreut, und kleine gefiederte Samen von Weiden und Pappeln wurden von der sanften Brise dahingetragen.

»Warum halten wir denn an?« fragte sie, als er um den Wagen zu ihrer Seite herüberkam und ihr die Arme entgegenhob. »Weil ich es nicht mehr länger hinausschieben kann, glaube ich«, sagte er, während er sie von der Kutsche herunterhob, »dich in meine Arme zu nehmen.«

»Kane . . .« begann sie zu protestieren, »wir können doch hier nicht anhalten. Jeden Moment kann hier jemand vorbeikommen und . . .«

Sie sagte nichts mehr, weil er sie in seinen Armen hielt, sie heftig an sich zog und begann, ihren Rücken zu streicheln. Houston lehnte sich so fest an ihn, daß sie die Wärme seiner Haut durch ihre Kleider hindurch spürte.

Er löste sich einen Moment von ihr und berührte ihre Wange mit ungewohnter Zärtlichkeit. »Ich habe dich vermißt, mein Liebling«, flüsterte er. »Ich habe dich furchtbar vermißt.«

Und dann war dieser behutsame, rührend zärtliche Moment vorüber. Sein Mund suchte hungrig ihre Lippen, während Houston genauso begierig seine Nähe suchte, sich an seinen Hals hängte, die weichen Rundungen ihres Körpers den harten Flächen und Muskeln seines Körpers anpaßte.

Dann schob er sie wieder von sich weg und spähte in ihr vor Leidenschaft und Sehnsucht verklärtes Gesicht. Mit einem Blick, als würde ein Krieger vor der Schlacht von seiner Liebsten Abschied nehmen, ging er von ihr weg zum Heck der Kutsche und entfernte die Plane vom Verdeck. Dann ging er auf eine Gruppe von Bergkiefern und Wacholderbüschen zu, breitete dahinter die Plane auf dem Boden aus und streckte ihr einen Arm entgegen.

Langsam ging Houston auf ihn zu, den Blick auf die Silhouette seines Leibes gerichtet, nur noch erfüllt von dem Gedanken an die Wonnen, die sie jetzt dort erwarteten.

Seine Hände zitterten, als er sie zu entkleiden begann, langsam einen winzigen Knopf nach dem anderen aus seiner Schlaufe löste. »Ich habe oft und lange an diesen Moment gedacht«, sagte er weich. Seine Wimpern warfen lange Schatten im Dämmerlicht, so daß er jünger aussah und sehr verwundbar. »Du hast mich einmal nach anderen Frauen gefragt. Ich glaube nicht, daß ich jemals auch nur einen Gedanken an eine Frau verschwendet habe, sobald ich aus ihrem Bett gestiegen war – tatsächlich habe ich nicht einmal an sie gedacht, während ich mit ihr im Bett lag. Schlimmer noch – es ist mir niemals eingefallen, ihnen solche Dinge zu sagen, wie ich sie in den lezten Monaten zu dir gesagt habe. Bist du nun eine Lady oder eine Hexe?«

Als sich seine Hand unter ihr Kleid schob, ihre Haut berührte, ihre Brüste fand und ihre Wärme durch ihren Körper schickte, legte sie ihm die Arme um den Hals und drückte ihren Mund auf seine Lippen. »Ich bin eine Hexe, die dich liebt«, flüsterte sie.

Kane drückte sie so fest an sich, daß die glaubte, ihre Rippen würden zerbrechen, und erst als sie leise aufschrie, lockerte er ein wenig den Griff.

Sie sprachen nicht mehr. Kane fiel mit der Leidenschaft über sie her, die sich schon seit Wochen in ihm aufgestaut hatte. Und Houstons Verlangen war nicht minder groß.

Knöpfe sprangen ab, wenn sie nicht schnell genug aus ihren Löchern und Schlaufen herauskamen. Kanes Mund glitt heiß über ihre Haut, während sich Houstons Fingernägel in sein Fleisch gruben, ihn immer fester an sich zogen, bis sie eins wurden in ihrem brennenden Verlangen.

Als sie den Mund öffnete, verschloß Kane ihn rasch mit seinen Lippen. »Wenn du hier schreist, Eisprinzessin, bekommen wir bald unerwünschten Besuch.«

Houston hatte keine Ahnung, wovon er redete. Sie wollte es auch nicht wissen. Sie hatte keinen Zeitbegriff mehr, wußte nicht, wie lange sie schon hier verweilten. Ihre Gedanken waren ausgefüllt mit Kanes Körper, der bald auf ihr lag, bald unter ihr, dann neben ihr war, der sie liebte im Sitzen und einmal, wie es ihr vorkam, auch im Stehen. Das verschwitzte Haar klebte auf ihrem Gesicht und hing ihr in feuchten Strähnen über die Schultern. Und überall war sie von Kanes Haut umgeben – von einer heißen, feuchten, sich ständig bewegenden, köstlichen Haut, die sie in vollen Zügen genoß. Ihr aufgestautes Verlangen, das Bewußtsein, daß sie den Mann, den sie liebte, fast verloren hätte, machten sie unersättlich. Sie kamen zusammen, lösten sich wieder, vereinigten sich abermals und erreichten mit einem letzten, ekstatischen Stoß gemeinsam den Höhepunkt.

Dicht aneinandergedrängt, ihre Körper noch immer vereinigt, schliefen sie ein paar Minuten.

Kane schlug nach einer Weile wieder die Augen auf, zog die Plane über sie, bedeckte Houstons bloßen Oberkörper mit seinem Jackett. Er betrachtete eine Weile ihr schlafendes Gesicht im Mondlicht und schob ihr das trockene Haar aus der Stirn. »Wer hätte gedacht, daß so eine Lady wie du ...« flüsterte er, ehe er wieder einnickte, sie noch enger an sich zog, daß ihr Kopf an seiner Schulter ruhte.

Houston erwachte eine Stunde später von Kanes Hand, die über ihren Körper hinstrich. Sein Daumen spielte mit ihrer rosigen Brustwarze. Sie lächelte ihm verträumt zu.

»Ich habe alles, was ein Mann sich nur wünschen kann«, sagte Kane, sich auf die Seite legend. »Ich halte eine nackte Frau in meinen Armen, und sie lächelt mich an.« Er schob seine kräftigen Schenkel zwischen die ihren. »He, Lady, willst du es mit einem Stallburschen treiben?«

Sie rieb ihre Hüften gegen die seinen. »Nur, wenn er sehr sanft mit mir umgeht und mich nicht mit seinen barbarischen Gewohnheiten erschreckt.«

Kane stöhnte leise, ehe seine Lippen dem Beispiel seiner Hand folgten. »Wenn ein Mann etwas haben will, benützt er einen Revolver oder ein Messer; doch die Waffen, die du benützt, Liebling, erschrecken mich zu Tode.«

»So siehst du auch aus«, sagte sie, während sie sacht sein Ohrläppchen zwischen ihre Zähne nahm.

Diesmal liebten sie sich gemächlich, nahmen sich viel Zeit, da sie nicht zur Eile drängte; und danach lagen sie sich still in den Armen und schliefen wieder ein. Irgendwann in der Nacht stand Kane auf und schirrte das Pferd an. Als Houston ihn mit schlaftrunkener Stimme fragte, was er mache, sagte er: »Einmal ein Stallbursche, immer ein Stallbursche«, ehe er zur Plane zurückkam, die ihr Bett war.

Noch vor Sonnenaufgang regten sie sich, erwachten und begannen miteinander zu reden. Kane lag auf dem Rücken, Houston quer über seinen Hüften, und er sprach davon, wie sehr er sich über die Begeisterung der Kinder über seine Spielsachen gefreut hatte. »Warum sehen eigentlich die meisten Jungen aus wie Waschbären?«

Es dauerte einen Moment, ehe Houston begriff, was er meinte. »Sie arbeiten in der Grube und haben noch nicht gelernt, sich den Kohlenstaub aus den Augen zu waschen.«

»Aber einige davon waren doch fast noch Babys; jedenfalls nicht viel älter. Sie können doch nicht . . .«

»Doch«, sagte Houston, und sie schwiegen eine Weile. »Weißt du, was ich gern nicht nur für eine, sondern alle Kohlenzechen einrichten würde?«

»Was?«

»Ich würde gern vier Fuhrwerke besorgen – so groß wie ein Milchwagen, aber mit Bücherregalen ausgerüstet, und diese Fuhrwerke würde ich in alle Bergwerke schicken als kostenlose Leihbibliothek. Die Kutscher könnten auch

Bibliothekare oder Lehrer sein, die den Kindern und natürlich auch den Erwachsenen bei der Wahl, welche Bücher sie lesen sollten, helfen.«

»Warum heuern wir nicht gleich die Leute an, die wir für diese Fuhrwerke brauchen?« fragte Kane augenzwinkernd.

»Dann gefällt dir also meine Idee?«

»Sie hört sich gut an, und ein paar Fuhrwerke mit Pferden sollten erheblich billiger sein als der Eisenbahnwagen, den ich deiner Mutter kaufte. Was macht sie eigentlich inzwischen mit dem Ding?«

Houston lächelte ihn im Dämmerlicht an. »Sie meinte, du hättest sie auf die richtige Idee gebracht. Sie hat ihn hinten im Hof aufstellen lassen und benützt ihn nun als Zuflucht, wenn sie ein paar Stunden allein sein möchte. Wie ich hörte, war Mr. Gates so wütend, daß ihm die Stimme versagte.«

Als die Sonne sich über den Horizont schob, sagte Kane, sie sollten jetzt lieber nach Hause fahren, ehe der Morgenverkehr einsetzte. Auf der Fahrt nach Hause hielt Kane oft an, um Houston, die sich eng an ihn schmiegte, zu küssen. Houston sagte sich dabei immer wieder, daß die Fentons nun keine Rolle mehr spielten und sie Kane lieben würde, egal, ob er nun seine Rachepläne weiterverfolgte oder nicht.

Zu Hause nahmen sie ein Bad in Houstons großer Badewanne mit den vergoldeten Armaturen, und am Ende schwappte mehr Wasser über den gefliesten Boden als in der Wanne. Doch Kane gelang es, das meiste davon zu absorbieren, indem er den Boden mit einundzwanzig dicken türkischen Badetüchern bedeckte. Dann legte er Houston auf diesen Frotteebelag, und sie liebten sich auf dem Badezimmerboden. Houstons Zofe Susan wäre um ein Haar ins Badezimmer gekommen, wenn Kane ihr nicht im letzten Moment mit dem Fuß die Tür vor der Nase zugeschlagen hätte, und sie lachten beide, als sie hörten, wie das Mädchen über den Parkettboden von Houstons Schlafzimmer hinaus in den Korridor flüchtete.

Danach gingen sie nach unten zu dem größten Frühstück, das zwei Leute jemals auf Erden verzehrt hatten. Mrs.

Murchison selbst kam aus der Küche in das Speisezimmer herüber, um sie zu bedienen. Und sie grinste und lächelte und schien überaus glücklich zu sein, daß Houston und Kane sich wieder versöhnt hatten.

»Babys«, sagten sie auf dem Weg zur Tür, »dieses Haus braucht Babys.«

Kane erstickte fast an seinem Kaffee und schickte einen entsetzten Blick zu Houston hinüber. Doch sie weigerte sich, ihn anzusehen, und lächelte nur in die Tasse hinein.

Gerade als Mrs. Murchison mit einer Platte voll frisch gebratener Steaks wieder ins Eßzimmer kam, hörten sie einen Donner. Er schien aus der Erde zu kommen und unter ihren Füßen hinzurollen. Die Gläser auf dem Tisch schepperten, und im Obergeschoß konnten sie eine Scheibe bersten hören.

Mit einem Schrei ließ Mrs. Murchison die Platte mit den Steaks fallen.

»Was, zum Teufel, war das?« fragte Kane. »Ein Erdbeben?«

Houston sagte kein Wort. Sie hatte dieses Grollen bisher nur ein einziges Mal in ihrem Leben gehört; aber wer es einmal hörte, vergaß es sein ganzes Leben lang nicht mehr. Sie blickte weder Kane noch die Dienstboten an, die bereits von allen Seiten herbeigerannt kamen; sondern ging sofort zum Telefon und nahm den Hörer vom Haken.

»Welche?« fragte sie nur, als die Vermittlung sich meldete, ohne dem Mädchen erst zu sagen, wer sie war.

»Die Little Pamela«, hörte sie, ehe ihr der Hörer wieder aus der Hand rutschte.

»Houston!« schrie Kane ihr ins Gesicht, während er sie bei beiden Schultern packte. »Fall mir jetzt bloß nicht auch noch in Ohnmacht! War das eine Grubenexplosion?«

Houston glaubte nicht, daß sie fähig war, ein Wort zu sprechen. Die Angst schnürte ihr die Kehle zu. Warum mußte es nur *meine* Mine treffen, hörte sie immer wieder eine Stimme in ihrem Kopf und sah vor ihrem inneren Auge die Kinder, die gestern vor der Zeche Baseball gespielt hatten. Welche von den Jungen, die vor Stunden noch fröhlich miteinander gespielt hatten, waren jetzt tot?

Sie blickte mit düsteren Augen zu Kane hinauf. »Die Schicht«, flüsterte sie. »Rafe gehörte zur letzten Schicht.«

Kanes Hände krampften sich um ihre Schultern. »Dann war es also die Little Pamela?« flüsterte er. »Wie schlimm hat es sie erwischt?«

Houston öffnete den Mund, doch kein Wort kam über ihre Lippen.

Einer von den Bediensteten, die sich stumm im Korridor versammelt hatten, trat vor. »Sir, wenn die Explosion so stark war, daß in der Stadt Scheiben kaputtgehen, muß es ein sehr schlimmes Unglück sein.«

Kane stand eine Sekunde unbeweglich im Zimmer und verwandelte sich dann in ein Bündel Energie.

»Houston, ich möchte, daß du alle Decken und Laken im Haus zusammensuchst und sie mit dem Fuhrwerk in die Zeche bringst. Hast du mich verstanden? Ich ziehe mich inzwischen an und werde noch vor dir zur Zeche reiten. Aber ich will, daß du so rasch wie möglich mit den Decken nachkommst. Hast du gehört?«

»Sie werden Helfer für die Rettungsaktion brauchen«, sagte der Lakai, der sich zu Wort gemeldet hatte.

Kane blickte ihn rasch von Kopf bis Fuß an. »Dann steige aus diesen goldbetreßten Klamotten, zieh dir was Vernünftiges an und hol dir ein Pferd aus dem Stall.« Er drehte sich wieder zu Houston um. »Lebendig oder tot – ich hole Rafe aus dem Stollen heraus.« Nachdem er ihr rasch einen Kuß gegeben hatte, lief er schon die Treppe zum Oberstock hinauf.

Houston stand einen Moment unbeweglich da, ehe sie sich zu rühren begann. Sie konnte an dem Unglück nichts mehr ändern; aber sie konnte das Leiden lindern. Sie drehte sich zu den Zofen und Zimmermädchen um. »Ihr habt gehört, was der Herr eben gesagt hat. Ich möchte, daß alle Laken, Bezüge und Decken innerhalb von zehn Minuten auf dem Fuhrwerk verladen sind.«

Eines von den Dienstmädchen trat vor. »Mein Bruder arbeitete in der Little Pamela. Darf ich mit Ihnen zur Zeche fahren?«

»Und ich ebenfalls?« fragte Susan. »Ich habe in meinem Leben schon ein paar zerbrochene Köpfe zusammengeflickt.«

»Ja«, antwortete Houston, während sie schon die Treppe hinaufeilte, um ihren Morgenrock gegen ein Reisekleid zu vertauschen. »Ich fürchte, wir brauchen jede Hilfe, die wir bekommen können.«

Kapitel 29

Kane hatte noch keine Erfahrung mit Katastrophen; seine Schlachten wurden in der Regel zwischen ihm und einem Rivalen ausgetragen. Und deshalb war er unvorbereitet auf das, was ihn in der Little-Pamela-Zeche erwartete. Er hörte schon aus großer Entfernung die Schreie der Frauen, und er dachte, daß er diese Laute, solange er lebte, nicht mehr aus dem Kopf verdrängen konnte.

Das Tor zum Lager stand offen und war unbewacht. Nur eine Frau saß dort, wiegte ein Baby an ihrer Brust und suchte es mit gurrenden Lauten zu beruhigen. Kane und seine vier Begleiter ritten im langsamen Trab weiter, als sie das Tor passiert hatten, und als noch mehr Frauen in Sicht kamen, die ihnen entgegenliefen oder nur am Weg standen und weinten, hielten sie an und stiegen aus den Sätteln.

Als Kane an einer Frau vorbeigehen wollte, faßte sie mit eisenhartem Griff nach seinem Arm.

»Töte mich!« schrie sie ihm schrill ins Gesicht. »Er ist tot, und wir haben nichts! Gar nichts!«

Kane konnte sie nicht daran hindern, ihn in ihre Hütte hineinzuzerren. Rafes Baracke war ein Palast im Vergleich zu dieser Behausung. Fünf zerlumpte, schmutzige Kinder standen in einer Ecke beisammen und klammerten sich aneinander. Ihre hageren Gesichter und ihre großen, fiebrigen Augen verrieten, daß sie noch nie in ihrem Leben satt waren. Er hatte diese Kinder am gestrigen Tag nicht gesehen; aber er konnte sich auch nicht entsinnen, in diesem Teil des Lagers gewesen zu sein, wo die Behausungen aus Teerpapier und plattgeschlagenen Konservenbüchsen bestanden.

»Bring uns alle um«, kreischte die Frau. »Dann sind wir besser dran. So müssen wir alle verhungern.«

Auf der Kiste, die offenbar als Tisch diente, sah Kane einen halben verschimmelten Brotlaib. Andere Nahrungsmittel vermochte er hier nicht zu entdecken.

»Sir«, sagte der Lakai, der hinte Kane in die Hütte gekommen war, »sie brauchen Helfer bei der Bergung der Leichen.«

»Ja«, sagte Kane leise, während er wieder aus der Hütte trat und die Frau hinter ihm in lautes Weinen ausbrach. »Wer sind diese Leute?« fragte er den Diener, als sie wieder im Freien waren.

»Sie können sich die Miete für die Baracken nicht leisten, die von der Bergwerksgesellschaft hier aufgestellt werden. Sie beträgt zwei Dollar pro Raum und Monat. Und deshalb verpachtet ihnen die Gesellschaft ein Fleckchen Land für einen Dollar monatlich, auf dem sie sich dann selbst aus dem Material, das sie hier finden, eine Hütte bauen können.« Der Diener deutete mit dem Kopf auf den Slumbezirk des Lagers, in dem sich die Hütten aus Konservenbüchsenblech und Holzabfällen drängten. Kane glaubte sogar, an einer Wand Überreste von den Kisten zu entdecken, in denen gestern noch die Baseballausrüstung verpackt gewesen war.

»Was wird aus den Frauen, deren Männer in der Grube umkamen?«

Der Mund des Dieners wurde zu einem grimmigen Strich.

»Wenn sie Glück haben, bezahlt ihnen die Gesellschaft noch den Lohn für ein halbes Jahr; doch dann bleiben sie und ihre Kinder ihrem Schicksal überlassen. Was auch passiert – die Gesellschaft wird stets behaupten, die Bergarbeiter seien an der Explosion selbst schuld gewesen.«

Kane straffte sich. »Wenigstens können wir diesen Frauen jetzt helfen. Als erstes werden wir Lebensmittel an sie verteilen.«

»Wo sollen wir die denn hernehmen?« fragte der Diener. »Vor vierzig Jahren gab es hier einen Aufstand, und die Bergarbeiter stürmten den Laden der Bergwerksgesellschaft. Deshalb haben die Läden in allen Zechen nur noch das Allernötigste an Lebensmitteln und anderen Waren auf Lager.« Der Mann verzog den Mund. »Und die Stadt will auch nicht helfen. Wir haben uns bei der letzten Grubenexplosion an das Rathaus gewandt und um Unterstützung gebeten; aber dort sagte man uns, wir müßten den ›Dienstweg‹ einhalten.«

Kane ging nun auf das Zentrum des Lagers zu, wo sich auch der Schacht mit dem Förderkorb befand. Vor dem Eingang der Zeche lagen drei mit Planen zugedeckte Leichen; zwei Männer trugen einen Schwerverletzten zum Maschinenhaus hinüber, wo er Blair und zwei Männer bei der Arbeit sehen konnte. Kane trat zu Leander und fragte: »Wie schlimm ist es?«

»Es könnte nicht schlimmer sein«, antwortete Leander. »Es ist so viel Gas im Stollen, daß die Bergungsmannschaft bewußtlos wird, ehe sie an die Verunglückten herankommen kann. Wir können noch nicht genau sagen, was eigentlich passiert ist und wie viele tot sind, weil die Explosion sich nach innen, statt nach außen entlud. Es könnte sein, daß dort unten noch viele Männer in den Tunnels sind, die sich vor der Explosion retten konnten; jetzt aber von der Außenwelt abgeschnitten sind. Jemand soll sie aufhalten, ja?« rief Lee, ehe er zum Eingang der Zeche lief, um mit dem Förderkorb in die Grube einzufahren.

Kane stellte sich der Frau in den Weg, auf die Lee gedeutet hatte. Sie wollte zu einer halbverkohlten Leiche rennen, die soeben aus dem Schacht geborgen worden war. Sie war ein kleines, schmächtiges Ding, und er hob sie auf seine Arme. »Ich bringe Sie nach Hause«, sagte er; aber sie schüttelte nur den Kopf.

Eine andere Frau trat zu ihnen. »Ich werde mich um sie kümmern.«

»Haben Sie Brandy im Haus?« fragte Kane.

»Brandy?« fauchte ihn die Frau an. »Wir haben hier nicht einmal frisches Wasser.« Sie half Kane, die Frau zu stützen, als er sie wieder auf den Boden stellte.

Zwei Minuten später saß Kane erneut im Sattel und sprengte im Galopp den Abhang hinunter und auf Chandler zu. Er passierte Houston, die mit ihrem Fuhrwerk zur Mine unterwegs war, und sie rief ihm etwas zu. Doch er galoppierte im unvermindertem Tempo an ihr vorbei, ohne ihr eine Antwort zu geben.

Er sprengte durch die Straßen der Stadt und hätte um ein Haar ein paar Fußgänger niedergeritten, die sich ihm in den Weg stellen und ausfragen wollten. Die meisten Einwohner von Chandler standen vor ihren Häusern, blickten hinüber zu dem Berg, auf dem sich die Zeche Little Pamela befand, und ergingen sich in Vermutungen, was dort wohl passiert sein mochte.

Kane sprengte mit donnernden Hufen durch die Stadt und dann die Archer Avenue hinunter, an deren Ende sich Edans Haus befand. Auf der gegenüberliegenden Straßenseite herrschte lebhafter Betrieb vor der neuen Westfield-Klinik. Seit der Nacht, wo sie in Unfrieden auseinandergegangen waren, hatte Kane Edan nicht mehr gesehen.

Edan eilte gerade über die Veranda an der Vorderfront seiner Villa auf das gesattelte Pferd zu, das dort angebunden stand, als Kane seinen Gaul so heftig vor dem Haus zügelte, daß er mit den Vorderbeinen in die Luft stieg.

Kane sprang aus dem Sattel und war mit einem Satz oben auf der Veranda. »Ich weiß, daß du im Augenblick nicht viel übrig hast für mich; aber ich kenne niemanden sonst, der genügend Verstand besitzt, um mir organisieren zu helfen, was ich vorhabe. Deshalb bitte ich, vorübergehend deinen Ärger zu vergessen und mit mir zusammenzuarbeiten.«

»Wobei soll ich dir helfen?« fragte Edan behutsam. »Ich

wollte gerade zur Mine reiten. Jeans Onkel befindet sich dort und ...«

»Zufällig ist das auch *mein* gottverdammter Onkel!« explodierte Kane. »Ich komme nämlich eben aus der Mine, und dort haben sie so viele Helfer, daß sie gar nicht mehr wissen, wohin damit. Aber Wasser und Lebensmittel haben sie nicht, und die Explosion hat eine Reihe von Häusern eingerissen – wenn man diese elenden Hütten überhaupt so nennen kann. Ich brauche deine Hilfe, um Lebensmittel und Unterkünfte für die Leute dort oben zu beschaffen – für die Bergungsmannschaften und die Frauen, die heulend herumstehen und nicht wissen, wie es weitergehen soll.«

Edan blickte seinem früheren Arbeitgeber eine Sekunde lang in die Augen. »Nach den telefonischen Auskünften, die Jean bekam, kann es sehr lange dauern, bis alle Opfer geborgen sind. Wir brauchen eine Menge Fuhrwerke, um die Hilfsgüter zur Mine transportieren zu können. Und wir müssen versuchen, einen Zug für die ... Leichen zu besorgen. Heute gilt es, erst einmal Nahrungsmittel zu verteilen, die nicht gekocht werden müssen.«

Kane blickte Edan mit einem strahlenden Lächeln an. »Los – gehen wir an die Arbeit.«

Jean war in diesem Moment mit schneeweißem Gesicht auf die Veranda herausgetreten.

Edan wandte sich ihr zu. »Ich möchte, daß du Miss Emily in ihrer Teestube anrufst und ihr sagst, daß sie alle Schwestern so rasch wie möglich zu Randolphs Kaufhaus bestellen soll. Ich treffe sie dann dort. Überzeuge dich erst, daß du mit Miss Emily selbst sprichst und betone das Wort ›Schwestern‹, Jean. Das ist sehr wichtig. Hast du mich verstanden?«

Jean nickte kurz, und Edan gab ihr rasch einen Kuß, ehe er das gesattelte Pferd bestieg.

Sobald sie die Innenstadt erreicht hatten, trennten die beiden sich und suchten jeden auf, von dem sie wußten, daß er ein Fuhrwerk besaß. Die meisten Fuhrwerksbesitzer stellten ihren Wagen und ihre Gespannpferde freiwillig zur Verfügung und boten sich auch als Kutscher an. Ganz

Chandler war nun von einem Gefühl der Zusammengehörigkeit beseelt, weil die Sorge um die Mine und das Schicksal der Verunglückten sie alle vereinte.

Sechs junge Frauen warteten bereits vor Randolphs Kaufhaus, als Edan und Kane dort eintrafen. Kane brauchte ihnen nur kurz zu sagen, was in der Mine gebraucht wurde, und dann übernahmen die Ladys das Kommando. Miss Emily brüllte ihre Befehle mit der Stimme eines Feldwebels, der eine Batterie schwerer Geschütze in Stellung bringen muß.

Als die Fuhrwerke heranrollten und vor dem Lagerschuppen des Kaufhauses eine Kette bildeten, luden die Ladys Kisten mit Büchsenfleisch, Bohnen, Kondensmilch, Keksen und säckeweise frischgebackenes Brot auf. Als sich Neugierige vor dem Kaushaus versammelten, kommandierte Miss Emily sie ebenfalls zum Beladen der Fuhrwerke ab.

Edan besorgte inzwischen einen Tankwagen, der mit Trinkwasser gefüllt wurde.

Pamela Fenton kam den Hügel heruntergerannt, hielt mit der einen Hand ihren Hut fest, mit der anderen ihren Sohn Zachary. »Was können wir beide tun?« fragte sie ganz laut, Miss Emilys Befehlsstimme übertönend.

Kane blickte hinunter auf seinen Sohn, und ein Gefühl der Dankbarkeit durchströmte ihn. Sein Kind würde niemals unter lebensgefährlichen Bedingungen in den Gruben arbeiten müssen. Er legte seinem Sohn die Hand auf den Scheitel und wandte sich an Pam: »Ich möchte, daß du deine Freunde und Freundinnen zusammentrommelst, damit sie dir dabei helfen, alle Zelte zusammenzutragen, die es in dieser Stadt gibt. Fahr hinauf in mein Haus und stelle fest, was aus den großen Zelten geworden ist, die Houston für unsere Hochzeit anfertigen ließ. Dann möchte ich, daß alle diese Zelte zur Mine hinaufgebracht werden.«

»Ich glaube nicht, daß man Zach in seinem Alter schon zumuten kann, den Schauplatz eines Grubenunglücks zu besichtigen«, sagte Pam. »Manchmal sind die Opfer so . . .«

Kane hatte seit der ersten Erschütterung, die das Grubenunglück ankündigte, immer einen kühlen Kopf behalten. Doch nun ging sein Temperament mit ihm durch. »*Ihr* seid es!« brüllte er ihr ins Gesicht, »die an diesem Unglück schuld sind! Ihr Fentons habt diese Katastrophe heraufbeschworen. Wenn die Minen nicht so gefährlich wären und dein Vater sich von seinem kostbaren Geld trennen wollte, würde das alles nicht passiert sein. Dieser Junge ist *mein* Sohn, und wenn die Jungen dort oben in der Mine sterben können, ist er auch nicht zu klein dazu, sich die Toten anzusehen, die dein Vater auf dem Gewissen hat. Also mach dich an die Arbeit, Frau, und tu, was ich dir aufgetragen habe! Oder ich erinnere mich sonst, wer du bist und daß ich mir im Augenblick nichts lieber wünsche, als deinen Vater ebenfalls tot vor mir liegen zu sehen!«

Als Kane mit seiner Rede zu Ende war, sah er sich von Stadtleuten umgeben, die auf ihrem Weg durch die Straße angehalten und ihm mit offenem Mund zugehört hatten.

Edan sprang von dem ersten beladenen Fuhrwerk herunter. »Wollen wir den ganzen Tag hier herumstehen und Maulaffen feilhalten? Du!« rief er einem Jungen zu, »du nimmst die Kiste mit den Bohnen dort und lädst sie dort drüben auf den Wagen. Und du dort – du sorgst dafür, daß das Gespann nicht in den vorderen Wagen hineinläuft!«

Langsam zerstreute sich die Menge wieder und half den jungen Ladys beim Aufladen oder Pam beim Besorgen der Zelte. Doch Kanes Gedanken weilten noch immer bei den Opfern in der Grube, für die er Jacob Fenton verantwortlich machte.

Obwohl er Pam gegenüber so deutliche Worte gebraucht hatte, wollte er seinen Sohn doch mit keinem der beladenen Fuhrwerke in das Bergwerkslager fahren lassen, ehe er nicht selbst ein Gespann übernahm.

Die Sonne neigte sich schon wieder dem Horizont zu, als Kane auf den Kutschbock eines Fuhrwersk stieg und sich auf den Weg machte zur Little-Pamela-Zeche. Zach saß neben ihm, und der Junge sagte kein Wort, bis sie die Stadt hinter sich gelassen hatten.

»Hat mein Großvater tatsächlich diese Leute umgebracht? War es wirklich seine Schuld?«

Kane fing an, seinem Sohn zu erzählen, was er von Jacob Fenton hielt und daß dieser Mann so süchtig war nach dem Geld, daß er Kane um sein Erbe betrogen hatte. Doch etwas in ihm ließ ihn schon bei den ersten Sätzen verstummen. Was er dem alten Mann auch vorwerfen konnte: Jacob Fenton war der Großvater seines Sohnes, der an seinem Enkelkind hing und auf dessen Liebe sein Sohn ein Recht und einen natürlichen Anspruch hatte.

»Ich denke, die Leute lassen sich zu oft vom Geld verblenden«, sagte Kane. »Sie glauben, daß sie sich mit Geld alles, was sie im Leben brauchen, kaufen können, und deshalb wenden sie jedes Mittel an, um zu Geld zu kommen. Es stört sie nicht, daß sie betrügen oder stehlen oder einem anderen sogar dessen ganzes Vermögen wegnehmen müssen, um zu Geld zu kommen. Sie glauben, das Geld rechtfertige alles, was man tun muß, um es in seinen Besitz zu bringen.«

»Meine Mutter hat mir erzählt, daß du reicher bist als mein Großvater. Heißt das, daß du dein Geld auch gestohlen hast? Hast du andere Leute betrogen, um zu Geld zu kommen?«

»Nein«, antwortete Kane leise. »Ich schätze, ich habe großes Glück gehabt. Ich mußte nur auf mein Leben verzichten, um reich zu werden.«

Sie legten den Rest des Wege zur Mine stumm zurück, und Kane dachte wieder voller Schrecken an seinen ersten Besuch in der Grube am Morgen gleich nach der Explosion.

Vor dem Eingang der Zeche lagen diesmal acht Tote, die nicht mit Planen bedeckt waren, und im Maschinenhaus arbeiteten jetzt zwei männliche und zwei weibliche Ärzte.

Houston lief mit wirren, strähnigen Haaren und rußigen Kleidern zum Fuhrwerk, als Kane die Ladeklappe am Heck herunterließ.

»Das ist wunderbar von dir«, begann sie, als sie eine

Kiste mit Kondensmilch herunterhob und sie einer Frau, die wartend dastand, zureichen wollte: »Du hast im Grunde doch gar keinen Anteil daran. Du bist . . .«

Kane nahm ihr die schwere Kiste ab. »Ich wohne hier, und wie du inzwischen weißt, bin ich eigentlich der Besitzer dieser Mine. Vielleicht hätte ich diese Katastrophe verhindern können, wenn ich sie ihm rechtzeitig weggenommen hätte. Houston, du siehst müde aus. Warum übernimmst du nicht diesen Wagen, wenn er entladen ist, fährst mit ihm nach Chandler zurück und legst dich zu Hause aufs Ohr?«

»Hier wird jeder gebraucht, Kane. Die Rettungsmannschaften müssen alle Augenblicke abgelöst werden, weil sie sonst eine Gasvergiftung bekommen. Sie haben große Schwierigkeiten, an die Verunglückten überhaupt heranzukommen . . .«

»Hallo! Gib mir einen Schluck davon«, sagte eine ihnen vertraute Stimme in ihrem Rücken. Kane drehte sich um und sah, wie sein Onkel Rafe aus einem Krug mit Wasser trank.

Houston war sicher, daß sie noch nie so ein breites Lächeln auf Kanes Gesicht gesehen hatte wie in diesem Augenblick. Er schlug seinem Onkel so heftig auf den Rücken, daß ihm der Krug aus den Händen flog. Rafe machte ein paar wohlgesetzte Bemerkungen, Kanes Überschwang betreffend; doch Kane stand nur grinsend da, bis Rafe das Fluchen aufgab, Houston heimlich zublinzelte und dann wieder zu den Rettungsmannschaften vor dem Grubeneingang eilte.

Kane ging zum Zecheneingang, wo Leander, der gerade aus dem Stollen heraufgekommen war, sich mit rußgeschwärztem Gesicht an eine Wand lehnte. Er drückte Lee eine Feldflasche mit Wasser in die Hand. »Sind noch viele dort unten?«

Lee trank gierig das Wasser: »Viel zu viele.« Er hielt eine Hand in das verblassende Licht des Tages. »Die meisten sind verbrannt; und wenn du die Leichen anfaßt, bleibt dir ihre Haut an den Fingern kleben.«

Dazu konnte Kane nichts sagen; doch seine Gedanken

kreisten schon wieder um den Mann, der für dieses Unglück verantwortlich war.

»Vielen Dank für den Proviant, den Sie uns geschickt haben«, sagte Lee neben ihm. »Damit haben Sie den Leuten mehr geholfen, als Sie ahnen. Morgen werden wir noch mehr Leute verpflegen müssen – die Presse, die Verwandten der Opfer, die Bergwerksinspektoren, die Beauftragten von der Regierung und die Neugierigen. Oft vergessen die Leute in solchen Momenten, wie wichtig es ist, erst einmal für die Ernährung der vom Unglück betroffenen Menschen zu sorgen. Aber ich muß jetzt wieder hinunter in die Grube«, sagte Lee und wandte sich dem Aufzugsschacht zu.

Kane bahnte sich einen Weg durch die vor der Zeche versammelte Menge, die ständig neuen Zulauf bekam. Als er Houston und seinen Sohn gefunden hatte, hob er sie auf den Kutschbock eines leeren Frachtwagens. »Wir werden den Nachschub von Lebensmitteln organisieren«, sagte er nur, während er die Gespannpferde zur Eile antrieb. Als Houstons Kopf gegen seine Schulter sank, legte er den Arm um sie und hielt sie fest, damit sie den Rest des Weges schlafen konnte.

In Chandler schliefen Houston und Zach ein paar Stunden hinten auf der Ladefläche, während Kane und Edan die Leute in der Stadt weckten und ihnen Nahrungsmittel für die Minenopfer abkauften. Am Morgen gingen sie in die Oberschule von Chandler und baten, daß man den Schülern für diesen Tag freigab, damit sie ihnen halfen, die in der Zeche benötigten Kleider, Decken und Ausrüstungsgegenstände zu sammeln.

Ein Teil der Schüler kauften Gemüse, Marmelade und Obst, brachten die Sachen nach Hause und überredeten ihre Mutter, daraus Speisen zuzubereiten und Hunderte von Eiern abzukochen. Die anderen Schüler sammelten inzwischen Kleider, Schüsseln, Teller und Brennholz und schafften das alles zu den Sammelstellen.

Und den ganzen Tag über liefen Meldungen von der Unglücksmine in der Stadt ein: Bisher seien zweiundzwanzig Tote geborgen worden, zumeist so verbrannt, so aufgequollen, so verstümmelt, daß eine Identifizierung fast unmöglich war. Noch wurden fünfundzwanzig Bergarbeiter vermißt, die von den Bergungsmannschaften, die in zwei Schichten arbeiteten, noch im Stollen gesucht wurden. Die Rettungsmannschaften hatten bisher ein Opfer zu beklagen.

Am Mittag fuhr Kane mit einem schwerbeladenen Fuhrwerk zur Mine, und als er dort bündelweise Decken und Windeln ablud, sah er die Männer einer Rettungsmannschaft aus dem Schacht kommen. Viele von ihnen mußten sich übergeben, als sie aus dem Förderkorb stiegen.

»Es ist der Gestank«, sagte ein Mann, der Kane beim Abladen half. »Der Geruch der Toten im Stollen ist so schlimm, daß die Männer ihn nicht ertragen können.«

Einen Moment lang stand Kane wie erstarrt da und sah zu den sich erbrechenden Männern hinüber; dann lief er zu einem gesattelten Pferd, das in der Nähe angebunden war, schwang sich auf dessen Rücken und sprengte im vollen Galopp den Berg hinunter, geradewegs auf Jacob Fentons Haus zu.

Er hatte die Auffahrt der Villa nicht mehr betreten, seit ihn Fenton gefeuert und er nach Kalifornien gegangen war; aber ihm war alles noch so sehr vertraut, als hätte er das Haus niemals verlassen. Er machte sich nicht die Mühe, erst anzuklopfen, sondern trat mit dem Fuß die Bleiglasfüllung der Tür ein und ging durch die geschlossene Tür, die fast aus den Angeln fiel.

»Fenton!« brüllte er, während die Diener aus allen Richtungen herbeieilten. Zwei Lakaien packten ihn bei der Schulter, um ihn zurückzuhalten, doch er schüttelte sie ab, als wögen sie nichts. Er kannte die ungefähre Lage der Zimmer im Erdgeschoß, und als er ins Eßzimmer trat, sah er Jacob Fenton allein am Tisch sitzen und einen späten Imbiß zu sich nehmen.

Sie sahen sich einen Moment an, Kane mit kirschrotem Gesicht und vor Wut wogendem Brustkasten.

Jacob entließ die Diener mit einer Handbewegung. »Ich

kann mir nicht vorstellen, daß du zum Dinner hierhergekommen bist«, sagte er gelassen, während er sich Butter auf eine Semmel strich.

»Wie kannst du hier am Tisch sitzen, während die Leute, die du umgebracht hast, oben auf dem Berg aus der Grube geholt werden?«

»Ich bin da anderer Meinung, wenn du erlaubst. *Ich* habe sie nicht umgebracht. Tatsächlich habe ich alles getan, was in meiner Macht steht, um sie am Leben zu erhalten; doch sie scheinen eine selbstmörderische Veranlagung zu haben. Kann ich dir einen Wein anbieten? Es ist ein vorzüglicher Jahrgang.«

Kane war noch ganz erfüllt von den Eindrücken der letzten Tage. Das Wimmern der Kinder und das Weinen der Frauen lagen ihm in den Ohren, und es war ihm, während er tonnenweise Nahrungsmittel zur Unglückszeche transportierte, gar nicht bewußt geworden, daß er seit zwei Tagen nichts mehr gegessen hatte. Nun übten die Stille des Hauses, die Sauberkeit dieses Zimmers und der Geruch der Speisen eine fatale Wirkung auf ihn aus. Ihm wurde schwindlig, und er mußte sich an der Tischkante festhalten.

Jakob stand auf, goß ihm ein Glas Wein ein, zog für ihn einen Stuhl unter dem Tisch hervor und stellte das Glas vor Kanes Platz auf die Tischdecke. Kane bemerkte nicht, wie sehr Jacobs Hand zitterte, als er ihm den Wein einschenkte.

»Ist es sehr schlimm?« fragte Jacob, während er zur Anrichte ging, einen Teller nahm und ihn mit Speisen füllte.

Kane gab keine Antwort, ließ sich auf den Stuhl sinken und starrte das Weinglas an. »Warum?« flüsterte er nach einer Weile. »Wie konntest du sie nur umbringen? Was kann den Tod dieser Menschen rechtfertigen? Warum konntest du dich nicht mit dem Geld zufriedengeben, das du mir gestohlen hast? Warum mußtest du noch mehr haben? Es gibt andere Methoden, sein Geld zu vermehren.«

Jacob stellte den gefüllten Teller von Kane auf den Tisch; doch der jüngere Mann faßte ihn nicht an.

»Ich war vierundzwanzig Jahre alt, als du geboren wurdest, und ich war damals fest überzeugt, daß mir das alles auch gehörte, mit dem ich großgeworden war. Ich liebte den Mann, den ich für meinen Vater hielt . . . und ich dachte, daß auch ich ihm etwas bedeutete.«

Jacob drückte die Schultern durch. »Mit vierundzwanzig neigt man noch dazu, ein Idealist zu sein. An dem Abend, als Horace sich umbrachte, mußte ich erkennen, daß ich ihm gar nichts bedeutete. In seinem Testament stand, daß ich dein Vormund sein durfte, bis du einundzwanzig wärst, und dir dann alles zu übergeben hätte. Ich sollte dann aus dem Haus gehen – und alles, was mir dann noch gehörte, waren die Kleider auf meinem Leib. Ich glaube nicht, daß du ermessen kannst, wie sehr ich in jener Nacht den plärrenden Säugling haßte, der mein ganzes Leben ruiniert hatte. Ich glaube nicht, daß ich einen klaren Kopf hatte, als ich dich zu einer Amme auf eine Farm bringen ließ und dann die Anwälte bestach, um das Testament zu fälschen. Dieser Haß hat mich jahrelang aufrechterhalten. Ich war besessen von diesem Haß. Wenn ich ein Papier unterschrieb, dann immer in dem Bewußtsein, daß irgendwo ein Kind lebte, dem das eigentlich gehörte, was ich kaufte und verkaufte. Ich ließ dich einmal, als du noch sehr klein warst, hierherbringen, damit ich mich überzeugen konnte, daß du nicht verdient hast, was mein Vater dir hinterließ.«

Jacob setzte sich Kane gegenüber an den Tisch. »Der Arzt sagt, daß ich noch einen, höchstens zwei Monate zu leben habe. Ich habe es noch niemandem gesagt; aber irgendwie war es mein Wunsch, daß du die Wahrheit erfahren solltest, ehe ich sterbe.«

Er nahm sein volles Weinglas und nippte daran. »Der Haß schadet dem Hassenden mehr als dem Gehaßten. Die ganzen Jahre über, die du hier gewohnt hast, bist du mir täglich vor Augen gekommen, und ich war mir sicher, daß du versuchen würdest, mir abzujagen, was ich besaß. Ich lebte in der ständigen Angst, daß du die Wahrheit entdecken und mir wegnehmen würdest, was mir und meinen Kindern gehörte. Und als du Pam zur Frau haben wolltest, schien es mir so, als wären meine Ängste Wirklichkeit geworden. Später kam mir der Gedanke, daß ich die Ehe meiner Tochter mit dir als eine gerechte Lösung hätte betrachten sollen; doch damals . . . Ich glaube nicht, daß ich damals zu einem vernünftigen Gedanken fähig war.«

Jacob nahm einen tiefen Schluck aus seinem Weinglas. »Du hast nun die Beichte eines Sterbenden entgegengenommen, Taggert. Es gehört alles dir; du kannst es dir nehmen, wenn du willst. Heute morgen habe ich meinem Sohn die Wahrheit erzählt, so daß er weiß, wer der wahre Eigentümer meines Vermögens ist; denn ich habe nicht mehr die Kraft oder den Willen, dich noch länger zu bekämpfen.«

Kane lehnte sich auf seinem Stuhl zurück, und als er nun den Mann, der ihm gegenübersaß, betrachtete und die graue Verfärbung der Haut bemerkte, wurde ihm deutlich, daß er diesen Mann nicht mehr haßte. Houston hatte zu ihm gesagt, daß der Haß auf Jacob Fenton ihm die Kraft gegeben habe, sich zu erwerben, was er nun besaß, und vielleicht hatte sie damit recht. Tatsächlich hatte sie ihn auf das Unrecht hingewiesen, das Horace damit beging, als er Jacob enterbte.

Kane nahm nun auch einen Schluck von dem Wein, der vor ihm stand, und blickte auf den Teller. »Warum mußtest du die Bergleute hungern lassen, um dein Vermögen zu vergrößern?«

»Die Bergleute hungern lassen?« keuchte Jacob, während ihm die Augen aus den Höhlen traten. »Ist denn keinem Menschen auf dieser Welt klar, daß ich mit den Bergwerken so gut wie nichts verdiene? Was mir Geld einbringt, sind einzig und allein meine Eisenhütten in Denver; doch alle Welt sieht nur die armen geschundenen Bergleute und beschuldigt mich, ein Satan zu sein.«

Er stand auf und begann, im Zimmer auf- und abzuwandern. »Ich muß die Bergwerkslager mit Zäunen umgeben und bewachen lassen, oder die Gewerkschaftler dringen dort ein und wiegeln die Bergarbeiter auf, daß sie höhere Löhne von mir verlangen und kürzere Arbeitszeiten. Weißt du, was sie von mir fordern? Sie wollen einen Schiedsmann wählen, der die Gewichte überprüft. Hör zu – ich weiß so gut wie jeder andere, daß die Waagen nicht stimmen und die Bergleute mehr Kohle hauen, als man ihnen gutschreibt; aber wenn ich ehrlich wäre und ihnen tatsächlich bezahlte, was sie sich verdient haben, würde ich einen höheren Preis für die Tonne Kohle verlangen müssen. Und dann wäre ich nicht mehr konkurrenzfähig, würde keine Lieferverträge mehr bekommen, und die Leute wären ihre Arbeit los. Wem schadet es also am meisten, wenn ich einen Schiedsmann für die Waagen wählen ließ? Ich kann jeden Tag Hunderte von Bergarbeitern bekommen; aber ich glaube nicht, daß sie so leicht einen Job finden werden.«

Kane blickte den älteren Mann einen Moment schweigend an. »Wie steht es mit der Sicherheit in den Stollen? Wie ich hörte, verwenden sie verdorbenes Holz beim Abteufen der Stollen und . . .«

»Einen Teufel tun sie. Die Bergleute haben eine eigene Standesehre. Du kannst deinen Onkel fragen, ob ich nicht recht habe. Sie prahlen damit, daß sie dir genau sagen können, wie weit sie einen Stollen aushauen können, ehe die Decke einbricht. Ich habe meine Bergwerksinspektoren, die jeden Tag mit in die Grube fahren, und sie berichten mir, daß die Leute sich nicht die Zeit nehmen, jeden Stollenabschnitt auch vorschriftsmäßig abzustützen.«

Kane nahm die Gabel hoch, die neben dem Teller lag, und begann langsam zu essen. Doch dann merkte er, daß er einen rasenden Hunger hatte, und begann, das Essen in sich hineinzuschaufeln.

»Du bezahlst ihnen nicht die Zeit, die sie brauchen, um einen Stollen zu verschalen, nicht wahr? Sie werden nach dem Gewicht der Kohle bezahlt, die sie fördern, richtig?«

Jacob nahm wieder Kane gegenüber am Tisch Platz und legte sich eine dicke Scheibe Roastbeef auf den Teller. »Ich gebe ihnen einen Vertrag als Subunternehmer, und es ist Sache jedes einzelnen, wie er seinen Vertrag zu erfüllen gedenkt. Weißt du, daß ich Leute dafür bezahle, die Helme der Bergleute zu überprüfen? Diese Idioten klappen im Stollen ihren Gesichtsschutz hoch, zünden sich eine Zigaretten an und sprengen damit das ganze Bergwerk in die Luft. Der Inspektor hat sich zu vergewissern, daß der Gesichtsschutz festgeschweißt ist, damit die Leute sich nicht gegenseitig umbringen.«

Kane, der den Mund voll hatte, gestikulierte mit seiner Gabel. »Auf der einen Seite behandelst du die Bergarbeiter wie unmündige Kinder und sperrst sie in ein Lager ein, und auf der anderen Seite sind sie für dich wieder vollverantwortliche Subunternehmer, die ihr Risiko selbst tragen müssen ... Wie nennt man das, wenn du arbeiten mußt und für deine Arbeit nicht bezahlt wirst?«

»Arbeitsbeschaffungsmaßnahme«, sagte Jacob. »Ich tue mein Bestes, den Bergleuten die Arbeitsplätze zu erhalten. Ich würde gern meine Kohle von einem anderen Unternehmer kaufen und mich nur auf die Stahlerzeugung beschränken; aber ich könnte es nicht ertragen, so viele Leute auf die Straße zu werfen. Jedesmal, wenn so etwas wie dort passiert«, er deutete in die Richtung der Little-Pamela-Zeche, »nehme ich mir vor, meine Gruben zu schließen. Es gibt eine riesige Konkurrenz auf dem Kohlemarkt, die sofort bereit ist, meine Stahlwerke in Denver zu beliefern, und ich könnte alle siebzehn Zechen im Umkreis von Chandler schließen, ohne daß das Einfluß auf den Markt hätte. Aber weißt du, was aus dieser Stadt würde, wenn ich die Zechen schlösse? In zwei Jahren wäre Chandler eine Geisterstadt.«

»Wenn man dir zuhört, bist du also der Wohltäter dieser Stadt.«

»In gewisser Weise bin ich das auch«, sagte Jacob selbstgefällig.

»Ich würde denken, daß du auch deinen Aktionären etwas bezahlst, nicht wahr?«

»Nicht so viel, wie ich gerne möchte; aber auch da tue ich mein möglichstes.«

Kane wischte inzwischen mit einer Brotrinde seinen zweiten Teller ab. »Dann wird es höchste Zeit, daß du anfängst, mehr zu tun als nur dein möglichstes. Ich besitze zufällig auch etwas Geld, und es könnte mir einfallen, es dafür zu verwenden, ein paar Klagen gegen die Eigentümer von Fenton Coal and Steel bei Gericht einzureichen. Und ich könnte mir vorstellen, daß die gesamte Produktion – Stahlherstellung und Kohleförderung – eingestellt werden müßte, solange diese Klage bei Gericht verhandelt wird.«

»Aber das würde Chandler ruinieren! Du könntest doch nicht . . .«

»Ich habe irgendwie das Gefühl, daß die Eigentümer von Fenton Coal and Steel aus eigenem Interesse so etwas unter allen Umständen verhindern möchten.«

Jacob blickte Kane ein paar lange Sekunden an. »Also gut – was verlangst du von mir?«

»Wenn die Männer Inspektoren brauchen, um sie vor sich selbst zu schützen, möchte ich, daß diese Inspektoren eingestellt werden. Und ich möchte, daß die Kinder aus den Gruben verschwinden.«

»Aber gerade die Kinder können dank ihrer kleinen Statur an Stellen vordringen, wo die Erwachsenen nicht hinkommen!« protestierte Jacob.

Kane warf ihm nur einen kühlen Blick zu und ging dann zum nächsten Punkt über, wobei er sich an alles zu erinnern versuchte, was Houston ihm von den Problemen der Bergarbeiter erzählt hatte. Jacob erhob gegen jeden dieser Punkte Widerspruch, angefangen bei den rollenden Bibliotheken – »das Lesen macht sie nur unzufrieden« – und den regelmäßigen Gottesdiensten – »und dafür Geistliche aller Konfessionen einstellen, die ich bezahlen soll? Wir würden einen Religionskrieg anzetteln, wenn wir sie alle zu dem gleichen Gottesdienst schickten« – bis hin zu den besseren Unterkünften, wozu Jacob bemerkte, daß gerade die Bergleute, die in den Hütten vegetieren, am gesündesten wohnten, weil durch die Ritzen ständig frische Luft in die Behausung käme.

Sie redeten und stritten den ganzen Nachmittag, wobei Jacob ununterbrochen Kanes Weinglas nachfüllte. Gegen vier Uhr nachmittags wurde Kanes Rede zunehmend verschwommener, und manchmal fiel ihm sogar der Kopf auf die Brust hinunter. Als er schließlich mitten in seinem Vortrag einschlief, daß die Gewerkschaften vielleicht gar nicht so übel wären, wie Jacob Fenton zu glauben schien, stand der ältere Mann auf und blickte auf Kanes mächtigen Körper hinunter, der nun in einem Sessel hingestreckt lag.

»Wenn ich einen Sohn wie dich gehabt hätte, hätte ich die Welt erobern können«, murmelte er, ehe er das Eßzimmer verließ und einem Diener befahl, eine Decke zu holen und sie über den schlafenden Gast im Eßzimmer zu breiten.

Es war schon später Abend, als Kane wieder erwachte – steif und wund vom Schlafen im Sessel –, und einen Moment lang wußte er überhaupt nicht, wo er sich befand. Es war dunkel im Zimmer; doch auf dem Tisch konnte er die Umrisse eines Päckchens erkennen und wußte sofort, daß es belegte Brötchen enthalten müsse.

Lächelnd schob er das Päckchen in die Rocktasche und verließ das Haus. Irgendwie fühlte er sich so befreit wie seit Jahren nicht mehr, und als er zum Bergwerk zurückritt, wurde er von der Hoffnung erfüllt, daß sein Leben von nun an anders verlaufen würde als bisher.

Am Zecheneingang wollte Reed Westfield, Anwalt und Leanders Vater, gerade in den Förderkob steigen, der ihn zusammen mit einem anderen Mann von der Bergungsmannschaft wieder in die Grube hinunterbringen sollte. Kane faßte den Mann, der Reed Westfield begleiten wollte, am Kragen. »Besorgen Sie sich etwas zu essen. Ich fahre an Ihrer Stelle in die Grube ein.«

Als der Förderkorb im Schacht nach unten glitt, erzählte Kane in knappen Worten dem Anwalt die Geschichte von Jacob Fentons Besitz, dessen rechtmäßiger Eigentümer eigentlich er, Kane Taggert, war.

»Ich möchte nicht, daß dieser Erbschaftsbetrug noch länger wie ein Damoklesschwert über dem Kopf dieses Mannes schwebt, und ich brauche dieses Geld auch nicht. Ich möchte, daß Sie mir ein Dokument aufsetzen, in dem ich erkläre, daß ich alles, was ich geerbt habe, auf Jacob Fenton übertrage, und daß er dieses Vermögen vermachen kann, wem er will. Und ich möchte, daß dieses Dokument rasch ausgefertigt wird; denn der alte Mann hat nicht mehr lange zu leben.«

Reed blickte Kane mit müden, entzündeten Augen an und nickte. »Ich habe eine Kanzlei voller Angestellter, die nicht viel zu tun haben. Ist morgen früh früh genug?«

Kane brachte als Antwort auch nur ein kurzes Nicken zustande; denn je tiefer sie in den Schacht vordrangen, um so schlimmer wurde der Gestank.

Kapitel 30

Am dritten Tag nach der Explosion waren insgesamt achtundvierzig Tote aus der Grube geborgen worden, und sieben Bergleute wurden noch vermißt. Am Nachmittag des zweiten Tages hatte man vier Tote gefunden, die auf den Knien lagen und sich den Mund zuhielten. Diese Männer hatten die eigentliche Explosion überlebt; doch danach waren sie in den Gasen des Schwelbrandes erstickt.

In der Stadt waren die Auslagen der Geschäfte mit Trauerflor versehen, und Fahnen hingen auf halbmast. Als die Särge in nicht enden wollender Reihe durch die Straßen gefahren wurden, nahmen die Stadtleute ihre Hüte ab und senkten den Kopf.

Der Verlobte von Sarah Oakley war auf dem Heimweg von der Mine umgekommen, wo er bei der Bergung seiner Kameraden im Stollen mitgeholfen hatte. Zu müde, um auf seine Umgebung zu achten, hatte er den Zug nicht gesehen oder gehört, als er die Schienen überquerte, und war von der Lokomotive erfaßt und auf der Stelle getötet worden.

Leander und Kane, von Edan unterstützt, hatten eine Sanitätsstation für die Bergwerksleute verlangt und die Zusage erhalten, daß diese auf einem Grundstück errichtet werden sollte, das Jacob Fenton dafür gestiftet hatte. Niemand wagte es laut zu sagen; doch jeder war davon überzeugt, daß Kane in Jacob Fentons Haus gegangen war, um ihn zur Schenkung dieses Grundstücks zu zwingen.

Houston verbrachte den ganzen Tag auf Beerdigungen, versuchte Witwen zu trösten und sorgte dafür, daß die Kinder genug zu essen hatten.

»Ich denke, in diesem Papier ist alles festgehalten, was Sie mir gestern angedeutet haben«, sagte Reed Westfield, als sie vor dem Eingang der Zeche standen, und drückte Kane ein Dokument in die Hand. »Wenn die Bergungsarbeiten abgeschlossen sind, kann ich Ihnen ein längeres Dokument ausfertigen; aber dieses erfüllt jedenfalls alle rechtlichen Ansprüche.«

Kane überflog den Inhalt des Dokuments und erkannte rasch, daß darin alle Eigentumsrechte an dem Besitz der Fentons auf Jacob Fenton übertragen wurden, der darüber nach Belieben verfügen konnte.

»Wenn Sie das unterschreiben wollen, werde ich es als Notar beglaubigen und bei Gericht als Urkunde hinterlegen. Ich habe eine Kopie bei mir, die Sie Fenton aushändigen können.«

Kane lächelte Reed zu. »Vielen Dank«, sagte er, während er den Füllfederhalter nahm, den der Anwalt ihm hinreichte. Er unterschrieb das Original und steckte die Kopie in die Tasche. »Ich glaube, ich sollte ihm dieses Papier sofort überbringen. Vielleicht entschädigt ihn das für das Grundstück, das er für die Krankenstation gestiftet hat, und ich könnte ihm auch noch nahelegen, daß er die Bergleute in den Erste-Hilfe-Maßnahmen zur Rettung von Verunglückten im Untertagebau ausbilden lassen sollte.«

Reed gab Kanes Grinsen zurück. »Ich glaube fast, Jacob Fenton wäre finanziell besser gestellt, wenn Sie ihm nicht das Recht auf sein Vermögen übertragen hätten.«

Als Kane wieder den Hügel hinunterritt, um Fenton die Übertragungsurkunde zu bringen, blickte er sich im Lager um und dachte an die Schrecken der letzten Tage. Es gab immer noch eine Menge zu tun, und er hatte auch schon ein paar Ideen, wie man solche Schlagwetterexplosionen in Zukunft verhindern und bei einem Grubenunglück die Rettungsmaßnahmen beschleunigen und verbessern konnte. Er würde seine Ideen Edan vortragen und ihn um seine Meinung dazu bitten. Und Leander hatte dazu gewiß Vortreffliches beizusteuern. Selbst Fenton konnte dabei nützlich sein. Wenn Kane an Jacobs bevorstehenden Tod dachte, empfand er jetzt sogar Trauer. Schließlich war er in dessen Nähe aufgewachsen und hatte ihn bis zu seinem achtzehnten Lebensjahr fast täglich gesehen. Und nun würde Zachary der Besitzer der Minen werden – nach Marc natürlich. Irgendwie schien keiner an Marc zu denken, wenn von dem Besitz und Erben die Rede war.

Als er die Auffahrt zu der alten Fenton-Villa hinaufritt, sah er die Haustür weit offen stehen. Der Pfosten war repariert und die Glasfüllung, die er tags zuvor eingetreten hatte, ersetzt worden; doch nun stand sie weit offen.

Er stieg vom Pferd, rief laut, als er das Haus betrat, bekam jedoch keine Antwort. Jacobs Büro ging nach hinten hinaus, und Kane erinnerte sich, daß er zum letzten Mal in diesem Büro gewesen war, als Jacob ihn feuerte, weil er Pam heiraten wollte. Als er die Übertragungsurkunde auf den Schreibtisch legte, überlegte er, wie sein Leben wohl verlaufen würde, wenn er Pam geheiratet und keine Chance gehabt hätte, sich selbst ein Vermögen zu schaffen. Auf jeden Fall wäre er dann jetzt nicht mit Houston verheiratet.

Bei diesem Gedanken fragte er sich wieder einmal, ob Houston ihn auch geheiratet hätte, wenn er nicht in vielfacher Millionär gewesen wäre.

Er rief wieder laut nach Fenton, und als er keine Antwort bekam, verließ er diesmal das Haus durch die Küche – für ihn ein sehr vertrauter Weg. Auch in der Küche war niemand, und die Hintertür stand ebenfalls offen. Als er sich dem Hofausgang näherte, sah er die schmale Dienstbotentreppe, die zum Oberstock hinaufführte.

Als er im Stall dieses Hauses aufwuchs, hatte er immer

den Oberstock der Villa besichtigen wollen, hatte zuweilen sogar davon geträumt, eines Tages dieses Haus selbst zu besitzen.

Er lachte bei dem Gedanken, daß er sein Haus nur gebaut hatte aus Wut darüber, daß er den Oberstock der Villa Fenton nie hatte betreten dürfen.

Er legte eine Hand auf das Treppengeländer, und seine Neugierde siegte über seinen gesunden Menschen verstand. Zwei Stufen auf einmal nehmend, eilte er wie ein Dieb, der sich nicht erwischen lassen wollte, die Treppe hinauf, ging den Korridor hinunter und blickte in die Schlafzimmer. Sie waren sehr gewöhnlich eingerichtet mit schweren geschnitzten, dunklen Möbeln und unschönen Gardinen und Tapeten. »Houston hat einen weitaus besseren Geschmack«, murmelte er und lachte dann über seinen Snobismus.

Er lächelte noch immer in sich hinein, als er zum Kopfende der Vordertreppe gelangte. Da erlosch sein Lächeln sofort.

Am Fuß der Treppe lag Jacob Fenton – in unnatürlicher Haltung, offenbar von einem tödlichen Schlaganfall überwältigt.

Kanes erste Reaktion war ein Bedauern, daß er nun doch zu spät gekommen war und Jacob nicht in dem Bewußtsein hatte sterben können, daß der Besitz, um den er sein Leben lang gekämpft hatte, ihm endlich auch rechtmäßig gehörte. Und dann mischte sich Trauer in dieses Bedauern. In all den Jahren, die er in New York geschuftet und zielstrebig an dem Aufbau eines Vermögens gearbeitet hatte, hatte er immer nur die Zeiten vor Augen gehabt, in denen er Fentons Reitstiefel geputzt hatte. Doch nun fielen ihm auch die Tage ein, an denen er Jacob hart zugesetzt, ihn vor seinen Gästen in Verlegenheit gebracht und mit ihm gestritten hatte, wann er seine eigenen Pferde benützen durfte und wann nicht. Und die Nachmittage, wo er die Köchin bezirzt und dazu überredet hatte, Zwiebeln an die Soßen zu tun, obwohl sie beide wußten, daß Jacob von Zwiebeln solche Magenbeschwerden bekam, daß er die ganze Nacht nicht schlafen konnte.

Langsam stieg Kane die Vordertreppe hinunter, doch er hatte erst zwei Stufen genommen, als Marc Fenton und fünf seiner jungen Freundinnen und Freunde in die Halle hereinstürmten. Nach dem Zustand ihrer Kleider und dem lauten Ton ihrer Stimmen zu schließen, kamen sie gerade von einer Zechtour zurück, die offenbar die ganze Nacht gedauert hatte.

»Wenn Taggert glaubt, er könnte mir *mein* Erbe wegnehmen«, hörte Kane Marc Fentons trunkene Stimme, »wird er sich mit mir streiten müssen. Und niemand wird einem Taggert mehr glauben als mir.«

Die beiden jungen Frauen – die eine im gelben Seidenkleid mit roter Federboa, die andere ebenfalls in gelber Seide, aber mit vier Pfaunenfedern im Haar – und die drei jungen Männer waren absolut seiner Meinung.

»Wo steht denn der Whisky, Liebling?« fragte eine der beiden Frauen.

Da kamen sie zur Treppe und blieben alle auf einmal stehen, um auf den Toten hinunterzustarren. Es war Marc, der als erster in die Höhe blickte und Kane am Kopfende der Treppe stehen sah.

»Ich wollte deinen Vater besuchen ...« begann Kane, doch Marc gab ihm keine Chance, den Satz zu beenden.

»Mörder!« kreischte Marc und nahm zwei Stufen mit einem Satz.

»Moment mal!« rief Kane; doch niemand schenkte seinen Worten die geringste Beachtung, als die anderen drei Männer ihn ebenfalls ansprangen. Alle fünf Männer rollten nun die Stufen hinunter, und Kane dachte, da er der einzige Nüchterne von ihnen war, würde er auch der einzige sein, der dabei verletzt wurde. Trotz der Tatsache, daß einer gegen vier kämpfen mußte, gewann er rasch die Oberhand.

Doch dann schlug eine der beiden Damen Kane von hinten mit einer Messingstatue von David, der gerade seine Schleuder mit einem Stein laden wollte, über den Kopf.

Die vier Männer erhoben sich schwankend vom Boden und blickten auf den bewußtlosen Kane hinunter.

»Was machen wir jetzt?« flüstete eine der beiden jungen Damen.

»Wir hängen ihn auf!« rief Marc und begann, Kane in die Höhe zu ziehen. Da er aber damit keinen großen Erfolg hatte und ihm die anderen nicht helfen wollten, blickte er mit flehenden Augen zu ihnen hoch und sagte: »Er hat meinen Vater umgebracht.«

»So viel Whisky gibt es nicht auf der Welt, wie ich schlucken müßte, um so besoffen zu sein, daß ich einen so reichen Mann wie ihn aufhängen würde«, sagte einer von den jungen Männern. »Wir bringen ihn ins Gefängnis, solange er bewußtlos ist. Soll der Sheriff sich mit ihm befassen.«

Es gab zwar noch Proteste von Marc; aber er war viel zu betrunken, um seinen Willen durchsetzen zu können. Und so mühten sie sich nun alle vier, den Bewußtlosen aufzuheben und zu der Kutsche zu tragen, die noch draußen in der Einfahrt stand. Nicht einer von ihnen schien einen zweiten Gedanken an Jacob Fenton zu verschwenden, den sie am Fuß der Treppe liegen ließen hinter der weit offenen Haustür.

»Hier – trink das«, sagte Edan und hob Kanes Kopf an.

Stöhnend versuchte Kane, sich aufzusetzen; doch die Kopfschmerzen waren so stark, daß er sich gegen die Zellenwand lehnen mußte. »Was ist passiert?« Er blickte hinauf zu Edan, Leander und den Sheriff, die sich alle drei über ihn beugten.

»Es war alles ein Mißverständnis«, begann Lee. »Ich habe dem Sheriff von dem Dokument erzählt und warum du Fenton heute morgen besuchen wolltest.«

»War er tatsächlich tot?« fragte Kane. »Es sah so aus, als ich zur Treppe kam und ihn unten liegen sah.« Kane ruckte mit dem Kopf in die Höhe, was die Schmerzen nicht gerade milderte. »Das letzte, an das ich mich erinnern kann, ist

Marc Fenton, der mich mit ein paar Betrunkenen anfiel und die Treppe hinunterzog.«

Edan setzte sich auf den Rand der Koje, auf der Kane ausgestreckt lag. Rechts von ihm waren Gitterstäbe, die die Zelle von einem Korridor trennten. »Soweit wir den Hergang der Ereignisse rekonstruieren können, haben die Dienstboten drei Minuten, ehe du das Haus betreten hast, Jacob Fenton tot am Fuß der Treppe gefunden. Aus irgendeinem Grund beschlossen sie alle, Hilfe herbeizuholen, und ließen die Türen offen und den Toten allein im Haus zurück. Dann kam Marc mit seinen Freunden und Freundinnen von einer nächtlichen Zechtour nach Hause und sahen dich am Kopfende der Treppe stehen. Sie glaubten, du hättest Jacob Fenton die Treppe hinuntergestoßen. Du hast Glück gehabt; denn Marc wollte dich am Balkongeländer über der Haustür aufhängen.«

Kane rieb sich die Beule auf seinem Hinterkopf. »Aufhängen kann auch nicht schlimmer sein als das da«, ächzte er.

»Sie können selbstverständlich jederzeit nach Hause gehen, Mr. Taggert«, sagte der Sheriff. »Und ich würde Ihnen empfehlen, sich von hier zu entfernen, ehe Ihre Frau von Ihrem Aufenthalt im Gefängnis erfährt. Frauen können sehr laut werden, wenn ihre Ehemänner hinter schwedischen Gardinen sitzen.«

»Nicht Houston«, sagte Kane. »Sie ist eine wahrhaftige, unverfälschte Lady. Sie würde selbst dann nicht laut werden, wenn sie mich am Balkongeländer baumeln sieht.« Noch während er diesen Satz sagte, kam ihm ein anderer Gedanke: Wie *würde* Houston reagieren, wenn sie glaubte, er habe tatsächlich einen Mord begangen? Hatte er nicht einmal gehört, daß der Staat das gesamte Vermögen eines Mörders beschlagnahmte? Oder war es vielmehr so, daß der Mörder sein Opfer nicht beerben durfte?

»Wie viele Leute wissen von diesem Mißverständnis?« fragte Kane. »Fentons Diener können zwar meine Unschuld bezeugen; aber hat sich diese Tatsache schon in der Stadt herumgesprochen?«

»Ich habe Lee sofort angerufen, als ich sah, wie der junge Fenton Sie bewußtlos aus der Kutsche zog«, sagte der Sheriff verdutzt.

»Die Leute sind viel zu sehr mit der Grubenexplosion beschäftigt, um sich für die Neuzugänge im Knast zu interessieren«, sagte Leander. »Alle Reporter sind oben in der Little Pamela versammelt und suchen nach immer neuen Möglichkeiten, verstümmelte Leichen zu beschreiben«, setzte er mit einer Grimasse hinzu.

»Was hast du vor?« fragte Edan mißtrauisch.

Kane schwieg einen Moment. »Sheriff, haben Sie etwas dagegen, wenn ich noch über Nacht in Ihrer Zelle bleibe? Ich möchte meiner Frau einen kleinen harmlosen Streich spielen.«

»Einen Streich?« wiederholte der Sheriff. »Frauen haben im allgemeinen keinen Sinn für so was, und wenn der Streich noch so gut und harmlos ist.«

Kane blickte zu Edan und Lee hinauf. »Kann ich mich darauf verlassen, daß ihr beiden vierundzwanzig Stunden den Mund halten könnt?«

Edan stand von der Koje auf und sagte, als er Lees befremdetes Gesicht sah: »Ich vermute, er will herausfinden, ob Houston zu ihm hält, wenn er ihr sagt, daß man ihm wahrscheinlich als Mörder den Prozeß machen wird. Habe ich recht?«

Kane fing an, die Spinnweben in einer entfernten Ecke der Zelle zu betrachten. »So etwas Ähnliches«, murmelte er.

Lee und der Sheriff räusperten sich.

»Ich bin weit davon entfernt, mich in die Herzensangelegenheiten anderer Leute einzumischen«, sagte der Sheriff. »Wenn Sie sich in diesem Gefängnis häuslich einrichten wollen, Mr. Taggert, sind Sie natürlich mein Gast; aber die Stadt Chandler wird Ihnen dafür eine Rechnung präsentieren, als wären sie im feinsten Hotel von San Francisco abgestiegen.«

»Kann ich nicht verübeln«, antwortete Kane. »Lee? Edan?«

Leander zuckte nur mit den Achseln. »Das ist deine Sache. Ich habe Houston fast mein ganzes Leben lang gekannt und weiß dennoch nicht, was für ein Mensch sie ist.«

Edan blickte Kane eine lange Sekunde an. »Wenn Houston diese Probe besteht – und sie wird sie bestehen –, wirst du dann endlich dein krankhaftes Mißtrauen aufgeben, damit wir wieder zu unserer Arbeit kommen? Vanderbilt hat inzwischen bestimmt die ganze Hafenfront von New York aufgekauft.«

Kane zog scharf die Luft ein. »Nun, dann kann er ja morgen anfangen, sie an uns zurückzuverkaufen. Sobald ich aus diesem Gefängnis entlassen werde«, sagte er grinsend hinzu.

Als die Männer die Zelle wieder verlassen hatten, lehnte sich Kane auf seiner Pritsche zurück und schlief ein.

Houston hatte ein drei Monate altes Baby auf ihrem Schoß und versuchte, es in den Schlaf zu wiegen. Im Bett neben ihr schliefen ein zweijähriges und ein vierjähriges Mädchen. Sie gehörten zu den vielen Kindern, die in den letzten Tagen ihre Väter verloren hatten. Die Mütter der Kinder waren außer sich, weil sie nicht wußten, wie sie sich und ihre Kleinen in den nächsten Jahren versorgen sollten. Houston, Blair und noch ein paar Mitglieder der Schwesternschaft hatten eine Kampagne gestartet, um für die Witwen der Grubenkatastrophe in den Geschäften und Kaufhäusern von Chandler einen Job zu besorgen, und Houston gehörte zu den Freiwilligen, die sich für einen privaten Kinderhort für berufstätige Frauen zur Verfügung gestellt hatten – ein Modell, das Blair in Pennsylvanien kennengelernt hatte.

Als der Gehilfe des Sheriffs in das kleine Haus kam und nach ihr fragte, hatte sie keine Ahnung, was er von ihr wollte.

»Ihr Mann ist wegen Mordes an Jacob Fenton festgenommen worden«, sagte der junge Mann.

Es dauerte eine Sekunde, ehe diese Nachricht in ihr

Bewußtsein drang. Dann war ihr erster Gedanke: Kanes Temperament war also doch noch mit ihm durchgegangen, nachdem er jahrelang nur für seine Rache gelebt hatte.

»Wann?« brachte sie endlich über die Lippen.

»Heute vormittag. Ich war nicht im Dienst, also kann ich Ihnen nichts über die näheren Umstände sagen. Doch jeder in der Stadt weiß, daß er Jacob Fenton den Tod gewünscht hat. Nicht, daß ihm das jemand verübelt; denn wir alle kannten Fenton als gerissenen alten Gauner. Doch das wird Taggert nicht viel helfen. Ob man nun einen bösen oder guten Mann umgebracht hat – baumeln muß man dafür in jedem Fall.«

Houston musterte ihn mit ihrem eisigsten Blick. »Ich möchte Sie ersuchen, meinen Mann nicht zu richten und zu verurteilen, ehe Sie die Fakten nicht kennen.« Sie drückte dem jungen Mann den Säugling in die Arme. »Sie hüten hier so lange die Kinder, bis ich meinen Gatten besucht habe.«

»Das kann ich nicht tun, Blair-Houston. Ich bin Hilfssheriff und werde für diese Arbeit von der Stadt bezahlt.«

»Ich hatte eher den Eindruck, daß Sie sich für einen Richter halten. Sie müssen dem Kleinen die Windeln wechseln, wenn sie naß sind, und wenn die anderen beiden Kinder aufwachen, müssen Sie sie füttern und unterhalten, bis die Mutter in ungefähr zwei Stunden wieder nach Hause kommt.«

»In zwei Stunden!« hörte sie den Jungen jammern, als sie aus dem Zimmer lief.

Houstons Kutsche wartete vor der Hütte, und sie legte den Weg zum Knast in Rekordzeit zurück. Das kleine, aus Feldsteinen errichtete Gefängnis war am entfernten Stadtrand in einen Hügel eingebaut. Es diente größtenteils Leuten als Unterkunft, die am Wochende volltrunken aufgegriffen wurden und am Sonntag in einer Zelle ihren Rausch ausschliefen. Die wirklich kriminellen Fälle wurden in der Regel nach Denver gebracht und dort abgeurteilt.

»Guten Morgen, Miss Blair-Houston«, sagte der Sheriff,

der hastig seine Zeitung weglegte und hinter seinem Schreibtisch aufstand.

»Mrs. Taggert«, verbesserte sie ihn. »Ich möchte gern meinen Mann sprechen. Und zwar sofort.«

»Ja, natürlich, Mrs. Westfield-Taggert«, sagte der Sheriff und nahm ein Schlüsselbund von einem Nagel an der Wand.

Kane schlief auf seiner Koje, und Houston sah das gestockte Blut an seinem Hinterkopf. Sie ging zu ihm und berührte sein Gesicht, als sie hörte, daß die Zellentür hinter ihr wieder abgeschlossen wurde.

»Kane, mein Liebling, was haben sie mit dir gemacht?« Sie begann, sein Gesicht mit Küssen zu bedecken, und davon wachte er auf.

»Oh, Houston«, sagte Kane, während er sich den Hinterkopf rieb. »Was ist denn passiert?«

»Du erinnerst dich nicht? Die Leute behaupten, du hättest Jacob Fenton umgebracht. Das hast du doch nicht getan, nicht wahr?«

»Teufel, nein!« entfuhr es ihm, und dann schwieg er wieder still, als Houston sich auf den Boden kniete und ihren Kopf in seinen Schoß legte. »Wenigstens glaube ich nicht, daß ich es gewesen bin. Ich . . . äh . . . ich kann mich nicht mehr so genau erinnern.«

Die Wange gegen seinen Schenkel gelehnt, seine Hand in ihren Haaren, war sie entschlossen, ihm nicht zu zeigen, wie groß ihre Angst war. »Erzähle mir, woran du dich erinnerst.«

Er begann langsam und stockend zu berichten:

»Ich wollte Fenton besuchen; doch es war niemand zu Hause. Ich ging deshalb in das obere Stockwerk, um ihn dort zu suchen. Und als ich vorn zur Treppe komme, sehe ich ihn unten in der Halle neben der ersten Stufe liegen. Er war tot. Und in der nächsten Sekunde kommt Marc Fenton mit ein paar Freunden in die Halle hereingestürmt, und sie fangen an zu brüllen, ich hätte ihn umgebracht. Es gab eine Schlägerei, und jemand hat mich mit einem harten Gegenstand auf den Kopf geschlagen. Dann bin ich erst wieder hier in der Zelle aufgewacht. Ich glaube, ich habe noch gehört, daß sie mich lynchen wollten.«

Houston blickte mit ängstlichen Augen zu ihm hoch. Nach einer Weile stand sie auf und wanderte in der Zelle auf und ab. »Das ist eine schwache Geschichte.«

»Schwach!« keuchte Kane und beruhigte sich dann wieder. »Houston, Liebling, das ist die Wahrheit! Ich schwöre es!«

»Außer dir ist niemand im Haus gewesen? Du hast keine Zeugen, daß Fenton bereits tot war, als du ihn besuchen wolltest?«

»So war es nicht. Ich meine, es hat vermutlich niemand gesehen, wann ich Fentons Haus betreten habe. Aber vielleicht gibt es Zeugen, die bestätigen können, daß er schon vorher tot war.«

»Das ist kein Beweis. Wenn jemand tatsächlich gesehen hat, wie er starb, wäre das etwas anderes. Aber du könntest dich ja schon ein paar Stunden vorher in einem Schrank versteckt haben. Gibt es einen Zeugen, der gesehen hat, wie Fenton starb?«

»Ich ... ich weiß es nicht. Aber, Houston ...«

»Kane«, sagte sie leise und blickte ihn wieder an. »Warum bist du in Mr. Fentons Haus gegangen? Du hattest dir doch nicht vorgenommen, ihn umzubringen, oder doch?«

»Teufel, nein«, sagte er rasch. »Ich habe mir von Mr. Westfield ein Dokument aufsetzen lassen, in dem steht, daß ich auf alle meine Ansprüche, das Vermögen von Jacob Fenton betreffend, verzichte, und ich wollte Fenton dieses Dokument überbringen. Worüber ich aber jetzt mit dir reden wollte, ist *mein* Geld. Falls sie mich verurteilen, werden sie alles beschlagnahmen, was ich besitze. Du wirst nicht nur eine Witwe, sondern auch so arm wie eine Kirchenmaus sein. Du hast nur eine Chance, etwas von diesem Geld zu retten – du mußt mich verlassen, ehe sie mir den Prozeß machen. Wenn du das tust, kann Westfield es so hinbiegen, daß du ein paar Millionen bekommst.«

Houston hörte beim letzten Teil der Rede kaum noch zu. Ihr Gesicht verriet, daß sie über alle Maßen erstaunt war. »*Warum* bist du in Fentons Haus gegangen?« flüsterte sie.

»Das habe ich dir doch eben gesagt«, erwiderte er ungeduldig. »Ich wollte ihm ein Papier überbringen, in dem steht, daß ich auf meine Ansprüche verzichte. Der arme alte Mann – er war schon tot, als ich in sein Haus kam, und er hat dieses Papier nicht mehr lesen können. Aber, Houston, jetzt kommt es doch nur darauf an, daß du dich rettest, und das muß sofort geschehen. Wenn sie mich hier herausholen und lynchen, ist es zu spät.«

Houston hatte ein Gefühl, als träumte sie. Seit sie erfahren hatte, daß Kane sie nur geheiratet hatte, um seinen Racheplan in die Tat umsetzen zu können, war etwas in ihr verschüttet worden. Sie hatte sich zwar eingestehen müssen, daß sie ihn immer noch liebte, obwohl er sie nur als Werkzeug benutzte; aber im Grunde ihres Herzens hatte sie gespürt, daß sie ihm nicht mehr so rückhaltlos ihre Liebe schenken konnte wie zuvor.

»Du hast deine Rache aufgegeben, nicht wahr?« fragte sie leise.

»Hackst du schon wieder darauf herum? Habe ich dir nicht immer wieder gesagt, daß ich nichts anderes wollte, als ihn in mein Haus, das größer sein sollte als seines, zum Dinner einzuladen. Was war so verkehrt daran?«

»Aber du wolltest auch, daß eine Lady als deine Frau am Tisch sitzen sollte. Du hast mich nur geheiratet, damit ich ...«

»Du hast mich nur meines Geldes wegen geheiratet!« unterbrach er sie hitzig. »Und nun wirst du jeden Penny verlieren, wenn sie mich für einen Mord aufhängen, den ich gar nicht begangen habe.«

Houston stand mitten in der Zelle. Er hatte ihr – nicht mit einem Wort – gesagt, daß er sie liebte; und hatte es dennoch getan. Sie wußte es. Sie wußte es in jeder Faser ihres Körpers. Er hatte sie als Teil eines stupiden Racheplans geheiratet; doch am Ende hatte er sich in sie verliebt. Und weil er sie liebte, hatte er einem alten Mann, der ihm Unrecht getan hatte, verzeihen können.

»Ich muß jetzt gehen!« sagte sie. »Ich habe eine Menge zu erledigen.«

Wenn sie Kane in diesem Moment angesehen hätte, hätte sie den Schmerz in seinen Augen lesen können. »Ich schätze, du mußt mit Mr. Westfield über das Geld reden.«

»Mit jemandem muß ich reden«, murmelte sie, während sie sich die Handschuhe wieder überstreifte. »Vielleicht ist Mr. Westfield nicht die richtige Person dafür.« Geistesabwesend drückte sie ihm einen Kuß auf die Wange. »Mach dir nur keine Sorgen. Ich weiß genau, was ich zu tun habe.« Damit rief sie laut nach dem Sheriff, der ihr wieder die Zellentür aufschloß.

Kane stand einen Moment wie gelähmt vor seiner Koje. Sie hatte es wahrhaftig eilig, ihn loszuwerden, dachte er. Er stieg auf die Pritsche und blickte durch das Zellenfenster auf die elegante Kutsche hinunter, in der Houston den Hügel hinunterpreschte. Er blinzelte ein paarmal, um das Wasser loszuwerden, daß seinen Blick trübte. Es ist die Sonne, die mich blendet, dachte er und stieg wieder von der Koje herunter.

»Sheriff«, rief er, »Sie können mich jetzt herauslassen. Ich habe herausgefunden, was ich wissen wollte.«

»Kommt überhaupt nicht in Frage, Taggert«, antwortete der Mann mit einem Lachen in der Stimme. »Die Stadt Chandler braucht das Geld, das ich Ihnen für eine Übernachtung in Rechnung stellen werde.«

Ohne sich auch nur mit einem Wort gegen die Entscheidung des Sheriffs aufzulehnen, streckte sich Kane wieder auf der Pritsche aus. Ihm war es im Grunde egal, wo er die kommende Nacht verbrachte.

Kapitel 31

»Weißt du auch ganz genau, was du da tust?« fragte Houston Ian zum hundertsten Mal.

Ian nickte feierlich und blickte dann auf die Holzkiste, die hinter ihm auf derr Ladefläche des Fuhrwerks lag. Neben ihm saß Zachary, den Blick geradeaus gerichtet, das Gesicht hochrot vor Aufregung. Er war noch nicht alt genug, um das volle Ausmaß der Gefahr zu begreifen, in die sie sich mit ihrem Plan begaben.

»Die Dinger können doch hoffentlich nicht von alleine losgehen, oder?« fragte Houston.

»Nein«, antworrtete Ian, konnte aber nicht umhin, wieder einen Blick über die Schulter auf die Kiste zu werfen.

Houstons Hände krampften sich so fest um das Zügelleder, daß die Knöchel weiß hervortraten. Es hatte fast vierundzwanzig Stunden gedauert, bis sie alles beisammen hatte, was sie für ihren Plan benötigte.

Sie hatte sofort gewußt, was sie unternehmen mußte; doch ihr war im selben Moment auch klar geworden, daß kein Erwachsener ihr bei diesem Unternehmen helfen würde. Als sie Ian um Hilfe gebeten hatte, hatte sie ihn zugleich auf die Schwierigkeiten hingewiesen, die er bekommen würde, wenn seine Mitwirkung öffentlich bekannt wurde. Doch Ian hatte geantwortet, daß er alles, was er jetzt habe, nur Houston zu verdanken hätte, und er wäre bereit, selbst sein Leben für sie zu riskieren. Doch zu Houstons Leidwesen hatte er auch den jungen Zachary gebeten, bei diesem Unternehmen mitzumachen, und zwar mit der Begründung, sie würden jemand brauchen, der auf die Pferde aufpaßte.

Um Mitternacht hatte sich dann Houston mit Ian in der Little-Pamela-Zeche getroffen. Sie war von der Voraussetzung ausgegangen, daß nach der Minenexplosion dort noch große Verwirrung herrschte, und tatsächlich hatte niemand auf sie geachtet, als sie sich zu dem Lagerschuppen schlichen, wo das Dynamit unter Verschluß gehalten wurde. Sie hatten das Türschloß aufgebrochen und so viel Dynamit gestohlen, daß sie damit zwei Häuserblocks in die Luft hätten sprengen können. Trotz Ians Protest, daß sie nur ihre Zeit verschwendeten, hatte Houston mit der Kette und einem neuen Vorhängeschloß den Lagerschuppen wieder versperrt.

Sie waren beide nicht sehr geschickt darin, zu verbergen, daß sie etwas Ungesetzliches taten. Dennoch gelang es ihnen, die Kiste mit den gestohlenen Dynamitstangen zu dem wartenden Fuhrwerk zu bringen, ohne daß sie jemand zur Rede stellte. Ein paar Leute sagten zwar hallo zu Houston; aber da sie in den letzten Tagen viele Stunden im Bergwerkslager verbracht hatte, fand niemand etwas Verdächtiges daran, daß sie mitten in der Nacht ein Fuhrwerk mit einer Kiste belud.

Sie war mit Ian schon halbwegs den Berg hinuntergefahren, als ihnen Zachary auf der Straße entgegenkam. Er war bereits vor Stunden an einem mit Knoten versehenen Seil aus seinem Schlafzimmerfenster geklettert und hatte sich vorgenommen, zu Fuß bis zur Mine zu marschieren.

»Du hast nichts anderes zu tun, als bei den Pferden zu warten«, schärfte ihm Houston zum wiederholten Mal ein. »Und sobald dein Vater und ich im Sattel sitzen, will ich, daß ihr beide sofort verschwindet. Ian, kannst du unbemerkt wieder in Edans Haus zurückkehren?«

»Natürlich.«

»Und du, Zach?«

Zachary schluckte heftig; denn sein Seil war gerissen, als er noch anderthalb Meter über dem Boden schwebte. Für ihn gab es keine Möglichkeit, sich wieder unbemerkt in das Haus seiner Mutter zurückzuschleichen. »Klar«, sagte er, »ist überhaupt kein Problem.«

Houston war innerlich so angespannt wie eine aufgezogene Uhrfeder, als sie sich der schlafenden Stadt näherten. Es war bereits drei Uhr morgens, als sie bei dem Gefängnis anlangten. Schon am Abend hatte sie in der Nähe des Gefängnisses zwei Sattelpferde versteckt, deren Packtaschen mit Lebensmitteln, Kleidern und so viel Geld vollgestopft waren, daß sie damit ein paar Monate lang in einem Versteck leben konnten.

Sie hielt das Fuhrwerk an, als sie noch gut fünfzig Meter vom Gefängnis entfernt waren, und sah nervös zu, wie Ian die Kiste vom Wagen hob. Sie wußte zwar, daß Ian im Bergwerk dazu ausgebildet worden war, die Sprengladungen für das Abräumen der Kohle zu setzen; aber sie war sich gar nicht sicher, ob er wußte, wie man die Vorderwand eines aus Feldsteinen gemauerten Gebäudes wegsprengen konnte.

Als sie Ian ihre Bedenken vortragen wollte, öffnete er den Mund und sagte: »Ich bringe ein paar Stangen am Fundament der Mauer an, die in den Hang hineingebaut ist. Wenn die Ladung hochgeht, rutscht die ganze Vorderwand den Hang hinunter. Es ist so, als würde man ein sehr großes Fenster öffnen. Kane braucht dann nur von seinem Zellenboden aus auf das gesattelte Pferd hinunterzuspringen, und ihr könnt davongaloppieren. Einfacher kann man es wirklich nicht haben.«

»Ein sehr simpler Plan, für den wir alle drei den Rest unseres Lebens möglicherweise im Gefängnis verbringen müssen«, murmelte sie.

Gestern, als Kane zu ihr sagte, er könnte vielleicht für einen Mord gehängt werden, den er gar nicht begangen hatte – und wenn sie sich selbst gegenüber ehrlich sein wollte, mußte sie zugeben, daß es sie auch nicht gestört hätte, wenn er ein Mörder gewesen wäre –, wußte sie sofort, daß sie etwas zu seiner Befreiung unternehmen müsse. Kane konnte zwar mit der Sympathie der Bewohner von Chandler rechnen, nachdem er so energisch den verunglückten Bergleuten und deren Angehörigen geholfen hatte; aber man würde ihm wahrscheinlich in Denver den Prozeß machen, und die Firma Fenton Coal and Steel hatte in Denver eine furchtgebietende Macht.

Sie glaubte nicht, daß Kane in Denver mit einem fairen Prozeß rechnen durfte, zumal er gar keine Zeugen hatte, die ihn entlasten konnten. Wenn Marc Fenton und dessen

Freunde aussagten, sie hätten ihn auf der Treppe stehen sehen, den toten Jacob Fenton zu seinen Füßen, würde man Kane zweifellos für schuldig erklären.

Nachdem sie ein paar Sekunden lang ihr Gewissen erforscht hatte, war ihr klar gewesen, was hier von ihr verlangt wurde.

Sie mußte ihn aus dem Gefängnis befreien, selbst wenn das zur Folge hatte, daß sie den Rest ihres Lebens im Untergrund leben mußten. Sie würde mit ihm nach Mexiko gehen, und sie war zuversichtlich, Blair dazu bewegen zu können, ihr hin und wieder so viel Geld zu schicken, daß sie davon leben konnten. Solange Kane sein Profil nicht zu deutlich zeigte und nicht zu viel Aufmerksamkeit auf sich lenkte, glaubte sie ihn vor dem Zugriff der amerikanischen Justiz bewahren zu können. Es war bedauerlich, daß Kane in vielen Teilen des Landes eine prominente Figur war und sie sich deshalb unmöglich in den Vereinigten Staaten verstecken konnten.

Houston bedauerte lediglich, daß sie nicht Abschied nehmen konnte von ihrer Familie und ihren Freunden. Wahrscheinlich würde sie ihnen nicht einmal schreiben können, da ihre Briefe die Häscher auf Kanes Spur lenken und zu seiner Festnahme führen konnten.

Doch sie wußte, was nun getan werden mußte, und sie war sicher, ihr Glück an Kanes Seite zu finden, selbst wenn sie mit ihm unter bedrückenden Umständen leben mußte.

Sie gab Zach Anweisungen, die gesattelten Pferde aus ihrem Versteck zu holen, ihre Sattelgurte anzuziehen und sie näher an das Gefängnis heranzuführen.

Ihre Hände zitterten, als sie Ian half, die Dynamitstangen in die Mauerfugen des Fundaments zu klemmen. Als die Ladung angebracht und die Zündschnüre verlegt waren, gab sie Ian mit Gesten zu verstehen, daß sie auf seine Schulter steigen wollte, damit sie durch das Fenster in die Zelle hineinblicken konnte.

»Sag ihm, daß er sich die Matratze um den Kopf wickeln soll«, sagte Ian, als er Houston in die Höhe stemmte.

»Wir haben doch nicht so viel Dynamit angebracht, daß er verwundet werden könnte, oder?« fragte sie bang.

»Die Absätze von diesen Reitstiefeln sind verdammt spitz; also mach mir das Leben nicht noch schwerer, indem du dumme Fragen stellst.«

Houston blickte in die dunkle Zelle und sah Kane quer auf der viel zu kleinen Pritsche liegen, so daß wesentliche Teile von ihm über den Rand der Matratze hingen. Sie warf einen Kieselsein in in die Zelle.

Er bewegte sich nicht, und sie brauchte sechs Steine, von denen einer mit beträchtlichem Lärm von seiner Brust abprallte, ehe er aufwachte.

»Kane!« rief sie so laut, wie sie die Stimme zu erheben wagte.

»Was?« fragte er, sich aufsetzend. »Bist du das, Houston? Was suchst du denn mitten in der Nacht vor dem Gefängnis?«

Sie winkte ihn näher ans Fenster heran. »Ich habe keine Zeit, dir alles zu erklären; aber Ian und ich holen dich aus der Zelle heraus. Wir werden diese Wand mit Dynamit wegsprengen, und deshalb mußt du dich in den hintersten Winkel verkriechen und dir die Matratze um den Leib wickeln – jedenfalls um die wichtigsten Teile davon.«

»Ihr werdet was?« keuchte Kane. »Dynamit? Hör zu, Houston, ich muß dir etwas sagen.«

»Houston!« sagte Ian unter ihr. »Diese spitzen Absätze bringen mich noch um. Willst du die ganze Nacht dort oben am Fenster verbringen?«

»Ich muß wieder gehen«, sagte sie. »Stell dich nur in eine Ecke, und wenn die Mauer weg ist, stehen Pferde bereit. Ich liebe dich.« Damit zog sie sich wieder vom Fenster zurück und stieg von Ians Schultern.

Kane stand noch ein paar Sekunden am Fenster seiner Zelle. Sie war also nicht in ihrer Kutsche davongeeilt, um sich so schnell wie möglich sein Geld zu sichern, sondern hatte vielmehr einen Plan ausgeheckt, wie sie ihn aus seiner Zelle herausholen konnte. Er steckte die Hände in die

Hosentaschen, lächelte und begann eine Melodie vor sich hin zu pfeifen, sich in dem Gedanken sonnend, daß Houston sich so große Sorgen um ihn machte.

Und während er so vor sich hinpfiff, hörte er ein seltsames Geräusch, als hätte da jemand ein Feuer gelegt.

»Dynamit!« keuchte er, packte die Matratze und sprang in eine Ecke der Zelle. Mit so einem Lärm hatte er niemals gerechnet. Er hatte das Gefühl, ihm würde der Schädel weggerissen – und dieses Donnern wollte und wollte kein Ende nehmen.

Houston, Ian und Zach kauerten hinter einem Felsblock, als die Vorderwand des Gefängnisse fast anmutig in sich zusammenbrach. Das Dynamit hatte das Fundament der zwei Stockwerke hohen Mauer weggesprengt, und die Steine darüber rutschten nach unten, als würde man ein Denkmal enthüllen, und gaben den Blick auf das Innere des Gefängnisses frei. Kane kauerte in einer Ecke, und als der Staub sich allmählich verzog, machte er keine Antalten, aus seiner Ecke hervorzukommen.

»Wir haben ihn umgebracht«, heulte Houston und rannte auf das Gefängnis zu, Ian ihr dicht auf den Fersen.

»Wir haben ihn vermutlich nur betäubt. Kane!« rief Ian, den Lärm der immer noch fallenden Steine übertönend, und als Kane ihm keine Antwort gab, turnte Ian auf den Schuttberg hinauf und in die dreiwandige Zelle hinein.

Ian zog die Matratze weg, die Kane sich vorhielt; doch Kane konnte offenbar nicht verstehen, was Ian zu ihm sagte, also mußte Ian es mit der Zeichensprache versuchen. Aus irgendeinem Grund mußte die Explosion Kanes Begriffsvermögen beeinträchtigt haben, da er ununterbrochen den Kopf schüttelte, so daß Ian ihn fast mit Gewalt auf den Schuttberg befördern mußte, damit er von dort auf den Boden gelangte.

Houston saß bereits im Sattel, und als Kane näher kam, sah sie, daß er sich ständig mit beiden Händen an den Kopf griff, als habe er dort große Schmerzen. Er schien ihr etwas sagen zu wollen; doch Houston wollte ihm nicht die Zeit dazu lassen, während Zach und Ian sich beeilten, ihn auf das zweite Pferd hinaufzuschieben.

»Ihr geht jetzt sofort nach Hause, ihr beiden«, befahl sie, weil sie sah, daß bereits Leute, angelockt von dem Lärm der Explosion, auf das Gefängnis zuliefen.

»Vorwärts!« rief sie dann Kane zu, und er folgte ihr die südliche Ausfallstraße hinunter und dann in die Wüste hinaus.

Houston ritt so schnell und hart, wie die Pferde das zulassen wollten, und blickte hin und wieder auf Kane zurück, der ihr mit einem seltsam leeren Ausdruck auf seinem Gesicht folgte.

Die Sonne schob sich über den Horizont, und sie ritten noch immer Galopp, verlangsamten das Tempo nur, wenn die Pferde eine Verschnaufpause brauchten. Mittags hielten sie vor einer Kutschstation – einem armseligen Schuppen mitten in der Trockensteppe zwischen Colorado und New Mexiko –, und Houston bezahlte einen unverschämt hohen Preis für zwei frische Pferde.

»Fehlt ihm was?« fragte der Stationsmeister und deutete auf Kane, der an der Wand des Schuppens lehnte und sich mit einer Hand gegen den Kopf boxte.

Houston gab dem alten Mann einen Zwanzig-Dollar-Schein. »Sie haben uns nie gesehen.«

Er steckte den Schein weg. »Ich kümmere mich nur um meine Angelegenheiten.«

Houston versuchte, ein paar Worte mit Kane zu reden; doch er starrte nur wie ein Taubstummer auf ihre Lippen und folgte ihr erst, wenn sie mit den Händen energische Zeichen gab.

Was sie an diesem Tag aßen, verzehrten sie im Sattel, und sie hielten auch noch nicht an, als die Sonne bereits untergegangen war. Nur einmal versuchte Kane ihr etwas zu sagen; aber da er sich selbst anscheinend nicht hören konnte, fuchtelte er mit den Armen, bis Houston endlich begriff, daß er offenbar wissen wollte, wohin sie ritten.

»Mexiko«, schrie Houston viermal, ehe er sie zu verstehen schien.

Kane schüttelte den Kopf, doch Houston trieb ihr Pferd nur zu noch rascherer Eile an und ignorierte ihn. Zweifellos wollte er verhindern, daß sie mit ihm in Gefahr geriet; aber sie wollte ihm keine Gelegenheit geben, sie zur Umkehr zu bewegen. Wenn er sein Leben im Exil verbringen mußte, würde sie mit ihm im Exil leben.

Da faßte ihr Kane plötzlich in die Zügel und zog so heftig, bis das Pferd nur noch im Schritt ging.

»ANHALTEN!« brüllte er. »WIR WERDEN HIER ÜBERNACHTEN!«

Jedes Wort brachte er mit äußerster Lautstärke hervor, und Houston blinzelte erschrocken, als wäre plötzlich ein Orkan losgebrochen in der eben noch windstillen Nacht.

Kane sagte kein Wort mehr, glitt aus dem Sattel und führte sein Pferd über einen kleinen Hügel bis zu einem kleinen Wäldchen. Houston folgte ihm mit ihrem Reittier, während er sein Pferd absattelte und ein Lager vorbereitete. Sie hätte lieber weiterreiten wollen, um den Abstand zwischen ihnen und der Posse aus Chandler zu vergrößern; aber vielleicht war Kane bei der Sprengung verwundet worden und brauchte eine Erholungspause. Es würde einige Zeit dauern, bis man aus den Bürgern der Stadt eine Posse zusammengestellt hatte; also konnten sie sich vielleicht ein paar Stunden Ruhe gönnen.

Sie hatte ihren Sattel auf den Armen, als sie zu Kane hinübersah. Der Blick, mit dem er sie musterte, war zum Fürchten.

Ganz langsam nahm er ihr den Sattel ab, warf ihn auf den Boden, und nach einem Blick, den sie diesmal nicht zu deuten wußte, war er auf ihr.

Er war wie ein hungriges Tier, und nachdem sich Houston von ihrer Überraschung erholt hatte, reagierte sie auf gleiche Weise. Die Knöpfe flogen von ihren verstaubten Reitkleidern wie Popkorn aus einer überhitzten Pfanne. Sein Mund war überall auf ihrem Körper zugleich, und mit seinen großen starken Händen riß er alles weg, was ihn an dem Kontakt mit ihrer Haut hinderte.

»Kane«, rief sie halb lachend, halb weinend. »Kane, meine einzige, meine wahre Liebe.«

Er schien keiner Worte zu bedürfen, als er ihren nackten Körper auf den Boden niederdrückte und in sie hineinfuhr, als habe er sich die Dynamitladung, mit der sie am Mogen die Zellenwand weggesprengt hatten, einverleibt und sie nun gezündet. Und Houston hatte das Gefühl, als wäre sie eine Mauer, die unter der Gewalt der Ladung zusammenbrach, während sie in einem wilden, verzehrenden Verlangen zum Höhepunkt stürmten. Sie war überzeugt, daß sie nichts anderes im Leben brauchte als das, und daß alles, was sie heute getan hatte, richtig gewesen war.

Als sie in einer gemeinsamen Eruption den Gipfelpunkt erreichten, erschauerte Houston unter der Gewalt ihrer Leidenschaft und der Macht ihrer Liebe, die sie für diesen Mann empfand.

Sie lagen eine Weile beieinander, und Kane hielt sie so fest mit seinen Armen umschlungen, als wollte er sie nie mehr loslassen. Und Houston klammerte sich genauso fest an ihn, ganz schwindlig vor Angst, wenn sie sich vorstellte, daß sie ihn beinahe verloren hätte, daß man ihn beinahe aufgehängt hätte.

Nachdem sie lange so dagelegen hatten, stand Kane auf und ging zu den Pferden, um sie zu versorgen. Houston wollte ihm dabei helfen, doch er gab ihr mit einer Handbewegung zu verstehen, daß sie liegen bleiben sollte, und warf ihr eine Decke zu, damit sie sich vor der kühlen Nachtluft schützte.

Selbst als er daranging, ein Lagerfeuer anzuzünden, wollte er sich dabei nicht helfen lassen. Houston wollte Einwände erheben, ihm sagen, daß die Flammen des Feuers sie verraten könnten; aber Kane brüllte ihr zu, sie sollte Vertrauen zu ihm haben, und sie fügte sich. Sie war froh, daß sie nun das Kommando dieses wilden Fluchtunternehmens an ihn abtreten, und froh, daß sie sich zurücklehnen und bedienen lassen konnte. Er brachte ihr einen Teller Bohnen mit einer Tortilla und einen Becher voll schauderhaftem Kaffee. Doch Houston glaubte, sie habe in ihrem ganzen Leben noch keine so köstliche Mahlzeit genossen wie diese.

Als sie mit dem Essen fertig waren, löschte Kane das Feuer, legte sich neben sie und zog sie in die Arme. Binnen weniger Minuten waren sie beide eingeschlafen.

Kapitel 32

Als Houston erwachte, war es heller Tag, und Kane hielt sie in seinen Armen und lächelte wie ein Unschuldsengel.

»Wir müssen weiter«, sagte sie, setzte sich auf, schüttelte seine Hände ab und zog sich die Reste ihrer zerrissenen Reitkleider an. Vorne fehlten so viele Knöpfe, daß man sich darin nicht vor fremden Leuten zeigen konnte. »Sie werden uns bald auf den Fersen sein, und ich wette, sie werden sich nicht so viel Zeit lassen für eine Rast.«

Er faßte nach ihrem Arm. »Auf der heißen Spur eines Mörders, wie?«

»Ich glaube nicht, daß das jetzt der richtige Moment für Scherze wäre.«

»Houston, ich möchte erst, daß du mir sagst, was du geplant hast. Warum willst du so rasch nach Mexiko?«

»Ich werde dir das sagen, wenn wir die Pferde satteln«, sagte sie, stand auf und wartete ungeduldig, daß sich Kane auch endlich vom Boden erheben sollte. »Ich glaube, daß wir uns in Mexiko verstecken können«, sagte sie, während sie den Pferden die Satteldecken überwarf.

»Für wie lange?«

»Für immer natürlich«, antwortete sie. »Ich glaube nicht, daß das Gesetz einem Mann einen Mord verzeiht. Ich glaube, daß wir dort sehr bescheiden leben können, und ich habe gehört, daß die Leute einem dort nicht so viele Fragen stellen, wie sie das in diesem Land zu tun pflegen.«

Er faßte sie wieder am Arm. »Moment mal – willst du damit sagen, daß du mit mir in Mexiko leben willst? Als Frau eines Verbannten, der wegen Mordes gesucht wird?«

»Ja, natürlich habe ich vor, mit dir in Mexiko zu leben.

Willst du jetzt endlich dein Pferd satteln, damit wir weiterreiten können?«

Houston konnte kein Wort mehr sagen, weil Kane sie um die Taille faßte und im Kreis herumwirbelte. »Das war das Beste, was ein Mensch mir in meinem ganzen Leben gesagt hat, mein Schatz. Du machst dir wirklich nichts aus meinem Geld.«

»Kane!« rief sie, ganz außer Atem. »Bitte, stell mich wieder auf den Boden zurück. Sie holen uns noch ein und werden dich ...«

Sie konnte den Satz wieder nicht beenden, weil er ihr einen herzhaften Kuß auf den Mund gab.

»Es reitet uns keiner nach. Höchstens der Sheriff, falls er sich zu sehr darüber geärgert hat, daß du ihm sein schönes Gefängnis ruiniert hast, Oh, Houston, mein Schatz, ich wünschte, ich könnte jetzt das Gesicht des Sheriffs sehen!«

Houston wich einen Schritt vor ihm zurück. Was er da sagte, ergab keinen Sinn; doch in ihrer Magengrube begann ein Schmetterling zu flattern. »Vielleicht erklärst du mir, was du mit deiner letzten Bemerkung gemeint hast.«

Kane begann, mit seinen Zehen Kreise in den Sand zu malen. »Ich wollte nur wissen, wie du es ... äh ... wie du darauf reagierst, daß ich kein reicher Mann mehr war.«

Sie warf ihm einen Blick zu, der schon manchen dreisten Cowboy in seine Schranken gewiesen hatte. »Und ich möchte jetzt gern die Wahrheit über Jacob Fenton erfahren.«

»Ich habe dich nicht belogen, Houston, nur habe ich dir, schätze ich, nicht die ganze Wahrheit erzählt. Ich habe Fenton tot am Fuß seiner Vordertreppe gefunden, und ich wurde ins Gefängnis gebracht, weil man mich für seinen Mörder hielt. Aber als ich in Fentons Haus kam, waren die Dienstboten gerade weggelaufen, um Hilfe zu holen, weil sie ihn bereits tot am Fuß der Treppe gefunden hatten. Obwohl ich nicht danach fragte, ob einer tatsächlich gesehen hat, wie er starb. Das war sehr klug von dir, an diesen feinen Unterschied zu denken.«

»Warum warst du dann noch im Gefängnis, als ich dorthin kam, um dich zu besuchen? Warum hat man dich nicht auf der Stelle freigelassen?«

»Ich schätze, ich war gewissermaßen schon freigelassen worden, Liebling.« Er streckte ihr beide Arme hin. »Ich wollte nur noch wissen, ob du mich meinetwegen gern hattest – nicht nur meines Geldes wegen. Als du aus der Zelle gestürmt bist, nachdem ich dir sagte, ich würde mein ganzes Vermögen verlieren, war ich fest davon überzeugt, du würdest zu Mr. Westfield rennen, um ihn zu fragen, wieviel Geld du noch einstecken könntest, ehe sie mich hängen.«

»Das hast du von mir gedacht?« sagte sie leise. »Du hast mich für so niederträchtig gehalten und geglaubt, ich wäre imstande, den Mann, den ich liebe, dem Gericht zu überlassen? Du hast geglaubt, ich würde keinen Finger krumm machen, um ihn vor dem Strick zu retten?« Sie wandte sich ihrem Pferd zu.

»Houston, Süßes – das habe ich doch nicht so gemeint, Baby! Ich wollte es nur ganz genau wissen. Ich hatte doch keine Ahnung, daß du so verrückt sein würdest und . . . Ich meine, ich hatte ja keine Ahnung, daß du das Gefängnis in die Luft sprengen würdest und mich fast dazu!«

»Du scheinst die Sache ja recht gut überstanden zu haben.«

»Houston, du wirst mir doch deswegen jetzt nicht böse sein, nicht wahr, Baby? Es war doch nur ein kleiner Scherz. Hast du denn gar keinen Sinn für Humor? Ich meine, in der Stadt werden sie jetzt alle . . .«

»Ja«, sagte sie, ihn wütend anfunkelnd, »nur weiter so. Was werden sie jetzt alle in der Stadt tun?«

Kane sah sie mit einem schwachen Grinsen an. »Vielleicht merken sie es gar nicht.«

Sie ging auf ihn zu. »Sie merken es nicht? Sie sehen nicht, daß am Gefängnis die ganze Vorderwand fehlt? Eine Mauer aus Feldsteinen, die vorher einen halben Meter dick war? Und keiner hat natürlich den Knall gehört, als ich sie weggesprengt habe. Ja, vielleicht fahren sie alle am Gefängnis vorbei und schauen nicht hin. Und der Sheriff beißt sich eher die Zunge ab, als den Leuten vom größten Ereignis der letzten zehn Jahre zu berichten, daß nämlich eine von den Chandler-Zwillingen Dynamitstangen in die Mauerfugen steckte, um ihren Mann aus dem Gefängnis zu befreien, der längst hätte nach Hause gehen können, statt, wie sie meinte, auf seinen Mordprozeß zu warten.

Vielleicht ist inzwischen das Wettfieber in Chandler und Umgebung ausgebrochen, wann ich meinen Irrtum entdecken und ob *ich* jetzt nicht wegen Mordes angeklagt werde.« Sie drehte sich wieder zu ihrem Pferd um, ein Bild flammender Entrüstung.

»Houston, du mußt auch mich verstehen. Ich wollte wissen, ob du mich liebst oder mein Geld. Ich sah eine Gelegenheit, das nachzuprüfen, und habe sie beim Schopf gepackt. Du kannst einem Mann deswegen keine Vorhaltungen machen.«

»Das kann ich sehr wohl! Ich möchte, daß du wenigstens einmal zuhörst, wenn man mit dir redet. Ich habe dir gesagt, daß ich dich liebe – dich, nicht dein Geld –; aber du hast ja noch nie etwas auf meine Worte gegeben.«

»Also«, antwortete er mit einem Achselzucken, »du hast auch zu mir gesagt, daß du nicht mit einem Mann zusammenleben könntest, den du nicht respektieren kannst; und du bist trotzdem zu mir zurückgekommen. Und so großer Überredungskünste bedurfte es gar nicht, um das zu erreichen. Ich glaube, du kannst eben nicht aus deiner Haut heraus«, setzte er mit einem schiefen Lächeln hinzu.

»Von allen aufgeblasenen, arroganten Männern, die ich bisher kennengelernt habe, bist du gewiß der schlimmste. Ich bedauere zutiefst, daß ich dich aus dem Gefängnis geholt habe. Ich wünschte, sie hätten dich aufgehängt.« Damit schwang sie sich auf ihr Pferd.

»Houston, Baby, das ist doch nicht dein Ernst!« rief Kane, kletterte nun ebenfalls auf sein Pferd und ritt neben ihr her. »Es war doch nur ein Scherz. Ich habe es nicht böse gemeint.«

Sie ritten den ganzen Tag hindurch, und Kane brachte die ganze Zeit über Argumente vor oder dachte sich neue Gründe aus, warum sie ihm im Grunde dankbar sein sollte für das, was er getan hatte. Er meinte, Houston könnte sich ihrer Gefühle nun sicherer sein als vorher. Er versuchte, ihr die humorvollen Seiten der ganzen Affäre näherzubringen. Als sie diese nicht sehen wollte, kritisierte er sie heftig, weil sie zwei unmündige Kinder in diese Sache hineingezogen und sie alle in große Gefahr gebracht hatte. Kurzum – er versuchte alles, um sie zu einer Reaktion zu bewegen.

Doch Houston saß so steif auf ihrem Pferd, als wäre sie aus Eisen gemacht. Mit ihren Gedanken weilte sie bei den Bewohnern von Chandler. Nach dem Schrecken der Minenexplosion würden sie alles, was sie von ihrer bedrückten Stimmung ablenken konnte, dankbar aufgreifen. Sie würden zweifellos den letzten Tropfen Humor aus dieser Geschichte herauspressen. Der Sheriff würde sie so ausschmücken, bis von der Wahrheit nicht mehr viel übrigblieb, und das *Chandler Chronicle* würde daraus wahrscheinlich eine Artikelserie machen, die mit der Hochzeitsnacht anfing und mit einem Mann endete, den man . . . den man am besten doch hätte aufhängen sollen.

Jedesmal, wenn Houston an Kane dachte, fing ihr Blut an zu kochen, und sie weigerte sich, ihm auch nur eine Sekunde lang zuzuhören. Die Tatsache, daß sie ihm ihre Liebe geschenkt und er das öffentlich angezweifelt hatte – auf eine höchst spektakuläre, unverschämte Art –, kränkte sie ganz besonders.

Sie bekam den ersten Geschmack von den Dingen, die sie in Chandler erwarten würden, bereits in der Kutschstation, wo sie wieder ihre Pferde wechselten. Der alte Mann fragte sie, ob sie das Ehepaar aus Chandler wären, von dem er inzwischen einiges gehört hätte. Er konnte kaum erzählen, was er ›gehört‹ hatte, weil er bei jedem zweiten Satz vor Lachen fast erstickte. Und als sie aufbrachen, versuchte er,

Houston die zwanzig Dollar wieder aufzudrängen, die sie ihm tags zuvor gegeben hatte.

»Die Geschichte war mir hundert Dollar wert«, sagte er, während er einem grinsenden Kane heftig auf den Rücken patschte. »Ich schulde dir noch achtzig Dollar.«

Houston reckte das Kinn in die Luft und ging zu ihrem Pferd. Sie bemühte sich sehr, so zu tun, als wären die beiden Männer gar nicht vorhanden.

Sobald sie wieder auf dem Trail waren, redete Kane mit neuerwachtem Eifer abermals auf sie ein; doch manches war nicht zu verstehen, weil er immer wieder das Pferd zügeln und sich den Bauch halten mußte vor Lachen.

»Als ich dich vor dem Fenster stehen sah, und du zu mir sagtest, du wolltest mich mit Dynamit aus der Zelle herausholen und meinen Kopf vor dem Galgen retten, war ich zunächst so sprachlos, daß ich kein Wort sagen konnte. Und als Ian zu fluchen anfing, weil ihm deine kleinen spitzen Absätze so zu schaffen machten ...« Kane hielt das Pferd an, um sich das Grinsen aus dem Gesicht zu wischen. »Also, Houston, ich wette, daß dich alle Frauen westlich des Mississippi um deine Courage und den Mut beneiden werten, den du bewiesen hast, indem du deinen Mann in letzter Minute aus dem Rachen des Todes befreit hast ...«

Er hielt abermals an, um sich zu schneuzen, und als Houston zu ihm zurückkam, versuchte er vergeblich, sein lachendes Gesicht hinter einem Taschentuch zu verstecken.

»Wenn ich nur daran denke, wie du mich angeschaut hast, als du unter der Zelle mit den beiden Pferden darauf gewartet hast, daß ich in den Sattel springe! Was waren das gleich wieder für Frauen, die Hörner an ihren Köpfen trugen? Wikinger, richig? Du hast wie eine Wikingerdame ausgesehen, die gekommen war, ihren Mann zu retten. Und Zachary, der machte ein Gesicht dazu, als ob ... Oh, wenn mir der Kopf nicht so weh getan hätte, hätte ich mir glatt in die ...«

Er hielt inne, weil Houston ihrem Pferd die Absätze in die Weichen schlug und davongaloppierte.

Houstons schlimme Befürchtungen wurden von der Wirklichkeit weit übertroffen, als sie die Stadtgrenze von Chandler erreichten. Sie machte am Stadtrand einen weiten Bogen nach Norden, als sie zu Kanes Haus ritt, um möglichst wenig Leuten zu begegnen.

Es war sechs Uhr morgens, als sie den Hügel zur Villa Taggert hinauftrabten; doch da hatten sich bereits ungefähr zwanzig Paare eingefunden, die ›zufällig‹ in dieser Gegend spazierengingen. Und auf der Auffahrt waren fast alle Bediensteten des taggertschen Hauses versammelt, die eifrig ihre Meinung mit den Stadtbewohnern austauschten.

Houston hielt sich vorne das Reitkleid zu, machte ein so würdevolles Gesicht, wie ihr das unter diesen Umständen gelingen wollte, und ritt weiter zum Küchenausgang, während Kane an der Vordertür aus dem Sattel stieg und die Leute im Nu einen Kreis um ihn bildeten.

»Will sich wahrscheinlich wieder wichtig machen«, murmelte Houston. Irgendwie gelang es ihr, die Küche zu durchqueren und Mrs. Murchisons lächelnden Blicken und taktlosen Fragen auszuweichen.

Oben schickte Houston Susan aus dem Zimmer und ließ sich selbst ein Bad ein. Nachdem sie einige Minuten in der Badewanne verbracht hatte, stieg sie in ihr Bett und zog die Decke bis zum Kinn hinauf. Sie hörte, wie Kane im selben Augenblick ins Zimmer kam; doch als sie so tat, als schliefe sie bereits, entfernte er sich wieder.

Nach neun Stunden Schlaf und einer umfangreichen Mahlzeit fühlte sie sich körperlich besser, doch seelisch schlechter. Sie brauchte nur ein paar Schritte auf dem Dachgarten zu machen, und schon konnte sie eine ungewöhnlich große Menge von Leuten auf der Straße zur Villa und zu dem Vorplatz des Hauses beobachten.

Kane kam einmal in ihr Schlafzimmer, um ihr mitzuteilen, daß er sich zur Little-Pamela-Zeche begeben und sich dort umschauen wolle, ob noch Hilfe gebraucht würde. Und dann fragte er, ob sie ihn dorthin begleiten wollte; doch sie schüttelte nur den Kopf.

»Du kannst dich nicht die ganze Zeit in deinem Schlafzimmer verstecken«, sagte er verdrossen. »Warum bist du nicht stolz auf das, was du getan hast? Ich bin es jedenfalls.«

Nachdem er das Haus verlassen hatte, überlegte Houston, daß er in einem Punkt recht hatte: Sie konnte sich nicht wochenlang in diesem Haus verkriechen. Eines Tages mußte sie sich den Leuten in der Stadt zeigen, und je länger sie diesen Moment hinausschob, um so schwerer war er zu ertragen. Also holte sie ein Arbeitskleid aus blauer Baumwolle aus dem Schrank, zog sich an, ging hinunter ins Erdgeschoß und befahl, daß man ihre Kutsche anspannen sollte.

Houston brauchte nur zehn Minuten, um herauszufinden, daß Kane die Reaktion der Leute von Chandler absolut falsch eingeschätzt hatte. Sie wurde nicht wie eine Heldin gefeiert, die ihren Mann vor dem Galgen retten wollte, sondern als eine törichte Frau belächelt, die den Kopf verloren hatte, statt sich erst einmal bei den Behörden zu erkundigen und ihren Anwalt zu befragen.

Sie fuhr mit ihrem Einspänner wieder auf Schleichwegen zur Landstraße, die zur Little-Pamela-Zeche führte. Vielleicht brauchte man dort ihre Hilfe so nötig, daß die Leute keine Zeit fanden, sich mit über ihre Eskapaden zu unterhalten.

Doch sie sah sich in ihren Erwartungen enttäuscht. Die Opfer des Grubenunglücks wollten etwas zu lachen haben, und Houston lieferte ihnen den Stoff dafür.

Sie bemühte sich sehr, den Kopf hochzuhalten, während sie half, die Trümmer eingestürzter Häuser zu beseitigen und für die Unterbringung von Witwen und Waisen zu sorgen.

Am meisten ärgerte sie sich jedoch über Kane, der die Situation in vollen Zügen genoß. Bei der Hochzeit war er schrecklich verletzt gewesen, weil die Leute damals den Eindruck haben mußten, jede Frau würde lieber Leander als ihn zum Ehemann nehmen; doch nun hatte er einen sehr öffentlichen Beweis dafür, daß Houston in ihn verliebt war.

Houston mußte immer wieder daran denken, wie oft er Gelegenheit gehabt hätte, ihr zu sagen, daß er eigentlich gar nicht des Mordes beschuldigt worden war. Er konnte sehr gewandt reden, wenn er nur wollte; und warum hatte er dann in der Nacht, als sie ihm sagte, daß sie seine Zellenwand mit Dynamitstangen gespickt hatten, seinen Mund nicht aufgebracht?

Je weiter die Sonne nach Westen rückte, um so dreister wurde die Neugier der Leute (»Wollen Sie damit sagen, daß Sie den Sheriff nicht gefragt haben, wie die Chancen Ihres Mannes standen? Haben Sie denn nicht seinen Anwalt angerufen? Leander war doch in alles eingeweiht. Er hätte Sie doch aufklären können. Oder Sie hätten ...«). Houston wäre am liebsten im Erdboden versunken. Und jedesmal, wenn Kane an ihr vorbeikam, gab er ihr einen herzhaften Stoß in die Rippen, kniff ein Auge zu und sagte: »Kopf hoch, Schatz! Es war nur ein Scherz!« Und dann biß sie sich jedesmal auf die Lippen, weil sie sonst losgeheult hätte, es mochte vielleicht für ihn ein Scherz gewesen sein, doch für sie war es eine schreckliche Demütigung!

Gegen Abend sah sie Pamela Fenton und Kane, die sich fast mit der Nasenspitze berührten, und die kühle Abendbrise trug ihr die Worte zu: »Am Hochzeitstag hast du zu mir gesagt, du wolltest sie nicht demütigen. Und was hast du jetzt getan? War das vielleicht etwas anderes?«

Der Gedanke, daß jemand auch für sie Partei ergriff, war immerhin Balsam auf ihre Wunden.

Zu Hause ließ sie sich dann das Abendessen aufs Zimmer bringen, und Kane machte noch einmal einen Versuch, mit ihr zu reden. Aber als sie ihm einen ihrer eisigen Blicke zuwarf, stürmte er wieder aus dem Zimmer und klagte, sie habe keinen Sinn für Humor und wäre verdammt viel zu oft eine verdammt hochnäsige Lady.

Houston weinte sich in den Schlaf.

Kapitel 33

Am nächsten Tag arrangierte Houston Blumen in einer großen Vase, die auf dem Flur vor Kanes Büro stand. Sie war immer noch zu wütend, zu verletzt und zu beschämt, um auch nur ein Wort mit ihm reden zu können; aber sie brachte es auch nicht fertig, das Haus zu verlassen, wo sie sich vor dem Spott der Leute sicher wußte.

Kane hatte die Bürotür nicht ganz zugemacht, und Rafe, Leander und Edan waren bei ihm. Kane hatte sie zu sich bestellt, um mit ihnen die Konsequenzen des Grubenunglücks zu erörtern. Kane war sehr besorgt gewesen, als er feststellen mußte, daß die Witwen der verunglückten Bergleute vermutlich keine Entschädigung vom Eigentümer der Mine erhielten.

Houston hörte heimlich zu, wie diese vier Männer sich über die Zukunft von Chandler unterhielten, und sie war sehr stolz auf die Initiative ihres Mannes. Sie wunderte sich, wie sie jemals hatte glauben können, daß er alle Kredite und Hypotheken kündigen würde, nachdem er die Chandler National Bank gekauft hatte. Gestern abend war Opal noch bei ihr gewesen und hatte lange mit ihr geredet. Sie hatte erzählt, warum Houston dieses Druckmittel angewendet hatte, damit sie, Houston, wieder zu ihm zurückkam.

»Er liebt dich so sehr«, hatte Opal gesagt. »Und ich verstehe überhaupt nicht, warum du jetzt so böse auf ihn bist.«

Vielleicht wäre sie ihm auch nicht mehr böse gewesen, wenn nicht just in diesem Moment drei Frauen in die Halle gekommen wären, die kicherten wie kleine Schuldmädchen. Sie waren gekommen, um Houston zu besuchen und sich bei ihr nach ›den letzten Neuigkeiten‹ zu erkundigen. So sagten sie zu Susan, die sie bei Houston anmelden sollte. Houston ließ ihnen in aller Höflichkeit mitteilen, daß sie für niemanden zu sprechen sei.

Nun stand sie im Flur und hörte voller Stolz zu, welche Reformen ihr Mann in der Stadt und den Bergwerken durchsetzen wollte. Doch dann stellte Leander eine Frage, und Houston bekam rote Ohren, richtete sich mit steifem Rükken auf.

»Ist das eine Rechnung vom Magistrat?« fragte Lee.

»Ja«, sagte Kane, »das ist eine Zahlungsaufforderung vom Sheriff, der fünfhundert Dollar für die Reparatur seines Gefängnisses von mir verlangt. Ich glaube, das ist die erste Rechnung meines Lebens, die ich auch bezahlen *will.*«

»Vielleicht willst du auch die Wiedereröffnung des Stadtgefängnisses feiern und schickst Houston mit einer Schere zum Knast, damit sie das Band am Eingang zerschneidet«, hörte sie Rafe sagen.

Es folgte eine längere Pause. »Falls sie noch einmal ein Wort mit mir redet«, ließ sich Edan vernehmen.

Darauf gab es wieder ein längeres Schweigen.

Dann räusperte sich Leander und sagte: »Ich glaube nicht, daß man einen anderen Menschen überhaupt kennen kann. Also, ich habe Houston fast mein ganzes Leben lang gekannt; aber diese Houston, die ich kannte, und diese Houston, die die Vorderwand des Gefängnisses weggesprengt hat, können unmöglich ein und dieselbe Frau sein. Vor ein paar Jahren ging ich mit ihr zum Tanzen, und sie hatte sich ein rotes Kleid angezogen, das ihr sehr gut stand. Doch Gates machte irgendeine Bemerkung darüber, die sie offenbar sehr kränkte; denn sie hielt sich so krampfhaft den Mantel zu, daß auch nicht ein Fleckchen ihres Kleides mehr zu sehen war. Sie war so nervös, als wir in den Ballsaal kamen, daß ich zu ihr sagte, meinetwegen könnte sie den Mantel anbehalten, wenn sie glaubte, man dürfe sie nicht in diesem roten Kleid sehen. Und dann saß sie doch tatsächlich den ganzen Abend im Mantel in einer Ecke und machte ein Gesicht, als könnte sie jeden Moment losheulen, wenn sie jemand ansprach.«

Houston hielt die Hand mit der Blume still, die sie gerade umstecken wollte: Seltsam, wie man eine Episode auf eine so verschiedenartige Weise betrachten konnte. Wenn sie jetzt auf dieses Ereignis zurückblickte, war es vielleicht eine

Dummheit von ihr gewesen, sich wegen der Farbe eines Kleides so aufzuregen. Nun schien sie sich sogar daran erinnern zu können, daß Nina Westfield damals oft so ein knalliges Rot trug, das ihr an jenem Abend solche Seelenqualen bereitet hatte.

Lächelnd fuhr Houston fort, die Blumen zu arrangieren.

»Wenn sie mich schon aus dem Knast herausholen wollte, hätte sie das auch auf weniger gefährliche Art tun können«, sagte Kane. »Ihr ahnt ja nicht, was das für ein Gefühl ist, wenn jemand zu dir sagt, er hat eben die Lunten von ein paar Dutzend Dynamitstangen unter deinen Füßen angezündet, und du hast nichts, wohinter du dich verstecken kannst.«

»Du mußt uns nicht erst sagen, wie großartig dir die Sache gefallen hat«, sagte Edan. »Das wissen wir nämlich schon längst.«

Houstons Lächeln wurde noch breiter.

Leander lachte. »Zu schade, daß du nicht miterleben konntest, was nach der Explosion passiert ist. Jeder glaubte, es wäre wieder ein Bergwerk in die Luft geflogen, und alle rannten in ihren Nachthemden auf die Straße. Als wir dann sahen, daß das Gefängnis nur noch drei Wände hatte, standen wir alle mit offenem Mund da. Keiner von uns konnte begreifen, was da passiert war. Erst Edan ist dann wieder eingefallen, daß du ja noch im Gefängnis saßest.«

Houston entschlüpfte ein kleines Lachen; aber sie erstickte es rasch wieder.

»Hör zu«, sagte Edan, »sobald ich das demolierte Gefängnis sah, wußte ich, daß Houston ihre Hand im Spiel gehabt haben mußte. Während ihr sie jahrelang angehimmelt, ihr zu Füßen gelegen und sie für eine unnahbare Eisprinzessin gehalten habt, bin *ich* ihr heimlich nachgestiefelt. Unter dieser höflichen, polierten Oberfläche steckt eine Frau, die ... Nun, ihr würdet euch wundern, wenn ich euch erzählte, was diese Frau an ganz gewöhnlichen Werktagen so alles anstellt.«

Houston hatte jetzt schon größere Mühe, ihr Lachen zu unterdrücken. Edan hatte das in einem halb erschrockenen, halb ehrfürchtigen Ton gesagt. Jetzt fiel ihr wieder ein, daß er sich ja am Vorabend ihrer Hochzeit im Schrank versteckt und ihre »Teeparty« belauscht hatte. Als er ihr das am Hochzeitstag gestanden, hatte sie nur an den Teil des Abends gedacht, in dem ihre Pläne für die Bergwerkslager erörtert wurden. Doch nun dachte sie auch an den zweiten Teil: den Preisboxer, den Cancan und – gütiger Himmel! – die Kapitel aus *Fanny Hill.* Damals hatte sie schreckliche Angst gehabt, Kane könnte erfahren, was für undamenhafte Dinge sie trieb – verkleidet in die Bergwerkslager fuhr und mit der Schwesternschaft schräge Parties feierte, um nur einige Beispiele zu nennen. Aber am Ende war er ihr überall auf die Schliche gekommen, und deswegen war die Welt doch nicht untergegangen. Doch als sie damals in einem knallroten Kleid zum Tanzen gegangen war, hatte sie fest daran geglaubt, ihr Ruf wäre ruiniert, wenn sie sich in diesem Kleid öffentlich zeigte, und dann käme sie für Leander als Frau nicht mehr in Frage.

Aber wenn sie überlegte, was da in den letzten paar Monaten alles zusammenkam: Der Hochzeitstag, an dem sie in ihrer Unterwäsche am Rosenspalier hinuntergeklettert war. Dann die vielen Leute, die sie aufgefordert hatte, in ihr Haus zu ziehen, ohne Kane erst zu fragen, der sie ja alle versorgen mußte . . .

Je mehr sie darüber nachdachte, um so stärker wurde der Lachreiz, den sie kaum noch bändigen konnte. Vor ihrer Hochzeit glaubte sie sehr genau zu wissen, was für eine Frau Kane heiraten würde. Er wollte eine Lady haben, und sie war überzeugt gewesen, alle Voraussetzungen dafür mitzubringen. Doch nun fielen ihr wieder die Überraschungen ein, die er danach erlebt hatte, und wie ungläubig er sie jedesmal angesehen und gesagt hatte, hätte er gewußt, was ihn erwartete, als er eine wirkliche, wahrhafte, unverfälschte Lady zur Frau nahm . . . !

Nun konnte Houston das Lachen wirklich nicht mehr zurückhalten. Sie platzte heraus, daß die Vase vor ihr auf dem Tisch bedenklich ins Schwanken kam.

Sie klammerte sich an den Tischrand und lachte, bis ihr die Knie einknickten.

Vier Männer stürmten aus Kanes Büro.

»Houston, mein Liebling, fehlt dir etwas?« rief Kane besorgt, griff nach ihrem Arm und wollte sie wieder in die Höhe ziehen. Doch ebensogut hätte er versuchen können, ein Stück Seetang aufrecht in eine Vase zu stellen.

»Ich habe mein rotes Kleid unter dem Mantel versteckt, damit die Leute nicht auf den Gedanken kommen sollten, ich könnte vielleicht keine hundertprozentige Lady sein«, lachte Houston. »Aber ein paar Jahre später sprenge ich dem Knast die Vorderwand weg.« Sie preßte ihre Hände gegen den Magen, als ihre Beine endgültig nachgaben und sie sich mit dem Hinterteil auf das Parkett setzte. »Ist mir dabei auch nicht der Hut verrutscht?« fragte sie. »Ist er mir auch nicht an dem Abend verrutscht, als ich den Preisboxer zu einem Muskelwettbewerb herausforderte?«

»Wovon redet sie eigentlich?« fragte Kane.

Edan lächelte, und sein Lächeln wurde immer breiter, als er sagte: »Den Hut haben Sie damals nur beim Tanzen verloren, Mylady.« Und nun fing er an zu lachen. »Houston«, prustete er, »und den Whisky habe ich mir damals nur gekauft, weil ich glaubte, ich würde sonst vor Langeweile einschlafen, wenn ich ein teetrinkendes Damenkränzchen belauschen muß.«

Als Edan sich von seinem Lachanfall einigermaßen erholt hatte, saß er neben Houston auf dem Boden. »Und Miss Emily!« japste er. »Ich kann nie mehr mit ernstem Gesicht an ihrer Teestube vorbeigehen.«

Houston lachte so heftig, daß sie kaum noch verständlich sprechen konnte. »Und Leander! Ich hatte mich so bemüht in all diesen Jahren, daß er ja nichts erfuhr von Sadie und den anderen Sachen.«

Leander betrachtete lächelnd die Szene. »Weißt du jetzt, wovon sie spricht?« fragte er Kane.

Rafe gab ihm darauf eine Antwort: »Diese süße kleine Lady sieht so rührend harmlos und zerbrechlich aus, daß man glaubt, sie könnte nur mit ihrem Stickrahmen am Fenster sitzen. Und dabei fährt sie regelmäßig mit einem Fuhrwerk und vier Pferden durch die Gegend.«

»Ich kann das auch mit zwölf Pferden«, sagte Houston und löste damit bei Edan einen neuen Lachanfall aus.

»Und sie schlägt eine Rechte, daß junge Männer, die so groß sind wie sie, sich auf dem Boden wiederfinden«, sagte Kane stolz. »Und sie verläßt ihre eigene Hochzeitsparty, um ihrem Ehemann nachzulaufen, der sich vor der ganzen Stadt wie ein Esel benommen hat. Und sie gibt seiner Mätresse Geld, damit sie aus der Stadt verschwindet. Und sie kann schreien im . . .« Er schluckte hastig und blickte ganz verlegen in eine Ecke des Korridors.

Leander blickte hinunter auf Houston, die immer noch vor dem Blumentischchen auf dem Boden saß, den Arm um Edan gelegt – beide ganz außer Atem vor Lachen. Und dann drehte er sich zu Kane um und sah, wie dieser Houston mit einer Mischung aus Stolz und Liebe betrachtete. »Und ich habe ihr den Spitznamen Eisprinzessin gegeben«, murmelte Lee und schüttelte den Kopf.

»Und ich habe das Eis zum Schmelzen gebracht«, sagte Kane, sich auf den Absätzen wiegend, die Daumen durch die Gürtelschlaufen geschoben.

Da brachen auch Rafe und Leander in ein brüllendes Gelächter aus, weil er das in einem so andächtigen Ton von sich gegeben hatte.

Rafe deutete mit dem Kopf auf Houston hinunter, die immer noch auf dem Boden saß. »Dann solltest du aber etwas unternehmen mit diesem Stück Eis, ehe es ganz zerschmilzt und in den Parkettritzen versickert. Du möchtest sie doch nicht verlieren, oder?«

Kane beugte sich rasch zu Houston hinunter und hob sie auf seine Arme. »Nein, diese Lady möchte ich nie mehr verlieren.«

Houston, die immer noch lachen mußte, schmiegte sich an ihn, als er sie die Treppe hinauftrug.

»Nein, Sir«, sagte Kane. »Nichts bringt uns beide jetzt

noch auseinander. Weder andere Ladys noch Kinder, von denen sie noch gar nichts weiß, noch der Henker. Ich schätze, deshalb liebe ich sie auch so sehr, weil sie sich nicht von mir trennen kann. Habe ich recht, Houston?«

Houston blickte zu ihm hoch und hatte Sterne in den Augen.

Er legte den Kopf an den ihren und flüsterte, damit ihn die anderen nicht hören konnten: »Wenn ich dich nach oben gebracht habe – wirst du mir dann erklären, was ein Muskelwettbewerb ist? Und fang mir ja nicht wieder an zu lachen, Houston!«

– Ende –

Band 11952

Jude Deveraux

Jene Nacht im Frühling

Auf der Suche nach ihrer seit Jahren verschwundenen Großmutter begegnet Samantha Elliot dem attraktiven Michael Taggert.

Die beiden finden rasch Gefallen aneinander, aber weitere Annäherungsversuche blockt die frisch geschiedene Samantha resolut ab. Dennoch hilft ihr Michael beharrlich weiter, der Vermißten auf die Spur zu kommen. Und je näher sie der Lösung des Falles kommen, um so mehr erliegt Samantha der Magie der Liebe ...

Dramatisch, leidenschaftlich, ergreifend!

BASTEI LÜBBE